포르모사 1867

傀儡花

대만의 운명을 뒤흔든 만남과 조약

포르모사 1867

첸야오창 지음 | 차혜정 옮김

RHK
알에이치코리아

저자의 말 ────────────────────────────

1. 이 책에 나오는 사료의 어휘는 단지 충실한 서술을 위해서만 사용되며, 결코 불경하거나 비방하려는 의도가 없습니다. 독자 여러분이 불편하다고 느끼는 부분이 있다면 양해를 부탁드립니다.
2. 이 책에 서술한 날짜에는 특별히 주석을 달지 않았으며, 모두 서기 연대로 표기했습니다.
3. 이 책의 지명 대다수는 당시 상황에 합치하도록 민남어 발음으로 표기하였습니다.

일러두기 ────────────────────────────

• 포르모사(Formosa)는 16세기에 대만을 발견한 포르투갈인들이 '아름다운 섬'이라는 뜻으로 붙인 별칭입니다. 이 책에서는 대만을 방문한 서양인들의 관점에서 이야기가 전개될 때 대만을 '포르모사'로 지칭하고 있습니다.
• 1958년에 제정된 중국어 로마자 표기법(한자를 영어병음으로 표기)에 따라 인명, 지명, 그 외 고유명사는 오늘날의 현지 발음대로 표기했습니다. 다만 1958년 이전 즉, 이야기의 배경이 되는 1867년부터 이후 몇 년 동안의 시점에서는 한자 표기의 한글 발음을 따릅니다.
• 본문의 각주는 모두 저자의 주입니다. 그 밖에 뜻을 보충하기 위해 단 주는 '옮긴이'로 구분하여 나타냈습니다.

대무산(大武山, 따우산) ▲

방료(枋寮, 팡라오) ●

가록당(加祿堂) ●

남세호(南勢湖) ●

초산(草山) ★

대구문(大龜文, 네아원(內文)) ★

사두(獅頭) ★

율망계(栗芒溪)

상낭교

팡산(枋山, 평산(崩山)) ●
자동각(莿桐腳) ●

죽항(竹坑) ★

괴뢰산(傀儡山) ▲

동항(東港, 풍항(風港)) ●

풍항계(風港溪)

여내(女乃) ★

중낭교

모란(牡丹) ★

가지래(加芝萊) ★

고사불(高士佛) ★

석문(石門) ●

통령포(桄埔, 통푸) ●

시성(車城, 처청) ●

사림격(四林格) ★

죽사(竹社)

구산(龜山, 구이산) ●
후만(後灣, 허우완) ●

사료(射寮, 서랴오) ▲

보력(保力, 바오리) ●

하낭교

저로속계(豬膀束)

문솔(蚊蟀社, 만저우(滿州)) ●

묘자(猫仔) ●

출화(出火, 추훠) ●

후동(猴洞, 형춘(恆春))

저로속(豬膀束, 리더(里德)) ★

사마리(射麻里, 용징(永靖)) ★

용란담(龍鑾潭, 룽롼탄)

용란(龍鑾) ★

대수방(大繡房, 다광(大光)) ●

대첨산(大尖山, 다젠산) ▲

구자룡(龜仔用) ★

남만(南灣)

남갑(南岬) ●

1870년경 이선득(李仙得, 당시 이양례(李讓禮)라는 이름을 사용했음)이 제작한 낭교(瑯嶠)의 지도.
그는 낭교18사(瑯嶠十八社)를 영어 'CONFEDERATION OF EIGHTEEN TRIBES UNDER
ONE CHIEF(한 명의 두목이 관할하는 18부락 연맹)'로 번역했다. 동항(東港)은 [풍항(風港, 오늘날
의 펑강(楓港))]의 오기로 보인다.

───────〈 **고산 지대 원주민(생번)** 〉───────

탁기독
사가라족의 총두목. 19세기 서양인들이 전설 같은 존재로 여기고 존경하던 인물로, 낭교 18부락 연맹을 만들어 미국 영사와 남갑지맹을 체결한다.

이사
사마리 부락의 두목으로, 문걸을 알아보고 그를 탁기독에게 데려간다.

파야림
구자록의 두목. 1867년 조난당한 미국 상선 로버호의 생존자들을 모두 살해해서 '로버호 사건'을 일으킨다.

문걸
사료의 면자네 집에 의탁하다가 생번 부락으로 가서 탁기독을 만난다. 객가어와 복로어, 생번어가 유창하고 한문에 능통하다.

접매
서양 의술을 배우기 위해 영국 포선에 몸을 싣는다. 여러 민족의 언어를 구사하며, 영어도 할 줄 안다.

───────〈 **평지 토생자(숙번)** 〉───────

면자
사료의 수령. 접매와 문걸을 사료에 데려와 보살펴준다.

송자
양인의 배가 구자록을 향하자 문걸과 함께 생번 부락에 소식을 전하러 떠난다. 이후 사료로 돌아왔다가 접매가 있는 기후로 가서 함께 지낸다.

이양례(이선득)

본명은 찰스 윌리엄 르 장드르(Charles W. Le Gendre)로 프랑스인이지만 미국인으로 귀화했다. 하문 및 포르모사 주재 미국 영사로 부임한 뒤 탁기독과 남갑지맹을 맺어 포르모사 해역의 안전을 도모한다. 훗날 일본으로 가서 '대만 정벌'을 기획했으며, 이후 조선의 경성에서 눈을 감았다.

피커링(필기린)

선원 출신의 모험가. 타구의 영국 영사관이나 양행 등에서 통역을 맡아 포르모사 전역에서 활약한다. 언어의 천재, 포르모사통으로 불리기도 하며 이양례가 생번과 화의를 맺는 데 도움을 준다.

맨슨

타구의 해관에 소속된 의사로 접매에게 서양 의학과 영어를 가르쳐준다.

〈 청나라 관리 〉

유명등

청나라에서 대만진에 파견한 총병. 태평천국의 난을 제압한 무장으로, 이양례에 호응해 생번 정벌에 나서 다시 한번 이름을 떨치고 공을 세우기를 기대한다. 문장 실력도 훌륭해 많은 비문을 남겼고, 피커링에게 '필기린'이라는 이름을 지어준다.

왕문계

대만부의 해방 겸 남로 이번 동지로 유명등의 수하로서 이양례를 수행하며 감시한다. 훗날 피커링이 일으킨 분쟁에 대한 책임을 떠맡는다.

이야기로 엮은 다채로운 역사관

대만은 산과 바다를 끼고 있으며 다양한 생물이 생장하는 '아름다운 섬', 포르모사다. 이 아름답고 풍요로운 자태, 풍부한 자원은 다양한 사람들이 모여들어 터전을 잡고 문화를 전시하고 함께 살아가며 역사를 창조하는 배경이 되었다. 대만 생태의 특수성은 각 민족 특유의 이야기와 사회 제도, 습성과 문화적 특징을 일궈냈다. 최근 몇 년간 고고학과 언어학 연구를 통해 대만이 광범위한 남도어족(南島語族, 인도네시아어파와 멜라네시아어파, 폴리네시아어파의 세 어파로 구성된 어족. 오스트로네시아어족이라고도 한다)의 주요 발상지 중 하나로 밝혀졌으며, 원주민들이 6,000년 전부터 대만에서 생활했던 발자취도 찾아볼 수 있게 되었다.

따라서 우리는 포르모사 사람으로서 다양한 선사 시대 민족의 역사와 문화라는 배경을 딛고 겸손하게 살아가야 한다. 그리고 여러 집단의 복잡한 접촉 과정과 공생의 경험, 역사적 사건 및 민간에 전해지는 이야기를 포함한 민족 간의 관계를 소중히 여겨야 한다.

다양한 소수 민족이 다양한 시대에 포르모사라는 모체의 생태 환경 속에서 살아가며 서로 충돌하고 전쟁하고 상처를 입히고, 서로 포용하고 합쳐지며 재생하고 용서하는 과정을 거쳐 공생과 공치(共治)의 역사를 창조했다. 이 과정에 어머니의 땅 포르모사의 포용, 시간이 선물한 상처의 치유, 마음의 변화, 공감과 공생, 대지와 공영을 이룬다는 이념이 담겨 있다.

《포르모사 1867》은 다양한 민족 집단이 공존·공영한다는 이념을 안고, 아름답고 풍부한 포르모사를 배경으로 서로 접촉하는 과정에서 발생한 생명의 이야기이며, 스토리텔링 형식으로 민족 관계에서 형성된 다채로운 역사관을 써 내려간 책이다.

저자 첸야오창은 정교한 전개를 통해 역사적 사건을 내재화하고 소설의 역동적인 내면을 표현했다. 소설 속 모든 사건은 우리 역사를 돌아보게 하고, 특히 민족 집단의 관계는 우리의 삶과 문화의 창이 되어 안팎의 다양한 풍경을 보여준다. 그뿐 아니라 외부로 향하는 문이 되어 우리에게 상상력을 발휘하고 미래를 창조할 수 있게 한다. 역사는 충돌, 인식, 교류를 거쳐 공동체로 공생하는 과정을 보여준다. 모든 사건이 민족 집단 관계의 결정적 순간처럼 보인다. 하지만 기묘하게도 이 결정적 순간에서 새로운 삶의 기회가 생기고 지역적으로 특수한 문화 표현과 민족적 공감대가 생겨난다.

이 땅에서 벌어진 모든 삶의 이야기는 역사적 가치와 의미를 남겼으며, 이는 포르모사 사람들의 민족 의식과 문화적 정체성이 되었다. 대만에서 발생한 크고 작은 사건들은 이미 이 땅과 사람을 떼어놓고 생각할 수 없는 관계로 내면화되었다. 개인이나 민족 집단이 포르모사의 자녀가 된 이후 이 어머니의 땅은 생명의 운율, 생활의 리듬, 역사적 언어와 문화를 전시하는 영원한 무대가 되어 무한한 에너지를 제공한다. 이러한 역사의 흐름과 문화 배경 속에서 의식이 있는 사람이 역사 속 이야기를 읽고 마음으로 역사의 가치를 엮었으니, 그것은 생명 공동체의 에너지요, 대지와 공존하는 역사 이야기라는 의미가 되었다.

쳰야오창은 《포르모사 1867》에서 대만 남부, 특히 지금의 헝춘반도(恆春半島)에서 발생한 역사적 사건을 다채로운 역사관으로 엮었다. 이 이야기의 민족 집단 배경은 핑둥(屏東, 오늘날의 핑둥) 남쪽의 배만족(排灣族, 파이완족) 원주민, 핑포(平埔) 원주민, 스카루[Seqalu, 동부의 배만족·비남족(卑南族)·아미족(阿美族)이 핑둥의 만주(滿州)인 항춘(恆春, 오늘날의 헝춘) 지역으로 이주하여 구성된 민족. 사가라족이라고도 부른다], 복로인·객가인으로 불렸던 한족(漢族), 네덜란드인, 일본인, 프랑스인과 기타 민족이며, 이들이 서로 접촉하고 충돌하면서 발생하는 새로운 관계를 다루고 있다.

원주민의 입장에서 볼 때 그들에게는 대체 불가한 역할과 역사관이 있다. 하지만 외래 민족과 접촉한 후 자신들의 땅에서 다양한 형태의 교류 방식을 형성하고 다양한 족적과 기억, 반응을 남겼다. 사건의 발생은 공통적인 경험과 기억이 되어 새로운 관계를 발생시켰다. 모자이크 같은 역사관을 아플리케처럼 조화롭게 배치하여 교훈으로 승화시킴으로써 생명의 양분이 되었다. 시간이라는 터널을 지나면서 그때 발생한 사건이 우리의 영원한 노래가 되었다.

저자는 열린 마음으로 이야기에 등장하는 모든 민족이 대만에서 겪은 일과 상호 간 생겨난 새로운 관계를 읽어낸 후 이 땅의 주체적인 역사관과 다양한 민족 집단의 가치라는 각각의 구슬을 포르모사에 한 줄로 꿰어 생명의 화환으로 엮어냈다. 소설 속 사건들은 우리를 돌아보게 하는 요소일 뿐 아니라 우리가 높이 쌓은 다양한 가치이기도 하다. 《포르모사 1867》은 마음 깊은 곳의 감성으로 이야기를 엮고 사건을 설명함으로써 생명의 향기를 남겼으며, 또한 각각의 사건에 담긴 생명의 가치를 이용하여 다양한 민족이 대지와 함께 번영한 다채로운 역사관을 엮어낸 소설이다.

통춘파(童春發, Masegeseg Z. Gadu)
동화대학교 원주민 민족대학 학장

잃어버린 연결 고리를 찾아서

역사의 사건 속에서 자신을 찾을 것인가, 아니면 개인에서 출발하여 역사를 이해할 것인가? 선자는 밖에서 안을 향하는 것이고, 후자는 안에서 밖을 향하는 것이지만 둘은 결국 하나로 귀결되며 상호 작용을 하면서 무한 순환의 궤도를 형성한다. 무수한 이론과 오랜 논쟁을 통해 마침내 알게 된 사실이 있다. 한 개인은 역사라는 거대한 흐름에서 바람에 떠다니는 작은 입자로 끝나지 않으며, 구조적 체제(경제 모델, 정치 형식, 세계 동향)에 그저 떠밀리는 존재는 더욱 아니라는 점이다. 당신과 나의 선택은 역사의 흐름에 반드시 영향을 미친다. 이 점을 믿지 않는다면 굳이 역사에 관심을 가질 필요도 없다.

첸야오창이 집필한 두 번째 역사 소설 《포르모사 1867》은 역사의식이 희박한 나조차도 관심을 집중하기에 충분했다. 이야기는 어디서부터 시작할까? 그 출발점은 5~6년 전 내가 첸야오창 형을 처음알게 된 술자리에서라고 할 수 있다. 하지만 이 소설로부터 영감을 받은 나는 그 인연이 더욱 뜻깊게 느껴진다.

나는 1954년에 태어났다. 그해 1월, 미국은 원자력을 동력으로 한 최초의 잠수정을 가동했다. 3월, 미국은 태평양에 있는 비키니 환초에서 세계 최초로 '실천 가치가 있는 원자폭탄' 투하 실험을 거행했다. 7월에는 차이전난(蔡振南)이 태어났다. 그가 작곡하고 가사를 선정한 〈심사수인지(心事誰人知)〉는 내가 가장 좋아하는 대만어로 된 노래다. 9월에는 중국 공산당이 금문(金門, 오늘날의 진먼)에 포격을 시작함으로써 9·3포전[九三砲戰, 4년 후 8·23포전(八二三砲戰)이 발생]이 발발했다. 10월에는 세계적으로 유명한 영화감독 리안(李安)이 태어났고, 그의 〈와호장룡(臥虎藏龍)〉은 최근 내가 가장 감명 깊게 본 영화로 꼽힌다. 11월에는 설명이 따로 필요 없는 린칭샤(林青霞)가 태어났다. 나는 그녀가 주연한 영화를 한 편도 빠짐없이 보았다. 12월에는 '미중공동방어조약'이 미국 워싱턴에서 공식 체결되었다.

이런 사건들을 나열하는 건 유명인들을 내세워 나의 허영심을 충족하려는 목적도 있지만 내가 성장한 시대적 분위기가 어땠는지 짚고 넘어가려는 목적이 더 크다. 내가 미국의 존재를 의식하기도 전에 미국은 나의 삶에서 중요한 역할을 하고 있었다. 미국 유학도 예상에 없던 일이었는데, 나는 어릴 때부터 어떤 사람이 되어야겠다며 뜻을 세운 적도 없었기 때문이다. 캔자스주에서 석사 코스를 밟던 중 아내 저우징화(朱靜華)를 만났다. 그녀는 12살 때 부모를 따라 필리핀에서 미국으로 이민을 와서 최종적으로는 버지니아주에 정착했다. 우리는 장인 저우이슝(朱一雄)이 교수로 있는 대학 캠퍼스의 교회에서 결혼식을 올렸다. 평범하기 그지없는 과정이지만 워싱턴앤드리대학교

(Washington and Lee University)에 처음 들어섰을 때 뜻밖이라는 느낌이 강했다. 어떤 인연으로 대만 사람인 내가 미국 남북전쟁 때 노예제를 지지하던 남군의 요충지에서 화교와 결혼하게 된 걸까?

1865년, 남군 사령관 로버트 E. 리(Robert Edward Lee) 장군이 북군의 율리시스 S. 그랜트(Ulysses Simpson Grant) 장군에게 투항하면서 4년에 걸친 남북전쟁이 종식되었다. 그로부터 2년 후 청나라 통치하의 대만에서 '로버호 사건'이 발생했다. 미국 상선이 대만 남쪽에서 암초에 부딪혀 좌초했는데 10여 명의 선원이 배를 버리고 해변에 상륙했으나 불행하게도 원주민에게 살해된 사건이다. 당시 하문(廈門, 오늘날의 샤먼) 주재 미국 영사 이양례(李讓禮, Charles W. Le Gendre)는 이 사건을 예의 주시하였고, 사가라족(斯卡羅族)의 리더 탁기독(卓杞篤)과 교섭한 끝에 남갑지맹(南岬之盟)을 체결했다.

그 후 이양례는 일본 외무성에서 고문으로 있으면서 일본 군대와 손잡고 대만에 출병함으로써 포르모사의 운명에 연쇄 반응을 일으켰다. 원래 프랑스가 국적인 이양례가 율리시스 S. 그랜트 장군 휘하의 장교였으며, 로버호 사건이 발생하기 3년 전에는 버지니아주에서 로버트 E. 리 장군을 상대로 전투를 벌였다는 사실이 흥미를 끌었다. 나는 강한 의문이 들었다. 과연 어떤 인연이기에 프랑스인이 다른 나라까지 와서 그 나라의 내전에 참여했으며, 내전이 끝난 후에는 대만까지 와서 큰 사건에 관여한 걸까?

나의 개인적인 상황과 이양례의 상황은 마치 첸야오창이 이 책을 통해 부연한 역사의 나비효과에 응답하는 듯하다. 그동안 대만 교과서에서 중요하게 다루지 않던 로버호 사건은 나비의 첫 번째 날갯짓처럼 1874년 일본의 대만 침략으로 이어지고, 1875년 심보정(沈葆楨)의 '개산무번[開山撫番, 청나라가 대만 원주민 지역의 산지를 개척하고 번(番)지역 사람들을 귀순시키기 위해 진행한 침략 정책]'과 1885년 '대만 건성[建省, 청나라가 대만을 성(省)으로 승격시켰다]'으로 이어졌으며, 또 1895년부터 1945년까지 50년에 달하는 일제 강점기를 불러왔다.

이 책은 실제 시간과 공간, 사건과 인물을 주시하였으며 역사적 팩트를 근거로 하되 픽션의 요소도 가미한 팩션이다. 저자는 상상과 추리를 동원하여 서로 관련없어 보이는 역사적 사건들 사이에서 연결 고리를 찾아냈고, 이를 통해 현재와 과거를 연결하는 감정적 유대를 엮어나갔다. 오랫동안 역사 소설은 정사(正史)로 취급받지 못했다. 하지만 정사라는 허구의 가면이 벗겨짐에 따라 역사 소설의 위상은 근대에 와서 상대적으로 격상되었다. 주변에 허구가 너무나 많아서 우리는 오랫동안 사실과 허구를 분간할 수 없는 곤경에 빠져 있었다. 프랑스의 철학자 자크 랑시에르(Jacques Ranciere)는 허구라는 개념을 새롭게 정립해야 한다고 주장했다. 그는 '허구'의 의미가 작가가 만든 상상의 세계만을 지칭하거나 진실의 반의어로 쓰이지 않아야 한다고 했다. 허구는 진실에 대한 재정립이며 현실과 표상, 개인과 집단 간에 새로운 관계를 수립하는 작업이라는 것이다.

《30년 전쟁》의 저자 C. V. 웨지우드(C. V. Wedgwood)는 우리가 인정하든 않든 현재에서 벗어나려는 인간의 욕망이 역사에 탐닉하도록 만든다고 말했다. 하지만 이런 낭만적인 선동이 없다면, 하나의 시공으로부터 다른 시공으로 들어가 과거의 한 시절에서 활약하겠다는 욕망과 감성도 없을 것이며 이런 상황에서는 단순한 역사의 답사가 중요한 부분의 결여를 초래한다고 했다. 이 점에 대해 웨지우드는 인간의 역사 지식은 낭만적인 소설가들 덕분에 강화된다면서 이들은 단순히 역사 연구를 촉구하는 실질적 기여자로서가 아니라, 역사 소설로 깊이를 더하면서 한편으로는 새로운 역사 연구를 개척한 측면이 더 크다고 주장한다.

저자의 전작《포르모사삼족기(福爾摩沙三族記)》가 그랬듯이 이 책은 역사적 사실에서 출발하여 여러 민족이 공존했던 포르모사를 묘사하고 있다. 그중 주요 인물로 등장하는 반문걸(潘文杰)은 이렇게 토로한다.

"이 낭교는 민족 간 애증 관계가 정말 복잡하고 해결하기도 힘들다. 평지 사람은 생번과 땅을 두고 다툰다. 같은 평지 사람인 복로(福佬)와 객가(客家)는 언어가 통하지 않고 서로 벽을 쌓은 채 왕래하지 않는다. 복로는 토생자 숙번(熟番)을 아내로 맞아들이고, 객가는 고산 지대의 생번(生番)과 결혼하니 인종의 구성이 더욱 복잡해진다. 생번도 현지를 본거지로 삼는 사가라족과 동부에서 온 아미족(阿眉族)으로 다시 나뉜다. 양인의 침략을 앞두고 생번 부락들은 양부(탁기독)의 노력하에 단결했다. 하지만 평지의 민족 집단은 여전히 모래알처럼 흩어져 각자 살아갈 궁리만 한다."

여기까지 읽고 나면 현재 대만이 처한 상황이 저절로 떠오른다. 첸야오창의 소설은 지난날을 회고하는 데 그치지 않고 현재의 상황까지 주시한다. 저자는《섬 DNA》에서 "대만의 다양하고 풍부한 혈맥의 연결과 그 연속성을 과학적인 시각으로 증명했다."라는 평을 받았다[쑨다촨(孫大川, 대만 원주민위원회 주임위원)].《포르모사삼족기》와

《포르모사 1867》에서는 오늘날 민족의 융합으로 향하는 GPS를 제공했다. 이제부터는 그가 제공하는 네비게이션이 어떤 식으로 미래의 길을 안내하는지 지켜볼 차례다.

지웨이란(紀蔚然)

국립 대만대학교 연극학과 교수, 국립 문학상 수상자

경계의 밖·교화(敎化)가
미치지 못하는 곳·나라의 밖

1867년(특별할 것이 없는 해), 돛대 3개가 달린 미국 국적의 상선이 대만 남부 해안에서 좌초했다. 이는 대만 역사 교과서에 실린 '로버호 사건'의 내용이다. 일반적으로 교과서에서는 이 사건을 청나라 말 대만 해협을 둘러싼 해난 사고의 구조 문제, 또는 중국의 대외 외교 교섭 사건으로 접근하고 있다. 청나라 조정에서 남긴 사료를 통해 청나라 관리들은 책임 전가에 급급한 반면, 서방 외교관들은 강경함과 유화책을 동원하여 문제 해결을 촉구했음을 눈치챌 뿐이다. 눈썰미가 날카로운 독자도 기껏해야 청나라 조정이 강희제(康熙帝) 때 대만을 지배했다고 주장하지만 실제로는 서부 평원 지대의 극히 협소한 부분만 지배했다는 사실을 알아챌 정도다. 1867년에 발생한 로버호 사건의 무대는 현재의 핑둥현 남단 헝춘반도 일대다. 당시 이 지역에 관한 청나라 정부의 인식은 이러했다. "다른 지역 사람들은 미개하고 통역관이 없으며, 길이 험준하고 숲이 우거져 밀림을 이룬 미개인의 지역이다. ……이곳은 지배 판도에 수용하지 않으며 병력이 미치지 않는다. 이곳에 거주하는 사람들은 미개인이며 결코 중국인이 아니다."요컨대 청나라 조정은 헝춘반도를 '지배 판도에 속하지 않는 기타 지역이고 헝춘반도에 사는 사람은 우리 민족이 아니다'라는 시각으로 보았다.

그러나 1867년의 로버호 사건은 모험가 정신으로 무장한 프랑스계 미국 외교관 이양례의 눈길을 끌었고, 그 후 대만에 대한 지속적 관심으로 이어졌다. 그리하여 이양례는 대만 현지를 둘러보고 원주민과 조약을 체결했으며, 최종적으로 1874년 일본의 대만 침공에서 중요한 역할을 했다. 청나라 관리들의 문헌이 행정을 기록하는 데 의미를 둔 것과는 대조적으로 서양인들의 문헌은 대만의 경관, 사회, 주민에 대한 묘사를 자세히 하고 있다. 덕분에 우리는 역사 속 대만의 구체적인 면모를 비교적 뚜렷하게 볼 수 있게 되었다. 가령 헝춘반도를 청나라 관리들은 그저 판도의 밖이라고 여겼는데, 서양인들의 문헌을 보면 비록 경계 밖에 있지만 적지 않은 한족들이 이곳으로 이주하여 조정의 금지령을 무시하고 활동했다는 사실을 알 수 있다. 또 다양한 민족 간의 통혼으로 많은 혼혈 자녀들이 태어나 다민족이 교차하는 곳이었다. 원주민들도 여러 부족으로 나뉘고 심지어 부족 연맹까지 형성했다. 서양인들의 문헌은 더욱 진실하고 생동감 넘치는 대만의 역사를 알려주었다.

나의 오랜 벗이자, 대만대학교의 명의 첸야오창 선생은 박학다식하여 다양한 분야에 관심이 많다. 대만 역사에 대한 그의 지식과 깊은 이해에는 우리 같은 전문 역사 연구가들도 탄복할 정도다. 수년 전 그는 의학 전공자의 입장에서 역사학자들도 이해하기 힘든 정성공(鄭成功)의 사인에 얽힌 미스터리를 풀었으며, 혈액 의학을 활용해 대만 사람의 역사 DNA를 규명하는 등 역사 해석의 새로운 국면을 개척했다. 독자들은 역사에 심취하여 독서에 열중하면서 과학 추리의 즐거움도 누릴 수 있었다.

챈야오창은 더 매진하여 직접 역사 소설을 쓰기에 이르렀다. 몇 년 전 발표한 《포르모사삼족기》는 17세기 대만 역사에서 한족, 네덜란드인, 원주민이 서로 교류하는 내용을 다뤘다. 역사 연구가들도 그의 작품이 연구를 많이 하였고 설득력이 있으며 창의성까지 갖췄음을 인정했다. 이 책에서는 1867년에 발생한 로버호 사건을 주제로 19세기 후반 헝춘반도라는 다민족 사회를 묘사하고 있다[그는 일련의 '대만삼부곡(台灣三部曲)'을 구성 중인데 1부로 이 책《포르모사 1867》에서 원주민과 양인이 접촉하는 경과를 묘사하고 이후에는 2부로 원주민과 일본인이 접촉하는 경과를 묘사하고, 3부로 원주민과 한족의 애증으로 얽힌 관계에 대해 묘사할 것이라고 한다].

상술한 바와 같이 역사 교과서는 로버호 사건을 언급할 때 청나라 조정의 외교적 교섭에만 포커스를 맞추고 있다. 하지만 헝춘반도에는 민간에서 흩어진 조각을 맞추고 재해석한 또 하나의 역사가 존재한다. 챈야오창은 프롤로그에서 헝춘반도의 '네덜란드 공주'를 소개하고, 그에 대한 자세한 분석을 진행한다. 네덜란드 공주 이야기는 민간에서 퍼즐을 맞춰 재해석한 헝춘반도의 역사로, 각종 경험과 전설을 해석하여 조각들이 겹겹이 쌓이고 혼합되어 형성된 이야기다. 챈야오창은 민간 역사를 소개하면서 출처가 다양한 경험과 전설, 퍼즐을 어떻게 한곳으로 모으는지 보여주며, 다른 한편으로는 그 자신이 이 민간의 역사를 어떻게 분해하여 재해석하는지도 보여준다. 첸야오창은 역사 연구가들이 인정한 사료[그는 스스로 이렇게 말했다. "이 책에 등장하는 인물의 시간, 공간에 관한 묘사는 예를 들어 이양례, 유명등, 피커링, 탁기독 등의 행보를 몇 월 며칠 어떤 지역(사료, 시성, 대수방)에 간 것과 심지어 몇 시에 배가 출발했으며, 전쟁의 경과가 어떻게 되고 평화 회담이 어떤 식으로 진행되었는지에 이르기까지 모두 정사의 사료에 입각하여 쓴 것이다."]를 기초로 소설을 썼다. 이는 엄연한 역사의 재해석 작업이지만 학계의 역사학자들이 재해석하는 역사보다는 재미있어야 한다. 왜냐하면 소설에서처럼 분위기와 정서를 묘사하는 부분은 역사학자의 분석식 역사 서술에는 등장하지 않기 때문이다. 그보다는 역사학자들이 이런 부분을 최대한 노출하기 꺼린다고 하는 것이 더 정확한 표현이다. 첸야오창은 대만 역사학계의 주목과 존경을 받을 만한 도전자이자 경쟁자다.

자아 성찰 경향이 다분한 대만의 제도권 역사학자로서 나는 독자들에게 첸야오창의 소설을 음미하라고 추천하면서 동시에 두 편의 에필로그도 자세히 읽어볼 것을 정중히 권한다. 에필로그를 통해 저자의 대만 민족관과 역사관을 이해할 수 있으며, 역사학과 문학의 관계가 상호 영향을 미칠 가능성을 엿볼 수 있을 것이다.

우미차(吳密察)
국립 대만대학교 역사학과 교수

프롤로그

그가 친구에게 컨딩 해변의 작은 사당에 데려다 달라고 했을 때만 해도 갑자기 끼워 넣은 이 여정에서 역사적으로 중요한 장소를 발견하리라고는 예상하지 못했다.

애초의 목적은 모란사 사건에 관련된 역사적 장소들을 돌아보는 것이었다. 우선 1871년 해난 사고를 당한 일본의 류큐인들이 상륙한 해변에서 그들이 지나간 길과 그들이 피살된 쌍계구(雙溪口)를 돌아본다. 이어서 1874년 일본군이 상륙한 사료항(射寮港)과 그들이 주둔했던 후만(後灣), 모란(牡丹) 부락과 일본군의 교전이 벌어진 곳으로 유명한 석문(石門)의 천연 요새, 그리고 해난 사고를 당한 류큐인들의 유해를 묻고 비석을 세운 곳을 돌아본 다음 마지막에는 심보정이 세운 형춘성(恆春城) 유적지를 돌아볼 계획이었다.

친구는 그를 태우고 차를 몰아서 반나절 만에 모란사 사건과 관련된 장소들을 모두 돌아보았다. 시간은 겨우 오후 4시가 조금 넘었고 햇볕은 여전히 뜨거운 기운을 뿜고 있었다. 대만 남부 지역인 이곳에서는 해가 지려면 아직 몇 시간 더 남았다. 그는 원래 양우왕(楊友旺, 당시 류큐인들을 구한 객가의 의인)의 후손을 만나보고 싶었으나 어디서부터 찾을지 막막하여 단념했다. 하지만 이대로 돌아가기에는 너무 이른 감이 있었다. 타이베이에서 어렵게 시간을 내 처청(車城), 헝춘까지 왔는데 대만의 끝에서 끝을 오가는 모처럼의 여정을 이대로 끝내기는 아쉬웠다. 결국 다른 곳을 더 가보기로 했다.

친구는 그가 네덜란드라는 말을 듣는 순간 관심을 보일 것을 알았다. 그래서 네덜란드 공주의 사당이 멀지 않으니 가보자고 제안했다. 친구는 20년 전에 그곳을 방문한 적이 있는데 작은 나무배의 잔해를 보았으며 아직 있는지 모르겠다고 했다. 배의 잔해라는 말에 그의 호기심은 더욱 커졌다.

30분 후 그들은 컨딩 거리에 도착했다. 친구는 잠시 찾아보더니 차를 좁은 골목으로 몰았다. 골목 끝까지 가니 뜻밖에도 드넓은 모래 해변이 눈앞에 펼쳐졌다. 작은 사당은 낮은 언덕을 배경으로 바다를 바라본 채 지어졌다. 차를 세운 다음 그는 사당의 이름이 만응공사(萬應公祠)임을 발견했고, 다시 자세히 살피니 왼쪽에 팔보궁(八寶宮)이라고 적힌 편액이 걸려 있었다.

그도 네덜란드 공주의 사당에 대해 들었다. 몇 년 전 TV 뉴스[1]에서 컨딩 지역의 괴력난신(怪力亂神, 불가사의한 현상이나 존재)에 관해 소

---

1   2008년 9월 13일.

개한 보도를 통해서였다. TV에서는 컨딩 현지의 소식을 전하면서 네덜란드 시대[2]에 네덜란드 공주가 포르모사에 연인을 찾으러 왔다가 컨딩 근처에서 풍랑을 만나 배가 전복되었고, 공주는 불행히도 현지 원주민에게 살해되었다고 했다.

당시 그는 《포르모사삼족기》를 쓰고 있었는데 4대 거작 《열란차성일지(熱蘭遮城日誌, De Dagregisters van het Kasteel Zeelandia)》까지 읽었다. 사소한 부분까지 놓치지 않는 네덜란드인들의 서술 방식에 진심으로 탄복했던 그는 뉴스에 나온 이야기가 사실일 리 없다고 판단했다. 게다가 당시 네덜란드는 국왕 없이 섭정을 실시했기 때문에 공주라는 호칭도 있을 수 없다. 그런데 이야기 속 공주는 '마가렛'이라는 이름까지 있었다. 그는 TV 뉴스의 다채로운 내용에 깊은 인상을 받았으나 틀림없이 황당한 이야기일 것이라고 직감했다.

공교롭게도 이야기 속 네덜란드 공주의 연인이 정사에는 분명히 존재했다. 여색에 빠져 비명횡사한 외과 의사 베셀링[3]이라는 사람이다. 이 의사는 사실 훌륭한 의술로 이름이 났고, 1640년경 당시 네덜란드 고위직의 명령으로 비남왕(卑南王) 관할 지역에 가서 금광을 찾

---

2 1640년대.

3 베셀링(Maarten Wesseling)은 덴마크 코펜하겐 사람으로, 한때 일본 나가사키상관(長崎商館)의 외과 의사로 일했다. 그는 스에츠구 헤이조(末次平藏)의 병을 고쳐주고 일본인에게 증류술 만드는 법을 가르치기도 했다. 1637년 무렵 대만으로 건너갔다가 나중에 동인도회사 대만 총독의 명령으로 대만 동부 비남(卑南)에서 전설 속 금광을 조사하기도 했다. 대파육구(大巴六九, Tamalakou, 장천(漳泉) 사람들의 발음) 부락 사람들의 말에 따르면 그는 동료와 함께 이 부락의 노부인에게 모욕적인 행동을 하다가 불행을 자초했다고 한다.

기도 했다. 그곳에서 현지의 여인을 희롱하다가 원주민들에게 살해 되었다고 전해진다. 한 시대를 풍미했던 명의가 불미스러운 행동을 하다가 죽었다는 사실에 그는 속으로 꽤 애석해했다. 그 베셀링이 헝 춘 마을의 야사에 등장하는 비극의 네덜란드 공주의 연인이라면, 설 마 베셀링은 대만 최남단까지 갔단 말인가? 이런 생각은 그의 호기 심을 더욱 자극했다.

네덜란드 공주의 사당은 규모가 작았다. 단상에는 고대 한족이 조 형한 작은 신상 3존(尊)을 모시고 있었다. 뒤쪽의 그림과 글씨가 없었 다면 누구를 모시는 사당인지도 알 수 없었을 것이다. 그림 속 공주 는 수려한 용모를 자랑했지만 온화한 분위기와는 거리가 멀었다. 몸 에는 무사들이 착용할 법한 긴 웃옷을 두르고 왼손에는 검을 쥐고 있 었다. 기묘하게도 오른손에는 지구의를 들고 있었다. 그림 위쪽에는 화란여공주(荷蘭女公主, 네덜란드 공주)라고 적혀 있고, 왼쪽에는 보주 비래주대해(寶主飛來駐台海, 공주가 날아와 대만 바다에 머무르다), 오른쪽 에는 좌자산면향해상(座自山面向海上, 산에 앉아서 바다를 바라보다)이라 고 적혀 있었다.

TV에서 전하는 말에 따르면 공주가 살해된 후의 이야기는 대만 색채가 농후한 민간 귀신의 전설로 엮어졌다. 이야기 속 인물들은 실 제 이름이 있고 모두 고증이 가능했다. 공주와 그녀를 수행하던 일행 은 피살되고 나서 해변의 모래밭에 오랫동안 묻혀 있었다. 300년이 지나고 대만은 네덜란드, 동녕국(東寧國), 청나라를 거쳐 일제 강점기 에 진입했다. 소화(昭和) 6년인 1931년, 장첨산이라는 사람이 집을 지 으려고 해변에서 모래와 자갈을 채취하다가 공주 일행의 유해와 배의 잔해를 발견한다.

　재수 없는 일을 당했다고 여긴 장첨산은 민간의 풍습에 따라 도자기에 유해를 넣어 만응공사에 안치했다고 한다. 그런데 어떻게 해변에 만응공사가 있게 되었는지, 누가 언제 지었는지는 TV에서 다루지 않았다. 2~3년 후 장첨산의 사촌 동생 장국자가 갑자기 정신 이상을 일으켜 남의 집에 기름을 붓고 불을 질렀다. 그 시절에는 정신 이상을 일으키면 무당을 찾아 점을 보고 신령에게 빌기도 했다. 무당은 뜬금없이 영어로 점괘를 중얼거렸다. 다행히 마을 주민 가운데 가향이라는 사람이 아란비(鵝鑾鼻) 등대에서 외국인과 일한 적이 있어 영어를 조금 할 줄 알았다. 그가 통역해준 내용에 따르면 수백 년 전 피살된 네덜란드의 마가렛 공주가 배가 없어서 고향으로 돌아가지 못하고 원귀가 되어 상국자의 몸에 깃들었다는 것이다. 네덜란드 공주가 왜 영어를 쓰는지 의문을 품는 사람은 아무도 없었다.

　어쨌든 사람들은 종이배를 불사르고 정성스럽게 공주를 바다로 보내주는 의식을 치렀고, 얼마 후 장국자도 정신이 돌아왔다. 하지만 며칠이 안 되어 장국자는 정신병이 다시 도졌다. 무당은 종이배가 물굽이에서 맴돌기만 하고 큰 바다로 나가지 못하고 있다는 말을 했다. 네덜란드 공주는 무당의 입을 빌려 "어차피 고향에 돌아갈 희망이 없으니 이곳에 머무르고자 한다. 만응공사는 반드시 3분의 1을 내게 양보해야 하며, 그렇지 않으면 계속 화를 당할 것이다."라고 했다. 사람들은 어쩔 수 없이 그 말에 따르기로 했고, 만응공사의 3분의 1을 네덜란드 공주의 사당으로 꾸몄다. 그러자 마을에는 한동안 아무 일도 일어나지 않았다. 마을 사람들은 네덜란드 공주를 두려워했고, 이는 일반적으로 사당의 신을 존경하는 태도와는 달랐다.

그가 친구에게 TV에서 본 내용을 이야기하자 친구는 즉시 "그건 아닐세. 네덜란드 공주 사당이 먼저 있었고, 만응공사는 나중에 생겼어."라며 의문을 제기했다. 친구는 고등학교에 다니던 20년 전 이곳을 처음 찾았을 때 흔히 볼 수 있는 작은 토지신 사당처럼 생긴 곳에 '네덜란드 공주 사당'이라는 글씨가 삐뚤빼뚤하게 쓰여 있었으며, 당시에는 만응공사가 없었다고 했다. 그는 친구의 말을 믿었다. 건물 외관만 봐도 지은 지 몇 년 지나지 않은 것을 알 수 있었기 때문이다.

그는 TV에서 소개한 이야기를 계속 회상했다. 네덜란드 공주를 팔보공주(八寶公主)로 칭하게 된 것은 유해를 발견했을 때 나무 신발, 실크 스카프, 진주 목걸이, 보석 반지, 가죽 상자, 보석 귀고리, 깃털이 달린 펜과 종이 등 여덟 점의 물품도 함께 발견되었기 때문이다. 그래서 현지 주민들은 네덜란드 공주 사당을 팔보궁이라고도 불렀다.

장국자는 결국 스스로 목숨을 끊었는데, 그 장소가 네덜란드 공주 사당에서 멀지 않으며 현재의 국가공원 입구 근처였다. 이것으로 일이 일단락되는가 싶었으나 네덜란드 공주와 현지 주민의 애증 관계는 그 후로도 오래 계속되었다.

TV 뉴스에서 이 신비한 이야기를 다시 다룬 것은 2008년 7월, 같은 장소에서 대만의 숲에 흔한 '악령의 전설'이 발생했던 때였다. 80대 할머니가 셔딩자연공원(社頂自然公園)에서 악령의 장난에 휘말려 실종되었다가 닷새가 지나서야 구출되었다. 할머니는 악령이 자신을 산속으로 데려가 한곳을 빙빙 돌게 만들었으며, 그녀의 속옷까지 벗기는 장난을 쳤다고 전했다. 여자 악령은 금발에 푸른 눈을 하고 있었다고 한다. 사람들은 자연스럽게 80년 전의 일을 떠올렸고, 네덜란드 공주가 다시 나타나 소동을 일으킨다고 생각했다. 어떤 무당은 한술 더 떠서 네덜란드 공주가 100년 묵은 원한을 갚겠다며 10명의 목숨을 요구했다고 말했다. 그해에 실제로 안 좋은 일이 잇달아 일어났고, 6개월 동안 9명이나 비명횡사하는 일을 겪으면서 인심은 흉흉해졌다.

마을의 평안을 빌고자 9월 12일 오후, 컨딩 주민들은 네덜란드 공주 사당 앞에서 화해법회를 열었다. 헝춘의 진장(鎭長), 컨딩의 이장(里長)을 비롯해 컨딩과 셔딩의 주민 100여 명이 모여 화해법회를 열고 공주의 원한을 풀어주는 의식을 거행했다. 사람들은 300년 묵은 원한을 풀어 달라고 관세음보살에게 빌었다.

그는 TV 화면 속 주민들이 공주의 원혼을 달래기 위해 많은 제물과 함께 현대 여성들이 사용하는 향수와 옷감을 바치던 장면을 기억했다. 기이하게도 초도법회(超度法會, 천수를 누리지 못하고 죽은 생명을 극락으로 보내주는 법회)의 마지막 순서에서 소문[疏文, 부처님이나 명부전(冥府殿) 앞에 죽은 이의 죄복(罪福)을 아뢰는 글]을 태울 때 갑자기 빛을 뿜는 물체가 하늘을 향해 올라갔다. 사람들은 놀라서 소리를 질렀고, 네덜란드 공주의 영혼이 나타나 응답한다고 여겼다.

TV 속 장면을 회상하며 팔보궁에서 나와 만응공사 앞에 섰다. 양쪽 기둥 위에는 흰색의 큰 글씨로 서기영감득만응(瑞氣靈感得萬應, 상서로운 기운과 영감으로 많은 응답을 얻는다), 남단청천진팔보(南端靑天鎭八寶, 남쪽 끝 맑은 날씨에 팔보를 진정시킨다)라고 적혀 있었다. "팔보공주를 진정시킨다?" 그는 웃으며 고개를 저었다. 네덜란드 공주에 대한 주민들의 적의가 확연히 드러나는 말이다. 그러니 네덜란드 공주도 화해하기를 꺼렸겠다는 생각이 든다.

사당 옆에는 작은 상점이 있었다. 가게를 지키는 소녀는 넓적한 얼굴에 큰 눈을 하고 체격이 컸다. 그녀는 자신이 평지 사람이라고 거듭 강조했지만 그는 자신의 배만족 친구와 소녀가 아주 많이 닮았다는 것을 한눈에도 알아보았다. 대무산(大武山) 출신의 원주민들은 모두 이런 체형과 외모를 소유하고 있다. 사실 1895년 전에 정착한 가족을 둔 사람 중 원주민 혈통이 아닌 사람은 극히 드물다. 대만은 원래 여러 민족이 섞인 큰 용광로 같은 사회다. 특히 이곳 옛 낭교는 그런 현상이 더욱 두드러진다.

사당에 흥미를 보이자 소녀는 신이 나서 근처에 7~8년 전 발굴한 배의 잔해가 있다고 알려주었다. 그는 자신이 그 잔해에 이끌려 이곳을 찾았다는 사실을 갑자기 상기했다. 잔해는 사당 옆 풀밭에 놓여 있었다. 소녀는 이음 부분에 쇠못을 쓰지 않고 나무를 깎아 끼운 것으로 보아 오래전에 제작된 배가 틀림없다고 강조했다. 나무의 길이는 가장 긴 것이 5~6미터였는데 이런 작은 배로는 네덜란드 공주가 먼바다를 항해하는 것이 불가능하다고 생각한다.

그는 소녀에게 몇 년 전 원한을 풀어주기 위해 올렸던 제사를 언급했다. 뜻밖에도 소녀는 네덜란드 공주가 악령이라는 사람들의 생각이 틀렸다고 주장했다. 네덜란드 공주는 좋은 신명(神明)이어서 이곳 주민들을 보호한다는 것이다. 수많은 신도들이 네덜란드 공주에게 제사를 올린 후 그 영험함을 경험하는데, 모르는 사람들이 공연히 악령이라고 주장해서 팔보궁 참배자들만 동요하게 만든다는 것이다.

소녀는 이어서 놀라운 소리를 했다. "네덜란드에서도 사람들이 왔었어요. 그 사람들이 배의 잔해를 가져가서 연구했는데, 네덜란드 배가 아니라는 결론을 내렸답니다."

소녀의 말이 이어졌다.

"그래서 우리는 네덜란드 공주니 빨간 머리 공주니 하는 호칭으로 부르지 않아요. 그냥 팔보공주라고 불러요. 공주의 신상(神像)을 그린 차이청슝(蔡成雄) 선생이 신상 옆에 붉은색으로 글 한 줄을 덧붙였는데 보셨나요?"

급히 팔보궁으로 다시 들어가 살펴보니 과연 벽화의 옆에 붉은색으로 쓴 글이 있었다. 글자 크기가 너무 작아서 제대로 보이지 않았다. 카메라로 사진을 찍어 확대했더니 '네덜란드 공주가 1872년 대만 컨딩만에서 조난당함'이라고 적혀 있었다.

그는 갑자기 무언가 깨닫고 소리를 지를 뻔했다. 1872년이라고 쓰여 있었지만 모란사 사건을 촉발시킨 류큐 선박 침몰 사건이 발생했던 1871년이 떠올랐다. 하지만 류큐 선박은 이곳이 아니라 동쪽 해안의 팔요만(八瑤灣)에서 사고를 당했다.

그가 알고 있는 문헌의 기록에 따르면 이 일대에서 외국 배가 침몰한 것은 단 한 번이고, 그것은 1867년의 로버호 사건이다. 그런데 1867년의 로버호 사건은 1871년의 류큐 선박 침몰 사건과 미묘하게 연결된다.

갑자기 모든 의문이 한꺼번에 풀리는 느낌이었다.

먼 이국땅에 묻힌 마신(魔神, 재앙을 주는 신)은 실존했던 인물이 맞다. 다만 1640년대의 네덜란드 마가렛 공주가 아니라 1867년에 남쪽

만에서 불행히도 토번(土番, 또는 괴뢰번이나 생번으로도 불리는 대만 원주민)들의 오해로 피살된 로버호 선장 헌트(J. W. Hunt)의 부인이다. 이 해변에 남은 배의 잔해는 로버호의 선원 12명과 헌트 부인이 타고 온 작은 배의 것이다. 소녀의 말이 옳았다. 팔보공주는 네덜란드 공주가 아니라 미국인 헌트 부인으로 추정된다. 팔보(八寶)는 헌트 부인이 몸에 지닌 물건에서 유래한 이름이다.

마신이 사람들을 해친다는 이야기가 어찌 1931년 또는 2008년에만 있었겠는가! 그는 오랫동안 묻혀 있던 대만 역사가 떠올랐다. 헌트 부인이 피살된 후 1867년 여름 당시의 구자록, 다시 말해 오늘날의 셔딩 부락에서 원주민들이 잇달아 사고를 당하자 흉흉한 분위기에 휩싸였다. 헌트 부인의 이름인 머시(Mercy)가 마가렛(Margaret)과 조금은 비슷한 것도 흥미를 끈다. 불가사의한 사건에 대해 쉽게 속단하지 않는 그였다. 하늘을 두려워하고 인간을 존경하는 것이 그의 일관된 원칙이었다.

그의 생각은 다시 1867년으로 돌아가서 자신이 딛고 선 이 해변이 대만 역사에서 무척 중요한 장소임을 느꼈다. 고개를 들어 올려다보니 다젠산(大尖山, 당시의 대첨산)이 바로 눈앞에 있었다. 산의 형태는 당시 영국의 포선 코모란트호[4]의 선원 펜콕이 그린 구비산(龜鼻山)만큼 장관은 아니지만 산 정상에서 거의 직선으로 가파르게 꺾인 모습과 양쪽에 있는 두 산의 형태가 틀림없이 다젠산임을 말해주고

---

4   The Cormorant.

있었다. 여기서 멀지 않은 곳에 당시 영국과 미국 선원들이 묘사한 해변의 큰 바위가 있는데, 범선의 돛 모양을 닮았다고 해서 지금은 선범석(船帆石)으로 부른다. 각도를 조금 달리하여 선범석 둔덕 높은 곳을 통해 다젠산을 바라보니 과연 영국 선원이 그린 날카로운 피라미드 형태의 다젠산이 나타났다. 의심할 것 없이 청나라 조정 문서에 등장한 구비산이다. 지금의 서딩자연공원이며 당시 구자록의 성산(聖山)이다.

낮에 방문했던 모란사 사건의 역사적 장소들은 따지고 보면 이 해변만큼 중요하지는 않다. 대만 역사의 '나비'가 1867년 이 해변에서 첫 날갯짓을 했다. 이 날갯짓은 1874년 일본의 대만 정벌로 이어졌으며, 1875년 심보정의 개산무번과 1885년 대만 건성을 거쳐, 1895년부터 1945년까지 50년에 걸친 일제 강점기로 이어졌다. 일본인이 대만에서 물러나면서 이 해변에서 시작된 대만 역사의 나비효과는 비로소 멈추게 된다.

눈앞에 있는 배의 잔해, 지금 딛고 선 이 해변은 대만 150년 근대사의 출발점이다. 서양 귀부인, 선원과 병사들의 혼백이 깃든 이곳은 유명한 휴양지로 변하여 멋진 차림의 젊은이들이 'Spring Scream'이라는 음악 축제를 즐기는 장소가 되었다. 해변에는 당시의 역사를 소개하는 안내판 하나 찾을 수 없다. 배의 잔해를 83년이나 방치하는 바람에 햇빛에 바래고 비바람에 고스란히 노출되어 마치 금기시하고 저주받은 쓰레기처럼 변했다. 역사 의식이 없는 섬, 역사 의식이 없는 정부, 방치 속에서 덧없이 흘러간 세월을 생각하니 감회와 함께 분노가 몰려왔다.

바다를 바라보는 그의 뇌리에서 시간은 1867년 3월 12일로 거슬러 올라갔다. 작열하는 태양을 받으며 다가오는 삼판선(三板船, 배와 배 또는 배와 육지 사이를 왕래하는 갑판이 없는 작은 거룻배) 두 척이 눈앞에 보이는 듯하다. 선원들이 지친 가운데 안도하는 기색으로 칠성암(七星巖)에서 이쪽 해안으로 노를 저어 온다. 그들의 몸에서 땀이 비 오듯 흘러내린다. 폭풍우를 만난 그들은 살기 위해 배를 버리고 무작정 노를 저었다. 하지만 17시간이나 사투를 벌이며 도착한 그곳에 끔찍한 비극이 기다리고 있을 줄 누가 알았으랴!

그들의 운명은 너무도 비참했지만 그들의 생명은 큰 의미가 있었다. 그들의 죽음이 훗날 자신들을 살해한 원주민들의 운명을 송두리째 바꾸고, 대만의 수백만 섬 주민의 운명을 바꿨으며, 또한 동아시아의 형세가 그들의 죽음을 계기로 크게 전환되었기 때문이다. 이곳 네덜란드 공주의 사당에 누워 있는 유해들은 역사의 우연으로 대만의 운명을 바꾼 13명의 희생자일 가능성이 크다.

목 차

1부

발단

發端

1장

밤새 내리던 비는 점심때가 되어서야 그쳤다.

구자록[1]의 두목 파야림(巴耶林)이 집 안에서 고개를 내밀고 밖을 살핀다. 비가 그치고 황금빛 태양이 구름을 뚫고 나온 것을 보니 마침내 날이 갠 모양이다. 그는 기분이 좋았다. 큰비가 그치면 큰 동물들이 먹이를 찾으러 밖에 나올 것이다. 부락의 장정 7~8명을 모아 뒷산 계곡에 가보기로 했다. 멧돼지나 염소 몇 마리를 잡으면 좋고, 꽃사슴이라도 만나면 금상첨화다.

그는 기지개를 켜면서 비가 그친 후의 공기를 실컷 들이마셨다. 비는 그쳤지만 바람은 여전했다. 해풍을 머금은 바람에서는 비릿하고 짠 냄새가 났다. 파야림은 무심코 산 아래의 해안을 바라보다가

---

1   구자록 또는 구자율(龜仔律)이라고도 하며, 오늘날의 컨딩 셔딩자연공원 부근에 있는 원주민 부락이다.

갑자기 눈을 크게 뜨며 소리를 질렀다. 사람들이 그의 시선을 따라 같은 쪽을 쳐다보니 삼판선 두 척이 해변으로 다가오는 모습이 어렴풋이 보였다. 배 위에서 움직이는 사람들이 보였는데 그들이 입은 흰 옷이 강한 햇빛을 받아 눈부시게 빛났다.

"적이 침입했다!"

파야림이 회색 매의 울음소리를 연거푸 다섯 번 내질렀다. 구자록 두목이 용사들을 소집하는 신호다. 그러자 20명에 가까운 용사가 칼, 표창, 활과 화살, 화승총을 들고 속속 도착했다. 상황이 특수한지라 3명의 여성도 함께였다. 파야림이 손을 한 번 휘젓자 모두 산 아래로 뛰어갔다.

부락에서 산 아래까지는 상사목(相思木)이 무성하게 숲을 이루고, 바다와 가까운 곳은 핀다누스(Pandanus, 열대성 상록 교목) 수풀이 우거져 있다. 배가 가까워지자 저쪽 사람들이 더욱 뚜렷하게 보였다. 그중 몇 명은 괴이한 차림새에 금빛 또는 붉은 머리를 하고 있었다. 그 모습을 본 부락 사람들은 거의 동시에 선조 때부터 전해오는 옛일을 떠올렸다. 아주 오래전 머리카락이 붉은 사람들이 부락에 침입한 사건이 있었다. 그들이 가져온 화승총은 위력이 대단해서 멀리서도 사람을 쏴 죽였다. 20명이 채 안 되는 붉은 머리 일당이 100명 가까이 되는 부락 사람들을 모조리 죽였고, 겨우 5명만 숨어 있다가 요행히 목숨을 건졌다. 붉은 머리 일당이 떠나자 남은 사람들은 슬픔을 뒤로 하고 삶의 터전을 다시 일궜다. 오랜 세월이 흘러 구자록은 가까스로 옛 모습을 회복했지만 부락을 쑥대밭으로 만든 붉은 머리 일당에 대한 피맺힌 원한은 결코 잊을 수 없었다.

파야림은 해변에 상륙한 10여 명의 모습을 자세히 살폈다. 틀림없이 붉은 머리라는 것을 확인하고 나자 갑자기 가슴에서 뜨거운 피가 끓어올랐다. 그토록 오랜 시간이 지나고 붉은 머리 일당이 또 쳐들어왔다! 다행히 이번에는 조상들의 영혼이 돌봐줘서 미리 발견한 것이다.

"하늘에 계신 조상들이시여! 제발 구자록을 지켜주시어 붉은 머리 일당이 다시는 기승을 부리지 않도록 저희를 돌봐주십시오!"

파야림의 손바닥에 땀이 흥건했다. 그와 20여 명의 용사는 마침내 산 아래에 당도했다. 하지만 섣불리 행동하지 않고 우선 수풀 속에 몸을 숨긴 후 동정을 살피기로 했다. 10여 명 중 최소한 3~4명은 붉은 머리였고, 나머지는 금빛과 검은 머리였는데 복장이 저마다 달랐다. 매우 지쳤는지 대부분 앉거나 누워 있었고, 몸을 일으켜 걸을 때도 다리를 질질 끌며 동작이 무척 굼떴다. 일부는 옷을 벗고 붉은 털이 부숭부숭한 가슴을 드러내고 있었다. 붉은 머리는 증오스러우면서도 두려운 대상이었으며, 그들과 함께 있는 작자들도 당연히 적이다. 파야림이 휘파람을 불면서 화승총으로 첫 번째 총알을 발사했다. 부락 용사들도 그의 휘파람 소리를 신호로 일제히 사격을 개시하여 총과 화살을 쏘고 표창을 던졌다.

바닷가에 있던 일당 중 2명이 쓰러졌다. 다른 사람들도 비명을 지르며 사방으로 흩어졌고 근처 관목숲 쪽으로 달려갔다. 하지만 많이 지쳤는지 달리는 속도가 느렸다. 파야림은 재빨리 달려가 선원복 차림의 키가 크고 마른 붉은 머리를 따라잡았다. 상대는 파야림보다 키가 머리 2개 정도는 더 컸다. 파야림이 달려들어 단숨에 그를 넘어뜨렸다. 산 채로 잡아야겠다는 생각에 손을 뻗어 멱살을 잡았다. 붉은 머리는 민첩하게 반응하여 파야림의 손을 잡더니 있는 힘을 다해 무는 것이 아닌가! 파야림이 고통스러운 비명을 지르자 옆에 있던 부락의 두 용사가 재빨리 다가와 붉은 머리를 제압했다. 붉은 머리가 울부짖는데 뜻밖에도 여자의 목소리가 났다. 파야림이 저지할 사이도 없이 한 용사가 허리춤에서 칼을 뽑아 붉은 머리의 목을 베었다. 사방에서 날카로운 비명이 이어지는 것으로 보아 침입자들은 이미 제압된 것 같다.

파야림이 엎드린 시체를 똑바로 뒤집어서 보니 선원 바지 차림에 반짝이는 보석 목걸이를 하고 있었다. 머리를 젖히니 턱에 수염이 없고 긴 머리카락이 딸려 나왔다. 세 사람은 아연실색했다. 적의 머리를 베었나는 흥분은 순식간에 식었다. 남자용 선원복을 입고 있는 붉은 머리의 정체가 여자였던 것이다. 부락에는 예로부터 여자를 죽이지 않는 전통이 있었다. 여자를 죽이면 용사의 자격이 없다는 이유에서였다. 게다가 무당이 여자를 죽이는 자는 저주를 받는다고 경고까지 한 터였다. 파야림은 등골이 서늘해지는 것을 느꼈고, 목을 벤 용사는 겁이 나서 머리를 던져버렸다. 바로 그때 아무것도 모르는 부락 사람들이 환호성을 지르며 다가왔고, 셋은 어쩔 수 없이 억지로 환호하며 웃었다. 결국 부락에 돌아가 무당을 청해 의식을 치르기로 했다. 조상의 영혼을 위로하는 제사를 올리고, 붉은 머리 일당을 물리친 공로를 봐서라도 여자를 남자로 오인하여 죽인 일을 사죄할 생각이었다.

파야림은 일행을 인솔하여 이곳저곳에 베어져 떨어진 붉은 머리 일당의 머리통을 수습해 신속히 산 위로 돌아갔다. 그 여자의 머리는 바닷가 모래밭에 버린 채였다. 대지는 평온을 되찾았다. 철썩이는 파도가 바위를 때렸다. 다시 파도가 물러가는 소리가 길게 울리며 마치 슬픈 노래처럼 들렸다. 모래밭은 온통 핏자국으로 얼룩졌고 시체와 옷, 두 척의 빈 삼판선이 어지럽게 널려 있었다.

마치 이 잔인한 참극을 더는 볼 수 없다는 듯 석양이 수평선 너머로 자취를 감춰버렸다.

＊　＊

달빛이 온 세상을 밝게 비치는 한밤중, 수상한 그림자 하나가 판다누스 수풀 밖으로 조심스럽게 기어 나왔다. 그는 온몸을 떨며 땅바닥에 오랫동안 앉아 있었다. 이윽고 몸을 일으키더니 달빛 속으로 쓸쓸히 사라졌다.

2장

접매(蝶妹)와 문걸(文杰) 남매는 향을 들어 돌아가신 아버지의 무덤에 삼배를 올렸나. 이어서 무릎을 꿇고 싹듯하게 예를 갖추며 삭별을 고했다.

"임(林) 형님……."

면자(綿仔)도 향을 바치며 절을 올렸다.

"형님이 우리를 만나러 사료(社寮)[2]에 오신다고 하셨는데 이렇게 통령포(統領埔)에서 뵙네요. 문걸이와 접매는 제가 사료에 데려가 거두겠으니 안심하십시오."

잔뜩 찌푸린 하늘에서 이슬비가 부슬부슬 내렸다. 괴뢰산(傀儡山)에서 불어오는 가을바람이 통령포의 광야를 스쳐 지나갔다. 바람 소

---

2   오늘날의 핑둥 서랴오(射寮).

리가 낭교계(瑯嶠溪)[3]의 흐르는 물소리와 섞여 면자의 기분을 더욱 처량하게 만들었다. 사방을 돌아보아도 보이는 것이라고는 낭교계 하류로 옮겨온 이주민의 집 서너 채뿐이다. 낭교계 상류에는 슬모산(蝨母山)과 오중계산(五重溪山)이 보이고, 조금만 더 가면 사납고 용맹스러운 괴뢰번(傀儡番) 지역이다.

'임 형님이 이 황폐하고 외진 곳에서 용케 20년을 버티셨군!'

면자는 무덤 앞에 향 몇 개를 더 꽂고 제사 용품을 정리한 후 여전히 아버지와의 작별을 아쉬워하는 접매와 문걸 남매에게 말했다.

"자, 그만 내려가자."

접매와 문걸은 무덤 앞에서 두 손을 모은 채 움직이지 않았다. 차마 그대로 떠날 수 없다는 듯 무덤에 대고 계속 중얼거렸다. 송자(松仔)는 빗줄기가 굵어지면서 접매의 머리카락이 젖는 것을 보고 우산을 펼쳐 씌워주었다. 접매가 고맙다는 눈빛으로 송자를 바라보더니 고개를 돌려 면자에게 말했다.

"면자 오라버니, 우리 이나[4]에게도 작별 인사를 하고 가요."

접매와 문걸은 향을 들지 않은 채 집 안으로 들어섰다. 대청 한쪽 모서리에 넓적하고 큰 석판이 놓여 주변보다 약간 높이가 있었다. 접매는 미리 준비한 빈랑(檳榔) 한 접시와 꽃다발을 석판 앞에 놓고 어머니의 넋을 향해 절했다. 남매가 갑자기 생번어를 하는 바람에 면자와 송자 형제는 남매의 어머니가 생번 풍습에 따라 집 안에 묻혔다는

---

3   오늘날의 쓰총시(四重溪).
4   이나(伊那, Yina)는 배만어(파이완어)로 어머니를 의미한다.

것을 알았다. 면자가 한숨을 쉬었다. 시신이 묻힌 집을 당산(唐山)에서 온 이주민들이 사려고 하지 않을 것이라는 생각이 들었기 때문이다. 그는 객가 사람인 남매의 아버지가 생번 출신 아내를 위해 많은 걸 희생하며 쉽지 않은 삶을 감내했으리라 짐작했다.

이윽고 남매는 짐을 챙겨서 추적추적 내리는 비를 뚫고 면자와 송자를 따라 통령포를 떠났다. 남매는 강 가운데 큰 바위가 가로놓인 낭교계를 건넌 후 다시 걸음을 멈추고는 자신들이 살던 작은 집을 돌아다보며 차마 발걸음을 떼지 못했다. 그러다가 마침내 결심한 듯 걸음을 빨리하여 면자를 쫓아갔다. 일행은 서쪽으로 향했다. 그들의 목적지는 면자와 송자 형제가 사는 사료였다. 사료는 토생자(土生仔, 원래는 토착민을 의미하나 여기서는 원주민 중 평지로 내려와서 사는 숙번을 지칭한다), 즉 평포 사람늘이 모여 사는 곳이고 면자와 송자의 부친은 사료를 이끄는 수령이다.

3장

    이양례[5]가 잠에서 깨어 눈을 뜨니 주위가 칠흑같이 어두웠다. 낮잠이 길어져서 날이 저물고 시간이 꽤 지나도록 일어나지 못한 것이다. 꿈속에서 클라라를 만났다. 그는 한숨을 쉬며 침대에 누운 채 10분 넘게 그대로 있다가 비로소 몸을 일으켰다. 클라라는 사랑스러우면서도 미운 여자였다. 10년 넘게 깊이 사랑했고, 그녀를 위해 조국 프랑스를 떠나 미국으로 이민까지 왔다. 하지만 클라라는 자신의 국가를 위해 싸우다 부상을 당하기까지 한 그를 배신하고 떠나버렸다. 도저히 받아들일 수 없고 용서할 수도 없는 충격적 사건이었다. 그동안 자신이 얼마나 노력했으며, 그녀를 위해서 생명의 위험까지

---

5   찰스 르 장드르(Charles Le Gendre). 이 사람이 바로 이선득(李仙得)이다. 이 시기에는 '이양례(李讓禮)'라는 이름을 사용했으며, 관청의 문서에도 이양례라는 이름이 적혀 있다.

무릅쓰지 않았던가! 그렇게 충성스러운 영웅의 모습으로 그녀의 환심을 사고 자신을 자랑스럽게 여기기를 원했다. 결과적으로 그는 성공한 셈이다. 비록 적잖은 대가와 희생을 치렀지만 말이다. 하지만 그녀의 배신은 그의 모든 것을 무너뜨렸다.

결국 아픈 상처를 잊으려고 이 낯선 동양의 하문까지 왔다. 그는 불을 켜고 서재 겸 사무실로 들어갔다. 책상 위에는 새로 도착한 공문이 놓여 있었다. 하문에 온 지도 어느덧 3개월이 넘었다. 그동안 그는 열심히 일하면서 인생의 새로운 무대가 펼쳐지기를 기대했다. 작년 여름인 1866년 7월 13일에 이곳으로 발령을 받았다. 그를 이곳으로 보낸 사람은 오랜 상사며 남북전쟁의 영웅으로 활약한 그랜트 장군이다. 당시 장군은 웃음 띤 얼굴로 말했다.

"찰스, 내가 알아보니 하문(廈門)[6]이 성지도 좋고 기후도 온화하여 살기에 좋은 곳이라고 하더군. 1860년 북경조약을 계기로 '청나라 주재 미국 총영사'라는 직책이 생겼네. 그 자리에 자네를 특별히 추천하니 이번 기회에 신비한 동양에서 유람도 하고 상처도 치료하게나. 몸이 나으면 그때 가서 좋은 업무에 자네를 부르겠네."

장군이 말한 상처는 육체적인 상처였다. 그는 남북전쟁 중 수많은 전투에 참여했으며 그때마다 목숨을 돌보지 않고 적진으로 돌격하여 여러 차례 부상을 입었다. 그래서 예정보다 일찍 퇴역하면서 공을 인정받아 준장으로 서훈되었다. 'General Le Gendre(이양례 장군)'이

---

6   당시 서양 사람들은 하문(廈門, 오늘날의 샤먼)을 아모이(Amoy)라고 부르고, 금문(金門, 오늘날의 진먼)을 치모이(Qimoy)라고 불렀다.

라는 직함은 한쪽 눈을 잃고, 아래턱이 망가지고, 콧대가 부러지고, 몸 여러 곳에 흉터를 남기면서 받은 것이다. 육체의 상처는 회복되었다. 하지만 무너진 마음의 상처는 어떻게 치료한단 말인가?

그는 2년 전을 회상했다. 1865년 3월 12일, 남북전쟁이 아직 끝나지 않은 시기였지만 그랜트 장군은 친히 그의 준장 서훈식에 참석하여 아끼는 부하가 5년 동안 이룩한 빛나는 전적을 소개했다.

"1861년 10월 20일, 찰스는 전쟁에 자원하였습니다. 그의 노력이 없었다면 뉴욕의 제51보병단은 설립되지 않았을 것입니다. 보병단이 혁혁한 전공을 세운 데는 찰스 소령의 공이 컸습니다. 1862년 2월, 찰스는 노스캐롤라이나의 로어노크섬(Roanoke Island)을 공격하는 전투에서 큰 공을 세웠습니다. 1개월 후, 노스캐롤라이나의 뉴번(New Bern) 전투에서 찰스는 또 큰 공을 세웠으나 아래턱에 영웅을 상징하는 탄환 자국을 얻었습니다. 중상을 입고도 쓰러지지 않고 버틴 그는 모두의 존경을 받는 강철 같은 사나이입니다. 그해 9월에 찰스는 중령으로 진급했으며, 불과 반년 만인 1863년 3월 14일에는 대령으로 진급하여 제51보병단 단장을 겸해 나의 9번째 병단의 주력부대장이 되었습니다. 그리하여 나는 찰스의 직속 상사가 되는 행운을 얻을 수 있었습니다. 1864년 5월에 벌어진 유명한 버지니아주 와일더니스(Wilderness) 전투는 이미 전설로 통합니다. 양측 군대가 사흘간 치열한 전투를 치렀고, 처참한 전황 가운데 찰스가 다시 필사의 정신을 보여주었습니다. 불행히도 총알 하나가 그의 왼쪽 눈을 관통하여 코뼈를 부러뜨렸습니다. 그럼에도 찰스는 물러서지 않고 다친 몸으로 군단을 이끌고 용감하게 적진에 침투하여 큰 승리를 거뒀습니다. 찰스의 영웅적인 전설은 아직 끝나지 않았습니다. 그가 메릴랜드주의 군병원에서 치료를 받고 있을 때 남군이 공격해왔고 형세는 매우 위급했습니다. 찰스는 병상을 박차고 일어나 남군에 반격을 가했습니다. 그의 온몸에 남은 상처와 흉터를 보면 그 전투가 얼마나 위험하고 치열했는지 알 수 있습니다. 그는 제9군단 모병처의 처장으로 진급했습니다. 찰스는 내가 지금까지 봤던 사람 중 가장 용기와 의지력이 뛰어난 군인입니다."

서훈식에서 이양례는 겉으로는 활짝 웃고 있었지만 속으로는 피눈물을 흘리고 있었다. 바로 1개월 전에 클라라의 편지를 받았기 때문이다. 그녀는 아들을 낳았으나 조산으로 아이를 잃었다고 전했다. 그 일로 큰 충격을 받고 요양원에 들어가 있다는 내용이었다.

청천벽력 같은 소식이었다. 1861년 말에 입대하고 1862년 9월에 중령으로 진급한 후에야 그는 뉴욕에 돌아가서 클라라와 열흘이라는 짧은 시간을 보냈다. 그 아이는 자신의 아이가 아닐 가능성이 크다. 클라라는 편지에서 아이가 6주 정도 미리 세상에 나왔다고 했다. 역으로 추산해 보면 클라라가 임신한 시기는 바로 그가 중상을 입고 메릴랜드주의 군병원에 입원해 있을 때다. 편지의 내용으로 보아 클라라와 만난 남자는 아이를 인정하지 않은 것이 분명하다. 그는 거의 무너질 지경이었다. 전쟁터에 있는 동안 그는 1~2주에 한 번씩 클라라와 아들 윌리엄에게 편지를 써서 자신이 얼마나 가족을 그리워하는지를 이야기했다.

너무나 치욕스러운 일이다! 그가 상처를 입고 입원해 있는 동안 클라라는 자신을 배신한 것이다. 그것도 돌이킬 수 없을 정도로 철저히 말이다. 전쟁터에서 빛나는 전공을 세우고 영예로운 훈장을 받았지만 이제 와서 그런 것들은 의미를 잃었다.

십수 년 동안 그는 클라라를 변함없이 사랑했다. 그는 원래 프랑스 사람이었고, 빠지지 않는 집안 출신에 로열라임컬리지(Royal Rheim College)와 파리대학교를 나왔다. 그는 1854년에 브뤼셀에서 뉴욕 출신의 클라라를 만났다. 그녀는 부모와 함께 유럽을 여행하는 중이었다. 클라라의 아버지 멀록은 뉴욕의 유명한 변호사였으니 한쪽 집안이 기우는 혼사도 아니었다. 하지만 멀록은 결혼을 승낙하는 대신 이양례가 반드시 뉴욕으로 거처를 옮기고 미국 국적을 취득해야 한다는 조건을 내걸었다.

이양례는 모든 일에 최선을 다하는 사람이었고, 클라라를 사랑하기 때문에 그런 조건쯤은 흔쾌히 받아들였다. 1854년 10월 31일 결혼식을 올린 후 이양례는 약속한 대로 뉴욕으로 이주하여 미국 공민으로 귀화했다. 이때 그의 나이 24세였다. 이듬해 둘 사이에 사랑의 결실인 아들 윌리엄이 태어났다.

그러나 결혼 후 두 사람 사이는 그다지 좋지 않았다. 이양례는 개업 변호사로서 포부가 컸으나 뉴욕은 아는 사람도 없는 낯선 땅이었다. 그래서 아무래도 처가의 영향력 아래에서 생활하다 보니 마음이 편치 않았다. 클라라는 고집이 센 편이었다. 가부장적인 이양례는 자신의 성격을 누르고 클라라의 뜻을 받아주었다. 사업상 성과를 내서 그녀의 환심을 사기 위해 멀리 미국 중부까지 가서 광산을 개척하기도 했다.

1861년, 남북전쟁이 발발했다. 그는 전장에서 공을 세워 명성을 날리고, 당대의 라파예트 후작(M. de La Fayette, 프랑스의 사상가이자 장교로 미국 독립전쟁에 참가한 장군-옮긴이)이 되고 싶었다. 비록 이번 전쟁은 미국인끼리 벌이는 내전이지만 말이다.

클라라는 입대를 반대했다. 자기 집안은 명망이 높아서 굳이 남편이 전쟁에 뛰어들어 공을 세울 필요가 없다고 여겼다. 게다가 프랑스 출신인 그가 미국의 내전에 휘말릴 필요도 없었다. 입대를 앞두고 둘은 크게 다퉜다. 이양례는 전쟁터에서 싸우다가 다쳐서 한쪽 눈을 잃었다. 의사는 의안을 맞춰주고 부러진 코뼈를 바로잡아주었다. 그는 기뻐하며 클라라에게 다행히 외모가 망가지지는 않았다고 편지를 썼다. 하지만 클라라는 그렇게까지 해서 장군이라는 직함을 갖고 싶냐는 냉소를 보냈다. 그는 클라라가 이렇게까지 자신을 배신할 줄은 몰랐다.

당연하게도 클라라는 서훈식에 나타나지 않았다. 그 역시 클라라를 다시는 찾지 않았다. 그는 천주교도였기 때문에 이혼은 하지 않았지만 사랑은 차갑게 식어버렸다. 다행히 오랜 친구 포터(Howard Potter)가 그를 대신하여 윌리엄을 보살펴주었다. 윌리엄은 파경으로 끝난 부모의 결혼 때문인지 철이 일찍 들었고, 12세 때부터는 줄곧 아버지 이양례와 함께 지냈다.

예정대로라면 작년 여름에 하문에 와서 부임하기로 되어 있었다. 임기가 작년 7월 13일부터 시작되었기 때문이다. 그는 북경어 교사와 윌리엄을 데리고 뉴욕에서 배를 타고 리버풀에 갔다가 프랑스로 가서 어머니를 만났다. 프랑스에 있을 때 실수로 넘어져서 다리가 부러지는 바람에 4개월간 휴양을 했다. 그런 이유로 그가 하문에 왔을 때는 이미 12월이었다.

금년 1월 북경 주재 미국 공사 포안신(蒲安臣)이 북경의 청나라 총리아문(總理衙門) 공친왕(恭親王)에게 국서를 보냈다. "본국의 인사를 하문 영사직에 특별히 파견합니다. 이진득(李真得)[7]이고, 원래 이름은 찰스입니다."

영사관은 하문에 있었지만 그가 관할하는 5개의 통상(通商) 개항지는 하문을 제외하면 나머지 4개가 해협 건너편인 포르모사에 있었다. 원래 포르모사의 개항지는 담수(淡水)와 안평(安平)뿐이었으나 나중에 계롱(雞籠)과 타구(打狗)가 추가되었다. 안평은 사실 대만부(台灣府)[8]의 항구를 가리키는데, 대만부는 포르모사 최대의 도시다. 그는 프랑스에서 병상에 있을 때 포르모사에 관한 책을 많이 읽었다. 안평과 대만부는 모두 17세기에 네덜란드 동인도회사가 세워진 곳이다. 당시 안평은 열란차시(熱蘭遮市)로, 대만부는 나민차시(羅岷遮市)로 불렸다. 자신의 관할 구역이 유럽과 이토록 깊은 인연이 있었다는 것을 알고 이양례는 크게 고무되었다.

그러나 영사관은 포르모사가 아닌 하문에 있었고, 아직 포르모사에 가서 유럽인의 발자취를 찾아보지는 못했다. 하문은 아름다운 도시고 동양은 신비한 땅이다. 하지만 그의 마음은 여전히 어두웠다.

---

7   이양례는 여러 개의 한자 이름을 사용했다.
8   오늘날의 타이난(台南) 시가지.

업무에 성실히 임하여 좋은 성과를 내면서도 말이다. 지난 2개월간 매달린 업무가 외교와는 무관한 인신매매 범죄자를 추적하는 일이라는 점이 몹시 곤혹스럽다. 이런 업무보다는 외교적으로 성과를 내서 인생의 두 번째 전쟁터를 개척하고 싶었다.

이양례는 언제나 적극적이고 적진으로 돌격하는 성격이었다. 그는 외교라는 전쟁터에서 지난날의 필사적인 의욕과 포부, 패기를 되찾기를 원했다. 그는 자신이 있었고, 외교 무대에서 큰 활약을 할 수 있다고 믿었다.

이번에 받은 공문을 읽어보니 미국의 상선 로버호가 포르모사에서 사고를 당했다는 내용이었다.

"이제야 외교 사건을 다루게 되었군!"

그는 오른손으로 주먹을 쥐어 책상을 세게 내리쳤다. 히문에 부임한 후 3개월이 넘어서야 처음으로 제대로 된 일에 도전한다는 흥분을 느꼈다.

4장

파야림은 요즘 너무 심란하다. 또 한 사람의 형제를 잃었기 때문이다. 평소 건장했던 그가 뜻밖에도 빈랑나무에서 떨어졌는데 밑에 있는 큰 바위에 머리를 부딪쳐 다시는 일어나지 못했다. 황당한 일이 아닐 수 없다!

붉은 머리 여자를 남자로 오인하여 죽인 후 겨우 열흘 만에 부락 내에서 세 사람이나 비명횡사했다. 석연치 않은 죽음을 맞은 사람은 용사 2명과 여자 1명이었고, 개 1마리도 갑자기 죽었다. 붉은 머리 여자의 머리를 벤 용사와 그날 총을 처음 쏜 용사, 붉은 머리 여자의 팔찌와 목걸이를 벗겨낸 여자, 수풀에 숨어 있던 붉은 머리 여자를 발견하여 밖으로 나오게 만든 개였다. 두 용사는 원래 친한 사이였는데 술을 마시고 다투다가 몸싸움 끝에 서로를 죽였다. 여자는 바다에서 한 번도 본 적 없는 가늘고 긴 은백색 물고기를 잡았다. 신이 나서 고기를 만지다가 손가락에 물고기 가시가 박혔는데 며칠 후 팔 전체가

55

썩어들어가더니 결국 죽음에 이르렀다. 개는 무엇을 잘못 먹었는지 갑자기 거품을 토하며 죽었다.

무당은 억울하게 죽은 붉은 머리 여자의 원혼이 복수하는 것이라고 했다. 부락 전체가 흉흉한 분위기에 휩싸였다. 사람들은 모이기만 하면 붉은 머리 여자의 원혼 이야기를 했다. 무당은 붉은 머리 여자의 잘린 머리가 남아 있다면 언어는 통하지 않아도 죽은 영혼과 대화를 시도하여 원한을 풀어줄 수 있다고 했다. 하지만 그날 세 사람은 두려운 나머지 여자의 머리를 모래밭에 던져버렸다. 여자를 죽인 남자답지 못한 행동이 사람들에게 알려지면 겁쟁이라고 손가락질을 받을 것이고, 무엇보다 자신들의 행동은 조상 때부터 내려오는 금기를 깬 것이기 때문이다.

파야림은 고민 끝에 무당과 몇 명의 용시들을 대동한 채 성산인 대첨산에 올라 조상의 영혼께 자신들을 지켜 달라고 빌었다. 무당은 "부락 사람들이 큰 잘못을 하지 않았으며, 오히려 조상들의 원수를 갚아준 행동."이라고 조상 영령의 말을 전했다. 아주 오래전 붉은 머리 일당이 아무 이유 없이 부락에 불을 지르고 남녀노소를 가리지 않고 몰살했다. 그들은 어린아이들까지 잔인하게 살해했다. 다행히 그때 강에 물놀이를 갔던 젊은 남녀 몇 명이 집에 늦게 돌아온 덕에 화를 면했고 부락의 명맥을 이어올 수 있었다. 또 무당은 이번에 부락 사람들이 마침내 원수를 갚아서 조상의 넋을 위로해주었다며, 혹시 저승에서 붉은 머리 여자의 마신을 만나면 조상들이 "붉은 머리 일당도 부락의 여자들을 많이 죽였으니 이번 일로 퉁친 셈."이라고 하실 거란다.

무당의 말을 들은 파야림과 부락의 용사들은 조상의 영령이 자신들을 탓하지 않는 것을 알고 크게 위안이 되었다. 가슴을 짓누르던 돌덩이가 쑥 내려간 느낌이었다. 한 용사가 파야림에게 조상의 뜻을 사가라족의 총두목인 탁기독[9]에게도 알리자고 건의했다. 구자록은 사가라족에 속하지는 않으나 탁기독은 사람들의 존경을 받는 인물이다. 그러니 그를 찾아가 설명하는 것도 나쁘지 않을 테다. 게다가 붉은 머리 일당 10여 명을 죽인 것도 결코 작은 일이 아니니 마땅히 총두목에게 보고해야 한다고 판단했다.

9　서양인들은 그를 Tauketok 또는 Tok-e-tok으로 호칭하였고, 이를 역으로 번역한 표기가 '탁기독(卓杞篤)'이다.

2 부

로버호

The
Rover

5장

    우마차가 사료계(社寮溪)[1]에 놓인 나무다리를 느릿느릿 건넜다. 이어서 사료계가 흐르는 방향을 따라 마침내 바다로 나가는 곳에 인접한 촌락으로 들어선다. 이곳은 사료항과 가까울 뿐 아니라 구산(龜山) 자락과도 가깝다. 사료계는 괴뢰산에서 발원하여 북서쪽으로 구불구불 흘러 객가의 큰 촌락인 보력(保力)을 지나 이곳에서 바다로 흘러간다. 이곳까지 흐르는 동안 강폭은 상당히 넓어진다. 구산은 사료계가 바다로 이어지는 곳의 왼쪽에서 융기하여 바다로 뻗어 있다. 하구를 둘러싼 형태의 구산은 앞뒤로 항만을 형성하면서 바람을 막아준다. 이 일대는 대만 남부에서는 드물게 암초가 없는 해안으로, 선박들이 바람을 피할 수 있는 대피항으로 훌륭한 입지를 자랑한다.

---

1   오늘날의 바오리시(保力溪). '계(溪)'는 강, 시냇물, 하천을 이르는 말이다.

우마차가 사료의 집 앞에 도착했다. 송자가 한시도 지체할 수 없다는 듯 우마차에서 내리더니 문에 대고 소리친다.

"면자 형님! 큰일 났습니다!"

내다보는 사람은 뜻밖에도 문걸이다.

"면자 형님은 출타하셨어요. 중재할 일이 있어서 나가셨답니다. 송자 형님, 무슨 일이 생겼습니까?"

송자는 면자가 부재중이라는 말에 낙심하여 목소리를 낮췄다.

"생번이 양인을 죽였다. 자세한 이야기는 면자 형님이 오시면 해 주마."

문걸은 접매를 도와 우마차에 실린 물건을 내려놓으면서 물었다.

"감자하고 마유(麻油), 누나가 짠 비단은 다 팔았어?"

"그래. 오늘은 징사가 잘되더구나."

접매가 신이 나서 대답하며 대광주리를 열었다.

"이것 좀 봐. 시성에 있는 제과점에서 사 왔는데 이건 녹두 월병이고 이건 봉편떡이야. 소금에 절인 오리알하고 정과도 있고 살구씨 가루도 사 왔단다. 오늘따라 낙산풍(落山風)[2]이 심해서 우마차 안에서도 제대로 앉아 있기 힘들어서 온몸이 쑤시는구나."

접매의 손목이 벌겋게 붓고 작은 상처에 피까지 맺혀 있었다.

---

2 낙산풍은 헝춘반도 특유의 기상 현상이다. 매년 10월부터 이듬해 2월까지 북동풍이 중앙산맥의 3,000미터에 달하는 높은 산을 따라 북쪽에서 남쪽으로 움직인다. 남쪽에 있는 산맥의 고도가 점차 낮아지는 지형이고 헝춘반도 대무산 지역까지 오면 고도는 1,400미터 이하로 떨어지는데, 이때 강한 기류가 급격히 낙하한다. 이런 현상을 낙산풍이라고 부른다.

"누나, 어쩌다가 다쳤어?"

문걸의 물음에 송자가 생글거리며 대답한다.

"너희 누나 정말 대단하더라. 어떤 복로인이 주제를 모르고 설치다가 오히려 접매한테 밀려서 바닥에 고꾸라졌지 뭐야."

"그 이야기는 그만합시다. 자랑할 일도 아닌걸요."

접매가 그의 말을 막는데 문걸이 재차 물었다.

"어떻게 된 일이야?"

이번에도 송자가 대답했다.

"우리가 시성(柴城, 오늘날의 처청)의 식당에서 밥을 먹고 있는데 옆자리에 복로인들이 둘러앉아 신 나게 이야기를 나누더군. 생번이 양인 선원을 10명도 넘게 죽였다는 거야. 그런데 그때 일이 벌어졌지. 그들이 생번은 포악하고 주제를 모른다고 욕을 해대더니 접매와 가까운 자리에 앉은 사람이 갑자기 다가와서 접매의 차림새가 생번과 비슷하다고 놀리고, 멧돼지 같은 더러운 손으로 접매를 만지려고 하는 게 아니겠어? 접매가 순간 손을 피하면서 힘껏 뿌리치고는 그자를 바닥으로 내동댕이쳤어. 그자는 몸을 일으키더니 창피하고 화가 났는지 주먹을 휘두르더라고. "이 번자(番仔, 원주민을 비하하는 호칭) 같은 게!"라고 욕지거리를 하면서 말이야. 그때 접매가 그자를 막느라고 이 상처가 생겼어. 나도 그자를 발로 차줬지. 주변 사람들도 그자가 잘못한 걸 알고는 만류하더군."

접매는 사료에 온 후 평포 사람처럼 머리에 수건을 두르고 다녔지만 옷차림은 통령포에 있을 때처럼 어머니가 생전에 입었던 마름모와 줄무늬가 있는 빨간색 조끼를 즐겨 입었다. 게다가 그녀의 바지는 객가인들이 즐겨 입는 것이었다.

송자가 이마를 찌푸리며 말했다.

"접매, 그 조끼는 집 안에서만 입으라고 몇 번이나 이야기했잖아? 그런데 기어이 그걸 입고 사료 길거리를 돌아다녔고. 면자 형님도 그러지 말라고 하셨는데 시성에까지 그 옷을 입고 갈게 뭐람! 시성에 사는 복로인들은 생번을 업신여긴단 말이야."

"나랑 문걸이가 번자인 건 사실이에요. 하지만 복로인들이 더 나은 건 또 뭐예요?"

접매의 반문에 문걸은 뭐라고 거들어야 좋을지 몰라 가만히 서 있었다. 조금 전까지 읽고 있던 《맹자》와 《논어》를 바라보며 문득 드는 생각이 있었다. 번자는 다름 아닌 성현의 책에 적힌 이적(夷狄), 즉 오랑캐를 말한다. 그렇다면 자신도 절반은 오랑캐의 피가 섞였다는 말인가! 문걸은 갑자기 마음이 어수선하여 갈피를 잡을 수 없었다.

송자가 한숨을 쉬었다.

"너무 속상해하지 말아. 시성에 사는 복로인들 눈에는 우리 토생자들도 어차피 반쯤 피가 섞인 생번으로 보인다고. 그들은 객가인들도 무시하는데 우리 같은 사람들이야 오죽하겠어?"

때마침 집에서 키우는 고양이가 그의 곁으로 뛰어와 바닥에 떨어진 음식 찌꺼기를 먹었다. 송자는 심란한 마음에 욕지거리를 하며 고양이를 발로 찼다. 고양이는 놀라서 비명을 지르며 밖으로 뛰어나가 지붕으로 올라갔다.

이때 면자의 목소리가 밖에서 들렸다.

"어찌 싸우는 거냐? 무슨 일이라도 있어?"

그는 집 안으로 들어서며 물었다. 면자는 선명한 빛깔의 옷을 입고 있었다. 그의 옷차림은 다른 토생자들과 비슷하지만 흰색 두건은 특별히 부드러운 천으로 만들었고 길게 땋은 머리를 묶은 붉은 끈은 화려하게 반짝였다. 눈길을 가장 많이 끄는 것은 손목에 찬 두꺼운 은팔찌로, 그의 위엄 있는 자태를 돋보이게 했다.

송자는 면자를 보자 흥분하여 더듬거리며 말했다.

"그렇지 않아도 말씀드리려던 참이었답니다! 시성에 있는 식당에서 밥을 먹는데…… 복로인의 말이…… 생번이 많은 사람을 죽였답니다. 이번에 죽인 사람들이 양인 선원이라고…….'

면자가 재빨리 그의 말을 받았다.

"양인이라고? 정말 양인이란 말이냐?"

"저도 잘 몰라요."

송자가 대답하자 면자는 "접매야, 네가 들은 대로 전후 사정을 자세히 말해주렴." 하며 두 손바닥을 마주쳐 소리를 냈다.

"양인 선원을 죽였다면 일이 복잡하게 되었다."

접매는 앉은 자세를 바로 하며 천천히 말했다.

"그 사람들 말로는 이틀 전 시성에 외지인이 나타났는데 찢어진 옷을 입고 판다누스 잎에 긁혀서 온몸이 상처투성이였답니다. 그 사람은 양인 선박에 고용된 주방장이고, 조주(潮州, 오늘날의 차오저우)에서 왔다는데 그곳이 어딘지는 모르겠어요. 배가 칠성암 일대에서 거센 비바람을 만나 암초에 부딪쳐 가라앉았고, 10여 명이 삼판선에 옮겨 타고 꼬박 하루를 노 저어 남쪽 만에 상륙했는데, 쉬고 있다가 생번에게 살해되었다고 해요. 그 주방장은 요행히 죽지 않고 살아남았다가 묘자(猫仔)[3] 부락 근처에서 발견되어······."

면자가 그녀의 말을 중간에서 잘랐다.

"잠깐······ 피살된 양인이 많다고?"

"10여 명이 죽었다고 들었어요. 몇 명인지는 몰라요."

접매가 고개를 끄덕이며 대답한 후 호기심 어린 표정으로 물었다.

"양인의 머리카락은 금빛이 도는 붉은색이라면서요?"

면자는 미소를 지었다.

"양인과 그들의 배가 얼마 지나지 않아 우리 사료에 오겠군."

"형님은 양인의 배가 온다는 걸 어떻게 알아요?"

"그냥 배가 아니라 포선이야. 일반 화물선이 아니라 총포가 장착된 선박이지."

면자는 송자의 물음에 답하더니 덧붙인다.

"양인의 배가 사고를 당할 때마다 포선을 몰고 와서 조사하거든."

"일이 그렇게 되는군요."

접매와 문걸은 작년 추석에 이곳으로 왔다. 문걸이 물었다.

"양인이 사료에 몇 번이나 왔어요?"

면자는 빈랑 열매 하나를 입에 넣고 검은 치아를 드러내며 몇 번 씹더니 고개를 끄덕였다. "너희 남매는 깊은 산속에서 지내서 양인을 본 적이 없구나. 그 사람들이 처음으로 사료를 찾아온 것은 16년 전이란다. 그때는 내가 결혼을 준비하던 중이라 기억이 난다."

3　'묘(猫)'의 현지어 발음은 'bah'이며, 猫(niaw)가 아니다.

면자가 과거를 회상했다.

"내 기억으로는 그 배가 사고를 당한 곳이 그때도 남갑(南岬) 일대
였어. 당시에도 생번의 손에 몇 명이 죽었고, 2명이 살아남아 시성으
로 달아나서 대만부로 인계되었지. 몇 달 후 포선이 와서는 범인을
찾아내서 처벌하겠다는 거야."

면자가 웃었다.

"생번이 양인 선원을 죽인 게 이번이 처음은 아니었던 거지."

문걸도 궁금해서 끼어들었다.

"양인은 어떻게 생겼어요?"

이번에는 송자가 대답을 가로챘다.

"키가 크고 피부가 아주 하얗고 몸에 긴 털이 수북해. 얼굴도 수염
으로 덮이고 코는 높은데 콧구멍은 아주 좁단다."

송자가 웃음소리를 내더니 말을 이었다.

"그 사람들은 콧구멍이 동그랗지 않고 역삼각형으로 생겼어. 키가
하도 커서 내가 쳐다보면 삼각형 콧구멍이 보이는 게 너무 웃기지."

손짓까지 해가면서 설명하는 송자는 양인을 본 적이 있다는 사실
에 우쭐해하는 듯했다.

"양인이라고 머리카락이 반드시 붉은 것은 아니야. 조각조(厝殼鳥)[4]
같은 색도 있더라고."

면자가 송자의 말을 보충했다.

---

4   참새.

"양인들의 출신 지역이 다르니 생긴 것도 다르단다. 나는 흑인을 본 적도 있어. 가장 인상 깊었던 사람은 이곳에 두 번이나 왔던 양인 두목이었지. 첫 번째는 9년 전이었고, 두 번째 온 게 3년 전이었는데 생번에게 몇 년 동안 감금되었다는 양인[5]을 찾으러 왔더군."

면자는 빈랑을 씹으면서 말을 이었다.

"그 두목의 이름은 로버트 스윈호[6]였지. 두 번째에는 그냥 놀러 온 것 같았어. 3년 전 스윈호는 많은 사람을 데리고 와서 이곳에서 밤을 지내기도 했어. 그때 어떤 선박에 관한 일을 건성으로 몇 마디 묻더군. 그 배가 사고를 당한 장소는 여기서 한참 떨어진 곳이었는데 말이야. 그저 새를 감상하고 놀러 다니는 취미 활동을 하러 온 김에 사람도 찾는다는 느낌이었어."

녀자의 이야기는 흥미진진했다.

"그 사람이 수령님을 찾아왔다고 하길래 지금 출타 중이라고 했더니 내게 안내원 몇 명을 붙여 달라고 하더군. 이튿날 우리는 날이 밝자마자 출발했어. 수행하는 3명의 양인 수병(해군병)들은 모두 총을 들고 있었지. 우리 화승총보다 훨씬 성능이 좋아서 점화하지 않아도 되고 한 번에 연발이 가능한 총이야. 안내원 중에는 나 말고도 시성

---

5   Thomas Nye와 Thomas Smith를 가리킨다. 1852년에 켈피호(The Kelpie)라는 배가 팽호(澎湖) 근처를 지나다가 사고를 당했고, 스윈호라는 사람이 1858년 그들을 찾기 위해 낭교만(瑯嶠灣)을 방문했다.

6   Robert Swinhoe(1836~1877)는 사온후(史溫候)로도 불렸다. 오랫동안 하문, 타구 등지에서 주재한 영국 영사. 임기 동안 중국 남부와 대만의 자연 생태를 조사했으며, 많은 조류와 곤충을 그의 이름으로 명명했다. 스윈호가 낭교에 처음 간 것은 1858년이고 두 번째로 간 것은 1864년이다.

에서 온 복로인과 신가(新街)에서 온 객가인도 있었어. 스윈호가 시성 시가지를 돌아보더니 이번에는 내륙의 생번 부락에 가보고 싶다는 거야. 우리는 사료 계곡을 거슬러 산 안쪽으로 갔어. 나는 섬에 그토록 흥미를 보이는 사람을 본 적이 없었어. 새소리가 들리면 멈춰서 새를 찾고, 그 새를 발견하면 그림으로 그리더군. 펜이 가는 대로 쓱쓱 몇 번 지나가면 실물하고 똑같았지. 우리는 묘자 부락까지 걸어갔는데, 이것저것 질문을 많이 받았어. 왜 다들 몸에 무기를 휴대하나고 물었지. 지금도 기억나는 게 스윈호는 시성의 복로인에게만 '화인'이라고 하고, 객가인은 그저 '객가'라고만 불렀어.[7] 그는 객가인과 복로인 간에 언어가 다르고 통혼도 하지 않는다는 사실에 주목했지. 또 객가인들이 생번의 땅을 빌렸을 때 소작료로 얼마나 많은 농작물을 지급하는지, 객가인과 생번의 관계는 좋은지, 객가인이 평포 사람과 결혼하는지 또는 생번과도 결혼하는지 물었어. 보는 것마다 물어볼 정도로 질문 공세를 펼치더군. 마음만 먹으면 쓱쓱 그림을 완성하는데, 실물하고 똑같아서 정말 감탄이 절로 나오는 솜씨였다고 말했었나? 묘자에 도착하고는 더욱 신이 나서 그림을 그렸어. 사람, 집, 물건, 그릇 등 모든 걸 그리더구나. 그는 생번 여인의 옷차림에 특별히 관심을 보이면서 그림을 여러 장 그렸는데, 남자 그림은 비교적 적은 편이었어."

---

7   스윈호, 맨슨(이후 내용 참조)을 비롯한 일부 서양인들은 객가(Hakka) 사람을 화인(Chinese)으로 간주하지 않았다. 당시 복로인, 객가인이 서로를 다른 나라 사람을 대하듯 극명하게 대립했음이 충분히 드러난다.

문걸과 접매는 흥미진진한 이야기에 빠져들었다.

"오라버니의 말씀을 들으니 양인에 대한 인상이 좋았나 봐요?"

접매의 물음에 면자는 몸에 지니고 다니는 자루에서 멋진 비수를 꺼냈다.

"이 칼이 그때 스윈호가 내게 준 거야. 멋지고 날카롭지."

면자는 득의양양했다. 이어서 고개를 끄덕이더니 말했다.

"최소한 스윈호라는 사람에게는 호감이 가더군. 스윈호 일행은 아주 친절했고, 인색하게 굴지 않았거든. 양인들이 올 때마다 우리는 두둑한 수입을 챙길 수 있고. 폭풍우를 피하려고 이곳을 찾거나 보급을 위해 온 양인들도 대체로 선량했어."

그는 헤헤 웃으며 덧붙였다.

"최소한 시성의 교활한 복로인들보단 낫지!"

⤜　⤛

그날 밤 문걸은 뒤척이며 잠을 이루지 못했다. 양인에 대해 듣는 것은 오늘이 처음이었다. 지난날 그의 생활은 무척 단조로웠고, 생각도 단순하여 한 번도 인종 문제에 대해 생각한 적이 없었다. 남매는 객가인과 생번의 혼혈이며, 부모와 통령포 산간 지대에서만 살았다. 그들의 아버지는 이곳 사람들과는 달랐다. 사내아이에게 사냥을 가르치는 다른 집과는 달리 아버지는 책을 많이 읽고 글씨를 쓰라고 권했다. 그래야 나중에 농사나 사냥, 힘든 노동을 하지 않고 관리나 학자가 될 수 있다는 이유에서였다. 관리가 무슨 일을 하는 사람인지 문걸은 사실 잘 알지 못했다. 태어나서 지금까지 관리를 본 적이 없었다. 보력과 통령포의 객가 수령, 시성의 복로 수령 그리고 면자처럼 사료의 토생자들을 본 것이 고작이었다. 그는 민족 간에 언어가 다르고 관계도 다르며, 서로 복잡하게 얽혀 있다는 정도만 알았다.

사료에 온 후 상황은 복잡해졌다. 오늘 접매는 시성에서 번자라고 놀림을 당했다. 하지만 민족 집단은 본래부터 복잡하다. 토생자들은 복로의 피가 섞여 있어도 '반번(半番)'이라고 놀림당하기 일쑤다. 면자만 해도 태도가 모순적이다. 복로인을 교활하다고 욕하면서도 자신의 몸에 복로의 혈통이 섞인 것을 자랑스럽게 여긴다. 그는 복로인의 생활 방식을 부러워하면서 모방한다. 복로인들은 어째서 남보다 나은 대우를 받으며, 객가인들에 대한 대우가 그보다 못한 것은 왜일까? 어째서 토생자들은 앞의 두 민족보다 아래고, 생번은 최하로 취급된단 말인가?

그는 《논어》와 《맹자》를 읽었다. 공자와 맹자의 책에 등장하는 중원(中原) 사람들은 무척 고귀한 존재이며 그 지역 밖의 사람들을 오랑캐로 간주한다. 아버지에게 중원이 어디 있는지 물은 적이 있다. 아버지는 그곳이 아주 먼 대륙의 북쪽에 있으며, 복로인도 중원 사람에는 해당되지 않는다고 했다. 그렇다면 복로인도 오랑캐란 말인가? 면자가 양인을 거론하면서 그들을 숭배하는 태도를 보였다. 시성의 복로인들도 양인을 높은 존재로 대우하는 것 같다. 그런데 양인도 오랑캐가 아닌가? 설마 오랑캐도 몇 등급으로 나눠진단 말인가? 이런 의문이 꼬리를 물다가 그는 어느새 잠이 들었다.

6장

윌리엄 알렉산더 피커링[8]이 휘파람을 불며 타구에 있는 영국 영
사관에 들어섰다. 영사 찰스 캐럴[9]이 부성(府城)에 있던 그를 특별히
회의에 부른 것이다. 자신을 중요하게 여기는 것 같다는 생각에 그는
무척 기뻤다. 그런데 회의가 시작되자마자 그 연유를 알게 되었고,
좋았던 기분은 급격히 사그라들었다.

영사관은 포르모사 최초의 서양식 건물인 천리양행(天利洋行)[10] 안

---

8   William Alexander Pickering(1840~1907)은 필기린(必麒麟)이라는 이름으로도 전
    해진다. 영국 노팅엄(Nottingham) 사람으로 1863년부터 1870년까지 대만에 거주한
    탐험가다. 한족이 쓰는 북경어와 대만 원주민 언어에 능통하여 번계(番界)를 탐방
    했으며, 1877년에는 싱가포르로 가서 싱가포르의 초대 화인호민관(華人護民官)으
    로 부임했다. 현재 싱가포르에는 피커링 거리(Pickering Street)가 남아 있다. 1890년
    에 영국으로 돌아가 1898년에《Pioneering in Formosa》를 발표했다. 이 책은 다채
    로운 대만 탐험 내용을 담은 회고록으로 현재 대만에 4개의 번역본이 나와 있다.

9   Charles Carroll.

10 천리양행(Mac Phail & Co.).

에 있었다. 피커링은 몸을 잔뜩 움츠린 채 떨고 있는 청나라 사람을 보았다. 캐럴은 이 사람이 광동(廣東) 출신 요리사로 이름은 덕광(德光)이며, 남갑에서 사고를 당한 돛대가 3개 달린 미국 상선 로버호 선원 중 지금까지 알려진 유일한 생존자라고 소개했다. 덕광의 설명에 따르면 로버호에는 자기 말고도 13명이 더 있었는데 선장 헌트와 그 부인을 포함해 몇 명은 현장에서 생번에게 살해되었다고 한다.

덕광은 해변의 수풀에서 몇 시간을 숨어 있었으며, 판다누스의 날카로운 가시에 찔려 온몸이 아파도 꼼짝하지 않고 있다가 한밤중이 되어서야 가까스로 그 자리를 떠날 수 있었다고 말했다. 어둠 속에서 한참을 걷다가 마음씨 좋은 복로인을 만나 시성으로 오게 되었고, 그곳에서 나흘을 기다린 끝에 배를 타고 타구로 왔다고 한다. 다른 선원들 중 살아 있는 사람이 있는지는 잘 모르겠다고 했다.

회의에서 가장 발언을 많이 한 사람은 피커링이었는데, 이는 그가 청나라에 가장 오래 있었기 때문이다. 선원 출신인 피커링은 5~6년 전 청나라에 왔으며 표준 북경어를 꾸준히 연습하여 말하기, 듣기, 쓰기가 모두 가능했다. 1863년에 포르모사로 전근와서 안평에서 해관 세무사로 근무했다.

피커링은 성격이 호탕하고 탐험을 좋아했다. 포르모사에 온 뒤 청나라의 번성(番域)에 여러 부족으로 구성된 포르모사 원주민이 살고 있다는 것을 발견했다. 그는 언어에 천부적인 소질이 있어서 가는 곳마다 현지의 언어를 배웠다. 복로어와 원주민어까지 능통할 정도였다. 원주민어는 종류가 너무 많아서 모두 익힐 수는 없었지만 타고난 수완이 남달라 가는 곳마다 현지 사람과 잘 지냈다.

회의에서 피커링은 부임한 지 얼마 안 된 캐럴에게 지난날 포르모사에서 해난 사고를 당한 선원들이 학대나 피살당한 참상을 자세히 설명했다.

"1860년 북경조약 이후 청나라가 정식으로 개항했으며 포르모사의 계룡, 담수, 안평, 타구에서 항구[11]를 개방했습니다. 포르모사를 찾는 선박들이 점점 늘어나면서 매년 사고를 당하는 선박도 많아지고 있습니다. 작년에는 일곱 척이나 사고를 당했고, 매년 해난 사고를 당하는 선원들은 섬사람들에게 괴롭힘을 당하고 물건을 약탈당하는 실정입니다."

피커링은 마치 거래 장부 내역을 보고하듯 각종 해난 사고가 난 시간과 선박 명칭, 조난당한 선원의 수와 그 결과까지 하나하나 열거했다.

"그런데 이번에는 13명으로 가장 많은 숫자입니다. 다행히 예수 그리스도가 보우하시어 한 사람이 생환했습니다. 그렇지 않았으면 이번 사건이 세상에 드러나지도 못했을 겁니다."

피커링은 본인이 선원 출신이어서 그런지 선원들의 불행한 처지에 공감하며 유독 분개했다.

"우리는 청나라의 지방 관리들과 만날 때마다 백성들의 악행을 막아 달라고 요구합니다. 그들이 입으로만 알았다고 대답하고는 행동

---

11 훗날 대만 사람들은 담수와 대남(台南, 오늘날의 타이난)을 묶어 '정항(正港)', 기륭(基隆, 오늘날의 지룽)과 고웅(高雄, 오늘날의 가오슝)을 묶어 '편항(偏港)', 담수와 기륭을 묶어 '정항(頂港)', 대남과 고웅을 묶어 '하항(下港)'으로 칭했다.

에 나서지 않으니 비극이 계속되는 겁니다."

그는 탁자를 한 번 내리치더니 말했다.

"이번에는 청나라 관리들에게 반드시 제대로 된 답변을 받아야 합니다!"

캐럴은 부임 후 처음 당하는 해난 사고였다. 그는 미소를 지으며 말했다.

"불행 중 다행으로 방금 광동 쪽에서 소식이 왔어요. 로버호가 우리 영국 배가 아닌 미국 배라고 하는군요. 하지만 미국은 포르모사에 주재하는 인원을 파견하지 않았어요. 그러므로 우리는 외교 관례에 따라 우선 대만부의 청나라 관리를 만나보고, 북경에 주재하는 영국 공사 올콕[12]에게 보고해야 합니다. 올콕은 북경에 주재하는 미국 공사 포안신[13]에게 이를 전달해서 미국 외교관들이 청나라 총리 및 각국 아문의 관리들과 교섭하도록 할 겁니다."

타구 해관에 소속된 의사 패트릭 맨슨[14]이 말했다.

"그 요리사가 빠져나올 수 있었다면 다른 사람도 빠져나올 수 있지 않았을까요? 다만 어디에서 헤매고 다니는지는 몰라요. 선원들도 전부 살해되지 않고 일부가 생번에게 잡혀 있는 건 아닐까요?"

피커링이 말했다.

---

12 Rutherford Alcock.

13 Anson Burlingame.

14 패트릭 맨슨(Patrick Manson, 1844.10.3~1922.4.9)은 1866년부터 1871년까지 대만에 있었다.

"과거에 그런 사례가 있었지요. 그렇다면 돈을 써서라도 구해올 수 있습니다. 대영제국의 선박은 아니지만 사람을 구하는 게 중요하니까요. 영사님께서는 하루속히 포선을 보내 생존자가 있는지 조사하시는 게 좋겠습니다."

캐럴은 피커링의 말에 따르기로 하고 즉시 낭교의 남갑에 배를 보내 조사하기로 했다. 그는 안평항에 정박하고 있는 코모란트호에 그 임무를 지시했다.

7장

    이양례가 공문을 정리하고 일어섰다. 창가로 가서 심호흡하며 고랑서(鼓浪嶼, 오늘날의 구랑위)의 꽃향기로 가득한 신선한 공기를 깊이 들이마셨다. 아침 햇살이 방 안을 비추니 기분이 상쾌했다.

    이토록 밝고 활기찬 기분은 실로 오랜만에 느낀다. 어젯밤 이 문서를 읽은 후 꼬박 8시간 동안 관련 자료를 살펴보았다. 그는 천진조약과 북경조약을 자세히 읽어보고 지난 몇 년간 청나라에서 발생한 서양 선박의 해난 사건을 살펴봤으며 청나라와 서방 국가의 교섭 과정에 대해 충분히 알아보았다. 이어서 또 2시간을 할애하여 로버호 사건을 처리할 계획을 세웠다.

    전투 정신으로 무장한 지난날의 이양례로 마침내 돌아온 것이다. 그는 이런 느낌을 좋아했다. 시대의 도전에 직면하고, 시국의 난제에 대한 답을 찾는 일을 즐겼다. 이제 이양례는 자신을 부르는 어떤 힘을 느낀다. 그 힘은 하문이 아니라 하문 건너편에 있는 신비한 포르모사에서 비롯되었다.

그는 포르모사의 역사에 관해 읽은 적이 있다. 포르모사는 한때 빛나는 역사를 자랑했다. 17세기 중엽의 포르모사는 37년 동안 네덜란드의 동양 진출을 위한 근거지였으며, 당시 네덜란드인들이 가장 돈을 많이 번 식민지 중 하나였다. 흥미롭게도 훗날 네덜란드인을 물리쳐서 그들을 쫓아내고, 포르모사를 대만이라는 이름으로 바꾼 국성야(國姓爺) 정성공의 근거지가 바로 지금 이양례가 있는 하문이었으며, 영사관이 소재한 고랑서는 다름 아닌 정성공의 수군(水軍)이 훈련하던 곳이다.

사실 이양례가 이 사건에 흥미를 느끼는 이유는 따로 있다. 로버호 선원들을 살해한 것은 포르모사의 미개한 원주민이며, 그들은 아직도 사람의 머리를 베는 악습을 지닌 잔인하고 포악한 생번이라고 한다. 어젯밤 그는 포르모사의 역사와 특색, 풍습을 자세히 분석하고 이 '아름다운 섬'의 역사와 미국의 역사 사이에 유사점을 발견했다. 예를 들면 네덜란드인들이 1624년 이곳에 상륙하여 개척을 시작했고 현재는 이주민의 세상이 되었다는 점이나 그럼에도 많은 토지가 여전히 원주민의 소유라는 점 말이다.

그가 관할하는 지역 가운데 하문은 일부에 지나지 않는다. 포르모사의 4개 항구가 천진조약과 북경조약에 의해 통상을 개방했다. 비록 미국이 포르모사에 정식으로 무역관을 설치하지는 않았으나 그의 공식 직함은 '하문 및 포르모사 주재 미국 영사'다. 그러니 포르모사에 갈 이유가 충분하다. 포르모사는 17세기에 풍부한 물산과 아름다운 풍경으로 유럽에 이름을 알린 곳이다.

이양례는 동쪽의 바다를 바라보았다. 이곳에서는 청나라가 대만이라고 칭하는 포르모사가 보이지 않는다. 하지만 그는 포르모사가 하문의 건너편에 있다는 것을 알고 있다. 그는 하문 및 포르모사 주재 미국 영사인 자신이 포르모사에 가야 한다고 생각했다. 한때 유럽에 귀속되었지만 훗날 정성공에게 빼앗긴 포르모사로 말이다. 그는 206년 전 정성공도 이렇게 하문에서 동쪽을 바라보았을 것이라고 상상한다. 이양례는 속으로 소리쳤다. '포르모사여, 내가 왔다!'

3 부

통령포

統領浦

8장

"깊은 산에 있어 위험하고 떠도는 원혼이 모이는 곳. 생번은 사체의 머리가 많은 순서로 집안의 서열을 정하며, 해골이 많은 곳이 세도 있는 집안이다."

강희 36년, 즉 1697년에 욱영하(郁永河)가 쓴 《비해기유(裨海紀遊)》 중 '토번죽지사(土番竹枝詞)'의 마지막 구절이다.

당시는 정극상(鄭克塽)이 청나라에 항복한 지 겨우 14년이 지났기 때문에 민월(閩粵, 복건성과 광동성)에서 온 이주민들이 많지 않았고 인구 대부분이 원주민이었다. 대만은 천혜의 자연을 자랑하여 평원에는 꽃사슴이 무리를 이루고 식물이 무성할 뿐 아니라 고산 지대에도 새와 동물이 많고 꽃과 과일이 풍성하다. 평지나 고산 지대의 원주민은 수렵을 주요 생계 수단으로 삼았고 농사는 부수적으로 지었다. 이들은 낙천적이고 주어진 환경에 순응하며 살아가는 화외지민(化外之民, 교화가 미치지 못하는 지방의 백성)이었다. 자식에게도 주로 사냥을 가르쳤다. 사냥꾼의 용기와 기술을 증명하는 방법이 사람의 머리 사냥이다. 뒤로는 산을 등지고 앞으로는 물을 바라보는 환경을 찾아 거주하며, 거처를 자주 옮기기 때문에 재산이나 소유하는 논밭의 개념이 없었다. 그저 부락에 진열된 머리의 숫자가 많은 것을 자랑으로 여겼다. 머리 사냥은 원한을 갚기 위해 잔인하게 죽이는 일이 아니라 용기를 증명하는 행동이고 성년의 의식이요, 부락의 영예이다.

장천에서 건너온 이주민들은 대남(오늘날의 타이베이)을 근거지로 삼아 북으로는 가의(嘉義), 남으로는 고웅까지 확장했다. 양쪽 평원에 살고 있던 평포 숙번, 서랍아족(西拉雅族)과 마가도족(馬卡道族)이 제일 먼저 삶의 터전을 위협받게 되었다. 평원은 광활해서 이주민과 고산 원주민은 여전히 거리를 유지하며 서로 접촉을 최소화할 수 있었다.

장천 이주민들은 점차 남쪽으로 진출했다. 고병계(高屏溪)나 하담 수계(下淡水溪) 이남, 바다에 닿은 연해 평원은 점점 좁아졌고, 섬의 폭도 점점 좁아져서 길고 좁은 반도 지형이었다. 그렇다 보니 평지의 장천 이주민과 고산 지대의 원주민 간 물리적 거리가 점점 가까워졌다. 장천 이주민들과 명정(明鄭) 둔전 부대(屯田부대)가 산 아래 평지에서 고개를 들어 위를 바라보면 원주민이 높은 산악 지대를 평지처럼 펄쩍펄쩍 뛰어다니는 모습이 보였다. 그 모습이 마치 인형극에서 꼭두각시(傀儡, 괴뢰)가 위아래로 움직이는 것처럼 보인다고 하여 고산 지대 원주민을 '괴뢰번'이라는 조롱 섞인 이름으로 불렀다. 괴뢰번이 살거나 숨어 있는 산은 '괴뢰산'이 되었다.

괴뢰번의 유래에 관한 다른 설도 있다. 장천 이주민들이 아직 많지 않던 시절에는 원주민들도 우호적이었다고 한다. 친절하고 우호적인 말투로 "Kaliyang!"이라고 인사를 건네오곤 했는데, 이는 하와이 사람들의 'Aloha'에 해당하는 인사말이다. 따라서 장천 이주민들은 원주민들이 예의 바르다며 '가례번(嘉禮番)' 또는 '가려번(加黎番)'이라고 불렀다. 이주민들이 점점 많아지면서 원주민들의 재물과 땅을 교묘한 수단이나 힘으로 빼앗기 시작했고, 분노한 원주민들은 그들의 머리를 베어 죽이는 것으로 복수했다. 이에 장천 이주민들이 원주민들을 부르는 호칭은 가례번에서 괴뢰번으로 변했으며, 원주민들이 이주민들을 부르는 호칭도 백랑(白浪, 복로어로 악인이라는 의미가 있음)으로 바뀌었다.

〈강희대만여도(康熙台灣輿圖)〉를 두고 서쪽에서 동쪽을 바라보면 가장 높고 깊은 산에 '괴뢰의 큰 산에는 인적이 닿지 않는다(傀儡大山, 人跡不到)', '괴뢰번이 이 산 뒤에 있는 석굴 안에 있다(傀儡番在此山後石洞內)'라고 적혀 있다. 괴뢰산, 괴뢰번이 관청의 문서에 정식으로 사용되었음을 알 수 있다. 오늘날로 따지면 괴뢰산은 다우산(대무산) 이남의 산이며, 괴뢰번은 오늘날 배만족(파이완족)과 노개족(魯凱族, 루카이족)이다. 이 일대는 지형이 길고 좁으며 산과 바다가 가까워 옛날에는 낭교라는 이름이 붙었다. 낭교는 지난날의 동항하(東港河), 오늘날의 샤단수이시(下淡水溪) 또는 가오핀시(高屏溪) 이남 지역에 해당된다. 낭교라는 이름은 심지어 괴뢰산보다 먼저 출현했다. 네덜란드 통치 시대에 네덜란드인들과 장천에서 온 한족 이주민들은 모두 이 지역을 'Longkiaw(낭교)'라고 불렀다. 낭교는 괴뢰번어(배만어, 파이완어)에서 유래되었을 가능성이 높으며, '난초과 식물' 또는 한족들이 '미접화(尾蝶花)'라고 부른 이 지역의 특산 식물을 의미한다.

9장

　한편 복로 이주민들은 사는 곳에 따라 낭교의 원주민을 부르는 호칭을 달리 했다. 고산 지대에 거주하면 '생번' 또는 '괴뢰번'으로 불렀다. 해변의 평지에 거주하면 '숙번' 또는 '토생자'라고 부르거나 네덜란드 사람이 기록에 남긴 것처럼 '포르모사인'으로 불렀다.

　생번이 1,000년 동안 외부인의 침입을 별로 우려하지 않았던 것과 달리 숙번은 네덜란드인들이 포르모사에 온 후부터 줄곧 순탄치 못한 운명을 맞았다. 그들은 외세의 침입에 밀려 살던 곳을 떠나 유랑하는 신세가 되었다. 게다가 복로와 객가 이주민들의 괴롭힘까지 감수해야 했다.

　대원(大員)에 온 네덜란드인들은 대원 부근이나 북쪽의 서랍아족은 비교적 온순하고, 남쪽의 숙번은 네덜란드인들에 별로 개의치 않는다는 사실을 발견했다.

　1635년 크리스마스 날, 네덜란드는 군대를 출동시켜 지금의 다강

산(大崗山) 일대에 거주하던 평포 사람들을 쫓아냈다. 평포 사람들은 남쪽으로 이동하여 봉산(鳳山)을 거쳐 다시 오늘날의 아허우(阿猴), 팡쉬(放索)로 이주하여 훗날의 평포 마가도족이 되었다. 이때부터 이 일대도 낭교로 부르기 시작했다.

네덜란드인들은 낭교의 평포 사람들이 가슴에 순금으로 된 얇은 장식품을 달고 다니는 모습을 보고 포르모사 남쪽에 금광이 있다고 판단해 계속 남하했다. 1638년 린가(Johan Van Linga) 상위(上尉)가 네덜란드 병사 106명을 이끌고 낭교 우두머리가 이끄는 평포 사람 200명과 협력하여 훗날의 낭교 비남, 당시의 침수영고도(浸水營古道)[1]를 따라 동부 지역으로 금광을 찾으러 갔다. 비남에 도착한 네덜란드인들은 금광을 발견하지 못했고, 덴마크인 외과 의사 베셀링(Maarten Wessling)과 병사·노예·통역원을 각 1명씩 비남에 남겨두었다. 베셀링은 하석상무원(下席商務員)에 임명되어 네덜란드 동인도회사(VOC)의 동부 지역 사무 대행을 담당했다. 그의 가장 중요한 임무는 포르모사에서 금이 생산되는 지역의 정보를 정찰하는 것이었다. 뜻밖에도 3년 6개월이 지날 때쯤 베셀링은 부녀자를 희롱하여 원주민들에게 살해되었다. 이때가 1641년 9월이다.

열란차성에 있던 네덜란드 동인도회사 총독은 이 소식을 듣고 크게 노했다. 마침 베셀링이 생전에 금 생산지가 비남이 아니라 북쪽으로 더 올라간 포르모사 동부라는 보고를 한 터였다. 1642년 1월, 대

---

1   출처: 양난쥔(楊南郡)의 《침수영고도(浸水營古道)》.

원의 총독 트라우데니어스(Paulus Traudenius)가 직접 225명의 탐험가를 인솔하여 128명의 한족과 평포 사람까지 대동한 채 금을 찾고, 베셀링의 원수를 갚겠다고 나섰다.

이번에는 육로로 가지 않고 해로를 택했다. 네덜란드 군대는 남로(南路)의 낭교에서 보무도 당당했고, 가는 길에는 크고 작은 평포 촌락 사람들이 모두 나와 그 기세에 머리를 조아렸다. 네덜란드 총독은 득의양양하여 자신에게 예를 갖추는 생번 두목에게는 권력을 상징하는 지팡이를 선사하고 남부지방회의에도 참가할 수 있도록 초청했다. 하지만 네덜란드 군대가 만나는 소수 민족이 평포 숙번만 있는 것은 아니었고, 바다 근처 산의 생번 부락을 지나갈 때도 있었다. 이들은 폐쇄적이어서 네덜란드인들을 상대해주지 않았을 뿐 아니라 적의를 보이기도 했다. 네덜란드 군내는 이런 부락에서는 사정을 봐주지 않고 집을 불태우고 사람을 죽여 본보기로 삼았다.

마가도족은 네덜란드 지배 시대에 남쪽으로 밀려나 방색(放索) 일대까지 이주하여 어렵사리 자리를 잡았다. 하지만 명정부터 청나라 건륭(乾隆), 가경(嘉慶) 연간에 이르기까지 이주민들이 계속 밀려왔다. 이에 더 큰 압박을 받은 마가도족은 어쩔 수 없이 기르던 양떼를 몰고 남쪽으로 더 내려가 낭교로 이주하거나 남부의 괴뢰산을 넘어 동부로 이주하기도 했다. 그야말로 곤궁에 빠져 유랑하는 신세가 된 것이다. 그들의 이주는 결과적으로 뒤로 물러나 복로인과 객가인들에게 길을 터준 셈이었다.

정성공 시대에는 일부 정가군(鄭家軍)이 낭교, 시성에 진입하여 복로인들이 이 지역에 최초의 도시를 형성하기도 했다. 동녕국 시대에 장천에서 온 복로인들은 이미 연해의 하구 평원에 산발적으로 거점을 세웠다. 방료(枋寮) 이남부터 가록당(加祿堂), 남세호(南勢湖), 자동각(茄桐腳), 풍항[風港, 오늘날의 평강(楓港)], 시성이 대표적이다.

동녕국 말기에 정성공은 청나라에 대한 반격에 실패하여 군대를 거둬 대만으로 돌아왔다. 이때 정주(汀州)에서 한 무리의 객가 군대와 함께 왔다. 이 객가 군대는 훗날 낭교의 산악 지대에 보내져서 개간을 하게 된다. 그들이 시성에서 강을 거슬러 올라왔기 때문에 '통령포(統領埔)'라는 객가의 지명을 남기게 되었다. 정극상이 청나라에 항복한 후 병사들 중 다수가 주둔지에 남았고, 고산 지대의 원주민과 결혼하여 살았다. 시간이 흐르면서 객가인과 고산 지대의 원주민 사이에 혼혈 자녀들이 태어났다.

가경, 도광(道光) 연간에 이르러 낭교의 평포 사람들 중에 순수한 마가도족은 얼마 남지 않고 복로인과 피가 섞인 사람들이 대부분을 차지했다. 풍습과 언어에 모두 복로인 즉, 한족의 영향을 깊이 받았으며 반은 복로, 반은 평포인 혼혈족을 이뤘다. 복로인, 객가인은 이들을 토생자라고 불렀다. 역시 건륭, 가경, 도광 연간에 청나라 조정은 평포 사람들에게 '성씨를 하사'하였는데, 실제로는 평포 사람들에게 한족 성씨로 바꿀 것을 강요한 정책이었다. 이에 따라 낭교의 토생자는 보편적으로 한족의 성을 사용하게 되었다. 남녀의 복장은 모두 상의에 옷섶이 달려 있고 하의는 바지 차림이다. 하지만 차츰 남자는 한족의 복장으로 바뀌고, 두발도 청나라 사람처럼 깎았다. 여성의 복장에는 비교적 평포의 전통이 남아 있었다. 남녀 모두 머리에 두건을 썼다. 그들은 수시로 빈랑을 씹고 다녔기 때문에 치아가 검게 변색되었다. 언어는 평포의 마가도어와 복로어를 병용하였는데, 실제로는 마가도족 전통 언어가 조금씩 실전(失傳)되고 있었다.

사료는 원주민과의 혼혈인 숙번이 집중적으로 거주하던 곳이다. 면자의 아버지는 사료의 수령인데 한족의 분위기가 다분한 양죽청(楊竹靑)이라는 이름을 갖고 있었다. 하지만 시성, 풍항 또는 동항에 거주하는 복로 이민자 후예들은 여전히 이런 원주민들을 무시하는 눈초리로 바라보았다.

청나라가 대만을 흡수한 이후 강희제는 한번분치(漢番分治) 정책을 수립하고 통치 범주의 최남단을 방료까지로 한정했다. 방료 이남은 험준한 산과 바다로 막혀 있기 때문에 남쪽으로 가는 길이 험했다. 게다가 산 위에는 생번이 있다. 따라서 청나라 조정은 방료의 율망계(率芒溪)[2] 건너편에 있는 가복당에 관문을 설치했다. 방료 남쪽과 동쪽의 땅은 청나라 관청의 관리 범위 범위가 아니니 백성들은 알아서 조심하라고 알리는 의미나 다름없었다. 하지만 내지에서의 이주는 여전히 계속되었다.

청나라 때의 낭교는 방료 이남, 즉 관문 밖의 땅을 가리켰다. 청나라 조정의 눈에 비친 낭교는 '지배 판도 안에 있으나 통치권은 미치지 않는 회색 지대'였다. 시성은 낭교에서 가장 큰 도시여서 사람들은 이곳을 낭교라고 칭하고 시성에 인접한 만을 낭교만이라고 불렀다. 또 바다로 흘러가는 이곳의 하천을 낭교계라고 불렀는데 이주민

---

2 오늘날의 스원시(士文溪).

들은 시성계라고도 불렸다. 하지만 강 상류는 생번 중 모란 부족의 조상이 살던 지역이어서 이곳을 모란계(牡丹溪)라고 불렀다.

청나라 조정에서 해금을 실시하자 대만으로 밀항하던 복로와 객가 이주민들은 관청의 눈을 피해 너도나도 낭교만을 통해 대만에 들어왔다. 낭교의 지형은 남쪽으로 갈수록 좁아져서 하나의 반도라고 할 수 있다. 서쪽은 검은 물길이 일렁이는 대만 해협과 인접하고, 동쪽은 태평양이고, 남쪽은 파사 해협(巴士海峽)을 사이에 두고 필리핀의 루손섬(luzon)과 마주본다. 낭교 중앙에는 괴뢰산이 있다. 낭교 북부에는 괴뢰산이 구름 속으로 높이 솟았으나[3] 낭교 남부에 도달하면 산세가 완만해져서 해발 700~800미터 이하로 내려간다.

청나라 통치 시대에 비로소 대만에 온 객가인들은 대부분 광동 지방 출신이다. 그들의 풍습은 민남(閩南)에서 온 복로인과 모든 것이 달랐다. 언어도 서로 통하지 않았다. 이주민들은 고향 사람과 성씨를 가장 중요시하여 동향 사람끼리, 성씨가 같은 사람끼리 뭉쳐서 무리를 이뤘다. 따라서 낭교에는 복로와 객가의 구분이 명확했다.

복로와 객가는 언어와 풍속이 다를 뿐 아니라 생존 경쟁 구도에 놓여, 매사에 대립하고 반목했다. 두 집단은 처음에는 땅을 두고 충돌했다가 나중에는 정치적 입장에서 충돌했다. 주일귀(朱一貴)부터 임상문(林爽文)까지 몇 차례에 걸친 복로와 청나라 조정 간의 전쟁에서 객가인들은 모두 통치자인 청의 편에 섰다. 청나라 조정의 눈에

---

3   북대무산(北大武山)과 남대무산(南大武山)은 각각 표고 3,092미터와 2,841미터다.

장천에서 이주한 복로인들은 정성공의 반역 이후 태생적으로 반골 기질이 있는 고약한 백성이었다. 반면 객가 출신 인사들은 상대적으로 의로운 백성이라고 여겼다.

사정이 이렇다 보니 복로와 객가의 반목은 불에 기름을 부은 것처럼 점점 심해졌으며, 대를 이어 전해졌다. 복로와 객가는 적대시하고 대립하며 왕래하지 않고, 통혼도 하지 않았다. 적지 않은 복로인들이 죽을 때 자손에게 객가인과 결혼하지 말 것을 유언으로 남길 정도였다. 객가인들은 인구수가 적기 때문에 더욱 잘 뭉치고 잘 단결되었다. 그들은 '복로는 나쁜 사람들'이라는 말을 달고 살았으며, 두 집단은 평화로운 시기에도 싸우는 일이 많았다. 일찍이 옹정제(雍正帝) 원년에 봉산에서 대만 역사상 최초의 무장 충돌이 발생했다.

건륭제 언간, 상주(漳州) 사람 임상분이 거사할 때 낭교 연해나 하구는 복로의 촌락이고 시성은 복로 최대의 도시이자 대만 최남단의 복로인 집결지였다. 복강안(福康安)이 병력을 인솔하고 이곳에 와서 임상문의 잔당 장대전(莊大田)을 체포하는 큰 공을 세운 후 시성에 복안궁(福安宮)을 지었다. 이때에도 하낭교(下瑯嶠)에는 당산에서 온 소수의 이주민들이 있었다. 도광제의 함풍(咸豐) 연간이 되자 하낭교에 객가 취락이 약간은 있었지만 대다수는 원주민의 땅이었다. 복로 이주민들은 평지를 점거하고 복로 남자들은 평포 마가도족 여자와 결혼했으며, 객가 이주민들은 산지에 살면서 객가 남자들은 생번 여자와 결혼하는 일이 많았다.

낭교의 복로인들은 고산 지대에 사는 원주민을 괴뢰번이나 가례번으로 부른 반면, 객가인들은 간단하게 생번으로 불렀다. 하지만 원주민도 단일 민족으로만 이뤄진 것이 아니어서, 청나라 관청에서는 그들을 상낭교 18사(社)와 하낭교 18사(社)로 통칭했다. 하낭교는 특히 여러 민족 집단이 섞인 인종의 용광로였다. 그중에서도 복로인들이 평포 숙번과 결혼하여 혼혈 토생자를 낳는 상황이 많았는데 면자 일가가 대표적이다. 객가 이주민들은 생번과 결혼하여 문걸과 접매와 같은 후손을 낳았다. 객가와 숙번 또는 복로와 생번 간에는 통혼하여 자녀를 낳는 경우가 드물었다.

생번은 객가인들에게 애증이 교차하면서도 수용이 가능했으나 복로인들에게는 원한과 분노뿐이었다. 그들은 복로인들이 협잡질을 일삼고 권세를 믿고 남을 압박한다고 비난했다. 생번은 객가인들을 니니(儞儞)라고 불렀는데 이는 객가어로 자신을 칭하는 '아(我)'의 발음에서 비롯됐다. 반면 생번은 복로인들을 백랑(白浪, Painan)으로 불렀는데 복로어로 대인(歹人) 즉, 악인이라는 의미다. 둘에 대한 상반된 호칭만 봐도 선명한 대비를 이루는 것을 알 수 있다.

복로인들이 숙번 및 생번을 대하는 태도도 극과 극이었다. 복로인들은 평포 숙번에 대해서는 마음을 놓았는데, 이는 숙번이 온순하고 선량하여 외부로부터의 압력을 참고 견디어 내기 때문이다. 반면 복로인들은 생번을 상당히 두려워했다. 생번이 그들을 마구 죽일 수 있기 때문이다. 토번죽지사에 "사람들은 생번이 호랑이처럼 용맹하다며 두려워하고 숙번이 흙처럼 천하다고 업신여긴다(人畏生番猛如虎, 人欺熟番賤如土)."라는 구절이 있다.

10장

　접매와 문걸의 아버지 성은 임씨였다. 그는 20여 년 전 당산에서 배를 타고 해협을 건너와 사료를 통해 닝교에 왔다. 처음에는 사료의 수령인 양죽청의 집에서 머슴살이를 했다. 문걸과 접매에게 아버지는 당산에서의 생활이나 그곳의 가족에 대해 거의 언급하지 않았으며, 바다를 건너온 이유도 말해주지 않았다.

　양죽청은 면자와 송자의 아버지다. 당시 면자는 12~13세로 지금의 문걸 나이와 비슷했다. 면자와 당산에서 온 머슴은 8~9세나 되는 나이 차에도 불구하고 대화가 통해서 늘 이야기를 많이 나눴다.

　객가 출신의 임 씨는 돈이 어느 정도 모이자 독립해서 생계를 모색하기로 했다. 광동 출신의 객가인들은 사료계의 보력에 모여 사는데, 임 씨는 따로 계획이 있었다. 그는 비록 객가인이지만 복로어도 유창하게 잘했다. 사료에 오고 나서 몇 년 동안 그는 객가인과 드물게 어울렸다. 머슴살이로 번 돈으로 시성에 작은 가게를 내려고 했다. 복로 여자와 결혼하려고 매파를 끼고 혼담까지 오갔으나 매파에게 사기를 당하여 결혼은 실패하고 돈만 버렸다는 소문도 있었다. 결국 그는 시성을 떠났다. 낭교계를 따라 위로 거슬러 올라 통령포로 갔다. 대다수의 객가인이 그렇듯 그도 황무지를 개간하여 생계를 이어갔다. 낭교계는 시성계라고도 부른다. 통령포에서 조금만 더 가면 생번의 땅이다. 모란 부락에 모여 사는 이곳의 생번은 사납고 흉악하기로 유명하다. 하지만 통령포의 객가인들과는 잘 지내는 편이고, 양측 사냥터의 경계도 분명해서 서로 간섭할 일이 없었다.

임 씨는 땅을 개간하면서 한편으로는 사냥도 열심히 했다. 사냥한 것과 채취한 것들을 시성에 내다 팔았다. 그래서 이 일대 사람들은 그를 임산산(林山産)이라고 불렀다. 스스로도 임산산을 자처했다. 그렇게 오랫동안 지내다 보니 사람들은 그의 원래 이름을 잊어버렸다.

임산산은 복건(福建) 객가 출신이다. 같은 객가인이어도 복건 객가인과 광동 객가인은 조금 다르다. 광동 객가인은 객가어만 쓰고 복로어는 모른다. 복건 객가인은 고향에서 복로인들과 좋은 관계를 유지했기 때문에 양쪽 언어를 모두 할 줄 안다. 복건 객가인이 처음 대만에 왔을 때는 생존을 위해 아무래도 권세가 있는 복로인들과 어울리며 살아간다. 그렇게 세월이 흐르면서 다음 세대는 스스로를 복로인으로 착각하며 자신이 객가의 후예라는 사실을 잊는 경우가 많다.

복건 객가인 임산산은 사료에 처음 왔을 때 평포 숙번과 복로의 혼혈 면자의 집에 의탁한 것을 행운이라고 여겼다. 하지만 자신의 뿌리를 잊지 않고 객가인의 신분을 계속 유지했다. 객가인들이 많이 모여 사는 통령포에 온 다음에도 복로인을 배척하지 않았으며, 늘 복로어를 쓰고 양측 사람들이 사는 지역을 넘나들었다. 그는 사료계에서 광동 객가인이 집중적으로 모여 사는 촌락인 보력으로 가지 않고 낭교계 상류의 통령포를 선택했다. 이곳은 인구가 아직 많지 않아서 집들이 서로 멀리 떨어져 있었으며, 생번 중에서 복로인들이 가장 사납다고 여기는 모란 부락과 상당히 가까운 위치였다.

괴뢰산이 중낭교의 보력과 통령포 일대에 이르면 산세가 완만해지고 계곡도 깊지 않다. 물이 맑고 경치가 좋으며 진기하고 특이한 임산물이 많이 난다. 들짐승으로는 멧돼지, 대만문착(Reeves's Muntjac, 사슴과에 속한 동물), 사슴, 꿩이 많다. 임산산은 사냥으로 잡은 살아 있는 들짐승과 손질한 고기, 가죽 등을 시성, 신가, 사료에 가져다 팔고 시성과 보력에서 한족들의 옷감, 쇠솥, 각종 공구, 소금, 병기와 탄약을 사들여 모란 부락의 생번에게 되팔았다. 그래서 모란의 생번도 객가 상인 임산산을 모두 알고 지냈다. 임산산은 부지런하고 재주가 많았고 성격도 좋아서 장사는 갈수록 잘되고 평판도 점점 좋아졌다. 그가 도시에 판매하는 들짐승 고기는 신선하고 맛이 좋으며, 생번 부락에 판매하는 평지의 물건은 값이 싸고 품질이 우수했다.

그는 한족과 생번을 가리지 않고 자신의 독특한 풍격을 형성했다. 여러 사람과 관계를 맺고 복로, 객가, 토생자, 생번 사이를 자유롭게 오가며 활약한 덕분에 모든 사람이 그에게 호감을 가졌다.

이곳의 복로, 객가 사람들은 생번이 어리석고 단순하다며 업신여기고 걸핏하면 그들을 이용하고 속였다. 그래서 생번은 그들에게 상당한 반감이 있었으며, 특히 복로인을 악인이라는 뜻의 백랑이라고 부르며 싫어했다. 반면 생번은 자신들을 한결같이 성실하게 대하는 임산산에게는 호감을 느꼈다. 그는 힘든 일을 마다하지 않고 성실히 임했으며, 물건을 집까지 배달해주는 등 완벽한 태도로 접객했다. 일반적으로 생번이 복로인에게 물건을 사면 길이 멀기 때문에 배달을 거절해서 충돌이 생기기 쉬웠다. 하지만 그는 생번이 물건이 주문하면 군말 없이 산 속에 있는 생번 부락까지 가져다주었다.

임산산은 본래 중낭교의 생번 지역에서 장사를 했는데 생번이 그를 좋아해서 하낭교의 후동(猴洞)과 출화(出火) 동쪽의 사가라족까지 그의 고객이 되었다. 용란(龍鑾), 묘자(猫仔)[4], 사마리(射麻里), 저로속(豬勝束)의 생번들이 모두 그에게 물건을 주문했다. 그리하여 임산산은 통령포를 중심으로 서쪽으로는 시성의 복로, 보력의 객가 상인들에게 물건을 팔았으며 동북쪽으로는 모란, 동남쪽으로는 사가라 4사(四社)까지 고객을 확대했다. 복로인과 객가인이 그를 임산산으로 불렀다면 생번은 성실하고 정직하다는 의미의 임노실(林老實)로 불렀다.

언제부터인지 임산산은 아름다운 여인과 함께 다니는 일이 잦았다. 그녀는 늘 머리에 꽃을 꽂고 있었는데 옷차림은 생번의 복장에 가까웠다. 사람들은 그녀의 출신을 알지 못했으며 임산산도 언급하지 않았다. 누군가 물으면 그는 웃기만 할 뿐 대답하지 않았다. 전해지는 말로는 그녀가 생번의 공주라고도 한다. 하지만 생번 풍속에 환한 사람들은 그런 말을 믿지 않았다. 생번은 계급 관념이 뚜렷해서

---

4 묘자 부락의 옛터는 오늘날의 헝춘 런서우리(仁壽里)에 있다.

두목, 귀족, 평민의 구분이 확실하기 때문이다. 두목의 딸은 통상적으로 다른 두목이나 귀족하고만 결혼한다. 하물며 평지 사람과의 결혼은 어림도 없는 일이다. 평지 사람이 생번 여자와 결혼하는 경우도 있으나 그건 같은 평민 계급끼리만 가능하다. 생번 부족과 가문의 규칙은 예나 지금이나 대단히 엄격하다.

임산산은 결혼 후에는 사가라 4사에는 거의 가지 않았다. 거리가 가까운 묘자 부락, 사가라 4사와 왕래가 잦은 노불(老佛) 부락에도 발길을 끊었다. 그는 중낭교의 모란, 고사불(高士佛), 가지래(加芝萊) 등지에만 드나들었다. 임산산은 자녀 넷을 낳았는데, 도중에 둘은 죽고 1남 1녀만 남았다. 그는 이 일대 산골짜기의 아름다운 나비를 좋아하여 딸의 이름을 접매(蝶妹)라고 지었다. 자신이 공부를 많이 하지 못한 것에 한을 품고 아들은 공부로 성공하기를 기대했다. 고향 당산에서 임산산은 몰락한 선비 집안에서 태어났다. 그 자신도 짧게나마 글공부를 한 적이 있어서 글공부의 중요성을 잘 알았다. 그래서 아들의 이름을 '문재(文才)가 걸출하다'라는 의미의 문걸(文杰)로 지었다. 문걸이 7~8세 때부터 임산산은 글을 가르쳤다. 문걸은 총명하고 부지런하여 자신의 이름이 어떤 기대를 함축하고 있는지 알고 열심히 공부했다.

— ❦ —

임산산이 열심히 노력한 결과 가족은 의식주에 부족함이 없이 먹고 살 만하게 되었다. 하지만 인간의 앞날은 누구도 예측할 수 없다.

2년 전 여름이었다. 그해[5]에 접매는 16세, 문걸은 12세였다.[6] 태풍이 몰고 온 큰비가 그치자 임산산은 아침 일찍부터 물건을 거래하고 사냥을 하기 위해 문걸을 데리고 외출했다. 그는 문걸이 공부를 하기 원하면서도 기본적인 사냥 기술은 습득해야 한다고 여겼다. 문걸의 몸집은 이제 웬만한 어른만 해졌다. 임산산은 낮에는 늘 문걸을 데리고 다녔다. 그는 문걸이 사냥을 배우고 고객을 응대하여 장사하는 기술도 익히기를 기대했다. 임산산에게는 화승총 한 정이 있었는데 그는 총을 익숙하게 다뤘다. 반면 문걸은 사냥보다는 사람들을 만나고 응대하는 일에 더 흥미를 보였다. 문걸은 아버지가 당산에서 가져온 누렇게 색이 바랜 책을 몸에 지니고 다녔다.

비가 내린 후 산속 공기는 꽃향기를 가득 머금었고, 나비들이 짝을 지어 날아왔다. 이름에 나비를 뜻하는 '접'이라는 글자가 들어가서인지 접매는 어릴 때부터 나비를 좋아했다. 이곳에서는 멤논제비나비, 남방노랑나비, 보라색 나비, 배추흰나비 등 많은 나비를 볼 수 있다. 특히 멤논제비나비는 오색이 영롱하여 눈부시게 찬란하다. 하지만 접매는 무리 지어 날아다니는 작은 나비들을 더 좋아했다. 나비 무리가 그녀를 향해 날아들면 자신도 한 마리의 나비가 된 듯 기분이 좋았다. 접매는 예쁜 이름을 지어준 아버지께 감사했다.

"접매야."

---

5   1865년.
6   이 책에 나오는 나이는 당시의 풍습에 따라 만으로 계산하지 않고 집에서 세는 나이로 표기한다.

어머니가 웃음을 함빡 머금은 얼굴로 그녀를 불렀다.

"비가 내려서 죽순이 많이 올라왔겠다. 죽순 캐러 가자."

죽순이라는 말에 침이 고였다. 어머니가 은근한 불에 쪄서 요리하는 죽순은 향긋하고 부드러워서 식구들이 모두 좋아한다.

오늘따라 나비가 아주 많아서 온 하늘에 나비들이 날아다녔다. 접매는 대광주리를 등에 메고 아버지에게서 배운 객가의 노랫가락을 흥얼거리며 어머니를 따라 대숲으로 향했다. 많은 비가 내려서인지 푸릇한 죽순이 곳곳에서 고개를 내밀었다. 죽순 끝에는 아직 아침 이슬이 맺혀 있었고, 이른 아침의 햇빛을 받아 아름답기 그지없었다. 어머니는 칼을 꺼내더니 두세 번 만에 죽순을 깔끔하게 캐냈다. 접매도 따라 해 보지만 아직은 서툴기만 하다. 어머니가 고개를 돌려 접매에게 웃음 띤 얼굴로 말했다.

"서두르지 말고 천천히 해라. 손에 익으면 잘하게 될 거야. 이번엔 저쪽에 있는 죽순을 캐야겠다."

어머니는 이 말과 함께 대숲에 손을 깊이 집어넣었다.

접매가 막 허리를 숙이고 발치에 있는 칼을 집으려는데 갑자기 비명이 들렸다. 그쪽을 쳐다보니 어머니가 뻗었던 팔을 재빨리 오므린 모습이 보였다. 푸른색인 것 같으면서 갈색으로도 보이는 팔뚝 길이만 한 뱀이 대숲으로 달아났다. 어머니의 손목에 물린 자국이 선명했다. 붉은 선혈이 흘러나왔다.

"빌어먹을!"

어머니는 입으로는 욕을 하면서도 침착한 표정을 유지하며 조금도 당황하지 않은 모습이었다.

"잠깐 방심했구나. 아마 청죽사(青竹絲)인가 보다!"

"청죽사…… 청죽사는 독이 있는 뱀 아니에요?"

접매는 걱정이 되었다.

어머니는 손목의 피를 닦아내더니 고개를 숙이고 상처를 입으로 빨아 독을 빼내려고 했다. 어머니가 고개를 돌려 입 안 가득 든 피와 침을 바닥에 뱉었다. 이른 아침의 신 나던 기분이 순식간에 무겁게 가라앉았고 접매는 걱정스러운 눈으로 어머니를 바라보았다.

"별일 아니니 돌아가자. 청죽사에게 물려도 죽지 않는단다."

어머니는 웃는 얼굴을 했지만 눈빛에서는 애써 침착한 표정을 지어내는 것이 드러났다.

집으로 돌아오는 짧은 길이 오늘따라 멀게만 느껴졌다.

집에 돌아오자 어머니는 멧돼지고기나무[7]의 잎을 몇 개 따서 손으로 비비더니 상처에 발랐다. 하지만 피는 계속 배어 나왔다. 접매는 깨끗한 천으로 상처를 싸맸다. 어머니는 무척 지쳤는지 자리에 눕자마자 잠이 들었다. 접매는 어머니의 머리맡에 앉아 안절부절 어찌할 바를 몰랐다. 피는 여전히 배어 나오고 접매는 상처를 싸맨 천을 벌써 몇 번이나 새것으로 갈았다.[8] 잠에서 깬 어머니는 계속 침대에 누워 있었는데 아무래도 피를 많이 흘려서 몸이 허약해진 듯하다.

---

7 멧돼지고기나무(山豬肉樹, 산저육수) 또는 산호나무(珊瑚樹)라고도 한다. 원주민 사이에서는 약용 식물로 통한다. 이 나무의 잎에서 불에 구운 멧돼지 가죽 맛이 나기 때문에 멧돼지고기나무라고 부른다.

8 청죽사는 출혈성 독을 품고 있다.

날은 이미 어두워졌는데 아버지와 문걸은 아직 돌아오지 않았다. 날이 저물어도 두 사람이 돌아오지 않으면 내일 날이 밝은 후에야 돌아올 것이다. 큰 들짐승들은 낮에는 숨어 있다가 어두워지면 활동하기 때문에 사냥하기에는 밤이 더 유리하기 때문이다.

저녁밥을 할 시간이 되었는데 어머니는 여전히 반쯤 자는 듯 반쯤 깨어 있는 상태였다. 접매는 낮에 캐온 죽순을 작은 크기로 썰어 국을 끓였다. 절여놓은 멧돼지고기도 얇게 썰고, 대나무 통에 좁쌀을 넣고 밥을 지었으며, 좁쌀주도 한 잔 따라놓았다. 모두 어머니가 좋아하는 음식들이다. 하지만 어머니는 배가 고프지 않다면서 목이 마르고 춥다고만 했다. 어머니는 억지로 일어나 죽순탕을 몇 모금 마셨을 뿐이고, 멧돼지고기와 좁쌀밥에는 손도 대지 않았다. 좁쌀주는 천에 적신 다음 상처에 대고 눌렸다.

어머니가 소변이 마렵다고 했다. 접매가 부축하여 함께 갔는데 담홍색 오줌이 나왔다. 오줌에 피가 섞인 것이 분명하다. 어머니는 그것을 보고는 진저리를 쳤다. 접매는 놀랐으나 너무 당황하고 넋이 나가 어찌할 바를 몰랐다. 인가에서 그렇게 멀리 떨어진 곳은 아니지만 도움을 청하러 가기 위해 어머니를 혼자 둘 수 없는 노릇이다. 아버지가 알려준 대로 속으로 나무관세음보살을 외면서 천지신명께 어머니를 지켜 달라고 빌 뿐이었다. 접매가 어머니를 부축하여 침대로 돌아가니 이번에는 침대 밑을 가리키며 중얼거렸다.

"대광주리…… 대광주리를…….”

접매가 마침내 무슨 뜻인지 깨닫고 몸을 숙여서 살피니 침대 밑에 정교하게 엮은 큰 대광주리가 있었다. 접매가 그것을 꺼내왔더니 어머니가 뚜껑을 열라고 손짓했다. 대광주리를 열자 안에는 놀랍게도 정교하게 직조한 하피(霞帔, 귀족 부인의 예복으로 목에서 앞가슴까지 덮는 어깨 덧옷) 한 벌과 영롱한 빛깔의 구슬 목걸이 한 점이 있었다. 하피는 여러 가지 빛깔이 어우러져 산뜻하고 아름다웠으며, 목걸이는 꿰어놓은 구슬의 색깔이 가지각색으로 영롱하게 반짝이는 것이 아름답기 이를 데 없었다. 접매는 어릴 때 어머니가 하피를 두르고 구슬 목걸이를 찬 모습을 본 적이 있다. 그때 어머니 얼굴에 서린 웃음이 유난히 찬란했던 기억이 났다. 어머니가 창백한 얼굴에 미소를 띠며 접매에게 입어보라고 눈짓했다.

접매가 하피를 두르고 목걸이를 걸자 어머니의 얼굴에서 한 줄기 웃음이 새어 나왔다. 그녀는 무언가 말을 하고 싶은 듯했으나 기침이 터져 나왔고, 피까지 토했다. 접매가 놀라서 재빨리 등을 두들겼고, 가까스로 기침이 멎었다. 어머니를 자리에 눕혔다. 눈을 감은 어머니의 이마에서 땀이 흘러내렸다. 숨도 점점 가빠졌다.

밤이 깊었다. 예상대로 아버지와 문걸은 돌아오지 않았고, 벌레 소리만 접매의 친구가 되어주었다. 어머니는 이미 깊은 잠에 빠져들었고, 접매는 놀란 데다가 이리저리 바쁘게 움직이느라 몸과 마음이 지쳐서 침대가에 앉은 채 조금 졸았다. 잠결에 아버지와 문걸이 구름표범 한 마리를 산 채로 잡아오는 꿈을 꾸었다. 그런데 방심하다가 구름표범이 달아났고, 온 식구가 놀라서 소리를 질렀다. 놀라며 꿈에서 깨니 날이 희미하게 밝아오는 때였다. 어머니는 신기하리만치 평온한 모습이었다. 손을 만져보니 차디찬 감촉이 전해졌다. 16세밖에 안되는 소녀였지만 생과 사에 대해 어렴풋이 아는 나이였다. 마음 깊은 곳에서 끝없는 두려움이 스멀스멀 올라오는데 소리 내어 울 수도 없었다. 그저 차갑게 식은 어머니의 손을 움켜잡고 하염없이 눈물을 흘리며 "엄마…… 엄마…….'를 애처롭게 불렀다.

태양이 대지를 밝게 비출 때 아버지와 문걸이 마침내 돌아왔다. 가족은 어머니의 시체를 껴안고 통곡했다. 아버지는 접매가 구슬 목걸이와 하피를 착용한 모습을 보고 잠시 멈칫했다. 접매도 어머니가 돌아가셨는데 상중에 화려한 차림은 삼가야 한다는 데 생각이 미쳤다. 뜻밖에도 아버지가 말했다.

"어머니가 허락하셨으니 그대로 있거라."

이때부터 접매는 명절이나 기분이 가라앉을 때면 어머니가 남긴 목걸이를 걸곤 했다.

아버지는 생번 풍습대로 어머니를 매장하기로 했다. 접매가 어머니의 머리를 빗기고 두건을 씌운 다음 빈랑 열매를 집어넣어 채웠다. 이어서 팔다리를 구부리고 온몸을 흰 천으로 둘렀다. 머리를 내놓은 채 쭈그리고 앉은 자세로 집 안 한 귀퉁이에 묻었다. 아버지는 어머니의 머리가 북쪽을 향해야 한다면서 괴뢰산을 바라보게 했다. 생번 부락에서는 그쪽이 조상의 신령이 있는 방향이라고 믿기 때문이다. 아버지는 눈물을 글썽이며 혼잣말을 했다. 아내를 너무 고생시켰으며, 아내에게 약속한 것 중 지키지 못한 게 많다는 말이었다. 접매는 목걸이만 남기고 하피를 대광주리에 넣었다. 아버지는 감격에 겨워 접매를 바라보더니 두 손을 합장하고 꿇어앉았다. 그러고는 눈물을 흘리며 손으로 흙을 퍼다 메운 다음 살짝 도드라지게 쌓아 올리고 나서 석판으로 덮었다. 대광주리도 어머니 옆에 함께 묻었다.

아버지는 어머니를 무척 사랑하고 존중했다. 그는 평소에도 자녀들을 따라 아내를 '엄마'라고 불렀으나 기분이 좋을 때는 장난기 어린 말투로 "생번 마누라!"라고 부르며 놀리곤 했다. 어머니도 장난을 치며 아버지에게 "이 사기꾼아!"라고 되받아쳤다. 남매는 어머니가 왜 그렇게 말하는지 알 수 없었으나 아버지는 웃어넘겼다. 아버지가 어머니를 묻으면서 보여준 진정한 사랑에 접매는 크게 감동했다.

접매는 어머니의 하피가 생번 두목 집안에나 있는 귀한 옷임을 직감했다. 어릴 때부터 아버지는 당산에서 온 객가 사람이고 어머니는 산간 지대의 생번 부족 출신이라는 사실을 알았다. 어머니는 객가어와 복로어를 어느 정도 할 수 있었다. 집에서는 늘 복로어와 객가어, 생번어를 섞어서 대화했다. 이상하게도 아버지와 어머니는 남매에게 어머니가 어떤 부락에서 왔는지 말해주지 않았고, 어떤 집안 출신인지에 대해서도 언급하지 않았다.

장례[9]를 마친 후 접매는 기회를 봐서 용기를 내어 물었다.

"어머니는 어느 부락 출신이셨어요?"

아버지는 말을 하려다가 입을 다물었다. 한동안 침묵한 끝에 입을 열었다.

"문걸이와 네가 어른이 되면 말해주마!"

그러더니 어머니를 매장한 기둥 쪽으로 걸어가 합장하며 세 번 절

---

9 배만족은 실내에 매장하는 방식으로 장례를 치른다. 그들은 집 안에서 자연적으로 사망하면 호상(好喪)으로 여기고, 집 밖에서 죽으면 악상(惡喪)으로 여겼다. 임산산이 배만족의 풍습을 잘 몰랐거나 알면서도 사랑하는 아내의 죽음을 호상으로 받아들이고 싶은 마음에 실내에서 장례를 치른 듯하다.

했다. 이날 이후 접매는 어머니의 출신에 대해 감히 질문할 엄두를 내지 못했다. 그런데 그럴 기회까지 사라져버릴 줄 누가 알았겠는가!

⸺ ᷓ—ᷓ ⸺

원래 말이 적은 임산산은 아내의 죽음 이후로 말수가 더욱 줄었다. 그는 멍하니 아들과 딸을 바라보곤 했는데, 접매는 아버지가 무슨 생각을 하고 있는지 알 수 없었다. 작년 단오절 정오에 임산산은 늘 그래왔듯이 신명과 조상께 종자(糉子. 댓잎으로 찰밥을 싼 음식)를 올렸다. 그의 아내는 생번 출신이지만 남편에게 객가의 풍습을 익혀서 종자를 빚어 조상과 부처님께 제사를 지냈다. 임산산은 객가의 풍습을 매우 중시했다. 그는 아내의 생번 풍습도 상당히 존중했으며, 최소한 생번이 금하는 일은 하지 않았다. 아내는 노래를 즐겨 불렀고, 임산산은 저녁 식사를 마치면 가끔 통소를 꺼내 반주를 맞추기도 했다. 아내가 죽은 후에 통소는 어느 구석이 있는지도 모를 정도로 자취를 감췄다. 지금은 저녁 식사 후 각자 자기 일을 하기 바쁘다. 접매는 집안일이나 바느질을 하고 문걸은 책을 보거나 글씨를 쓴다. 임산산은 사냥해온 짐승을 처리한다. 이튿날 시성이나 보력에 내다 팔고 생번이 좋아하는 그릇, 가구, 칼, 총을 사올 것이다.

세 사람은 종자를 먹었다. 임산산이 문걸과 접매를 바라보며 느릿느릿 말했다.

"어머니가 죽고 나서 너희들이 고생하는구나. 이제 다른 곳으로 이사를 가려고 한다. 내가 나이가 들어 힘에 부치기도 해서 산속 생활을 정리하고 싶구나. 문걸이도 다 컸고 가르칠 것은 다 가르쳤으니 서당에 보내서 공부를 더 시키고 싶다. 나처럼 사냥하고 개간해서 먹고살게 할 수는 없지. 글공부를 해서 과거 시험을 봐야 한다. 통령포에는 글공부를 많이 한 사람이 없으니 시성으로 가야 좋은 서당과 선생님이 있을 것이다."

임산산이 말하지 않은 것이 있다. 그의 아내가 한 부족의 공주였다는 사실이다. 복로인과 생번은 적대적인 관계인지라 자존심이 센 아내는 생전에 시성에 살기를 싫어했다.

낭교에서 생번과 객가인은 직접 경계를 맞대고 살며, 자주 충돌하고 서로 죽이기도 했다. 그런가 하면 통혼도 흔하여 애증이 뒤얽힌 관계로 발전했다. 임산산은 사냥을 하다가 실수로 생번의 사냥터에 들어가는 바람에 하마터면 죽을 뻔한 적도 있었다. 객가 남자들은 생번 여자들과 결혼하는 경우가 있지만 생번 남자들은 객가인들을 눈엣가시로 보기 때문에 객가 여자들과 결혼하는 일이 드물었다. 생번은 남녀가 평등한 사회고 존비가 엄격한 계급 사회다. 객가인이 생번 여자를 아내로 맞이하면 생번 부락 밖으로 나가서 살림을 차리는데, 생번은 이를 탐탁지 않게 생각했다. 그들은 부족에 대한 자의식이 강해서 비교적 온순한 숙번이나 토생자와는 큰 차이가 있다.

요즘 임산산은 한밤중에 자다 깨서 고향 당산을 그리워하곤 했는데, 이는 과거에는 거의 없던 일이다. 당산을 떠나온 지도 20년이 훌쩍 넘었다. 가뭄과 역병이 고향을 휩쓸어 임산산은 부모와 형제를 모두 잃고 낯선 사람들 틈에 섞여서 대만으로 건너왔다. 그런 터라 고향에 대해서는 애틋한 그리움도 남아 있지 않았다. 하지만 30년 가까이 무리를 떠나서 쓸쓸히 지내며 땅을 개간하고 사냥하는 생활에 지쳤다. 그는 자신의 몸에 난 상처의 흔적들을 바라보며 사람이 많은 도시로 가기로 했다. 아들이 집안의 전통인 문인의 생애를 이어가길 기대했다. 그의 조부는 수재였으나 너무 일찍 세상을 떠나버린 탓에 가세가 급격히 기울었다. 고향에 두고 온 가족이나 친척은 없지만 나이가 들면서 고향에 대한 향수가 짙어졌다.

이제 임산산에게는 생번 출신 아내도 없으니 복로인의 집결지인 시성으로 가겠다는 생각이 마음에 다시 불을 지폈다. 젊은 시절에 한 번 실패한 적이 있으나 다시 시도해 보고 싶었다. 시성에는 많은 거래처도 있으니 자리를 잡기 수월할 것이다. 그는 시성에 가야 문걸에게 좋은 스승을 구해줄 수 있다고 믿었다. 통령포에서는 주로 사냥과 장사에 주력했기에 개간한 땅은 그렇게 많지 않다. 집은 아내가 묻혀 있기 때문에 돈을 받고 팔 수 없다. 수중의 현금이 넉넉한 것은 아니지만 문걸을 위해서라도 큰 도시로 나가야 한다고 결심했다.

결정을 내린 후 그의 마음은 가벼워졌다.

"사료의 양죽청 어르신 기억하지? 너희를 데리고 인사드리러 간 지 얼마나 되었지?"

그가 묻자 문걸이 대답했다.

"2년도 넘었을걸요!"

임산산은 자신을 머슴으로 받아준 양씨 집안에 고마워하여 매년 식구들과 사료에 찾아가 옛 주인에게 인사를 드렸다. 양죽청과 면자 형제도 어린 문걸과 접매 남매를 귀여워했다. 임산산이 말했다.

"그 댁을 찾은 지 오래되었구나. 중추절에 너희들을 데리고 가마.

시성으로 이사할 계획도 있으니 어르신께 도움도 청할 겸 말이다."

——

  그런데 중추절이 오기도 전에 늘 험난한 역경을 헤쳐온 임산산에게 사고가 들이닥쳤다. 단오가 지나고 어느덧 음력 7월이 되었다. 7월은 귀월(鬼月), 즉 귀신의 달이라 하여 모든 일이 여의치 않은 시기다. 임산산은 줄곧 귀신을 경건하게 섬겼으며, 매년 귀월이 오면 세 가지를 반드시 지켰다. 첫째, 날이 밝기 전에는 외출하지 않고 어두워지기 전에는 반드시 귀가한다. 둘째, 백중날에는 조상에게 제사를 올리는 것은 물론 자신의 손에 죽은 짐승들에게도 제사를 지낸다. 그는 짐승이 사람처럼 머리가 좋지는 않지만 그들에게도 영혼이 있다고 믿었다. 먹고 살기 위해 동물을 죽이는 일이 마음에 걸렸던 그는 백중날이면 어김없이 작게나마 제단을 차리고 염불을 외면서 천도제를 지내주었다. 셋째, 귀월의 셋째 날과 여섯째 날, 아홉째 날에는 고기를 먹지 않고 채소만 먹는다. 그는 사냥꾼이지만 어릴 때부터 매일 아침 한 끼는 채식을 했으며, 초하루와 보름에도 채소 반찬만 먹었다.

  신명을 모시는 제단을 정성껏 꾸미고 조상의 위패 외에도 관세음과 관우, 토지공까지 세 분의 목조 신불을 모셨다. 관세음은 평안하게 지켜주고, 관우는 정의의 신이자 재물의 신이며, 토지공은 복과 덕을 베푸는 신으로 이 일대의 산림과 들짐승, 날짐승을 다스린다. 그는 자녀들에게도 어려운 일이 있을 때 경건한 태도로 나무관세음보살을 외게 했다. 숲에서 위험한 일이 닥칠 때 그는 속으로 관세음보살을 외워 몇 번이고 위기에서 벗어났다. 집에 있을 때는 매일 새벽과 저녁에 향을 피우고 절을 했다. 향은 시성에서 산 최상품으로만 썼다. 사냥을 나가 집을 비울 때는 아내가 그 일을 대신했다. 문걸과 접매는 어릴 때부터 부모의 영향을 받아서 조상을 존경하고 귀신을 공경하는 신념을 갖고 있었다.

그러나 그렇게 정성을 다했던 임산산은 불의의 사고를 당했다.

일이 벌어진 날은 음력 7월의 마지막 날인 7월 30일이었다. 임산산은 아침 일찍 집을 나서며 남매에게 내일이 음력 8월 초하루라며, 추석이 다가오니 양죽청 어르신 댁에 예쁜 긴꼬리꿩 한 쌍을 선물하자며 기분 좋게 말했다. 며칠 전에 검은색 긴꼬리꿩[10] 수컷을 한 마리 집있는데 임컷은 이미 달아나비린 후였다. 이번에 시냥을 나간 김에 암컷까지 잡아서 그날 놓친 아쉬움을 달랠 참이었다.

점심 무렵, 남매는 임산산과 함께 나간 검정 개가 불안하게 짖는 소리를 들었다. 남매는 아버지가 일찍 돌아온 것에 의아해하며 나가 보았다. 그런데 아버지가 한참 뒤처진 채 절뚝거리며 오른발을 질질 끌면서 괴로운 표정으로 걸어오고 있었다. 놀란 남매가 그를 부축하여 안으로 들어왔다.

"제기랄! 재수 없게 되었군."

평소 성격 좋던 아버지가 욕을 내뱉으며 화를 냈다. 이야기를 들

---

10 제치(帝雉, 제꿩). 온몸이 새파랗고 두 날개에 흰 무늬가 있는 새.

어보니 지난번에 놓친 긴꼬리꿩 암컷을 찾아냈다고 한다. 산 채로 잡아야 했기 때문에 조심스럽게 꿩을 뒤쫓다가 그만 누군가 풀더미에 묻어놓은 덫을 밟은 것이다. 오른쪽 발이 끼여 살이 찢어진 데다 설상가상으로 덫의 나뭇가지가 발바닥에 비스듬히 박혀버렸다. 간신히 몸을 빼내기는 했으나 통증이 너무 심해서 자칫 정신을 잃을 뻔했다. 남매가 살펴보니 발바닥에 살점이 떨어져 나간 듯 상처가 컸고 지저분한 흙과 핏덩어리가 엉켜 있었다.

남매는 물을 따뜻하게 데워서 상처를 깨끗이 씻은 다음 모아둔 약초를 발랐다. 임산산은 통증이 조금 가라앉자 남매를 안심시켰다.

"별일 아니다. 열흘이나 보름 정도 쉬면 새살이 돋아날 것이고, 그러면 전과 다름없이 활동할 수 있을 것이다."

임산산은 관세음보살이 살펴주실 거라고 했다. 그는 고통을 참으며 향을 피우고 절을 올린 다음에야 자리에 누웠다.

그러나 기대와는 달리 다음 날이 되어도 상처는 나아지지 않았고, 오히려 벌겋게 부어오르고 열이 나면서 통증이 더 심해졌다. 사흘째부터 누런 고름이 흘러나왔고, 상처 부위가 커지면서 썩어들어가기 시작했다. 고약한 냄새까지 났다. 임산산은 고열에 시달렸고, 온몸에서 맥이 빠졌다. 걱정에 잠긴 남매는 곁을 지키며 관세음보살의 법호를 계속 외웠다. 열흘째 되던 날, 문걸은 시성까지 가서 큰돈을 주고 복로인 의사를 데려왔다. 의사는 맥을 짚고는 미간을 찡그리며 맥이 빠르고 허하다고 말했다. 그러더니 검은 고약을 꺼내 불에 쬐어 상처에 붙였다. 죽은 듯 누워 있던 임산산은 고통에 비명을 지르며 몸을 벌떡 일으켰다. 의사는 약을 몇 첩 건네주며 오전과 오후에 한 첩씩

복용하라고 당부했다. 의사가 돌아간 후 임산산은 잠시 기운을 차리는 듯했다. 하지만 다음 날부터는 침대에서 내려오거나 음식을 먹는 횟수가 줄었다.

소변량이 점점 줄고 색도 점점 짙어지며 몸이 부었다. 열은 내리지 않고 호흡이 가빠지면서 깨어 있는 시간도 줄고, 헛소리까지 했다. 문걸은 다시 시성으로 달려가 지난번에 왕진왔던 복로인 의사를 청해왔다. 의사는 마지못해 왕진을 오긴 했으나 환자를 보자마자 고개를 가로저었다. 살아날 가망이 없으며, 여태 버틴 것도 워낙 체력이 좋아서라고 말했다. 그는 남매의 효심에 감동하여 먼 곳까지 왕진을 왔으나 돈은 받지 않겠다고 했다. 그리고 환자에게 기적이 일어나기만 바랄 뿐이라고 덧붙였다.

얼굴이 눈물로 범벅이 된 채 접매가 흐느꼈다. 문걸은 벌떡 일어나 눈물을 훔치며 굳은 표정을 지었다. 문득 자신이 이 집안을 이끌어야 한다는 생각이 들었다. 그는 이 집안의 장남이고 남자다. 아버지는 그가 울고만 있는 모습을 원치 않을 테다.

이틀이 더 지나는 동안 임산산의 병세는 악화하여 숨이 곧 넘어갈 것처럼 보였다. 그는 눈을 꼭 감고 있었는데 이미 의식이 없었다. 입을 크게 벌리고 숨을 쉴 때 가슴 전체가 울릴 정도였다. 한 모금의 공기라도 사력을 다해 빨아들이고 더는 뱉으려고 하지 않는 것처럼 보였으며, 배도 불룩하게 부풀었다. 이렇게 하루를 더 버티는 동안 호흡은 점점 가빠지고 짧아졌다. 자정이 되자 호흡이 미약해졌다. 경련과 함께 긴 한숨을 쉬듯 콧볼이 움직이더니 더는 숨을 쉬지 않았다.

그동안 교대로 잠을 자며 아버지의 곁을 지키던 남매는 이날 상황이 급박하게 돌아가자 둘 다 깨어 있었다. 아버지가 끝내 숨을 거두자 억지로 버티던 문걸도 대성통곡하고 접매는 눈물로 얼룩진 얼굴을 한 채 계속 흐느꼈다.

이날은 마침 중추절이었다. 음력 8월 14일 자정이면 8월 15일 자시(子時)인 셈이다.

임산산이 세상을 떠난 후 남매는 끝내 짝을 이루지 못한 긴꼬리꿩 수컷을 들고 사료의 양죽청 집에 찾아가서 아버지의 죽음을 알렸다. 면자와 송자는 소식을 듣고 놀랐다. 양죽청은 몇 달 전 중풍이 와서 정신은 멀쩡하지만 반신불수가 되어 말이 어눌해졌으며 자리를 보전한 채 누워 있었다. 사료의 수령 직책과 집안의 대소사는 면자가 맡았다. 면자는 남매를 데리고 통령포로 돌아와 임산산의 장례를 치러주었다.

이렇게 해서 접매와 문걸은 사료에 왔고, 20여 년 전 임산산이 처음 낭교에 왔을 때 일했던 양죽청의 집에서 지내게 되었다. 이때가 대략 6~7개월 전의 일이다.

4부

저로속

豬勝束

11장

　패트릭 맨슨은 코모란트호의 선실에 비스듬히 기대 있었다. 눈을 감고 있으니 포르모사의 해풍이 얼굴을 간지럽혔다. 추운 스코틀랜드 애버딘(Aberdeen) 출신인 그는 포르모사의 온화한 기후, 수려한 경치, 푸른 하늘과 흰 구름을 소중히 여겼다. 포르모사에 온 것은 그야말로 하나님의 축복 같았다. 그의 아버지는 은행가며, 역시 금융학을 전공한 큰형은 2년 전 상해에 와서 해관에서 근무하고 있다. 맨슨은 애버딘대학교를 졸업한 이후 상해로 가려고 했으나 아버지의 친구며 에든버러대학교 의과대학을 졸업한 의사 제임스 맥스웰[1]이 포르모사를 강력히 추천했다. 맥스웰은 2년 전 포르모사에 왔는데 그는 1662년 네덜란드인들이 철수하고 나서는 포르모사를 찾은 최초

1　James Maxwell(1836.3.18~1921.3.6)은 영국 장로교회 선교사다. 대만 의료 선교의 선구자며 타이난신러우병원(台南新樓醫院)을 창설했다.

의 양의사이자 선교사였다. 그는 포르모사의 아름다운 풍광과 독특한 환경을 찬양했다. 개화되지 않은 원시의 땅인가 하면 역사와 문화를 간직한 고성(古城)이 있는 흥미로운 땅이다. 유럽인에게 포르모사라는 이름은 조금도 낯설지 않다. 맨슨은 몇 달 동안 배를 타고 머나먼 동양의 섬까지 왔다. 당시에는 자신이 이곳에서 미래의 '열대의학의 아버지'가 되리라고는 꿈에도 상상할 수 없었다.

맨슨이 포르모사에 도착했을 때는 담수에 있던 영국 영사관이 타구로 이전한 후였다. 그는 타구에 있는 청나라 해관에서 검역 업무를 맡았고, 이곳에 도착한 각국 선원들을 진찰했다. 1860년부터 청나라는 천진조약과 북경조약으로 통상을 개방한 항구에 해관을 설치했다. 하지만 청나라에는 이 분야의 인재가 없었기 때문에 해관 업무를 유럽인들에게 맡긴 것이다. 청나라를 찾는 서방의 무역, 경제, 의학 종사자들과 선교사들이 짧은 시간에 급격히 증가했다.

맥스웰이 1865년 대만부에 도착한 첫해에는 일이 잘 풀리지 않았다. 대만부의 복로인들은 서양 의학과 기독교를 심하게 배척했다. 맥스웰은 대만부를 떠나 타구의 기후(旗後)에 의관을 세웠다. 때마침 맨슨이 포르모사로 온 덕분에 맥스웰은 타구 해관에서 업무를 보고 남은 시간에 의료 업무를 볼 수 있었다. 맥스웰은 타구에서 선교에 전념했다. 하지만 대만부의 선교 업무 확장도 등한시하지 않았기 때문에 늘 타구와 대만부를 오가며 지냈다.

맨슨은 포르모사의 온화하고 따사로운 햇빛을 만끽하며 진료에도 즐겁게 임했다. 이곳에서 영국 의학 교과서에는 나오지 않은 수많은 질병을 목격했다. 그는 열대 기생충이 인체에 침투하여 일으키는 질병들을 발견했다. 동양에 있는 형형색색의 생물과 병원체는 대부분 서양에서 볼 수 없는 것들이었다. 맨슨의 눈에 비친 포르모사는 생물의 낙원이었다. 아름다운 동식물과 함께 무서운 기생충도 있었다. 전임 영국 영사 스윈호는 훌륭한 외교관이다. 한편으로는 포르모사에서 지낸 몇 년간 보고 들은 경험을 바탕으로 세계적인 생물학자로도 성공했다. 스윈호는 포르모사에서 물 만난 고기처럼 새로운 물종(物種)을 발견하는 기쁨을 누렸다. 포르모사에서 발견된 조류 중 많은 종류가 그의 이름을 따서 'Swinhoe'로 명명되었다.

맨슨이 열중한 대상은 포르모사에 있는 각종 기생충이었다. 그는 맥스웰과는 달리 의료 행위를 선교의 수단으로 삼지 않았다. 그는 의학에 집중했다. 포르모사는 기생충 연구의 천국이었다. 이곳에는 각양각색의 희귀한 기생충이 무척 많았으며, 각국을 왕래하는 다양한 인종의 선원도 많았다. 그는 현미경을 늘 가까이에 두고 환자들의 분변과 혈액, 체액, 조직을 수시로 관찰하여 기생충과 충란을 찾아냈으며 이를 기록하여 그것들의 생활 주기와 인체에 미치는 영향을 연구했다. 맥스웰은 맨슨이 언젠가는 스윈호처럼 기생충에 'Manson'이라는 이름을 붙일 것이라고 농담 삼아 말했다. 그리고 훗날 맥스웰의 말은 현실이 되었다.

맨슨은 타구에서 환자를 보고 기생충을 연구하는 한편 승마, 수영, 낚시, 사냥을 즐기고 여러 곳을 여행하면서 지냈다. 그는 자신처럼 영국에서 왔으며, '포르모사통'으로 통하는 피커링과 각 부족의 지역을 돌아보며 여러 언어를 익히기도 했다. 포르모사에서의 나날이 그야말로 그림 같다고 느낀다.

그러나 오늘, 그러니까 1867년 3월 25일은 전과는 전혀 다른 하루였다. 그가 몸을 실은 코모란트호는 여객선이 아니라 포선이었다.

코모란트호는 캐럴 영사의 지시를 받고 어제 안평을 떠나 타구에 도착했다. 오늘은 타구를 출발해 포르모사의 최남단인 남갑으로 항해할 계획이다.

❦ ⸻ ❧

오늘 새벽 타구항을 출발한 코모란트호는 남하하여 임무를 수행하기로 했다. 그런데 출발 직전 피커링이 급히 캐럴을 찾아와 자신이 근무하는 천리양행에 문제가 생겨 수행이 곤란하다고 알려왔다. 포르모사 전문가로 동하는 사람이 빠지게 되니 캐럴은 난감했다.

타구에서 바다로 향할 때 선장 조지 브로드[2]는 항구를 지키는 사라센산[3]과 후산(猴山)[4]을 바라보았다. 아름답고도 험준한 모습에 포르모사가 정말 천혜의 고장이라는 감탄이 절로 나왔다. 브로드는 캐럴에게 세계 각지를 항해했지만 타구처럼 천연의 아름다움을 간직한 항구는 드물다고 말했다. 항구 바깥은 아무리 풍랑이 거세도 항구에 들어서기만 하면 바람이 잦아들고 파도가 잔잔해졌다.

이때 배가 항구의 커다란 계심초(難心礁) 옆으로 돌아갔다. 이 일

---

2   George D. Broad.

3   19세기 서양인들은 기후산(旗後山)을 사라센(Saracen)이라고 불렀다.

4   수산(壽山, 오늘날의 서우산).

대는 물이 얕아서 배가 조심스럽게 지나가야 한다.

"항구의 양쪽은 높은 산이 지켜주고 이 계란석(雞卵石)이 입구에 가로로 누워 있어서 적의 선박은 쉽게 들어올 수 없으니 그야말로 수비하기 쉽고 공격하기 어려운 천혜의 요새이지요."

브로드는 타구항을 찬미한 다음 이번에는 안평항에 대해 불평을 늘어놓았다.

"안평항은 네덜란드 통치 시대에 세워진 오래된 항구인데 토사가 침적되어 더는 사용이 어렵지요. 폐쇄할 날이 얼마 남지 않았습니다. 스윈호가 영사관 소재지로 안평이나 담수가 아닌 타구를 선정한 것은 탁월한 선택입니다."

캐럴은 항구를 드나드는 많은 돛단배와 해안의 넓은 평야를 바라보면서 자신도 모르게 감탄했다.

"장차 타구는 틀림없이 포르모사의 다이아몬드가 되겠어요. 포르모사는 동방의 진주로, 장뇌와 사탕수수, 쌀, 석탄, 차를 비롯한 물산이 풍부합니다. 이렇게 아름다운 섬을 보유한 청나라 사람들은 얼마나 운이 좋은지 모르겠습니다."

맨슨도 동감했다. 코모란트호는 포르모사의 서부 해안을 따라 남쪽으로 항해했다. 맨슨은 포르모사 남부 해안을 가까운 거리에서 볼 수 있게 되어 무척 기뻤다. 배가 속도를 내고 얼마 지나지 않아 그들은 넓은 강이 바다로 흘러오는 풍경을 보았다.

캐럴은 경탄을 금치 못했다.

"이 동항하가 바다로 흘러드는 모습은 그야말로 끝이 보이지 않는군요. 포르모사는 강풍과 폭우가 심해서 하천이 길지는 않지만 수량이 풍부하고 유속이 빨라서 이렇게 넓은 하구를 형성합니다."

"맥스웰 선생님이 이 강의 상류에 육구리(六龜里)[5]라는 번계로 진입하는 곳이 있다고 했는데 경치가 아주 좋다더군요."

맨슨이 말하자 캐럴이 대답했다.

"피커링이 번계에서 보고 들은 것을 신이 나서 이야기해줬어요. 하지만 피커링이 화인(華人)[6]을 싫어하고 숙번과 생번에 호감을 갖는 것을 이해하기는 어렵네요. 그는 화인은 간사하고 잘난 체한다고 싫어하고, 번인은 선량하고 솔직하다고 칭찬하더군요. 숙번이라면 몰라도 생번은 잔인하고 사나워서 사람 머리를 잘라서 먹는 식인종이 아닌가요? 이번에 로버호 선원들을 죽인 것도 생번이잖아요? 그러니 피커링의 말에 어폐가 있는 것 아닙니까?"

맨슨이 어깨를 으쓱하더니 웃으며 말했다.

"맥스웰 선생님도 화인에 대한 인상이 좋지 않더군요. 화인들에게는 수천 년간 내려온 신앙과 의학이 있으니 우리 종교와 의학을 배척

---

5   오늘날의 리우꾸이[육귀(六龜)].

6   Chinese를 가리키는 호칭. 당시 영국 식민지에는 화인 이민자들이 있었지만 '중국인'에는 속하지 않았다. 이 시기에는 만주인이 중국을 통치할 때라 만대인(滿大人, Mandarine)이 중국인 즉, 화인이라고 할 수 있다. 따라서 이때 화인은 만주족, 한족을 포함한 호칭이다. 대만에서는 복로와 객가가 대립하고 언어도 달랐으므로 맨슨은 객가인 화인이 아니라고 여겼다(피커링도 같은 생각이었는지는 알 수 없다). 하지만 종합적으로 볼 때 그들의 시각으로는 대만 원주민은 화인이 아닌 포르모사 사람이었다. 실제로 당시 서양인들은 한인(漢人)이라는 인류학적 용어를 거의 사용하지 않았다. 당시에는 복로 또는 장주(漳州), 천주(泉州)라는 말이 통용되었다. 말레이시아, 싱가포르에서는 복건인(福建人), 광동인(廣東人), 객가인(客家人), 조주인(潮州人)으로 통한다. 민남(閩南)이라는 용어는 1949년 국민당이 가져온 용어로, 대만 사람이 내지(內地)에서 건너왔다는 사실을 강조하기 위해 사용한 것으로 보인다.

하지요. 하지만 나는 화인이 나쁘다고 생각하지 않습니다. 동양과 서양이 각자의 문화와 도덕 체계가 있음을 인정해야 합니다. 오히려 우리 상인들이 화인들에게 아편을 가르쳐 그들을 망치면서 정작 자신들은 아편을 피우지 않는 것이야말로 음흉하다고 생각해요."

캐럴은 어색하게 웃으며 아무 말도 하지 않았다.

동항하를 지나자 큰 촌락이 나타났는데 웬만한 도시 규모를 갖추고 있었다. 맨슨은 경험상 그곳이 인구 5,000명 정도가 되는 동항(東港)이라는 것을 알았다. 1시간 정도 더 항해하자 배는 제법 큰 도시를 지났다. 브로드가 지도와 대조하면서 캐럴과 맨슨에게 말했다.

"이곳은 방료라는 곳입니다. 청나라가 포르모사에 관리와 군대를 주둔시킨 최남단 지역이에요."

이어서 또 다른 하구가 나타났고, 맨슨은 흥분해서 소리쳤다.

"여긴 율망계 하구입니다. 피커링의 말에 의하면 율망계 이남은 신비한 대구문(大龜文)[7]의 지역이랍니다. 역사 기록을 보면 대구문 사람들이 네덜란드인들을 내쫓은 적도 있었어요. 포르모사는 대부분 부락 사회인데 대구문은 왕국에 가까운 사회를 형성하고 있으며, 각 부락은 두목에게 세금을 바칩니다. 스윈호의 말로는 이곳의 복로와 객가 농민들도 매년 수확한 농작물의 5%를 대구문의 두목에게 세금으로 낸답니다."

캐럴이 말을 이었다.

---

7   오늘날의 핑둥 스쯔향(獅子鄉) 내문(內文) 부족이 살던 곳. 대구문(大龜文) 또는 대구문(大龜紋, 배만어로 Tjaquvuquvulj)으로 표기한다.

"맞습니다. 청나라가 율망계 하구에 가록당이라는 관문을 설치했어요. 청나라는 강희제의 명령에 따라 가록당 이남을 번계로 간주하여 백성들이 관문에 들어가는 일을 금지했어요. 쌍방은 이 관문을 경계로 삼아 서로 침범하지 않고 각자의 삶을 영위하고 있습니다."

포르모사가 초행길인 브로드가 말했다.

"참 이상한 일이네요. 그렇다면 이곳을 청나라 영토라고 할 수 있을까요?"

번계의 부락에 가본 적이 있는 맨슨이 말했다.

"청나라 정부의 통치 범위가 생번까지는 미치지 못합니다. 생번의 땅은 넓고, 수백 개의 부락이 나뉘어서 각자 독립적으로 살아갑니다. 어떤 곳은 마치 고대 그리스의 도시 국가처럼 규모가 큰 곳도 있어요. 하지만 부락 인구는 많아야 2,000~3,000명이고 심지어 100명 미만인 곳도 있답니다."

브로드가 큰 소리로 웃었다.

"그리스의 도시 국가 형태가 포르모사의 생번 부락에 출현하다니 정말 흥미로운 일이네요."

⸎──᳁

배가 남쪽으로 조금 더 항해했고, 얼마 지나지 않아 또 하나의 하구와 복로인들이 사는 촌락이 나타났다. 이곳에서 바라보니 산맥이 거의 바다와 붙어 있는 듯하며 마치 웅크리고 앉은 한 마리의 큰 사자처럼 보였다. 맨슨이 지도를 보며 혼잣말을 했다.

"여기가 바로 풍항계(風港溪)와 풍항촌(風港村)이겠군."

그들을 수행하던 복로 출신 통역원이 옆에서 거든다.

"풍항은 '바람이 불 때 이곳에 대피한다'라는 의미입니다. 여기는 상·하 낭교의 경계이고, 남쪽으로 더 내려가면 하낭교입니다."

통역원은 자신이 생번어를 어느 정도는 하지만 가장 남쪽까지 와 본 게 풍항이며, 그보다 남쪽인 하낭교는 자신에게도 낯설다고 했다.

"율망계부터 풍항계까지의 상낭교는 대구문의 세력이 미치는 곳입니다. 산세가 사자를 닮았다고 해서 이곳의 부락을 사두(獅頭)라고도 부르지요."

풍항계 이남의 하낭교는 10여 개의 부락이 분산되어 있어서 이를 통칭하여 '하낭교 18사(下瑯嶠十八社)'로 부른다. 하지만 관청이나 일반 사람들은 대구문이니 18사니 구분하는 게 귀찮아서 아후(阿猴) 지역 이남의 생번을 합쳐서 괴뢰번으로 통칭하며, 이 지역의 고산 지대를 괴뢰산구(傀儡山區)로 통칭한다.

맨슨은 먼 곳으로 시선을 던졌다. 구름을 뚫고 높이 솟았던 큰 산이 점차 낮아져서 해안까지 접근하고 있었다. 해안의 평원이 점점 좁아지고, 일부 지역은 높은 산이 바로 바닷속으로 들어간 것이 몹시 험준해 보였다. 산림이 무성하고 해안에서 약 10킬로미터 떨어진 곳에서 시작된 계곡이 바다로 흘러들어오며 작은 평원을 형성했다. 평원에는 복로인 몇 가구가 모여 사는 작은 취락이 있었다.

코모란트호는 해안을 따라 계속 남하했다. 멀리 작은 산 하나가 보이는데 바다까지 연결되어 큰 만을 형성하고 있었다. 브로드가 크게 외쳤다.

"탐험만(探險灣)[8]에 도착했습니다!"

맨슨은 두 줄기의 큰 강이 바다로 흘러가는 모양새를 보았다. 이 곳에서는 두 강이 바다와 합류하는 곳이 무척 가까워 보인다. 둘 중 북쪽에 있는 강이 낭교계이며 하구에 시성이 있고, 남쪽에 있는 강이 사료계다. 사료계의 하구는 구산과 무척 가깝다. 구산은 높이가 100미터로 낮지만 천연 장벽을 형성하는 산이다.

브로드가 고개를 돌려 캐럴에게 알렸다.

"청나라 조정 문서에서는 낭교만이라고 칭합니다. 이 작은 만이 포르모사 남부에서는 암초가 없고 풍랑이 일지 않는 몇 안 되는 곳이 랍니다. 작은 만에 두 줄기의 강물이 만나 바다로 흘러가지요. 북쪽의 낭교계와 사료계 해구의 남쪽 연안 모두 정박이 가능합니다."

캐럴이 답했다.

"스윈호의 발자취를 따라 사료계의 해구에 배를 댑시다."

시성을 지날 때 배 위에서 시내에 있는 큰 절이 보였다. 시가지에는 행인들이 많이 지나다니는 것이 상당히 번화한 모습이었다. 정오가 가까워지자 햇빛이 갑판을 뜨겁게 달궜고, 맨슨은 땀을 쏟아내기 시작했다.

캐럴이 말했다.

"이 낭교계의 상류에 바로 가장 흉악하고 거친 모란이라는 생번 부락이 있는 듯하네요."

---

8   19세기 서양인들은 낭교만을 Expedition Bay(탐험만)라고 불렀다.

시성을 지나자 곧바로 사료계 하구가 나타났다. 구산은 건너편에 있었는데 산의 나무는 키가 별로 크지 않았다. 하구 오른쪽에는 작은 촌락이 있었다. 통역원은 그곳이 새로 이주해 온 사람들의 촌락이며, 이름은 신가라고 알려주었다. 하구 왼쪽에는 산 구릉이 바다로 연결되어 있었다. 구산 자락과 사료의 촌락이 뚜렷하게 보였다. 사료와 시성은 지리적으로 가까우나 가옥은 전혀 다르다. 시성은 벽돌과 기와로 지은 집이나 진흙을 이겨 벽을 쌓은 집이 대부분인데 사료의 가옥은 대나무 집에 띠풀로 지붕을 얹은 형태였다.

배가 구산 자락 쪽으로 향하자 해안가에 두건을 쓰고 치마바지를 입은 한 무리의 사람들이 손을 흔들었다. 맨슨은 청나라 정부가 평포 숙번으로 칭하는 이 사람들이 정말 친절하고 우호적이라고 생각했다. 이는 맨슨이 최초로 해변에서 본 복로인의 촌락과는 전혀 다른 포르모사의 원주민 촌락이었다. 분명 복로인의 세력 범위를 완전히 벗어난 지역이다. 시성을 지난 사료 이남은 바로 평포의 세상이며, 내륙 산자락에는 객가의 새로운 이주민이 몇 있고, 그곳에서 더 가서 멀고 아득하게 보이는 산 위는 바로 생번의 세상이다. 포르모사 최남단의 신비한 세상 말이다.

이곳이 바로 가장 멀고 외딴 하낭교다. 맨슨의 가슴은 흥분으로 두근거렸다.

12장

"아직 열흘도 안 되었는데 이번엔 양인의 포선이 일찍 왔군."

먼자가 저 멀리서부터 점점 커져 오는 배의 그림자를 보며 혼잣말로 중얼거렸다.

"전에는 몇 달이 지나서야 사람을 찾으러 오곤 했지."

먼자가 양인의 배가 올 것이라고 예측했기 때문에 촌락 사람들은 양인의 배가 북쪽에서 해안을 따라 다가오는 모습을 보고는 해변에 모여 그 광경을 구경했다. 사람들에게는 배 위에 걸린 영국 국기 유니언 잭이 전혀 낯설지 않다. 지난 10년 동안 유니언 잭을 단 배들이 사료 촌락 밖의 낭교만에 정박한 적이 여러 번 있었기 때문이다. 그들은 때로 식수 등을 보급하느라 정박했지만 서너 차례는 상륙하기도 했다. 그때마다 사람들에게 작은 선물을 줬다. 많지는 않았지만 매우 신기한 물건이었다. 따라서 촌락 사람들은 양인의 배가 오면 기대를 품었다.

배가 가까워지자 선상의 사람들도 뚜렷이 보였다. 사료 사람들이 반갑게 손을 흔들자 배 위에 있던 사람들도 응답했다. 그들은 제복을 입고 있었다. 푸른 더블버튼 상의에 긴 흰색 바지였다. 그중 한 사람만 복로인의 차림이었는데, 더 가까워진 후에 보니 과연 변발한 남자였다. 배가 방향을 조정하더니 선두가 촌락을 향해 거의 직선으로 다가왔다.

통보를 받고 면자는 미리 대기하고 있었다. 문걸은 큰 통에 깨끗한 물을 준비하고 접매는 복숭아, 배, 다래 등 과일을 준비했다. 맨슨은 '사료의 숙번은 정말 친절하구나. 같은 포르모사에서도 각 부족의 개성이 확연히 다르군.' 하고 생각했다.

완전히 정박한 후 먼저 총을 든 4명의 해군병이 하선했다. 이어서 복로 통역원이 따라 나왔다. 면자가 앞으로 나가 손을 내밀어 선의를 표시했다. 4~5명의 반듯하게 다림질한 양복을 입은 양인들이 줄지어 배에서 내렸다. 통역원이 복로어로 면자에게 말했다.

"다들 잘 들으시오. 이번에 양인 관리들이 온 것은 여러분의 도움이 필요한 일이 있어서입니다."

면자는 접매와 촌락의 부녀자들에게 깨끗한 물과 수건, 과일을 내오게 했다.

"오시느라 고생이 많았습니다. 자, 드시지요."

양인 병사들은 촌락 사람들이 몸에 차고 있는 나무할 때 쓰는 칼을 뚫어지게 쳐다봤다. 아무래도 마음이 놓이지 않는 눈치다. 면자는 자기도 모르게 실소하며 통역원에게 말했다.

"이곳은 모든 사람이 칼을 휴대하는 습관이 있으며 일상생활에 사용하는 것이니 양인 손님들께 안심하라고 전해주시오."

통역원이 몸을 돌려 무리 중 우두머리로 보이는 짧은 머리의 중년 신사에게 소곤소곤 말했다. 중년 신사는 고개를 끄덕이며 웃더니 알았다는 말로 응했고, 이때부터 분위기는 한결 가벼워졌다.

통역원이 다시 몸을 돌려 사료 사람들에게 큰 소리로 중년 신사를 소개했다.

"대인께서는 연합왕국(聯合王國, United Kingdom)이라고 불리는 영국의 대만 주재 최고 책임자이시오."

면자가 공경한 태도로 예를 행하더니 영어로 인사를 건넸다.

"Sir! 저는 'Mia'라고 합니다. 전에 스윈호 대인을 만나 뵌 적이 있습니다."

양인은 이 외진 곳에 사는 숙번이 서투르게나마 영어를 하는 일을 예상하지 못한 듯했다. 게다가 스윈호를 만난 적이 있다니 놀랍고도 기뻤다. 그는 손을 내밀어 악수를 청하며 부드럽게 말했다.

"나는 캐럴입니다. 포르모사의 영국 최고 책임자입니다."

인사를 마친 캐럴은 엄숙한 표정으로 말을 이었고, 통역원은 복로어로 사람들에게 알렸다.

"이 근처 만에서 조난 사고를 당한 화기국(花旗國, 미국)의 선원들이 생번에게 살해되었소. 이 사건에 대해 알고 있겠지요?"

사람들은 화기국이 무엇을 가리키는지 알아듣지 못했고, 통역원이 한참 설명을 덧붙이고 나서야 양인도 여러 나라로 나뉜다는 것을 알게 되었다. 영국은 그중 한 나라일 뿐이고, 화기국이라고 불리는 미국은 영국에서 한참 떨어진 나라라는 사실도 알았다.

면자가 말했다.

"대략 열흘 전에 한 외지인이 시성으로 달아난 적이 있습니다. 듣자 하니 시성 사람들은 이미 그를 타구로 보냈다고 하더이다."

여기까지 말하고 면자는 잠시 멈췄다가 말을 이었다.

"나는 사료 수령의 아들이니 우리 촌락을 대표하여 말하겠소. 우리는 이 일과 아무 관련이 없소."

캐럴이 문서 한 장을 꺼냈고, 통역원이 큰 소리로 낭독했다.

"낭교 백성은 최대한 협조해주기 바랍니다. 살아 있는 선원을 발견한다면 반드시 후한 상을 내리겠소. 선원들의 유해나 유품이라도 보상을 해줄 것이오."

그러더니 말을 덧붙였다.

"양인 나리께서 친히 말을 전하라고 하셨으니 호의를 저버리지 않도록 하시오. 만약 알고도 숨기거나 재물을 탐하여 뺏는 사람이 있으면 양인 나리께서 가만 두지 않고 반드시 끝까지 추궁할 것이오."

면자가 대답했다.

"최근 이곳에서 선박이나 양인을 본 적도 없고, 이곳에 온 낯선 사람도 없었소."

"그렇다면 귀찮겠지만 생번에 말을 전해주셨으면 합니다. 그리고 이건 우리의 작은 성의입니다."

캐럴이 이렇게 말하면서 자루 하나를 꺼냈다. 무거운 자루 안에서 금속 부딪치는 소리가 들리는 것이 틀림없는 은화. 면자가 난색을 보이며 머뭇거리자 캐럴을 비롯한 일행이 재차 권했다.

면자가 한참 망설이던 끝에 대답했다.

"대인께 말씀드리겠습니다. 선원들이 살해당한 일은 우리와 무관하며 남부 해안의 생번이 저지른 일입니다. 게다가 우리와 생번은 옛날부터 직접 왕래하는 사이가 아니고, 거리도 상당히 멀리 떨어져 있습니다."

"해안에서 가까운 생번 부락은 어디입니까?"

캐럴의 질문에 면자가 대답했다.

"남쪽으로 더 내려가면 해변에 생번 부락이 3개 있는데, 용란과 구자록이 있고, 동쪽 바다에 맞닿은 부락이 저로속[9]입니다. 어떤 부락 사람들의 소행인지는 우리도 왕래가 없어서 전혀 모르겠습니다."

"그쪽 해변의 생번 부락에 대해 더 자세히 말해주셨으면 합니다."

"대인께서도 아시겠지만 우리 사료는 대부분 평포의 토생자들입니다. 이곳에서 해안을 따라 남쪽으로 가면 낮은 산들이 나오고 얼마 되지 않는 주민들이 있습니다. 최남단의 대수방(大繡房)[10]은 오래전부터 복로인들이 거주하는 촌락인데 일부 토생자들도 살고 있지요. 최근에는 객가인들이 많이 이주해왔습니다. 생번의 땅은 대수방을 지나야 나옵니다. 대수방과 가장 가까운 곳이 용란이고 거기서 조금 더 가면 구자록이 나옵니다. 그곳에서 동북쪽으로 더 가면 저로속입니다. 용란에는 일부 객가인과 토생자도 살고 있는데 우리 쪽과 접촉하기도 합니다. 더 동쪽의 구자록은 명실상부한 생번이라고 할 수 있

---

9   오늘날의 핑둥 만저우향(滿州鄉) 리더촌(里德村).
10 대수방(大樹房)으로도 표기하며, 오늘날의 핑둥 헝춘 다광(大光)에 있는 원자력발전소 부근이다.

지요. 외부인을 극도로 경계하기 때문에 사람들이 그쪽 지역에 들어갈 엄두를 내지 못한답니다."

면자의 말이 이어졌다.

"용란과 저로속 외에, 해안에서 육지로 더 들어간 곳에 묘자와 사마리[11]가 있는데, 이들을 통칭하여 사가라족[12]이라고 부릅니다. 300~400년 전 남쪽으로 이동한 동북부의 비남족이라고 들었습니다. 저로속의 두목이 총두목 격인 대고두(大股頭)로 서열 1위고, 사마리의 두목이 이고두(二股頭, 서열 2위), 묘자의 두목이 삼고두(三股頭, 서열 3위), 용란의 두목이 사고두(四股頭, 서열 4위)입니다. 구자록은 사가라족에 속하지 않지만 사가라족과 통혼도 하고 왕래도 합니다."

이번에는 브로드가 물었다.

"어떤 해안에 특이한 모양의 높은 산과 거대한 바위가 보이던데, 그곳은 어떤 부락입니까?"

"그 일대는 대부분 바위 해안이라 해변 곳곳에 큰 바위들이 있지요. 산의 형태가 특이하다는 것으로 보아 아마도 대첨산을 보셨나 봅니다. 그 산은 아주 유명하지요. 남쪽의 어느 곳에서 봐도 대첨산이 보인답니다. 그 산은 구자록에 속하며 용란과도 그렇게 멀지 않습니다. 저로속도 바다에 닿아 있으나 대첨산의 뒤쪽에 부락이 위치해서 여기서는 너무 멀지요. 역시 사가라족에 속한 두 부락인 묘자와 사마리도 바다와 먼 곳이에요."

---

11 오늘날의 핑둥 만저우향, 융징촌(永靖村).
12 구자록은 배만족에 속한다. 당시에는 아직 배만족이라는 단어가 없었다.

캐럴이 말했다.

"그건 중요하지 않아요. 즉시 용란과 구자록에 사람을 보내 내가 영국을 대표하여 선포한 내용을 전해주십시오."

면자가 난색을 보였다.

"용란이나 저로속에 말을 전하는 건 어렵지 않으나 구자록은 자신이 없습니다. 구자록 사람들은 외부인을 적대시하여 절대로 들이지 않으니까요. 제 생각에 이번 일은 구자록 사람들이 저질렀을 가능성이 가장 큽니다. 하지만 단정지을 수는 없습니다."

캐럴이 말했다.

"걱정 마십시오. 말을 전할 시간은 충분히 드리겠습니다."

통역원이 돈이 든 자루를 면자의 손에 건넸다. 면자는 더는 사양할 수 없음을 느끼고 자루를 받았다. 하지만 마음이 무거워져서 미간을 찌푸렸다. 캐럴은 이미 두세 걸음을 떼다가 갑자기 무언가 생각났다는 듯 고개를 돌려 물었다.

"아까 말한 사가라족의 총두목이 혹시 탁기독입니까?"

면자는 깜짝 놀랐다.

"대인께서도 탁기독 총두목을 아십니까?"

"스윈호가 1864년에 쓴 기록[13]을 봤는데 탁기독이 하낭교에서 가장 권위 높은 두목이라는 언급이 있었습니다. 탁기독에게 말을 전해주기 바랍니다. 그가 구자록에도 명령을 내릴 수 있겠지요?"

---

13 출처: 《19세기의 대만을 보다(看見十九世紀的台灣)》.

면자가 고개를 끄덕였다.

"그럴 겁니다. 구자록은 사가라족과 좋은 관계를 맺고 있으니까요. 아무튼 최대한 힘써보겠습니다."

　　　　　　　　❦——❦

이때 집 안에서 갑자기 비명이 들려왔다. 영국인들은 말을 멈추고 기이하다는 듯이 집 쪽을 쳐다보았다.

면자가 민망해하며 말했다.

"제 조카 가동자(茄苳仔)가 내는 소리입니다. 며칠 전 멧돼지 사냥에 나섰다가 잡기는커녕 오히려 멧돼지에게 물려서 상처를 입었으니 창피한 일이지요. 그저께부터 열이 나며 아프다고 난리입니다."

캐럴 옆에 서 있던 점잖게 생긴 젊은 양인이 계속 입을 다물고 있다가 입을 열었다. 그는 놀랍게도 복로어를 했다.

"나는 의사입니다. 환자를 볼 수 있을까요?"

캐럴이 웃으며 말했다.

"여러분은 참 운이 좋습니다. 이분은 맨슨 선생님입니다. 타구에 의관을 차리고 환자를 보고 있습니다. 맨슨 선생님은 의술이 뛰어나서 찬사를 한 몸에 받는 분입니다."

면자가 반색했다.

"양의사 선생님의 치료를 받을 수 있다니 제 조카는 복도 많군요. 어서 안으로 드시지요."

캐럴이 말을 덧붙였다.

"우리 유럽의 의사들은 외상 치료에는 일가견이 있지요. 네덜란드인이 쓴 책을 읽은 적이 있는데, 예전에 정성공도 하문에서 네덜란드 의사에게 상처를 치료받은 적이 있답니다."

모두가 맨슨을 주시했다. 반듯하게 생긴 젊은 양인이 복로어를 아는 것도 놀라운데 스스로 나서서 병을 봐주겠다니 너무나 뜻밖이었다. 양의사가 어떻게 병을 치료하는지 본 적이 없었기 때문에 사람들의 얼굴에는 호기심이 잔뜩 어렸다.

맨슨은 집으로 들어갔다. 집 안은 의외로 서늘했다. 환자가 잔뜩 웅크린 채 침상에 누워 신음하는 중이었다. 맨슨이 살펴보니 실내의 침대, 탁자, 의자, 선반을 포함한 모든 가구들이 대나무로 만들어져 있었다. 집도 대나무를 엮어 벽을 만들고 그 위에 띠풀을 얹어 지은 것이었다.

맨슨은 상처를 살폈다. 종아리에 난 상처는 벌겋게 부었으며, 비릿한 피와 누런 고름이 섞인 액체가 배어 나오고 있었다. 구경하던 사람들이 모두 코를 막으며 밖으로 나가버리고, 조금 전 손님들에게 차를 대접하던 여자만 그의 곁에서 조용히 지켜보았다.

"잘됐네요. 이 아가씨에게 조수가 되어 달라고 해야겠군요."

맨슨은 가방에서 금속 상자를 꺼냈다. 상자에서 도구들을 꺼내 작은 탁자 위에 나란히 늘어놓으면서 물었다.

"아가씨는 이름이 뭡니까?"

"저는 접매라고 합니다. 호접(蝴蝶, 나비)의 접(蝶), 자매의 매(妹)입니다."

"좋은 이름이군요. 접매 씨, 일단 대야에 더운물을 준비해줘요."

접매는 양인이 복로어를 하는 것도 놀라운데 말투까지 친절해서 호감을 느꼈다. 접매가 더운물을 가져오자 맨슨이 말했다.

"아가씨는 이쪽에 서 있다가 도구를 건네주면 됩니다."

맨슨은 가방에서 가운데가 불룩한 유리 항아리를 꺼냈다. 뚜껑을 열고 그 안에 누르스름한 천을 밀어 넣었다. 이번에는 투명한 액체가 든 병을 꺼내 유리 항아리에 부었다. 액체에서는 코를 찌르는 냄새가 났다.

"이건 알코올이라는 건데 소독할 때 쓰는 겁니다."

맨슨이 웃으면서 알코올 램프에 불을 붙였다. 도구들을 모두 불에 소독한 다음 다시 하나하나 늘어놓았다. 이어서 구멍이 뚫린 흰색의 얇은 거즈를 몇 개 꺼내더니 더운물을 묻혀서 상처를 조심스럽게 닦았다. 그의 동작은 가볍고 부드러웠다.

상처는 무척 커서 피딱지와 썩은 살, 누런 고름에서 나는 지독한 악취가 코를 찔렀다. 접매는 어느새 팔꿈치로 코를 막고 있었다. 맨슨은 냄새가 전혀 안 난다는 듯 계속 상처를 닦았다. 아픔을 애써 참던 가동자가 비명을 질렀다. 맨슨이 작은 칼을 쥐고 피고름과 썩은 살을 도려낸 후 다시 몇 번 닦아내자 상처 부위가 한결 깨끗해졌다. 하지만 여전히 누런 고름이 배어 나오고 주위의 피부가 심하게 부어 있었다. 맨슨은 잠시 생각하더니 접매에게 쇠집게로 금속 상자 안에서 작은 칼을 꺼내 달라고 했다. 칼을 불에 달구는데 이번에는 시간이 꽤 걸렸다. 이어서 "조금만 참아요." 하는 말과 함께 칼을 진물이 나오는 상처에 찔러넣고 그 옆을 지그시 눌렀다. 그러자 칼이 들어간 부위에서 갑자기 핏물이 섞인 커다란 고름이 툭 튀어나오는 것이 아닌가! 접매가 놀라 소리를 질렀다. 그런데 정작 가동자는 무거운 짐을 내려놓은 듯 개운한 표정이었다.

접매는 상처를 세심하게 치료하는 모습을 보면서 2년 전 아버지가 다쳐서 병석에 누워 신음하던 광경을 떠올렸다. 아버지의 상처는 가동자의 것과는 달랐지만 당시 남매는 약초를 발라주는 데만 급급했고 상처 소독은 생각지도 못했다. 시성에서 온 복로인 의사도 마찬가지였다. 접매는 고개를 들어 양의사를 바라보았다. 그는 실과 바늘을 꺼내더니 상처를 어떻게 봉합할 것인지 고심했다. 집 안 공기는 열기로 가득하고 이마에 구슬 같은 땀방울이 흘러내렸으나 그는 개의치 않았다. 존경과 감탄의 눈길로 바라보던 접매의 뇌리에 갑자기 스치는 생각이 있었다.

'나노 이걸 배워야겠어!'

상처 처치는 거의 막바지에 이르렀다. 맨슨은 숨을 깊게 몰아쉬더니 상처에 노란 연고를 바르고 거즈로 얇게 덮었다. 그러고는 깊은숨을 내쉬며 말했다.

"다 됐습니다!"

그러고는 접매를 향해 웃으면서 복로어로 "수고했어요!"라고 말했다.

접매가 서양 의술을 접한 것은 오늘이 처음이었다. 상처에서 누런 고름이 나오고 가동자가 편안한 표정을 짓는 모습에 접매의 가슴이 크게 요동쳤다.

접매는 치료를 마친 맨슨을 따라 밖으로 나갔다. 면자와 송자, 촌락 사람 몇 명이 캐럴과 복로 통역원, 선장 브로드와 아직 무언가를 의논하고 있었다. 양측은 진지한 얼굴로 낮게 말하고 복로 통역원이 손짓과 발짓까지 하면서 애썼지만 사람들의 표정은 어두웠다.

면자와 송자는 맨슨에게 다가가 고개를 끄덕이며 감사를 표했다. 접매가 사람들 무리에 섞여 있는 문걸에게 무슨 일이 있었냐고 묻자 문걸이 대답했다.

"조난당한 선원을 찾으러 남갑에 가는데 양인 우두머리가 통역할 사람을 구하고 있어. 양인이 데려온 복로 통역원은 생번어를 모르니까 중간에서 그걸 전해줄 사람이 필요하대. 하지만 생번어를 제대로 하는 사람이 없다는 이유로 아무도 나서려고 하지 않아. 자칫 말의 뜻을 제대로 전달하지 못했다가는 오해만 살 수 있으니까. 다들 생번을 두려워하고, 게다가 양인의 배를 타고 갔다가 무사히 돌아온다는 보장도 없고. 저 양인 우두머리는 반드시 돌려보내줄 테니 걱정하지 말라고 하지만 그걸 어떻게 믿겠어?"

사람들은 서로 얼굴만 쳐다보면서 나서려고 하지 않았다. 양인이 속사포를 쏘듯 말을 쏟아내고, 복로 통역원은 그 말을 통역하느라 애쓰지만 그 역시 양인의 말을 완벽하게 알아듣지 못하여 진땀을 쏟고 있었다. 짜증이 난 브로드는 욕지거리를 하며 아예 총으로 위협하여 한 사람을 끌고 가자고 했다. 캐럴이 눈을 크게 부릅뜨고 그를 노려보았다.

면자도 해결책이 나오지 않으니 초조해졌다. 분위기가 경직되자 그는 사람들에게 지원자가 없으면 자신이 한 명을 지정하든지, 아니면 직접 나서겠다고 말했다. 하지만 사람들은 격렬히 반대했다. 이배는 누가 봐도 싸우러 가는 게 분명한데 생번은 그들을 치러 온 양인을 사료 사람이 도왔다고 오해하여 틀림없이 복수할 것이라고 걱정했다.

이때 접매가 나섰다.

"통역원 아저씨, 양인들에게 전해주세요. 제가 생번어와 복로어를 모두 할 줄 아니까 통역을 도와드릴게요. 하지만 조건이 하나 있어요."

접매가 고개를 돌려 맨슨을 바라보더니 말을 이었다.

"이 양의사 선생님을 스승으로 모실 테니 제게 의술을 가르쳐주셨으면 합니다."

양인과 사료 사람들은 너 나 할 것 없이 깜짝 놀라서 귀를 의심했다. 정작 맨슨에게는 통역원이 필요하지 않았다. 그는 의아하게 생각하면서도 유쾌하게 웃었다.

"아가씨가 우리를 따라 온다고요? 언제든 환영합니다. 좋아요!"

다른 양인들도 얼굴에 기뻐하는 기색이 돌았다.

면자가 생각해 보니 접매야말로 통역에 가장 적합한 인재다. 우선 생번어가 유창한데다 복로어와 객가어도 충분히 소통이 가능할 정도는 한다. 또 맨슨은 점잖은 신사 같으니 그와 함께라면 접매의 안전을 보장할 수 있을 것 같다. 무엇보다 중요한 건 접매가 여자고 자원한 것이며, 게다가 사료 사람도 아니라는 점이다.

마침내 해결책을 찾았고 사람들도 더는 반대하지 않았다. 문걸만

140

눈을 동그랗게 뜨고 믿을 수 없다는 듯 누나를 바라보았다. 무언가 말을 할 듯하다가 멈추는 것이 마음속에 의문과 우려가 가득 담긴 모습이었다.

접매는 문걸의 손을 잡고 그의 얼굴을 바라보았다.

"문걸아, 방금 의사 선생님이 가동자 오라버니를 치료하는 걸 보면서 저런 의술을 미리 알아뒀더라면 아버지가 돌아가시지 않았으리라는 생각을 했어. 시간이 조금 걸리겠지만 의사 선생님에게 반드시 의술을 배워올게. 아버지는 돌아가셨지만 앞으로 다른 사람을 구할 수 있지 않겠니? 의술을 다 배우면 반드시 돌아올 테니 걱정 말고 기다리고 있어. 타구와 사료를 오가는 배편도 있으니 달에 한 번쯤은 널 보러 오마."

문걸은 힘겹게 고개를 끄덕였지만 눈가가 온통 빨개졌다. 접매가 몸을 돌려 배로 걸어가자 그제야 큰 소리로 외쳤다.

"누나! 부디 몸조심해!"

13장

접매를 태운 양인의 배가 멀어졌다. 면자는 사람들을 모아 회의를 열었고 모두 동그랗게 모여 앉았다. 문걸은 한쪽 구석에 홀로 쭈그리고 앉았는데 눈가가 아직도 빨간 채였다.

면자가 손으로 집 밖을 가리키며 말했다.

"양인들이 우리더러 죽은 자의 유품과 유해를 돌려 달라는 말을 생번에 전하라고 강요하는군요."

그의 얼굴에는 수심이 가득했다.

"나는 양인과 생번의 싸움에 끼고 싶지 않소. 어떻게 생각하시오?"

좌중에서 한 사람이 머뭇거리며 대꾸했다.

"양인들의 말을 무시하면 그만 아니오?"

또 한 사람이 나섰다.

"내가 보기엔 구자록 사람들이 한 짓 같아요."

면자가 손에 든 돈 자루를 흔들어보더니 말했다.

"저들의 돈을 받았으니 가만히 있을 수 없게 되었소. 게다가 접매까지 배에 타고 있지 않소? 저들이 남쪽으로 출발했으니 구자록에는 해지기 전에 도착할 것이오. 양인들의 기세가 등등한데 생번에 미리 알려주지 않으면 그쪽도 피해를 입을 것이오. 만일 생번이 나중에 우리에게 이 일을 따지려고 들면 정말 큰일이오."

송자가 말했다.

"방금 그 양인 두목은 우리가 총두목에게만 전달하면 된다고 했어요. 그다음은 그쪽에서 용란과 구자록에 알려줄 겁니다."

누군가 반박했다.

"그러기엔 시간이 부족해요. 저로속보다는 직접 구자록에 가는 게 훨씬 빨라요."

"우린 시키는 대로만 하면 돼요. 생번이 죽든 살든 무슨 상관이람!"

누군가 이렇게 말하자 좌중에서 웃음소리가 났다.

송자도 그 말에 동의했다.

"맞아요. 총두목에게 통지해주는 걸로 할 도리는 한 거라고요."

면자가 의견을 정리하여 결정을 내리려고 하는 순간, 구석에 잠자코 있던 문걸이 결연한 목소리로 말했다.

"제가 용란과 구자록에 가서 알리겠습니다."

그의 목소리는 우렁찼다. 웅성거리던 좌중이 조용해졌다. 면자는 남매가 오늘따라 예상치 못한 행동을 한다고 생각했다.

"용란과 구자록에 서둘러 알리지 않으면 양인들의 공격을 받을지도 모르고, 그러면 부락의 피해가 막심할 것입니다. 게다가 제 누나가 그 배에 타고 있습니다. 누나와 저는 사료 출신은 아니지만 그래도 사료에서 온 사람이니 생번이 누나를 곱게 보지 않을 겁니다. 그리고 사실을 알고도 통지해주지 않았다고 사료를 원망할 것이고, 결국 원한을 품고 복수할 겁니다."

문걸의 말이 끝나자 면자와 송자도 고개를 끄덕였다.

"양인의 비위를 거스르면 안 되지만 생번에게 밉보여도 곤란해."

송자는 문걸의 어머니가 생번 출신임을 기억해내고 생각이 달라진 것이다.

"사료는 하구에 있는데 생번이 우릴 죽이자고 여기까지 오겠어? 문걸이는 어려서 그런지 너무 걱정이 많군."

누군가 웃으면서 말하자 문걸이 반박했다.

"그렇지 않습니다. 생번이 원한을 품으면 더 먼 곳에 있는 복로나 객가도 칠 수 있습니다. 사료야 그들에게는 아무것도 아니에요."

결국 면자가 결론을 내렸다.

"문걸이 말에 일리가 있어요. 생번에게 큰 변이 생기는 일을 좌시할 수는 없으니 빨리 알려주는 게 옳다고 봅니다."

그는 문걸을 힐끗 쳐다보고는 말을 이었다.

"인마(人馬) 2조를 파견하되, 조당 3명씩으로 합시다. 1조는 용란과 구자록에 알리세요. 도보로 가는 게 더 빠릅니다. 지금 신시(申時)[14]가 되어가니 서둘러 용란에 도착한 다음 용란 사람들이 재빨리 구자록에 통지할 수 있게 합시다. 양인들이 생번을 공격하기 전에 부지런히

---

14   오후 3시.

움직여서 방비할 수 있게 해야 돼요. 2조는 저로속에 가서 탁기독 총두목에게 알려야 합니다. 1조의 임무만큼 급박하지는 않지만 밤새 가야 합니다. 빨리 통지할수록 좋으니까요."

이번에는 문걸에게 말했다.

"문걸아, 의로운 생각은 가상하나 걸음이 느려서 용란과 구자록에 가기에는 적합하지 않다. 너는 저로속에 가서 총두목을 만나거라."

면자가 갈 사람을 지정했다. 용란으로 가는 1조는 면자의 다른 일족인 풍리자(鳳梨仔)가 맡았으며, 저로속으로 가는 2조는 송자가 이끌기로 했다. 풍리자를 포함한 세 사람은 용란을 향해 곧장 출발했다. 송자가 잠시 머뭇거리더니 물었다.

"만약 총두목을 못 만나면 어떻게 할까요? 만나주지 않을지도 모르는데, 그러면 어떻게 해요?"

면자가 잠시 생각하더니 입을 열었다.

"해가 지기 전에 사마리에 당도하도록 해라. 사마리의 두목 이사(伊沙)는 사가라족의 2인자고 탁기독과는 친척이다. 언젠가 아버지가 보력에서 그를 만난 적이 있는 걸로 기억한다. 사료 수령이 보냈다고 하고, 아버지의 함자를 대면 거절은 하지 않을 것이다. 게다가 선의로 소식을 전하러 갔는데 고마워해야 마땅하지 않겠느냐? 이번 일의 심각성을 알려서 미리 방비하도록 해야지."

송자는 문걸과 동과자(冬瓜仔)라는 사람을 데리고 길을 떠났다.

14장

사료를 출발한 문걸 일행은 남쪽으로 걸음을 재촉했다. 이곳의 지형은 평탄하고 길도 넓어서 우마차도 자주 지나다녔다. 길 양쪽으로는 빼어난 풍광이 펼쳐졌다. 푸른 대나무가 빽빽하게 우거지고, 연초(蓮蕉, 황금연꽃바나나)와 월도(月桃, 생강과에 속한 여러해살이풀)의 화려한 꽃이 어우러져 눈과 마음을 즐겁게 했다.

이곳은 여러 집단이 모여 사는 지역이었다. 평포의 토생자, 복로인, 객가인, 고산 지대의 생번에 동부에서 이주해 온 아미족까지 있었다. 각 집단이 거주하는 지역이 가까울 뿐 아니라 서로 어울려서 지내기도 했다. 일행은 걸음을 재촉하여 한 시진(時辰, 오늘날의 2시간에 해당)도 안 되어 후동[15]에 도착했다. 원숭이가 많은 곳이라 원숭이

---

15   오늘날의 헝춘 시가지.

들이 나무에 올라가 장난치는 모습을 볼 수 있었다. 근래 들어 후동에는 이주민들의 취락이 빠르게 증가하는 중이다. 지형이 평평한 이곳을 지나 조금 더 가면 생번 지역이 나오고, 남쪽으로 가면 용란, 동쪽으로 가면 사마리가 나온다. 사마리는 저로속에 가려면 반드시 거쳐야 하는 땅이다.

세 사람은 동쪽으로 방향을 틀어 사가라 지역에 진입했다. 후동을 지나니 지세가 점점 높아지면서 갈수록 경사지고 좁은 길로 바뀌었다. 때로는 소달구지와 마주치기도 했는데, 길의 폭은 소달구지가 지나가기에도 빠듯하여 셋은 길 한쪽으로 비켜서야 했다. 고도가 꾸준히 높아지는데도 길은 여전히 평탄했다. 그들은 구릉 지대를 지나갔는데 도중에 토끼, 살쾡이, 노루, 사슴, 다람쥐, 염소가 숲이나 계곡에서 출몰했다. 동물의 종류는 무척 다양했으며 날짐승도 적지 않아서 각종 새소리가 이곳저곳에서 끊임없이 들렸다.

"이곳은 나무 종류가 특히 다양하지. 우리 형제들은 대부분 식물에서 이름을 따왔어. 내 이름이 송자[16]라서 그런지 식물에 아무래도 관심이 많아. 저쪽에 보면 면자하고 가동자도 많지?"

송자가 웃으며 건너편 경사진 곳에 활짝 피어 있는 한 무리의 목면화(木棉花)를 가리켰다. 송자는 신이 나서 오른쪽 숲을 가리켰다.

"이건 녹나무이고, 과일이라면 저쪽에 야자수, 파파야, 모과, 용안(龍眼), 양도(楊桃, Star Fruit), 연무(蓮霧, Wax Apple) 등이 있지. 오른쪽 숲

---

16 '송(松)'은 복로어로 용수(榕樹, 뽕나무과의 상록 교목)를 의미한다[가령 가오슝의 나오송(鳥松)은 '새가 있는 큰 용수'를 뜻한다]. 중국어 흑송(黑松)의 '송(松)'이 아니다.

에 많이 열린 상사자(相思仔)는 숯을 만들기에 가장 좋은 나무야."

송자가 흥분하여 말을 이었다.

"그리고 나도 들은 이야기인데, 이 부근에 풀 한 포기 나지 않는 땅이 있고 땅밑에서 불길이 활활 솟구쳐 오른대. 때로는 두세 자 높이까지 불길이 올라오는데 1년 내내 꺼지지 않고, 심지어는 강물 속에서도 화염이 올라온다더라. 화염이 이곳저곳으로 굴러다니는 모습이 그야말로 장관이라고 들었어. 구경하고 싶지만 아쉽게도 우린 지금 서둘러야 해."

다시 길을 재촉했고, 해가 서쪽으로 기울 무렵에는 넓게 트인 곳에 도착했다. 오른쪽 전방에서 조금 떨어진 고지에 나무로 지은 전망대가 서 있고 낮은 지붕 밑으로 석양에 비친 사람의 그림자가 드리웠다. 부락에서 운영하는 초소가 분명해 보였다. 세 사람은 길음을 멈추고 초소를 향해 손을 흔들어 다른 의도가 없음을 전했다. 감시원 한 사람이 초소에서 내려와 서서히 다가왔다. 감시원은 화승총을 차고 잔뜩 경계하는 표정으로 크게 외쳤다.

"당신들은 어디서 왔고, 무슨 용건이요?"

문걸이 보니까 초소에 한 사람이 남아서 이쪽을 감시하고 있었다.

세 사람은 두 손을 높이 들고, 일상용으로 휴대하는 패도(佩刀) 외에 다른 무기가 없다는 것을 알렸다. 문걸이 유창한 생번어로 크게 대답했다.

"우리는 사료에서 왔습니다. 요긴한 일로 이곳 두목님께 보고를 하러 왔어요."

감시원은 악의가 없어 보이는 데다 유창한 생번어를 듣고 그제야 경계를 늦추었다. 송자는 문걸이 상황에 잘 대처하고 생번어도 자기보다 잘하는 것을 보고 아예 문걸을 내세워 대화하도록 했다.

"요긴한 일이라는 게 뭐요?"

"양인들이 이 부근에서 피살되었다는 이야기는 알고 계시지요?"

"그건 구자록에서 한 짓이고 우리 사마리와는 무관한 일이오."

셋은 서로의 얼굴을 바라보았다. 사건을 저지른 장본인이 구자록이라는 게 사실로 입증된 것이다.

문걸이 말했다.

"그렇다면 다행이군요. 오늘 오후에 양인들의 배가 사료에 와서 이것저것 알아보고 갔어요. 배 위에는 대포도 있었고요. 우리 눈으로 직접 확인한 겁니다."

감시원이 웃었다.

"대포라고요? 그렇다면 구자록 두목한테 알릴 것이지 우리랑 무슨 상관이 있나요?"

문걸이 말했다.

"구자록에서 선원들을 죽인 게 사실이라면 양인들은 반드시 대포로 보복할 겁니다. 양인들이 구자록에 쳐들어가면 사람들이 죽거나 다치고 피해가 막심하겠지요. 구자록에 이쪽 분들의 친척이나 가까운 분들이 없을까요?"

감시원이 잠시 생각하더니 말했다.

"따라오시오."

감시원이 그들을 우거진 밀림으로 데려갔다. 부락은 밀림 속에 있었다. 부락 입구에는 대나무로 만든 집들이 여기저기 흩어져 있고 그 사이에서 아이들이 장난을 치거나 나무에 오르내리며 놀고 있었다. 밀림으로 들어가니 집들이 다닥다닥 붙어 전체적으로 큰 원을 그렸다. 가운데는 정원으로 사용하여 갖가지 꽃과 과실나무를 잔뜩 심었고, 외부에는 부락 전체를 완전히 둘러서 심은 대나무로 방호벽을 세웠다. 중간에 큰길 하나를 냈는데 폭이 상당히 넓고 바닥이 평평하여 우마차와 가축들이 드나들 수 있었다. 길에는 꽤 많은 닭이 돌아다녔다. 감시원이 두목의 집은 부락의 정중앙에 있다고 말해주었다.

송자가 한숨 돌리며 말했다.

"해가 지기 전에 사마리에 도착했으니 최소한 임무의 절반은 완수한 셈이군!"

문걸은 자신이 생각했던 생번 부락과는 다른 이곳의 규모와 기세에 놀라고 있었다. 주변 경관과 집의 구조 등이 결코 사료에 뒤지지 않는다고 생각했다.

15장

세 사람은 사마리의 두목과 접견하게 되어 기분이 좋았다. 지금 사마리의 두목 이사가 그들의 앞에 서 있다. 게다가 이사의 반응은 그들을 더욱 기분 좋게 했다.

"소식을 전해주러 먼길을 달려와줘서 고맙소."

이사는 좌우를 둘러보더니 말을 이었다.

"구자록이 큰 변을 당하게 되었군. 평소 파야림이라는 작자가 마음에 들진 않지만 붉은 머리 일당은 우리에겐 공동의 적이니 일단 대비는 해야 하겠소. 사가라족이 사태를 방관한다고 구자록이 오해하면 안 되니 말이오."

문결은 어리둥절했다.

"대인, 저는 붉은 머리라고 한 적은 없는데요."

"어쨌든 양인들이 쳐들어오는 거고, 그게 검은 머리든 붉은 머리든 다를 게 없소."

이사의 대답에 문걸은 입을 다물었다.

이사의 지시로 화승총을 멘 용사 15명, 표창과 활로 무장한 용사 10명이 밤을 이용해 구자록으로 향했고, 소식을 알리고 지원을 약속하기로 했다.

사마리에서 구자록까지는 후동에서 사마리까지의 직선거리와 대략 비슷하지만 작은 산들을 넘어야 했다. 사마리 사람들은 산길을 걷는 속도가 평지에서 걷는 것과 다름없다. 다만 산길이어서 돌아가느라 시간이 더 걸렸다.

이사가 말했다.

"우리 쪽 사람들이 자정 전에 당도할 테요. 하지만 한밤중에 들이닥치면 구자록 사람들이 급습이라고 오해할 수도 있소. 다행히 우리 쪽에서 소통할 암호를 준비했소."

저로속에 함께 가서 탁기독을 만나 달라는 제안에 이사도 흔쾌히 동의했다.

"지금은 늦었으니 굳이 서둘러서 총두목을 귀찮게 할 필요가 없소. 여러분은 술이라도 한잔하면서 잠시 쉬시오. 내일 아침 일찍 출발하면 한 시진 만에 저로속에 당도할 수 있을 테요."

송자는 어차피 사마리에서 구자록에 통지하고 지원할 사람들을 보냈으니까 목적은 이미 달성했다고, 길을 서둘러 떠날 필요가 없다는 생각에 감사를 표했다.

이사가 말했다.

"여기서 저로속까지는 길이 평탄하니 내일은 모두 우마차를 타고 가십시다. 나도 총두목께 인사나 드려야겠소."

일행은 편안한 밤을 보내라고 인사를 건넸다. 세 사람이 숙소로 가기 위해 몸을 돌리는 순간 이사가 갑자기 문걸에게 물었다.

"이 아우님은 사료 사람이 맞소? 우리 말을 어쩜 그리 유창하게 잘하시오?"

송자가 옆에서 웃으며 말했다.

"두목, 아우는 사료 사람이 아닙니다. 부친은 객가 출신이고 모친은 부락에서 왔으니 두 군데 말을 다 잘할 수밖에요. 불행히도 부모님이 모두 돌아가셔서 이 아우가 우리 사료로 오게 되었답니다."

이사가 이상하다는 듯이 물었다.

"어머님이 어떤 부락 출신이오?"

두목이 물으니 문걸은 대답을 안 할 수도 없었다.

"어떤 부락 출신인지는 저도 잘 모릅니다."

이사는 문걸을 위아래로 훑어보았다. 그의 눈길이 문걸의 허리춤에서 멈추더니 얼굴이 순식간에 굳었다.

"그 패도를 풀어서 좀 보여주시오."

문걸은 허리춤에서 패도를 풀어 공손하게 두 손으로 건넸다. 패도의 손잡이에 새겨진 백보사(百步蛇, 물리면 백 걸음을 걷기 전에 죽는다는 맹독을 지닌 뱀) 장식을 본 이사의 표정이 더 어두워졌다.

"이 패도는 자네 집안의 물건인가?"

"원래는 어머니가 쓰시던 건데 제가 물려받았습니다. 칼날이 조금 무뎌졌어요."

이사가 천천히 고개를 들더니 느릿느릿 말했다.

"이 백보사의 머리는 내가 꼬박 하루 걸려서 새긴 거요. 원래는

10개도 넘게 새겼는데 그중 가장 마음에 드는 것으로 골랐던 터라 한 눈에 알아볼 수 있소. 이 패도는 내가 사리영(莎里鈴)과 결혼할 때 저로속의 신부집에 예물로 보낸 세 자루의 패도 중 하나가 틀림없소."

그의 얼굴은 노기로 가득 찼으며 푸른 힘줄이 불거지고 목소리까지 잠길 정도였다.

"자네가 임노실의 아들인가? 임노실과 마주가(瑪珠卡)의 아들 맞냐고?"

문걸은 아버지의 이름을 듣자 지체 없이 고개를 끄덕였다.

이사가 순간 고개를 획 돌리며 패도를 바닥에 내팽개쳤다. 그러더니 세 사람을 데려온 초소 감시원에게 큰 소리로 말했다.

"아막(阿莫), 내일 날이 밝는 대로 손님들을 배웅해드려라!"

"알겠습니다!"

아막이 대답하고는 세 사람을 방으로 데려갔다. 돌변한 분위기에 셋은 어찌할 바를 모르고 서로 얼굴만 쳐다보았다. 이사와 문걸의 아버지 사이에 깊은 원한이 있는 것이 틀림없었다. 문걸은 망연자실한 얼굴이었다. 부모님의 과거에 대해 들은 이야기가 없는 그로서는 영문을 알 수 없었다.

오늘밤은 상현달이 떠서 대지가 칠흑같이 어두웠다. 어둠을 뚫고 풀벌레 소리만 간간이 들려올 뿐이었다. 송자도 감히 문걸에게 물어볼 엄두가 나지 않았다. 가장 난감한 일은 남은 임무인 탁기독 총두목을 만나는 일이 불투명해진 것이다. 한참 의논한 끝에 세 사람은 예정대로 내일 새벽에 저로속을 찾아가기로 했다. 이사와 함께 가기로 한 계획이 없던 일로 되어버렸지만 운에 맡기는 수밖에 없었다.

일행의 코 고는 소리를 들으며 문걸은 잠을 이루지 못하고 생각에 잠겼다. 어머니의 이름이 마주가라는 것을 이곳에서 처음 알았다. 사리영이라는 이름은 들어본 적이 없으며, 어머니와 사리영이 무슨 관계인지도 알 수 없다. 아버지는 기분이 좋을 때면 어머니를 '생번 마누라'라고 놀리듯이 부르곤 했으며, 평소에는 자녀들을 따라 자신도 '엄마'라고 불렀다. 남매는 일찍이 어머니가 생번 부락에서 온 것을 알았지만 그중 어느 부락인지는 알지 못했다. 오늘 일을 생각하면 아무래도 저로속과 깊은 연관이 있는 듯하니 뜻밖의 큰 발견이다. 아버지는 사마리와 무슨 원한이 있을까? 부모님은 어머니가 저로속 출신이라는 걸 왜 숨겼을까? 의문들이 꼬리에 꼬리를 물고 이어졌다.

문걸은 뒤척이며 잠을 이루지 못했다. 하지만 내일 일정에 지장을 주지 않으려면 조금이라도 자둬야 한다는 생각에 애써 잠을 청했다.

16장

    동이 완전히 트기도 전에 문걸 일행은 일찌감치 일어나 세수를 하고 떠날 채비를 했다. 이때 아막이 웃는 얼굴로 들어왔다.

    "댁들은 운이 좋구려. 우리 두목께서 예정대로 함께 저로속에 가기로 했습니다. 잠시 후 출발할 겁니다."

    아막은 아침 식사까지 가져왔다. 아침을 먹고 나니 이사가 찾아왔다. 얼굴에 어젯밤의 노기는 사라졌지만 여전히 웃음기는 찾아볼 수 없었다. 그는 느릿느릿 입을 열었다.

    "어젯밤 곰곰이 생각해 봤네. 어른들의 원한에 여러분까지 연루시킬 필요가 없다는 결론을 내렸소. 무엇보다 사가라족의 안위를 걱정하여 여기까지 와주었소. 틀림없이 조상이 보살펴준 덕분이오. 보아하니 여러분은 지난 일은 아무것도 모르는 것 같소. 어차피 그분들은 이 세상 사람이 아니니 모든 것은 지난 일이 되었고 말이오."

    문걸은 이사가 말하는 어른들의 원한이 무엇을 의미하는지 알 수 없었다. 하지만 이사가 선의로 대하는 것은 분명하므로 고개를 숙이며 고맙다고 인사했다.

이사의 얼굴에 웃음기가 돌기 시작했다.

"여러분이 사가라족을 구하기 위해 먼길을 달려왔으니 정말 고마운 일이오. 그것 때문에라도 지난 이야기를 따져서는 안 된다고 생각했네. 솔직히 말해서 그 일 때문에 우리 사마리와 저로속도 한동안 껄끄러웠지."

그의 얼굴이 어젯밤처럼 호의적인 표정으로 돌아왔다.

"여러분과 함께 저로속에 가기로 했소. 총두목에게 드릴 선물도 있고 하니 말이오. 아막은 나가서 우마차를 대기해놓게!"

일이 이토록 극적으로 반전되리라고는 예상치 못한 세 사람은 거듭 감사의 인사를 했다. 이사는 문걸의 어깨를 두드리며 말했다.

"알고 보니 자네도 자신의 신분을 모르고 있었군. 임노실과 마주가가 사가라족의 체면을 살려주려고 발설하지 않았나 보네. 우마차를 타고 가면서 그간의 일을 이야기해주겠네. 그 풍파를 겪으면서 저로속과 사마리에도 큰 변화가 발생했지. 저로속에 가면 어차피 알게 되겠지만 사실 탁기독 총두목이 자네의 외삼촌이라네. 이렇게 말하고 보니 저로속의 조상님이 굽어살피셔서 자네에게 모친의 고향에 갈 기회를 주신 것 같네."

우마차를 타고 가면서 이사는 문걸에게 그간의 사정을 자세히 말해주었다. 그는 웃으면서 이렇게 말했다.

"자네가 아버지를 닮지 않고 어머니를 많이 닮아서 다행이네. 그렇지 않으면 총두목이 내 말을 믿지 않을 수도 있을 테니 말이네."

문걸은 문득 한 가지 일을 생각해냈다.

"누나에게 어머니가 물려주신 목걸이가 있는데 무척 화려하고 예뻐요. 그것도 저로속과 연관이 있는지 모르겠어요."

이사가 웃으며 말했다.

"내가 보면 알아볼 것이네. 형제자매는 몇 명이나 있나?"

"누나 하나밖에 없어요. 누나는 아버지를 많이 닮았어요!"

이사가 정색을 하며 말했다.

"지금부터 내 말을 잘 듣게. 우선 자네 어머니 가족의 역사부터 알아야 하네. 우리는 사가라족에 속하고 동쪽의 비남족에서 분리되어 나왔다네. 100년 전 남쪽으로 왔다가 그 후 서쪽으로 이주하여 이곳까지 왔고, 4개의 큰 부락으로 갈라졌지. 저로속의 두목이 대고두이고, 우리 사마리의 마마유(馬麻溜) 집안 두목이 서열 2위인 이고두, 묘자의 사림길로(査林吉魯) 집안이 서열 3위인 삼고두, 용란의 나발니오(羅發尼奧) 집안이 서열 4위인 사고두라네. 저로속의 대고두, 즉 총두목은 가로기고기(卡魯嘰古嘰, galujiguji) 집안[17]에서 맡았지. 과거 사가라족의 풍습에 따라 4개 부락의 귀족 간에만 통혼하게 되어 있네. 집

---

17 300년 전 비남족의 남부 지본족(知本族)이 북부 남왕 부족과의 전쟁에 패하여 지본족의 가대지포(卡大地布) 부족은 남쪽으로 이주했다. 그들은 대구문[오늘날의 중파이완(中排灣) 지역에서 또 공격을 당했다. 아랑일(阿朗壹)을 지나 모란만(牡丹灣)에 당도하여 겨우 한숨을 돌린 그들은 계속 남하하여 강즈시(港仔溪), 바야오만(八瑤灣) 부근[오늘날의 난파이완(南排灣)]까지 왔다. 도중에 배만족을 만났지만 싸워서 무찌르고는 오늘날의 시즈계곡(溪仔溪谷)을 따라 파야오(八瑤), 스린거(四林格)를 거쳐 항구계곡(港口溪谷)과 문솔[蚊蟀, 오늘날의 만저우(滿州)] 남쪽에 와서 다시 배만족과 맞닥뜨렸다. 지본족은 무술(巫術, 무당의 술법)을 운용하는 데 능했다. 배만족은 싸움에서 패하자 가마에 그들을 태우고 남쪽으로 향했다. 따라서 그들을 사가라인

158

안 수준을 따지기 때문이지. 총두목 집안의 여자가 평민에게 시집갈 수 없고, 복로나 객가 사람에게 시집가는 건 생각할 수도 없는 일이었어. 마주가는 귀한 공주의 신분으로 객가인에게 시집을 갔으니, 저로속과 사마리 두 부락이 그 일로 발칵 뒤집혔다네."

그가 지금부터 하는 이야기를 찬찬히 들으라며 말을 이었다.

"그때 저로속의 두목은 탁기독의 형인 박가류앙(朴嘉留央)이었고, 사마리의 두목은 나의 아버지가 맡고 계셨지. 아버지는 두 아들과 딸 하나를 두셨는데, 내가 위이고 동생은 랍랍강(拉拉康)이네. 그해에 나는 저로속의 공주 사리영과 혼담이 오갔지. 우리 사마리는 결혼을 축하하기 위해 부락 사람을 거의 다 동원하여 많은 예물을 준비해 저로속으로 향했지."

이사가 한숨을 쉬었다.

"벌써 20여 년이 지났군. 그 패도가 바로 내가 준비한 예물 중 하나였어. 패도의 백보사 장식도 내가 직접 새긴 것이라네."

그가 다시 말을 이었다.

"두 부락의 노래와 춤 속에서 혼례는 성대하게 치러졌다네. 저로

(斯卡羅人, 원래 의미는 '가마를 탄 사람')이라고 불렸다. 사가라인들은 동북쪽에서 남서쪽으로 이주했다. 지위가 가장 높은 사람(대고두, 즉 총두목)은 적당한 곳을 찾아 우선 정착했다. 이곳이 바로 저로속[오늘날의 리더(里德)]이다. 다른 사람들은 계속 이주했다. 이고두는 멀지 않은 사마리[오늘날의 융징(永靖)]에 정착했고, 삼고두는 항춘(恆春, 오늘날의 형춘) 부근의 묘자에 정착했으며, 마지막 사고두는 동쪽으로 더 가서 용란담(龍鑾潭, 오늘날의 룽롼탄) 부근에 정착했다. 원래 비남족이었던 사가라족은 배만족에 동화된 비남인(卑南人)이 되었으며, 이들은 항춘반도(오늘날의 형춘반도)를 장악하였다. 훗날 청나라 조정과 외국인의 분쟁은 사가라족의 총두목이 처리하게 된다.

속은 잔치를 열어 손님을 대접하고 초원 위에 그네까지 달아놓았어. 사람들이 가장 좋아하는 놀이가 그네타기인데 공주의 결혼식에서나 탈 수 있었다네. 신부가 그네에 앉고, 신부의 여동생 마주가와 두 부락의 여자들이 그네 주변에 둘러섰어. 나는 남자들과 함께 중앙에 앉아 있었지. 무당이 신랑 집에서 가져온 예물을 하나하나 확인하며 신부 측에 전달했어. 두 부족 사람들은 즐겁게 노래하고, 나와 몇몇 남자 일행은 신부의 그네를 번갈아 밀어주면서 두 사람의 변함없는 사랑을 표현했네. 두 부락의 화목한 관계를 확인하는 자리였어. 신부는 그넷줄을 꼭 쥐고 점점 높이 올라갔고, 옆에 늘어선 젊은 남녀의 환호와 노랫소리는 점점 높아졌어. 어울리는 집안끼리의 혼인에 모두 대단히 만족했지. 그네를 탈 때 마주가의 쾌활하면서도 귀여운 웃음과 아름다운 사태에 내 동생 랍랍강은 한눈에 반했다네.”

시간은 거꾸로 흘러 20년 전 그날로 돌아갔다. 이사는 기억을 되돌리는 듯 먼 곳을 바라보았다.

그네타기가 끝난 후 두 부락에서 모인 200명에 육박하는 남녀는 모닥불을 둘러싸고 춤을 추기 시작했다. 무도회가 벌어지는 바로 옆에서는 큰 멧돼지 두 마리가 맛있게 구워지고, 저로속에서는 밤새워 마시고도 남을 좁쌀주를 내왔다. 잔치의 흥겨움이 최고조에 달한 가운데 랍랍강은 마주가에게서 눈을 떼지 못했다. 그녀는 머리에 연초꽃과 야생 백합을 꽂고 있었는데, 춤을 출 때는 가녀린 몸매를 마치 백보사처럼 구부렸다가 어느새 꽃사슴처럼 뛰어올랐다. 그 모습은 신부인 사리영보다 돋보였다. 마주가의 관심을 끌기 위해 랍랍강은 특별히 멧돼지와 싸우는 모습을 묘사한 춤을 추기도 했다. 손에 사냥

칼을 든 그가 고함과 환호 속에서 빙빙 돌고 구르다가 상대를 박살 내자 사방에서 갈채가 쏟아졌다.

결혼식 무도회가 끝난 후 사람들을 랍랍강과 마주가를 하늘이 맺어준 한 쌍이라고 여겼다. 비록 집안 간에 아직 정식으로 합의하지는 않았지만 다음에 있을 행사는 두 사람의 결혼식이라는 것이 마치 정해진 수순처럼 여겨졌다.

이날, 고산 지대 사람들의 성대한 행사에 뜻밖에도 평지 사람인 임노실의 모습이 보였다. 저로속에서는 평지와 산을 오가며 장사하는 객가 행상 임노실에게 결혼식에 쓸 술과 떡, 과자 등을 주문했고, 사마리에서는 결혼 예물로 평지 사람들이 사용하는 붉은 옷감과 거울, 빗, 단추, 바늘, 실, 화장품 등을 주문한 것이다. 그런 이유로 보름 전부터 그는 저로속을 자주 드나들었다. 신부는 임노실이 가져온 평지 사람들의 장식품과 화장품을 골랐다. 모든 물건이 신부를 위해 준비된 것이고 어디까지나 신부가 주인공이기 때문에 여동생인 마주가는 옆에서 구경만 했다. 하지만 임노실은 쾌활하고 총명한 마주가에게 호감을 느꼈고 그녀가 신부인 언니를 부러운 눈으로 바라보는 표정을 자세히 지켜보았다.

이 젊은 객가 행상은 마주가가 어떤 물건을 좋아하는지 눈여겨보다가 사람들이 안 보는 곳에서 슬며시 마주가에게 그것을 건네주었고 마주가는 기뻐서 어쩔 줄 몰랐다. 이를 계기로 두 사람은 자연스럽게 가까워졌다. 임노실은 마주가에게 팔찌를 채워주거나 가루분을 발라준다는 핑계로 슬며시 그녀의 섬섬옥수와 뺨을 만졌고, 그럴 때마다 마주가의 가슴은 미친 듯이 뛰었다. 마주가는 화장품과 장신구로 자신을 단장해준 임노실이 고마웠다. 결혼식에서 춤을 추면서 그녀는 대담하게도 임노실을 향해 눈을 찡긋거리기도 했고, 임노실은 설레서 가슴이 두근거렸다. 그녀의 아름다운 자태와 표정이 자신을 향한 것임을 그는 잘 알고 있었다.

결혼식이 끝난 후에도 임노실은 저로속을 빈번하게 찾았다. 이번에는 부락 안까지 들어가지 않고 부락 밖에 있는 계곡 옆 은밀한 곳에서 마주가와 밀회를 즐겼다. 두 사람은 서로 꼭 껴안고 떨어질 줄 몰랐다. 임노실이 마주가의 마음을 사로잡은 것은 그가 건네준 평지 사람의 선물 때문만은 아니었다. 그녀는 그 선물을 계기로 바깥에 있는 큰 세상을 동경하게 되었으며, 언젠가 임노실이 자신을 미지의 세계로 데려다주기를 기대했다. 만날 때마다 그녀는 바깥세상의 신기한 광경에 대해 말해 달라고 졸랐다. 그녀는 평지 사람들이 사는 거리와 그들이 입는 옷, 예술품에 환상을 품었다. 한 번은 임노실이 그녀에게 아름다운 산수화가 새겨진 푸른색 도자기를 선물했다. 그녀는 아름다운 무늬와 표면이 매끄러운 도자기에 완전히 매혹되었다. 부족 사람들의 조각 솜씨와 비교하면 색깔이 들어간 평지 사람들의 도자기가 훨씬 멋지다고 생각했다.

"어쩐지 어머니가 가끔 아버지에게 사기꾼이라고 하더라고요. 말투는 여전히 다정했지만요."

문걸이 이렇게 말해놓고 부모님의 모습을 헤아린다.

"가엾은 어머니! 저는 어머니가 일하는 모습만 보면서 자랐어요. 평생 바깥세상을 구경할 기회가 많지 않으셨어요. 제 기억으로 어머니는 아버지를 따라 사료의 양씨 어르신 댁에 인사드리러 한두 번 가셨고, 새해를 맞아 온 가족이 시성과 보력에 간 게 전부예요."

이사의 과거 이야기는 계속되었다.

한편 마주가에게 반한 랍랍강도 저로속을 자주 드나들었다. 그가 가져온 선물은 사냥의 전리품들이었다. 마주가는 늘 보던 것이라 그다지 흥미를 느끼지 못했다. 그녀는 랍랍강이 자신을 좋아한다는 것을 알고 있었지만 그를 좋은 친척, 좋은 친구로만 대했다. 깍듯한 예의로 랍랍강을 대할 뿐 마음을 주지는 않았다.

때로는 그녀도 혼란스러웠다. 자신은 사가라족 총두목의 여동생이자 존귀한 저로속의 두목 집안 출신이다. 사가라족에는 엄격히 계급을 따지는 전통이 있어서 귀족은 같은 귀족끼리만 결혼해야 한다. 요 몇 년, 평지에서 온 나한각(羅漢腳, 내지에 처자식을 두고 건너온 남자, 청 정부에서 대만에 가족을 데리고 이주하는 깃을 금지했기 때문에 처자식을 두고 혼자 오는 남자가 많았다 - 옮긴이)들이 점점 많아지는 추세다. 이들 중에서 사가라족의 평민 계급 출신 여자를 아내로 맞는 남자도 있었다. 평민 계급이어도 부족 사람들은 평지 사람과 결혼한 여자를 좋게 보지 않았다. 현실이 이렇다 보니 마주가는 임노실과의 관계를 밝힐 수 없었다. 오라버니에게 임노실과 결혼하겠다는 말을 꺼냈다가는 얼마나 큰 풍파가 일어날지 감히 상상도 할 수 없었다. 대역무도한 자신에게 얼마나 큰 질책이 떨어질지 불 보듯 뻔했다. 게다가 총두목인 오라버니는 여동생의 신랑감으로 랍랍강을 마음에 두고 있었다. 자신도 그가 싫지는 않지만 단지 그 정도의 감정일 뿐 결혼하고 싶다는 생각은 들지 않는다. 그녀의 열정은 임노실에게 닿아 있었으며, 평지의 세상을 향해 있었다.

랍랍강은 투박하고 거친 남자다. 그는 마주가의 마음을 헤아리지 못했으며 일방적으로 마주가와의 혼사를 당연시했다.

사마리 부락 주변에서 땅을 개간하는 평지 사람들이 점점 많아졌다. 사마리의 사냥터와 일부 구석진 경작지들이 새로 옮겨온 이주민들에게 서서히 잠식당하고 있었다. 이 평지 사람들은 대부분 니니(생번이 객가인을 부르는 말) 즉, 나한각이다. 니니 농가들은 자신들이 수확한 작물의 일부를 두목에게 납세 형식으로 바쳤다. 하지만 이들 사이에는 여전히 이런저런 충돌이 벌어지곤 했다.

복로와 객가를 막론하고 평지 사람들에게는 의뭉스러운 구석이 있었다. 예를 들어, 고산 지대의 생번은 대부분 동물 사체를 금기시하는데 이는 사가라족도 예외가 아니다. 개는 생번에게 가장 가까운 친구이지만 평지 사람들은 개고기를 보신용으로 즐겨 먹는다. 복로인은 해변에 정착한 경우가 많은데 객가인은 고산 지대의 땅을 자꾸만 노렸다. 일부 객가인들은 함정을 설치하거나 먹이로 꾀어내 사가라족이 키우는 개를 잡아 보신탕을 끓여 먹거나 개의 사체를 사가라족의 밭에 던져놓곤 했다. 사가라족은 사체를 금기시하기 때문에 그 땅은 포기해버린다. 그러면 평지 사람들은 그 틈을 타서 슬며시 땅을 차지하는 것이다. 화가 난 사가라족은 당사자를 찾아가 목을 베었다. 평지 사람들은 이런 이유로 사가라족을 뼈에 사무치도록 미워했다. 이는 악순환으로 이어졌고 양쪽의 관계는 걷잡을 수 없이 악화됐다. 임노실은 그중 예외에 속하는 편이었다. 그는 성실하고 정직했기 때문이다. 게다가 사가라족은 그가 파는 물건을 좋아했다.

랍랍강은 기분이 무척 좋았다. 박가류앙과 탁기독이 사마리에 찾아왔다. 자신의 형 이사와 혼사를 의논하기로 한 날이었다. 저로속의 두목은 랍랍강과 마주가의 결혼에 흔쾌히 동의하며, 겹사돈을 맺게 되어 더 기분이 좋다고 말했다. 사람들은 모두 흡족해하며 흥겹게 술을 마셨다.

이튿날, 랍랍강은 정오가 다 되어서야 잠에서 깨어 손님을 배웅하러 나섰지만 저로속에서 온 손님들은 이미 떠나고 없었다. 그는 가까운 사람들과 술을 더 마셨고, 황혼 무렵에야 집에 돌아왔다. 그의 집과 대각선 방향에는 연무나무 한 그루가 있었다. 그런데 그 나무에 고양이 사체가 걸려 있는 게 아닌가! 그것을 본 랍랍강은 토할 뻔했다. 연무나무는 그가 가장 아끼는 나무인데다가 요 며칠 주렁주렁 달린 열매를 마주가에 따다 줄 생각이었다. 그런데 죽은 고양이가 나무에 걸려 있으니 그 열매를 누가 먹으려고 하겠는가? 올해만 못 먹고 지나가는 게 아니라 내년에도 마찬가지일 것이다. 결국 이 나무는 버려질 테다. 더 기막힌 건 연무나무가 랍랍강 집의 대문을 바라보고 있다는 것이다. 문을 열고 집을 나설 때마다 나무에 걸려 흔들거리던 고양이가 생각날 테니 얼마나 끔찍한 일인가!

절대로 용납할 수 없는 일이다. 이 연무나무는 가장 크고 달콤한 열매를 맺는 나무였다. 부락의 오년제(五年祭, 고산 지대 원주민이 5년에 한 번씩 지내는 큰 제사-옮긴이) 때에는 항상 이 나무에서 열리는 연무로 제사를 지냈다. 산중에 나무가 얼마나 많은데 하고많은 나무를 다 놔

두고 하필이면 가장 좋은 연무나무에 이런 짓을 한단 말인가!

최근 계곡 건너편에 니니가 이주해왔다. 랍랍강은 그가 부근에서 땅을 일구는 모습을 본 적이 있다. 그에게 뭐라고 한 적도 없고, 땅을 사용하는 값을 요구한 적도 없었다. 그저 각자 경계를 분명히 하여 서로 침범하지 않으면 된다고 여겼다. 그런데 그자가 이토록 악질이 었다니 뜻밖이다. 음흉한 꿍꿍이로 랍랍강이 가장 아끼는 연무나무를 포기하게 만들고 이 나무를 가로챈 것이다. 요 다음에는 틀림없이 이 부근의 땅을 노릴 것이다.

화를 참을 수 없었던 랍랍강은 당장 그 니니를 찾아가 따지기로 했다. 그는 사냥칼을 챙기고는 계곡을 건너서 작은 오두막으로 다가 갔다. 그러고는 크게 고함을 질렀다.

"더러운 니니 녀석은 썩 나와라. 너를 가만두지 않겠다!"

그런데 니니가 선수를 쳤다. '펑!' 소리와 함께 무언가가 랍랍강의 오른쪽 종아리에 명중했고, 극심한 통증과 함께 붉은 피가 콸콸 흘러 나왔다. 랍랍강은 미친 듯이 고함을 지르고 다리를 질질 끌면서 니니 의 집으로 돌진했다. 하지만 다음 순간 그는 온몸을 부르르 떨며 자리에 주저앉아버렸다.

그 니니가 괭이를 들고 뛰쳐나와 랍랍강을 향해 돌진하더니 괭이를 높이 들어 내리친 것이다. 위기일발의 순간 랍랍강이 몸을 숙이며 사냥칼로 괭이를 막았으나 왼쪽 어깨를 맞았다. 랍랍강의 사냥칼은 니니의 괭이보다 짧아서 어깨와 다리에 상처를 입었고 위험한 순간 이 계속되었다.

랍랍강은 혼비백산하여 사냥칼을 내던지고 온몸으로 니니의 두

다리를 붙들었다. 상대를 힘으로 쓰러뜨릴 심산이었다. 니니도 팽이를 내던졌다. 두 사람은 육박전을 벌였다. 몸이 엉긴 채 몇 번이나 구르고, 계곡 물속으로 떨어졌으나 여전히 상대의 몸을 놓으려 하지 않았다. 랍랍강은 왼쪽 어깨가 다쳐 힘이 빠진 채라 물속으로 끌려 들어가 많은 물을 먹었다. 목숨이 경각에 달린 상황에서 그는 오른손으로 큰 돌을 들어 죽을힘을 다해 상대를 내리쳤고, 니니는 혼절해버렸다. 랍랍강이 사력을 다해 물 위로 올라와서 보니 니니는 정신을 잃은 채 물속에 있었다. 랍랍강도 어깨와 다리에서 피가 그치지 않아 의식이 혼미해졌다. 그는 남은 힘을 다해 니니를 몇 번 더 내리쳤다. 완전히 숨이 끊어진 것을 확인하고서야 계곡 밖으로 기어나왔다. 기운을 다 쏟아버린 랍랍강은 정신을 잃고 바닥에 쓰러졌다. 다행히 부족 사람들이 곧 그를 발견해 집으로 떠메고 갔다.

큰 사건이 거의 동시에 터졌다. 공교롭게도 랍랍강이 다친 날, 저로속에서도 풍파가 벌어진 것이다.

그날 밤, 저로속의 용사들이 큰 멧돼지를 잡아와서 부락 사람들이 모두 모였다. 모닥불을 둘러싸고 앉아 대나무 통에 지은 밥과 구운 멧돼지고기를 먹고 좁쌀주를 마시느라 흥겨웠다. 총두목 박가류앙과 그의 동생 탁기독, 여동생 마주가는 같은 탁자에 둘러앉아 한담을 나누는 중이었다. 박가류앙은 주량이 세고 술을 좋아하기로 유명하다. 술을 여러 잔 들이켜 취기가 거나하게 오른 그는 여동생을 보며 물었다.

"마주가야, 오년제를 지낸 후 너와 랍랍강의 혼례를 치러야겠다."

갑작스러운 말에 마주가는 언짢은 말투로 대꾸했다.

"저는 랍랍강한테 시집간다고 한 적 없어요. 그리고 그쪽에서 정식으로 혼담을 꺼내지도 않았는걸요!"

박가류앙이 취기 때문에 게슴츠레한 눈으로 말했다.

"사마리 사람들이 굳이 여기까지 와서 정식으로 혼담을 요청하는 게 쉬운 일이 아니란다. 게다가 랍랍강이 자주 널 보러 오지 않느냐? 그렇다면 다음에 만날 때 네가 청혼하라고 운을 띄워보렴!"

마주가는 화가 잔뜩 나서 벌떡 일어났다.

"랍랍강에게 시집가고 싶지 않아요!"

자신의 권위에 대한 도전이라고 여긴 총두목도 벌떡 일어나서 고함을 질렀다.

"무례하구나!"

탁기녹은 얌전하던 여동생이 갑자기 이토록 강경하게 변한 데는 필시 이유가 있을 거라 짐작하고 일단 분위기를 수습했다.

"형님, 노기를 거두십시오. 마주가야, 형님은 너를 아껴서 그러시는 거 아니냐! 밤이 늦고 모두 피곤할 테니 내일 이야기합시다."

말을 마친 그는 마주가의 손을 이끌고 밖으로 나갔다.

"마주가, 내게 말해 보렴. 따로 마음에 둔 사람이 있는 게냐?"

탁기독이 달을 바라보며 묻자 마주가는 금방 눈물을 떨굴 기세로 대답했다.

"랍랍강을 싫어하는 건 아니에요. 하지만 좋아하지도 않아요."

"조금 전에 사마리에서 청혼을 하지 않았다고 했는데, 그건 네가 잘 모르고 하는 말이다."

마주가는 어리둥절했다.

"그게 무슨 말씀이에요?"

"어제 형님이랑 내가 사마리에 다녀왔단다. 사리영이 아들을 낳았기에 선물도 줄 겸 갔지. 너도 알고 있지?"

마주가가 고개를 끄덕였다.

"사마리에서 어제 혼담을 꺼냈단다. 다만 우리 부락에 따로 찾아오지 않았을 뿐이지."

마주가가 눈물을 흘렸다.

"오라버니가 승낙하셨겠네요?"

탁기독이 고개를 끄덕였다. 마주가는 탁기독의 얼굴을 똑바로 보지 못하고 고개를 숙인 채 눈물만 계속 흘렸다.

"마주가야……."

탁기독이 마주가의 어깨를 가볍게 토닥였다.

"따로 마음에 둔 사람이 있구나?"

마주가가 고개를 끄덕였다.

"어느 용사인지 내겐 말해줄 수 있겠지? 신분이 낮은 사람이어도 걱정하지 말아라. 내가 형님께 말을 잘해주마."

"말씀드릴 수 없어요. 화내실 거예요."

탁기독이 그녀를 달랬다.

"화내지 않겠다고 약속할 테니 말해 보렴."

마주가가 조그맣게 말했다.

"그 사람이 니니여도 괜찮아요?"

"니니라고?"

탁기독은 너무 놀라 목소리가 저절로 높아졌다. 부락을 드나드는

169

니니는 손에 꼽을 정도로 드물다. 탁기독의 머리에 문득 한 사람이 떠올랐다. 주문한 물건을 대러 온 임노실과 마주가 웃으며 말을 섞는 모습을 본 기억이 났다.

"혹시 임노실이냐?"

탁기독이 화를 누르며 낮은 목소리로 말을 이었다.

"객가와 복로는 모두 사기꾼이니 꼬임에 넘어가서는 안 된다."

"그 사람은 정직해서 이름도 임노실이잖아요!"

마주가의 반박에 탁기독은 잠시 멈칫했다.

"이번 일은 도저히 네 편이 되어줄 수 없겠구나!"

화가 난 탁기독이 자리를 떴다.

이튿날 정오 무렵, 부락의 어느 곳에서도 마주가를 찾지 못했다는 보고가 들어왔다. 탁기독이 마주가의 방을 살펴보니 옷가지 몇 개와 자신이 준 선물, 돌아가신 어머니가 준 목걸이가 사라졌다. 목걸이는 마주가의 어머니가 결혼할 때 저로속 두목의 노부인이 상견례 선물로 준 것이다. 마주가의 언니와 동생의 이야기를 들으니 최근에 마주가가 화려한 하피를 짜면서 시집갈 때 가져갈 물건이라고 활짝 웃으며 말했다고 한다.

저로속의 두목 박가류앙은 마주가가 집을 나갔다는 소식을 외부에 알리지 않기로 했다. 그런데 뜻밖에도 랍랍강이 크게 다쳤다는 전갈을 받았다.

랍랍강은 니니와 싸우다 다리뼈가 부러져 꼬박 2개월을 누워서 지냈다. 상처가 덧나고 높은 열이 며칠이나 계속되었다. 다행히 체력이 강해서 죽지 않고 살아났다. 몸은 회복되었으나 걸을 때 다리를 절었으며 뛸 수도 없게 되었다. 더 기막힌 일은 왼쪽 어깨뼈도 골절되어 앞으로는 활을 쏠 수 없게 된 것이다. 활이나 창을 쏘지 못할 정도로 손발을 모두 못쓰게 되었으니 한 부족의 용사에게 죽느니만 못한 일이었다. 랍랍강은 마주가가 자신을 보러오길 기대했으나 그의 염원은 실현되지 못했다.

여기까지 말한 이사의 눈이 벌겋게 충혈되었다. 이윽고 목청을 가다듬더니 노래를 부르기 시작했다.

> "나는 당신 때문에 Jangav[18]처럼 여위고,
>
> 당신의 넘치는 사랑을 갈망했네.
>
> 나의 마음속에서
>
> 당신은 천상의 무지개라네.
>
> 어디에 있든
>
> 가장 아름답네.
>
> 당신 마음속에 내가 있나요?
>
> 마치 당신 머리에 꽂은 가시사과처럼
>
> 당신 마음속의 나는 제일 뒷줄에 있네요."[19]

처연한 노래에 문걸도 감정이 복받쳤다.

"랍랍강이 아침부터 밤까지 흥얼거리던 실연의 노래라네."

---

18 풀 이름.

19 배만족의 연가.《백년배만임광재음악전집(百年排灣林廣財音樂專輯)》에 실려 있다.

랍랍강은 종일 노래를 부르고, 노래를 다 부르고 나면 술을 마셨다. 그러고는 다시 노래를 부르며 날마다 술에 취한 상태로 지냈다. 사랑하는 여자를 니니에게 빼앗겼고, 다른 니니는 자신의 건강을 앗아갔다. 그에게 니니는 증오의 대상이었다.

이사는 눈물을 닦고 당시의 이야기를 계속 이어갔다.

사람들 사이에 랍랍강이 중상을 입어서 마주가가 청혼을 거절했다는 소문이 나돌았다. 심지어 사마리에는 랍랍강이 중상을 입고 사람 구실을 못하게 되자 저로속의 두목이 동생 마주가를 주지 않으려 한다며, 대놓고 파혼하지는 못하여 마주가를 숨기고는 실종된 것으로 꾸몄다는 유언비어가 떠돌았다.

사마리, 특히 이사와 그의 여동생 이서(伊西)는 저로속이 신용을 지키지 않는다고 비난했고 급기야 이사와 사리영의 사이까지 어긋났다. 사가라족의 양대 부족 간 분위기는 급격히 경색되었다. 박가류앙은 처신이 매우 어려워졌다. 사마리 사람들에게 할 말이 없기도 하려니와 저로속 사람들에게도 여동생이 니니와 사랑에 빠져 도피했다고 말할 수 없었기 때문이다. 평민의 딸이 외지인과 결혼하는 것도 백안시하는 사회에서 총두목 집안의 여동생이 남자와 야반도주한 것도 모자라 그 상대가 니니면 조롱거리가 될 것이다. 가족 중 극소수만 비밀을 알고 있었고, 대외적으로는 마주가가 실종되었다고만 발표했다. 다행히 나중에 저로속 장로들이 돼지와 소, 각종 선물을 준비했고, 총두목과 탁기독이 함께 사마리를 방문하여 사과한 덕분에 사마리 사람들의 분노도 서서히 옅어졌다.

그러나 그 일을 겪으면서 박가류앙은 폭음을 하기 시작했고, 때로는 정신이 나간 것처럼 말하기도 했다. 그는 크나큰 좌절감을 느끼며 살아갔다. 반년 후 그는 총두목의 직위에서 사임하고 그 자리를 동생 탁기독에게 물려주었다. 탁기독은 집안 문제로 총두목 자리를 이어 받게 되어 가책을 느꼈다. 그래서 조상의 영전 앞에서 장차 총두목 자리를 형님의 아들 주뢰(朱雷)에게 돌려주겠다고 맹세했다.

사마리 사람들은 그동안 파혼으로 저로속에 큰 모욕을 당했다고 생각했다. 하지만 저로속의 두목이 그 일에 책임을 지고 사임하자 이사는 아내 사리영의 권고를 받아들여 신임 총두목 탁기독의 사과와 선물을 받았다. 두 부족은 가까스로 예전의 관계를 회복했다.

그 후 20여 년간 마주가의 소식은 어디에서도 들리지 않았다.

마주가가 사라진 후 임노실도 다시는 사가라족의 지역에 나타나지 않았다. 체면이 깎일 것을 우려하여 사가라족도 임노실과 마주가를 대놓고 찾아 나서지 않았다. 그런데 20년 만에 임노실과 마주가의 아들이 스스로 찾아온 것이다. 놀랍게도 이 소년은 어머니가 존귀한 저로속의 공주였다는 사실을 모르고 있었다. 무엇보다 이사가 가장 감동한 것은 마주가의 아들이 사가라족을 구하러 왔다는 사실이다! 임노실과 마주가는 이미 이 세상 사람이 아니었고, 두 사람의 아들 문걸은 평포 토생자의 복장을 하고 나타났다. 랍랍강은 거의 폐인이 되어 술로 세월을 보내다가 사건이 발생한 지 10년 만에 세상을 떴다. 헤아려보니 랍랍강이 죽은 지도 10년이 넘었다. 자신의 아내이자 마주가의 언니인 사리영도 세상을 떴다.

세월이 흘러 그때 그 사람들도 가고 없는데 더 따져서 어쩌겠는가! 처음의 분노는 모두 가슴 밑으로 가라앉았다. 마주가가 사랑을 위해 보여준 용기에 실은 이사와 사리영도 감동한 터였다. 통령포는 평지 사람들의 지역이고 저로속과는 거리가 상당하다. 게다가 마주가는 부락을 떠난 적이 없고, 두 사람이 만나기로 약속한 것도 아니었다. 그런 상황에서 갑자기 집을 떠난 그녀가 임노실을 어떻게 찾아냈을까? 이사와 사리영은 사랑의 힘이 불러온 강인함에 감탄했다.

임노실과 마주가는 결혼한 이후 딱 한 번 거주지를 옮겼다. 통령포에서도 인적이 드문 외딴곳으로 들어가 다른 객가인들과도 거리를 두고 살았다. 저로속과 사가라족 사람들을 볼 면목이 없어서 발길이 닿지 않는 외딴곳에 숨어 살면서 사람들이 마주가를 알아보지 못하게 한 것이다. 자녀들 앞에서도 마주가의 출신에 대한 언급을 금했다. 마주가가 죽고 나서야 임산산은 사람들이 많은 곳으로 돌아가려고 했으나 그 염원을 이루기도 전에 세상을 등졌다.

17장

저로속이 가까워지면서 길에서 만나는 사람들은 사마리의 두목 겸 사가라족의 이고두인 이사를 알아보고는 깍듯이 예를 갖췄다.

우마치가 큰길로 가다가 경사진 오르막길을 한동안 오르는가 싶더니 막다른 곳에 있는 큰 집 앞에 멈췄다. 기골이 장대하고 위엄이 넘치는 남자가 대문에 서서 그들을 맞아주었다. 오른손에 청동검을 쥐고 우뚝 선 모습에서 당당한 기세가 느껴졌다.

"총두목께서 친히 맞아주실 줄은 몰랐습니다. 영광입니다."

이사는 체통이 서는 기분이었고, 문걸을 비롯한 일행은 흡족했다. 탁기독을 만났으니 이번 임무는 무사히 수행한 셈이다. 문걸은 사방의 산을 바라보았다. 이 집은 부락의 가장 높은 곳에 자리잡고 있어서 아래를 내려다보면 저로속의 모든 집이 한눈에 들어왔다. 탁기독은 이사와 함께 온 평포 토생자 차림의 젊은이들을 보고 의아함을 금치 못했다.

"이 세 사람은……?"

"총두목님, 안으로 들어가서 말씀드릴게요."

이사가 탁기독의 손을 덥석 잡으며 말했다.

"오늘은 이 손님들을 모셔 오느라 제가 일부러 왔습니다."

그러더니 문결 쪽을 돌아보며 말했다.

"외삼촌께 인사드리게나!"

영문을 모르는 탁기독은 어리둥절했다.

"누구의 아들이기에 나더러 외삼촌이라는 건가? 옆에 계신 두 사람은 또 누구고? 모두 평지 사람들 아니야?"

"총두목님, 너무 놀라지 마십시오. 제가 마주가의 아들을 찾았습니다. 축하드립니다, 총두목님. 이 젊은이는 준수한 외모에 훌륭한 자질까지 깃쳤더군요!"

탁기독은 둔기로 머리를 얻어맞는 듯한 충격에 한참 허둥댔다. 그러다 겨우 정신을 차린 듯 눈을 가늘게 뜨고 문결을 바라보았다.

"네가 정말 마주가의 아들이냐?"

이렇게 말하면서 문결의 모습을 자세히 살폈다. 그의 얼굴은 마주가와 판박이라고 할 정도였으며, 특히 가늘고 긴 입술이 많이 닮았다. 문결은 그의 물음에 쭈뼛쭈뼛하며 고개를 끄덕였다.

탁기독이 무릎을 굽히고 하늘을 우러러보았다.

"조상의 영령이 살펴주셨구나! 조상의 영령이 굽어살피셨어!"

이어서 이사에게 속사포처럼 질문 공세를 폈다.

"그런데 마주가는? 자넨 저 아이를 어떻게 만났나? 증거는 있고? 다른 아이도 있는가?"

176

이사가 웃으며 말했다.

"총두목님, 너무 조급해하지 마십시오. 저 아이가 다 말해줄 겁니다. 사실 우리가 온 것은 따로 볼일이 있어서입니다. 다름이 아니라 양인의 배가 찾아와 골치 아프게 되었습니다. 이 토생자들은 양인이 사가라족 총두목에게 보낸 사람들입니다. 총두목께서는 이 일을 어떻게 처리할지 지시해주시기 바랍니다. 공적인 일부터 해결해야 하니까요."

탁기독은 총두목의 위엄 있는 모습으로 되돌아갔다.

"알았네. 그러면 하나씩 말해 보게나. 우선 양인의 배라니, 그게 어떻게 된 일인가?"

문걸은 탁기독에게 코모란트호가 사료에 오게 된 내막을 말했다. 이사도 옆에서 자신이 사마리의 용사들을 구자록에 지원 병력으로 보냈다고 거들었다. 탁기독은 들으면서 고개를 끄덕이기도 하고, 상세한 상황을 더 묻기도 했다.

탁기독이 말했다.

"구자록에서 양인 선원들을 죽였다는 소식은 나도 들었네. 파야림이 양인 여자를 남자로 오인하여 죽여서 일이 더 복잡해졌더군."

이사가 고개를 끄덕였다.

"저도 구자록에 괴이한 일이 발생했다는 이야기를 들었습니다."

"양인의 포선이 그렇게 대단한가? 구자록이 저질렀다는 사실까지 그들이 알고 있나?"

탁기독의 말에 문걸이 대답했다.

"양인들은 어제 사료에 왔을 때만 해도 확신하지 않았어요. 하지

177

만 배를 남쪽으로 몰고 갔으니 조만간 알게 되겠지요."

송자가 말했다.

"양인들이 보복할까 걱정입니다. 그래서……."

탁기독이 송자의 말을 끊고 고개를 돌려 문걸에게 말했다.

"양인과의 일은 내가 알아서 처리하겠다. 구자록의 일은 바로 우리의 일이기도 하니 말이다. 저들은 비록 정통 사가라족은 아니나 우리와 멀다고 할 수도 없지. 네 큰외숙모가 구자록에서 시집을 왔단다. 조금 있다가 큰외삼촌과 외숙모, 사촌 형제들을 소개해주마."

그는 두목의 의자를 툭툭 치더니 말을 덧붙였다.

"이 자리는 원래 네 큰외삼촌이 앉던 자리다. 그분이 네 어머니 일로 크게 자책하시면서 이 자리를 내놓으셨지."

송자가 다급히 끼어들었다.

"총두목님, 양인의 포선은 위력이 대단합니다. 그래서 사료의 작은 수령인 면자 형님은 양인들이 총두목님 부족에게 해를 끼칠까 봐 우려하여 말을 전하라고 우리를 보낸 겁니다. 부디 조심스럽게 대처하시기 바랍니다. 저는 이 말을 전달하고 싶었습니다."

"구자록에서 사람을 죽인 건 잘못이네. 하지만…… 지난날 붉은 머리 일당이 우리 조상들을 마구 죽이지 않았소?"

말을 마친 탁기독이 씹던 빈랑 찌꺼기를 바닥에 뱉었다.

"돌아가서 당신네 사료 수령에게 말해줘서 고맙다고 전하시오."

조금은 짜증이 섞인 목소리로 말하면서 자리에서 일어나더니 청동검으로 바닥을 한 번 때렸다. 그 서슬에 이사는 어느새 자세를 바르게 하며 엄숙한 태도를 드러냈다. 훗날 문걸은 탁기독이 청동검을 몸에서 떼지 않으며, 그 검이 총두목의 위용과 권력을 상징한다는 것을 알았다.

탁기독은 갑자기 미소를 지으며 이사를 칭찬했다.

"어젯밤 이고두가 사마리의 용사들을 파견하여 소식을 전하고 지원했다니 정말 잘했소. 양인들이 섣불리 상륙하지는 못할 것이고, 파야림도 만반의 대비를 했을 테니 너무 겁낼 필요 없소. 파야림은 내가 잘 아는데, 그자는 승산이 없으면 달아날 것이오! 일단 숲속으로만 달아나면…… 껄껄……."

탁기독이 낮은 소리로 웃으며 자신감을 내보였다.

"양인들은 그를 못 찾을 거요."

탁기독이 옅은 웃음을 더했다.

"하지만 걸음이 빠른 자들을 보내 사정을 알아보게 하겠소."

이사도 으쓱해져서 말했다.

"제가 어제 사람을 보내면서 이미 지시했지요. 오늘 정오부터는 반나절마다 상황을 보고하고, 만약 긴급한 사태가 있으면 즉시 보고하라고 했습니다. 아침에 사마리를 떠나면서 총두목님께도 동시에 보고가 올라오도록 조치해놓았습니다. 그러니 늦어도 오늘 해지기 전까지는 구자록에서 전갈이 올 겁니다."

탁기독이 흡족한 얼굴로 이사의 어깨를 토닥였다. 잠시 후 그가 말을 이었다.

"사마리에서 구자록에 용사를 25명이나 파견하였으니 나도 25명의 용사를 구자록에 보내서 지원하겠소. 이쪽에서도 만일 일이 생기면 알려드리겠소."

그러더니 웃는 얼굴로 말했다.

"자, 공적인 일은 처리했으니 이제부턴 가족 일을 이야기합시다."

문걸은 총두목이 매사를 분명하게 처리한다는 생각이 들었다. 탁기독이 문걸을 보며 어서 지난 이야기를 하라고 재촉했다. 자신은 한마디도 빠짐없이 경청할 준비가 되어 있으니 자세히 말해 달라고 덧붙였다.

문걸은 어린 시절 이야기부터 꺼냈다. 부모님의 일상과 가족의 지난날을 이야기했다. 어머니가 어떻게 해서 독사에 물렸는지, 독이 퍼져서 돌아가셨을 때의 일을 설명했다. 아버지가 뜻밖의 사고로 세상을 떠난 일도 이야기했으며 면자와 송자의 집에서 남매를 받아준 일, 양인의 포선이 방문하여 사가라족에게 알려주러 나선 것까지 이야기를 마쳤다. 사마리에 도착한 부분부터는 이사가 말을 받았다. 그는 침을 튀기고 손짓과 발짓까지 하면서 자신이 문걸의 패도를 보고 누구인지 알아냈다는 말을 득의양양하게 이어 나갔다.

두 사람의 이야기가 끝나자 탁기독은 두목의 의자에 정좌한 채 눈을 감고 말이 없었다. 하지만 가슴이 오르내리는 모습으로 보아 그의 벅찬 감정을 짐작할 수 있었다.

시간이 한참 흐른 후에야 그는 자리에서 일어났다. 큰 잔에 좁쌀주를 따라 단숨에 마셨다. 술잔을 내려놓고 낮은 목소리로 말했다.

"마주가에게 정말 미안하구나. 마주가가 너를 내세워서 돌아오려는 건 줄 알았는데, 그 아이는 끝까지 부족의 안전을 생각했구나!"

이번에는 고개를 들어 이사를 바라보았다.

"조카를 찾아주어 고맙소. 그리고 지난 잘못을 탓하지 않고 함께

와줘서 더 고맙소. 저로속은 이 고마움을 잊지 않을 것이오."

그는 이사를 배웅한 후 문걸의 평포 옷을 벗기고 저로속 복장으로 갈아입혔다. 저로속 옷차림을 한 문걸을 바라보고 있노라니 이미 세상을 떠난 여동생이 그리워져서 눈물을 애써 참았다. 그가 몸을 일으켜 문걸을 등진 채 물었다.

"네 어머니가 평생 이름을 감추고 저로속 출신임을 드러내지 않은 이유를 알겠지?"

미처 대답하기 전에 탁기독은 집 모퉁이에 있는 커다란 갈색 항아리가 놓인 곳으로 문걸을 데려갔다. 신기하게도 항아리의 입구는 일정하지 않고 이가 빠져 있었다. 탁기독은 손을 항아리 속에 넣더니 항아리와 색깔, 소재가 같은 조각들을 꺼냈다.

"우리 사가라족 여자들이 결혼할 때 부모는 가족을 상징하는 이 항아리 조각을 떼어내 신부에게 준단다. 이 가족에서 갈래를 쳐서 나간다는 것을 상징하지. 네가 본 이 항아리는 바로 우리 가로기고기 가문을 대표한단다."

탁기독이 말을 이었다.

"그날 아침, 사람들이 마주가가 보이지 않는다고 할 때 나는 그 애가 집을 떠났다는 것을 알았어. 얼마나 후회했는지 모른다. 마주가는 전날 밤 용기를 내서 랍랍강을 마다하고 임노실에게 시집가고 싶다고 했지. 당연히 내가 총두목인 형님과 다른 가족들을 설득해 제 편이 되어주기를 기대했을 텐데 나는 오히려 꾸짖기만 했어. 모든 기대가 물거품처럼 사라진 마주가는 크게 낙심했을 것이다. 저로속과 임노실 중에서 조금도 주저하지 않고 임노실을 선택했고, 그래서 집을 떠나 자신이 택한 길을 간 거야. 어머니가 물려주신 목걸이와 직접 짠 하피를 가지고 갔지만 우리 가로기고기 가문을 상징하는 항아리 조각은 지니고 가지 않았어. 자신이 이제는 가로기고기 가문의 일원으로 인정받지 못할 거라고 판단한 거지. 내 생각에는 그런 이유로 너희들에게도 신분을 알리지 않은 것 같다. 말로 표현할 수 없는 아픔을 쉽게 꺼내기 힘들었을 것이야."

탁기독이 손에 든 항아리 조각을 바라보았다.

"이 항아리 조각은 그날 아침 마주가를 찾느라 다들 경황이 없을 때 내가 본채에 들어가서 몰래 꺼낸 조각이다. 그러고는 부락 밖으로 달려가 마주가를 찾으러 나섰단다. 설득해서 집으로 돌아오면 좋지만 그게 불가능하다면 이 조각이라도 줘서 보낼 생각이었어. 우리 형제들은 그 아이를 여전히 가로기고기 가문의 일원으로 인정한다는 걸 알려주고 싶었어. 그런데 해가 질 때까지 찾아다녀도 마주가의 모습은 보이지 않았고, 나는 어쩔 수 없이 이곳으로 돌아와 조각을 다시 항아리에 넣어두었단다. 그때 총두목이었던 박가류앙 형님이 우리 가문의 어른이셨고, 오직 형님만 항아리 조각을 나눠줄 수 있었어. 내게는 그런 권력이 없었단다."

"마주가가 20년이나 돌아오지 않은 것은 내 잘못이다. 네 아버지 임노실에게 기어이 시집간 것은 저로속의 체면을 깎는 일이지. 하지만 그 일로 형제간의 정까지 끊어지고 이제는 영원히 만날 수 없는 곳으로 가버렸구나."

문걸은 총두목의 눈이 눈물로 가득찬 것을 보았다.

"네 아버지도 그때부터 사가라에는 모습을 보이지 않았어. 우리

사가라족의 명예를 지켜주려고 한 거겠지. 아아! 마주가는 너무 강경했고, 당시의 나는 너무 몰인정했다. 고맙게도 조상의 영령이 보살펴서 너를 가족의 품에 보내주셨구나.”

탁기독은 빨개진 눈으로 고개를 들어 하늘을 바라보았다. 이윽고 문걸의 어깨를 토닥이며 말했다.

“자, 문걸아. 이제 부락을 한 바퀴 돌아보고 어른들과 형제들도 만나보도록 하자.”

이번에는 송자에게 말했다.

“형제님은 일단 돌아가서 임무를 무사히 수행했다고 보고하시오. 문걸이는 내가 며칠 데리고 있으려고 합니다. 조상의 영령께서 이곳으로 이끌어주셨으니 돌아갈 때는 우리가 안전하게 호위하겠소. 걱정하지 마시오.”

송자가 곤란하다는 표정으로 쳐다보자 문걸이 웃으며 말했다.

“총두목님의 말씀대로 먼저 돌아가세요. 며칠 있다가 갈게요.”

“너를 두고 갈 수는 없다. 접매한테는 뭐라고 설명해? 동과자만 먼저 보내서 먼저 형님께 보고드리라고 해야겠다.”

송자가 물러날 기미를 보이지 않자 탁기독이 큰 소리로 웃었다.

“이 형제님도 아주 대단하네요. 알았소. 문걸이를 보살펴준 분이니 내가 말을 들어드려야지요. 여기에 얼마든지 오래 계셔도 됩니다. 그리고 언젠가 조카딸도 만나봐야겠습니다.”

송자는 동과자를 사료로 돌려보내고 자신은 손님방에 묵었다.

탁기독이 문걸에게 말했다.

“나는 딸만 둘을 두었고 아들은 없단다. 딸들은 너보다 몇 살 위란다."

그는 두 딸을 불러내더니 문걸을 데리고 바로 옆에 있는 집으로 들어갔다. 푸근한 인상의 부인이 나와서 맞아주었다.

"큰외숙모님께 인사드려라. 이분이 구자록에서 이곳으로 시집온 분이다."

탁기독의 말에 부인이 깔깔 웃었다. 탁기독이 문걸의 큰외삼촌 박가류앙을 만나러 왔다고 하자 큰외숙모는 약간 겸연쩍게 말했다.

"아이고, 부자가 함께 대낮부터 취해 있지 뭡니까."

나이가 든 남자는 몸을 대자로 뻗고 바닥에서 잠을 자고 있었으며, 젊은 남자도 술이 꽤나 취했는지 탁자에 엎드려 있었다. 도저히 몸을 일으켜서 손님을 맞을 상황이 아니었다. 그저 혀 꼬부라진 소리로 겨우 한마디를 뱉을 뿐이었다.

"두목…… 두목…… 오셨습니까?"

탁기독은 화가 치밀었으나 형수를 의식하여 애써 참았다.

"주뢰야! 어찌 대낮부터 술에 취했느냐!"

주뢰를 일으켜 세웠다.

"앞으론 해가 지기 전에 술을 마시면 안 된다!"

말을 마친 탁기독이 문걸을 힐끗 바라보았다. 그러고는 인상을 찌푸리며 밖으로 나와 입을 다물었다. 그는 부락 안내를 딸들에게 맡기고는 먼저 집으로 돌아갔다.

18장

업무를 마친 캐럴 일행은 배로 돌아왔다. 접매는 갑판으로 올라온 후 뱃전에 기대서 해안의 사람들에게 계속 손을 흔들었다. 15분쯤 지나고 코모란트호는 기적을 울리며 포르모사 해안을 따라 남쪽으로 향했다.

맨슨과 접매는 뱃전에 서서 복로어로 이야기를 나눴다. 맨슨의 복로어는 자세한 생각까지 표현하기에는 아직 부족했고 때로는 복로 통역원을 불러 도움을 받기도 했다. 접매는 자신이 맨슨과 복로어로 대화를 나눌 수 있다는 것이 뜻밖이었다. 맨슨도 이토록 지혜로운 여성이 서양 의술을 배우겠다고 나선 것이 뜻밖이어서 두 사람은 기분 좋게 대화를 나눴다.

맨슨이 어떻게 의술을 배울 생각을 했느냐고 묻자 접매는 어머니와 아버지에게 일어난 일을 이야기하고 만약 아버지가 맨슨의 치료를 받을 수 있었다면 살았을 것이라고 말했다. 맨슨은 그녀의 효심에 깊이 감동했다. 이렇게 총명하고 주관이 뚜렷한 접매야말로 의술과 간호를 배울 자질이 충분한 사람이다. 그는 접매에게 타구의 의관에 그녀를 데려갈 의향이 있음을 알렸다. 접매는 의술 공부에 얼마나 걸리느냐고 물었고, 맨슨은 잠시 생각하다가 대답했다.

"최소한 1년은 잡아야 합니다. 일단 영어부터 배워야겠네요. 의학 용어는 복로어로 표현하기 어려워서 영어를 쓰는 경우가 많거든요."

접매는 영어를 배운다는 말에 큰 흥미를 보였다. 하지만 주기적으로 사료에 가기를 원했다. 맨슨도 동의하였고, 접매는 크게 기뻐했다.

맨슨은 영국에서도 간호학을 배우는 여학생들이 많지 않으니 접매는 선구적인 길을 가는 것이라고 북돋았다. 그는 또 나이팅게일이라는 훌륭한 여성이 있는데 십수 년 전 크림전쟁 때 전쟁터에서 부상당한 병사들을 치료했으며, 낡은 환자들이 감동하여 그녀를 백의의 천사로 불렀다고 말해주었다. 나이팅게일은 런던으로 돌아간 후 간호학교를 설립하고 학생들을 받았다. 많은 사람이 나이팅게일을 존경하며 간호학교의 설립에 관심을 가졌다. 하지만 영국 중상류층은 여전히 보수적이었고 간호라는 개념이 아직 보급되지 않았기 때문에 이 분야에 뛰어드는 여성이 적다. 맨슨은 만약 접매가 영어를 익힌다면 장차 런던으로 가서 공부를 더 할 수도 있다고 했다. 접매는 혀를 내밀며 그것까지는 감히 바라지 않으니 일단 영어부터 배운 다음에 이야기하자고 말했다.

캐럴 일행은 애초에 생번어를 할 수 있는 통역원을 구하려고 했으므로 큰 기대를 하지는 않았다. 그런데 이토록 영특한 이가 돕는다고 하니 뜻밖의 수확에 무척 기뻐했다. 게다가 접매가 내건 조건은 돈이

나 물질이 아닌 지식이었다. 더 정확히 말하면 의술이었다. 그들은 그녀를 다시 보게 되었고, 포르모사 사람들도 다시 보게 되었다. 그리고 접매의 어머니가 생번이라는 사실을 알고는 놀랍고도 의아했다. 야만인이라고만 생각했던 생번이 이토록 출중한 여성을 길러냈다는 사실이 놀라웠다.

사람들은 맨슨을 놀려댔다. 포르모사 미녀에게 반한 것이냐며 그를 몰아세웠다. 맨슨은 얼굴이 빨개져서 말했다.

"함부로 말하지 말아요. 저 아가씨는 진심으로 배움의 욕구가 강하답니다. 게다가 그 동기가 부모에게 생긴 불행한 사건에서 비롯되었으니 감동할 일이 아닙니까!"

약 1시간 후 광동인 주방장 덕광이 말한 대로 독특한 모양의 산이 멀리 보였다. 비범한 기세로 우뚝 솟은 산은 꼭대기에서 아래로 깎아지르며 아름다운 삼각형을 형성했다. 산세가 한 번만 봐도 잊지 못할 정도로 인상이 깊었다. 선원들은 저도 모르게 탄성을 질렀다. 어떤 선원은 산의 형태가 이집트의 피라미드처럼 생겼는데 그러면서도 전체적으로 기하학적인 아름다움이 살아 있다고 평했다. 그런가 하면 도화지를 꺼내 그림을 그리는 사람도 있었다. 배는 어느새 포르모사의 최남단에 도착했고, 곶[20]을 돌아 남쪽 만으로 들어갔다.

포르모사의 남쪽 해안은 파사 해협을 사이에 두고 필리핀의 루손섬과 마주보고 있다. 배는 해안을 따라 서서히 나아갔다. 일행은 로

---

20 오늘날의 마오비터우(貓鼻頭).

버호 선원들이 사고를 당한 해안이 이 일대라고 확신했다. 사람들은 배에 비치된 망원경으로 육지 쪽을 바라보았다. 이곳의 해안은 모래 해안과 바위 해안이 교차하고 있으며, 해변에는 거대한 바위들이 드문드문 있었다. 해변에서 멀지 않은 곳에서 곧바로 산비탈이 시작되며 경사는 약 30도 정도에, 산의 높이가 낮은 곳은 100미터에서 시작해 300~400미터까지 되어 보였다. 해변에는 관목이 우거진 숲이 펼쳐졌는데 줄기가 뚜렷하게 보이고 잎은 길고 가시가 나 있었다. 맨슨은 이것이 포르모사 해변의 특수한 식물인 판다누스라는 것을 안다. 과거 안평에 거주하던 네덜란드인들은 이 나무를 파인애플로 착각하기도 했다. 맨슨은 덕광이 묘사한 내용을 생각해냈고, 다른 사람들도 이곳이 선원들을 죽인 생번 지역에서 아주 가깝다는 판단을 내렸다. 소금 너 가니 과연 해변에 배처럼 보이는 큰 바위가 출현했고, 덕광이 설명해준 바로 그 지형임을 다시 한번 확인할 수 있었다. 조그만 반도를 돌아서 가는데 갑자기 사람들이 놀라 소리를 질렀다. 반도 뒤쪽의 모래밭에 삼판선이 나동그라져 있었다. 약간 파손되었지만 로버호 선원들이 타고 온 삼판선이 틀림없었다.

모래밭은 텅 비어서 삼판선 외에는 아무것도 없었다. 멀리 수풀에서도 별다른 동정이 없었다. 이미 오후 4시가 넘었지만 햇빛이 강하게 내리쬐어 모든 것이 또렷하게 보였다.

브로드가 캐럴에게 말했다.

"아직은 해가 있으니 작은 배 몇 척을 띄우면 5시쯤 상륙할 수 있을 겁니다. 해가 저도 6시니, 1시간 정도면 수색을 충분히 할 수 있습니다."

캐럴은 군사 행동 전문가인 브로드의 말을 존중하면서도 우려를 거두지 못했다. 원주민이 응전해오면 선발대가 코모란트호로 돌아오지 못할 것이다. 게다가 지형도 낯선 상황이다. 그렇다면 그들을 위험한 지경에 내모는 격이 아닌가? 그 걱정에 브로드가 자신에 찬 목소리로 말했다.

"과거 대고구(大沽口)를 공격할 때 파죽지세로 몰려드는 청나라 무장 승격림심(僧格林沁)의 정예 병사들도 물리쳤는데 이까짓 야만인쯤이야 뭐가 두렵겠습니까? 생번이 감히 나타난다면 해안에 상륙한 군사들이 총을 쏠 것이고, 배에서 대포로 공격할 테니 머리를 감싸쥐고 쥐새끼처럼 도망치지 않고 배기겠습니까?"

접매가 옆에서 들으니 내용은 알아들을 수 없지만 열띠게 토론하는 모습이 십중팔구 공격을 준비하는 것이라고 짐작했다. 그래서 맨슨에게 다급히 말했다.

"캐럴 영사님이 사료 수령에게 생번 부락에 말을 전하러 사람을 보내라고 하셨잖아요? 그곳에 가려면 시간이 걸리는 데다 산길이 험하니 최소한 반나절에서 하루는 걸려야 도착합니다. 약속을 지켜주시기 바랍니다. 만약 지금 상륙하면 저쪽의 오해를 사서 충돌이 생길 겁니다. 그렇게 되면 그동안 공을 들인 게 수포로 돌아갑니다."

맨슨은 접매의 말에 일리가 있다고 여겨 캐럴에게 건의했다. 캐럴은 원래 차근차근 진을 쳐가며 확실한 방법으로 처리할 생각이었다. 그래서 브로드에게 내일 아침이 되면 행동하라고 명했다. 브로드는 마지못해 지시를 따랐지만 얼굴에는 못마땅한 기색이 역력했다.

해가 점점 수평선을 넘어가고 맨슨은 뱃전에 기대어 바다 위의 낙조를 감상했다. 불처럼 붉은 포르모사의 석양이 해수면에 비치고, 황금색 빛을 발하며 허공으로 반사되었다. 하늘에 기러기들이 무리를 지어 끼룩끼룩 낮게 나는 모습을 바라보며 그는 생명이 지닌 활력을 느꼈다. 애버딘에서는 이런 경치를 볼 수 없다. 안개가 너무 짙게 깔리고 바닷물도 차가우며 해가 지는 모습도 스산하기만 하다. 스코틀랜드 해변의 산은 대부분 나무가 많지 않은 벌거숭이산인데 이곳은 산 전체가 푸르게 우거졌다. 맨슨은 푸른 하늘과 산, 파란 바다와 붉은 노을을 바라보며 과연 포르모사라는 이름에 걸맞은 아름다운 풍경이라고 감탄했다. 한편으로는 이토록 아름다운 숲에 식인 생번이 있다는 사실이 놀랍고도 안타까웠다.

코모란트호는 큰 바위에서 멀리 떨어진 곳에 정박하고 있었다. 캐럴과 브로드는 일대의 지형과 지세를 자세히 살피면서 이렇게 상륙할지 궁리했다. 이 각도에서 바라보면 저 산의 모양이 마치 직각삼각형처럼 특이하고 무척 신비로워 보였다. 괴이한 모양의 산과 전설 속의 식인 생번, 여기에 해변의 수많은 암초까지. 선원들은 생각만 해도 기분이 으스스했다. 날이 어두워지자 코모란트호도 바다 위에서 날이 밝기를 기다렸다.

19장

    한밤중에 접매는 안절부절못했다. 배에 올라 통역원으로 자원했을 때는 쌍방의 충돌을 예상하지 못했다. 그녀는 단순히 양인들과 원주민들이 대화할 때 말이 통하도록 돕겠다는 생각뿐이었다. 그런데 상황이 이상하게 돌아가는 것 같아 불안하기 짝이 없다. 초봄의 차가운 바다처럼 추운 밤이었지만 접매의 손바닥에서는 땀이 배어 나왔다. 그녀는 잠을 이루지 못하고 갑판의 선실 벽에 비스듬히 기대앉아 별을 바라보며 복잡한 상념에 사로잡혔다.

    누군가 걸어오는 발소리에 고개를 들어보니 맨슨이었다. 맨슨이 부드럽게 물었다.

    "잠이 안 와서 그래요?"

    접매가 고개를 끄덕였다. 접매는 갑판에 앉은 채로 키가 큰 맨슨을 올려다보았다. 오늘밤은 바람이 잔잔하다. 접매가 맨슨을 바라보다가 선체로 눈을 옮겼다가 바다를 바라보았다. 예상하지 못했던 상황에 그녀는 마치 꿈을 꾸는 것 같은 기분이었다. 모든 것이 현실 같지 않았다.

접매가 자리에서 일어나 짠 냄새가 배어 있는 공기를 깊이 들이마셨다. 그녀의 키는 맨슨의 어깨에도 닿지 않았다. 맨슨이 말했다.

"바닷물과 별이 총총한 하늘이 무척 아름답군요."

접매가 물었다.

"오늘 점심때쯤 영사님으로부터 선생님이 스코틀랜드 출신이라고 들었어요. 모두 영국 사람이라고 했는데 영국과 스코틀랜드가 같은 곳인가요? 아니면 다른 곳인가요?"

맨슨이 껄껄 웃으며 어떻게 이렇게 대답하기 어려운 질문을 생각해냈냐고 되물었다. 영국은 국가인데 정식 명칭은 연합왕국(United Kingdoms)이며, 스코틀랜드는 연합왕국의 국가 중 하나라고 설명을 덧붙였다. 한참 이야기하다가 맨슨은 접매에게 국가라는 개념이 전혀 없다는 사실을 깨달았다. 그녀는 대청국(大淸國)은 알아도 자신을 청나라 사람이라고 생각하지 않았으며, 청나라 황제와 자신이 어떤 관련이 있는지도 몰랐다. 맨슨은 타구에서 들은 '하늘은 높고 황제는 멀리 있다'라는 말이 떠올랐다.

낭교는 황제의 통치가 미칠 수 없는 곳이었다. 그는 낭교의 백성은 다른 지역 사람들과 다르다고 여겼다. 그들에게는 국가나 정부, 황제라는 개념이 없으며 어떻게 보면 빈곤하고 낙후된 듯하지만 한편으로는 질서 정연하고 소박하며 자유로워 보였다. 포르모사에서는 낭교 백성만 그런 것이 아니다. 육구리, 만단(萬丹) 등지에서 만나본 평포 사람들도 대체로 이와 같았다. 이곳 사람들은 상황을 자체적으로 관리하고 스스로 국면을 헤쳐 나갔다. 그는 포르모사의 고산 지대 원주민들도 마찬가지일 거라고 확신했다. 정말 불가사의하다는 생각이 들었다.

이튿날 동이 트자 접매는 브로드가 일찌감치 망원경을 들고 해안을 관찰하는 모습을 보았다. 어젯밤 접매는 칠흑같이 어두운 산을 바라보며 양인과 구자록 사이에 싸움이 일어나지 않게 해 달라고 관세음보살에게 기도했다. 맨슨이 접매를 달랬다. 전투를 하러 온 것이 아니라 사고를 당한 선원을 구하러 왔다면서, 그렇지 않으면 일개 의사인 자신도 이 배에 탈 수 없었을 것이라고 접매를 위로했다. 접매는 그 말에 마음이 놓였다.

양인들은 그녀에게 잘 대해주었다. 맨슨은 말할 것도 없고 캐럴도 무척 친절했다. 식사할 때는 빵을 집어주면서 권하기도 했다. 하지만 브로드는 그녀에게 적의가 있는 것 같다. 특히 어제 오후에 캐럴이 접매의 의견을 받아들이고, 당장 상륙하여 수색하자는 자신의 말을 들어주지 않은 이후부터 그런 태도가 더욱 두드러졌다. 그럼에도 양인들은 잘해주는 편이긴 했다. 정작 그녀의 마음을 불편하게 한 사람은 대만부에서 온 복로 통역원이었다. 접매는 그가 멸시하는 눈빛으로 자신을 바라보면서 일거일동을 몰래 지켜보는 것을 느꼈다.

캐럴은 만약 생존자가 있으면 해변이 아니라 수풀 속에 숨어 있는 게 틀림없다고 생각했다. 사건이 발생한 후 이미 보름이 지나 희망이 없는 상황에서 특별히 중상을 입었으면 모를까, 생존자들이 여전히 이 일대를 배회하고 있을 이유가 없었다. 그는 만약 생번에게 붙잡힌 선원이 있다면 협상을 해서 구해오면 된다고 생각했다. 상처를 입었다면 치료해주는 것이 우선이다. 그래서 맨슨과 또 한 사람의 선의(船醫)를 데려온 것이다. 살아 있는 사람이 없더라도 유해와 유품을 최대한 수습하여 망자를 위로하고 유가족에게 전달해줘야 한다. 사고를 당한 배는 미국 선박이지만 영국은 포르모사에 영사관을 설치한 유일한 서방 국가이므로 사람을 구하는 책임을 다른 곳에 전가할 수 없다.

브로드가 캐럴에게 관찰한 것을 보고했다. 거대한 바위 뒤 해변에는 로버호의 삼판선 잔해 외에 사람이나 동물의 그림자를 볼 수 없었으며, 다른 해변에 들소 7~8마리가 있는 것을 보았다고 했다.

"그럼 산 위에는 사람이 있었어요?"

캐럴이 묻자 브로드는 짙은 녹색의 산꼭대기를 바라보며 어깨를 으쓱했다.

"시커매서 잘 보이지는 않지만 당연히 아무도 없겠지요."

그는 거만하게 웃더니 말을 이었다.

"저는 오히려 생번을 발견했으면 좋겠어요. 그래야 다 잡아다가 심문을 하지요."

아침을 먹자마자 브로드가 편대를 조직하여 상륙할 준비를 했다. 브로드는 선원들에게 배 세 척을 띄우라고 명했다. 브로드와 캐럴이 복로 통역원과 함께 첫 번째 배인 구명정에 탔다. 캐럴은 상륙하여 생번을 만나면 복로 통역원이 그의 영어를 복로어로 통역하고, 접매가 다시 생번어로 통역하라고 지시했고, 반대의 경우에는 역순으로 통역하도록 했다. 캐럴은 말투를 온화하게 할 것을 주문했다. 언어의 오해로 인해 더는 일을 키우고 싶지 않았다. 두 번째 배인 쾌속선에는 해군 군관, 선의, 접매가 탔다. 맨슨은 세 번째 배인 정찰선에 탔다. 접매가 고개를 돌려 맨슨을 찾으니 그도 접매를 바라보았다. 두 사람은 서로 손을 흔들며 아는 체를 했다.

앞선 두 척의 배가 상륙을 준비했고, 정찰선은 부근 수역에서 순회하면서 해안과는 떨어진 곳에서 적의 공격에 언제라도 지원할 수 있도록 엄호했다. 세 척의 배가 서서히 해안으로 접근했다. 해가 눈부시게 내리쬐는 뜨거운 날이었다. 해변에는 버려진 삼판선 외에는 아무것도 보이지 않았다. 뜨거운 태양 아래 자리한 산에서는 아무런 기척도 없었다. 모든 것이 너무나도 고요하여 이상한 생각이 들 정도였다. 선원들은 해안의 검은 암초를 조심스럽게 돌아갔다. 배를 해안에 대고 6명이 상륙한 후 장비를 들고 앞으로 나아갔다.

불과 몇십 걸음도 채 걷지 않았을 때 갑자기 조용한 공기를 찢고 총성이 들려왔다. 사람들에게서 10~20미터 떨어진 앞쪽의 모래가 흩날렸다. 거의 동시에 여러 줄기의 흰 연기가 멀리 산속에서 피어올랐다. 사람들은 즉시 땅바닥에 엎드렸고, 접매도 놀라서 몸을 웅크렸다. 그녀가 상상치도 못했던 무서운 광경이었다.

총성이 더 울리지 않자 사람들이 천천히 일어났으나 접매는 여전히 웅크린 채였다. 양인들은 그녀에게는 관심이 없는 듯했다. 다행히 배와 사람 모두 무사한 것을 확인했지만 더는 전진할 엄두를 내지 못하고 캐럴과 브로드를 바라보았다. 맨슨도 대경실색했다. 비록 그가 탄 배는 해안에서 떨어져 있었지만 처음으로 자신이 전쟁터에 있음을 자각한 것이다.

"제기랄! 생번 귀신들이 총까지 가지고 있을 줄이야!"

브로드가 상스럽게 말했고, 다른 사람들은 걸음을 멈추고 캐럴만 바라보았다. 캐럴은 각자 흩어져 엄호할 곳을 찾으라고 지시했다. 사람들이 우왕좌왕하고 있을 때 두 번째 총성이 울렸다. 이번에 연기가 피어오른 곳은 첫 번째 총성이 났을 때와 거리가 상당히 떨어진 곳이었다. 양인들은 총을 쏘며 반격하기 시작했다. 고막을 찢을 듯한 총소리가 계속되었고, 접매는 본능적으로 뒤쪽의 큰 바위로 달려가 몸을 숨겼다. 귀를 막고는 눈물을 쏟았다.

캐럴이 먼지가 이는 모래를 바라보니 총알이 떨어진 지점은 첫 번째와 거의 같다. 그는 울창하게 우거진 숲을 바라보았다. 자신들은 훤히 드러나는 곳에 있고, 상대는 깊은 숲속에 몸을 감추고 있으니 몹시 불리한 형국이었다. 캐럴은 첫 번째와 두 번째 총알을 같은 지점에 쏜 것이 경고의 의미임을 깨달았다. 그는 생번의 정확한 조준 실력에 놀라면서 쉽게 볼 상대가 아니라고 판단했다. 이대로 전진을 감행하다가는 틀림없이 인명 피해를 불러올 것이다.

캐럴이 손을 뒤로 흔들어 후퇴 명령을 내렸다. 접매는 다리에 힘이 풀려서 가까스로 배로 돌아갔다. 이때 코모란트호가 반격을 개시했다. 그들은 상륙한 사람들이 배로 돌아온 것을 확인한 후 산을 향해 무차별 포격을 퍼붓기 시작했다. 세 번째 총성이 울렸다. 이번에는 총알이 캐럴이 있는 곳에서 멀지 않은 곳으로 향해 배의 측면을 때리고는 선의의 어깨를 맞췄고 비명이 터져 나왔다.

코모란트호로 돌아온 브로드는 분통이 터져 견딜 수 없었다. 대영제국의 대포 함선이 포르모사의 생번에게 쫓겨 후퇴한 데다 적은 코빼기도 보지 못했으니 이런 수치가 어디 있단 말인가!

"생번 놈들에게 본때를 보여줘야겠어! 감히 누구 앞에서 날뛰는 거야!"

브로드는 이를 갈았다. 2분 후 코모란트호의 주포(主砲)가 거대한 소리를 내며 대포를 발사했다. 포탄은 아름다운 포물선을 그리며 산허리에 떨어졌다. 흙과 바위가 허공으로 솟아오르고, 뽑히고 부러진 나무들이 산자락으로 굴러떨어졌다. 그 사이로 비명이 들려왔다. 아마도 생번이 다친 듯하다.

"생번 귀신들을 폭사시키겠어!"

브로드가 괴성을 지르면서 손짓으로 계속 발포하라는 명령을 내렸다.

두 번째 포탄이 공중에서 포물선을 그리며 산속으로 향했다. 하지만 산에 떨어지는 소리가 들리고 나서 작은 흙먼지만 나는 모양으로 보아 불발한 듯했다. 브로드는 기가 죽어서 아무 말도 하지 않았다.

접매는 사냥꾼 집안에서 성장하여 간혹 총소리는 들으면서 자랐다. 하지만 이런 전투에 말려들 줄은 상상도 못했던 터라 너무 놀라서 혼비백산했다. 다행히도 다친 곳은 없었다. 그런데 미처 정신을 차리기도 전에 이번에는 코모란트호에서 발포된 거대한 대포의 포성과 위력을 보게 된 것이다. 산속 생번이 얼마나 다쳤는지 알 수 없었다. 불안해서 가슴이 두근거렸다. 이때 맨슨이 곁으로 다가왔고, 그녀는 두려움과 서러움에 복받쳐 큰 소리로 울음을 터뜨렸다.

코모란트호는 빠른 속도로 회항하여 저녁 무렵에는 타구에 도착할 예정이었다. 맨슨은 갑판 위에 서 있었다. 같은 하늘, 같은 태양인데 바라보는 심정이 어제와는 판이하다. 어제의 가볍게 유람한다는 마음과 의료인으로서 사람을 구한다는 기분 좋은 보람은 오늘 30분도 안 되는 짧은 시간에 전율과 포성으로 얼룩진 경험을 한 이후 완전히 사라져버렸다.

자랑스러운 대영제국의 아들로서 어지러운 세상과는 동떨어져 해관의 의사로 살아온 자신도 군사적 시비에 휘말리는 일을 피할 수 없다는 사실을 깨달았다. 배는 낭교만을 지나고 있었고 멀리 사료가 보였다. 그는 어제 만난 수건으로 머리를 감싼 평포 사람들이 떠올랐다. 그는 평포 사람들에게 호감을 느꼈다. 그들은 선량하고 순수하며 손님을 호의로 대했다. 그는 또 갑판에 넋을 잃고 앉아 있는 접매를 바라보며 생각했다.

'하지만 저들도 포르모사인이니 언젠간 적이 되어야 하나?'

7년 후 그의 우려는 하마터면 현실이 될 뻔했다.[21]

---

21 p.645 각주 3 모란사 사건 참조.

20장

같은 날 황혼 무렵의 저로속.

탁기독은 간단한 연회를 열어 누이의 파혼으로 총두목 자리를 내려놓은 형님 박가류앙과 그의 네 아들, 사마리의 두목 이사와 송자를 초대했다.

모두 자리에 앉자 탁기독이 말했다.

"이 자리를 마련한 것은 문걸을 돌아오게 해준 조상의 영령과 마주가에게 감사하고, 사가라족의 안전을 기리기 위해서입니다. 이제부터 마주가와 그 아들 문걸은 우리 가문의 일원으로 복귀합니다."

박가류앙은 총두목에서 사임한 후 세상일에 관심을 끊고 종일 술을 마셨다. 오늘은 문걸을 바라보며 웃는 얼굴로 말했다.

"잘됐구나. 정말 잘된 일이야."

주뢰를 비롯한 박가류앙의 네 아들은 탁기독과 친하지 않은 듯 술만 마셨다.

연회 도중 사머리에서 사람이 와서 보고를 했다. 붉은 머리 일당이 구자록에 상륙했으나 부락 용사들의 공격을 받고 물러갔다는 내용이었다. 붉은 머리 일당은 배에서 두 대의 거대한 포탄을 발사한 후 물러갔다. 구자록에서 두 사람이 다쳤으나 심각한 부상은 아니며, 부락 전체가 승리에 환호하며 축하 잔치를 준비하고 있다는 것이다.

소식을 듣고는 이사가 벌떡 일어나 큰 소리로 환호했다. 송자와 문걸은 이번 임무를 무사히 마친 것에 안도하며 기뻐서 어쩔 줄 몰랐다. 하지만 탁기독은 엷은 미소를 띨 뿐 아무 말도 하지 않았다. 이사는 괜히 머쓱해져서 자리에 앉았다. 탁기독이 이사의 어깨를 가볍게 토닥이면서 술을 권했다.

"구자록이 무사하다니 당연히 좋은 일이지. 하지만 나는 그래도 소카가 돌아온 일이 더 좋나네."

그는 잠시 멈췄다가 이윽고 말을 이었다.

"이고두, 자네는 붉은 머리 일당의 배가 또 안 올 것 같은가?"

이사가 멈칫하며 총두목은 역시 한 걸음 더 내다본다고 생각했다.

이튿날 날이 밝자마자 탁기독은 주뢰네 형제와 문걸, 부족 사람 몇 명을 대동하고 사냥을 떠났다. 문걸은 아버지에게 사냥을 배운 터라 낯설지 않았다. 사냥뿐 아니라 문걸은 몇 가지 언어에 능통하며, 글씨를 쓰고 읽을 줄 알아서 탁기독을 놀라게 했다.

탁기독은 아침 일찍 일어나는 습관이 있다. 그는 일어나자마자 집에서 멀지 않은 못가에 앉아 산골짜기의 계곡에서 떨어지는 작은 폭포를 바라보며 생각에 잠기곤 했다. 때로는 산 아래를 향해 함성을 지르기도 했다. 이날은 못가에 앉아 있는 시간이 유난히 길었다. 아침 이슬이 사라질 때가 되어서야 그는 몸을 일으켰고, 집에 들어서기 전부터 급히 문걸을 찾았다.

"문걸아!"

문걸이 나오는 모습을 본 그는 만면에 웃음을 지었다.

이날 탁기독의 긴 명상이 문걸의 일생을 바꿨으며 저로속과 사가라족의 미래, 포르모사의 미래에도 영향을 끼쳤다.

◈───◈

며칠 후 성대한 의식이 치러졌다. 무당의 축복 속에서 문걸의 양쪽 손목에는 사가라족 총두목 가문을 상징하는 문신이 새겨졌으며, 그는 정식으로 탁기독의 양자가 되었다. 이날부터 그의 이름 앞에 붙은 임씨 성이 사라지고 문걸이라는 이름만 남았다. 8년 후에는 청나라 정부가 그에게 반(潘)씨 성을 하사하여 반문걸(潘文杰)[22]이 되었다.

---

22 72장 p.646~647 참조.

21장

　사가라족의 총두목 탁기독은 양자로 입양한 문걸과 사마리를 찾
았다. 구사록과 사마리가 힘을 합쳐 승리한 '붉은 머리 일당 격퇴'의
전리품을 구경하러 온 것이다. 전리품은 큰 멧돼지만 한 크기의 거포
(巨砲)[23]였다.

　구자록은 이사가 흔쾌히 도와준 데에 대한 감사의 표시로 전리품
인 거포를 사마리에 선물로 보냈다. 파야림이 험한 산길로 거포를 운
반하여 꼬박 하루가 걸려 사마리에 도착했다. 구자록은 원래 사가라
족에 속하지 않으며, 파야림은 가끔 사가라족 사람들과 크고 작은 충
돌을 빚기도 했다. 하지만 이번 일을 겪으면서 파야림도 탁기독을 자
신들의 우두머리로 모시기로 한 것이다. 이제 파야림도 사마리에서

23　p.649 각주 6 미즈노 준(水野遵)의 저서 《대만정번기(台灣征蕃記)》 참조.

총두목의 도착을 기다리고 있었다.

　문걸이 총두목와 함께 사마리에 당도하자 이사와 파야림이 부락 밖까지 나와 영접했다. 문걸은 파야림을 처음 보는 순간 깜짝 놀랐다. 국제적으로 크나큰 파장을 일으킨 남갑 해변의 살인 사건을 저지르고, 양인들에게 '흉악하고 잔인한 생번 두목'으로 알려진 파야림이 뜻밖에도 왜소한 체격의 소유자였기 때문이다. 파야림은 기골이 장대한 것과는 거리가 멀었다. 작은 얼굴, 작은 코에 온갖 색의 꽃으로 엮은 모자를 쓰고, 중간에는 커다란 매의 깃털을 꽂았다. 체구는 왜소했으나 민첩한 동작과 날카로운 목소리에 눈을 번뜩이며 연신 사방을 둘러보는 모습이 인상적이었다. 문걸은 고산 지대에 창궐하는 들쥐를 떠올렸다.

　파야림은 부락 안으로 가는 도중에 붉은 머리 일당의 배를 격퇴한 일을 탁기독에게 자랑스럽게 보고했다. 사료에서 소식을 전해주기 전부터, 사마리의 용사들이 도착하기 전부터 그는 산 위의 초소에서 붉은 머리 일당의 배를 발견했고, 그들의 목적이 순수하지 않다고 판단했다. 그의 말에 따르면 붉은 머리 일당의 배가 엄청나게 크고, 대포의 포관(砲管)도 엄청난 크기였다고 한다. 그래서 즉시 부락의 용사를 모두 소집하고 각자의 전투 위치를 정한 후 숲속에 은신했으며, 일부는 나무 위에 올라가 있었다.

　"붉은 머리 일당의 배가 나타난 황혼 무렵, 우리는 그들을 감시하면서 잠시도 경계를 늦추지 않았습니다."

　파야림의 침이 사방으로 튀었다.

　"붉은 머리 일당의 배는 바다 위에서 몇 바퀴 돌더군요. 우리는 그들이 이튿날 아침에 행동을 개시할 거라고 판단했지요. 밤새 교대로 붉은 머리 일당의 배를 감시하고 나머지는 번갈아가면서 잠을 잤습니다."

탁기독이 줄곧 '양인의 배'라고 부르는 데 반해 파야림은 어김없이 '붉은 머리 일당의 배'라고 표현하는 것이 문걸의 주의를 끌었다.

파야림은 이사에게 감사의 손짓을 하였다.

"이고두님, 고맙습니다. 오후가 다 되었을 때 사마리의 원군이 당도했고, 화승총까지 메고 온 덕에 우리 형제들이 사기충천했습니다."

탁기독은 별 반응 없이 차가운 눈길로 앞만 보며 걸음을 재촉했다. 파야림은 눈치를 못 챈 듯 여전히 침을 튀기면서 무용담을 늘어놓았다. 그는 말이 많으면서 속도도 빨라서 탁기독의 과묵하고 느린 말투와는 뚜렷하게 내비되었다.

"이튿날 아침 큰 배에서 작은 배 세 척을 내리더니 6명이 상륙했습니다. 척후를 살피러 온 선발대로, 큰 배에는 최소한 60~70명의 붉은 머리 병사들이 더 있는 것 같았습니다. 구자록의 용사를 다 합친 수보다 많지요. 저는 그들이 우리가 죽인 양인들과 관련이 있을 거라고 판단했습니다. 속으로 따져보니 여섯을 죽이는 건 문제가 아닌데 죽이면 큰 배에 있는 60~70명의 붉은 머리 병사들이 모두 나설 테니 큰일이라고 생각했지요. 게다가 한 사람은 붉은 머리 일당의 복장이 아니라 우리가 늘 입는 붉은색과 흰색 줄무늬와 격자무늬가 있는 겉옷을 입은 게 이상했습니다. 여자 같았어요. 전에도 붉은 머리 여자를 실수로 죽여서 부락에 불상사가 많이 발생했기 때문에 이번에는 특히 조심했습니다. 부하들에게 명령하여 그자들 앞에서 30걸음 떨어진 곳에 총을 조준하도록 했지요. 상륙만 막으면 되니까요. 특히 그 여자가 다치지 않도록 조심했습니다. 나중에 저희들이 총을 쏘자 그제야 우리 쪽에 반격 명령을 내렸습니다. 부하 말로는 붉은 머리 일당 중 한둘이 다친 듯 부축을 받으며 돌아갔다더군요."

탁기독은 여전히 아무 대답도 하지 않은 채 무표정한 얼굴로 이야기를 들었다.

"그 붉은 머리 일당은 물러가는가 싶더니 떠나면서 배에서 대포를 두 번이나 발사했습니다. 이렇게 큰 포탄을 먼 곳까지 쏠 수 있다니! 한 번에 산중턱까지 날아올 정도라니까요. 정말 붉은 머리 일당은 무서운 자들입니다."

파야림이 손가락으로 아랫눈꺼풀을 까뒤집으며 귀신 얼굴을 흉내 냈다.

"첫 번째 포탄이 떨어지자 아름드리나무들이 잘려 나가고 불에 타기도 했습니다. 거대한 바위와 토사가 쏟아져 내리고 큰 나무가 뿌리째 뽑혀 나갔다니까요. 조상의 영령이 보살피셔서 우리 쪽에선 용사 한 사람만 다쳤습니다. 다른 한 사람은 놀라서 산비탈에 미끄러지면서 약간 긁히는 부상에 그쳤습니다. 붉은 머리 일당은 곧 두 번째 포탄을 발사했어요. 이번에야말로 조상의 영령이 보살피셔서 불발로 끝났고, 붉은 머리 일당은 아무 소득이 없었답니다. 그 포탄은 멧돼지 한 마리는 족히 될 정도로 무겁답니다. 저희가 이곳까지 메고 왔으니 총두목께서도 살펴보시지요. 하하하!"

파야림은 손짓과 발짓을 해가며 신이 나서 무용담을 늘어놓았다. 문걸은 파야림의 얼굴이 들쥐를 닮았고 몸짓은 원숭이 같다고 느꼈다. 이렇게 신이 나서 떠드는 생번을 본 적이 없다. 생번은 대체로 말이 없다고 생각했다. 어머니는 특히 말이 더 없는 편이어서 자신이 저로속의 공주라는 사실도 말해주지 않았다. 아버지도 말이 많은 편이 아니었다.

탁기독이 갑자기 질책하는 말투로 파야림에게 물었다.

"애초에 자네는 어쩌자고 그 양인 선원들을 다 죽였는가?"

탁기독의 예상치 못한 반응에 파야림은 화들짝 놀라 발걸음을 멈추고 항변했다.

"저는 그들이 붉은 머리 군대인 줄 알았다고요. 산에서 내려다보니 그들이 작은 배 두 척에 나눠타고 우리 쪽으로 왔어요. 태풍에 조난당한 사람들인지 몰랐다니까요! 붉은 머리 군대가 나눠서 공격하는 줄 알았지요! 오래진 붉은 머리 일딩이 우리 구자록 사람을 죽이러 들어와 부락 사람을 거의 다 죽였습니다! 그래서 그들을 보자마자 붉은 머리 군대가 또 쳐들어오는 줄 알았다고요!"

파야림은 자기편이라고 생각했던 총두목까지 질책하는 상황이 영 억울한 듯 말을 할수록 화를 냈다.

"저로속과 사마리는 이런 난리를 겪어본 적이 없으니 우리 심정을 알 리가 없지요! 게다가 조상의 영령들도 우리 잘못이 아니라고 하셨습니다!"

파야림은 기세가 등등했다. 키는 작으나 따지고 드는 당당한 위세는 사람을 압도했다. 그 기세에 탁기독의 말투가 온화해졌다.

"알았네. 하지만 그 부인까지 죽일 필요는 없지 않았는가?"

파야림이 주먹으로 자기 머리를 한 번 툭 때렸다.

"우리도 그 사람이 여자인지 몰랐습니다. 키가 우리보다 훨씬 크고 선원복까지 입었으니까요. 머리를 베고 나서야 여자라는 걸 알았어요. 우리도 그 일이 못내 후회스럽습니다! 그 여자가 죽고 나서 구자록에 편할 날이 없었어요. 그래서 무당을 청해 기도하고 그 여자에게 화를 누그러뜨리라고 빌었고…….”

탁기독이 그의 말을 자른다.

"그때 양인들이 무기를 소지했던가?"

파야림이 고개를 가로젓더니 이내 푹 숙였다.

"그렇다면 일단 그들을 잡아서 가둔 후에 행동했어야지. 머리를 벨 때는 반드시 그럴 만한 이유가 있어야 하네.”

파야림은 아무 말도 하지 못했다. 탁기독이 말을 이었다.

"이번엔 요행이 따른 덕에 그들을 격퇴했지만 일이 이것으로 끝나지는 않을 걸세. 양인들은 백랑이나 니니와는 다르네. 저들에게는 큰 배와 대포가 있지 않은가! 말해 보게. 양인 병사들이 구자록을 다시 찾아오지 않을 것 같나?"

파야림은 수긍하지 않는 눈치였지만 대답할 말을 찾지 못하고 탁기독의 얼굴만 바라보았다.

탁기독이 한숨을 쉬며 말했다.

"휴우! 어차피 일은 벌어졌으니 이제부터는 양인에 대응할 준비를 단단히 해둬야 하네. 그나마 파야림이 이번에는 잘 처리하여 수습하기 어려울 정도는 아니네. 자네들은 다음에 양인의 배가 또 오면 어떻게 대처할지 잘 생각해 보게.”

탁기독은 파야림에게 양인들도 여러 인종이 있다고 설명했다. 이번에 온 양인들은 붉은 머리 일당이 아니라고 덧붙였다. 그러고는 문 걸을 파야림에게 소개하고, 양인에 관한 지식을 문걸에게서 들었다 고 했다. 파야림은 아직 머리에 피도 마르지 않은 문걸이 많은 것을 알고 있으며 총두목에게 중용되어 양자로 입양까지 되었다는 사실 에 놀라는 눈치였다.

⟨───⟩

일행은 마침내 멧돼지만큼이나 무거운 거포를 실제로 보았다.

미리 마음의 준비를 했음에도 문걸은 경탄을 금치 못했다. 총두목 은 여전히 표정을 드러내지 않고 있었다. 거포는 험한 산길을 지나왔 는데도 표면에 긁힌 자국이나 닳은 부분이 없고 잘 닦아놓아서 만 들반들 윤까지 났다. 문걸은 저도 모르게 손을 뻗어 매끄러운 표면을 만져보았다. 총두목은 뒷짐을 지고 허리를 약간 숙인 채 아까보다 더 엄숙한 얼굴로 고개를 끄덕이며 "그렇군. 알았네." 하고 건성으로 대 꾸했다. 그러더니 더는 말을 하지 않고 밖으로 성큼성큼 나갔다. 이 사와 문걸이 뒤를 따랐다. 탁기독은 멈추지 않고 작은 수풀을 지나 폭포 앞의 못으로 곧장 향했다. 작은 폭포가 높은 곳에서 떨어져 내 렸다. 탁기독은 못가에 앉더니 발을 물속에 집어넣었다. 이는 그가 생각할 때 하는 독특한 습관이었다.

문걸과 이사는 방해하지 않으려고 뒤에 조용히 서 있었다. 탁기독 은 돌아보지도 않은 채 두 사람에게 다가오라는 손짓을 했다. 둘은 탁기독의 왼쪽과 오른쪽에 앉았고, 탁기독처럼 물속에 발을 담갔다.

물은 얼음처럼 차가웠다. 문걸은 냉기가 발바닥에서 심장을 지나 머리끝까지 전해지는 것을 느꼈다. 갑자기 머리가 맑아졌다. 그는 주저하며 물었다.

"카마[24], 지시할 것이라도 있으신지요?"

탁기독은 뜻밖에도 이사 쪽으로 몸을 돌려 말했다.

"이고두, 이번에는 운이 좋았네. 조상의 영령이 지켜주신 거야."

"양인들이 또 올까요?"

이사의 물음에 탁기독이 차갑게 내뱉었다.

"물론이네!"

세 사람 사이에 무거운 침묵이 흘렀다.

탁기독이 갑자기 벌떡 일어나더니 몸을 굽혔다. 납작한 돌멩이 하나를 집더니 물수제비를 던졌다. 돌멩이는 수면에서 다섯 번을 튄 다음 물속으로 들어갔다. 문걸과 이사가 환호하며 말했다.

"좋습니다. 우리도 이길 수 있는 전략을 생각해 보겠습니다."

탁기독도 웃으면서 조금 전의 어두운 기운을 떨쳐냈다. 그가 호기롭게 말했다.

"한 무리의 개는 큰 멧돼지 한 마리도 싸워 이길 수 있네. 양인들이 강하다지만 우리가 상대하지 못할 것도 없지!"

이번에는 이사에게 말했다.

"우리 사가라족의 여러 부락 사람들이 모인 지도 오래되었네. 이

---

24 카마(Kama)는 배만어(파이완어)로 아버지를 의미한다.

번에는 규모를 키워서 하낭교의 부락 두목들을 모두 초대해서 경축
연을 벌여야겠네. 어쨌든 양인의 배를 퇴치한 일이 흔치 않으니 말이
네. 사람들에게 거포를 보여주기도 할 겸, 껄껄껄……."

그의 말끝에 쓴웃음이 따라 나왔다.

이사는 알았다고 답했고, 탁기독은 당장 출발하라고 독촉했다. 문
걸은 어리둥절했다. 총두목이 파야림을 호되게 질책하더니 뜬금없
이 공을 축하하는 잔치를 벌인다고 한 이유를 몰랐다. 하지만 감히
물을 수는 없었다.

탁기독은 사가라 4사를 이끄는 총두목으로, 똑똑하고 과감한 인
물이다. 따라서 4사의 두목부터 부하들까지 그를 진심으로 따르고
복종했다. 사가라 4사는 낭교의 거의 최남단에 있었는데 유일하게
더 남쪽에 위치한 구자록과 좋은 관계를 유지했다. 사가라의 북쪽이
나 대구문 이남에도 크고 작은 부락이 10여 개 있었다. 그중 가장 유
명한 부락이 모란으로, 땅이 크고 사람도 많으며 민첩하고 용맹한 것
으로 이름을 떨쳤다. 그들은 대구문의 관리를 받지 않으며 사가라족
과 더욱 밀접한 관계를 유지했다. 하지만 때로는 험악한 분위기를 연
출하기도 해서 탁기독은 모란의 참석 여부를 확신할 수 없었다. 부근
의 고사불, 가지래는 예로부터 모란과 우호적으로 지낸다. 이사가 각
부락에 초청장을 보낸 후 탁기독이 직접 나서기로 했다.

탁기독이 저로속에 돌아온 날, 즉시 문걸과 몇 명의 용사들을 데

리고 가장 가까운 부락인 문솔을 방문했다. 옛날 사가라족의 조상들이 비남에서 남쪽으로 이주할 때 해안에서 산과 고개를 넘어 문솔을 지나며 그곳 사람들과 치열한 전쟁을 치렀다. 전해지는 말에 따르면 사가라족은 주술을 사용해 승리를 거머쥐었으며, 문솔은 처참하게 당하여 죽은 자의 시체가 썩으면서 나는 악취가 몇 리 떨어진 곳까지 풍겨와 사람들이 코를 막은 채 다녔다고 한다. 이때부터 문솔은 사가라족을 인정하면서도 거리를 두었고, 인접한 곳에 살면서도 왕래가 별로 없었다. 그런데 이번에는 사가라족의 총두목이 친히 왕림하였으며, 많은 선물까지 가져온 것이다. 문솔 사람들은 크게 감동하여 지난날의 서운함을 잊고 연회에 참석하겠다고 밝혔다. 문솔의 두목은 심지어 탁기독이 모란과 사림격(四林格)을 방문할 때 큰아들을 동행시키겠다고 했다. 탁기독은 크게 감동했고, 양측은 이를 계기로 대를 이어 우호를 이어가기로 약속했다.

탁기독이 떠나기에 앞서 문솔의 두목은 음식을 마련해 환송연을 열었다. 탁기독이 머무는 이틀 동안 그들은 탁기독이 입양한 양아들이 니니 혈통이고, 니니와 백랑의 언어에 모두 능통하며, 백랑의 문자를 읽고 쓰는 것을 보고 매우 신기하게 생각했다. 문솔 부락과 가까운 곳에는 저로속계(豬朥束溪)가 흐르고 있다. 저로속계는 인근에서 가장 큰 강으로, 섬의 동해안에서 바다와 만나 태평양으로 흘러간다. 객가인들은 이 강을 항구계(港口溪)라고 불렀다. 최근 몇 년간 많은 객가인이 항구계 하구로 이주해왔으며, 항구계를 따라 내륙 방향으로 개간하며 땅을 넓혀왔다. 따라서 문솔 부락 부근에도 이미 적지 않은 객가 농가가 있었다. 문솔의 여자들 중 객가 남자에게 시집가는 수도 꽤 되었으며 문솔의 땅까지 객가인들에게 야금야금 잠식당했다. 사정이 이렇다 보니 문솔과 객가인들의 충돌이 자주 일어났다. 저로속은 저로속계 상류의 계곡에 자리잡고 있었으며, 산에서도 꼭대기에 가까운 곳에 위치하기 때문에 객가인들과 충돌할 일이 거의 없었다.

저로속 두목이 지난 일을 문제 삼지 않고, 생번 모두가 적대시하는 객가인의 아들 문걸을 양자로 삼았고, 문걸이 총명하고 박식하기까지 한 것을 보고 문솔의 두목은 깨닫는 것이 있었다. 그는 술잔을 들고 환담하면서 탁기독에게 흉금을 털어놓았다.

"세상이 변했습니다. 이곳도 이젠 우리 부족이 소유하던 옛날과는 달라졌지요. 우리도 이제는 니니, 심지어 백랑과 공존할 방법을 모색해야 합니다."

탁기독은 술잔을 비우더니 문솔 두목의 손을 덥석 잡았다.

"두목의 말씀이 마음 깊이 와닿습니다. 사실 내가 온 것은 여러분과 이런 생각을 나누고자 하는 목적에서랍니다. 나는 시대가 완전히 달라지고 있음을 은연중에 느끼고 있었지요. 니니와 백랑만 많아진 것이 아니라 붉은 머리 양인도 몰려오고 있습니다. 니니가 작은 걸 훔쳐먹는 생쥐이고 백랑이 작물을 먹어 치우는 멧돼지라면 양인 군대는 훨씬 두려운 마귀의 존재로, 언젠가 우리를 전부 삼켜버릴 것입니다. 300년 전 붉은 머리 일당이 침입하여 우리 조상들을 거의 몰살한 적이 있었지요. 겨우 살아남은 조상들은 집과 터전을 잃고 다른 곳을 찾아 나서야 했습니다. 그 후 붉은 머리 양인이 떠나자 백랑이 오더니 이어서 니니까지 몰려왔지요. 그들은 우리 땅을 훔쳐갔지만 우리는 최소한 오랜 전통을 이어갈 수는 있었습니다. 하지만 양인이 몰려온다면 조상들의 뼈아픈 경험으로 미루어 보아, 얼마나 큰 지각변동이 일어날지 생각만 해도 두렵습니다!"

문솔의 두목도 크게 공감하여 큰아들을 동행하게 하려던 계획을 취소하고 직접 탁기독을 따라 사림격에 따라가겠다고 했다. 탁기독은 어떻게 고마움을 표현할지 모를 정도로 감동을 받았다.

사림격은 저로속과는 약간 떨어진 곳에 위치했다. 사림격은 과거 사가라족의 조상들이 동해안에서 서쪽의 하곡(河谷)에 진입할 때 교전했던 부락이다. 사림격의 두목은 사가라족의 총두목이 먼길을 와서 찾아주니 감동하였고, 이에 자신도 탁기독을 따라 고사불의 두목을 함께 찾아가기로 했다.

문솔과 사림격의 두목들이 이토록 정성을 다해 협조하는 가운데 고사불과 모란 방문도 성공적으로 이뤄졌다. 두 부락은 귀빈들을 정성껏 맞이하고 융숭하게 대접했으며, 탁기독이 낭교 18개의 부락이 연합하여 양인에게 공동으로 대응할 것을 제안하자 전폭적으로 찬성했다. 그리고 다음 보름달이 뜨는 밤 사마리에서 열리는 결맹연에 모두 참석하기로 했다. 탁기독은 문솔의 두목에게 자신의 의도를 밝힌 후부터 경축연을 어느새 결맹연으로 바꿔 부르고 있었다. 고사불과 모란은 선대부터 가깝게 지냈고, 중낭교에서 가장 강한 양대 부락이었다. 이 두 부락이 지지하고, 그동안 적대적이던 문솔과 사림격까지 화해하면서 탁기독은 가슴속의 무거운 돌덩어리를 내려놓은 느낌이었다. 낭교 18개 부락의 대결맹이 이제 눈앞에 있는 것 같았다.

한편 문걸은 양부를 수행하면서 짧은 시간에 많은 것을 익히며 성장했다. 지난날 아버지를 따라다니긴 했으나 주로 사냥을 다니면서 사냥 기술을 익히는 데 그쳤다. 더구나 생번 부락과는 전혀 왕래가 없었고, 기껏해야 통령포의 집에서 멀지 않은 모란에 가본 것이 고작이었다. 모란 사람들은 외부인을 상당히 적대시했기 때문에 임노실은 깊이 들어가지 못했으며, 모란과 거래할 때는 문걸을 데려가지 않았다. 거래 과정에서 분쟁이라도 생기면 아들까지 위험해질 수 있기 때문이다.

따라서 문걸에게는 이번이 고산 지대의 생번 부락에 처음으로 깊이 들어가 견문을 넓힌 기회였다. 또한 각 부락에 자신의 이름을 알리기도 했다. 부락의 두목들은 이제 사가라족 총두목에게 객가 혈통을 지닌 똑똑한 양아들이 있다는 것을 알게 되었다. 양부의 교육과 안내로 문걸은 아주 짧은 시간에 생번의 사고방식, 습관과 풍속, 상대를 대하는 방법, 금기까지도 익혔다. 문걸은 하낭교의 생번 사회에 널리 이름을 알린 특출한 인물이 되었다. 그는 원래 조숙하여 나이가 겨우 14세임에도 불구하고 17~18세로 보였다. 객가 부친에게서 받은 유교식 교육 덕분에 매사에 경거망동하지 않고 사려 깊게 행동했다. 또 산속과 해변 두 지역에서 다 살아보았으며 객가와 평포, 생번 지역에서 거주한 경험으로 각 집단의 생각과 생활 방식에 익숙했다. 그는 양인을 본 적이 있고, 복로어와 객가어가 유창할 뿐 아니라 읽고 쓰기도 가능했다. 이런 인물은 생번 지역에서는 그가 유일할 것이다. 더 중요한 점은 총두목 탁기독의 양아들인 그가 이번에 18개의 부락을 방문한 이후 총두목의 두터운 신임을 받게 되었다는 사실이다.

22장

　낭교의 18개 부락 두목들이 모두 사마리에 도착했다. 이는 각 부락이 기억하기로는 처음 있는 일이다. 영국의 포선 코모란트호에서 두 대의 대포를 발사한 사건이 계기가 되었다.

　사가라 4사는 이 행사의 주최자이며, 구자록이 행사를 주관했다. 용란과 묘자 사람들이 먼저 사마리에 도착했고 이어서 사가라족의 총두목 탁기독이 4사에서 온 각각의 용사 4명의 호위를 받으며 위풍당당하게 당도했다. 이고두, 삼고두, 사고두와 구자록의 두목이 내내 길에서 몸을 숙여 총두목을 영접했다. 그 후 13개 부락의 두목들이 당도할 때마다 탁기독이 다른 4명의 두목들을 이끌고 친히 맞아주었다.

　18명의 두목들은 120근은 족히 나가는 포탄 주변에 모였고, 하나같이 경탄을 금치 못했다. 소문은 익히 들었지만 직접 보니 생각했던 것보다 훨씬 대단한 물건이다. 폭발할 수 있는 물건이라고는 그동안 평지 사람들이 명절이나 경사에 사용하는 폭죽을 본 것이 고작이었다. 날 수도 있고 폭발도 하는 물건 중에서 그들이 아는 것이라고는 화승총의 탄알이 전부였다. 화승총과 비교할 때 양인들의 총은 탄알의 크기는 비슷하나 발사 속도가 빠르다. 전해지는 말로는 옛날 붉은 머리 일당과 복로의 정성공이 싸울 때도 대포가 있었으나 위력은 그다지 강하지 않았다고 한다.

탁기독이 양인의 배가 올 거라는 말을 했지만 두목들은 믿지 않았다. 하지만 이렇게 큰 괴물이 부락에 명중한다면 어떤 일이 벌어질지 감히 상상도 할 수 없었다. 오늘은 보름달이 천지를 환하게 비췄다. 두목들은 모닥불을 둘러싸고 커다란 멧돼지고기나무 아래에 앉았다. 앞에는 푸짐한 멧돼지고기와 좁쌀주가 놓여 있었다. 모닥불은 맹렬하게 타올라 두목들의 얼굴을 비쳤다. 즐거워야 할 사리는 뜻밖에도 가라앉았다. 처음에 파야림과 이사가 약간 들뜬 분위기를 연출한 것 외에는 건배를 외치는 소리만 간간이 들려올 뿐이었다. 술이 몇 잔씩 들어가고 나서야 두목들의 호기가 발동했고, 분위기는 곧 뜨겁게 달아오르기 시작했다. 다들 건배하고 포옹하며 즐거워했다. 그중 한 사람이 큰 소리로 외쳤다.

"겁날 게 뭐 있어? 좁쌀주도 실컷 마셨겠다, 양인들이 오면 정신 차리고 사흘 밤낮을 싸우면 된다고!"

파야림도 거들었다.

"우리는 총두목님만 믿습니다. 첫 번째 난관을 극복했으니 당연히 두 번째 난관도 극복할 수 있습니다!"

탁기독이 일어나 사방을 둘러보았다. 와자지껄하던 좌중이 차츰 조용해졌다. 탁기독이 물을 한 모금 마시고 목청을 가다듬었다.

"여러분, 우리에겐 자신감이 있습니다. 하지만 무모하게 행동해서는 안 됩니다. 첫째, 양인들이 오면 먼저 나서서는 안 됩니다. 둘째, 단결해야 합니다. 개 한 마리가 멧돼지 한 마리를 상대할 수는 없지만 열 마리라면 해 볼 수 있지요. 그런데 열여덟 마리라면 멧돼지를 물어 죽일 정도가 아니더라도 지쳐 죽게 할 수 있습니다!"

모든 사람이 큰 소리로 그의 말에 찬성했다.

"그러므로 우리는 단결해야 하며 동맹을 맺어야 합니다. 또한 낭교의 18개 부락이 하나의 공동체가 되었음을 외부에 알려야 합니다."

탁기독이 큰 소리로 말을 이었다.

"대구문은 수백 년 전에 이렇게 단결해서 붉은 머리 일당을 무찌른 겁니다. 붉은 머리 일당 100여 명이 쳐들어왔으나 겨우 3명만 살아서 도망갔답니다. 양인들이 공격할 때 단결하여 대응하면 그들은 두려워서 물러날 것입니다. 이번 경우처럼 말입니다. 우리 낭교의 18부락 연맹에는 총지휘할 사람이 있어야 합니다. 연맹의 총두목은 대외적으로만 통할 뿐이고, 내부적으로는 각 부락이 완전히 지금의 형식을 유지하면 됩니다."

두목들이 일제히 환호하며 공감했다. 이때 가지래의 두목이 벌떡 일어났다.

"우리는 모란의 두목 아록고(阿祿古)를 총두목으로 추천합니다."

옆에 앉아 있던 모란의 두목 아록고가 손을 뻗어 그를 잡아 앉혔다. 그러더니 노기 띤 목소리로 꾸짖었다.

"당연히 탁기독 총두목님이 18부락 연맹의 총두목도 맡아야지 무슨 헛소리를 하는 거요!"

말을 마친 아록고는 자리에서 일어나 사람들을 둘러보더니 큰 소리로 말했다.

"총두목께서는 영명하시고 노련하시며 안목도 높으셔서 우리 연맹의 대표로 가장 적합합니다!"

사람들의 환호가 또 한바탕 이어졌다.

탁기독이 두 손을 높이 들어 엄숙하고 경건한 표정으로 말했다.

"오늘 이곳에 모인 여러분의 용기는 이 불꽃처럼 활활 타오르고, 여러분의 마음은 대첨산처럼 견고합니다. 저를 지지해주셔서 감사합니다. 조상의 영령이 우리를 지켜주시는 것을 믿습니다. 저는 여러분의 앞에서 한 발 나아가 18개 부락 사람들과 터전, 영광을 지킬 것입니다!"

모든 사람이 환호성을 질렀다. 이어서 무당이 술잔을 받쳐 들고 좁쌀주를 가득 채웠고, 모든 두목들이 어깨동무를 하고 술을 함께 마셨다. 그 자리에 있는 사람들은 몸과 마음이 하나로 연결된 것을 느꼈으며 약속이나 한 듯 목소리를 한데 모아 크게 함성을 질렀다. 함성은 산골짜기를 뒤흔들었다.

❧

줄곧 탁기독 옆에 공손히 서 있던 문걸은 조용히 옆으로 물러나서 커다란 호손수(猢猻樹, 바오밥나무) 아래로 갔다. 이 일대는 멧돼지고기나무가 많이 자란다. 금년에는 꽃이 일찍 피어서 밤이 되자 은은한 향기가 풍겼다. 낮에는 이곳에서도 대첨산을 볼 수 있다. 계절은 봄이지만 밤에는 남서풍이 불면 제법 쌀쌀하다. 문걸은 스무날 남짓한 시간 동안 겪은 일들을 회상했다. 양인의 배가 온 것을 계기로 불가사의한 일들이 꼬리를 물고 일어났다. 그는 사료에서 저로속으로 와서 총두목의 양자가 되었고, 그 후로도 양인 배와 대포의 위력을 보고 들었으며, 현재는 낭교에 있는 18개의 부락이 결맹했다.

스무날 전에 사료에서 남갑의 생번이 조난당한 양인 선원 10여 명을 살해했다는 말을 들었을 때는 그들이 흉포하다고 생각했다. 그런데 오늘은 그 흉포한 구자록 두목이 바로 자신의 눈앞에 있고, 문걸은 그들과 같은 편에 서서 양인에 대처할 방안을 의논하는 중이다. 자신의 몸에는 생번의 피가 절반 섞여 있다. 생번과 양인 중 누가 더 이치에 맞는지 그는 아직도 판단을 내릴 수 없다.

이때 그를 각성하게 하는 말이 떠올랐다.

"네 몸에 흐르는 피가 너의 생각을 결정한다."

이 모든 변화가 너무 빨라서 마치 꿈을 꾸는 것 같지만 생생한 현실이었다.

그는 14세가 되도록 누나 접매와 떨어진 적이 없었다. 그런데 1시간도 되지 않는 짧은 순간에 접매는 통역을 도와주겠다며 양인을 따라 떠나버렸다. 구자록 두목의 말에 따르면 해변에 상륙한 6명 중 1명이 평포 사람 같기도 하고 생번 같기도 한 여자였다고 한다. 틀림없이 누나라는 확신이 들었다. 그는 사적인 자리에서 탁기독에게 그 말을 했고, 그는 놀라는 기색 없이 오히려 껄껄 웃었다.

"대담한 성격을 보니 마주가의 딸이 확실하구먼!"

활활 타는 모닥불가에 둘러앉아 18명의 두목이 손에 손을 잡고 마음과 마음이 통하여 하나로 단결된 모습을 보였다. 무당이 멧돼지의 아래턱뼈를 법기 삼아 들고 노래를 하며 주문을 외었다. 기도가 끝난 후 잔을 연결한 것처럼 만든 대나무 통을 꺼내더니 좁쌀주를 가득 따랐다. 18개의 부락에서 각각 빚어온 좁쌀주를 한데 섞었다. 주문과 축복 그리고 조상의 영령을 불러오는 의식 속에서 무당은 좁쌀주가 든 통을 신중하게 탁기독의 손에 건넸다.

　탁기독은 전통에 따라 손가락에 좁쌀주를 묻혀 위아래로 한 방울씩 뿌렸다. 이어서 눈을 감고 조상의 영령께 기도하며 축복을 기원했다. 기도가 끝나자 그는 공경한 태도로 대나무 통을 높이 들어 한 모금을 마셨다. 이어서 모란의 두목 아록고에게 잔을 넘겼고, 돌아가며 의식을 수행했다. 두목들이 모두 좁쌀주를 한 모금씩 마시자 사람들이 산골짜기가 떠나갈 정도로 환호성을 질러댔다.

　의식이 끝나고 사람들이 흩어졌다. 모닥불도 서서히 꺼지고 대지는 정적 속으로 돌아갔다. 장작이 타는 소리만 타닥타닥 들렸다. 문걸은 밤하늘을 바라보며 깊은 생각에 잠겼다. 접매는 어디 있을까? 누나는 이런 광경을 상상도 하지 못할 것이다. 마치 자신이 누나의 상황을 상상할 수 없듯이 말이다.

23장

같은 시간, 접매는 과연 동생 문걸이 전혀 상상하지 못하는 곳에 있었다. 사료나 타구가 아닌 대만에서 가장 번화하고 복로의 잘나가는 사람들과 청나라 고관들이 모이는 대만부였다. 사람들은 이곳을 부성이라고 불렀다. 부성은 복로, 객가, 토생자를 비롯한 모든 낭교 사람들이 동경하지만 한 번도 가기 어려운 곳이다.

이날 접매는 대만부성 외곽에 있었다. 네덜란드 지배 시대에는 대원가(大員街)로 부르던 안평에 소재한 천리양행이다. 곁에는 맨슨 외에 피커링도 있었다. 지난 스무날은 접매가 태어나 처음으로 접하는 여정의 연속이었다. 3월 25일, 맨슨에게 서양 의술을 배우겠다고 결심하고 통역을 자원하여 코모란트호의 갑판에 올랐다. 그때만 해도 자신이 의술을 익히기도 전에 양인과 생번 간의 전투에 휘말릴 줄을 꿈에도 몰랐다. 그녀는 양인들을 따라 작은 배를 타고 해변에 상륙하여 동포가 쏘는 총에 노출되기까지 했다.

맨슨이 창백한 얼굴로 부들부들 떨고 있던 접매를 부축하여 코모란트호에 올라오자 먼저 갑판에 오른 브로드가 죽일 듯이 노려보았다. 마치 그녀를 생번의 모래밭에 버리고 오지 못한 것이 몹시 아쉽다는 표정이었다. 맨슨이 황급히 유탄에 맞아 다친 코모란트호 선의에게 다가가 상처를 치료했다. 접매가 그 모습을 보고 애써 정신을 수습하며 옆에서 도왔다.

돌아올 때 코모란트호는 속력을 더욱 높였다. 브로드는 분을 삭이지 못하여 오는 내내 생번을 향해 욕을 퍼부었다. 그는 대고구에서 청나라 최고의 맹장 승격림심을 격파한 적이 있었다. 군대를 지휘하여 북경성(北京城)에 들어갔을 때는 무인지경으로 손쉽게 공략했다. 그런데 이번에는 기껏해야 활과 화승총으로 무장한 생번에게 패하여 물러났을 뿐 아니라 선의가 부상을 당하기까지 했다. 무엇보다 그는 적의 그림자도 보지 못하였으니 수치스럽고 통탄할 일이 아닐 수 없었다.

캐럴이 브로드를 위로하며 몇 마디를 덧붙였다. 사람을 구하는 것이 본래 목적이며 전투가 벌어지지 않아서 다행이다. 사고가 난 배는 미국 소속이고, 이번 일로 청나라 영토에서 전쟁이라도 벌인다면 우리 영국 쪽에서도 할 말이 없게 된다. 우리는 인정상 할 도리는 이미 했으니 미국에도 떳떳하게 말할 수 있다. 남은 일은 미국 관리들이 직접 처리하게 해야 한다. 타구에 돌아가면 영국 영사관에서 대만부의 도대(道台)와 북경의 총리각국아문(總理各國衙門)에게 정식으로 공문서를 발송하여 청나라의 중앙 정부와 지방 관청에 생번을 처벌하고 단속해 달라고 요구할 것이다.

잠시 후 탐험만에 가까워지자 더욱 속도를 높였다. 접매는 코모란트호가 그곳에 정박할 생각이 없다는 것을 알았다. 그녀는 눈물이 가득 담긴 눈으로 자신이 생활하던 사료가 빠르게 멀어지는 모습을 지켜보았다. 문걸이 그리웠다. 그녀는 문걸이 이 순간 사료를 떠나 깊은 산중 어머니의 고향에 있다는 것을 알 턱이 없었다. 부모님이 그토록 숨겨왔던 어머니의 출신이 이제야 밝혀진 것도, 그들의 외삼촌이 양인들 사이에서 신비한 존재로 통하는 유명한 탁기독 총두목이라는 사실도 까마득히 몰랐다. 아버지의 임종을 앞두고 알아보고 싶었지만 아버지는 이미 의식이 불분명하여 말을 할 수조차 없었다. 그들은 아버지가 겨우 발을 다친 것으로 세상을 떠나리라고는 생각하지 못했다. 다치는 건 일상적인 일이었기 때문이다. 깊은 산중에서 생활하는 남자 중 몸에 상처 몇 개 나지 않은 사람은 볼 수 없었다. 바로 그토록 뼈아픈 교훈이 있었기에 접매가 의술을 배우겠다고 결심한 것이다.

접매가 고개를 들어 맨슨의 뒷모습을 바라보았다. 그는 줄곧 그녀에게 친절하게 대한 사람이다. 맨슨은 자신이 의술을 가르쳐줄 수는 있으나 잘 배울 수 있는지는 그녀의 능력과 의지에 달렸다고 했다. 그가 가르칠 수 있는 범위는 외상 치료 외에도 열병과 기생충 치료, 이를 뽑는 것에 이르기까지 상당히 많다고 했다. 외상 치료와 관련해서는 소독하기, 상처 처치하기, 봉합하기, 붕대 감기, 의료용 재료를 어떻게 조제하는지도 알아야 한다고 했다. 어떤 것은 그가 복로어로 설명할 수 없으므로 영어를 익혀야 한다고도 했다. 하지만 언어는 하루아침에 익힐 수 있는 것이 아니다.

타구에 도착하자 맨슨는 접매를 기후의관 뒤뜰의 작은 방에서 지내게 했다. 의관은 기후 시가지와 맞닿아 있으나 집 뒤편은 산비탈이라서 멋진 경치를 볼 수 있었다. 특히 사방에 나무가 많아서 접매는 그곳이 마음에 들었다. 의관에는 복로인 조수 몇 명과 하인들이 고용되어 있었다. 따라서 접매는 새로운 환경이 그다지 낯설지 않게 느껴졌다. 맨슨은 그녀에게 세 가지를 요구했다. 첫째, 환경을 청결히 할 것. 병상의 정리를 포함하여 진료실의 집기와 소독 용기 등을 관리해야 한다. 둘째, 조속히 영어를 배울 것. 듣고 말하는 것뿐 아니라 쓸 줄도 알아야 한다. 셋째, 맨슨이 환자를 진료할 때 반드시 옆에서 열심히 배울 것.

맨슨이 말한 것들을 하나하나 마음에 새겼다. 처음에는 매달 한 번씩 사료에 다녀오려고 생각했으나 타구와 사료를 오가는 정기 여객선이 없었다. 타구와 시성을 비정기적으로 오가며 화물을 실어 나르는 상선이 전부였다. 다행히 상선은 오가는 길에 승객을 태워주었다. 육로를 이용하려면 평민들은 가록당의 관문을 통과하는 것이 금지되었기 때문에 관문을 우회하여 산길로 가야만 했다.

맨슨이 접매에게 말했다.

"접매 씨 혼자서 산길을 넘어가는 건 불가능해요."

접매가 익살스러운 표정으로 반박했다.

"제 몸의 절반은 생번의 피가 흐르는데 뭐가 두렵겠어요?"

맨슨은 접매가 눈썰미가 좋아서 하나를 가르치면 열을 아는 능력이 있다는 것을 알았다. 언어와 관련해서도 접매는 객가, 복로, 생번, 평포의 언어에 두루 능통했으므로 여기에 한 가지 언어를 더 추가하는 것은 결코 어렵지 않았다. 불과 몇 주 만에 접매는 간단한 영어로 일상적인 대화를 할 수 있게 되었다.

의관의 환자는 많지 않았다. 주로 타구에 정박한 선원들과 타구의 사람들이 주를 이뤘다. 접매는 맡은 일 외에도 환자들을 진심으로 도왔으며 동료들의 대소사에도 적극적으로 나서서 도왔다. 그런 접매에게 주변 사람들은 호감으로 대했다.

어느 날 접매는 끓는 물에 소독한 수술용 칼과 겸자 등을 조심스럽게 정리하고 있었다. 맨슨보다 10살 정도 많아 보이고 점잖게 차려입은 한 남자가 들어왔다. 맨슨이 그를 소개했다.

"접매 씨, 이분은 맥스웰 선생님입니다."

의사 맥스웰에 관해서는 맨슨에게 들어서 알고 있었다. 그는 재작년에 선교를 하러 대만부에 왔다가 그곳에 최초로 교회와 서양식 의관을 세웠는데 사람들의 오해를 받아 타구로 옮겨오고 나서는 작년에 지금 접매가 일하는 기후에 서양식 의관을 설립했다. 그래서 맨슨은 타구의 해관에서 일하면서 기후의관의 일도 겸하는 중이라고 하였다. 맥스웰은 주로 타구에서 생활하지만 지난 며칠간 대만부에 가있었다. 접매는 맥스웰을 보자마자 벌떡 일어나 공손히 절하며, 영어로 "Good afternoon, sir." 하고 인사했다.

맥스웰은 예의 바르고 겸손한 접매를 보자마자 호감을 느꼈다. 그는 맨슨에게 접매가 사료에서 타구로 오게 된 자초지종을 듣고 무척 신기해했다.

맥스웰은 의관을 돌아본 후 맨슨에게 말했다.

"천리양행의 대만부 지점에 일이 생겼소. 문제가 상당히 심각하고 급박하답니다. 맥페일 형제가 이 문제를 해결하지 못하면 천리양행은 문을 닫아야 할지도 몰라요. 그 일 때문에 내가 대만부에 한참 머물면서 도울 방도를 찾고 있었답니다."

천리양행은 영국에서 온 닐 맥페일(Neil McPhail)과 제임스 맥페일(James McPhail) 형제가 설립했다. 닐 맥페일은 영국 영사를 짧게 역임한 후 프랑스와 네덜란드 영사를 겸임하며 청나라 관리들과 가깝게 지냈다. 천리(天利)는 하늘이 이익을 내려준다는 의미다. 천리양행은 본부를 타구에 두고 대만부에 지점을 설치했다. 그동안 경영이 순조로워서 포르모사 남부 최대의 양행으로 일컬어졌다. 하지만 상선이 팽호 해역에서 사고를 당해 찻잎이 못쓰게 되면서 큰 타격을 입었다.

그러다가 작년에 안평의 해관에서 포르모사통으로 유명한 피커링을 발탁해온 후 재기의 희망이 보였다. 문제는 기대와는 달리 반년도 안 되어 또 사고를 당했고, 이번 사고는 더 심각하여 생사존망의 위기에 몰렸다는 데 있었다. 이날 코모란트호가 남쪽으로 항해하려고 준비할 때 평소 남의 일에 참견하기 좋아하는 피커링이 수행하지 않은 것도 천리양행의 일을 수습하기 위해서였다. 맨슨이 타구로 돌아온 다음에도 피커링의 모습을 볼 수 없었다. 알고 보니 그는 대만부 지점에 남아서 회사를 살릴 방도를 찾는 중이었다.

맨슨과 피커링은 같은 영국인이면서도 성격과 사고방식에 많은 차이가 있었다. 맨슨의 아버지는 은행가였고 형제 중 의사가 여러 명 있으며, 그들이 동양 땅에 온 것은 선의와 열의에서 비롯되었다. 반면 피커링은 보통 집안 출신이고 동양에 온 목적은 부를 위해서였다. 피커링은 언어의 천재로, 표준 북경어를 구사하고 한문 서적을 읽을 줄 알았다. 포르모사에 온 후로는 원주민어도 배웠다. 넘치는 탐험 정신이 그를 포르모사통으로 만들었다. 그는 청나라 조정은 무능하고, 관리들은 간교하며, 백성들은 무지하다고 여겼다. 동양에 대한 관심과 사랑보다는 탐험과 흥미가 그에게 더 큰 의미를 주었다. 그는 상업적 이익에 관심이 많았는데 양행의 가장 큰 이익은 아편을 통해 창출되었다.

맨슨은 아편이 부도덕한 것이라고 여겨서 극도로 혐오했다. 그는 맥페일 형제를 좋아했지만 천리양행의 행보에 대해서는 긍정적으로 보지 않았다. 하지만 어쨌든 같은 스코틀랜드인이고 각자 지향하는 바가 다름을 존중했다. 같은 의사 출신인 맥스웰도 맨슨과 같은 생각을 갖고 있었다.

이번에 일어난 사고는 대만부 지점의 복로인 매판(買辦, 외국 상관, 영사관 등에 고용돼서 현지인과의 거래를 중개하는 사람-옮긴이)이 인장을 위조하는 수법으로 청나라 정부에 납입할 세금을 횡령했으며, 그것도 모자라 천리양행의 내부 자산까지 몽땅 빼내서 사라져버린 사고였다. 천리양행은 파산 위기에 내몰렸을 뿐 아니라 세금을 횡령했다는 죄명까지 덮어쓰게 생겼다. 이 고약한 복로인 매판은 하문에서 왔는데, 자신이 하문에서 데려온 조수들까지 모두 데리고 도망갔다. 결국 부성에서 채용한 복로인 직원 두 사람만 남아 있었다. 일을 수습하러 간 피커링을 제외하면 영문 서신과 장부를 읽을 수 있는 사람이 없었으며 재고를 점검할 인원도 없었다. 게다가 회사의 창고는 안평에 있었고, 매판이 사는 곳은 부성의 서문 쪽 적감(赤崁)에 가까운 곳이었다. 피커링은 안평과 적감을 분주히 오가면서 한편으로는 관청 사람들도 상대해야 했다. 북경 표준어와 복로어를 할 줄 아는 사람은 그가 유일했기 때문이다.

맥페일 형제도 급히 부성으로 달려왔다. 형제는 채권자를 상대하면서 다른 양행에 급히 대출을 부탁하러 다녔다. 맥페일 형제와 피커링은 우선 캐럴 영사에게 도움을 청했다. 캐럴은 안 그래도 영사관에 일손이 부족한데 지금은 상당수의 인원이 타구에 가 있어서 멀리 떨어진 부성에까지 지원해줄 여력이 없다고 했다. 그가 도울 수 있는 것은 대만부의 도대에게 공문서를 보내 범인을 하루속히 체포해 달라고 요청하는 일뿐이었다. 하지만 범인은 일찌감치 배를 타고 홍콩으로 도피한 후였다. 영국 영사관에서 관청에 천리양행의 세금 납입기한을 늦춰 달라고 요청해 보겠다고 했다. 그렇지 않으면 맥페일 형제와 회사는 파산 일로뿐이며, 옥살이를 면하기 어려우니 사람과 재산을 모두 잃을 판이었다.

다행히 대만부 도대와 부윤(府尹)은 캐럴의 얼굴을 봐서 천리양행의 세금 납입 기한을 늦춰주었다. 하지만 보름이 지나도록 양행 내부에서는 수습의 갈피를 잡지 못하고 있었다. 그래서 피커링이 맥스웰에게 도와줄 사람을 구해 달라고 부탁한 것이다. 내부적으로는 결손이 난 항목을 자세히 조사하고, 대외적으로는 회사의 남은 물품을 경매에 부쳐야 했고, 관청에도 반드시 납득이 가는 해명을 해야 했다. 이 모든 것을 하려면 영어와 복로어를 모두 구사하는 사람이 필요했다. 사회적인 위치가 있는 맥스웰에게 이런 일을 직접 해 달라고 부탁할 수는 없던 피커링은 타구에 있는 맨슨을 생각해냈다. 하지만 맨슨을 타구에서 부성으로 부르려면 누군가 그의 의사 직무를 대신

해야 한다. 그래서 피커링의 간곡한 요청으로 맥스웰은 자신이 타구에 돌아와 의관의 일을 봐주는 대신 맨슨에게 부성에 가서 피커링을 돕도록 부탁하러 온 것이다.

맨슨은 스승 맥스웰이 부탁하는 일이라 어쩔 수 없이 수락했다. 그래서 대만부의 부성으로 가기로 하고 접매를 조수로 데려가 연락이나 정리를 돕도록 할 계획이었다.

"접매 씨, 지난 보름 동안 많은 것을 배웠는데 부성에 가고 싶지 않아요?"

접매는 사실 사료를 그리워하고 있었다. 며칠 후 시성으로 가는 상선의 선주가 저렴한 비용으로 그녀를 태워서 가기로 약속까지 받아둔 상태였다. 고향에 돌아가 문걸과 송자를 볼 생각에 잔뜩 들떠 있다가 뜻하지 않은 질문을 받은 것이다.

그러나 부성에 가는 기회는 큰 유혹으로 다가왔다. 그녀가 알기로는 사료에서 부성에 가본 사람은 면자의 부친 양죽청이 유일했으며, 면자도 집에서 먼 곳이라고 해 봐야 만단을 가본 것이 고작이었다. 시성은 복로인이 많이 모여 사는 도시라고는 하지만 인구가 5,000명에 불과하다. 대만부의 부성은 200여 년의 역사가 있고, 인구가 1만 2,000명이라고 하니 그 규모가 가히 상상이 가지 않는다. 게다가 그곳을 가볼 기회가 언제 또 올지 알 수 없었다. 접매는 속으로 이런저런 궁리를 한 후 마침내 가겠다고 대답했다.

타구에서 부성으로 가는 길은 섬에서 가장 붐비는 교통 요로라고 할 수 있다. 길이 넓은 편은 아니지만 행인과 우마차가 끊임없이 오가며 가마도 자주 보인다. 접매와 맨슨, 복로인 하인이 우마차에 앉아서 길 양쪽의 푸른 논과 아름다운 경치를 바라보았다. 부성까지 가려면 아직 멀었지만 농지의 경작 방식과 농민들의 복장으로 보아 이곳은 복로인들의 세상이었다. 마부는 이곳에 평포 사람들도 많다고 했다. 그들은 이미 복로인의 머리 모양과 옷차림을 하고 있어서 외관상으로는 구분이 어렵다. 하지만 자세히 보면 차이를 알 수 있다. 평포의 여자들은 대부분 논에 나가 일하고 남자들은 빈랑을 많이 씹어서 이가 검게 변색되었다고 한다. 이 말을 듣고 보니 절반 이상이 평포 사람이었다.

일행은 아공점(阿公店)[25]에서 하룻밤을 묵고 다음 날 일찍 출발하여 정오쯤에는 부성에 당도했다. 대남문(大南門)을 통과해 부성으로 들어갔다. 대남문은 웅장하면서도 말로 할 수 없는 아름다움을 갖추고 있었다. 맨슨은 처음 보는 것도 아니면서 여진히 찬탄을 금할 수 없었다. 접매는 그야말로 온몸에 전율이 오를 정도로 매료되었다. 갑자기 어머니가 떠올랐다. 어머니는 외부의 세계를 동경하여 모든 것을 버리고 아버지를 따라갔지만 평생 통령포 시골을 벗어나지 못했다. 그런데 자신은 무슨 행운인지 시성, 타구, 부성에 모두 와본 것이다. 성 안에 진입하자 길은 직선으로 나 있고 양쪽에는 고층집들이 나란히 늘어서 있었다. 화려하게 조각한 기둥과 그림이 그려진 들보, 붉은 문과 푸른 정원은 접매가 처음 보는 것들이었다.

부성은 지형의 기복이 있는 낮은 구릉 위에 세워져서 오르막길과

---

25 오늘날의 강산(岡山).

내리막길이 계속 이어졌다. 그들이 탄 우마차도 길을 따라 오르내리며 대로에 진입했다. 복로인 마부가 말했다.

"이곳은 부성에서 가장 길고 곧게 뻗은 대로[26]입니다. 네덜란드 시대에 건설되었는데 당시에는 마차 여덟 대가 한꺼번에 통행할 수 있었다고 들었습니다. 그 후에는 대로를 둘로 나누어 폭이 줄었지요. 당시 길이 얼마나 넓었을지 상상이 될 겁니다."

우마차가 오르막길을 올라가자 가장 높은 곳에 웅장하고 아름다운 자태를 뽐내는 사당이 있었다. 마부가 설명해주었다.

"여기는 취령(鷲嶺)으로, 부성에서 지세가 가장 높은 곳입니다. 따라서 당시 정성공이 와서 이곳에 정성공의 군대가 가장 숭배하던 명나라의 국묘(國廟, 황제가 주관하는 공묘)인 현천상제묘(玄天上帝廟)를 세웠습니다. 부성 사람들은 이를 상제묘라고 부릅니다."

날 듯이 솟은 처마와 봉황 꼬리 모양의 장식, 용을 투각(透刻)으로 새긴 기둥, 정교하고 아름다운 기법에 접매는 탄성을 지르며 바라보았다. 사당 안에 들어서니 향을 태우는 자욱한 연기 사이로 신상이 보였다. 한 손에 검을 든 채 한 발로는 뱀을 밟고 다른 한 발로는 거북이를 밟고 있었다. 접매는 어릴 때 아버지가 말씀하시던 관리의 위엄이란 바로 이런 것이구나 하는 생각이 들었다.

일행이 다시 우마차에 오르고, 길을 떠난 지 몇 분도 안 되어 큰 사당이 또 나타났다.

---

26 오늘날의 민취안로(民權路).

"대천후궁(大天后宮)을 그냥 지나칠 수 없지요."

마부가 이렇게 말하며 길을 멈췄다. 기후에도 천후궁 마조묘(天后宮媽祖廟)가 있어서 접매에게는 낯설지 않았다. 마조(媽祖, 뱃사람의 안전을 수호하는 여신-옮긴이)의 조형은 상제묘와는 전혀 다른 느낌을 주었다. 마조는 자상한 표정에 눈을 아래로 내리뜨고 있었다. 접매는 어릴 때 할머니가 없이 자랐으며 어머니마저 일찍 돌아가셨다. 마조의 신상을 보는 접매의 가슴 한쪽이 따뜻해지면서 할머니가 계셨다면 틀림없이 이런 모습일 거라는 생각을 했다. 접매는 집에 작은 관세음상을 모시고 있었는데, 관세음은 어머니 같고 마조는 할머니 같다고 느꼈다.[27] 사당 내부에는 향을 피운 연기가 자욱했고, 접매는 신명과 직접 대화를 나눌 수 있을 것 같다는 느낌이 들었다.

사당의 문을 나서자 멀지 않은 곳에 높은 건물이 보였다. 마부는 그곳이 네덜란드 시대에 건설된 프로방시아성(Provintia)이며 지금은 적감루(赤崁樓)로 불린다고 알려주었다.

"여기가 바로 대정두(大井頭)가 있던 곳입니다. 네덜란드 시대에는 이곳 서쪽이 전부 바다였습니다. 안평이나 대원가로 가려면 배를 타야 했는데 바로 여기 나루에서 배에 올랐지요."

우마차는 계속 움직였다.

---

27 마조 임묵낭(林默娘)은 젊은 나이에 죽었다. 따라서 초기의 마조상은 젊고 가냘픈 모습으로 조형되었다. 하지만 시랑(施琅)이 청나라 조정에 요청하여 천비(天妃)로 봉해졌다가 나중에 천후(天后)로 승격되었고, 이에 따라 조형상의 형태가 점점 풍만해져서 할머니의 이미지로 바뀌었다.

"이제 부성에서 가장 번화한 오조항(五條港)[28]에 진입합니다."

마부의 말대로 거리에는 인파가 쉴 새 없이 오가고, 수많은 상점과 좌판이 밀집해 있었다. 여기저기서 손님을 부르는 소리가 끊이지 않고 맛있는 음식 냄새가 사방에서 풍겼다.

맨슨이 말했다.

"부성의 먹거리는 유명하답니다. 꼬박 하루를 길에서 보내느라 배도 고프니 잠시 쉬면서 요기나 합시다."

일행은 떡과 완자, 완과(碗粿, 푸딩 같은 쌀떡에 고기와 채소가 들어 있는 음식-옮긴이)를 파는 식당에 들어갔다. 맨슨은 해산물을 좋아하여 새우살 완자와 삼치로 끓인 탕을 주문했다. 마부는 갯농어죽, 갯농어머리조림, 갯농어내장탕과 생선 껍데기를 주문했다. 맨슨은 아무리 현지 풍습에 적응했다지만 생선 머리와 내장까지는 먹기 힘들다며 혀를 날름 내밀었다. 하지만 갯농어죽에 굴과 유조(油條, 밀가루 반죽을 발효시켜 길쭉한 모양으로 만들어 기름에 튀긴 것-옮긴이)를 곁들이면 별미 조합이라는 말을 덧붙였다.

접매는 온갖 종류의 먹거리에 보는 것마다 침이 고였다. 어떤 것을 먹을지 고민하느라 쉽사리 결정하지 못하고 어색한 미소만 지었다. 이때 옆 가게의 솥에서 펑 소리와 함께 불꽃이 크게 올라왔다. 접

---

28 청나라 때 대만부의 가장 중요한 상업 지구. 오늘날의 중정로(中正路) 이북, 청궁로(成功路) 이남, 신메이가(新美街) 이서 지역에 해당된다. 당시 5개의 항구, 즉 신항건항(新港墘港), 불두항(佛頭港), 남세항(南勢港), 남하항(南河港), 안하항(安海港)은 1823년 도광제 때 태강(台江) 내륙의 해상이 육지가 된 후 점차 수로가 형성되어 외부 상인들이 운집하는 곳이었다. 1895년 일본이 대만을 점거하고 나서 차츰 몰락의 길을 걸었다.

매는 기겁해서 "불이야!" 소리를 질렀다. 신기하게도 불꽃은 순식간에 사그라들었다. 마부가 껄껄 웃었다.

"불이 난 게 아니라 장어를 볶으면서 묘기를 부리는 겁니다. 부성의 요리사들만 구사할 수 있는 최고의 기술이지요."

과연 향미가 코끝을 자극했다. 요리사는 숙련된 솜씨로 솥에서 다 삶아진 장어와 맛이 든 국물을 꺼내더니 이미 나눠놓은 국수 위에 뿌렸다. 이 국수는 다른 국수와 달리 가늘고 누런색을 띠면서 둥글게 말아놓은 형태였다.

접매는 장어를 얹은 국수를 주문했는데 맛이 일품이었다. 살아 있는 장어들이 통 속에서 펄떡이는 것이 보였다. 요리사는 그중 한 마리를 쥐고 도마에 놓더니 못으로 고정하여 길게 편 다음 뼈와 살을 순식간에 분리했다. 섭매는 탄성을 금치 못했다.

"제가 사는 사료에도 장어가 있지만 이렇게 잘 다루진 않아요. 부성 사람들은 정말 대단하네요."

접매가 일어나려고 하자 마부가 말렸다.

"조금 더 있다 갑시다. 건너편 가게에서 아주 좋은 동과차(冬瓜茶)를 끓이는 중입니다. 더위와 갈증을 없애주고 몸의 독을 빼주고 튼튼하게 해주는 차랍니다."

접매는 이렇게 누리면서 사는 부성 사람들이 부럽다고 말했다. 맨슨이 웃으면서 답했다.

"나는 동과차 말고 사탕수수즙을 마시려고요. 포르모사의 사탕수수는 정말 맛있어요."

"부성의 음식은 달콤한 맛이 특징인 것 같아요."

접매의 말에 맨슨이 대답했다.

"맞아요. 영국에서는 식사 후에 단것을 먹는 습관이 있어요. 그런데 부성은 식사와 후식이 모두 달아요. 단것을 좋아하는 입맛은 우리 영국 사람과 비슷해요. 하지만 영국에는 설탕이 생산되지 않아요. 여기 사람들은 정말 좋겠어요. 자당(蔗糖)의 품질이 좋고 값도 싸서 떡이나 과자를 마음껏 먹을 수 있으니까요."

복로인 마부가 껄껄 웃었다.

"자당은 남부 포르모사의 특산물이지요. 역시 부성의 과자나 간식들이 가장 맛있어요."

일행은 음식을 배불리 먹고 우마차에 올랐다.

"먹을 게 저리 풍부하니 부성 사람들은 정말 좋겠어요."

접매의 말에 맨슨이 껄껄 웃더니 마부에게 말했다.

"저 앞에서 꺾어주세요."

우마차가 좁은 길로 들어서더니 한 건물 앞에 멈췄다. 대문은 굳게 잠겨 있었다. 맨슨이 입구에 잠시 선 모습으로 보아, 들어갈지 망설이는 듯했다. 이웃 점포의 주인이 그에게 손을 흔들며 아는 체를 했다.

"맨슨 선생님, 오랜만에 뵙습니다. 맥스웰 선생님은 잘 계신가요? 언제쯤 돌아오셔서 우리 병을 봐주실까요?"

접매는 이곳이 맥스웰이 대만부 간서가에 세웠다는 의관과 예배당임을 알 수 있었다.

재작년에 문을 연 지 얼마 되지 않아 사람들이 에워싸며 항의하는 통에 문을 닫았다. 이에 맥스웰은 본거지를 타구로 옮겨 기후의관을 설립한 것이다.

맨슨이 점포 주인에게 웃으며 대답했다.

"맥스웰 선생님은 지금 비두(坤頭)[29]에 교회를 설립하느라 바쁘십니다. 타구와 비두의 바쁜 일이 끝나면 돌아오실 겁니다."

접매가 이상하다는 듯이 물었다.

"맨슨 선생님, 이곳 사람들은 저렇게 상냥한데 어쩌다……."

접매가 말을 이으려다가 멈추자 무슨 의미인지 알아차린 맨슨이 쓴웃음을 지었다.

"이곳 백성들과 우리는 사이가 좋았어요. 일부 지식인들과 중의사들이 아무것도 모르는 군중을 선동하여 그렇게 된 겁니다."

어디선가 주민 서너 사람이 다가오더니 그중 하나가 말했다.

"맨슨 선생님, 저희가 맥스웰 선생님을 그리워한다고 전해주세요. 지난번에 우리 아이가 치통으로 고생했는데 맥스웰 선생님이 한 번 봐주시더니 바로 효과가 있었다니까요."

맨슨은 그들에게 일일이 감사하다고 답했다. 그는 한층 밝아진 표정으로 접매에게 말했다.

"접매 씨, 이곳 상황을 보니 맥스웰 선생님이 간서가의관(看西街醫館) 간판을 다시 달 기회가 곧 올 것 같아요."

이때 쪽진머리에 전통 의상을 입은 아주머니가 지팡이를 짚고 다리를 절며 다가왔다.

---

29 오늘날의 평산(鳳山).

"선생님은 맥스웰 선생님의 친구분이겠군요. 장자[長仔, 고장(高長)을 부르는 말, 자(仔)는 젊은 남자라는 의미가 있으며, 이름 뒤에 습관적으로 붙여서 부른다-옮긴이][30]는 같이 오지 않았나요? 그 사람이 제 이웃 사람이더라고요!"

맨슨이 말했다.

"고장 선생님은 비두에서 맥스웰 선생님을 도와 교회를 세우는 일로 바쁘답니다."

아주머니가 한숨을 내쉬었다.

"장자는 좋은 사람이고 맥스웰 선생님도 좋은 사람입니다. 제 손자가 작년에 배앓이를 할 때 토하고 설사하면서 바닥을 구를 정도였로 아팠어요. 다행히 맥스웰 선생님이 치료해주셔서 말끔히 나았답니다. 양의사 선생님들이 병을 잘 봐주셨는데 공연히 예수 믿으라고 강요하고 조상은 섬기지 말라고 하니 관청에서 가만히 있을 리가 없지요. 결국 간판까지 떼어갔잖아요. 이럴 게 아니라 제 아들 식당에 잠시 쉬었다 가세요. 당귀를 넣고 푹 곤 오리고기도 드시고요. 우리 아들네 당귀 오리찜과 갈비찜은 부성에서 가장 유명하답니다."

"고맙지만 조금 전에 배불리 먹었습니다."

맨슨이 사양하자 아주머니는 손을 잡아끌었다. 맨슨은 상대가 넘어질까 봐 걱정이 되어 하는 수 없이 알았다고 했다. 마부도 맨슨과

---

30 고장(1837~1912)은 천주(泉州) 진강(晉江) 사람으로 1864년에 대만으로 왔다. 맥스웰이 간서가교회에 있을 때 고장은 최초로 세례를 받고 교회에 다녔다. 맥스웰이 대만에서 전도한 첫 기독교도로 그 자신도 선교에 힘썼다. 고장의 손자가 바로 장로교회의 원로 가오쥔밍(高俊明)이다.

접매에게 가보라고 권하자 접매가 웃으며 말했다.

"부성 사람들이 손님에게 잘하는 건지 아니면 양의사들이 좋은 인연을 얻어서인지 모르겠네요."

일행은 아주머니를 따라갔다. 그녀의 아들이 하는 식당은 사당 입구에 있었다. 맨슨은 사당에는 흥미가 없었지만 접매는 사당에 호기심을 느꼈다. 이 사당은 아까 본 상제묘와는 달랐다. 상제묘는 규모는 컸으나 드나드는 사람이 많지 않고 주로 제사를 올리는 사람들이 오는 곳으로, 분위기가 장중하고 엄숙하다. 이 수선궁(水仙宮)은 작지만 마치 채소 시장처럼 자유로운 분위기에 드나드는 사람들도 대부분 편안한 차림이었다. 입구에는 중년 남자들이 모여 장기를 두고 있었으며, 그늘에 편안히 누워 코를 골며 낮잠을 자는 사람도 있었다.

접매가 이 사당을 수선궁이라고 부르는 이유를 묻자 마부가 설명해줬다.

"이곳은 물과 연관된 역사적 인물, 즉 대우(大禹), 항우(項羽), 노반(魯班), 이백(李白), 굴원(屈原)을 모신 사당입니다."

접매가 그제야 영문을 알 수 있었다. 수선은 사람이 아니라 다섯 신선을 의미하는 것이었다. 그녀는 아버지가 굴원과 관련하여 단오절에 종자를 먹게 된 유래를 설명해준 것을 들은 기억이 났다. 마부가 말을 이었다.

"이 오조항은 부성에서 가장 중요한 항구랍니다. 그래서 사람들은 물과 관련된 신으로 마조뿐 아니라 수신(水神)이나 수선(水仙)도 섬긴답니다."

접매는 상제묘보다 이곳이 훨씬 마음에 들었다. 상제묘를 관청의

높은 나으리에 비유한다면 수선궁은 자신처럼 서민들이 속하는 곳
이다. 그녀는 부모님을 떠올렸다. 아버지가 살아계셨다면 두고 온 고
향 당산을 연상케 하는 이곳을 좋아하셨을 것이다. 어머니는 이렇게
번화한 곳을 구경하고 싶었을 것이다. 하지만 두 분은 평생 고생만
하다가 누리는 것과는 인연이 없는 삶을 살다 가셨다. 가련한 아버
지, 불쌍한 어머니! 그녀는 고개를 숙여 어머니의 목걸이를 만지작
거리며 한숨을 쉬었다.

천리양행 지점은 부성이 아닌 안평에 있었다. 접매는 수선궁을 떠
나는 것이 못내 아쉬운 눈치였다. 우마차는 다시 출발했고 가는 길에
는 연못, 늪, 진흙탕이 많았다. 마부는 자신의 아버지가 어릴 때만 해
도 이곳은 물이 차 있는 내해(內海)였다고 말했다. 40년 전에 태풍이
휩쓸고 간 이후로 토사가 쏟아져 내려와 내해를 거의 메워버렸다고
한다. 남은 늪이나 호수는 사람들이 물고기를 기르는 용도로 사용하
고 있단다. 조금 전 그가 먹은 갯농어도 여기서 기른 것이라고 한다.

안평에 도착했을 때는 황혼에 가까웠다. 천리양행은 네덜란드인
들이 남겨놓은 열란차성 유적에서 멀지 않은 곳에 있었다. 양행의 한
쪽은 수로와 맞닿아 있었다. 피커링은 맨슨을 보자 무척 기뻐했지만
맨슨이 데려온 특이한 차림의 여자를 보자 만면에 의아한 기색이 역
력했다. 맨슨은 자신의 조수라고 접매를 소개했다.

이렇게 하여 며칠 후 맨슨은 접매를 데리고 두 복로인 직원의 협
조하에 천리양행의 잡무를 처리하게 된다. 이 시기에 접매의 영어 실
력은 빠르게 늘었다. 여기에 회계와 상업 업무까지 배우기 시작했다.
무엇보다 타구와 안평에서 지낸 며칠간 그녀의 한문 읽기 능력이 비

약적으로 발전하여 스스로도 흡족했다.

피커링은 매일 밖에서 바쁘게 뛰어다니고, 외국 상인들을 만나 채무를 물건으로 변제할 방안을 의논하거나 관청 사람들을 만나 적자로 인한 손실을 배상할 방법을 논의했다. 맥페일 형제는 손실 규모가 엄청난 현실에 의지가 꺾여서 영업을 중단하고 회사를 매각하기로 했다. 하문에서 높은 급료를 주고 데리고 와서 고용한 매판을 덥석 믿었다가 배신당한 일을 생각하면 가슴이 쓰리다. 그 매판이 형제의 신뢰를 이용하여 회사를 다 털어먹은 것도 모자라 그들에게 관청을 속였다는 죄명까지 씌운 것을 생각하면 너무나 원망스럽고 가슴이 찢어질 듯 아팠다. 10여 년간 쌓인 동양에 대한 형제의 호감은 하루 아침에 무너져내렸으며 10여 년간 사업에 쏟은 노력도 한순간 물거품이 되어버렸다.

형제의 푸념에 피커링이 분개하여 말했다.

"흥! 화인을 어떻게 믿습니까? 고양이한테 생선가게를 맡겨놓은 격이 아닌가요?"

피커링은 화인을 좋아하지 않았으며, 청나라 관청까지 무시했다. 언젠가 맨슨은 그를 놀리며 말했다.

"청나라 조정과 사람을 그렇게 싫어하면서 청나라를 떠나지 않는 건 자기모순 아닙니까?"

그는 피커링이 사실은 이곳을 좋아한다는 것을 알고 있었다. 이곳에 있으면서 피커링을 외출할 때면 청나라 관리들처럼 가마를 타거나 말을 타고 다녔다. 호위병이나 수행원이 앞에서 소리쳐 길을 열어주고 뒤에서 호위해주니 얼마나 위세를 부리는지 모른다.

맨슨과 접매가 일을 시작한 지 이레 정도가 지났다. 두 사람은 천리양행 내부의 뒤죽박죽이 된 장부와 잡다한 항목을 거의 정리했다. 반면 피커링의 업무는 난항을 겪고 있었다. 그가 처리해야 할 채무의 구멍이 너무 컸다. 관청에서는 조금도 봐주지 않았고, 더 진전이 없으면 천리양행을 압류할 것이라고 했다. 주어진 기한은 닷새도 남지 않았다. 피커링은 매일 탄식만 늘어놓고 맥페일 형제도 얼굴에 수심이 가득했다.

이날 정오가 지나자마자 복귀한 피커링은 미친 듯이 소리를 지르고 웃으며 함성을 질렀다.

"구세주가 나타났다! 구세주가 나타났어!"

"구세주라니 그게 누구입니까?"

맨슨의 물음에 피커링은 위스키를 잔에 따라 단숨에 들이키더니 답했다.

"미국의 이양례 영사가 모레 대만부에 온대요. 게다가 우리 천리양행에서 묵는답니다!"

241

5부

낭교

瑯嶠

24장

　이양례는 행동파다. 지난날 전쟁터에서 그는 효율과 용기로 이름을 날렸다. 그는 순식간에 목표를 포착하여 적확하게 타격하는 능력으로 승승장구했다. 최전선에 서는 것을 즐기는 장군이었으므로 다치는 일도 많았다.

　지금은 외교라는 전쟁터에서 과거의 영광을 재현하려고 한다. 그는 소식을 듣자마자 계획을 세웠다. 미국 태평양함대의 사령관 벨[1] 제독에게 연락하여 애슈엘럿호[2]를 파견토록 하였으며, 이 배를 전용함으로 삼아 자신의 행보에 권위를 더했다. 그는 동방에서는 권위를 보여주는 것이 중요하다는 점을 잘 알고 있었다. 게다가 애슈엘럿호

1　　Henry Haywood Bell(1809~1869).
2　　The Ashuelot.

함장 페비거[3]는 동양에서 오랫동안 근무하여 극동 지역의 사무에는 훤했다.

그는 바람처럼 빠르게 행동했다. 4월 1일 하문에서 소식을 들은 후 4월 8일에는 애슈엘럿호를 타고 복건성의 중앙 도시인 복주(福州)에 닿았다. 그곳에서 민절(閩浙)의 총독 오당(吳棠)과 복건의 순무(巡撫) 이복태(李福泰)를 방문했다. 포르모사는 복건의 관할이기 때문에 이 두 사람은 포르모사에서 계급이 가장 높은 관원인 대만부 도대의 직속 상사라고 할 수 있다.

이양례는 4월 10일 복주를 떠나 4월 12일에는 포르모사 북부의 항구인 담수에 도착하여 포르모사에서 가장 유명한 외국인 상인 존 도드[4]를 만났다. 4월 15일에는 그곳에서 떨어진 팽호로 갔다가 4월 18일에는 대만부에 도착했다. 4월 18일 아침, 피커링이 말한 이 구세주는 안평에 위치한 천리양행 지점에 출현한다.

맨슨은 피커링이 '하늘에서 내려온 구세주'라고 한 이양례의 모습을 자세히 관찰했다. 그는 평범한 체격에 약간 쉰 듯한 목소리를 냈다. 얼굴에 중상을 입은 흔적이 있으나 여전히 위풍당당한 모습이었다. 윗입술 위에 수염을 길렀다. 왼쪽 눈은 안대로 가리고 오른쪽 눈

---

3   J. C. Ferbiger.
4   John Dodd(1838~1907). 스코틀랜드 사람으로 '대만 우롱차(烏龍茶)의 대부'다. 1864년에 대만을 두 번째 방문한 이후 대만 북부에 장기간 머무른 청나라 말기의 외국 상인 지도자다. 그는 장뇌, 탄광에도 손을 댔으며 묘률(苗栗)에서 석유를 발견하기도 했다. 대만 태아족(泰雅族), 개달격란족(凱達格蘭族)에 대해서도 적지 않은 고찰 자료를 남겼다. 이춘생(李春生)이 바로 그의 매판이다.

은 예리한 눈빛을 발했다. 허리를 꼿꼿이 편 자세였다.

먼저 이양례는 맥페일 형제를 위로하며 최선을 다해 돕겠다고 했다. 이양례는 그의 공적인 업무는 로버호 사건을 처리하는 것이라고 말했다. 도대를 만나기 전에는 다른 일에 개입하기 원치 않았으나 맥페일 형제를 접견하고는 그들의 고충을 이해하게 되었다고 덧붙였다. 닐 맥페일은 회사의 최대 채권자가 하문의 미국인 회사인데 이양례가 그 채권자와는 가까운 사이임을 아니까 부탁하는 것이라고 했다. 이양례는 말을 잘해주겠다며 그 자리에서 청탁을 수락했다. 그다음으로 해결할 일은 청나라 관리와의 갈등이었다. 맥페일 형제는 이미 회사를 이기양행(怡記洋行)에 매각하기로 했으나 세부적인 사항은 아직 논의되지 않았으며, 경매가 마무리되는 대로 청나라 정부와의 채무를 정리할 것이라고 했다.

이양례는 원래 변호사 출신이다. 그는 전문적인 제안을 내놓아 천리양행이 부분적으로나마 법률 분쟁을 해결할 수 있게 도왔다. 닐 맥페일은 이양례가 바쁜 중에 시간을 내서 도와준 데에 감사한 후 볼멘 소리로 말을 이었다.

"각하가 다음에 오실 때는 이 건물에 걸린 간판이 이기양행으로 바뀔 겁니다. 저는 그동안 복로인을 신뢰했는데 그것 때문에 평생 피땀 흘려서 노력한 일이 물거품이 될 줄은 꿈에도 몰랐습니다."

이튿날인 4월 19일, 이양례는 아침 일찍 도서(道署)에 갈 준비를 했다. 하지만 도서에서 총병(總兵) 유명등(劉明燈)이 장화(彰化)에서 도적의 무리를 무찌르느라 밤을 샜고 날이 밝은 후에야 대만부에 돌아왔기 때문에 잠시 눈을 붙여야 한다는 전갈이 왔다. 접견은 오후

2시로 연기되었다.

이양례는 아침에 나갔다가 밤 10시가 되어서야 돌아왔는데 술에 약간 취해 있었다. 사람들은 그가 일찍 잠자리에 들도록 시중을 들었다. 다음 날 이양례는 평소와 다름없이 일찍 일어났다. 그는 공문서 하나를 꺼내 닐에게 넘겼고, 그것을 읽어본 닐은 크게 흥분했다. 대만부의 도대 오대정(吳大廷)이 서명하고 날인한 위임장으로, 피커링에게 팽호에 가서 죄인을 체포할 권한을 위임한 내용이었다. 매판이 타고 달아난 배는 안평에서 팽호를 거쳐 홍콩으로 갔는데, 홍콩까지 달아날 필요가 없으므로 팽호에 있을 가능성이 컸다. 이양례는 도대가 팽호 지방 관청에 전하는 공문의 사본도 가지고 있었다. 이 공문에는 지방 관리들이 피커링에게 최대한 협조하여 매판 등 도주한 범인들을 체포하라는 시시가 적혀 있나.

도대는 청탁받은 다른 건들에 대해 공개적으로는 의뭉스럽게 가부를 밝히지 않았으나 사석에서는 흔쾌히 부탁을 들어주었다. 청나라 관리들이 일하는 방식을 파악했다며 이양례가 비꼬는 투로 감상을 늘어놓았다. 이양례의 도움에 의존하던 천리양행은 겨우 한숨을 돌릴 수 있었고, 맥페일 형제는 재차 고맙다고 인사를 했다. 이제 사람들의 화제는 이양례가 이번에 포르모사를 찾은 목적인 로버호 사건으로 자연스럽게 넘어갔다.

"상당히 순조롭습니다!"

이양례는 득의양양하여 말했다.

"대만부에 와 있는 청나라의 관리들이 거의 다 참석했습니다. 도대 오대정, 부윤 엽종원(葉宗元), 대만진(鎮)의 총병 유명등은 당연히 왔고 봉산현(鳳山縣)의 지현 오본걸(吳本杰)과 남로영(南路營)의 참장(參將) 능정방(凌定邦)[5]도 급히 달려왔습니다. 도대와 총병은 로버호가 청나라 해역의 암초에 걸려 좌초된 사고를 부인하지 않았고, 선원들이 청나라 영역에서 살해되었다는 사실도 부인하지 않았어요. 기꺼이 책임을 지겠다고 했습니다. 도대는 자신이 이미 지방 관리들에게 해당 사건을 처리하라고 지시했다더군요."

그의 말이 이어졌다.

"도대는 나에게 우호적이지만 캐럴 영사에 대해서는 불만이 있는 것 같더군요. 가시 돋친 말투로 영국인이 관례를 무시하고 경거망동하며 청나라를 존중하지 않고 단독 행동을 했다가 소득도 없이 돌아왔다는 겁니다. 그는 미국은 임의 행동을 삼가기를 바라면서 자칫하다가 군사적으로 일이 생기면 유감일 거라고 하더군요. 당연히 우리쪽에 경고하는 의미로 들렸습니다. 나는 내친김에 언제쯤 행동을 개시할 수 있겠느냐고 물었어요. 총병은 이번 사고가 일어난 구비산이나 구자록은 상당히 멀고 외딴곳이며 산세도 험준하다고 했습니다. 일단 보급품을 단단히 준비하고 병사들의 산지 작전 훈련을 실시해야 하기 때문에 시간이 걸린다는 겁니다. 하지만 총병은 자신의 부대가 백전의 정예병으로 구성되어 흉악한 자들을 소탕하는 임무를 충분히 수행할 수 있으니 외부의 협력은 필요 없다고 말했습니다."

닐이 고개를 끄덕이며 말했다.

5　로버호가 사고를 당한 지점은 당시 행정 구역상 봉산현에서 관할했으며, 군사적으로는 남로영이 관할했다.

"오대정과 유명등은 증국번(曾國藩)과 좌종당(左宗棠)의 문하생들로, 태평천국(太平天國)의 난을 진압할 때 큰 공을 세운 사람들입니다. 청나라 관리 중에서는 소장파(少壯派)에 속하는 인재들이며, 작년에야 대만부에 발령받아 왔습니다. 그들의 군대는 상군(湘軍) 계통에 속해서 청나라의 정예병인 건 맞습니다. 각하께서는 그들에게 얼마나 시간을 주고 싶으신지요?"

"1개월이면 충분하겠지요."

이양례가 시간을 헤아려본다.

"오늘이 4월 20일이니 늦어도 6월이면 출병이 가능하겠군요."

피커링이 찬물을 끼얹는다.

"소용없습니다. 청나라의 관리는 상군이니 회군(淮軍)이니, 소장파나 노성파(老成派)다 해도 결국 거기서 거기입니다. 요건대 모두 태극권(太極拳)의 고수고 시간을 끌며 미루기만 할 겁니다. 말로는 뭐든 된다고 하겠지요. 계속 다그치지 않으면 제대로 일을 추진하지 않습니다. 저는 그 사람들이 6월에 출병한다는 말을 믿지 않아요."

이양례가 피커링을 힐끗 보는 것이 그 말에 동의하지는 않는다는 듯했다.

"미국은 일단 청나라의 약속을 존중하기로 했습니다. 우리는 내전이 끝난 지 얼마 안 되어서 귀국처럼 강하지 못합니다."

이양례가 껄껄 웃으며 말을 이었다.

"그들에게 미국이 일단 출병하지 않겠다고는 말했지만 그래도 사람은 구해야 하고, 유해와 유품도 찾아와야 합니다. 그래서 애슈엘럿호로 구비산 해변에 가서 현지 조사를 할 예정입니다. 내일 기후에서 캐럴을 만나 의견을 들어보려고 합니다."

이양례가 여기까지 말하자 피커링이 무릎을 쳤다.

"그러고 보니 기후의 맨슨 선생도 코모란트호를 타고 갔었네요. 지금 안평에 와 있어서 그저께 오전에도 만났어요. 오늘 아침 한 선원을 치료하러 갔습니다. 돌아오면 자세히 설명해드릴 겁니다."

이양례가 반색하며 "그거 정말 잘됐네요!"라고 말했다.

"대만부의 청나라 관리들에게는 처세의 비결이 있지요. 그들은 아문 내에서는 부드러움과 강인함을 동시에 보여줍니다. 회의가 끝나면 연회를 베풀어 손님의 입맛을 사로잡고요. 하하하!"

이양례가 감탄했다.

"37년간 살아오면서 가장 잊을 수 없는 식사였다는 걸 인정하지 않을 수 없네요. 희한하게도 하문에서 먹었던 요리보다 훨씬 고급스럽고 맛도 달랐어요. 여러분, 저는 원래 프랑스 태생으로 음식에는 꽤 까다로운 편입니다."

좌중에서 웃음이 터져 나왔다.

이양례가 품에서 종이 한 장을 꺼냈다.

"도대에게 특별히 부탁해서 식사에 나왔던 요리들을 적어왔어요. 도대가 그러는데 유명등 총병[6]의 서예 솜씨는 아주 유명하답니다. 이건 총병의 친필이고 그 뒤에는 통역원이 영어로 주를 달아줬어요."

---

6 유명등(劉明燈, 1838~1895)은 호남(湖南) 장가계(張家界) 사람으로 토가족(土家族) 출신이다. 1866년부터 1868년까지 대만에서 총병으로 근무했으며, 대만에 웅진만연비[雄鎭蠻煙碑, 공료(貢寮)의 초령고도(草嶺古道)에 위치], 금자비[金字碑, 후동의 담란고도(淡蘭古道)에 위치], 호자비(虎字碑, 초령고도에 위치)를 남겼다.

"첫 번째 요리는 4색 냉채였어요."

이양례는 먹는 이야기를 하면서 신이 나서 자세히 소개했다.

"부윤은 진귀한 음식이라며 오어자(烏魚子, 말린 어란)를 추천했지요. 하지만 나는 훈연해서 익힌 고기가 더 좋아요. 두 번째는 가자미와 배추를 곁들인 샥스핀입니다. 상어 지느러미로 만든 요리인데 청나라 사람들은 정말 못 먹는 음식이 없어요. 샥스핀은 하문에서도 먹어봤지만 가자미와 배추를 곁들이니 맛이 훨씬 좋더군요. 세 번째는 오류지(五柳枝)라는 요리인데 시적인 분위기가 물씬 풍기는 명칭이지요. 도대는 당나라의 유명한 시인 두보(杜甫)에게서 비롯된 이름이라고 했는데, 총병은 그 전 시대에 살았던 오류선생(五柳先生)[7]에게서 비롯된 이름이라고 하더군요."

이양례는 종이를 보면서 진지하게 읽었다.

"한 마리의 큰 가자미를 볶은 것인데 바삭하면서도 딱딱하지 않으며, 껍질은 바삭하고 육질은 향기롭습니다. 달콤하면서 신맛이 섞인 진한 육즙에 가늘고 길게 썬 파의 향미가 배어 나오는데 어떻게 그런 맛을 내는지 모르겠어요. 네 번째 요리는 홍차(焢茶)라는 이름의 돼지족발찜입니다. 족발을 약한 불에 서서히 익히는데 얼마나 오래 익히는지는 모르겠어요. 신기하게도 안쪽까지 골고루 양념이 스며들었어요. 특이한 향이 났는데 중약재인 팔각과 차향을 넣어서 그렇다고 하더군요. 바이에른의 슈바인스학세는 비교가 안 될 정도예요. 하

---

7   도연명(陶淵明).

문에서 먹을 때는 팔각과 차향을 넣지 않은 단순한 간장소스 맛이었고, 기껏해야 설탕만 조금 더해서 훨씬 단조로웠답니다. 다섯 번째 요리는 새우오징어숙회였어요. 프랑스와 하문의 새우는 이곳처럼 달콤하지 않아요. 보스턴의 랍스터도 이토록 싱싱하고 부드럽지 않았어요. 오징어를 소스에 찍어 먹을 때는 신맛과 단맛, 향이 어우러져서 말할 수 없이 절묘했습니다. 여섯 번째 요리는 홍게찹쌀밥입니다. 홍게는 정말 선홍색으로 살이 꽉 차 있었고, 쌀알은 향이 배어 있지만 느끼하지 않았어요. 이 밖에도 네다섯 가지 요리가 더 있었는데 일일이 말하진 않겠어요. 마지막으로 행인두부탕(杏仁豆腐湯)이 나오고 수박과 파인애플, 연무가 담긴 과일 접시가 나왔어요. 포르모사의 과일은 푸짐하고 맛있어요. 그리고 술은 홍로주(紅露酒)라는 걸 내왔는데 찹쌀과 홍국(紅麴)으로 빚었다고 하더군요. 우리 프랑스 와인에는 훨씬 못 미치지만 그래도 독특한 풍미가 있었어요."

이양례가 하도 신이 나서 이야기하니 다른 사람은 끼어들 엄두를 내지 못했다. 어쩌면 그 자리에 있던 영국 신사들은 음식에 대해 프랑스 태생인 이양례만큼 조예가 깊지 않아서 특별한 감흥이 없었을 수도 있다.

"내가 궁금해서 물어봤어요. 돼지고기를 제외하고는 전부 신선한 해산물이고, 과일도 신선하고 달콤한데 설마 이 모든 것이 포르모사에서 생산되느냐고 물었습니다. 그랬더니 총병이 모두 대만부 현지에서 생산되며 대만부가 바다에 둘러싸여 있어서라고 의기양양하게 대답해줬어요."

이양례가 말을 이었다.

"그래서 내가 물어봤지요. 하문도 바다와 닿아 있는데 어째서 이곳처럼 풍성한 해산물을 먹을 수 없고 이곳처럼 요리의 수준이 높지 않느냐고요. 그리고 이곳의 과일은 종류도 훨씬 많고 맛있잖아요. 부윤이 으쓱하면서 이렇게 대답했어요. '대만부는 천혜의 고장으로 내해를 메워서 조성한 양식장이 물고기와 새우 등을 기르는 데 최적이지요. 그래서 해산물 중 일부는 바다에서 잡은 게 아니라 해변의 해수로 양식한 것입니다. 과일로 말할 것 같으면 이 섬은 기후와 토질이 좋아서 그야말로 보물섬이라고 할 수 있지요. 네덜란드인들이 많은 종류의 과일을 들여왔기 때문에 하문이나 상해에서는 맛볼 수 없는 것들입니다. 게다가 정성공의 아들이 이곳에서 귀족들과 한가롭게 지내면서 많은 요리와 간식, 후식을 연구했답니다. 이런 미식은 대만부에서만 즐기는 것입니다. 그래시 대만부 사람들은 스스로를 부성인(府城人)이라고 칭하며 우월감을 드러낸답니다.'"

피커링이 감탄조로 말했다.

"사람들은 제가 청나라 관리들을 싫어한다는 걸 압니다. 하지만 포르모사의 음식과 기후, 환경을 아주 좋아해 이 섬에서 이렇게 오래 지내고 있지요. 포르모사는 아름답고 풍요로운 곳입니다. 장뇌는 말할 나위도 없지요. 전 세계의 장뇌가 모두 이곳에서 자랍니다. 탄광의 품질도 우수하고, 금광도 있네요! 벼와 자당의 품질은 네덜란드 시대부터 이미 유럽에 명성을 떨쳤고요. 앞으로는 찻잎의 전망도 좋을 거라고 생각합니다. 200년 전, 네덜란드인들은 원래 내지의 도자기와 비단의 환적항으로 사용하기 위해 이곳에 왔지요. 그런데 막상 와서 보니 이 포르모사가 진정한 보물섬이었던 것이에요. 포르모사의 열란차시, 즉 이곳 안평은 일본의 나가사키에 이어 네덜란드 상관(商館)이 돈을 가장 많이 버는 곳이었습니다. 그래서 최근에는 모든 서방 국가의 배들이 포르모사에서 물건을 실어 가려고 하지요."

이야기가 선박에 미치자 피커링은 불만을 늘어놓기 시작했다.

"여러분! 포르모사는 모든 것이 좋습니다. 하지만 포르모사 해역의 안전은 우리 상인과 선원들에게는 악몽입니다."

피커링의 언성이 더 높아졌다.

"1860년부터 지금까지 7년 동안 무려 스무 척 이상의 상선이 포르모사 해역에서 사고를 당하거나 침몰했습니다. 청나라 지방 관리들은 백성들이 배와 선원들을 상대로 약탈을 자행해도 방임합니다. 생번만 그런 짓을 저지르는 게 아닙니다. 스윈호가 청나라 정부에 몇 번이나 배상을 요구했습니다. 하지만 청나라 관리들은…… 각하도 오늘 경험하셨겠지만 계속 미루면서 세월만 보냅니다. 신사적인 스윈호도 견디지 못하고 자구책을 강구하여 군함을 파견해 포르모사 연해를 순찰했습니다. 그러니까 포선 외교는 필요합니다."

이양례는 짐짓 화제를 돌렸다.

"나는 이번에 담수에서 존 도드를 만나 포르모사의 차를 맛봤습니다. 확실히 하문의 복건차에 비해 싱그러운 향이 더 강하더군요. 존 도드는 포르모사의 차를 유럽과 우리나라에 수출할 계획이라고 합니다. 오래지 않아 자신이 재배한 차가 인도의 아삼 홍차와 대등하게 경쟁할 거라고 예측하더군요."

피커링이 한숨을 길게 내쉬었다.

"이렇게 좋은 포르모사가 무능한 청나라 정부의 통치하에 있다니 너무 안타깝습니다! 청나라 정부는 200여 년 전에는 이 섬을 원하지도 않았어요! 그들이 정성공의 손자를 물리치고 골치 아픈 일을 해결하고 난 후 포르모사를 포기하려고 했지요. 청나라 정부는 이 섬의 원주민을 경시하는 마음만 가득했지요. 청나라는 만주인이 세운 나라이고, 만주인은 한족을 무시합니다. 한족은 또 포르모사의 원주민을 무시합니다. 그래서 강희제 때는 한번분치라는 큰 원칙을 세워서 원주민은 스스로 살든지 멸망하든지 내버려두라고 한 겁니다. 하지만 복건의 복로와 광동의 객가 이주민들이 포르모사로 끊임없이 건너와서 원주민과 수없이 충돌을 빚었습니다. 청나라 정부는 현실을 도피하려는 심리로 '왕의 교화가 미치지 않는다'라고 해버린 겁니다. 청나라 관리의 포르모사 부임 기간은 3년입니다. 하지만 2년이 지나고 3년째에 접어들면 놀러 온 것처럼 한가하게 시간을 보내다가 내지로 진급하여 떠납니다. 현장에 가서 민정을 살피거나 자원을 탐사하지도 않고 그저 지나가는 나그네의 마음으로 지냅니다. 제대로 계획을 세워서 이 땅을 관리하려는 관리는 극히 드문 실정입니다."

피커링은 거침없이 말을 이어갔다.

"그 관리들은 사서오경을 읽고 과거 시험에 급제한 사람들입니다. 현대 과학에 대해 아는 것이 하나도 없어요. 벼슬길에 오른 후에는 지방을 건설하는 게 아니라 윗사람을 영접하기에 바쁩니다. 그들의 조상은 총명하고 창의적이었는데 자손들이 이렇게 제구실도 못하는 관리가 될 줄은 몰랐을 겁니다. 더욱 최악인 것은 청나라의 고위 관료들이 과거 화려한 제국의 꿈에 빠져서 표면적으로는 우리 양인을 모시는 것 같지만 속으로는 사실 얕잡아본다는 겁니다."

이양례가 그 말에 고개를 끄덕였다. 피커링은 이양례를 바라보며 말을 이었다.

"도대가 그렇게 대답은 했지만 6월에도 출병하지 않으면 영사님은 어떻게 할 생각이십니까?"

이양례가 웃으며 반문했다.

"선생의 고견을 들어볼까요?"

"조금 전에도 언급했듯이 스윈호처럼 자구책을 강구하여 포선을 띄우는 외교밖에 없습니다."

피커링의 말에 이양례가 대답했다.

"이론적으로는 만약 6월에도 출병하지 않으면 청나라가 약속을 어긴 것이므로 우리 쪽에서 출병이 가능합니다. 하지만 워싱턴의 국무원과 북경에 주재하는 포안신 공사가 그 방안에 찬성할지는 의문입니다. 엄밀하게 말해 그건 지주국(地主國. 교민이나 외국 투자를 받아들인 나라-옮긴이)을 존중하지 않은 행위이며, 심지어 국제법에도 위배됩니다."

피커링이 고개를 저었다.

"귀국의 국무원은 청나라 정부와 관리들을 제대로 이해하지 못합니다. 다만 우리 대영제국은 청나라와 교류 경험이 가장 많으니 참고로 삼을 수 있겠지요. 포선 외교나 무력 시위가 없었다면 천진조약과 북경조약은 없었을 것이며, 그랬다면 청나라의 개항을 생각할 수나 있었겠습니까? 개항이 없었다면 각하의 '하문 및 포르모사 주재 미국 영사'라는 직함이 존재할 수 있습니까?"

피커링이 이를 드러내며 거만하게 웃더니 묻는다.

"각하는 고서의 '장수가 밖에 있으면 군령을 제때에 받을 수 없다'라는 말을 들어보셨는지요?"

이양례는 피커링의 물음은 아랑곳하지 않고, 자신이 하고 싶은 말을 늘어놓았다.

"귀국은 전쟁에서 이기고는 청나라에 아편 수입을 강요하여 영리를 취했습니다. 이건 국제적으로 평판이 좋지 않습니다. 청교도 국가인 미국이 영국의 전쟁 명분을 정당치 않게 여긴다는 말은 굳이 할 필요도 없습니다. 프랑스에서도 이를 두고 말이 많았으니까요. 그리고 귀국이 원명원(圓明園)을 불태운 것도 우리 미국인은 지나치다고 생각합니다."

피커링이 큰 소리로 웃었다.

"프랑스인은 여우가 높은 곳에 있는 포도를 보고 '어차피 시어서 못 먹을거야'라고 여기는 것과 같은 심리에서 그런 말을 하는 겁니다. 그들은 식민지에 양귀비를 심지 않고 아편을 생산하지 않으니까 그렇게 말하는 것이지요. 이건 미국이 얼마 전까지만 해도 노예를 부릴 때 유럽인들이 속으로는 엄청나게 부러워하면서도 자기들은 그렇게 못하니 도덕을 내세워서 반대한 일과 같은 겁니다."

피커링이 비아냥거리며 말했다.

"인성은 말입니다, 영사 각하. 귀하는 프랑스인이면서 미국인이기도 하니 잘 이해하시겠군요!"

잠시 말을 멈춘 그가 다시 입을 열었다.

"프랑스는 아편전쟁을 비난하지만 나중에는 영국과 협력하여 이익을 취하지 않았던가요? 원명원을 불태웠다고요? 흥! 애초에 프랑스 장교가 태워버리자고 한 것은 자금성(紫禁城)이었답니다. 우리나라의 엘긴[8]은 청나라 황궁을 태우면 충격이 클 거라며 황제가 휴가를 보내는 용도로 쓰던 여름 궁전인 원명원을 선택한 겁니다. 게다가 우리 영국은 북경에서 원명원을 불태웠지만 상해에서는 청나라 정부를 도와 남경을 지켜줬습니다. 또한 청나라가 회군을 창설하는 데도 협조했답니다. 고든(C. G. Gordon) 장군의 도움 없이 증국번과 증국전(曾國荃)의 상군만으로 어떻게 남경을 지킬 수 있었으며, 어떻게 태평천국의 난을 평정할 수 있었겠습니까?"

피커링이 비웃으며 계속 말했다.

"결론적으로, 만약 대영제국의 도움이 없었다면 지금 존재하는 것은 대청 황조가 아니라 태평천국이 되었을 겁니다. 일개 원명원이 뭐가 대수입니까! 청나라는 대영제국에 감사해야 한다고요!"

피커링은 이제는 거들먹거리기까지 했다.

"제가 거침없이 말해도 각하께서 양해해주시기 바랍니다. 귀국은 남북전쟁이 아니었다면, 태평양 연안까지 연결하는 철도를 아직도 완공하지 못한 것만 아니었다면 진작 군대를 극동에 파견하여 이익을 나눠 가지려고 했을 겁니다. 미국은 이제라도 분발하여 극동에서 이익을 추구할 때입니다. 각하가 미국의 극동 정책 변화의 선구자가 된다면 반드시 역사에 이름을 남길 것입니다. 각하는 변호사 출신이고 지금은 장군의 신분입니다. 이토록 문무를 겸비한 인재가 귀국에

---

8 엘긴(8th Earl of Elgin, 1811~1863)은 1860년에 원명원을 불태우라고 명령했으며, 훗날 북경조약을 체결할 때 영국측 협상 대표로 참석했다.

또 누가 있습니까? 극동 정책에 있어 각하는 귀국의 어떤 시골뜨기 정객보다 멀리 내다보셔야 합니다!"

피커링의 한바탕 설교에 이양례는 만감이 교차했다. 그는 침묵을 지키면서 웃는 것 같기도, 아닌 것도 같은 애매한 표정으로 앞을 보았다. 그러다가 고개를 돌려 페비거를 바라보며 의견을 구하는 듯했다. 페비거가 극동에 온 지 꽤 오래되었으니 느낀 것이 있을 거라고 여겼다. 페비거는 빙그레 웃고만 있을 뿐 한마디도 하지 않았다.

닐이 화제를 돌렸다.

"여기서 멀지 않은 곳에 200여 년 전 네덜란드인들이 세운 열란차성 터가 있습니다. 안평에 귀한 걸음을 하셨으니 가보시지요."

이양례가 습관적으로 오른쪽 눈을 비비면서 말했다.

"열란차성은 당연히 가볼 겁니다. 그런데 맨슨 선생과도 만나서 코모란트호를 타고 남갑에 간 일에 대해 들어보고 싶습니다. 내일은 타구의 영국 영사관에 가서 캐럴 영사를 뵙고 감사도 드릴 겸 조언도 들어볼 예정입니다."

⟡

이날 아침, 안평항에서 하역 작업을 하던 영국 선원이 실수로 높은 곳에서 떨어져 머리에서 피를 흘린 채 의식을 잃었다. 맨슨이 접매와 급히 달려갔으나 선원은 위중하여 손을 쓸 틈도 없이 정오쯤 세상을 떠났다. 맨슨과 접매는 천리양행으로 돌아왔고, 이때는 이양례가 이미 열란차성과 부성의 명소를 구경하러 떠난 후였다.

이양례는 황혼 무렵에 돌아왔다. 그는 맨슨을 보고 기뻐하며 남갑에 갔던 일을 자세히 들려 달라고 했다. 맨슨이 코모란트호가 남갑에 갈 때 생번어 통역을 도와준 사람이 지금 천리양행에 있다고 하자 이양례는 크게 기뻐했다. 맨슨이 접매를 데리고 들어가자 이양례는 통역원이 뜻밖에도 젊은 여자인 것을 보고 놀라는 기색이었다. 그는 접매에게 사료와 남갑, 숙번과 생번에 관해 궁금한 것을 물었다.

그는 얼굴 가득 웃음을 머금은 채 신이 나서 이야기를 했다. 접매는 자신을 뚫어지게 쳐다보는 이양례가 조금 어색하게 느껴졌다. 이양례는 맨슨과 접매에게 다음 날 타구에 가서 캐럴을 만날 것이며, 이후에는 애슈엘럿호를 타고 코모란트호가 갔던 길을 따라 낭교를 거쳐 남갑으로 가서 현장 조사를 할 것이라고 했다. 그는 가는 김에 맨슨을 타구에 데려다주고, 접매도 사료에 데려다주겠다고 했다.

접매는 오랫동안 문걸을 보지 못하여 사료로 달려가고 싶은 마음이 굴뚝같았다. 그런데 생각지도 않게 사료에 가게 되니 무척 기뻤다. 그날 밤 그녀는 설레서 잠을 못 이루면서 그동안 있었던 일을 문걸과 면자에게 어떻게 말할지 궁리했다.

25장

4월 21일 맨슨과 접매는 애슈엘럿호에 승선했다. 접매는 맨슨의 옆에 바짝 붙어 있었다. 이양례는 호기심 어린 눈으로 접매를 쳐다보았고, 접매는 이양례의 눈길을 최대한 피했다. 자신도 설명하기 어려운 감정이었다. 같은 양인인데 맨슨과 함께 있을 때는 아무렇지도 않았지만 이양례만 보면 어색하여 어쩔 줄 몰랐다. 맨슨도 이양례가 접매에게 관심이 있다는 기색을 알아챘다. 포르모사 원주민인 접매가 서양 사람들과 생활하는 모습이 신기해서일 것이라고 맨슨은 생각했다.

안평을 출발한 배는 속도를 냈고 순식간에 타구에 도착했다. 부두에는 영국 영사관 사람들이 나와 있었고, 이양례는 그들이 준비한 마차를 타고 캐럴을 만나러 갔다. 떠나면서 이양례는 애슈엘럿호가 이튿날 오후에 출발하여 낭교만으로 향할 예정이며, 그곳에서 잠시 정박했다가 남갑으로 갈 것이라고 말해주었다. 접매와 맨슨은 이양례에게 배에 태워줘서 고맙다고 인사했다. 맨슨 일행은 의관으로 돌아왔고, 접매는 무거운 짐을 내려놓은 듯한 기분에 안도의 한숨을 쉬었다. 다음 날 오후에는 사료에 돌아갈 수 있다고 생각하니 기쁨을 누를 길이 없었다. 그래서 의관으로 돌아오는 길에 자기도 모르게 산가(山歌)를 흥얼거렸다.

그러나 접매가 상상도 못한 일이 그녀를 기다리고 있었다!

의관으로 향하는 작은 골목에 접어들었을 때 누군가 의관 문 앞에서 외쳤다.

"접매! 접매!"

깜짝 놀란 접매가 정신을 가다듬고 보니 송자였다. 여긴 어떻게 알고 왔을까? 접매는 기쁘면서도 의아해서 옆에 맨슨이 있는 것도 잊고 송자에게 뛰어갔다. 두 사람은 기쁨에 겨워 손을 맞잡았고, 접매는 감동의 눈물을 흘렸다.

❦──❧

접매는 생각지도 않게 코모란트호의 통역을 돕게 되었으며, 타구에 있는 양인의 의관에 와서 맨슨에게 치료와 간호를 배우게 되었다. 배에 오를 때는 급박하여 모두에게 작별 인사도 하지 못했다. 동생 문걸에게도 짧은 작별 인사와 함께 타구에 있는 양인 의관에 가도 달에 한 번은 사료에 돌아올 테니 잘 지내라고 말한 것이 고작이었고, 송자에게는 인사할 틈도 없었다. 그녀는 코모란트호가 돌아오는 길에 사료에 잠시 들를 줄 알았다. 그런데 접매의 바람과는 달리 코모란트호는 곧바로 타구로 오게 되었고, 인연이 닿아 대만부까지 다녀왔다.

사료에 있을 때 송자와 접매는 사이좋게 지냈다. 접매가 그렇게 떠난 후 송자는 쓸쓸한 마음을 떨칠 수 없었다. 면자 형님이 그에게 문걸과 함께 저로속에 소식을 알리라는 중요한 임무를 명했고, 그 일로 인해 접매 남매의 출생의 비밀을 알게 되었다. 더욱 예상 밖의 일도 겪었다. 저로속의 두목 겸 사가라족의 총두목인 탁기독이 문걸을 양자로 삼은 것이다. 문걸이 저로속에 남기로 하자 송자는 열흘간 그곳에서 지낸 후 홀로 사료에 돌아왔다. 문걸도 누나가 타구에 가고 없으니 따로 사료에 작별 인사를 하러 가지 않았다. 다만 송자에게 부탁하여 사료에 돌아간 후 면자 형님께 인사도 제대로 못 드리고 떠나서 죄송히며, 누나가 사료에 오면 그간의 이야기를 전해 달라고 부탁했다. 양부 탁기독의 바쁜 일이 마무리되는 대로 사료에 한 번 오겠다고 했다.

송자는 임무를 수행할 때만 해도 접매와 헤어진 상실감을 잠시 잊을 수 있었다. 그런데 일을 마치고 사료로 돌아오자 다시 우울해졌다. 면자는 접매와 문걸의 어머니가 저로속의 공주라는 사실에 크게 놀랐다. 탁기독이 문걸을 양자로 들였다는 말을 들은 후 그는 잠시 생각에 잠겼다가 이윽고 입을 열었다.

"문걸에게는 당연히 좋은 일이다. 생번 두목을 의지할 수 있게 되었으니 어린 나이에 아버지를 잃고 혼자 되는 것보다는 훨씬 낫지. 하지만 우리의 상황이 조금 미묘하게 되었구나. 가까운 사람이 생번 귀족이라는 게 평소라면 좋을 수도 있겠지만 지금은 생번이 일을 저질러 양인과 문제를 일으켰다. 생번과 복로의 관계에 대해서는 너도 잘 알 것이고…….”

면자가 잠시 침묵하다가 입을 열었다.

“우리는 양인, 생번, 복로 모두에게 잘 보여야 한다. 어쨌든 몸을 사리는 것이 좋겠구나.”

그러나 면자의 말에 송자는 동의하지 않았다. 그의 마음속에서는 접매만이 가장 친밀하고 중요한 사람이었기 때문이다. 문걸과 접매 남매가 사료에 와서 자신들과 지낸 것이 작년 중추절의 일인데 문걸은 생번의 어머니 고향으로 가버렸다. 송자는 남매와 사이가 멀어지는 것만 같다. 면자는 옛정을 생각해서 남매를 수용하려고 했지만 같은 조상, 같은 고향이 아니고 민족도 전혀 달랐다.

송자는 접매를 그리워했다. 접매는 예쁘고 영리하고 성격도 활발하다. 지난 반년 동안 접매와 지내는 일은 송자에게 바쁜 가운데 가장 큰 즐거움이었다. 열흘 동안 그의 눈에는 접매의 모습과 웃는 얼굴만 떠올랐다. 접매로부터는 소식 한 장 없었다. 그 양의사가 나쁜 사람이 아니라는 것을 믿고, 접매의 안전에는 문제가 없을 거라는 것도 알았다. 하지만 그냥 이렇게 접매와 연락이 끊기는 상황을 견딜 수 없었다.

이날 그는 불현듯 접매를 찾아갈 결심을 했다. 어차피 접매가 기후의 양인 의관에 있는 것도 알고 있다. 배를 타고 타구의 기후항으로 가서 의관을 찾는 것은 어렵지 않은 일이었다. 그래서 면자의 허락을 받아 기후로 가는 상선을 얻어타고 얼마간의 돈을 챙겨서 출발한 것이다.

송자는 사흘 전 타구에 도착했다. 과연 양인 의관을 찾는 일은 어렵지 않아서, 배에서 내려 반 시진도 안 되어 의관을 찾아냈다. 입구에서 한 복로 노인이 접매가 맨슨을 따라 며칠 전에 대만부로 떠났으며 언제 돌아올지는 모른다고 말해주었다.

결국 송자는 기후항에서 잡일을 하면서 접매를 기다렸다. 타구로 오는 배가 무척 많아서 일자리를 찾기는 쉬웠다. 송자는 낮에는 일하고 저녁에는 의관에 찾아가 접매의 소식을 알아보았다. 그리고 밤에는 의관 옆 공원에 있는 나무 밑에서 잠을 잤다. 4월이라 밤에도 춥지 않았고 모기와 파리가 많기는 했지만 그런 대로 견딜 만했다. 이렇게 사흘이 지나고 나흘째에 접매를 만난 것이다.

"접매, 양인들의 옷차림을 하고 있어서 하마터면 못 알아볼 뻔했네. 하지만 그렇게 입으니 정말 예쁘군!"

송자가 접매를 만나자마자 건넨 첫마디였다. 접매는 아리따운 모습으로 생긋 웃었다. 송자는 사료에서 맨슨을 본 적이 있어서 그에게도 꾸벅 고개를 숙여 인사했다.

"맨슨 선생님, 안녕하십니까! 제 사촌 동생의 병세가 많이 좋아졌습니다. 정말 고맙습니다."

맨슨이 그 말에 기뻐하며 접매에게 말했다.

"고향 사람이 보러 왔으니 정말 좋겠어요. 어서 안으로 모셔요."

접매는 송자를 자기 방으로 데려갔다.

"문걸은 잘 지내요?"

"안 그래도 그 이야기를 하려던 참이야. 문걸이는 사료를 떠나서 저로속의 두목이자 사가라족 총두목의 양자로 입양되었어."

266

너무 놀라서 머릿속이 하얘졌다. 송자가 지난 스무날 동안 있었던 일을 하나하나 알려주었다. 접매가 코모란트호를 타고 간 직후 면자가 캐럴과의 약속을 이행하기 위해 그와 문걸을 저로속에 보낸 임무, 뜻밖에 밝혀진 접매와 문걸의 어머니가 저로속 공주였다는 사실, 저로속의 두목이 아는 것이 많고 영리한 문걸을 양자로 들이게 된 사정까지 빠짐없이 말했다. 송자는 총두목이 문걸을 무척 아끼고 신뢰한다고 말했다. 또 문걸에게 강력한 버팀목이 생겼으니 이제는 걱정하지 않아도 된다고 말해주었다.

　　접매는 문걸의 일이 기쁘면서도 상실감을 느꼈다. 앞으로 그녀가 문걸과 함께 지낼 기회는 전보다 훨씬 줄어들 것이다. 아버지는 문걸이 객가인이나 복로인처럼 과거 시험을 봐서 이름을 떨치기를 기대했다. 하지만 문걸이 아무리 총명해도 외딴 산속에 살면서 집안이 가난하면 스승을 모실 형편이 안 되고 공부할 환경이 안 된다. 따라서 장차 문걸이 과거에 응시하여 출세하는 일이 쉽지 않다는 것을 접매도 알고 있었다. 그런데 어머니가 태어난 부락 두목의 양자라는 귀한 몸이 되었으니, 어머니의 가업을 계승한 것으로 봐야 한다. 생각이 여기에 미치자 잘된 일이라며 위안이 되었다. 그녀는 동생의 앞날을 조용히 축복했다. 동생이 어머니의 가업을 계승했으니 이제 자신은 아버지를 계승할 차례라고 생각했다.

　　아버지의 어떤 것을 계승해야 할까? 접매가 자랑스럽게 생각한 아버지는 늘 부지런한 모습이었다. 그녀와 문걸은 모두 아버지의 근면한 정신을 이어받았다. 아버지에게 본받을 또 하나의 미덕은 성실함이었다. 이 점은 바다를 건너 섬으로 이주한 사람들에게 흔치 않은 모습이다. 그래서 '임노실'이 그의 별명이자 간판이 될 수 있었다. 아버지는 평지 사람과 고산 지대 생번을 모두 속이지 않았고, 어리거나 나이가 많다고 속이는 법도 없었다. 장사꾼에게 흔한 교활함을 아버지에게서는 찾아볼 수 없었다. 그녀는 어머니가 아버지의 이런 점에 이끌렸을 것이라고 생각했다. 성실하고 약속을 지키는 성정은 원래 생번의 장점이다. 그녀의 몸에는 어머니의 피가 흐르고 있다. 자신이 부모님의 성실함을 물려받았고 문걸도 마찬가지라고 믿는다.

아버지는 문걸이 '문장이 걸출하여' 과거에 급제하기를 기대했다. 문걸은 이미 생번 두목의 양자로 갔으니 이 희망은 이뤄질 가능성이 없다. 그녀는 여자라서 과거에 응시할 자격이 없다. 하지만 그녀는 양인의 의술을 배우고 있다. 같은 의사여도 양인은 '의사', 복로인이나 객가인은 '대부(大夫)'라고 부른다. 아버지의 임종을 앞두고 남매가 시성까지 가서 모셔온 복로의 대부는 아버지를 위해 병을 봐주었다. 비록 아버지의 생명을 구하지는 못했지만 그녀는 그날 보여준 대부의 풍모와 행보를 존경한다. 고명한 의술을 가진 의사를 두고 사람들은 화타(華佗)가 환생했다고 한다. 비록 서양 의술이 복로나 객가의 의술과 확연히 다르지만 사람을 구하는 마음은 같다. 게다가 그녀는 서양 의술의 뛰어난 면을 직접 목격했다. 언젠가 대부, 나아가 화타가 되고 싶다. 그러면 하늘에 계신 아버지의 영혼이 무척 기뻐할 것이다. 그날이 오기를 마음속으로 기도했다.

그녀와 문걸은 짧은 시간 동안 큰 변화를 겪었다. 남매의 가는 길이 그토록 대비되는 것이 놀랍다. 한 사람은 도시로 가서 양인에게 배우고, 한 사람은 산속으로 가서 생번 귀족이 되었다. 너무나 불가사의한 일이다. 접매는 밤중에 뒤척이며 잠을 이루지 못했다. 오늘 송자가 사료에서 타구까지 찾아와서 그녀는 몹시 감동했다. 면자와 송자 형제는 의지할 곳 없는 그녀와 문걸에게 손을 내밀어주고 가족처럼 대해준 사람들이다. 그녀는 그들에게 진심으로 고마움을 느낀다. 반년 동안 남매는 걱정 없이 즐겁게 지냈다. 물론 그녀가 밥 짓기와 바느질, 농사일을 돕고 문걸도 집안일을 돕기는 했다. 하지만 다른 집에 얹혀사는 생활을 언제까지고 지속할 수는 없다. 본래도 그녀는 하루속히 자립해야겠다고 생각하는 중이었다. 맨슨을 따라온 것도 그런 잠재의식이 어느 정도는 작용한 것이다. 문걸은 이미 사료를 떠났다. 그렇다면 그녀는 어디를 집으로 삼아야 할까?

송자가 자신을 좋아해서 일부러 타구까지 달려온 걸 생각하고 크게 감동했다. 하지만…… 아무리 생각해도 송자가 자기를 생각해주는 만큼 자신의 마음은 그에게 끌리지 않는 듯하다. 조금 전 송자가 어머니의 이야기를 해줄 때 접매는 뜨거운 눈물을 흘렸다. 어머니가 사랑을 위해 그토록 큰 용기를 냈다는 것을 그녀는 몰랐다. 아버지와 함께 있기 위해 자신의 모든 걸 버리고 나온 어머니의 용기에 그녀는 특히 감동했다.

송자에 대한 감정이 남녀의 그것이 아니라 가족 같은 감정임을 다시 한번 느낀다. 접매는 타구에 찾아온 송자를 반기면서도 어딘지 모를 불안한 감정에 사로잡혔다.

26장

다음 날인 4월 22일 아침, 접매는 송자와 함께 애슈엘럿호가 정박한 곳으로 가서 이양례를 기다렸다. 오후 2시가 되자 이양례가 나타났다. 접매는 송자도 데리고 가게 해 달라고 부탁했고, 이양례는 송자를 쳐다보더니 주저 없이 승선을 허락했다.

애슈엘럿호가 기적 소리를 내며 항구를 출발했다. 접매와 송자가 이양례에게 고맙다고 인사하자 이양례가 말했다.

"하지만 사료에 가면 두 사람이 날 안내해줘야 해요."

이양례는 웃으면서 물었다.

"방금 캐럴이 내게 포르모사 남부 지도를 한 장 줬어요. 중요한 것은 남갑까지의 해상 지도입니다. 우리는 오늘 저녁 사료에 하룻밤 정박한 후 내일 남갑으로 갈 겁니다. 그곳에 가본 적이 있는 접매 씨가 우리와 함께 갈 수 있을까요?"

접매는 생각할 필요도 없이 완곡하게 거절했다. 사료를 떠난 지

꼬박 1개월이나 되어서 며칠이라도 더 사료에 머무르고 싶다고 말했다. 또 지난번 남갑에 갔을 때 두려운 경험을 했으니 다시는 그런 모험을 하고 싶지 않다고도 덧붙였다. 이양례는 이번엔 상륙하지 않겠다고 약속했다. 그래도 접매가 망설이자 이양례는 약간 실망했으나 포기하지 않았다. 사료에 도착하여 접매가 내릴 준비를 할 때 그는 한 번 더 부탁했다.

"그렇다면 사료에 하룻밤 더 있으면서 내일은 시성과 그 근처를 돌아보고 모레 출발하겠소. 잘 생각해 보고 내일 내게 말해줘도 늦지 않아요."

접매는 빙그레 웃기만 했다.

⟜——⟜

이양례는 선상에서 사료의 첫날을 보냈다. 이날 저녁 그는 홀로 갑판에 나가 밤하늘을 바라보았다. 머릿속에는 모레에 닿을 목적지인 남갑이 아니라 접매의 모습만 가득했다. 그의 마음은 영문을 알 수 없는 흥분에 사로잡혔다. 남갑에 가서 탐험하는 일 때문인지 다른 것 때문인지 알 수 없었다. 어쨌든 이런 감정을 느낀 것은 실로 오랜만이다. 살아갈 목표와 생명력을 다시 얻은 것 같았다. 그는 이런 느낌을 좋아했다.

이튿날 아침, 그는 일찍 일어났다. 접매는 남갑에 갈 생각이 없었기 때문에 자신을 고향에 데려다준 감사의 표시로 이양례와 함께 시성을 돌아보기로 했다. 면자와 송자도 동행했다. 이양례는 시성이 봉산 이남에서는 가장 큰 복로인의 집결지라는 것을 이미 알고 있었다. 시성의 상점에는 복로인이 대부분이지만 거리를 오가는 행인에는 평포나 복로의 복장을 한 토생자들과 일부 객가인이 섞여 있었다. 이런 모습이 이양례에게 신기하게 다가왔다. 시성의 인구는 많지 않지만 시가지가 번화하고 상업 활동은 놀라울 정도로 왕성했다. 이 상업 교역의 절반은 각각 다른 집단 간의 상호 거래로 구성되었다.

이양례는 특히 거리를 오가는 인파의 복장과 언어에 주목했다. 이곳의 평포 사람들을 두고 청나라 관리들은 숙번이라고 부르는데, 평포 사람들은 스스로를 토생자라고 불렀다. 토생자는 평포와 복로의 혼혈을 뜻한다. 이주민들이 복건에서 온 복로와 광동에서 온 객가로 나뉜다는 것도 그는 이곳에 와서야 알았다. 그는 복로와 객가, 토생자를 구분해내려고 애썼다. 토생자는 알아보기에 어렵지 않았다. 두건을 쓰고 복장도 다른 사람들과 다르기 때문이다. 하지만 복로인과 객가인은 복장, 외모, 머리 모양이 극히 비슷했고 언어만 다를 뿐이었다. 접매가 쉽고 간단한 방법으로 복로 여자와 객가 여자를 구분하는 방법을 알려주었다. 이양례는 한참 관찰하고도 요령을 익히지 못하고 접매에게 다시 알려 달라고 했다. 접매가 갑자기 익살스럽게 대꾸했다.

"영사님이 저더러 남갑에 함께 가자는 말씀만 하지 않으면 알려드릴게요."

이양례가 이러지도 못하고 저러지도 못하는 표정으로 접매를 바라보았다. 그는 어떻게 대답해야 할지 몰랐다. 결국 이양례는 접매에게 동행을 강요할 수 없음을 깨닫고는 고개를 끄덕였다. 접매가 환하게 웃으며 대답했다.

"아주 간단해요. 복로 여자들은 발이 아주 작아요. 저처럼 발이 크면 복로인이 아니에요. 객가인 아니면 토생자입니다. 그런데 객가인과 토생자도 머리 모양이나 복장으로 한눈에 구별할 수 있어요."

이양례가 깔깔 웃었다. 그러다가 갑자기 까무잡잡한 세 사람의 장정을 발견하고 흠칫 놀랐다. 그중 한 사람은 머리에 표범 무늬 모자를 쓰고 날카로운 동물 이빨로 장식한 차림이었다. 그들은 모두 붉은색과 흰색이 섞인 조끼를 입고 있었다. 면자가 이양례의 팔꿈치를 살짝 건드리며 말했다.

"저 사람들은 생번이랍니다."

면자는 접매에게 그 말을 이양례에게 통역해 달라고 했다. 세 사람은 큰 대광주리를 메고 있었는데 그 안에 무엇이 들었는지 보이지 않았다. 이들은 복로인이 운영하는 큰 상점으로 향했다. 생번은 자신들과 다른 생김새의 이양례를 보더니 호기심에 몇 번이나 힐끔거렸다. 세 사람 사이에 몇 마디가 오가더니 그 후에는 무관심을 가장하고 있었다. 이양례는 생번의 광주리에 무엇이 들었는지, 복로인과는 어떻게 교역하는지 궁금해서 그들을 따라 상점으로 들어갔다.

생번이 대광주리를 열었다. 면자는 이양례에게 안에 있는 것이 녹용 한 쌍과 녹편(鹿鞭, 사슴 음경의 힘줄)이라고 말해주었다. 용도를 알 수 없던 이양례가 어리둥절한 표정을 지었다. 생번과 상점 주인이 손짓과 발짓을 해가면서 대화를 나누는 것으로 보아 서로 말이 통하지 않는 듯했다. 상점 주인이 녹용과 녹편을 받고도 양쪽은 여전히 한 마디씩 주고받았고 급기야 얼굴까지 붉혔다. 쌍방의 조건이 타협점을 찾지 못한 듯했다. 생번은 어쩔 수 없다는 듯 모자를 벗었다. 상점 주인은 만족한 표정으로 안으로 들어가더니 상당히 신식인 화승총 세 정과 탄약 여섯 상자를 내왔다. 그것으로 모자라 여성용 장신구와 옷감까지 얹어주었다. 이양례는 잡화점 같은 복로인의 상점에서 쌀, 설탕, 솥, 노끈, 쇠붙이, 각종 음식에 무기까지 취급하는 광경을 보고 소스라치게 놀랐다.

타구에서 캐럴은 포르모사 생번의 무기 제조 기술이 북미 인디언을 훨씬 뛰어넘는다고 말했다. 그러면서 생번을 쉽게 봐서는 안 된다고 경고했다. 이양례는 그 말이 무슨 뜻인지 분명히 깨달았다. 그는 이제야 포르모사의 고산 지대 생번과 평지 사람 사이에 왕래가 전혀 없지 않고, 보기만 하면 충돌하는 인디언과 백인 사이와는 다르다는 점을 알았다. 비록 청나라 조정이 관문을 설치하여 평시 사람과 생번을 격리하고 당사자들도 상대를 곱게 보는 것은 아니지만 완전히 적대시하거나 대립하는 수준은 아니다. 서로 교역도 활발히 이루어지고 있다. 옆에 서 있는 접매의 경우로도 알 수 있듯이 사실상 생번과 객가의 통혼이 적지 않다는 사실도 알았다. 생번은 포르모사 해변과 산속의 부락에 살면서 평지 사람의 물건과 자신들의 물건을 교환한다. 더 중요한 것은 많은 화승총과 화약을 사 간다는 것이다. 캐럴이 인디언을 보는 눈으로 생번을 판단해서는 안 된다는 말을 괜히 한 게 아니었다.

이양례는 생번을 무척 신기하게 바라보았고 생번도 그가 신기한 듯이 몇 번이나 고개를 돌려 이쪽을 바라보았다. 사실 생번뿐 아니라 시성 사람들 중에서도 양인을 본 경험이 있는 사람은 극소수에 불과하다. 게다가 이양례는 왼쪽에 안대까지 하고 있어서 더욱 특이하게 보였을 테다. 처음 옆에서 수군대던 사람들은 이양례에게 악의가 없어 보이고 자신들을 개의치 않는 것을 보고 아예 그를 둘러싼 채 쳐다보았고, 구경꾼은 점점 늘어났다. 이양례는 뜻밖에도 손을 내밀어 사람들과 일일이 악수하면서 인사를 나눴고, 사람들도 즐거워하며 그와 악수를 하려고 모여들었다.

이양례는 시성 시가지를 한 바퀴 돌았다. 나중에는 다른 생번 몇 명을 만났으나 그들이 들짐승을 가져와 복로인이 만든 쇠솥과 주방 도구로 바꿔 가는 모습까지는 보지 못했다.

"이곳에 구자록 사람들도 있습니까?"

이양례의 물음에 면자가 대답했다.

"이곳은 모란에서 가까운 편이라 남부의 묘자 사람들이 나타나곤 합니다. 구자록은 여기서 멀어요. 생번 부락들은 언어와 차림새가 비슷해서 구별하기 어렵답니다."

시성의 번화가는 하나의 큰길로 이루어져 있었다. 이양례가 시성 구경을 마치고 면자에게 자신을 따라 남쪽으로 가지 않겠냐고 물었다. 과거에 구자록이었던 용란까지만 함께 가도 좋다. 면자는 자신과 같은 토생자들이 가는 건 괜찮지만 양인을 데리고 가면 로버호나 코모란트호 때와 똑같은 일이 발생할 수 있으니 위험을 무릅쓰면서 가고 싶진 않다고 했다.

사료에 돌아와서 이양례는 면자에게 배를 타고 통역을 도와줄 생각이 없느냐고 다시 물었다. 면자는 일전에 접매가 말한 전투 장면이 생각나서 완곡하게 거절했다. 이양례는 두둑한 돈을 주고라도 사람을 구하려고 했으나 대부분 생번어를 유창하게 하지 못하여 일을 시킬 수 없었다. 이양례는 통역할 사람을 찾지 못하고 실망한 채 해가 떨어지기 전에 애슈엘럿호로 돌아갔다.

애슈엘럿호는 출발하지 않고 사료항에서 두 번째 밤을 맞이했다. 사흘째 되는 날에도 이양례는 단념하지 않고 아침 일찍 배에서 내려 접매와 면자를 찾아갔으나 실망만 하고 돌아서야 했다.

애슈엘럿호는 캐럴이 준 포르모사 남부 지도와 항해 지도에 의존하여 순조롭게 항해한 끝에 남갑 해안에 당도했다. 이어서 로버호의 삼판선 잔해가 널려 있는 해변을 찾아냈다. 해변에는 기이한 모양의 바위들이 이곳저곳에 흩어져 있었다. 이양례는 배가 암초에 부딪힐까 겁이 났다.

이양례와 페비거는 망원경으로 구비산 아래의 해안을 바라보았다. 모래밭에는 아무것도 보이지 않았고, 생번이나 들소도 보이지 않았다. 뜻밖에도 이주민 복장을 한 네 사람을 보았다. 애슈엘럿호의 병사들이 배에서 내려 네 사람을 데려왔다. 그들은 객가인이 아니라 복로인이었다. 이양례가 하문에서 데려온 복로 통역원을 통해 소통을 할 수 있었다.

네 사람은 오(吳)씨 성을 가졌고 대를 이어 대수방에서 수십 년 동안 살고 있다고 했다. 해변에는 삼판선을 타고 왔으며, 배는 부근의 작은 만에 대놓았다고 설명했다. 모래밭 일대에 들소가 떼 지어 출몰한다는 말을 듣고 사냥을 나온 길이었단다. 그들은 생번이 양인 배의 선원들을 살해한 사건에 대해 전혀 들은 바가 없고, 가끔 이곳에 와서 생번과 물건을 교환한다고 했다.

이양례가 모래밭 뒤의 산을 바라보았다. 이곳이 바로 캐럴과 청나라 관리들이 말한 구비산이다. 구비산은 높지 않으나 형상이 괴이하고 험준했다. 부근의 산은 숲이 무성하게 우거져서 생번이 몸을 숨기기 쉽게 생겼다. 이양례는 캐럴의 경험과 시성에서 본 것을 토대로 자신들의 상대는 칼과 활로 무장한 야만인이 아니라 화승총을 든 적이라는 사실을 깨달았다.

이양례와 선장 페비거는 자세히 관찰한 후 같은 결론을 내렸다. 반드시 100~200명 규모의 병력을 동원해야 구비산에 깊숙이 들어갈 수 있으며 해군의 물품 보급이 절대 부족해서는 안 된다. 물론 생번과 소통할 통역원 몇 명이 더 있어야 하고, 병력과 통역 어느 하나도 부족해서는 안 된다. 이런 준비 없이 무모하게 진입하는 것은 대단히 위험하다.

상륙하지 않기로 했기 때문에 페비거는 회항을 지시했으나 이양례는 동쪽으로 더 갈 것을 요구했다. 애슈엘럿호는 동쪽 끝에서 남쪽을 향해 돌출된 좁고 긴 반도를 돌아서 가다가 포르모사 동부 해안을 따라 북쪽으로 향했다. 얼마 후 그들은 큰 하구를 발견했다. 그곳에서 바라보니 강이 넓고 평탄하게 펼쳐졌다. 캐럴의 지도에는 이 일대가 표시되지 않았다. 하지만 지형과 지세로 볼 때 이 큰 강은 저로속으로 통할 가능성이 커 보였다. 이양례의 가슴이 두근거렸다. 그는 페비거에게 이 하구에서 상륙하여 강으로 진입한다면 험준한 구비산을 거치지 않고 구자록을 직접 공략할 수도 있겠다고 말했다. 페비거는 고개를 끄덕이며 그의 담력과 식견이 보통이 아님을 느꼈다.

보름 이상의 시간을 들여 청나라 관리로부터 선원들을 살해한 자를 색출하겠다는 약속은 받아냈다. 하지만 생존자를 구출하지 못했으며, 구자록의 생번이나 선원들의 유해, 유품도 볼 수 없었다. 이양례는 아쉬움을 안고 애슈엘럿호의 선수를 돌려 하문으로 가자고 지시했다. 하루 반나절이 지난 4월 30일, 애슈엘럿호는 하문으로 돌아왔다.

이것으로 이양례의 첫 번째 포르모사행은 마무리되었다. 이를 계기로 포르모사에 오는 것은 그에게 가장 즐거운 일이 되었다.

27장

4월 하순, 18개 부락의 결맹연 이후 문걸은 누나 접매가 점점 그리웠다. 사료를 떠난 지도 1개월이 넘었으므로 사료에 다녀가고 싶었다. 면자에게도 정식으로 작별 인사를 하고 반년 동안 보살펴준 은혜에도 감사를 표시할 참이다. 하지만 접매가 사료에 있는지 모르기 때문에 누나가 없을 때 가면 공연히 헛걸음을 할까 걱정이었다.

탁기독도 문걸의 누나가 사료에 있었다는 것을 안다. 그는 문걸에게 접매가 저로속에서 살기를 원하면 두목이자 외삼촌의 자격으로 언제든 환영한다고 밝혔다. 접매는 어릴 때부터 새로운 것을 좋아했는데, 이사의 말을 들으니 어머니 어릴 때와 거의 같다고 한다. 그래서 누나가 부락에 오래 머물지 않을 것임을 잘 알았다.

탁기독은 너무 마음을 쓰지 말라고 다독였다. 때가 되면 조상의 영령이 알아서 해주실 것이며, 만날 사람은 만나게 된다는 것이다. 자신과 문걸도 그렇게 만나지 않았느냐고 했다. 탁기독은 그들 남매가 거의 같은 날 한 사람은 양인의 배에 오르고, 한 사람은 저로속으로 오게 된 것이 남매로 하여금 각자 자기 길을 갈 수 있도록 조상의 영령이 계획한 것처럼 느껴진다고 했다. 게다가 탁기독은 남매가 조상이 부여한 임무를 띠고 있다고 믿었다.

문걸이 궁리해 보니 저로속에서 사료까지는 하루면 닿을 수 있다. 그래서 탁기독에게 3월 25일에 누나가 떠나면서 달에 한 번 정도는 온다고 했다며, 그 말대로면 4월 25일에 누나가 사료에 올 것이라고 말했다. 문걸은 하루 걸려서 사료에 갔다가 사흘간 묵기로 했다. 접매를 만나지 못하면 곧바로 돌아와 이후로는 접매를 저로속으로 부르겠다고 덧붙였다.

그리하여 문걸은 4월 24일 날이 밝자마자 평포 복장으로 갈아입고 사료를 향해 출발했다.

초저녁에 문걸이 사료에 도착하자 과연 접매가 와 있었다. 두 사람은 반가워서 어쩔 줄 몰랐다. 밤새 이야기를 나눠보니 각자 겪은 일이 모두 상상을 초월했다. 접매가 문걸에게 양인의 배가 마침 오늘 아침에 사료를 떠나 구자록으로 갔으며, 이번에는 로버호가 소속된 나라인 미국의 배라고 했다. 문걸은 화들짝 놀랐다. 탁기독의 선구안에 감탄을 금할 수 없었다. 양부 탁기독은 양인들이 반드시 다시 올 거라고 단언했는데 정말 온 것이다. 그의 우려에는 이유가 있었다. '낭교 18부락[9] 결맹'도 과연 선견지명을 증명한 것이다. 문걸은 누나

---

9 한족의 관점에서 칭하는 '사(社)'가 아닌 원주민의 관점에서 '부락'으로 호칭한다.

에게 총두목이 이미 구자록에 대한 지원 확대를 명령했으며, 밤낮으로 바다를 감시하면서 양인의 배가 나타나는지 살핀다고 말했다.

"이양례라는 사람은 캐럴과는 달라. 캐럴은 문인이고 이양례는 전쟁 경험이 많고 전공을 세워서 장군으로 승진한 사람이라 상대하기 쉽지 않을 거야."

접매의 말에 문걸은 더욱 걱정이 되었다. 접매가 말을 이었다.

"하지만 내가 보기엔 이양례는 싸울 태세가 아니었어."

"제발 그랬으면 좋겠어."

문걸은 이양례가 배를 타고 남하했다는 소식에 마음이 놓이지 않았다. 누나도 만났으니 예정보다 일찍 저로속으로 돌아가 양부와 대책을 논의하기로 했다.

⤜ ⸻ ⤏

문걸은 첫날에는 면자에게 간단히 인사만 하고 접매와 지난 이야기를 하느라 바빴다. 그래서 이튿날 면자를 만났는데 면자의 표정은 어색하기만 했다. 그는 면자의 지시로 저로속에 갔다가 자신의 출신에 대해 알게 되었다며 감사의 인사를 했으며, 탁기독을 대신해 이번에 면자가 통보해준 데에도 감사의 뜻을 표했다. 자신이 저로속에 소식을 전달하러 갔다가 저로속 두목의 양자가 된 것은 뜻밖이었다. 오늘부터 한 사람은 토생자 촌락 수령의 아들이며, 한 사람은 생번 부락 총두목의 양자 신분이 되었다. 토생자 촌락과 생번 부락은 무척 미묘한 관계였다.

1개월 전, 면자는 양인의 압박에 못 이겨 저로속에 소식을 전하겠다고 대답했다. 그는 양인과 생번의 시비에 말려들고 싶지 않았다. 영국 포선이 왔다 간 지 얼마 되지도 않았는데, 이틀 전에 미국 군함이 또 온 것을 보고 면자는 긴장했다. 이제 양인의 배는 계속 찾아올 것이고, 그 행보는 구자록이 징벌을 받을 때까지 계속될 것이다. 양인들은 쉽게 물러설 사람들이 아니다. 양인들이 올 때마다 자신과 사료가 가장 먼저 타격을 입게 되어 있다.

　어제만 해도 면자는 이양례가 배에 올라 통역을 해 달라는 청을 거절했다. 만약 이양례가 다시 온다면 그때도 거절할 수 있을까? 어쩔 수 없이 청을 받아들인다면 명목상은 통역이지만 실제로는 안내자 역할을 하게 될 것이다. 언젠가는 자신이 안내한 길로 구자록, 심지어 지로속을 치러 가지 않는다는 보장이 없다. 그렇게 되면 면자는 어쩔 수 없이 생번과 문걸의 적이 될 것이다.

　면자는 속으로 씁쓸하게 웃었다. 양인이 올 때마다 그는 돈을 벌 수 있다. 하지만 이번 같은 일로 돈을 버는 건 반갑지 않다. 생번과의 관계를 악화시킬 위험을 무릅써야 하기 때문이다. 접매와 문걸 남매는 면자가 속으로 이런 생각을 한다는 것을 전혀 눈치채지 못했다. 접매는 면자가 자신과 문걸을 보살펴줘서 감사하며, 2대에 걸쳐 은혜를 입었다고 생각했다. 그녀가 의술을 배우기로 한 것도 돌아와서 사료 사람들에게 보답하고 싶어서였다. 하지만 이후에 사료 사람들은 그녀를 어떻게 대할까? 문걸이 떠났는데 그녀가 계속 사료를 집으로 여길 수 있을까? 그녀는 송자를 떠올렸다. 송자에게 시집이라도 가야 사료는 자신을 받아들이겠지? 그런데 생번 공주의 딸이며 생번 두목 양자의 누나인 자신이 이 평포 숙번의 촌락에서 지내는 것도 무언가 이상한 일 같다. 원래 그녀는 절반은 평지 사람이다. 하지만 그녀의 아버지는 복로인이 아닌 객가인이고, 객가와 복로는 줄곧 사이가 좋지 않다. 게다가 자신의 동생은 생번 두목의 양자다. 평포와 복로의 혼혈로 구성된 사료 사람들의 눈에 생번 출신인 그녀의 존재는 당연히 거슬릴 것이다.

한편 문걸이 느끼는 관점은 달랐다. 그는 생번 부락에 합류한 이후 부락의 생존 위기를 충분히 보고 느꼈다. 생번은 잔인하고 거칠지만 본질적으로는 순박하고 부끄러움을 많이 타서 평지 사람들의 교묘한 수단에 제대로 대응하지 못한다. 이주민들이 늘면서 생번의 생활 방식은 날이 갈수록 영향을 받았다. 그가 목격한 이사 집안의 인물 구성처럼 이미 상당히 평지화되었다. 그 자신도 절반은 평지 사람이며, 얼마 전까지만 해도 그는 평지 사람의 개념과 가치관, 정체성을 갖고 있었다. 평지 사람들의 침략성은 생번 부락을 크게 위협하는 중이다. 과거 이주민들이 적었던 시절에 부락은 전통적인 생활 형태와 가치를 유지할 수 있었다. 지금은 평지 사람들이 점점 많아져서 그는 어머니 부락의 안위를 걱정하고 있다. 설상가상으로 양인까지 나타났으며, 더 불행한 점은 부락이 양인의 비위를 거스르는 행동을 했다는 점이다. 평지의 이주민들이 부락에 미치는 피해는 양인 군대가 미칠 치명적일 피해에 비하면 별것 아닐 수 있다.

따라서 부락의 생존을 위해 그는 양부를 설득하여 평지 사람과 양인 할 것 없이 양호한 관계를 유지하고, 결코 적을 만들지 말아야 한다. 전쟁이 일어나면 생번이 크게 패할 것이다.

한편 복로와 객가는 같은 평지 사람이면서도 서로 대립한다. 하지만 사료 사람들은 객가 출신인 그의 아버지에게 은혜를 베풀었으며 문걸과 누나까지 거둬주었다. 이처럼 그는 각각 다른 집단이 평화롭게 공존할 때의 장점을 몸소 체험했다. 아버지와 어머니의 비극이 재연되는 것을 원치 않았다. 그는 생번 부락의 계승을 위해 노력하면서도 한편으로는 최소한 이주민끼리 적대시하는 현상이 줄어들기를 희망한다. 혈통과 출신이 복잡한 자신이야말로 이 사명을 달성할 수 있는 적임자라고 느껴졌다. 문걸은 언젠가 면자와 이런 생각을 나누고 그의 협조를 구하고 싶다.

그날 오후, 접매는 면자와 송자에게 다음 날 문걸을 따라 저로속에 다녀올 계획이라고 했다. 어머니가 자란 부락을 살펴보고 외삼촌들을 만나보기로 했다. 하루나 이틀 머문 다음 사료에 돌아왔다가 다시 타구로 가서 맨슨에게 의술을 배울 것이다.

송자는 걱정이 태산이었다. 접매가 타구로 돌아가는 것이 싫지만 그에게는 그녀를 잡아둘 능력이 없었다. 그래서 접매가 사료와 저로속을 오가는 길에 동행을 자원했고 접매도 흔쾌히 받아들였다.

그날 저녁, 면자는 문걸의 체면을 한껏 살려주었다. 풍성한 음식을 장만하고 시성에서 사 온 좋은 술까지 곁들여 문걸의 송별연을 열어주고 접매가 타구에 가서 모든 일이 순조롭게 풀리기를 기원했다. 문걸은 만감이 교차하여 주는 술을 다 받아 마시고는 취해버렸다. 접매의 기억으로 문걸이 취한 건 이번이 처음이다. 아버지는 생전에 술을 좋아하지 않았고 문걸도 거의 술을 마시지 않았으니 주량은 세지 않을 테다. 하지만 오늘 밤 문걸은 호기롭게 건배했고, 접매는 그 모습이 낯설었다. 오랫동안 함께 지냈지만 문걸에게 그녀가 모르는 면이 있다는 것을 느꼈다.

생번의 영향을 받아서일까? 생번 사람들이 술에 취하여 추태를 부리는 것은 이미 평지 사람들의 웃음거리가 된 지 오래다. 접매는 걱정이 되었다. 부락에 간 지 얼마 안 됐는데 그런 악습에 벌써 물들었다면 큰일이다. 문걸에게 술을 마시는 습관은 좋지 않으니 절제하라고 일러야겠다고 마음먹었다.

한편 송자는 울적한 마음에 젓가락질도 시늉만 하고 술잔에는 거의 손도 대지 않았다. 접매가 멀리 타구로 간다고 생각하니 마음이 들쥐에 갉아 먹힌 듯 고통스럽다. 고개를 돌려 접매를 바라봐도 좀처럼 눈을 마주쳐주지 않는다. 사람들의 웃음소리와 대화 속에서 그는 젓가락을 힘껏 쥐어 부러뜨렸다. 젓가락은 뚝 소리와 함께 두 동강이 났다. 사람들은 갑작스러운 행동과 젓가락 부러지는 소리에 놀라서 하던 말을 멈추었다. 공기는 순식간에 얼어붙었고, 바닥에 누워 인사불성이 된 문걸을 제외하고, 모든 눈이 송자를 향했다. 문걸의 코 고는 소리와 벌레 소리만 들려왔다. 면자는 송자가 요 며칠 보여준 행동을 보고 대략 눈치를 챘다. 그는 한숨을 쉬며 말했다.

"송자야, 내일은 아침부터 일찍 길을 떠나야 하니 먼저 잠자리에 들거라."

28장

　송자와 면자는 이복 형제로, 10살 이상 나이 차이가 나지만 둘은 무척 사이좋게 지냈다. 송자는 어머니가 젊은 나이에 세상을 떠나자 어릴 때부터 형을 의지하며 자랐다.

　약 100년 전의 건륭·도광 연간, 민남의 장(漳)·천(泉) 지역 장정들이 대만 해협을 건너 사료계 입구 해변을 통해 남해안에 상륙했다. 이 1세대 이주민들은 하구에 자리를 잡은 이후 임시 숙소를 짓고 땅을 개간하고 일궜으며 고기를 잡아 생활했다.

　대략 같은 시대인 1635년경, 대강산(大崗山) 일대에 거주하다가 지난날 네덜란드인들에게 쫓겨 아후와 방색으로 밀려왔던 평지의 마가도족 사람들은 복건성과 광동성에서 건너온 이주민들의 압박에 밀려 다시 소떼를 이끌고 후산(後山) 방향으로 이주했다. 그들은 대부분 낭교를 돌아서 가는 경로를 택했으며, 사료는 이 반도에 진입할 때 가장 먼저 들르게 되는 곳이다. 일부 마가도족은 유랑을 끝내고 사료에 정착했다. 따라서 초기의 사료는 서쪽 근해의 구산 자락으로, 바다와 육지를 삶의 터전으로 삼던 복건 이주민들이 형성한 작은 촌락이었다. 촌락 동쪽은 소를 키우고 농사와 사냥으로 살아가는 마가도족이 모여 사는 평대사(平大社)가 자리잡았다. 이곳은 복로인의 '료(寮)'이자 마가도족의 '사(社)'이기도 하여서 '사료(社寮)'가 되었다. 마가도족은 모계 사회기 때문에 수많은 복로의 후손들이 결혼하면서 데릴사위가 되어 땅을 소유했다. 이에 따라 인종의 계보는 아주 복잡하게 얽히고 꼬였다.

시간이 지나면서 사료는 평포의 마가도족과 복로의 혼혈이 거주하는 도시로 변모했다. 그들은 정체성과 가치관에서 비교적 복로의 습속을 유지했으나 생활과 풍습에서는 평포의 흔적이 두드러졌다. 특히 여자들은 순수한 평포 전통을 지켰다. 남자는 여전히 복로의 풍습대로 부권 사회의 관념을 지키며 당산 가문의 종법과 성씨를 유지했다. 비교적 많은 성씨로는 이(李), 황(黃), 우(尤), 양(楊) 등이 있고, 그중 황씨는 조상을 모시는 사당까지 세웠다. 여자들은 평포의 옷차림을 하고 전족은 하지 않았다. 남녀가 똑같이 빈랑을 씹고 밭에서 일했다. 무더운 기후 때문인지 모두 두건을 쓰고 넓은 바지를 입었다. 풍속과 음식에 복로와 마가도의 풍습이 섞여 있었다.

사료의 평포 마가도족은 해변에서 해산물을 채집하거나 대나무 뗏목을 타고 근해에서 낚시를 했으며, 먼바다에는 나가지 않았다. 들소를 키우고 훈련하는 것은 마가도족의 가장 중요한 생계 수단이었다. 하지만 사료의 혼혈 숙번은 민남 복로인의 모험 유전자를 지니고 있었다. 그들은 대나무 뗏목을 타고 바다에 나가서 물고기를 잡았다.

그래서 마조, 관세음, 관우, 토지공을 모두 모셨으며, 심지어 '소왕선(燒王船, 왕선 태우기)' 같은 제사 의식도 행했다. 원래 마가도식 공해(公廨, 촌락 공동의 사당)는 사라지거나 복로식 사당 안에 종속된 형태로 남았다. 그러면서도 옛 마가도의 전통 제례는 남겨두었는데 예를 들어 '도회[跳戲, 정월 대보름에 노조(姥祖)의 화신을 모시고 거행하는 제사-옮긴이]' 의식 등을 촌락 전체로 퍼뜨리기도 했다.

면자와 송자는 바로 이런 환경에서 자랐다. 그들의 아버지 양죽청은 사료의 수령이었는데 출신 성분이 같은 복로 여자를 부인으로 맞아 아들 셋을 낳았다. 그중 면자가 장남이다. 양죽청은 이후에 평포의 피가 많이 섞인 여자를 첩으로 들여 송자를 낳았다. 송자는 양죽청의 막내아들이지만 어머니가 소수 민족 출신인데다 젊은 나이에 요절하였기 때문에 교육도 제대로 받지 못했고, 아버지의 사랑도 받지 못했다. 또 복로는 장자와 적자의 관념이 분명했기 때문에 집안 내에서도 송자는 따돌림을 받았다.

면자가 임산산의 자녀들을 집으로 데려온 것은 측은지심에서 우러나온 행동이다. 임산산이 면자네 집안에서 오랫동안 일을 했기 때문이다. 임산산은 객가인이고 그의 자녀들은 생번의 소생이라서 면자의 눈에 그들은 비천한 출신으로 비춰졌다. 하지만 접매는 외모가 아름다울 뿐 아니라 영리하고 부지런했으며, 문걸은 글공부를 면자보다 많이 해서 다시 보게 되었다. 송자는 접매를 좋아했고, 문걸에게도 자연히 좋은 감정으로 대했다. 접매와 문걸은 면자의 호의에 감격하였으나 외부 사람인 자신들이 언제까지나 사료에 남아 있을 수 없었다. 그래서 각자 갈 길을 가게 된 것이다. 남매는 떨어져 사는 일을 예상하지 못했으나 원하는 바를 이루기 위해 운명이 정해준 길을 인정하고 그대로 따르기로 했다.

송자는 촌락 내 위상이 면자에 훨씬 못 미친다. 양죽청이 병석에 눕자 면자가 수령 직을 대행했다. 면자는 송자가 객가와 생번 사이에서 태어난 접매를 사랑한다는 사실을 눈치챘다. 면자는 혼혈 토생자이지만 평소에는 복로인을 자처하며 살았다. 게다가 사료의 수령 집안이다. 문걸과 접매에게 호의를 베풀어 거뒀지만 부인으로 맞아들이는 것은 별개의 문제다. 하지만 아름답고 지혜로운 접매가 복로어까지 유창하게 하는 모습을 보고, 송자가 좋아한다면 면자도 반대할 생각이 없어졌다. 우직한 송자와 영특하고 자기 주관이 뚜렷한 접매가 맺어진다면 송자의 부족함을 보완할 수 있으리라고 생각했다. 다만 접매가 생번의 무늬로 만든 옷을 즐겨 입고 생번의 목걸이를 항상 걸고 있는 것이 거슬렸다.

송자는 문걸, 접매와 저로속으로 향했다. 이번에는 아침 일찍 출발하여 황혼 무렵 도착했다. 도중에 사마리에 들렀으나 하필이면 이사가 부재중이었다. 접매는 아쉬웠다. 그녀는 사가라족의 이고두이며, 이제는 먼 친척이 된 이사를 만나 인사하고 싶었기 때문이다.

✦〜〜✦

저로속에 도착하자 탁기독은 접매를 보고 반가워서 어쩔 줄 몰랐다. 접매만 원한다면 언제까지나 저로속에서 지내도 좋다고 했다. 접매는 타구에서 의술을 배우고 나서 생각하겠다고 했다. 문걸은 양부에게 접매가 미국의 배를 타고 왔으며, 대만부에서 타구를 거쳐 낭교에 왔다고 말했다. 그 배는 오늘 아침 낭교를 출발하여 아마도 남갑 일대에 도착했을 거라고 덧붙였다.

앞서 문걸은 접매가 영국의 포선을 타고 갔고, 구자록 해변의 총격 때도 현장에 있었을지 모른다며 탁기독에게 말한 적이 있다. 오늘 그 말이 사실로 증명되자 탁기독은 자기도 모르게 실소했다.

"정말 위험했군."

접매가 공교롭게도 미국의 영사 이양례와도 알게 되었다고 하니 탁기독은 큰 소리로 웃으며 말했다.

"필시 조상께서 우릴 지켜주신 거야."

그러고는 문걸에게 말했다.

"며칠 후에 이고두, 삼고두, 사고두 그리고 구자록의 파야림을 찾아가자. 내게 생각이 있다."

◈──────◈

접매는 저로속에서 사흘간 지냈다. 그녀는 저로속에 올 기회가 많지 않으며, 동생과 만날 기회도 많지 않다는 사실을 알고 있었다. 아버지는 남매에게 자신이 살기 위해 고향을 등지고 이 섬에 왔으며, 바다를 건너온 객가와 복로 이주민들은 고향에 처자식을 두고온 사람이 많다고 했다. 이주민들은 큰돈을 벌겠다는 꿈을 안고 섬에 왔고, 돈을 많이 벌어서 가족을 데리고 오거나 금의환향하는 것이 목표였다. 하지만 큰돈을 번 이주민들은 극소수였다. 아버지는 여기까지 말하고는 늘 고개를 가로저으며 한숨을 쉬었다. 접매는 아버지가 자신의 이야기를 하는 건지 물어볼 용기가 없었다. 이곳에 오기 전에 정말 독신이었는지, 배우자가 일찍 세상을 떠났는지, 두고 온 처자식은 있는지 궁금해도 물어볼 수 없었다.

접매는 문걸을 바라보았다. 아버지는 문걸이 과거 시험에 합격하여 이름을 알리기를 원했다. 그런데 바람과는 정반대로 문걸은 생번의 귀족이 되었으며, 가문의 규칙이 엄격한 생번에서 총두목의 양자로 들어가기까지 했다. 그녀는 입적이 총두목의 마음속을 20년 동안 짓누르던 가책 때문에 이루어졌으며, 세상을 떠난 여동생에 대한 보상임을 직감했다.

그녀는 코모란트호에서 쏜 두 발의 포탄으로 탁기독도 주변의 환경이 빠르게 변하는 것을 느꼈으며, 변화를 추구하는 계기가 되었을 것이라는 생각이 들었다. 탁기독이 문걸을 양자로 들인 이유는 핏줄이라는 요소 외에도 깊은 뜻이 있었다. 탁기독은 영민한 사람이다. 많은 평지 사람이 침입한 것부터 여동생의 혼인이 비극으로 끝난 일 그리고 양인의 배가 들어오기까지, 일련의 상황을 지켜보면서 시대의 큰 변화를 체감했을 것이다. 과거 그들의 부족은 100년이 지나도 변치 않는 세상에 살았다. 하늘의 뜻에 순응하여 처지에 만족하며 안일하게 살아가던 세월이 이제는 엄혹한 도전에 직면했다. 이 변화에 대처하려면 옆에서 도와줄 사람이 필요하다. 문걸은 아직 어리지만 이런 조건에 더없이 들어맞는 최적의 인재다.

접매는 지난 1~2개월 동안 양인들과 접촉하며 체감한 것이 있다. 대만부의 부성 같은 큰 도시나 사료 같은 작은 촌락을 막론하고 양인들의 등장과 함께 이 섬에 급격한 변화가 발생했다. 심지어 깊고 외딴 산속의 생번도 변화를 피할 수 없게 되었다. 문걸의 사명이 무겁겠다는 생각이 들었다. 어머니 부족의 미래와 운명은 문걸의 어깨에 달려 있다고 해도 과언이 아니다.

탁기독의 자리를 이어받을 조카들은 하나같이 술주정뱅이여서 미래의 격변을 감당할 그릇이 아닌 듯했다. 문걸을 부족에 받아들일 때 여동생의 아들, 자신의 외조카라는 신분이 아닌 총두목의 양자로 받아들인 이유를 생각해 봤다. 그렇게 해야 문걸이 두목 집안의 구성원이라는 위상을 얻을 수 있고, 나아가 장차 총두목을 계승할 주뢰 형제들을 보좌할 수 있을 것이다. 이런 결론에 이르자 접매는 떠나오기에 앞서 문걸의 손을 잡고 간곡히 말했다.

"네가 이곳에서 총두목에게 발탁되었으니 하늘에 계신 부모님도 마음을 놓을 거야. 하지만 한 가지 일러둘 게 있어. 술은 가능하면 덜 마셔야 한다. 꼭 명심해!"

문걸이 정색을 하며 고개를 끄덕였다.

사료로 돌아오는 길에 접매는 마음이 복잡했다. 문걸의 미래는 이미 정해졌으니 이제는 자신의 앞날을 정할 차례였다. 송자가 옆에서 그녀의 숙연한 표정을 보며 감히 말을 걸지 못했다. 그녀는 생각했다. 면자가 말을 꺼내지는 않았지만 자신이 사료에 눌러앉으면 모양새가 우스워질 것이다. 송자와 결혼하는 경우라면 예외다. 이런 생각을 하면서 그녀는 송자를 힐끗 바라보며 쓴웃음을 지었다. 송자는 접매가 자신을 미묘한 표정으로 바라보자 용기를 내서 말을 걸었다.

"접매, 타구엔 언제 갈 생각이야?"

"가는 배가 있으면 언제라도 가야지요."

"사실 나도 접매와 함께 가기로 했어. 지난번에 타구에서 많은 것을 보고 배웠지. 사료에서 농사를 짓고 고기를 잡으며 소를 키우는 건 발전이 없어. 큰 도시에 가야 기회가 있으니까. 접매가 사료에 남지 않기로 한 건 잘한 거야."

접매는 놀라면서도 반가웠다. 줄곧 순박하고 나태하다고 생각한 송자에게 이런 면이 있다는 게 뜻밖이었다. 큰 결심과 행동을 한 송자가 새삼 다시 보였다. 그녀는 며칠 동안 보여주지 않던 찬란한 미소를 지으며 말했다.

"타구에 가서 무엇을 할 작정이에요?"

"나는 글공부를 한 적이 없으니 글씨를 쓰거나 장부를 작성하는 일은 못하지. 타구의 기후나 초선두(哨船頭)에는 상선들이 많이 드나들어서 화물을 싣거나 부리는 일에 사람이 필요해. 지난번에도 그 일을 했어. 기운은 세니까 힘으로 먹고사는 일은 충분히 할 수 있어. 잡일만 해서는 고정된 수입이 없고, 살 곳도 마련해야 한다는게 문제이지만."

접매가 말했다.

"하늘은 스스로 돕는 사람을 돕는다고 했어요. 일만 잘하면 일거리는 끊이지 않을 거예요. 정말 타구에 갈 결심을 했다면 함께 배를 타고 가요."

접매가 먼저 함께 가자고 하자 송자는 기쁜 나머지 그 자리에서 펄쩍 뛸 뻔했다.

29장

　탁기독의 마음은 여전히 복잡하다. 그는 문걸에게 낭교 18부락 연맹이 결성되었지만 문제는 지금부터라며, 시련을 극복할 자신이 없다고 말했다. 사가라족이 구자록을 도왔던 지난번과는 달리 이번에는 18개 부락의 운명이 하나로 연결되어 있어서 탁기독의 책임이 더욱 무거워진 것이다.

　4월 중하순경, 탁기독이 낭교 18부락 연맹을 소집할 때 그는 각 부락의 두목들에게 3월 25일 영국의 배가 출몰했다가 소득 없이 돌아갔지만 양인의 배가 반드시 다시 올 것이라고 말했다. 그 말대로 4월 24일에 과연 미국의 배가 왔다. 그 배는 몇 바퀴를 선회하다 그냥 갔다. 사람들은 그것으로 모든 일이 마무리되었다고 생각하고 기뻐했다. 하지만 탁기독은 낙관할 때가 아니며 경계를 늦추지 않아야 한다고 주장했다.

　탁기독은 미국의 배가 이번에는 현장을 조사하러 왔지만 이는 다음에 올 일을 준비한 것이라고 예상했다. 애초에 조난당한 선원들은 미국인이니 미국이야말로 진정한 당사자다. 상륙하지 않고 철저히 수색한 것은 그것으로 끝내지 않겠다는 의미이며, 지난번에는 양인의 수가 적었지만 다음에는 훨씬 많은 수가 올 것이다.

18개 부락의 대연맹이라고는 하지만 탁기독이 실제로 장악할 수 있는 범위는 사가라족 4개 부락과 일을 저지른 구자록이 고작이다. 나머지 모란이나 고사불 등과의 결맹은 양인들이 쳐들어왔을 때를 틈타 사가라 4사를 공격할 위험을 줄이기 위해서였다. 설령 그쪽에서 도움을 주더라도 후방에서 방어에 협조하여 양인들이 파죽지세로 쳐들어오는 일을 막아주는 게 고작일 것이다. 따라서 탁기독은 현실적인 방안으로 사가라 4사와 구자록만 계획의 범주에 넣었다.

그는 서쪽 끝에 있는 묘자와 용란 두목에게 양인의 배가 용란이나 대수방 쪽에서 산에 올라 측면 공격을 해올 것을 우려한다고 말했다. 그러면 높은 곳에서 아래로 내려다보는 우위를 잃게 된다. 따라서 그는 두 부락 사람들에게 원래의 부락에서 방어진을 펼치고 있다가 양인 부대가 그 길로 전진하면 먼저 진을 치고 막아주기를 주문했다.

자신의 부족인 저로속에는 양인의 배가 동쪽으로 우회하여 저로속계로 진입할 우려가 있으니 계곡 입구에 방어진을 쳐야 한다고 말했다. 탁기독은 저로속의 용사 30명을 동원하여 많은 띠풀과 대나무, 통나무를 준비했다. 만일 배가 저로속 하구를 통해 침범하려고 시도하면 즉시 띠풀과 대나무를 계곡에 밀어 넣어 수심을 급격히 낮춰서 들어올 수 없게 하라고 지시했다. 그래도 배가 밀고 들어오면 그때는 통나무를 강물에 밀어넣으라고 했다. 요컨대 적의 배를 격파할 수 없으면 강물 속에 장애물을 설치하여 배를 막으라는 것이다. 그렇게 했음에도 강물을 통해 침입하면 그때는 화공을 퍼부으라고 지시했다. 불붙인 화살을 쏘아서 불태우는 작전이다. 이밖에도 강 양쪽에 함정을 설치하여 적군이 강기슭으로 상륙하면 함정에 빠져 다치게 만들라고 지시했다.

탁기독은 양인들이 줄곧 그 선범석을 표지 삼아서 길을 찾는다고 추측했다. 그래서 전에 사고가 발생한 해변에 상륙하여 구자록을 공략할 가능성이 가장 크다. 적은 전체 지형에는 익숙치 않으며, 자신들의 강한 화력을 믿고 자만하기 때문이다.

"그렇다면 우리는 어떤 대책으로 맞서야 하겠소?"

탁기독의 질문에 구자록 두목이 대답했다.

"지난번처럼 먼저 화승총을 해안에 난사해서 저들이 겁을 먹고 올라오지 못하게 막을 겁니다."

"같은 방법으로 겁을 주긴 어려울 걸세. 지난번에 상륙한 사람은 수가 많지 않았고 탐색이 주요 목적이었기 때문에 겁을 줘서 물러가게 할 수 있었지. 이번에는 인원이 100명까진 아니더라도 최소한 70~80명은 될 거야. 그들이 산을 수색하려고 마음먹으면 몇 명쯤은 희생을 감수할 가능성이 크지."

탁기독은 이렇게 말하고는 또 물었다.

"계산해 봅시다. 우리가 동원할 수 있는 용사가 얼마나 됩니까?"

그가 파야림을 바라보자 "구자록은 40명입니다."라고 크게 대답했다.

이사를 쳐다보니 "사마리는 60~70명 정도, 정확히는 70명입니다."라는 대답이 돌아왔다.

"우리 저로속에서도 70명은 가능합니다."

탁기독이 말을 이었다.

"하지만 그중 30명은 저로속 하구에 배치해야 합니다. 그렇게 되면 구자록에 집중적으로 배치할 수 있는 용사의 수는 총……."

탁기독이 잠시 말을 멈추고 머뭇거렸다. 문걸이 옆에서 작은 소리로 답했다.

"총 150명입니다."

탁기독은 흐뭇한 눈으로 문걸을 바라보았다.

"파야림, 양인의 배가 다시 올 때까지 100명을 구자록에 집중적으로 배치하겠네. 백 일 안에 양인의 배와 병사들이 다시 올 거라고 예상하네. 만약 백 일 안에 안 오면 반년 안에는 틀림없이 올걸세."

이사가 물었다.

"그러면 나머지 50명은요?"

"50명은 저로속과 사마리를 지키고 있다가 필요한 곳에 후원 부대로 지원하겠네."

탁기독의 대답은 이사를 완전히 납득시켰다. 그는 자신의 계획을 계속 이야기했다.

"파야림, 구자록에서 모든 용사가 먹을 양식을 공급해주기 바라네. 매일 밤 용사 20명씩 초소 경계를 세우고 나머지는 휴식을 취하게 하겠네. 밤에 경계를 서는 용사는 낮에 자둬야겠지."

모두 이 계획이 합리적이라고 생각했다. 문솔과 팔요, 사립격의 두목들은 자신들의 부락이 사가라 4사와 멀지 않다면서 부락의 남자들도 참여할 준비가 되어 있으며, 용사들 대신 사가라 4사와 구자록에 남은 부녀자와 어린아이들에게 음식을 제공하겠다고 했다. 사가라의 각 두목들과 파야림은 진심으로 고마움을 표했다.

이렇게 해서 낭교 18부락 연맹은 필요한 배치를 끝내고 경계 태세에 들어갔다.

❦

이날 이른 아침, 탁기독은 파야림과 사가라 4사의 두목들을 이끌고 대첨산에 올라 행운을 빌었다.

지난번 파야림은 붉은 머리 여자를 남자로 오인하여 죽인 이후 부락 사람들과 개가 갑자기 비명횡사한 일이 생기자 이 산을 찾았다. 당시에는 붉은 머리 여자의 원혼이 복수하여 목숨을 앗아간다고 여겨서 무당이 파야림과 부락의 모든 장정, 여자와 어린아이까지 데리고 대첨산에 올라 기도했고, 과연 그 후에는 비슷한 일이 더는 발생하지 않았다. 사람들은 붉은 머리 여자가 죽은 곳에 가서 제사를 지냈다.

대첨산은 구자록의 성산이지만 사가라족 사람들도 이 괴이한 형상의 험준한 산을 숭배했다. 구자록 사람들은 출정 전후나 재앙이 들었을 때, 풍년을 맞이했을 때도 대첨산을 찾아 조상의 영령에 제사를 지냈고 행운을 기원할 때나 참회할 일이 있을 때도 이곳을 찾았다. 오늘 아침 탁기독은 파야림, 다른 두목들과 대첨산에 올라 승리를 기원하고 붉은 머리 일당이 다시는 악운을 몰고 오지 않게 해 달라고

기도했다.

　대첨산에 오르니 바람이 무척 거셌다. 하지만 녹색의 숲과 은색의 강물, 푸른 초원과 골짜기 그리고 짙푸른 삼면의 바다가 어우러진 풍경은 더할 나위 없이 아름다웠다. 문걸은 눈을 들어 멀리 시성과 사료를 바라보았다. 흐릿하지만 통령포의 모습까지 보인다. 문걸은 어머니 부족의 터전을 바라보면서 목숨을 바쳐서라도 이 땅의 사람들과 초목, 생물을 지키겠다고 맹세했다. 다른 사람들이 전쟁의 승리를 기원하는 것과 달리 문걸은 이 땅과 이곳에 살고 있는 생명체들의 영원한 안녕과 화목을 기원했다.

　산에서 내려온 후 탁기독은 생각에 잠겼다가 내일 아침에 파야림, 이사, 문걸과 함께 지난번 영국 배에서 내린 사람들이 상륙했던 해변에 가보기로 했다. 이튿날, 이른 아침의 해풍이 불어와 찬 기운이 감돌았다. 탁기독은 사람들을 이끌고 벌써 해변으로 떠났다. 산에서 내려올 때 파야림이 지난번 구자록의 용사들이 매복한 지점을 알려주자 탁기독은 담담하게 알았다고 했다.

　해변에 도착한 탁기독은 지형을 자세히 관찰했다. 백사장에 바위가 섞여 있었고, 영국 배가 상륙한 지점은 비교적 평탄하여 상륙에 유리한 곳이었다. 탁기독은 바다 쪽에서 구자록을 바라보았다. 이사와 문걸에게 양인 병사들이 같은 곳으로 상륙할 것으로 예상하는지 묻고는 6명이 될지, 60명 심지어 100명이 될지도 모르는데 만약 두 사람이 양인 지휘관이라면 부대를 어떻게 지휘할 것인지 물었다. 파야림에게는 부족 용사들을 어떻게 배치할 것인지 물었다.

파야림이 먼저 대답했다.

"저는 그래도 지난번처럼 할 겁니다. 형제들이 산 아래 숲 뒤쪽에 숨어 있어야 총알이 해변까지 닿을 수 있으니까요. 이번엔 봐주지 않고 저들이 상륙하기도 전에 총을 쏴 죽일 겁니다. 올라올 엄두도 내지 못하도록 말입니다. 그런데 총알이 먼 곳까지 닿을지는 모르겠습니다."

탁기독이 고개를 가로저었다.

"양인들이 이번에는 많은 인원을 동원할 테고 사람 몇 명 죽고 다치는 일은 개의치 않을 것이네. 우리가 너무 일찍 총을 쏘아 은신처를 노출하면 그들은 대포로 응수할 테고, 그렇게 되면 우리가 당하게 되네."

이사가 이해되지 않는다는 듯 물었다.

"붉은 머리 지휘관이 100명의 병사를 데려온다면 당연히 산에 올라 수색하려 하겠지요. 저들이 산에 올라오게 두면 우리에게 불리하지 않을까요?"

탁기독이 말했다.

"첫째, 우리는 반드시 양인들이 산에 오르게 만들어야 하네. 양인 병사들이 산에 있는 한 배에서 대포를 쏠 수 없을 것이니 말일세. 둘째, 양인 병사들이 산에 오르면 우리는 저들에게 모습을 들키지 않아야 하네. 그러려면 저들과 정면 대결을 피하고, 순식간에 공격하고는 재빨리 숨어야 하네. 저들이 우리를 찾아내지 못하면 조급해지겠지.

우리는 상대를 쏘아 죽일 필요도 없이 지쳐 죽게 만들어야 하네. 마치 한 무리의 개가 한 마리의 멧돼지를 상대하는 것과 같다네."

이사가 박장대소했고, 파야림도 고개를 끄덕였다.

문걸이 옆에서 주저하며 말을 꺼냈다.

"양인들과 꼭 싸워야 합니까? 다른 방법은 없을까요?"

탁기독이 그를 빤히 쳐다보며 말했다.

"싸우려는 것은 양인들이지 우리가 아니다."

"하지만 사료에서 그들을 만났을 때 싸움할 생각은 없는 듯했어요. 저들이 원하는 것은 선원들의 유해와 유품입니다."

"그건 저들이 원하는 것 중 일부에 지나지 않는다. 저들은 이미 두 차례나 소득 없이 돌아갔어. 우리가 저들의 사람을 죽였으니 반드시 복수하러 다시 올 것이다."

"하지만 우리가 이번에도 승리한다면 더 화가 나지 않을까요? 그리고 저들이 승리할 때까지 계속 찾아올 것입니다."

문걸의 말에 탁기독은 정신이 번쩍 들었다.

"그 말도 맞군. 에잇!"

탁기독은 고개를 끄덕이더니 깊은 생각에 빠졌다. 새떼가 하늘을 가르며 날아가면서 그의 생각이 흐트러졌다.

"휴우……!"

탁기독이 무력감에 탄식을 뱉었다.

30장

탁기독의 판단과 예감은 적중했다. 그로부터 1개월이 조금 지나자 과연 양인의 배가 다시 나타났다. 날이 채 밝기도 전에 초소에서 큰 배를 발견했다는 보고가 들어왔다. 탁기독이 급히 산중턱으로 달려가 바다를 바라보았다. 예상과는 달리 배는 한 척이 아니었다. 돛이 3개 달린 큰 범선이 두 척이나 온 것이다. 게다가 전에 왔던 배와 비교하면 훨씬 거대했다. 점점 가까워지는 배들을 보며 사람들은 가슴이 너무 뛰어서 거의 튀어나올 지경이었다.

하늘이 밝아왔다. 청명한 날씨가 될 것 같다. 해가 쨍쨍 비치는 날에는 시계가 좋다. 부락으로 돌아온 탁기독이 용사 80명을 소집했다.

"10명씩 한 조가 되어 한쪽에서는 교란하고 다른 쪽에서는 엄호하시오. 각자의 위치에 잘 숨어야 하오. 얼굴과 손에 붉은색을 칠해서 양인들을 놀라게 하고, 설사 다쳐서 피가 흘러도 숨기시오."

탁기독은 일사불란하게 지시를 내렸다.

"산중턱 나무 뒤 사정거리 밖에 숨어 있어야 합니다. 절대로 먼저 총을 쏘지 말고 기다리시오. 양인이 상륙하지 않으면 좋겠지만 저들이 산에 올라오면 부락에서 먼 산꼭대기로 유인하시오. 부락에서 멀리 떨어질수록 좋소. 부락에서 가장 먼 조가 먼저 총을 쏘며, 쏘고 나서는 은신한 장소를 바꿔야 합니다. 각 조는 교대로 총을 쏴서 저들이 숲속에서 헤매게 만들고 우리가 몇 명인지 알 수 없게 해야 합니다. 양인이 우리를 다치게 하지 않으면 우리도 저들을 다치게 할 필요가 없습니다. 양인은 보이는 곳에 있고 우리는 노출되지 않으니 저들의 행동을 파악할 수 있습니다. 숨기만 잘하면 우리를 공격하지 못할 것이오. 숨바꼭질을 하면서 저들을 계속 헤매게 하면 됩니다. 황혼 무렵까지 그렇게 버티면 저들은 소득 없이 돌아갈 것이오. 며칠 버틸 식량을 가져왔으면 모를까 산중에서 밤샘은 하지 않을 것이오."

문걸이 참지 못하고 물었다.

"만약 양인들이 상륙하지 않고 바로 포격을 하면 어떡해요?"

탁기독이 한참 입을 다물었다가 탄식처럼 내뱉었다.

"그러면 일단 후퇴하고 생각해야지!"

범선 두 척이 해안 가까운 곳에 정박하더니 작은 배를 내렸다. 흰색 제복을 입은 병사들이 수십 척의 작은 배에 나눠타고 줄지어 상륙했다. 세어볼 필요도 없이 양인 병사들의 수는 부락 형제들의 수보다 훨씬 많다. 탁기독의 마음은 무겁기만 하다. 문걸은 오히려 마음이 놓였다. 상륙한 것으로 보아 최소한 양인이 직접 포격하지 않을 것이기 때문이다. 부락에서 가장 멀리 떨어진 조의 용사들이 눈부신 햇살 아래에서 몸을 드러내며 소리를 질렀다. 과연 양인 병사들은 그 방향으로 이동하면서 산으로 올라갔다.

양인 병사들이 숲에 들어가자 여러 곳에 숨어 있던 용사들이 돌아가며 총을 쏘았다. 양인 부대는 놀라서 조금씩 흩어져 수색을 진행했다. 용사가 숨어 있는 곳에 접근할 때도 있었는데, 용사들은 괴성을 지르며 대오의 앞에 몸을 살짝 드러냈다가 다시 숨었다. 한바탕 총성이 뒤따랐다. 하지만 용사들은 신속히 다른 곳에 몸을 숨겼고 양인 병사들은 매번 허탕을 쳤다. 이런 일이 몇 번 되풀이되자 양인 병사들도 경각심을 갖고, 낙오되지 않으려 재빨리 대열에 복귀했다.

어느새 정오가 가까워졌고 태양은 점점 뜨겁게 내리쬐었다. 산중에는 길이 없어서 부대는 나뭇가지를 베어내면서 전진했다. 양인 병사들은 숨을 몰아쉬었다. 일부는 체력이 소진되어 지쳤으며 일부는 넝쿨에 걸리거나 독성이 있는 식물에 쓸려 상처가 가렵고 아파서 견딜 수 없다는 기색이었다. 결국 하나둘 주저앉아 배낭을 열어 물을 마시고 음식을 먹거나 약을 발랐다. 부대의 대열이 흐트러졌다. 탁기독은 은근히 기뻐하며 궁리했다. 만약 대열에서 떨어진 양인을 한두 명씩 붙잡으면 무기를 빼앗을 수도 있을 것이다.

이때 테두리에 장식이 있는 모자를 쓴 남자가 나타나더니 병사들을 대열로 복귀시키려고 애썼다. 목소리가 우렁차고 씩씩했으며, 구슬 같은 땀방울이 흘러내리는데도 민첩했다. 양인 병사들은 대열을 다시 갖췄다. 탁기독은 그 남자가 대단하다고 느꼈다.

총성이 여기저기에서 울렸다. 일부는 부락 용사들이 쏜 것이지만 양인 병사들이 발사한 것이 더 많았다. 태양은 남쪽으로 기울었다가 서쪽을 향하는 중이었다. 헤아려보니 양인 병사들이 산에 올라온 지도 이미 5~6시간이 지났다. 비록 저들이 형제들과 정면으로 맞서보지 못하고 구자록 부락을 찾아내지도 못했지만 탁기독은 상대가 언제쯤 물러날지 몰라 슬며시 걱정되기 시작했다.

양인 병사들의 배낭이 상당히 튀어나온 것이 눈에 들어왔다. 이곳에서 밤을 보내고 내일 계속 수색을 이어갈 생각인 듯하다. 그렇게 되면 우리 쪽에 불리하다. 양인 병사들이 숲에서 벗어나는 것은 시간 문제다. 부락을 찾아내면 그 이후는 상상만 해도 끔찍하다. 게다가 양인들은 수가 많고 화력도 압도적으로 강하다. 탁기독은 그들을 반드시 해가 지기 전에 쫓아 보내야 한다는 결정을 내렸다.

그는 양인 부대를 빨리 철수시킬 방법을 강구했다. 몸을 드러내고 교전하면 불리하다. 야간에 습격하면 적지 않은 수를 죽일 수 있을 것이다. 하지만 문걸의 말처럼 반드시 또 올 것이다. 그들이 올 때마다 격퇴한다는 보장이 없다. 그중 한 번만 실패해도 부족 사람들은 남녀노소를 불문하고 죽음을 면치 못할 것이다.

탁기독은 이쪽의 힘을 보여주면서 원한을 사지 않는 방법을 생각해 봤다. 그러려면 상대 진영에 사상자가 많지 않아야 한다. 마침내 그는 상대를 많이 다치게 만들지 않으면서 그들이 놀라서 당장 병력을 돌릴 방법을 떠올렸다.

그는 사가라족과 다른 부족이 싸울 때 살육을 피하기 위해 각 부락에서 용사 1명씩 내보내 1대 1로 싸웠던 것을 떠올렸다. 때로는 부락의 두목끼리 결투하는 일도 있었는데 싸움에서 진 부락은 깨끗이 패배를 인정했다. 탁기독은 부락에서 사격 실력이 가장 좋은 발태(拔泰)와 그다음으로 사격 실력이 좋은 용사 둘을 불렀다. 시의적절한 대책을 일러주자 셋은 고개를 끄덕이고 출발했다. 탁기독은 조상의 영령이 도와서 발태 일행이 임무에 성공하기를 간절히 빌었다.

❦ ⸜ ⸝

알렉산더 맥켄지[10]는 부대를 이끌고 계속 수색했다. 어쩌다 적이 전면의 숲에서 모습을 보이면 즉시 총을 한두 발 쏘았다. 하지만 순식간에 모습을 감추자 병사들이 초조해했다. 출구가 없는 미궁에 빠진 것이다. 나침반이 있으나 소용이 없었다. 이곳은 평지가 아니고, 우거진 나무들은 대로변의 가로수가 아니다. 모든 것이 그동안 경험했던 전쟁터와는 너무나도 다르다. 그들은 이토록 울퉁불퉁한 산길은 걸어본 적이 없다. 이토록 빽빽하게 밀집된 나무와 덩굴들, 이토록 타는 듯한 태양, 이토록 종잡을 수 없는 적은 생전 처음이다. 숲은 너무 깊어서 어디가 어디인지 알 수 없고 적은 마치 그들을 가지고 노는 것처럼 두려움을 극대화시켰다.

많은 병사가 인디언과 대전한 경험이 있었다. 하지만 이곳의 산세와 밀림은 인디언과의 전장보다 훨씬 가혹하다. 적은 확실히 인디언보다 영리하며 무기도 발달했다. 더 힘든 것은 태양마저 적의 편이어서 많은 병사가 뜨거운 햇빛 때문에 더 나아가지 못하고 앉거나 누워 있었다. 대규모라는 인원과 강한 무기의 우위에 힘입어 가는 곳마다

---

10 Alexander Slidell Mackenzie, Jr(1842.1.24~1867.6.13)는 미국 해군 명문 가문 출신이다. 컨딩에서 전사한 후 미국 해군은 세 척의 군함에 그의 이름을 명명했다.

적을 무너뜨릴 수 있을 줄 알았다. 그런데 한나절이 지나도록 총성만 오갈 뿐 한 사람의 적도 죽이지 못했으며, 심지어 적이 어떻게 생겼는지조차 모른다. 전혀 예상하지 못한 괴이한 상황이다.

유령 같은 적과 제대로 붙어보지도 못했다. 이렇게 밤을 지새워야 하나? 그들에게는 사흘간 버틸 수 있는 식량이 있다. 하지만 낮에도 이미 적을 찾지 못했으며, 상대의 규모도 모르는 상황에서 밤을 맞는다면 자칫 집단으로 섬멸당할 수도 있다. 어쩌면 적은 밤이 되기만을 기다리고 있는지도 모른다. 맥켄지가 이런 생각을 할 정도면 다른 병사들도 틀림없이 같은 의문을 가질 것이다. 부대를 이끄는 부지휘관으로서 결단을 내려 병사들을 보호해야 한다고 생각했다. 그래서 고함을 치며 병사들을 격려하여 대열에서 이탈하지 않게 북돋은 것이다. 그는 모두의 사기를 진작시키기 위해 노력했다.

⚙━━━⚙

발태 일행은 숲속에서 몸을 낮추고 빠른 속도로 걸었다. 탁기독은 테두리에 장식이 있는 모자를 쓴 지휘관을 찾아내라고 명했다. 그들은 이미 대열의 최전방에 거의 접근했다. 과연 대열을 이끄는 남자가 보였다. 모자가 다른 병사들과 다른 것을 보니 지휘관이 틀림없다. 때마침 지휘관이 커다란 돌 위에 앉아 뒤쪽의 부대원들을 향해 손짓했다. 발태는 기회라고 생각하여 총을 들고 지휘관을 조준했고, 숨을 참고 방아쇠를 당겼다.

지휘관이 가슴을 움켜쥔 채 괴로운 얼굴로 입을 벌리며 천천히 쓰러졌다. 부대는 동요하여 사방으로 총을 난사했다. 임무를 완수한 발태 일행은 몸을 숙이고 재빨리 복귀하여 총두목에게 보고했다. 탁기독이 발태의 어깨를 두드리면서 용사들에게 아무 소리를 내지 말라고 했다. 추격할 필요가 없으며 총을 더 쏠 필요도 없다고 했다.

"저 양인도 역시 용사로군!"

양인 병사들은 술렁임이 가라앉자 신속히 대열을 정비하여 하산했다. 끊임없이 사방을 향해 총을 쏘면서도 질서정연하게 배로 돌아갔다. 탁기독은 그런 모습에 크게 탄복했다.

해가 지기 전 두 척의 배는 마침내 해변에서 물러갔다.

◈━━━◈

이날 밤, 탁기독은 환호를 받았다. 그는 두 손을 높이 들고 우렁찬 목소리로 말했다.

"용사들이여! 조상의 영령께 감사드려야 합니다."

문걸이 양부의 큰 키를 올려다보았다. 양부가 신처럼 위대하게 느껴졌다. 이렇게 느끼는 사람이 문걸 혼자만은 아니었다.

탁기독은 대첨산 조상의 영령이 보살펴서 그들을 승리로 이끌었다고 생각했다. 그래서 탁기독은 이튿날 날이 밝자마자 문걸과 이사, 파야림, 참전한 모든 용사들을 이끌고 무당의 기도와 모두의 감사 노래 속에서 다시 산에 올랐고, 그들에게 용기와 행운을 내려준 조상의 영령께 감사의 기도를 올렸다.

31장

　높고 길게 이어지는 나팔 소리와 북을 울리는 소리가 멀지 않은 영사관에서 들려왔다. 접매는 이토록 장엄하면서도 슬픈 분위기를 띤 음악을 처음 들었다.

　맨슨이 나팔 소리를 듣더니 하던 일을 멈추고 벌떡 일어섰다. 그리고 두 눈을 감고 가슴에 십자가를 그렸다.

　"미국 부지휘관이 어제 남갑에서 생번에게 살해되었어요."

　맨슨이 낮은 소리로 접매에게 말했다.

　"장례식이 곧 시작될 것 같으니 저도 가봐야겠어요."

　접매는 가슴이 쿵 내려앉았다. 미국 부대가 이미 구자록으로 갔다는 이야기인가? 죽은 사람이 있다는 걸 보니 전투가 있었던 것 같은데, 그녀는 맨슨에게 생번 쪽의 피해 상황에 관해 묻고 싶은 걸 애써 참았다.

　그저께 그녀는 돛이 3개 달린 군함 두 척이 타구항으로 들어오는 것을 보았다. 배에 걸린 국기는 유니언 잭이 아닌 성조기였다. 지난번 자신을 태우고 간 애슈엘럿호에 걸려 있던 국기였다. 그녀는 이 배들이 미국의 군함임을 알 수 있었다. 두 척의 배는 무척 컸으며, 항구에 정박한 후 병사들이 배에 오르내리며 바쁘게 움직이는 모습이 무척 인상 깊었다. 오후가 되자 두 척의 군함이 출항했다. 타구에는 외국 군함들이 수시로 정박하며 보급을 받기 때문에 대수롭게 생각하지 않았다. 그런데 그 군함들이 구자록에 원정을 떠났다가 돌아온 것이다.

이상하게도 이양례의 모습은 보이지 않는다. 그녀는 걱정이 태산이었다. 어머니의 부족과 동생의 안부가 걱정되었다. 그녀는 맨슨을 몰래 힐끗 보면서 두 사람의 관심사가 완전히 다르다는 것을 문득 깨달았다. 그러고는 길게 한숨을 내쉬었디. 그녀는 맨슨을 존경하고 맨슨도 그녀에게 잘해주지만 두 사람이 관심을 쏟는 대상은 완전히 반대라는 사실을 깨달았다. 맨슨이 걱정하는 대상은 양인이고, 설사 같은 나라가 아니어도 마찬가지였다. 그녀가 걱정하는 것은 이 섬의 사람들, 어머니의 부족이었다. 역시 사람의 몸에 흐르는 피가 모든 것을 결정한다는 생각이 들었다.

그녀는 복로와 객가의 오랜 원한과 다툼을 알고 있으며, 객가와 생번은 애증이 교차하는 관계라는 것도 알고 있다. 그녀의 부모가 바로 이런 정서를 입증한 장본인들이고, 그녀와 문걸은 그런 정서가 결합된 결정체다. 그녀는 어머니가 죽은 후에야 비로소 부모의 결혼이 어머니 부족에게 용인되지 못하는 것이었음을 알았다. 그녀와 문걸이 사료에 도착한 후에는 암암리에 그들에게 손가락질하는 것을 느겠다. 그녀는 생번의 자식이었기 때문이다. 사료 사람들 중에도 평포의 피가 더 많이 섞이고 복로의 피는 조금 섞인 혼혈들이 꽤 많다. 우습게도 이런 토생자들은 객가와 생번의 혼혈인 접매와 문걸보다 자신들이 더 지위가 높다고 생각했다. 그녀는 쓴웃음이 나왔다.

오후가 되자 군함 두 척이 일곱 번의 대포 소리를 낸 후 타구항을 떠났다. 장례식에서 돌아온 맨슨은 전사한 장교의 유해가 타구의 영국 영사관의 후원에 묻혔다고 전해줬다. 맨슨은 또 미국의 장교가 그러는데 포르모사 생번에게는 별 피해가 없는 것 같다고 했다. 생번이 어찌나 교활한지 180여 명의 미국 병사가 남갑의 산에서 6~7시간을 헤맸지만 부지휘관의 목숨만 희생되었으며 단 한 사람의 생번도 만날 수 없었다고 한다. 생번은 그들과 숨바꼭질을 하면서 함정까지 파놓아서 부지휘관이 불행히 전사했다고 한다. 병사들은 생번의 농간에 정신을 차릴 수 없었고, 포르모사의 뜨거운 태양에 더위를 먹어 탈진하거나 독풀과 뱀에 물려서 다친 병사까지 십수 명이 들것에 실려 나갔단다. 다행히 하룻밤 휴식하고 나니 몸은 회복되었다고 한다.

이 말을 전하는 맨슨의 얼굴에는 아쉬움이 가득했으나 접매는 속으로 안도하며 기뻐했다. 이날부터 접매는 맨슨을 볼 때마다 복잡한 감정이 들었다. 처음에는 맨슨에게 감동한 나머지 남몰래 사모하기도 했다. 그런데 이제는 두 사람 사이의 거리가 무척 멀게만 느껴진다. 그동안 맨슨은 접매에게 일요일에 함께 교회에 나가자고 했으나 접매는 그저 미소로만 답했다. 그녀가 통령포에 있을 때 아버지 임산산은 접매와 문걸을 데리고 관세음과 관우, 토지공에 참배하러 가곤했다. 접매와 문걸이 사료로 간 후 면자 가족도 관세음과 토지공을 섬기는 것을 보았다. 그들은 노조도 섬기고 있었다.

그녀는 어머니, 아버지가 병으로 위급할 때 나무관세음보살을 외웠다. 대만부에 있는 간서가교회에 가본 적도 있고, 맥스웰이 신도들을 이끌고 예배를 올리는 큰 방에 들어가기까지 했다. 그곳의 평화롭고 장엄한 분위기는 좋아했지만 설교는 접매가 나무관세음보살을 외울 때보다 마음의 평화를 가져다주지 않았다.

그녀는 맨슨을 존경하고, 맨슨도 그녀에게 잘해준다. 이에 비하면 투박하고 우직한 송자는 그녀에게 존경과 감동을 안긴 적이 없다. 하지만 송자를 볼 때마다 다정하고 편안한 분위기에 쾌적한 기분을 느낀다. 가족에 대한 걱정으로 그녀는 오늘따라 송자가 자꾸만 눈에 밟혔다.

32장

6월 14일 미국의 남만원정군 지휘관 조지 E. 벨크냅(George E. Belknap)은 타구의 영국 영사관에 원정군 부지휘관 맥켄지를 땅에 묻었다.

몸이 피로한데도 그는 잠을 잘 수 없었다. 눈을 감기만 하면 산속에서 획획 날다시피 뛰어다니던 생번의 모습이 떠올랐다. 동료에게 안겨 붉은 피를 뿜던 맥켄지도 떠오른다. 6월 15일 날이 채 밝기도 전에 그는 타구에서 상해로 가는 하트퍼드호(The Hartford)에서 벨 제독에게 보낼 보고서를 썼다.

6월 19일, 벨은 벨크냅의 보고서를 토대로 워싱턴의 해군 장관 기드온 웰스(Gideon Welles)에게 이번 원정에 대해 보고했다.[11]

---

11 출처: 《남대만답사수기(南台灣踏査手記)》[전위출판사(前衛出版社), 2012년 11월], Charles W. Le Gendre 저, 황이(黃怡) 역, 천추쿤(陳秋坤) 교수 감수.

1867년 제53호 공문

미국 기함(旗艦) 하트퍼드호(제2급)

1867년 6월 19일, 청나라 상해

수신: 존경하는 기드온 웰스, 해군 장관, 워싱턴 특구

각하……

해군부에 보고를 드리게 되어 영광입니다. 금년 6월 3일 제46호 지령에 따라 본인은 당월 7일 하트퍼드호에 승선하여 상해를 떠나 와이오밍호(The Wyoming)의 함장이자 해군 소령 카펜터(Carpenter)와 섬 남단을 향해 전진했습니다. 목표는 그 일대에 거주하는 원주민들을 격퇴하는 것이었습니다. 그들은 금년 3월에 해난 사고를 당한 우리 국적의 돛대가 3개 달린 상선 로버호의 선장과 선원들을 살해했습니다.

6월 10일, 남쪽으로 항해하던 도중 저는 하트퍼드호의 함장 벨크냅에게 무장을 지시했으며 해군병 40명에게는 활강총을, 나머지 40명에게는 라이플총을 배부하고, 5명의 유탄(榴彈) 포수를 별도로 배치했습니다. 와이오밍호의 함장인 카펜터의 인원에게도 라이플총 마흔 정과 탄약 마흔 벌, 나흘치 군량과 물을 배부했습니다. 두 함대의 인원과 모든 해병대 대원이 상륙을 준비했습니다. 훈련이 잘된 정예 병사의 수는 총 180명이었습니다. 6월 12일 타구에 정박했습니다. 스코틀랜드인 피커링 선생이 무보수로 통역을 자원했으며, 그는 원주민에 대해 잘 알고 있었습니다. 그 외에도 2명의 통역원을 더 고용했습니다.

저는 타구에 거주하는 상인 타일러(Mr. Taylor)와 영국 영사 캐럴을 만났습니다. 그에 앞서 캐럴 영사는 중재자를 보내 원주민에게 선의를 베풀고 가련한 로버호 선원 중 생환자가 있다면 구출하려는 시도를 했습니다. 훗날 캐럴 영사는 브로드가 함장으로 있는 영국 포선 코모란트호에 승선하여 사고 지점을 찾았으나 상륙하던 중 또 공격을 받았습니다. 이에 상술한 사람들은 모두 원정대에 참여하기를 희망했습니다. 이튿날인 13일 아침 8시 30분, 섬 남단의 광활하게 트인 톱니 모양의 해만(海灣)에 도착했습니다. 이어서 해만의 동남쪽이며 해안에서 0.5해리 떨어진 곳에 정박했습니다.

이곳은 현재 태풍의 계절을 맞아 무척 위험합니다. 하지만 10월부터 이듬해 5월까지 북동 계절풍이 부는 시기에는 오히려 안전한 정박처입니다. 9시 50분 장교, 해군 및 해병대 대원을 합쳐 총 181명이 나흘을 버틸 수 있는 식량을 휴대하고 상륙했습니다. 부대는 하트퍼드호의 벨크냅이 지휘를 맡았고, 맥켄지 해군 소령이 부지휘를 맡았습니다. 맥켄지 소령은 상륙 직후 적의 토벌에 나섰습니다. 망원경으로 보니 몸에 누더기를 걸치고 피부를 붉게 칠한 원주민들이 10명 또는 12명씩 무리를 지어 2마일 밖의 산중턱에 모여 있었습니다.

저들의 활강총이 햇빛을 받아 번쩍 빛났으며, 저들의 동정은 배 위에서 하루 내내 볼 수 있었습니다. 아군이 산속으로 진입할 때 지형을 잘 아는 원주민들은 대담하게 정면 응전을 결정했습니다. 그들은 높은 나무와 풀 사이를 민첩하게 뚫고 다니며 시종일관 아메리카 인디언의 전략과 용기에 손색없는 활약을 펼쳤습니다. 원주민들은 총을 쏜 후 재빨리 물러나 모습을 감췄습니다. 아군이 숨어 있는 곳을 찾아내서 돌격할 때마다 매복 공격에 당하곤 했습니다.

부대는 상대를 밀어붙이는 방식으로 추격하였으며, 이는 오후 2시에 잠시 멈춰서 휴식한 때까지 계속되었습니다. 이때 원주민들이 틈을 타서 몰래 접근해 맥켄지 소령이 이끄는 부대를 향해 총을 발사했습니다. 맥켄지 소령은 샌즈 해군 상위(Lieut. Sands)가 지휘하는 연대의 최전방에서 대담하게 원주민들이 설치한 매복 장소로 돌진하다가 활강총에 맞아 중상을 입었고 동료들이 부축하여 대오로 돌아왔지만 불행히도 사망했습니다.

우리 해군은 맥켄지 소령보다 용감하고 우수한 사람은 찾아볼 수 없다고 자랑스럽게 말할 수 있습니다. 그는 풍부한 지식과 총명하고 지혜로운 자질, 기민한 행동과 온화하고 점잖은 인성으로 병사들의 신뢰와 사랑을 한 몸에 받았습니다. 언제나 정의를 위해 용감하게 앞장서는 행동으로 모든 병사의 귀감이 되었습니다.

많은 장교와 병사들이 더위를 심하게 먹었습니다. 4시간 동안 적을 추격한 후 부대원 전원이 지쳐서 기진맥진했습니다. 지휘관 벨크냅은 형세를 파악하고 부대를 백사장으로 철수시켜 대열을 재정비했습니다. 하지만 2~3마일의 후퇴 과정에서 병사들은 치명적인 고온의 햇빛에 노출되어 상황은 처참했습니다. 이에 지휘관은 배로 후퇴하기로 결정했습니다. 이때가 오후 4시였는데, 화씨 92도(섭씨 약 33도)의 뜨거운 태양 아래에서 상당히 힘들게 6시간을 행군한 것입니다.

이날 오후 군의관이 피해 상황을 보고했습니다. 1명 사망에 14명은 열사병(그중 4명은 증상 심각)이었습니다. 어떤 병사라도, 아니 조금 더 정확히 말해서 산림 작전에 익숙하지 않은 어떤 부대라도 이들처럼 큰 용기를 보여주지는 못할 것입니다. 하지만 병사들이 이런 식의 전투에 적응하기 힘든 것도 사실입니다. 적은 이런 방식에 상당히 숙련된 사람들입니다. 우리 병사들은 경험을 쌓은 후에야 비로소 산림 작전에 투입될 수 있습니다. 이런 점을 고려할 때, 게다가 많은 병사와 장교들이 일사병으로 완전히 지친 상황까지 고려할 때 더는 버틸 수 없을 것 같았습니다. 저는 그들에게 이쯤에서 그만두고 더는 상륙하지 않을 것을 지시했습니다. 그들은 이미 할 수 있는 최선을 다했습니다. 일부 원주민의 집을 태우고, 원주민 전사들을 최대한 추격했으며, 목숨을 잃는 비참한 대가까지 치렀습니다.

저는 심사숙고 끝에 원주민들이 몸을 숨긴 숲은 이 계절에는 화공으로 섬멸할 수 없다는 결론을 내렸습니다. 관찰한 결과, 원주민들은 모든 숲의 빈터마다 대나무로 집을 지어놓았으며 먼 곳에 물소를 키우는 곳도 있었습니다. 이는 그들이 외부 세계에서 묘사하는 것처럼 결코 야만스럽고 무지한 집단이 아님을 보여줍니다. 우리 조난 선원들을 살해한 이 집단을 제압하기 위한 효과적이고 유일한 방법은 청나라 관청에서 이 해역을 점령하고, 군대의 보호하에 청나라 사람들을 이곳에 이주시키는 것뿐입니다. 북경 주재 미국 공사가 청나라 당국에 이런 조치를 제안할 수도 있을 겁니다.

타구에는 공동묘지가 없어서 캐럴 영사가 고맙게도 영국 영사관의 화원을 제공하여 영웅적인 맥켄지 소령의 유해를 매장할 수 있게 해줬습니다. 영사관과 네 척의 상선이 모두 조기를 걸었으며, 타구의 외국인들은 모두 장례식에 참석했습니다.

우리는 6월 14일 저녁 6시 30분에 출발하여 오늘 상해에 도착한 후 본 함대에 합류할 군함들과 만날 것입니다. 지휘관 벨크냅의 상세한 보고서를 첨부하며 번호는 A입니다. 또한 6월 13일 각 연대를 지휘했던 장교 4명의 보고서도 첨부하며 번호는 각각 B, C, D, E입니다. 그리고 함대의 군의관 빌(Beale)의 사상자 보고서도 덧붙이며 번호는 F입니다.

미국 태평양함대 사령관 해군 소장
헨리 헤이우드 벨(Henry Haywood Bell) 배상.

33장

　이양례는 불같은 분노에 사로잡혔다. 노기충천하여 절반 정도 쓴 편지를 구겨서 휴지통에 힘껏 던졌다. 편지는 미국 태평양함대의 사령관인 벨이 쓴 것이다. 이양례는 벨이 자신에게 알리지 않고 남갑에 출병했다가 실패하고 애꿎은 해군 소령 1명이 희생된 일에 대해, 무엇보다 청나라의 노여움을 사서 장차 청나라와의 교섭을 어렵게 만든 일에 대해 비난을 쏟아내는 중이었다.

　그는 미국 관리들 중에서 스스로 포르모사를 가장 잘 안다고 자신했다. 그는 애슈엘럿호의 함장 페비거와 담수, 팽호, 대만부, 타구, 낭교 그리고 로버호의 사고 지점인 남갑에 다녀왔으며, 파사 해협을 돌아 포르모사 남동쪽의 태평양 연안까지 가서 저로속계가 바다와 만나는 하구를 답사하고 왔다. 하문에 돌아와서 페비거와 구자록에 출병할 세 가지 방안을 논의한 다음 페비거에게 각 방안의 우위와 열세를 비교하고 분석하는 편지를 써서 벨에게 보내라고 했다.

이양례가 생각하는 최상의 전략은 배가 저로속계로 직접 들어가서 병사들이 상륙한 다음 강변을 따라 구비산 뒤쪽에서 구자록을 공략하는 것이다. 중간 수준의 전략은 남갑 서쪽의 대수방 일대에서 상륙한 다음 동쪽으로 전진하여 용란의 낮은 산을 통해 구자록에 진입하는 것이다. 이렇게 하면 최소한 생번에게 이쪽의 움직임을 노출하지 않을 수 있다. 3월에 있었던 영국 영사 캐럴의 전략은 로버호가 사고를 당한 해변에 상륙하여 직접 구비산으로 올라가는 것으로, 가장 낮은 수준의 계책이라고 할 수 있다.

어리석은 벨은 페비거의 편지를 받은 후 그와 페비거에게는 알리지도 않고 무모한 출병을 감행했다. 더 기가 막힌 건 그의 분석을 무시하고 가장 낮은 수준의 계책을 재연한 것이다. 보무도 당당한 미국 태평양함대의 기함에 다른 군함 한 척까지 더하여 총 300~400명의 인원을 동원해 200명에 육박한 인원을 상륙시켰지만 결과는 혹 떼려다 혹 붙인 꼴이 되었다.

이양례는 계속 투덜거렸다. '나는 당당한 미국 육군 준장이다. 이 직위는 피땀 어린 전공의 성과이며, 세 발의 총탄에 한쪽 눈을 잃은 대가다. 기껏 힘들여 현지를 탐사하고 분석해서 알려줬더니 벨은 거들떠보지도 않고 샌님 같은 영국의 캐럴이 실패했던 길을 그대로 답습했다. 영국인이 갔을 때보다 더 참담한 결과를 초래하여 1명이 사망하고, 10여 명이 더위를 먹고, 낭패만 본 채 후퇴했다.'

청나라에는 '앞사람의 실패를 보고 교훈으로 삼는다'라는 말이 있는데, 벨은 캐럴의 실패에서 전혀 교훈을 얻지 못했다. 이양례가 받은 상처는 무척 컸다. 벨은 왜 그를 속였을까? 그는 비록 프랑스 출신이지만 미국의 남북전쟁에 참전했으며 그것도 역사적으로 옳다고 평가받는 북군의 편에 서서 싸웠다. 전쟁에서 전신에 많은 상처까지 입었는데, 설마 그것으로는 충성심을 보여주기에 부족했단 말인가? 함대 사령관 벨은 무엇 때문에 자신을 만나지 않았을까?

평정을 되찾은 이후 이양례는 마침내 그 이유를 말해주는 단서를 찾아냈다. 벨의 이번 행보는 국무원의 사전 동의를 구하지 않은 것이었다. 그는 행동을 먼저 취하고 사후에 보고서를 썼다. 이는 벨이 공을 다투려는 의도를 품었음을 말해준다. 즉, 단독 행동을 통해 '포르모사 권위자'라는 이양례의 타이틀을 빼앗으려고 한 것이다. 생각해보니 만약 벨이 이번에 성공했다면 미국을 위해 큰 공을 세운 셈이니 이후 국무원이 포르모사 사무, 심지어 동태평양 사무와 관련한 자문을 구할 때 벨을 가장 먼저 찾게 될 터였다. 그렇게 되면 이양례의 자리를 벨이 완전히 대체할 수 있다.

이양례가 하문 및 포르모사 주재 미국 영사로 부임했을 때는 하문이 소재한 청나라 복건성과 부근의 광주(廣州)에 주로 관심을 쏟았다.

1858년의 천진조약에 따라 청나라 정부도 무역을 위해 한꺼번에 담수와 안평을 개방했다. 그는 이 조치가 포르모사에 장뇌, 찻잎, 자당이 있기 때문이라고 이해했다. 그 후 북경조약에서 계롱과 타구가 추가되었는데, 이는 계롱에 탄광이 있어서라고 알고 있다. 취임 초기에 그는 포르모사의 특산물에만 관심이 있었다. 그러다가 이번 포르모사행에서 피커링의 말이 그를 일깨웠다. 포르모사는 물산이 풍부할 뿐 아니라 전략적 위치로도 그 중요성이 크다. 특히 유럽의 강국인 영국, 프랑스, 러시아에 비해 미국은 극동에 기지가 부족하여 다

른 나라에 크게 뒤떨어진다. 그런 면에서 포르모사야말로 미국에게
는 최적의 기지이며 심지어 최후의 기회이기도 하다.

그는 관련 문헌들을 찾아보았는데 읽을수록 흥분되었다. 알고 보
니 먼 곳까지 내다보는 안목을 지닌 선배들이 일찌감치 미국의 극동
교두보로 포르모사를 제안하고 있었다. 가장 앞장서서 주장한 사람
은 과거 일본의 대문을 열고 들어가 막부에 문호 개방을 압박한 영웅
인 해군 준장 매튜 페리(Mathew Perry)였다.

페리는 우연히 나가사키 주재 네덜란드 상관의 의사 시볼드[12]가
쓴 서적을 읽고 일본을 탐방하기로 마음먹었다. 1853년에는 마침내
일본에 갔고, 오랫동안 봉쇄되었던 빗장을 열도록 촉구했다. 페리는
1854년 7월에 마케도니안호(The Macedonian)와 서플라이호(The
Supply)를 계룡항에 파견하여 포르모사 해안을 측량했다. 마케도니
안호의 선상 목사이며 예일대학교를 졸업한 조지 존스(George Jones)
는 상륙하여 내륙의 탄광 갱도까지 들어가 탐사했는데 이곳의 탄광
에 찬사를 아끼지 않았다.

이양례는 또 페리 준장이 밀러드 필모어(Millard Fillmore) 대통령에
게 보낸 편지 한 통을 찾아냈다. 절반까지 읽고 크게 공감하며 어느
새 한 글자씩 소리 내어 읽었다.

---

12 Philipp Franz von Siebold(1796~1866)는 독일인으로, 네덜란드 동인도회사에 들
    어가 나가사키 주재 네덜란드 상관에서 의사로 활동했다. 일본 여성과 결혼해 상
    관을 열고 제자를 가르쳐 서양 의학을 전했으며, 일본인들은 이를 난학(蘭學)이라
    고 부른다. 현재 일본 나가사키에는 아직도 그의 이름을 딴 의학원이 있다.

"미국이 선수를 쳐야 합니다. 이곳은 명의상으로 청나라의 일개 성이지만 실제로는 독립된 섬입니다. 청나라는 이 섬의 몇몇 지역에 발을 붙이고 있지만 그 뿌리가 약하여 언제라도 뒤집힐 가능성이 있습니다. 섬의 대부분 지역은 독립된 부락들이 장악한 상태입니다."

이양례가 고개를 끄덕이며 계속 읽어 내려갔다.

"미국이 만약 계롱에 식민지를 세운다면 저는 청나라 사람들이 이에 긍정적인 반응을 보이리라고 자신 있게 예측할 수 있습니다."

이양례는 놀랐다. '어떻게 그런 예측을 하지?' 그는 급하게 나머지를 읽어 내려갔다.

"왜냐하면 전투에 강한 미국이 계롱과 주변 지역을 전면적으로 수비하면 섬 전체와 연해에서 질서를 어지럽히는 행위와 해적의 약탈을 막을 수 있으니, 청나라 사람들은 외부의 원조와 보호를 받게 됩니다."

이양례는 얼마 전 존 도드와 담수에 있는 청나라 지방 관리를 만난 자리에서 존 도드가 해적의 소동에 대해 언급했던 게 떠올랐다. 담수의 지방 관리는 "이 섬은 3년은 작은 난리, 5년은 큰 난리에 시달리는 곳입니다. 나한각은 처자식을 데려오지 않아 거칠 것이 없으니 함부로 행동하여 다스리기 힘든 골칫거리입니다."라며 탄식했다.

페리가 정말 탁월한 견해를 지녔다고 이양례는 생각했다. 그는 계속 읽어 내려갔다.

> "토지와 중요한 권리는 광산 채굴 우선권을 포함하여 명목비로 구매하는 방식을 통해 취득할 수 있습니다. 가끔 태평양함대의 함정한 척을 주둔시켜 보호를 제공하는 것 외에, 워싱턴 정부가 다른 보호를 제공할 필요가 없습니다."

이양례는 속으로 고개를 끄덕였다. 페리가 언급하지 않은 장뇌와 찻잎도 있다!

> "하나의 번창하는 미국 식민지를 빠르게 건설할 수 있을 것이며, 이렇게 되면 이 해역에서 우리 무역의 편리함과 우위를 강화하는 데 큰 도움이 될 것입니다."[13]

이양례는 자기도 모르게 무릎을 쳤다. 그러고는 특히 눈길을 끄는 부분을 되풀이하여 읽었다. "하나의 번창하는 미국 식민지를 빠르게 건설…… 이 해역에서 우리 무역의 편리함과 우위를 강화하는 데……." 이것이야말로 극동 지역에 대한 최고의 전략이다!

---

13 출처: 《해양대만: 역사상 동·서양과의 접촉(海洋台灣: 歷史上與東, 西洋的交接)》[연경출판사(聯經出版社), 2011년 1월], 차이스산(蔡石山) 저, 황중셴(黃中憲) 역.

그는 벨이 구자록을 공략한 행보야말로 대선배 페리의 전략을 실시한 것이라고 생각했다. 다른 게 있다면 벨이 공략한 것은 페리가 제안한 북쪽의 계롱이 아니라 남쪽의 낭교라는 점이며, 그 이유는 자신의 이름을 알리려는 공명심 때문이었다.

또 벨이 공략한 포르모사 남단은 청나라 이주민의 집결지가 아닌 생번 지역이고, 청나라는 아직까지 항의를 제기하지 않고 있다. 만약 계롱에 직접 출병한다면 청나라의 엄중한 항의를 받을 것이 분명하며, 국제적인 문제로도 비화할 것이다.

당시 이런 전략을 쓴 영웅 페리는 1858년에 세상을 떠났다. 그가 살아 있었다면 벨의 행보에 찬성했을 것이다. 그런데 벨의 경우 전략은 정확했으나 전술상 실패했다. 구자록을 정면으로 공략하지 않고 저로속계를 통한 측면 공세를 택했어야 일거에 구자록을 돌파하고, 저로속까지 점령할 수 있었다.

이런 생각을 하자 이양례는 오히려 기분이 좋아졌다. 벨의 실패가 그에게는 기회로 다가온 것이다. 자신이 주재하는 곳은 하문이지만 업무의 중점을 포르모사에 두는 것이 전략의 요지다. 그는 장군이며, 외교관 중에서는 그만이 이런 전략적 안목을 갖췄다. 그는 다음에 포르모사에 갈 때 어떻게 할지 궁리했다.

그는 얼마 전 대만부에 가서 도대와 총병을 만났다. 두 사람이 태평천국의 난을 제압한 전공을 들었다. 그들의 업무 스타일은 서방의 것과 다르지만 쉽게 볼 수 없는 상대였다. 그들은 피커링이 말한 것처럼 무능하지 않다. 도대가 초대한 연회에서 이양례는 청나라 관리들이 최소한 부대의 훈련에 각별하고 심혈을 기울인다는 점을 느꼈다. 그는 청나라 군대의 무장 수준이 어느 정도인지 모르는 상태에서 미국이 생번 지역에서 무력 시위를 하다가 공연히 청나라의 군대와 무장 충돌을 빚는 결과는 원치 않았다. 그건 너무 경솔한 처사이며, 워싱턴 측에서도 달가워하지 않을 것이다. 그의 상사인 북경 주재 미국 공사 포안신의 행보를 이해한다. 온건파인 포안신은 청나라에 대한 영국, 프랑스의 거친 외교 수법을 경멸해왔다.

이양례는 반드시 좋은 전략을 찾아내야 했다. 단기적으로는 해난 사고 시 선원의 안전을 해결하고 청나라 백성, 특히 생번이 선원을 위협하는 일이 없도록 해야 한다. 장기적으로는 포르모사에서 미국의 이익 기반을 뿌리내리되, 청나라와 충돌을 피해야 한다.

그는 역사 속에서 계속 답을 찾았다. 페리의 아이디어는 당시에도 많은 호응을 받았으며 심지어 페리보다 더 앞선 시기에 구체적으로 행동에 옮긴 사람들도 있었다는 사실을 발견했다. 가령 1856년 청나라 주재 미국 공사였던 안과의사 피터 파커(Peter Parker)는 1년에 가까운 시간을 들여 워싱턴 정부에 포르모사를 손에 넣으라고 주장했다. 파커는 청나라에서 30년간 거주했으며 포르모사에 와본 적은 없으나 이 섬의 전략적, 상업적 가치에 대해서는 잘 알고 있었다.

놀랍게도 미국 상인 기드온 나이(Gideon Nye)가 포르모사에 온 시기가 1848년으로 영국인이 이곳에 온 시기보다 먼저였다. 게다가 나이는 포르모사의 중요성을 빠르게 간파하여 포르모사를 1천만 달러에 구입하기를 공개적으로 촉구했고, 최초의 일본 주재 미국 총영사 타운센드 해리스(Townsend Harris)와 파커로부터 지지를 받았다. 이들은 1857년 2월, 사법부 장관 케일럽 쿠싱(Caleb Cushing)에게 정식으로 이를 제안하기도 했다.

　이 자료를 본 이양례는 실소를 금치 못했다. 1857년은 지금으로부터 10년 전이 아닌가! 그런데 겨우 2개월 전인 금년 그러니까 1867년 3월 30일, 미국이 러시아와 정식으로 협약을 맺고 720만 달러에 151만 제곱킬로미터의 알래스카를 사들였다. 포르모사는 3만 6천 제곱킬로미터로, 알래스카의 4분의 1에 불과한 면적이다!

　그럼에도 불구하고 이양례는 나이의 안목에 감탄했다. 포르모사의 인구, 물자, 전략적 가치는 지구 북쪽의 황량하고 얼어붙은 땅 알래스카와 비교할 수 없이 크다.

　나이가 편지를 보냈던 사법부 장관 쿠싱은 청나라와는 많은 인연이 있다. 그는 1844년경 청나라 주재 미국 전권공사로서 1844년 양광 총독(兩廣總督)인 기영(耆英)과 미국-청나라 간 최초의 조약인 망하조약(望廈條約)을 체결했는데 당시 파커는 쿠싱의 보좌관이었다.

　청나라에 있는 파커와 워싱턴에 있는 쿠싱은 미국이 포르모사를 취득하여 근거지로 삼자고 피력했다. 파커가 영국과 프랑스에 로비했다면 쿠싱은 대통령 프랭클린 피어스(Franklin Pierce)에게 적극적인 행동을 촉구했다. 프랭클린 피어스 대통령은 이에 찬성하면서도 무력 동원을 피해야 한다고 주장했다. 파커는 외교 수단을 써서 영국, 프랑스와 이익을 교환하는 대신 포르모사를 손에 넣으려고 했다. 1857년 4월 2일, 파커는 포석을 깔았다. 영국의 홍콩 총독이자 청나라 주재 전권공사인 존 보링(John Bowring), 프랑스 공사인 알퐁스 드 부르불롱(Alphonse de Bourboulon)과 마카오에서 회동을 한 것이다. 이 자리에서 파커는 영국과 프랑스 양국에 이익 분배 방안을 제의했는데 미국이 포르모사를, 영국이 주산군도(舟山群島)를, 프랑스가 조선을 점령하는 게 요지였다. 이양례가 빙그레 웃었다.

'파커는 영국이 선수를 쳐서 포르모사를 손에 넣을까 두려웠군!'

그런데 파커와 나이가 이토록 적극적인 행보를 보인 것 치고는 다음 단계와 관련된 문서가 보이지 않는 게 의문이다.

이양례는 마침내 이유를 알아냈다. 다름 아닌 워싱턴 정가에 생긴 변수, 즉 대통령이 바뀐 일 때문이다. 1857년 3월, 미국 대통령은 피어스에서 제임스 뷰캐넌(James Buchanan)으로 바뀌었다. 뷰캐넌이 취임한 이후 미국의 내부 정세는 급격한 위기 국면으로 전환되었으며, 노예제 폐지파와 연방제 이탈파 사이에 일촉즉발의 분위기가 감돌았다. 이런 상황에서 대통령은 극동 지역에 관심을 쏟을 여력이 없었다. 영국으로부터의 압력도 배제할 수 없었다. 영국도 분명 포르모사에 야심이 있으며, 최소한 미국이 포르모사를 독점하는 것을 영국이 보고만 있지 않을 것이기 때문이다.

그래서 영국 주재 공사를 역임한 뷰캐넌이 급진파인 파커를 불러 윌리엄 리드(William Reed)의 후임으로 청나라 주재 공사를 맡겼을 것이다. 그해 여름 미국의 국무 차관보 존 애플턴(John Appleton)은 미국 주재 영국 공사에게 미국이 포르모사를 점령할 계획이 없다고 보증했다.

포르모사의 외국 상사 세력은 원래 미국이 선발주자였으나 10년 전인 1857년 이후부터는 미국 정부가 뒤로 물러서고 서서히 영국의 손으로 옮겨가게 되어 지금의 국면을 형성한 것이다.

"아깝다!"

이양례는 아쉬운 마음을 떨칠 수 없었다. 포르모사를 갖겠다는 야심을 반드시 지지하는 것은 아니다. 하지만 최소한 미국이 한때 포르모사에서 선점했던 이익은 지켰어야 했다. 그가 본 포르모사는 보물섬이었으며, 17세기 네덜란드인들의 경험이 이를 입증한다. 사실 1855년 6월 27일, 미국 사이언스호(The Science)의 선장 조지 포터(George Potter)가 대만부 도대인 만주 출신 유탁(裕鐸)과 타구항에서 미국인의 무역 권한을 보장하는 계약을 체결한 적이 있다. 유탁은 미국 상인에게 해적을 물리치고 치안을 유지해줄 것을 요구했다. 이것이 바로 페리가 강조한 전략으로, 청나라는 미국 군대가 포르모사에서 공치하는 것을 환영할 것이라는 논조가 아닌가!

오늘날 타구항이 이렇게 순조롭게 운영되는 데는 미국의 공로가 크다는 말을 이양례도 들었다. 조지 포터는 당시 타구항에 토사가 너무 많이 쌓여 수심이 깊지 않은 것을 걱정했다. 포터가 처음 한 일은 초선두 쪽에 길이 54미터의 수로를 파서 입항 선박이 드나들기 편리하게 만든 공사였다. 뿐만 아니라 꼬박 1년이나 걸려서 석조 창고, 숙소, 부두, 다리, 항구의 조명 시설을 건설하여 타구항에 성조기가 매일 나부낄 수 있게 했다. 1857년 6월, 미국 해군 상병 존 심스(John D. Simms)는 타구항에 7개월이나 머물면서 미국이 타구항을 장기 조차(租借)하기를 희망했다.

이양례는 청나라를 얕보는 영국이나 프랑스와는 달리, 미국은 줄곧 청나라를 존중했기 때문에 청나라 관리들이 미국을 경계하지 않고 우호적으로 대한다고 느꼈다. 하지만 미국 정부가 1857년 이후 보여준 보수적인 태도에 남북전쟁이라는 내전까지 더해져서 그동안 미국이 포르모사에서 기울인 노력은 허사가 되었으며, 미국의 자리를 이제는 영국이 대신하고 있다.

그는 대만부의 도대가 4월에 약속한 대로 생번을 토벌한다면 자신의 체면이 설 뿐 아니라 포르모사에서 미국의 영향력을 증명할 수 있다고 여겼다. 그는 청나라 관리와 자신의 동료 벨의 행보에 분노가 치솟았다. 청나라 관리는 약속을 해놓고 아직까지 행동을 취하지 않고 있으며, 벨은 자신을 속이고 공을 가로채려 했다. 행동해야 할 사람은 가만히 있고, 행동하지 않아야 할 사람은 경솔하게 나서서 일을 망쳤다.

벨이 소득 없이 돌아온 것이 다행이다. 이는 기회이며 이번에는 자신이 손을 쓸 차례다. 약속을 어긴 도대와 총병에게는 지금이라도 약속 이행을 촉구해야 한다. 4월에 약속한 대로 낭갑에 출병하여 생번을 처벌하고 포르모사 연안을 항해하는 상선의 안전을 보장해야 한다. 이렇게 할 수만 있다면 본국에서 공을 인정받을 뿐 아니라 영국과 프랑스에도 기를 펼 수 있을 것이다.

34장

이양례는 전략을 결정했다. 벨이 해내지 못한 일을 그는 반드시 해낼 것이다. 국무원에 누가 옳은지 증명해 보일 셈이다. 벨은 무력을 쓰다가 실패했지만 자신은 무력을 동원하지 않고도 반드시 성공할 것이다. 벨은 청나라의 미움을 샀지만 자신은 청나라와 협상하여 그들이 출병하게 만들고 생번 토벌에 힘쓸 것이다. 비록 오대정과 유명등이 편지에서 "생번은 굴을 파고 살며 청나라의 지배 판도에 예속되지 않으며 왕의 교화가 미치지 않습니다."라든가 "그들은 화민(華民)이 아니고 교화가 미치지 않기 때문에 일을 추진하려고 노력하고는 있지만 어려움이 많습니다."와 같은 핑계를 대고 있지만 말이다.

청나라 관리들이 일을 미루는 데는 이골이 났다는 피커링의 말은 불행히도 맞는 것 같다. 하지만 이양례는 오대정과 유명등을 재촉하여 그들이 4월 22일에 약속한 출병을 이행하도록 만들겠다고 결심했다. 이미 완벽한 계획까지 마련했다. 이 계획은 청나라에도 유익하고 서방 선박의 안전도 보장해줄 것이다. 청나라와 서방 각국에도 모두 이익인 제안이다. 그는 청나라 조정이 영리하다면 반드시 제안을 받아들일 것이라고 믿었다.

무엇보다 포르모사 해역의 안전이라는 큰 목적을 달성해야 한다. 그래야 사람을 구하는 공을 세우고 국제적으로도 이름을 떨칠 수 있다. 그는 국무원에 자신의 능력을 보여주고 싶다. 그리고 옛 상사 그랜트 장군에게도 자신이 문무를 겸비하여 전투에 능할 뿐 아니라 외교 수단도 일류라는 것을 증명하고 싶다.

이양례는 어제 받은 벨의 답장을 꺼냈다. 벨이 그의 요구를 이토록 매정하게 거절하리라고는 꿈에도 생각하지 못했다.

'얼간이 같은 자식!'

그는 7월 30일 벨에게 편지를 보내 포르모사에 다시 갈 작정이며, 지난번에 애슈엘럿호를 파견한 것처럼 자신이 탈 배를 내어 달라고 요구했다. 벨은 8월 20일 쓴 회신에서 대놓고 거절 의사를 밝혔다.

"유감스럽게도 각하에게 배를 차출할 수 없습니다."

이유는 아주 짧았다.

"왜냐하면 일부 선박이 본국으로 회항해야 하기 때문입니다."

이양례는 차갑게 웃었다. 벨의 답장은 이양례가 포르모사에 가서 공을 세우는 것을 두려워하는 심리를 여실히 드러내고 있기 때문이다.

'이 정도로 나 이양례를 쓰러뜨릴 수 있겠어?'

이양례는 즉시 해결 방안을 생각해냈다. 그는 청나라의 복건 순무에게 배를 빌려 달라고 편지를 썼다. 복건 순무는 감히 그의 청을 거절하지 못할 뿐 아니라 배를 완전히 새로 단장까지 해놓았다.

복주 근교의 마미항(馬尾港)에 정박한 지원자호(志願者號, The Volunteer)를 본 이양례는 득의양양했다.

"지원자호……. 청나라가 내게 자원하여 빌려준다는 거군."

복건 순무는 무척 우호적이어서 배를 빌려주는 것은 물론이고, 그의 수하인 도대와 총병에게 편지까지 써서 이양례의 요구에 전력을 다해 협조하라고 당부했다.

9월 5일, 이양례를 실은 배가 마미항을 떠나 대만부로 향했다. 돛대 위에서 나부끼는 성조기를 바라보며 이양례는 의기양양했다. 풍랑이 일지 않고 잔잔했다. 이튿날 아침, 대만부의 안평항에 닿았다.

이번에는 대만부 관청에서 빈틈없는 의전을 준비했다. 부두에 마차를 대기해놓고 영접하더니 동양식 정원이 아름다운 대저택으로 안내했다. 이 집은 흔치 않은 동서양의 건축 양식이 혼합된 이층집이었다. 곧 대만부 부윤 엽종원이 찾아와 매우 공손한 태도로 예를 차렸다. 그리고 이양례에게 일단 휴식을 취하도록 권했다. 이튿날 아침 호위병과 마차를 보낼테니 도서에서 만나자고 했다.

이양례는 반나절 정도 한가한 틈을 이용해 화원을 거닐며 동양식 정원을 감상했다. 4개월하고도 보름 전 포르모사에 왔을 때는 천리양행에서 묵었는데 지금은 천리양행의 주인이 바뀌었다. 지난번 천리양행에서 만났던 거칠고 직설적인 영국인 피커링을 떠올렸다. 이양례는 그의 거만함을 좋아하지 않았으나 박식함과 다양한 경험, 거리낌 없이 말하는 태도는 높이 샀다. 피커링도 벨과 함께 남갑에 갔으며 안내자 역할을 맡기도 했다. 그는 세상을 떠돌아다니면서 남의 일에 참견하기 즐기지만 좋은 조력자임에는 틀림이 없다.

이양례는 대만부에 오기 전에 피커링에게도 협조를 구하는 편지를 썼다. 피커링과는 달리 겸손하고 예의 바른 의사 맨슨과 그에게 의술을 배우는 사료의 소녀도 생각났다. 객가와 생번 사이에서 태어난 혼혈이라는 것도 기억난다. 지혜롭고 사랑스러운 그녀에게 호감을 느꼈지만 그녀는 이양례를 피하는 것 같았다.

색이 화려한 나비가 날아오는 모습을 보고 이양례는 소녀의 이름이 접매였다는 사실을 떠올렸다. 접매, 아름다운 이름에 어울리는 아름다운 사람이다. 이들은 모두 대만부가 아닌 타구에 있다. 내일 총병과 도대를 만나면 벨이 아무 의논 없이 남갑에 상륙한 일과 관련된 질문을 받을 것이다. 어떻게 대응할지도 이미 생각해놓았다.

동양식 연못에는 기이한 돌로 조경을 하거나 작은 다리를 놓고 물을 흐르게 해놓아 무척 정교하고 조용하고 우아하다. 이양례는 연못에서 금붕어가 우아하게 헤엄치는 모습을 감상했다. 하문에 있을 때 북경어 교사가 가르쳐준 고대 선비들의 고사가 생각났다.

두 선비가 연못가에서 물고기를 감상하고 있었다.

첫 번째 사람이 말했다. "물고기들이 한가로이 헤엄을 치고 있군. 이게 바로 저들의 즐거움이지!"

두 번째 사람이 물었다. "자네는 물고기도 아니면서 어떻게 물고기가 즐거워하는지 아는가?"

첫 번째 사람이 되물었다. "자네는 내가 아닌데 어찌 내가 물고기의 즐거움을 모른다고 단정할 수 있나?"

두 번째 사람이 대답했다. "나는 자네가 아니라서 자넬 모르지. 하

지만 자네도 물고기가 아니니 물고기의 즐거움을 모른다고 확실
히 말할 수 있다네."

첫 번째 사람이 어떻게 항변했는지는 기억나지 않는다. 어쨌든 그
는 동양인들은 궤변에 능하고 말을 잘한다고 느꼈다. 4월 19일부터
9월 6일인 지금까지 4개월 보름이라는 시간이 흘렀고, 청나라 관리
들은 계속 약속을 미루면서 평계를 댔다. 미국의 벨은 한마디 의논도
없이 행동부터 개시했다. 두 나라 사람의 특성이 그대로 드러나는 상
황에 이양례는 쓴웃음을 지었다. 일이 돌아가는 형편으로 보아 이번
회동 분위기는 4월과는 완전히 달라질 것이다!

4월 19일 최초 회동 때 양측의 협의는 원만히 달성한 것으로 보였
고, 도대 오대정은 조속히 출병하여 죄인을 벌할 것을 약속했다. 하
지만 총병 유명등은 눈치가 빨라서 길이 멀고 지형이 험준함을 내세
워 그의 군대는 평지 작전에 강하지만 산지 작전 경험이 부족하므로
준비할 시간을 달라고 했다.

이양례는 유 총병의 말에 일리가 있다고 생각해 청나라의 입장을
존중한다며 기다리겠다고 했다. 기한을 특별히 정하진 않았지만 그
가 생각하는 마지노선은 1개월이었다. 하지만 기다려도 청나라 조정
에서는 출병하지 않았고, 이양례는 6월 1일에 편지를 보내 독촉했다.
반면 벨은 임의로 출병했으므로 청나라 조정의 불만을 샀고, 양국이
서로를 질책하는 양상으로 변했다. 게다가 벨은 이양례를 감쪽같이
속이는 바람에 이양례와 대만부 쌍방이 오해하게 만들었다.

그러나 이양례의 관심을 끄는 것은 대만부의 도대가 보낸, 공교롭

게도 6월 13일, 벨이 출병을 취하기 하루 전 도착한 6월 1일자 편지였다. "생번은 청나라의 지배 판도에 예속되지 않으며……", "낭교만까지는 무려 15~20마일이나 떨어져 있어……", "……길이 무척 구불구불하고 험준하며 밀림이 무성하게 우거져서 누대를 연결한 줄을 타고 다녀야 한다.", "낭교만의 백성들도 생번어를 모른다." 식으로 구자록에 가는 것이 도저히 불가능한 일처럼 묘사한 내용이었다.

도대가 보낸 편지는 더욱 황당한 말로 마무리를 지었다. "천진조약 제16조에 의거하여 귀국 사람들이 살해된 일은 지방 관리가 자체적으로 처벌하게 되어 있습니다. 제18조에 의하면 지방 관리는 즉시 병력을 파견하여 진압과 추적 조사를 하게 되어 있습니다. 하지만 로버호 사건의 당사자인 귀국 사람들은 청나라의 영토 및 영해 내부가 아닌 생번의 지역에서 피해를 본 것입니다. 따라서 이 조약을 적용받지 않으며…… 생번은 청나라의 지배 판도에 예속되지 않기에 우리 군은 법에 의거해 이 지역에서 행동을 취할 수 없습니다."

결국 출병을 거부한다는 말이 아닌가! 그것도 '청나라의 지배 판도에 예속되지 않는다'라는 이유로 말이다.

이 무슨 황당한 이유란 말인가! 이양례는 6월 22일에 장문의 편지를 써서 도대에게 보냈다. 편지는 무척 길지만 한 글자 한 글자 심사숙고하여 쓴 것이었다. 이양례는 이것이 그가 청나라 조정에 보낸 편지 중 가장 훌륭하고 중요한 편지라고 생각한다.[14]

---

14   출처:《남대만답사수기》(전위출판사, 2012년 11월), Charles W. Le Gendre 저, 황이 역, 천추쿤 교수 감수.

이양례는 자신이 쓴 편지를 처음부터 끝까지 다시 자세히 읽었다. "각하가 로버호 사건에 대해 내린 갑작스러운 결론과 해명에 무척 실망하였습니다. 처음에 각하께서는 조금의 의심도 없이 로버호가 귀국 해역의 암초에 걸렸으며, 선원들도 귀국의 영역에서 피살된 것이라고 말씀하셨습니다. 4월 24일에 페비거 함장과 제가 각하를 방문하여 사건의 조사와 처리를 촉구하였을 때도 각하는 이에 응하여 지도를 꺼내 설명하셨습니다. ……각하가 반대하는 이유를 제시하시면서…… 말씀을 번복하는 이유를 모르겠습니다."

"각하는 편지에서 '로버호 선장과 선원들이 야만인에게 살육당한 일에 관하여 귀하가 도착하기 전에 이미 현지 장령(將領)과 문관에게 문서를 보내 적절한 조치를 내리도록 했습니다. 대청과 귀국의 우호 관계를 유지하기 위해 최선을 다해 죄인을 엄중히 처벌할 것입니다.'라고 말씀하셨습니다. 각하는 1867년 4월 19일자 편지에서도 장령에게 군을 인솔하고 백성과 협력하여 토벌하라고 지시할 것이며, 미국에서 파병하면 오히려 일이 틀어질 수 있다고 하셨습니다. 4월 29일자 편지에서는 우리 측의 요구를 반드시 들어주겠다고 약속하면서 다만 병사들이 산지 작전에 익숙해질 때까지 기한이 조금 늦어지는 것을 양해해 달라고 했지요."
"또 각하는 '대청의 장사(將士)는 생번의 징계를 반드시 완수할 것입니다. 이번 원정의 성공 여부에 대해 소관이 조정에 전적으로 책임이 있으며, 전권으로 군대를 지휘할 것이고, 어떠한 외부의 원조도 받지 않을 것입니다'라고 하셨습니다. 이에 따라 페비거

함장과 저는 일단 지켜보자는 입장을 유지하기로 결정했습니다. 우리는 각하가 조약에 기재된 책임을 완전히 이해하고 이 영광스러운 임무를 확실히 이행하시리라 믿었기 때문이며…….”

“각하가 로버호의 사고 지점을 모른다고 하시면 안 됩니다. 왜냐하면 각하는 4월 19일자 편지에서 사고 지점이 홍두서(紅頭嶼)라고 분명히 언급하셨기 때문입니다. 각하는 결코 로버호 선원들이 살해당한 곳을 모르지 않습니다. 같은 편지에서 각하는 현지인이 이곳을 ‘구자록 해변’이라고 칭한다고 말씀하셨기 때문입니다.”

“……현재 각하는 전혀 다른 주장을 하고 있습니다. 즉 로버호 사건 피해자인 미국인이 귀국 영토 및 영해에서 피살된 것이 아니라 생번 점령 지역에서 일어난 일이라면서 귀국에 대한 우리의 구제 요청을 거부하고 있습니다.”

“……나는 미국 정부를 대표하여 각하가 이 중대한 사건에 태도를 바꾼 것을 엄중히 항의합니다!”

이양례는 웅변적 설득력과 기세를 마음껏 펼쳤다.

“……각하는 로버호 사고 및 그 선원들이 남갑(대청제국의 부속 지역에 속하는) 생번에게 살해된 사건이 미국의 이익에 관련될 뿐 아니라 귀국과 무역 관계가 있는 서방 각국의 이익에도 영향을 미칠 거라는 사실을 고려하셔야 합니다.”

“……대자연의 불확실한 요소로 인해 피해를 본 선박은 십중팔구 남갑에 정박하게 되어 있습니다. 이곳은 태풍을 피할 수 있는 천혜의 대피항입니다. 따라서 인도주의 원칙에 따라 문명국가는 이 지역에 야만 집단의 불법 점거를 막을 의무가 있습니다. 만약 관할권이 미치지 않는다는 이유든, 무능하기 짝이 없다는 이유든, 귀국 정부가 이를 이행할 수 없다면 이번에는 외국 세력이 손을 쓸 수밖에 없습니다.

"미국 정부는 서방 국가가 이 조항의 조치를 취하는 것을 원치 않습니다. 우리는 이 섬을 점령할 의사가 아직 없습니다. 하지만 부득이한 경우라면 어쩔 수 없이 점령하여……."

생번의 땅을 '교화가 미치지 않는 땅'이라고 말할 수는 있다. 하지만 그곳이 과연 경계 바깥의 땅일까? 이양례는 변호사다. 게다가 미국에도 '교화가 미치지 않는 인디언'이 있다. 이양례는 인디언의 예를 들어 설명했다. 자신이 정말 노파심에서 청나라 관리에게 '국제법 강의'를 해준다고 여겼다. 그는 자신이 모든 면에서 청나라 조정의 권익을 고려한다고 생각했다.

"이 섬의 생번은 현재 미국의 광활한 지역에 있는 인디언과 상당히 유사합니다. 우리는 양자(미국의 인디언과 남갑 일대의 생번)에 대해 일치된 입장을 취하고 있습니다. 국가 이익에 기반하여 우리 정부가 대외적으로 견지하는 입장은 인디언의 지역이 미국의 관할 범위에 전적으로 속한다는 입장입니다."

이양례는 자신이 이미 확실한 분석을 통해 이치를 밝혔으므로 청나라 조정이 충분히 이해하리라고 생각했다. "……만약 각하께서 생번 지역이 야만하고 미개한 땅에 속한다고 여기신다면 그 땅이 주인 없는 땅임을 인정하는 것과 같습니다. 아무나 먼저 가서 점령하면 자기 것이 되는 땅이라는 겁니다. 이는 마치 스페인이 신대륙을 발견한 것과 같으며 또한 각하가 애초에 이 섬의 서안에 대만부라는 식민지를 세웠던 상황과도 유사합니다."

"따라서 각하는 우리나라의 입장을 이해하시어, 생번을 교화가 미치지 않는 백성으로 간주해서는 안 되며, 생번이 그 영토를 소유하는 것을 인정해서도 안 됩니다. 각하는 서부의 화인들이 동해안으로 이주하여 새로운 땅을 개척하고 무기를 이용해 현지 생번을 쫓아내는 것을 허용함으로써, 귀국 정부가 그곳을 이미 다스리는 땅으로 간주한다는 것을 천명한 셈입니다. 머지않은 미래에 화인들은 대만 해협 이쪽 끝에서 태평양 해안 저쪽 끝까지 확장할 것이며, 이로써 섬 전체를 점유하게 될 것입니다. 그렇게 되면 저의 주장이 옳았음이 사실상 입증될 겁니다."

"……귀국 정부 관리들은 화인이 생번 지역을 전면적으로 점령할 것을 일찌감치 예측했습니다. 따라서 미리부터 극히 가혹한 법을 제정하여 상인과 생번의 교역 활동을 통제한 것입니다."

"예를 들어 장뇌는 이 섬의 특산물인데 생번의 지역에서 생산됩니다. 외국인들은 채취하거나 수출 무역에 종사하는 것이 허용되지 않습니다. 귀국 정부는 장뇌의 수출 이익을 완전히 소유한다고 선포했습니다. 누구라도 이 독점과 전매 이익을 침해하는 자는 사형을 당합니다. 귀국 정부의 생번에 대한 통제는 미국의 인디언에 대한 통제보다 훨씬 엄격합니다. 지난 200년 동안 귀국 정부는 생번 지역 전체에 관할권과 통치권을 향유한다는 점을 공공연히 천명하고 있었습니다. 이는 곧 생번과 관련된 모든 분규를 귀국 정부가 처리한다는 점을 명백히 나타낸 것입니다."

"······이 지역에서 발생하는 범죄는 가해자가 화인이든 생번이든 상관없이 모두 귀국 정부의 소관입니다. 설사 생번 지역의 백성이 화인이 아니더라도 그곳은 여전히 귀국의 영토에 속합니다. 사실상 귀국 정부는 언제라도 상황을 봐서 지역 내 백성을 관리하고 통제할 수 있습니다. 나는 이 편지를 계기로 양국의 공동 관심사에 대해 각하가 판단을 재고해주시기를 진심으로 희망합니다. 삼가 숭고한 경의와 안부를 전합니다. 대만부 도대 귀하."

편지에 대한 반응이 어떨지 궁금하다. 그들을 설득할 수 있을까? 비록 중간에 벨이 출병한 사건이 있지만 6월 22일의 긴 편지에서 이미 이해관계를 분명히 분석했으며, 인디언까지 예를 들어 설명했다. 그는 내일은 만족스러운 결과가 있기를 기대했다.

6부

봉산구성

鳳山舊城

35장

접매는 3월 말 기후의관에 왔고 벌써 반년이 지났다. 송자가 5월 초에 타구에 와서 부두의 잡역부로 일한 지도 4개월이 되었다. 타구는 신항과 구항으로 나뉘며, 기후는 어선이 정박하는 구항구, 구시가지가 있다. 복로 이주민들이 이 섬, 그러니까 기후에서 고기를 잡고 산 지도 200년이 흘렀다. 기후에 있는 기후산과 대만 본섬에 있는 타구산 사이에는 바다가 흐르는데 두 산은 멀리 마주보고 있다. 복로 이주민들은 해변에 돌출된 이 산을 타구산이라고 불렀는데, 타구산에는 원숭이들이 이곳저곳에 출몰한다. 그래서 17세기 이곳에 온 네덜란드인들은 타구산을 후산(Apen Berg, 원숭이산)이라고 불렀다.

1854년, 미국 해군 페리의 함대는 동쪽으로 가서 최초로 대만 지도를 제작했다. 이 지도에 'Ape Hill'로 표기된 산도 후산이다. 후산 자락에도 작은 어촌이 하나 있는데 초선두라는 곳이다.

18세기 초 당산과 대만 사이에는 하문과 안평에만 항구가 있었고,

기후는 밀수업자들이 드나드는 작은 항구에 불과했다. 18세기 말이 되자 안평에 접근하는 항로가 점점 좁아져서 북풍이 많이 불 때는 배가 입항할 수 없을 정도였다. 따라서 하문에서 대만으로 오는 선박들은 안평항과 가까운 기후항에 정박하기 시작했다.

19세기 초인 1823년(도광 3년), 태강의 내해가 구왕계(漚汪溪)로 인해 수로가 변경되는 바람에 안평과 연결된 수로는 급격히 퇴적되었다. 이에 따라 타구에 정박하는 상선은 더욱 늘어났다. 타구 주변의 평원은 점차 개발되어 봉산구성, 신성(新城)이 잇달아 건설되었다. 구미에서 온 상선들은 이곳에서 쌀과 설탕, 과일 등의 물자를 사들였다. 이때의 타구는 기후의 일부를 지칭했다.

1854년 함풍(咸豊) 4년, 기후에 최초의 양행이 설립되었다. 미국인 로비넷(W. M. Robinet)이 개설한 것이다. 1855년 미국의 나이형제양행(Nye Brother Co.)과 윌리엄스양행(Anthon Williams & Co.)도 잇달아 문을 열었다. 로비넷양행, 나이형제양행, 윌리엄스양행은 사이언스호를 공동으로 구입·운영했고, 이 배의 선장 조지 포터는 대만부의 도대 유탁과 정식으로 계약을 체결했다.

계약 내용은 미국 상인이 타구의 항구 건설을 맡는 대신 장뇌의 유통 독점권을 미국에 넘기는 것이었다. 미국 상인은 거금을 투자하여 기후의 대안(對岸)과 타구산 자락에 초선두를 건설했다. 그들은 54미터짜리 내항 항로를 파고 다리와 신호대를 설치했으며, 용량이 1천 촌에 달하는 화강암 창고와 숙소로 쓰는 건물 두 채도 지었다. 마지막으로 화물을 싣고 부리는 하역 부두까지 건설했다. 초선두는 완전히 새롭게 바뀌었다. 1860년 타구에 국제 통상을 개방한 이후 세

346

관과 양인들이 새로 지은 건축물은 거의 모두 초선두에 건설된 것이다. 초선두는 타구의 신시가지, 신식 부두가 되었다.

작년, 즉 1866년에 맥스웰이 타구로 와서 선교와 의료를 행했다. 그는 기후산 중턱에 땅을 빌려 대만부 간서가에서 쌓은 경험을 토대로 예배당을 짓고, 이어서 병상 8개를 갖춘 의관을 세웠다. 이름을 타구의관으로 지었는데 현지인들은 기후의관이라고 불렀다. 맥스웰은 선교하느라 바빠서 의관 업무는 맨슨 혼자 맡았다. 접매는 이곳의 환경을 무척 좋아했다.

송자는 주로 초선두에서 일했다. 낮에는 물건을 나르고 밤에는 화강암 창고의 한쪽 구석에서 복로 출신 노동자들과 잠을 잤다. 양인들은 일요일에는 일하지 않고 예배를 보러 가기 때문에 접매와 송자도 일요일 하루는 쉬었다. 일요일마다 송자는 바다를 건너 기후로 와서 접매와 시내를 구경했다. 그들은 마조궁 근처의 가장 왁자지껄한 시장에서 곡예를 구경하거나 해산물을 먹곤 했다. 이렇게 3~4개월 정도 지내니 거리 구경도 시들해졌다.

그래서 이날은 접매가 송자를 보러 초선두에 가기로 했다. 두 사람은 초선두의 부두에서 해안을 따라 거닐었다. 바닷가에는 소금더미가 보였다. 이곳 주민들은 바닷물을 끌어와서 소금을 만든다. 눈처럼 하얀 소금이 사람 키 높이로 쌓여 햇빛 아래 반짝이는 모습은 가히 장관이었다.[1]

---

1   염정포(鹽埕埔). 오늘날의 옌청구(鹽埕區).

소금더미를 지나치자 이번에는 강의 하구가 나타났다. 강물은 깨끗하고 강폭이 넓어서 큰 석호(潟湖)를 형성하고 있었다.[2] 두 사람은 더 안쪽으로 가보려고 했으나 커다란 밀림에 가로막혔다. 강가의 작은 오솔길을 따라가다 보면 민가들이 있다. 하지만 석호의 물 때문에 길이 진창이라 걷기 힘들었다. 두 사람은 더 걷기를 포기하고 앉아서 건너편 기슭을 보았다. 작은 어촌이 있었고, 한 어민이 그물을 말렸다.[3]

접매는 눈앞에 펼쳐진 풍경을 바라보았다. 앞에는 고기잡이배와 염전이 보이고, 뒤쪽으로는 산호가 퇴적되어 형성된 원숭이들이 무리 지어 다니는 타구산이 있다. 사료와 통령포에서는 볼 수 없던 풍경에 접매는 어느새 한껏 들떴다. 언젠가 구성(舊城)에서 온 환자를 만났다. 그는 구성에서 만단항(萬丹港)[4]까지 온 다음 배를 타고 기후로 건너왔다고 말했다. 오늘 보니 타구 북쪽에 만단항이 있고, 만단항 부근에 멋진 성이 있었다. 성 안에는 산이 있고, 그 안에 사당이 있었다. 그 환자는 석양이 질 때 산, 바다, 시가지를 내려다보면 그렇게 아름다울 수 없다고 말했다. 접매는 호기심이 발동하여 다음에 송자와 만날 때는 배를 타고 만단항에 가보자고 했다.

접매와 송자는 즐거운 일요일을 보내고 초선두에서 배를 타고 기후로 돌아왔다. 돌아오는 배 위에서 두 사람은 무심코 서로 기대어

---

2   오늘날의 아이허(愛河, 아이강) 하구.

3   영자료(苓仔寮). 오늘날의 링야구(苓雅區).

4   오늘날의 쥐잉군항(左營軍港).

있었다. 접매는 송자의 체온을 느끼자 부끄러우면서도 몸을 떼기 싫었다. 그녀는 슬며시 송자 쪽을 바라보다가 때마침 자신을 힐끗 바라보던 송자와 눈이 마주쳤다. 접매는 수줍어서 고개를 숙였고, 송자는 그런 그녀를 보면서 행복한 기분에 사로잡혔다.

두 사람이 사료를 떠나 타구로 온 이후 모든 것이 새로운 경험이었다. 지난 4개월 동안 접매는 사료에 돌아가야 한다는 조급함이 사라졌다. 송자는 처음엔 사료에 가고 싶었으나 한 번 다녀오는 데에 몇 달 모은 돈을 써야 한다는 걸 알고 단념했다. 게다가 초선두에서 어렵게 기반을 잡아서, 이제는 배가 입항할 때마다 하역 일꾼 반장들이 그를 제일 먼저 찾았다. 이런 상황에서 1개월, 짧아도 보름은 떠나 있으면 어렵게 닦은 기반을 새로 온 일꾼에게 빼앗길 것이 뻔했다. 그동안 공들여 쌓은 것이 무너질 것이다. 그는 평포에서도 반번으로 취급되며 복로인들의 사회에 간신히 껴서 살았다. 비록 초선두에서 힘든 잡역부의 일을 하지만 그래도 자신의 땀으로 이룬 것이다.

하역하는 일은 생각보다 수입이 짭짤했다. 먹고 잘 곳까지 제공해서 적은 액수나마 저축할 수 있으니 포기하기 힘든 일이다. 송자가 은근히 자랑스러워하는 일이 하나 더 있었다. 복로 출신 노동자들은 시간만 나면 모여서 도박을 했다. 그도 판에 끼어들고 싶은 마음이 없는 것은 아니었다. 하지만 접매가 알면 싫어할 거라고 생각해서 꾹 참았다. 그는 사료가 그리웠지만 중추절까지 참기로 했다. 지금이 양력 7월이고 음력으로는 6월이니 2개월만 있으면 중추절이다. 게다가 타구에서는 접매와 자주 어울릴 수 있고, 그녀만 생각하면 달콤한 기분이 되었다.

한편 접매가 그리워하는 사람은 동생 문걸이었다. 하지만 한 번 보러 가려고 해도 쉽지 않다. 환자들을 보살피는 일에 자신이 붙었고 영어 실력도 꽤 늘어서 이제 그녀는 기후의관에서 가장 환영받는 인물이 되었다. 맨슨은 그녀를 좋아했으며, 환자들은 그녀의 영리함과 숙련된 기술을 칭찬하고 아는 사람을 데려오기도 했다. 양인이 설립한 의관에 의혹을 품고 배척하던 사람들도 접매가 있으니 마음놓고 진료를 받으러 왔다. 양인 의사는 복로어를 구사해도 유창함이 떨어진다. 접매가 옆에서 통역을 해주니 환자들도 한결 편안하게 느꼈다. 게다가 접매의 시원시원한 성격은 복로나 객가 여자의 겁 많고 수줍은 모습과 대조적이어서 사람들은 무척 신선하게 여겼다. 눈에 거슬리다고 생각하는 사람들도 일부 있었지만 어차피 그들은 양의사가 운영하는 의관에는 오지도 않을 사람들이었다.

접매 덕분에 의관을 찾는 사람들이 늘어나자 맨슨은 기쁜 기색을 감추지 않았다. 복로인들은 접매가 낭교의 괴뢰산에서 왔다고 장난삼아 '괴뢰화(傀儡花)'라는 호칭으로 불렀다. 접매는 이 호칭을 상당히 좋아했다. 또는 번에서 온 조수라는 뜻으로 번조수(番助手)라고 부르는 사람들도 있었는데 접매는 개의치 않았다.

맥스웰은 더욱 감개가 무량했다. 2년 전인 1865년 초에 대만부 부성에 왔을 때는 복로인 조수 2명, 약제사 1명, 노복(老僕) 1명과 간서가에 집을 빌려서 앞부분은 예배당으로, 뒷부분은 의관으로 사용하면서 진료와 선교를 병행했다. 하지만 중의사들이 사람들에게 양의사는 사람의 간이나 눈으로 약을 만든다고 유언비어를 퍼뜨렸다. 그 결과 6월 16일에 개관하고 얼마 되지도 않은 7월 9일, 부성 사람들이 의관을 포위하고 집을 허물었다. 맥스웰은 의관을 연 지 겨우 24일 만에 대만부에서 쫓겨나 기후의 영국 영사관으로 피해야 했다.

그 일로 맥스웰은 한동안 의기소침해 있었다. 다행히 기후에 있던 피커링이 맥스웰을 데리고 목책(木柵)[5], 발마(拔馬)[6], 대무롱(大武壠)[7], 번서료(蕃薯寮)[8], 육구리 등지를 함께 돌아다녔고 양인과 인연이 있던 평포의 서랍아족이 사는 지역을 여행하며 선교를 했다. 그런데 현지 에서 예상외로 큰 환영을 받아서 맥스웰은 자신감을 되찾을 수 있었 다. 그는 기후로 돌아와 의관과 예배당을 다시 열었다. 때마침 맨슨 이 찾아와 의료를 맡았고, 맥스웰은 비두[9]에서 교회를 설립하느라 대부분의 시간을 보냈다. 하늘은 스스로 노력하는 사람을 저버리지 않아서 이번에는 자리를 잡을 수 있었다. 더구나 접매가 도와준 이후 로 의관의 일이 순조롭게 풀려서 맥스웰은 크게 기뻤다.

이날 그는 들뜬 마음으로 사람들에게 말했다. 현재 의료는 맨슨 선생이 맡고 있고 선교는 곧 타구에 올 리치에 목사[10]가 맡을 예정이 고, 두 사람이 기둥처럼 든든히 받쳐주니 자신은 연말에 홍콩에서 휴 가를 보내며 약혼녀와 결혼할 것이라고 했다.

---

5   내문(內門).

6   좌진(左鎮).

7   옥정(玉井).

8   기산(旗山).

9   봉산(鳳山).

10 Rev. Hugh Ritchie(1840~1879)는 1867년 파견된 대만 최초의 장로교회 선교사다. 1879년 말라리아에 걸려 대만 남부에서 사망했다.

맥스웰은 접매의 능력을 높이 평가했지만 마음에 들지 않는 면도 있었다. 접매가 의료 공부는 열심히 하면서 예배를 보러 오지 않기 때문이다. 맥스웰은 그런 그녀에게 크게 실망했지만 맨슨은 예배를 강요하지 않았다. 맥스웰이 예배당에 가자고 권할 때마다 접매는 웃기만 했고, 예배 시간이 되면 모습을 감췄다. 접매는 거리에서 산책하거나 항구에 나가 드나드는 배를 보는 것을 더 좋아했다.

접매의 아버지는 집에서 관세음, 관우, 토지공을 섬겼다. 아버지가 세상을 떠난 이후 남매는 나무로 된 신상을 사료에 가져와 방에 모셔놓고 아침저녁으로 두 손 모아 경배했다. 금년 3월 말 접매는 코모란트호에 오르고 문걸은 저로속 두목의 양자가 되었다. 4월 말 접매는 이양례를 따라 애슈엘럿호를 타고 사료로 돌아갔고, 그제야 신상을 정리하여 기후로 모셔왔다. 하지만 관세음 신상이 어찌된 일인지 심하게 손상되어 마음이 편하지 않았다. 양인은 우상 숭배를 금하기 때문에 의관의 숙소에서 지내면서 신상을 공공연히 모실 수는 없었다. 그래서 기분이 울적할 때만 짐가방에서 몰래 신상을 꺼내어 중얼거리며 기도했다.

36장

이날 접매는 운이 좋았다. 지난번 구성에서 왔던 환자가 갑자기 찾아왔고, 접매는 그에게 구성 구경을 시켜 달라고 졸랐다. 환자는 50세 남짓의 진(陳)씨 성을 가진 남자였다. 그는 흔쾌히 승낙하면서 집에 음식까지 차려놓고 접매를 초대하겠다고 했다.

그리하여 어느 일요일, 진 씨 어른의 첩이 하인과 함께 그 집 소유의 화물선을 타고 기후항으로 왔다. 접매는 그들에게 송자까지 데려가 달라는 말을 차마 하지 못했다. 그래서 송자에게는 자신이 먼저 다녀올 테니 다음에 함께 놀러 가자고 말해두었다.

배는 북쪽으로 방향을 틀어 타구산을 돌아서 갔다. 산 위에서 원숭이 무리가 뛰어다니는 모습을 보고 있는데 어느새 만단항이 보이기 시작했다. 접매는 초선두와 만단항이 타구산을 사이에 두고 있다는 것을 그제야 알았다.

만단항은 어선과 상선이 부지런히 드나들면서 상당히 분주한 모습이었다. 원래 만단항은 흥륭리(興隆里) 구시가지 바로 옆에 있었다. 진 씨 어른의 첩이 알려준 바에 따르면 국성야 정성공이 안평과 부성에 왔을 때 남부 지역에 만년현(萬年縣)을 설치했다. 사람들이 남하한후 문관은 서(署)를 설치하여 흥륭리라고 불렀으며, 무관은 영(營)을설치하여 좌영(左營)이라고 칭했다. 두 지역은 지명이 다르지만 실제로는 서로 이웃하고 있으며, 만단항은 바로 그곳의 항구다.

진 씨 어른의 첩은 접매를 자신의 가마에 태웠고, 일행이 만단항에서 동쪽으로 약 10분을 더 가자 웅장한 성벽이 나타났다. 부성의성벽에 비해 조금도 손색이 없었다.

"여기가 바로 구성이랍니다."

접매는 성벽 위에 전해문(奠海門)이라고 적힌 글자를 보았다. 성문에는 사람의 모습이 새겨져 있었는데 마치 살아 있는 듯 생동감이 넘쳤다.

"이 성문과 성벽은 새로 지은 것처럼 멀쩡한데 왜 구성이라고 부르지요?"

접매의 호기심 섞인 질문에 진 씨의 첩이 웃었다.

"나도 이유는 잘 몰라요. 아마 우리 영감님은 아실 거예요."

일행은 성문에 들어섰다. 성 안쪽의 길은 흥륭리보다 폭이 넓고반듯했으나 흥륭리처럼 북적거리지 않았으며 행인도 드물었다.

가마는 큰길을 지나 사당의 문밖에 멈췄다. 편액에는 자제궁(慈濟宮)이라고 쓰여 있었다.

"우리 영감님이 바로 이 자제궁의 묘축(廟祝, 사당·불당 따위의 향족을 주관하는 사람)이랍니다. 우리는 외출하고 돌아오면 먼저 사당에 들어와 보생대제(保生大帝)님께 인사를 올리고 평안함과 복을 기원합니다. 영감님은 지난번 양인 의관에서 진찰을 받은 후로 몸이 많이 좋아지셨어요. 지금은 사당 안에서 기다리고 계십니다."

진 묘축이 나와서 그녀를 맞았다. 옆에서 보던 사람들은 묘축이 직접 나와 영접하는 상대가 뜻밖에도 젊은 여자인 것을 보고 깜짝 놀랐다. 묘축이 웃으며 사람들에게 말했다.

"임 소저로 말할 것 같으면 나이는 젊지만 치료 솜씨가 대단하답니다. 얼마 전 다리에 화농이 생겨서 걷기도 힘들고 점점 나빠지기만 했는데 기후의관의 맨슨 선생님과 임 소저의 세심한 보살핌 덕분에 완전히 나았다오. 사실 의사 선생님이라고 불러야 마땅합니다."

접매가 웃으며 손을 저었다.

"제가 무슨 의사인가요? 그저 맨슨 선생님의 조수에 불과한걸요. 그냥 임 조수나 임 소저라고 부르세요."

서생 차림의 중년 남자가 물담배를 들고 헛기침을 했다. 그 소리가 점점 커지는가 싶더니 꾸짖는 투로 말했다.

"어허! 진 묘축님, 영감님은 보생대제를 모시는 묘축이시고, 여기 있는 사람은 모두 자제궁의 신도입니다. 그런데 어찌 중의사에게 가지 않고 양의사에게 병을 보인단 말입니까? 조상 대대로 내려오는 초약(草藥)을 쓰지 않고 어찌 오랑캐의 고약을 바른단 말이오!"

진 묘축이 조금은 난처한 얼굴로 말했다.

"보생대제님께 점괘를 봤는데 세 번 연속 성교(聖筊, 나무패를 던져 각각 다른 면이 2개 나오는 것)가 나왔소. 보생대제께서 허락하셔서 간 거란 말이오. 보생대제는 자비로워서 병만 낫는다면 중의사든 양의

사든 상관없다고 하십니다."

서생은 혀를 차며 나가버렸다.

접매는 보생대제의 내력을 모르지만 복로인들이 경건하게 믿는 민중의 건강을 지켜주는 신명이라는 것을 알고 있었다. 신상의 모습을 보니 과연 자애롭고 선한 모습이었다. 묘축은 향 세 대에 불을 붙여 접매에게 건넸다. 접매는 속으로 자신이 배우는 것은 의약과 간호이니, 복로인들의 관점으로 본다면 자신이 바로 보생대제의 제자라는 생각이 들어서 경건하게 삼배를 올렸다.

사당 내에 향불이 왕성하게 피어올랐다. 묘축은 자랑스럽다는 듯 말했다.

"우리 자제궁은 이곳에서 가장 잘되는 사당이랍니다. 신도들은 구성뿐 아니라 홍류리, 만단항에서도 찾아오고 기후와 초서두, 염정포에서도 찾아온답니다. 어떤 사람은 비두현성(埤頭縣城)에서도 온다고 들었습니다. 사당 앞의 길은 원래 현전가(縣前街)라고 불렸어요. 40년 전 성을 지을 때 현태야(縣太爺) 관서(官署)가 이 길에 있었기 때문이지요. 나중에 현서(縣署)는 비두의 새로 지은 성으로 이전했어요. 이 거리에서 가장 중요한 것이 바로 우리 보생대제의 자제궁입니다. 보생대제는 대도공(大道公)이라고도 하는데, 그래서 사람들은 이 거리를 대도공가(大道公街)라고 부른답니다."

묘축은 말을 할수록 득의양양했다.

"복로인들이 사는 시가지에서 대도공묘(大道公廟)와 마조묘는 우열을 가리기 힘들 정도로 비등하다고 할 수 있지요. 하지만 구성과 홍류리 일대에서는 자제궁의 향불이 가장 왕성하게 타오르고, 반면

356

마조의 사당은 멀리 떨어진 산중턱에 있답니다. 이 부근에는 관음정(觀音亭)[11]이 있는데 그곳도 신도들이 많습니다. 사찰을 보면 반드시 참배한다지만 향을 가장 왕성하게 피우는 곳을 들라면 아무래도 우리 자제궁이 으뜸이지요."

접매는 관음정이라는 말을 들으니 아버지가 속으로 외라고 하던 나무관세음보살이 생각났다. 숙소에 있는 오래된 관세음상은 운반하는 과정에서 파손되어 속이 상하던 터였다. 때마침 부근에 관세음을 모시는 사찰이 있다니 참배하고 싶다는 마음이 솟았다. 묘축은 그 이야기를 듣더니 웃는 얼굴로 말했다.

"문제없습니다. 관음정은 바로 옆에 있는 구산에 있으니까요. 임 소저는 점심부터 드세요. 내가 가마로 모시라고 할게요. 올 때 봤던 제 소실이 안내할 겁니다."

"어르신, 관음정이 있는 산 이름이 구산이라고 하셨나요?"

"맞아요. 구산입니다. 거북이를 닮아서 붙은 이름이에요."

접매는 자기도 모르게 웃음이 터져 나왔다.

"이상한 인연이네요. 우리 사료의 집 뒤에 있는 산 이름도 구산이

---

11 오늘날의 가오슝 쥐잉(左營)에 있는 싱룽스(興隆寺, 흥륭사)의 전신으로, 청나라 때의 이름난 사찰이다. 〈강희대만여도〉에도 그려져 있으며, 원래는 오늘날의 쥐잉 구이산(龜山) 기슭에 있었다. 흥륭의 개산비(開山碑)에 기재된 바에 따르면, 관음정은 강희 기사년(己巳年), 즉 강희 28년(1689년) 시랑(施琅)이 대만을 평정한 후 6년째 되던 해에 건설되었다. 소화 13년(1938년) 일본군은 좌영항(左營港, 옛 이름은 만단항)을 군항(軍港)으로 건설했다. 좌영항을 보호하기 위해 감제고지(瞰制高地, 두루 내려다보여 적의 활동을 감시하기에 적합한 높은 지대-옮긴이) 성격을 갖춘 구성과 구산을 군사 특구에 편입시켰으며, 관음정과 그 위쪽 구봉암(龜峰巖)에 있던 마조묘를 이전하였는데 바로 오늘날의 싱룽스다.

거든요! 산은 200~300자 정도로 높지 않아요.”

이번에는 묘축도 웃었다.

“임 소저는 정말 구산과 인연이 깊군요. 이곳 봉산의 구산도 높이가 200~300자랍니다. 우리 조상들이 낮고 평탄하고 동그래서 거북이 등을 닮으면 대체로 구산이라고 이름을 지어서 불렀나 봅니다. 거북이는 장수하는 동물이고 상서로움을 상징해서 누구나 좋아하지요.”

✦━━✦

진 묘축의 집은 자제궁 바로 옆에 있었다. 모두 묘축의 집으로 옮겨 휴식을 취했다. 점심을 먹고 나서 접매가 물었다.

“구성은 아무리 봐도 새로 지은 것 같은데 왜 구성이라고 부르나요? 또 성벽이 웅장하고 길도 넓은데 행인은 왜 적어요? 현아문(縣衙門)을 왜 이곳에 두지 않나요?”

묘축이 길게 탄식했다.

“이 성은 기구한 운명을 타고났어요. 이름은 구성이지만 새로 지은 성이랍니다. 내가 어릴 때 이 성을 짓기 시작하더니 현태야와 아문의 관리들이 위풍당당하게 입성하더이다. 그런데 10여 년 만에 비두로 모두 이전해버렸어요. 비두는 규모나 위용이 우리 성에 비교할 바가 아닌데 말입니다. 현태야와 아문이 다른 곳으로 이전하자 이곳도 자연히 몰락의 길을 걸었답니다. 현재 비두의 봉산현성(鳳山縣城)에는 8,000가구가 살고 있는데 이곳은 겨우 500가구가 남아서 자제궁이나 관음정 같은 큰 사당에 의지하여 살고 있지요.”

말을 끝낸 묘축이 긴 탄식을 내뱉었다.

"영감님이 방금 '이름은 구성이지만 새로 지은 성'이라고 말씀하셨는데, 사람들이 구성이라고 부르는 이유가 있나요?"[12]

접매의 호기심이 또 발동했다. 묘축은 수염을 쓸며 웃었다.

"임 소저는 궁금한 게 있으면 끝까지 파헤치는 태도가 정말 남다르네요."

그는 잠시 생각하더니 이윽고 입을 열었다.

"임 소저는 내게 큰 은인이고 이것도 인연이라고 할 수 있습니다. 오늘 내 처자식들도 다 모였으니 나의 출신 비밀이기도 한 이 성의 역사를 임 소저는 물론 여기 있는 가족들에게도 말해야겠습니다. 이제 나도 늙었으니 더 늦기 전에 밝히고 죽어야지요."

묘축의 표정이 엄숙하게 변했다. 그는 몸을 일으켜 뒤쪽의 방으로 들어갔다. 묘축의 처와 첩, 자녀들은 그에게 어떤 출생의 비밀이 있는지 몰라서 서로 얼굴만 마주 보았다. 접매는 영문을 알 수 없었다. 몇 분이 지나 묘축이 방에서 나왔는데 손에는 누렇게 바랜 문서가 한 보따리 들려 있었다. 언뜻 봐도 오래된 문서였다.

묘축은 조심스럽게 문서를 책상 위에 놓더니 옷깃을 여미고 단정하게 앉았다. 눈은 거의 감은 것이 기도를 올리는 듯했다. 이윽고 그

---

12 좌영의 봉산현(鳳山縣) 구성. 도광 5년(1825년)에 토성(土城)으로 개축하여 이듬해에 완공되었다. 당시에는 봉산신성(鳳山新城)이라고 불렸지만 나중에 생긴 비두의 봉산현(鳳山縣)에 있는 새로 지은 성에 비하면 오래되었기에 구별하기 위해 구성(舊城)으로 불렸다. 현대 동문(東門), 남문(南門), 북문(北門), 성벽, 해자가 남아 있으며 국가가 지정한 고적(古蹟)이다.

가 눈을 뜨고는 소리를 낮춰 말하기 시작했다.

"집안의 성씨 진은 어머니의 성입니다. 나의 생부는 30년 전 도대로 계셨던 요형(姚瑩) 대인[13]입니다."

접매는 나이가 조금 있는 사람들의 얼굴에 놀란 기색이 도는 것을 보았다. 그중에는 "아!" 소리를 내는 사람도 있었다. 그녀는 요형이라는 인물에 대해 들은 적은 없지만 도대가 대만부 최고의 관직이라는 건 알고 있었다. 타구로 온 지 수개월이 지났으니 그녀도 대만부의 관리들이 모두 내지인 당산에서 파견되어 오며, 임기가 끝나면 다시 내지로 돌아간다는 것으로 알고 있다. 그런데 도대의 후손이 남아 있다니 뜻밖이었다. 하물며 묘축의 자녀들은 자신들이 도대의 후예라는 사실을 처음 알았으니 경악하는 게 당연하다.

묘축은 그들의 빈응에는 개의치 않다는 듯이 말을 이었다.

"이 봉산구성의 설계에 요 대인이 참여했답니다. 건축에는 참여하

---

13 요형(1785~1853)은 1819년 복건 대만현의 지현(知縣) 겸 복건의 해방 동지(海防同知)를 역임했으며, 1821년부터 1826년까지 갈마란(噶瑪蘭)의 통판(通判)을 역임했다. 그는 대남에서 갈마란까지 가는 동안 보고 들은 것을 《대북도리기(台北道里記)》로 엮었다. 1838년부터 1843년까지는 대남으로 복귀하여 복건의 대만 병비도(兵備道) 겸 안찰사(按察使)라는 대만 최고 군정 관리로 부임했다. 1840년 아편전쟁 때 그는 대만을 빈틈없이 수비하였다. 1841년과 1842년에 영국의 함선 너부다호(The Nerbuda)와 앤호(The Ann) 두 척이 청나라 군대에 포획된 후 모든 선원이 대만부로 호송되어 하옥되었다. 1842년 8월, 197명 전원이 요형에게 참수되었다. 요형은 이 두 척의 배가 대만을 넘보는 것은 전쟁 행위에 속한다고 주장했지만 영국은 요형이 조난당한 배의 무고한 선원을 살해했다고 주장했다. 1842년 10월, 청나라 조정과 영국이 남경조약(南京條約)을 체결했다. 영국이 이 사건에 대한 책임을 추궁함에 따라 요형은 파직당하여 형부(刑部)로 호송되었다. 청나라 조정은 겉으로는 요형에게 처벌을 내렸지만 실제로는 승진시켜서 사천(四川)으로 보냈다. 함풍제 때 또 광서(廣西)의 안찰사로 부임했다.

지 않았지만 성과 해자의 낙성식에서 특별히 문장을 지었지요. 대인의 문장은 모두 알아주는 실력입니다. 그분은 안휘(安徽) 동성(桐城) 출신으로, 동성파(桐城派)의 문장 풍격은 유명하니까요."

묘축은 잔을 들고 물을 두 모금 마시며 잠시 말을 멈췄다. 만감이 교차하여 어디서부터 말을 풀어내야 할지 모르겠다는 표정이었다. 마침내 그가 앉은 자세를 바로 하며 입을 열었다.

"부친 요형 대인 이야기부터 해야겠습니다. 요 대인은 23세 때 과거에 합격하여 진사가 되었습니다. 그때가 가경 13년의 일입니다. 30세부터 장주, 천주 일대에서 지현을 지냈으며 이때 유창한 복로어를 익힙니다. 35세 때는 대만현의 지현 겸 복건의 해방 동지로 부임했습니다. 백성들은 그분이 유능하다고 찬사를 보냈지요. 복로어를 할 수 있는 고위 관리는 흔치 않으니까요. 대인은 능력을 인정받아 도대에게 발탁되었습니다. 다시 봉산구성 이야기로 돌아가겠습니다. 시랑이 대만을 평정한 후 조정에서는 1부(府) 3현(縣)을 설치했습니다. 1부는 대만부고 3현의 중간은 대만현으로, 대만부를 부치(府治)로 삼았으며 북쪽은 제라현(諸羅縣), 남쪽은 봉산현입니다. 봉산현은 근처에 있는 산의 형태가 봉황이 날개를 펼친 모습과 비슷하다고 하여 붙은 이름입니다. 봉산현의 현치(縣治)는 이곳 흥륭리에 설치되었습니다. 강희 61년, 봉산현이 이곳 흥륭리의 구산과 사산(蛇山) 사이에 설치되었습니다. 흙으로 성을 쌓았는데 대만 최초의 성과 해자였답니다! 하지만 건륭 51년 임상문 사건 때 성은 임상문의 도당 장대전에게 함락되었고, 이에 따라 현서를 비두로 이전했습니다. 그런데 가경 11년에 해적 채견(蔡牽)이 대만을 공격하였고, 오회사(吳淮

泗) 등 반란군이 비두를 함락합니다. 훗날 사람들은 흥륭리의 구성이 산을 끼고 바다에 맞닿아 있어 기세가 웅장하다고 생각하여 이곳으로 다시 이전하기로 했습니다. 가경 15년 민절 총독 방근양(方勤襄)이 대만에 시찰을 나와 그렇게 하기로 최종 결정을 내렸고, 성을 돌로 쌓은 석성으로 개축하기로 했습니다. 또 과거에는 구산의 절반이 성 밖에 있었기 때문에 도적들이 산 위에서 내려와 성을 공략하기에 쉬웠지요. 그래서 방 총독이 구산 전체를 성 내부로 편입시키고 사산은 아깝지만 배제하자고 제안했습니다. 사람들은 그 제안에 모두 찬성했으나 조정에서는 비용이 많이 든다는 이유를 들어 반대하며 경비를 편성하지 않았습니다."

그의 말이 계속 이어졌다.

"요 대인은 가경 23년에 대민에 오셨습니다. 그분은 대민현의 지현으로, 당시 봉산에 공적으로나 사적으로나 각별한 애정을 품고 있었습니다. 대인은 도대와 봉산현의 지현에게 방안을 내놓았는데, 경비의 절반은 관아에서 대고 나머지 절반은 이곳의 백성과 사찰, 사당 등에서 기부를 받자는 내용이었습니다. 도대는 크게 칭찬하며 대인에게 해방 동지라는 직함을 주어 성의 건설 계획에 참여토록 했습니다. 이에 따라 대인께서는 자주 이곳에 와서 지형을 조사하게 됩니다. 다들 잘 알다시피 자제궁에서 모시는 의신(醫神) 보생대제는 본명이 오토(吳夲)이고, 천주의 동안현(同安縣) 백초촌(白礁村) 출신입니다. 그래서 장주와 천주 지역에서 가장 추앙받는 신입니다. 대인은 장주와 천주에서 5년간 현령을 지내셨기 때문에 자제궁을 찾은 소감이 남달랐으며, 묘축과도 이야기가 잘 통했습니다. 그래서 관례를 깨고 사당에서 하룻밤을 지내게 됩니다. 그 후 대인은 새로운 성을 개축할 터를 돌아본다는 이유로 홍륭리를 자주 찾으셨고, 그때마다 자제궁에서 휴식하거나 묵어가셨습니다. 청나라 조정의 법에 따르면 관리들이 내지에서 대만으로 부임할 때 가족을 데려오는 게 금지되어 있습니다. 그래서 대인은 몇 년간 홀로 지내셨습니다. 그러던 중 자제궁 묘축의 따님에게 마음을 빼앗기게 된 겁니다. 대인은 정식으로 청혼을 해서 묘축의 따님을 둘째 부인으로 맞이했습니다. 두 사람은 중매인을 통해 정식으로 맺어진 배우자 관계임에도 대인은 부인을 현령 관저에 데려가지 않았습니다. 알고 보니 당산에 있는 첫째 부인이 사납기로 유명해서 당산에 있을 때도 첩을 못 들이게 했답니다. 그래서 요 현령의 둘째 부인은 친정인 자제궁에 계속 있어야만 했지요. 나중에는 무슨 연유인지 대인의 첫째 부인이 대만까지 찾아왔습니다. 결국 사실을 알게 된 첫째 부인은 노발대발해서 둘째 부인을 쫓아내라고 다그쳤습니다. 이때 둘째 부인은 임신 중이었습니다. 네, 맞습니다. 쫓겨난 둘째 부인 뱃속의 태아가 바로 저입니다. 가경 25년 겨울, 가련한 어머니는 저를 낳았습니다. 그리고 아기를 낳은 지 1개월 만에 구산의 관음정에 찾아가 머리를 깎고 비구니가 되었습니다. 이런 사실을 알게 된 도대는 크게 노하여, 조정의 규정을 어기고 가정을 제대로 다스리지 못했다는 이유로 대인을 대만 동북단의 가장 황량한 갈마란의 통판으로 좌천시켰습니다. 이때가 도광 원년의 일입니다."

묘축이 고개를 가로저었다.

"그래도 도대는 인재를 아끼는 분이었던지 좌천한 이유를 공문서에는 기재하지 않았습니다. 이듬해 대인의 부친이 세상을 떠났고, 대인은 고향에 돌아가 상을 치렀습니다. 1년 후 비로소 갈마란에 돌아와 업무에 복귀했습니다. 도광 4년, 신임 복건 순무 손이준(孫爾準)이 대만으로 순시를 나왔을 때 비두현성에서 역모꾼들이 소요를 일으켰습니다. 그 일로 관부와 백성들은 이곳에 돌로 된 성이 필요하다는 걸 절감했습니다. 순무 대인은 요 대인의 기존 방안과 측량 결과에 따라 석벽을 세우기로 하고, 백성들의 기부를 독려했습니다. 대인의 방안은 과연 크게 성공했고 백성들과 사당, 사찰에서는 기꺼이 주머니를 털었습니다. 공사는 도광 5년 정식으로 착공하여 도광 6년에 완공되었습니다. 나는 당시 5~6세였는데, 일꾼들이 타구산에서 산호석을 캐내 달구지로 운반하여 성을 짓던 모습이 어렴풋하게 기억납니다. 타구산에서 골재를 채취하는 깃도 대인과 봉산현 지현의 생각이었어요. 견고할 뿐 아니라 경비를 크게 절약할 수 있었습니다. 완공되었을 때 계산해 보니 민간 모금액 55, 관부 출자 45의 비율로 구성되었습니다. 당시는 대인이 갈마란에 통판으로 좌천당한 지 5년이 지났을 때였지요. 도대는 공이 적지 않음을 인정하여 대인을 다시 불러들였습니다.

도대는 대인에게 문장을 써서 이름은 구성이지만 실제로는 대만 최초의 석재 신성의 낙성식을 기념하게 했습니다. 이에 대인은 '봉산구성을 중건하며'라는 글을 썼습니다. 사람들은 이 문장이 무척 훌륭하다고 입을 모아 칭송했습니다. 복건 총독도 대인의 능력에 감탄하여 조정에 보고 했고 강소(江蘇)로 불러들여 지현으로 부임하게 했습니다."

묘축의 눈가는 어느새 젖어 있었다. 그는 낭랑한 목소리로 손에 든 문서를 읽기 시작했다.

"……12회의 난 중에서 봉산을 공격한 것이 8회나 된다. 이토록 유독 전쟁으로 인한 재해가 많은 이유는 무엇인가? 그것은 가까운 성이기 때문이다. 몸에 비유하면 군성(郡城)은 심장이요, 봉산은 머리다. 가(嘉)는 복부고 장(彰)은 허리며, 담수는 정강이라고 할 수 있다. ……옛날에 50리 나라에는 반드시 3리의 성이 있었다. 오늘날 봉산은 북쪽의 이찬행계(二贊行溪)에서 남쪽의 낭교까지 220리이며, 사마기두(沙馬磯頭)까지는 400리이며, 서쪽은 바다까지 연결되고 동쪽은 괴뢰산 자락까지 연결되어 역시 100여 리에 달하지만 성이 건설되지 않았다. 이런 상황에서 도적들이 호시탐탐 노리는 것은 어쩌면 당연한 일이다……"[14]

---

[14] '복건봉산현성(復建鳳山縣城)' 전문[도광 9년《동차기략(東槎紀略)》에 수록]:
봉산현에는 과거에 토성이 있었다. 흥륭리 구산과 사산 사이에 자리잡고, 성밖에는 반병산(半屏山)과 타고산(打鼓山)이 둘러싼 천혜의 형세로, 강희 61년에 지현 유광사(劉光泗)가 건설했다. 옹정 12년, 지현 전수(錢洙)가 성 둘레에 대나무를 심었다. 건륭 25년, 지현 왕영증(王瑛曾)이 4문(四門)에 포대(砲台)를 증설했다. 51년, 장대전의 난으로 이곳을 폐하고 현서를 비두로 이전하고 대나무를 심어 성으로 삼았다. 가경 11년, 해적 채견이 공격하자 오회사가 이틈을 타서 비두를 함락하여 크게 훼손했다. 뜻있는 사람들은 비두는 토양이 약하고 물이 얕아서 지반에 습기가 많으므로 성으로 적합하지 않은 반면 구성은 높고 확 트이며 건조한데다 산을 끼고 바다에 닿아 있어 기세가 웅장하다고 주장했다. 이에 따라 장군 새충아(賽沖阿)가 구성으로 이전할 것을 요청하였다. 가경 15년, 총독 방근양이 대만에 와서 새충아의 의견을 조정에 올리고 석성으로 개축하기로 했다. 구산 전체를 성 내부로 편입하여 적이 높은 곳에서 내려다볼 수 없게 하였다. 비용을 이유로 조정에서 반대하여 시행되지 않았다. 이에 민간의 모금으로 건축하고자 했으나 민간에서 응하는 자가 없었다. 도광 3년 방근양의 조카 방전수(方傳穟)가 대만으로 발령났다.

그의 이야기가 계속되었다.

"요 대인은 가경 23년에 대만에 와서 현령을 지냈으며, 그 후 갈마
란의 통판으로 좌천되었습니다. 도광 6년에 마침내 타구에 돌아왔다
가 승진하여 당산에 복귀한다는 소식을 들었으니, 만감이 교차하는
순간이라고 할 수 있지요. 대인이 대만을 떠나기 전 나를 만나러 왔
던 기억이 납니다. 하지만 그때는 너무 어려 철이 없었고, 어머니로
부터 진이라는 성씨를 받았기 때문에 부자의 깊은 정은 느끼지 못했

출발에 앞서 총독 조문각(趙文恪)이 성의 이전을 고려하도록 명했다. 이듬해, 순무
손이준이 대만으로 순시를 나왔을 때 재건축을 다시 추진하기로 했다. 때마침 양
량빈(楊良斌)의 난이 일어나 방전수는 관부가 자금 일부를 대고 민간에서 모금하
자고 제창해 많은 사람이 공감했다. 격문에서 여러 인사가 다음과 같이 호소했기
때문이다. "대만은 풍요롭지만 전쟁으로 인한 화재가 극에 달하였다. 강희 22년에
청나라의 지배 판도에 편입된 이후 강희 35년에 오구(吳球)의 난, 강희 40년에 유
각(劉卻)의 난, 강희 60년에 주일귀의 난을 겪었으며 옹정 9년에는 오복생(吳福生)
이 강산에서 난을 일으켰고, 건륭 35년에는 황교(黃教)가 대목강(大穆降)에서 난을
일으켰다. 옹정 51년에는 임상문과 장대전이 잇달아 난을 일으켜 북로(北路)는 함
락되고 남로(南路)는 이에 대응했다. 옹정 60년에 진광애(陳光愛)와 진주전(陳光愛)
이 연이어 난을 일으켜 남로는 평정하고 북로는 손실을 입었다. 가경 5년에 왕강
(汪降)의 난, 가경 15년에 허북(許北)이 있었으며, 중간에는 채견의 난으로 오회사
등 반란군이 봉산을 함락하였다. 호두후(胡杜侯)의 난과 진석종(陳錫宗)의 난도 문
서에 기록되어 있다. 131년 동안 변란이 11회나 일어났다. 최근에는 양량빈의 일
로 또 병사를 동원하였으니 아무리 풍요로운 땅이라도 어찌 견디겠는가! 게다가
오구, 주일귀, 장대전, 진광애, 왕강, 허북, 오회사, 양량빈 같은 난적이 모두 봉산
을 공략한 바 있다. 그동안 발생한 12회의 난 중에서 봉산을 공격한 것이 8회나
된다. 이토록 유독 전쟁으로 인한 재해가 많은 이유는 무엇인가? 그것은 가까운
도성이기 때문이다. 몸에 비유하면 군성은 심장이요, 봉산은 머리다. 가(嘉)는 복
부고 장(彰)은 허리며, 담수는 정강이라고 할 수 있다. 가의 이북은 중요한 관건이
다. 봉산은 사람의 목구멍에 바짝 붙어 있는 땅으로 아침에 출발하면 저녁에 닿
을 수 있으며, 중간에 아무런 장애물이 없다. 머리와 심장에 병이 들었는데 허리
와 복부, 정강이가 어찌 무사할 수 있겠는가! 도적이 항상 남쪽에 있고 남로에 일
이 터지면 군성은 반드시 먼저 병력을 지원받아야 한다. 이때 북로의 도적이 그
틈을 타서 창궐하면 미처 대처할 틈이 없다. 따라서 봉산은 특히 중요한 지역이다.

습니다. 보러는 오셨지만 대인이 나를 고향에 데리고 가서 핏줄로 거
둘 의사를 내비치지 않아서 외조부가 크게 실망하셨지요. 대인은 관
음정에 가서 이미 출가한 어머니를 만나려고 했지만 어머니는 속세
의 인연이 다했다며 거절하셨습니다. 대인은 몇 년 동안 써놓은 글을
한 부 필사하여 외조부에게 맡기고 내가 자랄 때 옆에 두게 했습니
다. 외조부는 그러겠다고 하고는 그동안 당신이 소장하고 계셨지요.
내가 12세 때에 어머니가 돌아가셨습니다. 대인은 당산으로 가신 후

남로가 안전해야 북로에 일이 터져도 걱정이 없다. 옛날에 50리 나라에는 반드시 3리
의 성이 있었다. 오늘날 봉산은 북쪽의 이찬행계에서 남쪽의 낭교까지 220리이며, 사
마기두까지는 400리이며, 서쪽은 바다까지 연결되고 동쪽은 괴뢰산 자락까지 연결되
어 역시 100여 리에 달하지만 성이 건설되지 않았다. 이런 상황에서 도적들이 호시탐
탐 노리는 것은 당연하다." 이번에는 흙 대신 돌로 벽을 쌓기로 하였으나 비용이 많이
든다는 이유로 오랫동안 공사를 추진하지 못했다. 하지만 뜻을 함께한 인사들은 포기
하지 않았다. 기술자를 시켜 공사비를 계산해 보니 번은(番銀) 12만 원(圓) 남짓이었다.
관과 민이 이를 나눠서 마련하기로 했다. 이에 본도(本道)의 아문이 3천, 부(府)에서 1
만 2천, 봉산현에서 6천을 마련했으며 담수, 대만, 가의, 장화의 4개 청현(廳縣)에서 1
만 2천, 대방 동지(台防同知)가 2천 5백, 녹항(鹿港), 팽호, 갈마란 3개 청(廳)에서 4천 5
백을 모금하였다. 관의 전체 모금액은 4만이었다. 관부의 성의에 백성들은 크게 감동
하였고 봉산의 백성들은 세금을 내는 기준으로 곡식 한 섬당 번은 1원을 기부하기로
결의했다. 이렇게 모은 금액이 총 4만 남짓 되었다. 이와는 별개로 부자들은 4만 4천
을 더 기부하였다. 군(郡)의 상인들이 소문을 듣고 2만 5천 남짓을 기부하였다. 방전수
는 신사(紳士) 황화리(黃化鯉), 오상신(吳尙新), 황명표(黃名標), 유이중(劉伊仲) 등을 성공
총리(城工總理)로 선정하여 각 부문의 일을 맡겼다. 방전수는 서기와 하급 관리를 거치
지 않고 자신이 지현의 두소기(杜紹祁)와 직접 공사 현장을 순시하고 감독했다. 공사는
도광 5년 7월 15일 착공하여 도광 6년 8월 15일에 준공되었다. 성은 벽의 길이가 864
장(丈)이며 성루의 포대는 4대이며 번은 9만 2천 1백 원을 사용했다. 또 지현, 전사어
서(典史衙署)를 각 1동씩 건설하고, 창고와 감옥을 구비하고, 참장아서(參將衙署)에 화약
국(火藥局)을 부속시켰으며, 번은 2만 5천 원을 들여 차례대로 건설하였다. 아직 번은 3
만 원이 남아 있으며 이는 매년 수리 비용으로 쓸 것이다. 순무 한극균(韓克均)이 조정
에 아뢰고, 현지의 유지와 상인들은 그것으로 부족하다고 건의하였다. 이듬해 담수의
동지(同知) 이신이(李愼彝)도 죽참성(竹塹城)의 건설을 제의했다. 이때부터 산 앞의 군현
까지 모두 성이 있게 되었다.

강소에 부임하셨어요. 능력을 인정받았기 때문에 승승장구하셨습니다. 대인은 대만을 그리워하셨는지 내가 18세 되던 해에 다시 대만으로 부임하셨습니다. 이때는 대만에서 가장 높은 벼슬로, 공식 명칭은 '복건 대만 병비도(福建台灣兵備道)'였습니다. 즉, 우리가 통칭 '도대 대인'으로 부르는 벼슬이지요. 그 후의 일은 다들 잘 알 거라고 생각합니다. 도광 18년부터 22년까지, 도대로 계실 때는 때마침 조정이 아편 문제로 영국과 갈등을 빚다가 결국 전쟁으로까지 비화된 시기입니다. 대인은 바깥일로 바빠서 대만 전역을 뛰어다녔습니다. 영국 선박 두 척을 포획하여 대만을 넘보는 의도를 막아 큰 공을 세우셨지요. 그런데 교활한 영국인들은 190여 명의 선원을 참수한 사건을 들먹였고, 포로를 함부로 죽인 죄를 따졌습니다. 도광제께서는 부득이 대인을 내지로 소환했습니다. 대만 사람들에게는 널리 알려진 일입니다. 대인이 도대로 계신 동안 나를 보러온 것은 단 두 번입니다. 한 번은 도광 18년 막 부임해오셨을 때고, 나머지 한 번은 도광 22년 이임하실 때입니다. 아무래도 정사를 돌보느라 바쁘셨겠지요. 대만에 두 번째로 부임하실 때는 내 나이가 18세였고, 그제야 어머니가 돌아가신 걸 알고 놀라셨습니다. 나는 계속 어머니의 성씨를 쓰고 있었기 때문에 대인을 만나기는 더 어려웠고, 부자 사이는 더욱 소원해졌습니다. 마지막으로 대만을 떠나실 때 봉산 비두현성에 가서 대인을 만났습니다. 부자 사이는 여전히 냉담했어요. 어떻게 지내느냐고 묻고는 돈을 조금 주셨습니다. 그때는 외조부가 살아계실 때라 맡겨둔 글에 대한 이야기는 묻지 않으셨습니다. 다만 과거 시험에 응시할 생각이 있느냐고 묻더군요. 나는 사실대로 공생(貢生)에는 합격했지만 수재(秀才)는 두 번이나 불합격했다고 말씀드렸습니다. 꽤 실망하신 듯 포기하지 말고 내년에 또 응시하라고 하셨어요. 외조부의 임종을 앞두고 나는 그제야 대인이 남긴 글의 존재를 알고 크게 놀랐어요. 이때는 이미 서강(西康), 서장(西藏)에 계셨어요. 함풍 3년, 대인이 세상을 떠났다는 전갈을 받았어요. 시간이 빠르게 흘러 이미 14년이나 지났군요. 대인은 도광 9년에 그동안 쓴 글을 모아 책으로 발간하셨어요. 제목은《동차기략》입니다. 나는 지금 그 책을 가지고 있지 않지만 제게 남긴 직접 쓰신 글이 더 귀중하다고 생각합니다. 나는 책 읽기를 좋아하지 않아서 벼슬도 하지 못했지만 그래도 외조부가 적지 않은 재산을 남겨주셨고, 장사로도 성공한 편이며, 고향에도 자선을 베풀어서 오늘이 있게 되었습니다. 나이가 들어서 그런지, 저도 부모가 되어서 그런지 요즘 들어 대인의 고충을 짐작하게 되었고 그분이 그리워집니다."

말을 마친 묘축의 눈가는 벌겋게 변했다. 듣는 사람들도 한동안 숙연해졌다. 그가 자녀들에게 말했다.

"너희들에게는 내가 태어나기 전에 부친이 돌아가셨다고 했는데 그건 사실이 아니었단다."

봉산구성에 대해 질문했을 뿐인데 묘축은 생부 요형과 봉산구성의 특별한 인연이 떠올라 감회가 새로웠고, 뜻밖에도 출생의 비밀까지 털어놓게 되었다.

묘축은 눈을 감았다. 그의 뺨 위로 눈물이 하염없이 흘러내렸다. 지켜보는 그의 가족들도 벅차올랐다. 접매의 질문은 봉산구성이 이토록 장관이며, 지은 지 얼마 안 되어 보이는데 봉산현 아문은 왜 그렇게 빨리 비두로 이전했으며, 왜 구성은 몰락의 길을 걸었는가에 대한 것이었다. 이 질문에 묘축은 끝내 대답하지 않았으며 그럴 생각도 없는 듯했다. 접매는 세상 사람들의 만남과 헤어짐, 기쁨과 슬픔이 자신에게만 있는 게 아니라는 생각에 많은 감회가 오갔다.

37장

진 묘축은 벅찬 감정을 추스르고 접매를 직접 구산의 관음정에 데려가기로 했다. 그의 가족 몇 명도 동행했다. 구산은 무척 가까운 곳에 있었다. 집을 나서서 오른쪽으로 돌자마자 시야에 들어왔다.

"구산의 높이는 비록 200~300자에 불과하지만 산세가 자연스럽고 반병산과 연결되어 있어요. 묘하게도 가운데 움푹 들어간 곳에 연지담(蓮池潭)이라는 못을 형성했지요. 구산은 성의 북문과 동문 사이에 위치하여 북문을 나서면 바로 연지담이고, 동문을 나서서 큰길을 따라 곧바로 가면 바로 비두봉산의 신성이랍니다. 관음정은 북문 쪽에 있어요."

묘축이 찬탄을 늘어놓았다.

"이 관음정은 홍릉리에서 신도가 많을 뿐 아니라 역사도 유구해서 강희 20년까지 거슬러 올라갈 수 있답니다. 〈강희대만여도〉와 〈옹정대만여도(雍正台灣輿圖)〉에도 '구산'과 '관음정'이 뚜렷하게 표시되어 있지요. 봉산현의 상징적인 건물일 뿐 아니라 대만의 대표적 명찰(名剎)이기도 합니다.”

관음정은 북문으로 향하는 대로상에 있으며, 구산 자락에 기대어 있었다. 관음정에 도착하자 접매는 사찰의 편액에 흥륭사라고 적힌 글자를 보고 곤혹스러운 표정을 드러냈다.

“맞게 온 겁니다. 흥륭사가 바로 관음정이거든요. 이 편액은 나중에 증축과 보수를 하면서 당시 현령이 걸어둔 거랍니다.”

묘축은 이 일대에서 존경받는 인물이었다. 관음정에 들어서고 몇 마디 하지 않았는데 사찰의 비구니가 인사하며 차를 내왔다. 조금 더 있으니 이 절의 주지가 직접 나와서 예를 갖춰 맞았다.

“황송합니다.”

묘축도 서둘러 답례하며 접매를 소개했다.

“이 소저는 기후의 양인 의관에서 일하고 계십니다. 오늘 구성에 놀러 오셨다가 구산에 관음정이 있다는 말을 듣고 참배하러 오신 겁니다. 정말 경건하고 정성스러운 태도이지요.”

주지 을진법사(乙真法師)는 약간 펑퍼짐한 몸에 자애로운 표정으로 웃으며 말했다.

“어서 오십시오. 양인 의관에 계신 분이 우리 사찰에 참배하러 오시다니, 관세음보살과 인연이 깊은 것이 틀림없군요.”

“저는 사료에서 왔고, 아버지가 통령포 객가인이십니다. 아버지는 생전에 관세음보살님을 정성껏 모셨으며 저에게도 평소에 나무관세음보살을 외라고 말씀하셨습니다.”

접매의 말에 을진법사는 흡족한 표정을 지었다.

"인연이 있는 분이니 제가 길을 안내하겠습니다."

을진법사는 접매 일행을 데리고 정청(正廳)으로 가서 부처님께 삼배를 올렸다. 연화좌(蓮花座)에 앉아 있는 관세음상은 전신이 찬란하게 빛나며 장엄한 분위기를 풍겼다. 그런데 팔이 18개였다. 가장 눈에 띄는 것은 두 팔이었는데 한 손에 검을 들고 다른 손에는 날카로운 법기를 든 채 두 팔을 위로 뻗었다. 노기를 띤 표정은 아니었지만 보는 사람에게는 자비로움보다는 엄숙한 느낌을 주었다.

접매는 이런 관세음상을 본 적이 없었다.

"주지 스님, 이분은 천수관음(千手觀音)이신가요?"

접매의 물음에 을진법사가 고개를 젓는다.

"아닙니다. 이분은 십팔수준제관음(十八手準提觀音)이십니다. 바로 준제보살이시지요."

접매가 자세히 살펴보니 18개의 손에 모두 법기를 들고 있었다. 날카로운 검 외에 연화(蓮花), 수주(數珠, 보리수 따위의 열매를 줄에 꿰어서 만든 법구), 화발(花髮, 꽃 머리띠), 조병(藻瓶, 물병), 승삭(繩索, 밧줄) 등이었다.

"준제보살은 관세음보살과는 어떤 관계가 있습니까?"

접매의 질문 공세에 을진법사가 빙그레 웃더니 대답했다.

"관세음보살께서 육도(六道)의 중생을 제도할 때 여섯 종류의 보살로 변신하셨는데 준제관음께선 그중 한 분입니다. 육관음(六觀音)에는 성관음(聖觀音), 천수관음(千手觀音), 마두관음(馬頭觀音), 십일면관음(十一面觀音), 준제관음(準提觀音), 여의륜관음(如意輪觀音)이 있으며 각각 다른 신역(神域)의 생령(生靈)을 제도하십니다. 준제관음께서는 인간 세상의 중생을 제도하시며 보통 사람들에게 가장 친근한 관세음이셔서 준제불모(準提佛母)라고 부르기도 하지요."

"준제보살께서 18개의 손에 각각 다른 법기를 쥐고 계신 이유는 무엇인가요?"

"모두 준제보살께서 인간 세계의 중생을 제도하는 법기입니다. 검으로는 중생의 번뇌와 악업을 물리치고, 조병으로는 인간 세상을 정화하고, 연화로는 질병을 치료하며, 승삭으로는 사람과 사람의 관계를 가깝게 묶어줍니다."

을진법사가 막힘없는 언변으로 설명을 마친 후 말을 이어갔다.

"우리 사찰에 모신 이 준제관음은 다른 사찰에 있는 준제관음과는 형태가 다릅니다. 가령 대만부의 법화사(法華寺)에도 준제관음을 모셔놓았는데 법화사는 정경(鄭經), 진영화(陳永華)의 시대에 세워졌습니다. 그곳의 준제관음상은 복건성에서 직접 운반해 모신 것입니다. 우리 절의 준제관음상은 동토(東土)의 풍격(風格)을 띠고 있습니다. 대만의 모든 준제관음은 눈이 3개인데 각각 불안(佛眼), 법안(法眼), 혜안(慧眼)을 상징합니다. 우리 절의 준제관음만 눈이 2개입니다. 그래서 우리 사찰의 개산조사(開山祖師, 새로운 절이나 종파를 처음 연 승려−옮긴이)인 무의(茂義) 사부님이 일본인이라고 하는 사람도 있습니다. 솔직히 말해 저도 그건 확인할 방도가 없군요."

접매가 준제보살을 다시 응시했다. 그녀는 준제보살의 모습에서 엄숙함 외에 빼어난 기상을 느꼈다. '지혜를 전하고, 업장을 소멸한다'라는 을진법사의 설명이 새삼 마음에 다가왔다. 특히 긴 검을 쥔 자태를 바라보며 인생에서 성실함도 중요하지만 지혜의 검으로 망설임을 끊어버릴 필요가 있다는 생각이 들었다. 접매는 문득 관세음과 준제는 바로 부처님의 얼굴 양면임을 깨달았다. 관세음보살이 강조하는 것은 자비로운 얼굴이고, 측은하게 생각하여 힘없고 외로운 사람을 보살펴주는 면이다. 준제보살은 이지적인 면을 강조하여 주저하는 사람에게 이성적 판단으로 선택할 수 있게 돕는다. 인생은 늘 선택해야 하는 순간의 연속이라고 접매는 생각했다.

접매가 생각에 잠겨 있을 때 사람들이 오른쪽으로 걸어갔다. 묘축이 을진법사에게 관음정의 3대 비문(碑文)을 보여 달라고 청한 것이다. 그는 오래전부터 이 비문에 대해 들었으며, 관음정이나 봉산구성의 역사와도 연관이 있는 사찰의 보물로 알고 있다고 했다.

을진법사가 담담한 얼굴로 말했다.

"이 3개의 비는 각각 개산비(開山碑), 거사비(去思碑), 읍후담공덕비(邑侯譚公德碑)[15]입니다. 개산비는 이 사찰의 후원에 세워졌으며, 개산조사께서 사찰을 열기까지의 힘든 과정이 적혀 있습니다. 사찰을 세운 지 30~40년 후인 강희 연간 말이나 옹정 연간 초에 개산비를 세웠으니, 벌써 140년이 지났습니다. 우리 사찰의 역사와 연관이 있는 비는 이 개산비가 유일합니다. 나머지 2개의 비는 관음정이 아닌 저 뒤쪽 구산 정상의 천후궁에 있답니다. 그곳이 바로 사람들이 구봉암의 마조묘라고 부르는 곳입니다. 여러분과 함께 그쪽으로 가보겠습니다."

---

15 3개의 비는 오늘날의 가오슝 싱룽스에 있다.

사당의 뒤는 구산이었고, 돌계단이 깔려 있었다. 일행은 한 계단씩 밟으며 올랐다. 길 옆으로 숲이 무성하고 꽃들이 활짝 피어 있었으며 새 우짖는 소리와 벌레 소리가 들려왔다. 원숭이들이 무리 지어 오가는 모습도 보였다. 묘축이 시를 읊조리기 시작했다.

"구산은 성 안의 바람을 막고, 돌은 수려하고 산은 푸르구나. 원숭이와 새의 노랫소리에 꽃이 만발한 좋은 시절이여, 경물을 즐길만 하도다(龜山守風城中, 石秀山青, 猿啼鳥語, 花月芳辰, 景物堪娛).' 흥릉리의 거인[擧人, 명청 시대에 향시(鄕試)에 합격한 사람] 탁조창(卓肇昌)이 100년 전에 쓴 시입니다. 〈구산팔경(龜山八景)〉이라는 시 여덟 수를 지었지요. 팔경의 이름은 다 기억나지 않고, '운무가 낀 산속의 새벽하늘, 겹겹이 쌓인 바위에 비치는 저녁노을, 추운 밤 처량하게 우는 원숭이 소리(山嵐曙色, 層巖晚照, 寒夜猿啼)'만 기억나는군요."

을진법사가 웃으며 말을 받았다.

"저는 '오래된 사찰의 훈훈한 바람, 산봉우리에서 바라보는 바다(古寺薰風, 晴巒觀海)'가 기억나네요. 산 정상에 오르면 바다를 볼 수 있답니다."

접매는 다른 사람이 시문을 읊조리는 것을 처음 들었다. 문인이나 선비가 아님에도 문필의 소양을 갖춘 두 사람에게 경의를 느꼈다.

산 정상에 오르니 과연 또 사당이 있었다. 고풍스러운 외관이었지만 내부는 세월의 흔적이 엿보였다. 접매가 편액에 적힌 구봉암이라는 글자를 바라보았다. 을진법사가 설명을 해줬다.

"이 구봉암의 천후궁도 개간조사께서 세운 것입니다. 불가의 제자가 사당을 짓는 건 사실 무척 드문 일입니다. 하지만 이 사당은 크나

큰 포용력을 보여주는 것이기도 하지요. 민간에서는 이곳의 마조를 대부분 누정마(樓頂媽)라고 부릅니다."

사당 안에 들어가니 마조상의 크기가 준제관음상보다 훨씬 작았다. 마조상은 금빛 얼굴에 면포(綿袍)를 두르고 있으며, 좌우에 한 명씩 서 있는 시녀의 상에도 금칠이 되어 있었다.

을진법사가 말했다.

"마조와 시녀의 몸을 금으로 칠한 것은 관부에서 왔음을 표시합니다. 따라서 민간에서는 이 마조를 강희 22년에 시랑 장군이 팽호를 평정할 때 배에서 모신 분이라고 여깁니다. 하지만 이 또한 사실 여부를 증명할 길이 없습니다.[16] 무엇보다 개간조사께서 이 구봉암의 천후궁을 세울 때가 시랑 장군이 대만에 오기 전인지 후인지 확인할 길이 없기 때문이지요. 진 묘축께서 말씀하신 비문 중 거사비는 사당의 왼쪽 벽에 있고, 읍후담공덕비는 오른쪽 벽에 있습니다. 사실 제가 더 좋아하는 것은 이 사당의 처마에 걸린 등입니다. 저녁이 되면 처마 끝에 달린 묘등(廟燈)이 켜지는데, 타구 부근 해역에서 조업하는 배들이 밤에 항해하거나 항구로 돌아올 때 방향을 알려주는 등대 역할을 한다고 들었습니다."

접매는 을진법사의 말이 자비와 배려로 충만하며, 조금도 개인적인 감정을 표출하는 기색이 없다는 것을 느꼈다. 준제보살의 칼로 잘라내는 경지는 자애로운 어머니를 연상케 하는 관세음보살과 또 다

---

16 민간에 시랑이 모셔 왔다고 알려진 마조는 녹항의 천후궁에 있다.

른 경지임을 느꼈다. 그녀는 이제 준제보살과 관세음보살이 같은 존재인지 별도의 존재인지는 개의치 않는다. 오늘 인생을 새롭게 인지했다는 점이 중요하다. 사람이 세상을 살아가는 데는 자비롭고 선량한 태도만 있으면 되는 것이 아니라 지혜와 결단도 필요하며 아쉽지만 포기하는 태도도 갖춰야 한다.

　똑같이 사람들에게 선하게 살아가라고 권하는 종교이지만 이상하게도 그녀는 맨슨을 비롯한 양인들이 신성하다고 여기는 예수 그리스도나 예배 의식은 받아들일 수 없다. 그녀는 송자와 면자가 숭배하는 노조나 안자조(矸仔祖)에도 별다른 느낌을 못 느꼈다. 그녀가 좋아하는 것은 아버지가 전해준 관세음과 마조 할머니였으며 지금 눈앞에 있는 을진법사였다. 그 이유를 댈 수는 없지만 어쨌든 이것이 그녀의 느낌이다.

38장

접매는 가슴이 답답하다. 일요일을 세 번 맞도록 송자를 만나지 못했기 때문이다. 7월 말의 일요일에 그녀는 만단항과 봉산구성에 가느라고 송자에게 자신을 보러 올 필요가 없다고 미리 말했다.

봉산구성에 가서 구산 자락의 관음정과 구봉암의 마조묘를 보고 온 다음 그녀는 자신이 느낀 바를 송자에게 이야기해주고 싶었다. 그런데 그 후로도 일요일이 두 번이나 지나도록 송자는 나타나지 않았다. 8월의 첫 번째 일요일, 그날은 날씨가 별로 좋지 않았다. 타구항의 풍랑이 거센 건 아니지만 계속 비가 내려서 송자가 안 오는 것이라고 생각했다.

그러나 지난 일요일은 중원절(中元節, 음력 7월 15일 백중날)로 기후의 시가지에서 보시 행사가 열렸다. 천후궁 입구부터 거리 중앙에 100~200자 길이의 탁자가 놓이고 그 위에 음식과 과일, 홍구고(紅龜糕, 거북이 형상의 빨간 떡-옮긴이)와 백설기 등이 잔뜩 쌓여 있었다. 불교도는 물론 거리를 떠도는 걸인에게도 배불리 먹을 수 있도록 베푸는 날이다. 이렇게 떠들썩한 명절에 송자가 나타나지 않으니 접매의 실망은 이만저만이 아니었다.

접매는 아버지가 생전에는 귀신이 돌아다닌다는 음력 7월만 되면 모든 일에 삼가면서 조심했던 기억을 떠올렸다. 아버지는 중원절이 되면 조상께 제사를 올렸을 뿐 아니라 그가 사냥으로 죽인 짐승들에게도 제사를 지냈지만 상에 올린 음식은 그렇게 많지 않았다. 기후의 성대한 행사를 보고 접매가 감탄하자 맨슨이 작년에 부성에서 본 중원절 행사는 기후와는 비교할 수 없을 정도로 성대해서 거리 전체가 음식상으로 꽉 찰 정도였다고 담담하게 말했다. 그는 또 이곳 사람들이 왜 그토록 귀신을 두려워하는지 모르겠다고 했다. 접매는 그의 말에 반박했다.

"우리는 귀신을 두려워하는 것이 아니라 조상과 귀신을 존경하는 거예요."

맨슨은 조금은 알겠다는 듯 실없이 웃었다.

3주 연속 송자를 만나지 못한 접매는 돌아오는 일요일이 되자 아침 일찍부터 부두에 나가 그를 기다렸다. 초선두에서 오는 배는 사람으로 가득 차 있었으나 송자의 모습은 보이지 않았다. 혹시 병이라도 난 건가? 무슨 사고라도 생겼을까?

점심 때까지 기다렸으나 더는 기다릴 수 없었다. 송자가 오지 않으니 직접 초선두로 찾아가기로 했다. 송자는 다른 인부들과 초선두의 창고 구석에서 지낸다. 접매는 창고까지 찾아갔지만 부근을 배회할 뿐 감히 문을 두드릴 용기가 없었다. 그녀는 망설였다.

그 순간 한 가지 생각이 뇌리를 스쳤다. 통령포에 있을 때 어머니에게서 각종 새소리 흉내를 배웠다. 때로는 일부러 소리를 길게 내거나 반복하기도 했는데, 이는 생번이 깊은 산중에서 서로 연락하는 방법이었다. 여러 가지 새소리와 선율을 조합하여 다양한 상황의 신호로 만든 것이다. 그녀와 문걸이 사료에 와서 지낼 때 기분이 좋은 날은 휘파람을 불기도 했다. 송자는 신기해하면서 배웠다. 그리하여 접매는 휘파람으로 오색조의 울음소리를 냈다. 몇 번 불었더니 과연 송자가 창고 밖으로 나왔다. 접매는 너무 반가워서 그에게 다가갔다. 그런데 이상하게도 송자는 느린 걸음으로 발을 질질 끌면서 걸어왔다. 손을 등 뒤로 숨기고 있어서 몹시 부자연스러운 자세였다. 게다가 온통 울상을 한 것이 아무래도 수상하다.

———— ✿ ————

　접매는 방에 들어앉았다. 너무 큰 충격을 받아서 손이 부들부들 떨렸다. 날은 이미 어두웠는데 여전히 웅크리고 있었다.
　'어찌 그렇게 변했을까? 송자는 무슨 일을 당한 것이고 나는 어떻게 해야 하지?'
　그녀는 마음속으로 중얼거렸다. 갑작스러운 문제에 어떻게 대처해야 할지 알 수 없었다.
　그날 오후, 말을 하지 않으려는 송자를 다그쳐서 겨우 어떻게 된 일인지 알아냈다. 알고 보니 송자는 나쁜 친구를 사귀었다가 일을 저지른 것이다.

이곳의 복로 출신 노동자들은 밤이 되면 부근의 도박장에 모여 천구패(天九牌, 청나라 때 성행한 32개의 골패로 하는 노름-옮긴이)라는 노름을 즐겼다. 그들은 송자에게도 노름판에 끼어들 것을 권했지만 그동안 계속 거절해왔다. 1개월 전 어느 날, 현장의 반장이 노름으로 많은 돈을 땄다며 창고에서 지내는 일꾼들을 유곽에 데려가겠다고 했다. 여색을 가까이한 적이 없는 송자는 따라가지 않으려고 했다. 그런데 다른 동료들이 어차피 제 돈 드는 일도 아닌데 이럴 때 남자의 기백을 뽐내보자며 같이 가기를 종용했다. 결국 송자도 그들을 따라갔다. 그날 이후 반장이 그를 노름판에 불러들였는데 처음에는 송자도 거절했다.

그러자 반장은 험악한 표정을 지으면서 유곽에는 따라가고 노름판에는 가지 않는 건 경우 없는 행동이라고 했다. 그리고 앞으로 일이 있어도 그에게는 주지 않겠다고 윽박질렀다. 송자는 협박에 못 이겨 노름판에 끼어들었다. 도박장은 멀지 않은 산중턱 토지공의 사당 옆에 있었다. 첫날 송자는 돈을 땄다. 며칠 후 또 반장을 따라갔고, 더 많은 돈을 땄다.

이튿날 밤 반장이 술에 취해 잠들자 송자는 혼자 도박장에 갔다. 처음에는 돈을 따는가 싶더니 계속 운이 따라주지 않았고, 마지막에는 그동안 땄던 돈까지 몽땅 토해내야 했다. 초조해진 송자는 잃은 돈을 되찾기 위해 판을 크게 벌였고, 그때마다 더 큰 돈을 잃었다. 결국 가진 돈을 전부 잃고, 본전을 찾기 위해 도박장에서 고리채를 빌렸다. 그리고 이튿날 아침이 되자 빌린 돈까지 모두 잃었고, 3개월을 일해도 다 갚지 못할 빚만 짊어지게 되었다.

이때부터 노름판 사람들이 날마다 그를 찾아와 빚을 갚으라고 독촉했다. 송자는 낮에 일해서 번 돈을 노름판 사람들에게 고스란히 바쳤다. 그는 돈이 부족해서 끼니를 거르기 일쑤였다. 중원절을 하루 앞둔 밤, 도박장에서 덩치가 큰 사내 둘이 찾아와 송자를 두들겨 팼다. 줄 돈이 없다고 말하자 사내들은 송자의 왼쪽 새끼손가락을 잘라버렸다. 그들은 다음 달에 다시 오겠다며, 그때도 빚을 갚지 못하면 다른 손가락도 자르겠다고 했다. 며칠간 송자는 일을 할 수 없었고 밥 먹을 돈도 없어서 창고 구석에 누워 눈물만 흘렸다. 어리석은 짓을 한 자신이 한심해서 미칠 지경이었다. 반장은 양심의 가책을 느꼈는지 남은 음식을 가져다 그에게 먹였다.

더 최악의 일은 그 후에 일어났다. 바로 며칠 전 소변보는 곳이 부어오르고 아프기 시작했다. 그러더니 고름이 나면서 고약한 냄새까지 풍겼다. 동료들은 송자에게 "당첨되었군!" 하며 놀렸다. 접매가 그를 보러 올 때까지 송자는 폐인처럼 지냈다.

<hr>

접매는 송자에게 화가 나면서 한편으로는 괴로웠다. 사료에서 이 머나먼 타구까지 와서 외로운 그녀와 시간을 보내준 건 고마운 일이다. 처음에는 글씨도 못 읽어서 잡역부로 일하는 송자를 무시하기도 했다. 하지만 함께 시간을 보내면서 자연스럽게 정이 들어 그를 받아들이게 되었다. 유일한 요구는 빈둥거리지 말고 불량한 품행을 하지 말라는 것이었다. 그런데 지금은 모든 일이 허사가 되어버렸다.

초선두에 가서 송자를 만나고 돌아온 다음 날, 접매는 맨슨에게 하루 휴가를 청했다. 그녀는 배를 타고 흥륭리에 가서 봉산구성에 들어가 곧바로 관음정으로 달려갔다. 준제보살 앞에 꿇어앉아 송자의 문제를 해결하고 마음의 짐을 덜게 해 달라고 기도했다. 그녀는 송자에게 서운하면서 한편으로는 미안하기도 했다. 자신이 아니었다면 송자는 고향을 떠나 타구까지 오지 않았을 것이며, 일이 이렇게까지 엉망으로 꼬이지도 않았을 것이다.

송자의 집은 사료에서도 수령 집안으로, 고향에 있었다면 편안한 나날을 보냈을 것이다. 타구에 와서 한 번 발을 잘못 딛은 것이 천추의 한이 되었다. 손가락 하나를 잃고 성병까지 걸렸으니 이대로 돌아가면 면자를 무슨 낯으로 본단 말인가!

눈을 감고 한참 앉아 있었더니 마음이 조금은 가벼워졌다. 문제를 하나하나 분석하면서 해결의 실마리를 찾으려고 노력했다. 그녀는 꿇어앉은 채 지혜를 달라고 기도했다. 준제보살의 얼굴을 응시하고 있으니 서서히 답이 떠오르는 기분이었다. 어쩌면 준제보살이 그녀의 마음에 판단의 지혜를 주입했는지도 모르겠다.

송자는 초선두에서 더는 일을 할 수 없다. 그곳에 계속 있다가는 다음 달에는 도박 빚을 받으러 온 자들에게 손가락 하나를 더 잘릴지 모른다. 기가 막히게도 빚은 막대한 이자까지 붙어서 점점 늘어나고 있었다.

접매가 몸을 일으켜 준제보살에게 세 번 절했다. 그녀의 마음은 이제 편안하고 고요했다. 만단항에 돌아오니 운 좋게도 초선두로 가는 배가 있었다.

초선두에 도착한 그녀는 주저 없이 송자가 있는 창고로 들어갔다. 우선 송자를 기후로 데려와서는 얼굴이 화끈거리는 것을 참고 맨슨에게 증상을 설명했다. 맨슨은 송자를 며칠간 의관에 묵게 하면서 치료했고, 과연 증세가 크게 좋아졌다. 그녀는 배 시간을 살펴보고는 열흘 후 사료로 가는 배에 송자를 태워서 보냈다. 송자를 도박에서 손 떼게 하는 유일한 방법이었다.

처음에 송자는 타구를 떠나지 않겠다고 했다. 그는 만단항에서 잡역부로 일할 수 있다고 말했다. 이번에 호된 시련을 겪으며 교훈을 얻었으니 다시는 노름에 손대지 않겠다는 맹세도 덧붙였다. 말을 하지 않았지만 접매는 송자가 유곽에서 병까지 얻어온 행동을 용서하기 힘들었다. 송자는 앞으로는 열심히 일만 하겠으며 술은 입에 대지도 않고 노름판 근처에는 얼씬도 하지 않겠다고 접매를 설득했다. 하지만 접매는 굳은 얼굴로 한 마디도 하지 않았으며 송자가 무슨 말을 해도 고개만 저었다.

송자가 마침내 배에 올랐다. 배의 그림자가 멀어지자 접매는 그제야 돌아섰다. 무표정한 얼굴로 빠르게 그곳을 떠났다. 의관에 돌아온 그녀는 방에 들어가서 참았던 울음을 터뜨렸다. 그 후 격주로 일요일이면 아침 일찍부터 관음정을 찾았으며, 준제보살 앞에 무릎을 꿇고 기도했다. 을진법사는 미소로 맞아주었으며, 때로는 어깨를 토닥거리기도 했다. 준제보살 앞에 무릎 꿇고 앉아 있을 때 마음이 가장 편안하고 맑으며, 생각이 정리되는 느낌이었다.

7 부

출병

出兵

39장

나팔 소리가 길게 울리며 북을 두드리는 소리도 일제히 울렸다.

대만부 북부의 대만진 군영에서 이양례는 미군 장교 차림으로 말을 타고, 기세 드높게 총병 유명등과 어깨를 나란히 한 채 전진했다. 그들은 대청제국의 명을 받고 곧 남갑으로 향하여 생번 토벌 작전을 개시할 750명의 병사를 순시하고 있었다. 이양례가 유심히 살펴보니 병사들의 무기가 상당히 발달했다. 총신과 총구는 육각형이고 반들반들했다. 복장도 훌륭하여 통일된 신식 제복을 입고 원기 왕성한 모습이 과연 정예 병사답다.

고개를 돌려 늠름한 자태의 유 총병을 바라보았다. 30세도 채 안 된 젊은 나이에 이토록 중요한 임무를 맡고 있었다. 총병은 3년 전 태평천국의 난을 평정하는 전쟁에서 큰 공을 세웠기 때문에 그의 상사 좌종당과 증국번의 눈에 들어 파격적으로 승진했다고 한다. 게다가 요 며칠 함께 지내면서 이양례는 총병이 기백이 넘치고 대담하며 식견이 뛰어난 장수라고 느꼈다.

　이양례는 나흘 전인 9월 6일, 대만부의 관리들과 만났던 일을 떠올렸다. 그는 도대에게 복건 순무의 지시를 지켜 구자록을 정벌하기 위한 출병을 강력히 요구했다. 하지만 도대 오대정 이하의 대다수 청나라 관리들은 말만 번지르르하고 미루기 바빴다. 어떤 사람은 미개한 지역에 출병할 준비가 충분하지 않다고 했고, 어떤 사람은 중요한 업무를 처리해야 해서 몸을 빼낼 수 없다고 했다. 심지어 어떤 사람은 "영사 각하의 안전을 고려하여 만일 각하가 불행히 야만적인 생번의 손에 다치기라도 하면 저희들이 감당할 수 없다."라고 말했다. 많은 상금을 내걸고 몇 명의 생번을 색출하여 죽인 다음 목을 베어 복주에 보내고 순무 대인에게 임무를 마쳤다고 보고하자는 형편없는 의견을 내놓는 사람도 있었다. 저마다 한마디씩 거들었다. 도대는 이양례의 표정이 굳는 것을 보고 분위기를 수습하려고 나섰다.

　"각하, 잠시 휴식을 취하고 다시 이야기하실까요? 일단 간식부터 드시지요. 대만부의 간식은 맛있습니다."

　이양례는 속으로 탄식했다. 청나라 관리들의 태도에 실망하며 어떻게든 화제를 이어가려고 애썼다. 그래서 휴식 시간을 갖지 않겠다고 말하려는 순간 도대의 옆에 앉아 시종일관 한마디도 하지 않던 총병 유명등이 갑자기 벌떡 일어섰다.

　"여러분, 휴식에 앞서 제 말 몇 마디만 들어보시기 바랍니다. 첫째, 순무 대인이 명령하셨으니 우리는 반드시 명령을 이행해야 하며 절대 흐지부지 끝내서는 안 됩니다. 둘째, 구자록으로 가는 길이 멀기는 하지만 그래도 갈 수 있습니다. 셋째, 보급이 분명 쉽진 않습니다. 그렇다면 앉아서 말만 하기보다는 행동에 옮겨서 하루빨리 준비하면 될 것입니다. 제게 사흘만 주시면 충분히 해내리라 확신합니다."

잠시 말을 멈춘 그는 자리에 있는 사람들을 찬찬히 훑어보다가 도대 오대정을 향해 깊숙이 허리를 숙여 절을 했다.

"도대 대인께서 동의하신다면 나흘 후인 9월 10일에 우리 군대가 남하할 수 있다고 제가 이양례 영사께 보증하겠습니다."

그 자리에 있던 모든 사람이 소스라치게 놀랐다. 다른 관리들은 믿을 수 없다는 표정이었다. 도대는 이마를 찌푸리며 잠시 주저하다가 어쩔 수 없다는 듯 수락했다.

분위기가 갑자기 반전되자 이양례는 놀랍고도 기뻤다. 총병이 즉시 몸을 돌려 그를 바라보았다. 자신감이 충만한 얼굴로 두 손을 가슴에 얹고 그에게 읍을 했다.

"영사 각하, 잠시 휴식을 취하십시오. 반 시진 후 출병에 관한 세부 사항을 논의하시지요."

총병과 도대는 잠시 귓속말을 하더니 부하들을 소집하여 상의했다. 이양례는 접객실에서 기다렸다. 얼마 지나지 않아 총병이 웃는 얼굴로 나타났다.

"방금 의논한 결과, 우리는 사흘간 군수품을 준비하기로 했습니다. 그동안 도대께서는 각하를 모시고 부성을 돌아보라 했습니다. 영사 각하의 부성 방문이 두 번째라는 것을 압니다. 대만부의 부성은 크진 않아도 볼 만한 곳이 꽤 있습니다."

이양례는 이 젊은 총병을 다시 보게 되었다. 그는 일 처리가 신속하면서도 질서 정연했다. 그 후 이틀 동안 이양례는 대만부의 부윤 엽종원의 안내로 인구 12만의 도시인 부성을 돌아보았다. 안평은 가봤기 때문에 이번에는 부성 성내를 주로 유람했으며, 문묘(文廟), 무묘(武廟), 해회사(海會寺)[1], 죽계사(竹溪寺) 등지를 방문했다. 부윤은 큰 가마를 여러 개 준비했다. 하지만 이양례는 걷는 것이 좋다면서 그래야 더 잘 볼 수 있다고 말했다. 부성 사람들은 평소 가마에 앉아 다니던 높은 분이 양인과 함께 걸어 다니는 모습을 보고 놀랐다. 이양례는 심지어 4~5명의 시위(侍衛)와 통역원만 대동하여 길거리를 자유롭게 다니겠다며 청나라 관리의 안내를 사양했다.

부성을 유람하면서 그가 가장 인상 깊게 본 것은 부성의 성벽과 그 배치였다. 성벽의 벽돌담은 두께가 15피트에 달하고 높이는 약 25피트에 달하며, 둘레는 약 5마일이다. 동서남북에 4대문이 있고, 각 대문에 높은 망루를 설치했다. 주요 사당과 문무아문은 웅장하고 예술적으로 지어졌으며, 성내 면적의 대부분을 차지하고 있었다. 이양례는 관과 민의 차이가 지나치게 크다고 생각했다. 관부가 소재한 거리는 넓고 건물도 웅장하다. 하지만 민간이 거주하는 집은 대부분 누추하고 작고 낮았으며, 골목은 좁고 노면도 엉망이었다.

또 눈길을 끄는 것이 서원이었다. 도서에서 멀지 않은 곳에 큰 서원이 하나 있고, 과거 네덜란드인들이 지은 적감루 성곽 옆에도 서원이 있었다. 서원이 많으니 글공부를 많이 한 사람도 자연히 많았다. 이들의 복장은 백성들과는 판이하다. 그들은 푸른색 도포를 입고 얼

---

1   오늘날의 카이위안스(開元寺).

굴에는 오만한 기색이 드러났으며 외국인에게 별로 호의적이지 않았다. 이와 달리 백성들은 겸손하고 예의 바르며 양인을 보면 점포 안으로 들어와 차를 마시라고 손짓하기도 했다.

거리에 적지 않은 수의 걸인이 있었다. 이들 중 몸에 장애가 있는 사람, 곱사등이, 눈이 먼 사람들이 많다는 점도 이양례의 눈길을 끌었다. 그들은 길가에 앉아 자신의 장애 부위를 고의로 드러냈다. 평민 장사꾼이나 심부름꾼은 동정의 눈길을 보내며 작은 도움을 베풀기도 했다. 하지만 지식인들은 눈을 흘기며 지나갔다. 마치 저들이 걸인이 된 것이 본인의 잘못이라고 생각하는 듯했다.

이양례는 이 나라가 관리와 지식인의 나라임을 강렬하게 느꼈다. 그들의 도도하고 거만한 태도와는 달리, 시정의 백성들은 비천하고 궁핍한 처지에서도 선량하게 살며 자신들의 운명을 받아들였다. 이양례는 길에서 평포 사람들을 거의 못 봤다. 어쩌다 본 사람은 모두 하인이었고 객가인들도 눈에 띄지 않았다. 대만부는 완전히 복로인과 관원에 속한 도시였다.

✦ —— ✦

총병 유명등은 약속대로 9월 10일, 대군을 이끌고 남하하여 낭교로 떠나기로 했다.

이양례는 사열장에서 총병을 바라보며 모순을 느꼈다. 지금까지 총병이 보여준 식견과 효율적인 일 처리 방식, 출전에 용감하게 임하는 태도는 그동안 보아 온 청나라 관리들과 크게 달랐다. 상군 출신인 총병은 한족이 아니라 토가족이라고 했다. 그래서인지 한족 관리의 관료적 기질이 보이지 않았다. 이렇게 유능한 총병이 자신과 잘 맞으면 다행이지만 한편으로는 토벌 기간 동안 의견을 달리한다면 상당한 갈등을 빚을 것이 예상되었다.

오전 7시, 대군은 총병의 주둔지에서 출발했다. 거리에는 백성들이 구경을 하러 나와 있었다. 대오의 선두가 성문에 가까워졌을 때 북과 징 소리가 다시 울려 퍼졌다. 대군의 행렬은 웅장한 부성의 대남문을 서서히 빠져나갔다. 총병은 이양례를 위해 가마를 준비했으나 그는 거절하고 말 위에 앉아 성문을 빠져나갔다. 이양례는 고개를 돌려 두께 15피트, 높이 25피트의 견고한 성벽을 돌아보며 청나라의 건축 기술이 유럽보다 우월하다는 것을 인정하지 않을 수 없었다.

그런데 곧게 뻗은 대로는 대남문을 나선 직후 금세 형편없어졌다. 도로의 폭이 겨우 우마차 두 대가 지나갈 정도로 좁아졌다. 멀지 않은 곳에 잘 정리된 논과 농가가 있으나 노면이 울퉁불퉁했다. 길가에는 잡초가 무성했고 가로수도 없었다. 날씨까지 더워서 이양례는 말에서 내려 가마에 올라탔다.

이양례가 탄 가마는 대오의 중간쯤에 있었다. 대만부 지부(知府)는 통이 커서 이양례가 데려온 통역원 버나드(Joseph Bernard)에게도 가마를 배정해주었다. 2명의 시종, 짐을 운반할 인력, 모든 일정 동안 그를 뒷바라지할 수행원까지 배치했다. 이양례를 놀라게 한 건 또 있었다. 부성에 있을 때는 평포 사람들을 볼 수 없었으나 부성을 나오자마자 평포 옷차림을 한 사람들과 복로의 차림이지만 평포 말투가 짙은 사람들이 상당히 보였다.

대오는 행진 속도가 느려서 그날 저녁은 아공점에서 하룻밤 묵으면서 쉬기로 했다. 아침 일찍부터 해가 질 때까지 행진한 길이는 겨우 25킬로미터에 불과했다는 뜻이다.

다음 날인 9월 11일, 군대는 아공점을 출발했다. 도로의 폭은 여전히 좁았다. 이양례는 가마에 앉아서 길 양쪽의 풍경을 눈도 떼지 않고 바라보았다. 손에 나침반을 들고 수시로 위치를 확인하거나 시간을 계산하는 모습이 흡사 측량원을 방불케 했다. 그는 원래 지질학과 지리학에 관심이 컸다. 이번 행보는 그가 처음으로 육로를 통해 포르모사를 남하하는 길이다.

정오가 되자 이양례는 오른쪽에 짙푸른 반병산이 있는 것을 보았다. 기후와 타구가 가까워졌다는 의미다. 그는 기후에서 일하는 피커링과 맨슨 그리고 낭교에서 온 소녀를 떠올리고는 그들을 만나보고 싶었다. 이번에 대만부를 방문했을 때는 대만부에 있는 양인을 한 사람도 만나지 않았다. 총병은 오늘 아침에 그들이 봉산현으로 직접 행진할 것이며, 기후와 타구에는 들르지 않을 것이라고 했다.

비두라는 호칭으로도 부르는 봉산성(鳳山城)에 도착했다. 대만부에 훨씬 못 미치는 규모였다. 군대는 북로(北路)를 통해 성에 입성하였고, 남로영의 참장인 능정방이 나와서 맞아주었다. 이곳에서 밤을 보내기로 했다. 이양례는 병사들의 사기가 침체한 것을 느꼈다. 대부분 나태하고 의기소침한 모습이라 걱정이 되었다.

9월 12일, 이양례는 아침 일찍 떠날 채비를 마쳤다. 그런데 이상하게도 정오가 되도록 출발할 기색이 없었다. 심지어 어떤 병사들은 삼삼오오 모여 웃고 떠드는 것이 노름이라도 벌이는 것 같았다. 유 총병을 찾았으나 돌아오는 대답은 뜻밖에도 총병이 그곳 관리의 초청을 받고 나갔다는 말이었다. 군영을 떠나면서 해 질 무렵에 돌아오겠다는 말을 남겼다고 한다.

어차피 오늘 출발하기는 글렀다고 생각하니 마음이 오히려 차분해졌다. 이양례는 포르모사에 호기심이 많았으므로 봉산성을 돌아볼 기회를 놓치기 싫었다. 그는 복로 통역원을 대동하고 막사를 나섰다. 일행은 천천히 걸었다. 얼마 지나지 않아 커다란 사당이 보였다. 통역원은 이곳이 '귀왕(鬼王) 겸 음간(陰間) 현령'을 모신 성황묘(城隍廟)라고 했다. 사당에 들어서니 염라전(閻羅殿)에 흰 도포를 입은 키가 크고 앙상하게 마른 장군상이 혀를 길게 내밀고 있었다.

"지옥을 이토록 구체화하다니 뜻밖이군."

그가 웃으면서 말하고는 양쪽 행랑을 바라보니 이곳에는 24명의 신명이 관장하는 분야가 나열되어 있었다. 상법사(賞法司), 공과사(功過司), 공고사(功考司), 벌악사(罰惡司), 순찰사(巡察司), 감응사(感應司), 속보사(速報司), 온역사(瘟疫司), 내록사(來錄司), 기공사(記功司), 보건사(保健司), 찰과사(察過司), 공조사(功曹司), 형법사(刑法司), 경보사(警報司), 장선사(掌善司), 감옥사(監獄司), 음양사(陰陽司), 고관사(庫官司), 주도사(註禱司), 견록사(見錄司), 개원사(改原司), 사도사(事到司), 인공사(人公司)였다. 이양례는 실소를 금치 못했다.

"서방 정부의 사법 체계도 이렇게까지 자세하게 분업이 이뤄지지 않았는데, 청나라 사람들은 관청을 정말 무서워하는군. 살아서나 죽어서나 관의 권위를 벗어날 수 없으니 말이야. 우리 천주교에서 말하는 최후의 심판도 이렇게까진 복잡하지 않아."

성황묘를 나서니 바로 옆은 봉의서원(鳳儀書院)이었다. 수많은 젊은이가 학당에서 수업을 받고 있었다. 그들은 머리를 앞뒤로 움직이며 고서의 시구를 읽는 중이다.

이양례는 학당 밖에 등운로(登雲路)라고 적힌 편액을 보며 청나라 사람들이 말하는 일보등운(一步登雲, 한 걸음에 구름에 오르다)이라는 지름길이 옛사람들이 지은 시문(詩文)에서 온 것을 깨닫고는 자기도 모르게 고개를 저었다. 청나라 사람들은 옛사람들의 학문을 배우며 오늘날의 과학은 등한시한다. 증국번, 좌종당, 이홍장(李鴻章) 같은 고관대작들이나 총병처럼 양인과 접촉하는 장령들은 이미 느끼고 체험했지만 북경의 자금성에 웅크리고 있는 황실은 얼마나 현실을 인지하고 이해하는지 도대체 알 길이 없다.

서원의 옆에 새로 지은 사당이 보였다. 규모는 크지 않으나 향불은 성황묘보다 훨씬 왕성하게 타올랐다. 이곳 사당의 신상은 성황묘에서 본 눈을 부릅뜬 신상과는 달리 일반 관리의 차림에 자상하고 선한 표정을 짓고 있었다. 통역원은 이 조공사(曹公祠)에 모신 조공(曹公)은 30년 전 이곳 봉산현의 태야를 지낸 사람이라고 말해주었다.

"겨우 30년 전에 태야를 지낸 분이 어떻게 사람들이 숭배하는 신명이 될 수 있소?"

이양례의 의문에 통역원은 당연하다는 듯이 대답했다.

"조근(曹謹) 대인이 봉산현에서 봉직한 기간은 4년에 불과하지만 임기 중에 수리 사업을 크게 일으켰습니다. 수로를 파서 물을 끌어와 그동안 백성들을 괴롭히던 물 부족 문제를 일거에 해결하고 농작물 작황을 크게 개선하셨지요. 조 대인은 이미 고향 하남(河南)으로 복귀하셨고, 18년 전에 세상을 떠나셨지만 봉산현의 백성들은 여전히 그분에 대한 고마움을 간직하고 있습니다. 그래서 7년 전 조공사를 지어 대인을 신명으로 모신 겁니다."

이양례는 잠자코 듣고만 있었다. 조공사의 신상을 바라보며 조금 전 성황묘에서 청나라 사람들을 경시했던 마음이 순식간에 감동으로 바뀌었다.

'사람이 죽어서 신이 될 수 있구나.'

은혜에 감사하는 백성들의 마음을 생각하니 생각이 깊어졌다.

만약 백성들이 자신을 위해 사당을 지어 숭배한다면 그런 인생은 정말 의미 있겠다는 생각이 들었다. 하지만 청나라 관리들의 관료적 기질, 윗사람에게 아부하며 아랫사람에게는 고압적으로 지시하는 태도를 떠올리니 한숨이 나왔다.

'청나라의 백성과 관리는 어쩜 이렇게 다를까? 백성들은 이토록 선량한데 관리들은 간교한 사람이 많은 것을 보면 청나라의 교육이 지식인들의 인격을 변하게 만드는 것이 분명해.'

이양례는 묵묵히 걸었다. 통역원은 그가 갑자기 엄숙한 표정으로 한마디도 하지 않자 감히 말을 못 붙이고 잠자코 뒤를 따랐다.

두 사람은 어느새 호숫가에 다다랐다. 주변에는 민가가 꽤 있었다. 어떤 사람은 낚시하고 있었고, 어떤 아낙네는 빨래를 하고 있었다.

"여기는 시두비(柴頭埤)입니다.² 이곳에서 봉산구성까지 가는 동

---

2   시두비(柴頭埤)는 면적이 오늘날의 렌탄(蓮潭)에 버금가는 규모의 호수다. 봉산의 옛 명칭 비두(埤頭)도 호수를 뜻하는 '비(埤)'에서 비롯되었다.

안 이런 대비(大埤, 큰 호수)가 여럿 있습니다."

통역원이 설명해주었다. 나무가 우거져 그늘을 드리우고 새소리가 운치를 더하고 있었다. 이양례는 이런 정경을 좋아하여 나무 그늘에 앉아서 눈을 감고 새소리를 들었다. 통역원은 그가 지쳤다고 생각해서 "대인, 힘들면 이제 그만 돌아가실까요?" 하고 물었다. 이양례는 두 눈을 동그랗게 뜨면서 말했다.

"천만에요. 이 정도로 힘들다니 말도 안 됩니다. 조금 더 돌아봅시다. 갈 만한 곳이 또 어디 있습니까?"

통역원이 화들짝 놀라 황급히 대답했다.

"조근 대인은 큰 수로를 뚫었을 뿐 아니라 성루도 증축하셨지요. 그리고 6대의 포대를 성벽 모퉁이마다 1대씩 설치하셨습니다. 이 봉산성은 네모반듯하지 않고 신발 형태여서 모퉁이가 6개입니다. 그래서 포대를 6대 설치한 겁니다."

이양례는 30년 전의 포대가 오죽했으랴 싶어서 볼 생각이 없었다.

"사당과 문물이나 더 살펴봅시다."

통역원은 쌍자정(雙慈亭)으로 안내하여 마조를 보여주고, 용산사(龍山寺)로 안내하여 관세음상을 보여주었다. 이양례는 부성에서 이미 대천후궁의 마조묘를 가본 터라 큰 흥미를 느끼지 못했다. 그보다는 청나라 민간의 순풍이(順風耳)·천리안(千里眼)의 신화와 그 조형물이 고대 그리스 신화의 분위기와 비슷하다고 생각하여 관심을 가졌다. 청나라 사람들의 다신(多神) 신앙도 고대 그리스 사람들의 신앙과 유사하다. 그는 자신도 모르게 비교하기 시작했다. 공자가 살던 연대가 소크라테스, 플라톤, 아리스토텔레스 시대보다 이르다는 사실에 경의를 표하는 마음이 솟았다. 하지만 일단 청나라 관리들만 보면 한족과 만주족을 불문하고 존경하는 마음이 일지 않는다.

오후 내내 돌아다니다 보니 날이 저물었다. 이양례가 남로영 막사로 돌아오니 총병이 그를 기다리고 있었다. 총병은 이날이 마침 중추절이라 병사들을 하루 쉬게 해주었다고 설명했다. 통역원은 중추절이 미국의 추수감사절에 해당하며, 음력설에 버금가는 큰 명절이라고 말해주었다. 청나라의 규정에 의해 대만에 주둔하는 군대는 장주나 천주가 아니라 모두 내지에서 온 사람들이며, 가족을 데려올 수 없다. 장령을 포함하여 통상적으로 3년 후에는 다시 내지로 복귀한다.

따라서 장교와 병사를 막론하고 평소에는 영내에 있기 때문에 모처럼 명절을 맞아 그날만 진영을 이탈하여 돌아다닐 수 있게 해준다고 한다. 총병은 이양례에게 굳은 결심을 보여주기 위해 중추절까지 기다리지 않고 출사표를 던진 것이다. 이양례는 군대의 행진이 하루 늦춰지는 것에 원망이 가득했으나 이번에는 오히려 총병에게 고마움을 느꼈다.

통역원은 그에게 상군의 고향 말인 호남 방언은 복로어나 객가어와도 달라서 백성들과도 소통이 어렵다고 했다. 이양례는 깜짝 놀랐다. 그는 이곳이 그야말로 불가사의할 정도로 복잡한 식민 세계라는 생각이 들었다. 통치 계급인 관원과 군대, 이주민과 원주민 간에도 세 가지 이상의 각기 다른 언어로 소통하는 현실이다.

총병은 오전에 봉산현의 지현이 그를 찾아왔다고 말했다. 나중에 일행은 함께 현서에서 보고를 들었는데, 낭교의 현황을 조금 더 자세히 알아보는 목적 외에 또 다른 목적이 있었다. 그들이 대만부에서 출발할 때 도대가 미처 군량을 지급하지 못했기 때문에 봉산현과 남로영에 군량 지원을 요청했으며, 다행히 지현과 참장이 이를 수락했다고 한다. 총병은 군량까지 확보했으니 모레인 9월 14일에는 출발할 수 있으며, 일부 남로영 주둔군도 대오에 합류하여 병력이 강화되었다고 기뻐했다.

14일 아침, 도대 쪽에서는 아무런 소식이 없는 가운데 총병은 출발을 지시했다. 길은 점점 좁아지다가 폭이 1리가 넘는 큰 강에 당도했다. 병사들은 대나무로 만든 뗏목을 타고 건넜고, 그러느라 오전이 다 지났다. 이양례는 지난번 해상에서 이렇게 광활한 강이 바다와 만나는 해구를 본 적이 있다. 그래서 이 강이 동항하라는 것을 알았으나 총병은 초행길이라 진땀을 흘려야 했다. 강을 건너니 이미 생번의 지역인 아후였다. 여기서부터는 계속 생번 부락이 펼쳐지며, 하구에 복로인의 취락이 드문드문 있을 뿐이다. 그 후로도 강을 3개나 건너느라 병사들은 무척 힘든 시간을 보냈다.

이날은 동항의 당부(糖廍)에서 하룻밤을 묵었다. 9월 15일, 군대는 동항을 떠나 방료에 도착했다. 남로영의 부장(部將)은 방료의 복로인들이 평포 백성들을 고용해 산에서 큰 나무를 베어 목판 또는 배를 제조하거나 목재를 판매한다고 했다. '방(枋)'은 복로어로 목판(木板)을 의미한다. 이곳은 대만부가 관할할 수 있는 최남단이다. 다른 말로 하면 군대가 최전선에 당도했으며, 더 남쪽으로 가면 곧 완전한 생번의 지역이라는 뜻이다. 총병의 안색이 어두워지기 시작했다.

방료에서 조금 더 가니 가록당의 애구(隘口, 험하고 좁은 길목) 관문이 나타났다. 이곳은 한쪽이 산이고 한쪽은 바다이며, 중간의 평지는 무척 좁다. 큰 산이 가로누워 있고, 초목이 우거져 있기 때문에 사냥꾼들이나 지나다닐 수 있는 좁은 통로였다. 총병이 지형을 관찰하더니 고개를 가로저었다.

"그야말로 명실상부한 양장(羊腸, 양의 창자처럼 꼬불꼬불하여 험난한 산길—옮긴이) 같은 길이군!"

"방료에서 시성까지 계속 이런 길입니까?"

총병이 현지의 안내원에게 묻자 그는 고개를 끄덕였다.

이양례는 반년 전 애슈엘럿호를 타고 이곳에서 구자록까지 이어진 해안선을 조사한 적이 있다고 말했다. 전반적으로는 평탄한 편이지만 방료에서 시성까지의 일부 구간에 험준한 길과 깎아지르는 절벽이 있고, 다만 큰길을 내기만 하면 어렵지 않다고 주장했다.

총병은 오히려 웃는 얼굴이었다. 그는 도대가 대만부에서 보내온 은자 8천 냥을 어제 수령했으니 군량과 길을 내는 공사를 하기엔 문제없다고 했다. 그는 80년 전 임상문 사건 때 복강안 장군이 아리항(阿里港)에서부터 시성까지 임상문을 쫓아 타도하였으며, 그 공을 기념하는 비까지 세워졌다며 호기롭게 말했다.

"복강안 왕야께서 해내셨으니 우리도 당연히 할 수 있습니다."

그리하여 총병이 명령을 내렸다.

"당장 큰길을 내도록 하라. 방료에서 시성까지 이레 안에 완성해야 한다. 우리는 구자록에 쳐들어가 살인을 저지른 생번을 중징계함으로써 대청제국의 위엄을 세워야 한다!"

한 부하가 근심스럽게 말했다.

"길을 낼 때 이곳 생번이 산 위에서 습격할 수도 있고, 이레 내에 공사를 끝낼 수 있을지도 의문입니다."

총병은 자신감에 넘쳤다.

"이곳의 생번은 남갑의 생번과는 다른 집단이다. 내가 이미 현지의 복로 수령을 보내 사두 및 모란의 생번과 협의를 끝냈다. 우리가 출병하는 건 구자록을 섬멸하기 위한 것이며, 이 일대의 생번 부락과는 무관하다. 사전에 선물까지 두둑이 준비하여 협의를 끝내고 이곳 생번에게 이 일에는 개입하지 않기로 약속을 받았다."

유명등의 적극성과 용의주도함에 이양례는 더욱 그를 다시 보게 되었다. 곧 생번의 지역에 진군한다고 생각하니 이양례의 마음은 흥분에 휩싸였다.

40장

    음력 8월 15일, 중추절은 시성의 복로인과 보력의 객가인, 사료의 토생자를 막론하고 모두에게 중요한 명절이다.

    저로속에 있는 문걸에게 이날은 더욱 큰 의미가 있다. 지금은 생번 부락에 있지만 중추절에는 각별한 감상이 든다. 아버지가 1년 전 중추절에 세상을 떠났기 때문이다. 그는 8월 10여 일부터 계획을 세웠다. 중추절을 하루 앞두고 사료에 가서 그동안 보살펴준 면자 가족들에게 고마움을 표시하고 누나 접매도 만나볼 생각이었다. 그는 타구에 있는 접매도 사료에 돌아와 부모님의 제사를 함께 지내기를 기대했다. 중추절은 가족이 모이는 명절이기 때문이다.

    부모님의 무덤은 통령포에 있기 때문에 문걸은 15일 아침에 사료를 출발해 통령포로 갔다가 정오쯤 제사를 지낸 후 저로속으로 돌아갈 계획이다. 그는 양부 탁기독에게 계획을 이야기했고, 탁기독은 잠시 생각하더니 가는 김에 일을 좀 봐 달라고 했다. 4개월 전 낭교의

18개 부락이 연맹을 결성했다. 다행히 모두의 협조로 3개월 전 구자록에서 양인의 대포 함선 두 척과 병사 200명을 쫓아내고, 지금까지 평안하고 무사한 나날을 보낼 수 있었다.

탁기독은 사가라 4사는 우리 부족의 사람들이니 문걸이 나서서 각 부락 두목을 찾아가 감사의 인사를 하라고 했다. 특히 용란과 묘자는 반드시 찾아보라고 당부했다. 자신은 북쪽으로 향하여 문솔, 사림격, 팔요, 고사불, 모란, 가지래 등 새로 결맹한 부락들을 돌아볼 작정이라고 덧붙였다.

탁기독은 문걸에게 계획보다 이틀 정도 미리 출발하도록 했다. 그리고 2명의 용사에게 문걸을 수행하도록 하고 각 부락에 보낼 선물을 들려 보냈다. 문걸과 2명의 용사는 먼저 사마리에 들렀다가 이어서 용란에 가서 두목을 만났다. 용란의 두목은 성대한 잔치를 열어 사가라족 총두목이 가장 신뢰하는 양자인 문걸을 대접했다. 그 자리에서 두목은 갑자기 무언가 생각이 난 듯 문걸에게 말했다.

"아, 참! 부락 사람들에게 들은 말인데 약 스무날 전에 양인 둘이 대수방에 와서 우리 용란 부락 일대를 맴돌고 있었답니다. 그중 한 사람은 그때 죽은 붉은 머리 여자의 가족이 고용하여 양인 나라에서 여기까지 와서 유해와 유품을 찾으러 다니는 사람이랍니다. 다른 한 사람은 복로어를 유창하게 하며 우리 생번어도 조금 하는데, 타구에서 왔다고 들었습니다."

문걸은 양인들이 이 일대를 돌아다닌다는 말에 귀가 쫑긋 섰다.

용란 두목이 말을 이었다.

"게다가 그들은 이미 그 여자의 머리와 유해 일부를 찾았으며, 유품도 찾아냈다고 합니다.”

　문걸이 놀라며 급히 물었다.

　“정말이요? 어떻게 찾았답니까?”

　문걸은 6개월 전, 코모란트호가 사료에 왔을 때 영국 영사 캐럴이 거금을 내걸 테니 선원들의 유해와 유품을 찾아 달라고 했던 말이 기억났다. 그 조난당한 배가 자신과 누나 접매의 운명을 바꿔놓으리라고는 예상하지 못했다. 심지어 낭교 전체에도 천지가 뒤집힐 정도의 변동이 있었다. 그런데 6개월이 지난 지금까지 양인들은 유해와 우품을 찾고 있는 것이다. 이토록 끈질기니 구자록에 복수할 생각으로 다시 군대를 보낼 것이 틀림없다고 생각했다. 뒤이어 드는 의문은 양인들이 과연 어디에서 유해와 유품을 찾았으며, 누가 그것을 감춰두고 있었느냐였다. 구자록에서는 유해와 유품을 가져가지 않았다고 했다.

　파야림은 탁기독에게 선원들을 침입자로 생각해 살해했다고 말했다. 구자록은 선원들이 조난당했다는 사실을 모르고 있었으며, 그 틈을 이용해 약탈하려던 것도 아니다. 파야림은 사건이 발생했을 때 여자를 남자로 오인하여 죽인 것을 알고 너무 놀라서 달아나기 급급했다고 했다. 그 여자의 머리는 바닷가 모래밭에 버렸고 다른 물건도 가져가지 않았다. 다른 시신의 머리 일부는 바다에 버리고 일부는 해변에 버렸다. 며칠 후 해변을 다시 찾았을 때는 삼판선만 남아 있었고 다른 것은 전부 사라졌다고 한다. 누가 가져갔는지는 구자록 사람들도 몰랐으며, 어쨌든 파도에 밀려 육지로 되돌아올 가능성은 적었다.

　이 말은 당시 문걸도 탁기독 옆에서 분명히 들었다. 사고가 난 해변은 비록 구자록의 땅에 속하지만 용란의 생번이나 대수방에서 건너온 객가인, 복로인도 자주 출몰하는 곳이다. 용란의 사가라족 사람들은 구자록처럼 폐쇄적이지 않다. 그들은 대수방 일대의 평지 사람들과 가깝게 왕래하고, 교역도 자주 이뤘다. 게다가 용란 지역의 주민 구성은 몹시 복잡하다. 원래 살던 사가라족 외에, 100여 년 전 당산 이주민들에 밀려서 봉산에서 소떼를 몰고 이곳까지 옮겨온 평포마가도족도 있다. 여기에 최근 몇 년간은 용란으로 몰려와 땅을 개간하고 거주하는 객가인들도 늘어났다.

"양인의 물건을 구자록 사람들이 가져가지 않았다고 확실히 말할 수 있습니다. 그들은 재물에는 관심이 없거든요. 이곳 용란에서 발견되었다면 사가라족 사람들도 아닐 겁니다. 제 생각에 객가인들이 가져갔을 가능성이 가장 큽니다."

문걸의 말에 두목이 씁쓸하게 웃었다.

"자네 짐작이 맞네. 사가라족 사람이 가져간 건 아닐세. 하지만 평포 토생자와 객가인이 모두 연관되어 있지. 최초에 토생자가 해변에서 유해와 유품을 발견했어. 발견한 유해 대부분은 바다에 버리고 일부는 용란 해변의 큰 가동나무 밑에 묻어주고는 물건을 가져온 값으로 퉁치려고 했다고 하네. 유해에서 장신구를 떼어내서 자기가 가지는 대신으로 그 여자를 묻어준 것이지. 그 후 양인이 배를 보내서 유해와 유품을 찾는다는 말에 겁이 나서 유해를 묻어둔 곳으로 달려가 파냈지. 하지만 머리와 팔다리 중 일부만 찾아냈고, 양인이 배를 몰고 와서 보복할 거라는 이야기를 듣고서는 유해를 집으로 감히 가져올 수 없었어. 반대로 약삭빠른 객가인들은 양인이 와서 찾는 것을 보고 비싼 가격에 팔 수 있으리라 짐작하여 사방으로 행방을 묻고 다녔지. 객가인들은 일단 유해와 유품을 숨겨둔 토생자를 찾아내고는 거간꾼 노릇을 자처하며 비싼 값에 팔아주겠다고 했어. 양인 병사들이 찾아와도 죄를 묻지 않게 해주겠노라 약속했지. 물론 중간에서 두둑한 이익을 챙기는 대가를 받기로 하고. 객가인들이 토생자를 설득하면서 동시에 소문을 흘리고 다녔지. 가격은 당연히 점점 높아졌고 말일세. 확실히 진기한 물건은 쌓아둘 만하다네. 허허."

용란 두목은 객가인들의 행동에 불만을 품으면서도 달리 방법이 없다는 투였다.

두목이 말을 이었다.

"객가인들의 문제는 양인과 토생자에게 각각 다른 얼굴로 대한다는 거야. 객가인들은 양인 앞에서는 토생자가 보상금을 많이 달라고 한다면서 욕하지. 토생자에게는 양인이 무척 화를 내며 군대를 보내 보복할 것이라고 겁을 주고 말이네. 그리고 토생자가 어디 있는지 양인에게 알려주지 않을 테니 입막음용으로 또 돈을 요구하지. 그렇게 해서 객가인들은 양쪽에서 모두 이익을 취한다네. 듣기로는 양인과 토생자가 대수방의 객가인 집에서 삼자대면하여 계약을 체결했다고 하더군. 양인이 돈을 건네고 토생자도 유해와 유품을 건네주는 것으로 쌍방의 약정은 갈등 없이 끝났다네. 거래 가격이 얼마였는지 나도 모르겠네. 하지만 돈을 가장 많이 번 사람은 토생자가 아니라 객가인이었지."

말을 마친 그가 멋쩍게 웃었다. 갑자기 문걸의 아버지도 객가인이라는 것이 생각났기 때문이다. 두목은 어색하게 덧붙였다.

"미안하네. 부친께서는 비록 객가인이지만 성실한 분이셨지."

문걸이 미소 띤 얼굴로 두목의 어깨를 두드리며 마음에 두지 말라는 의사를 전했다. 그는 마음속으로 생각했다.

'이 낭교는 민족 간 애증 관계가 정말 복잡하고 해결하기도 힘들다. 평지 사람은 생번과 땅을 두고 다툰다. 같은 평지 사람인 복로와 객가는 언어가 통하지 않고 서로 벽을 쌓은 채 왕래하지 않는다. 복로는 토생자 숙번을 아내로 맞아들이고 객가는 고산 지대의 생번과 결혼하니 인종의 구성이 더욱 복잡해진다. 생번도 현지를 본거지로 삼는 사가라족과 동부에서 온 아미족으로 다시 나뉜다. 양인의 침략을 앞두고 생번 부락들은 양부의 노력하에 단결했다. 하지만 평지의 민족 집단은 여전히 모래알처럼 흩어져 각자 살아갈 궁리만 한다.'

그는 평지의 집단들도 흩어지지 말고 협력해야 한다고 생각했다. 이를 가로막는 가장 큰 장애물은 언어인 것 같다. 언어가 다르니 틈이 생기고 대립하게 된다.

◈━━◈

문걸은 용란 두목과 작별하고 묘자로 향했다. 묘자는 후동 일대의 평원과 가깝고 가는 길도 평탄했다. 하지만 문걸의 마음은 평탄하지 않았다. 용란 두목은 용란의 토생자가 대수방에서 양인과 만났을 때 로버호 선원들은 절대로 용란 일대의 사람이 죽인 것이 아니며, 구자록의 소행임을 재차 강조했다고 문걸에게 알려주었다. 양인들이 어차피 사람, 물건, 땅의 증거까지 전부 가지고 있는 마당에 군대를 보내 추궁하지 않을 리 없다. 만약 양인들이 지난 실패를 거울삼아 직접 공격하지 않고 대수방이나 용란의 객가 또는 토생자에게 길 안내를 맡겨서 옆길로 구자록이나 사마리를 공격하면 큰 낭패다.

음력 8월 13일 오후, 문걸이 보력에 당도했다. 보력은 광동에서 이주해 온 객가인들의 대본영으로, 이곳에서 사료계를 따라 내려가 걸음이 빠르면 한 시진도 되지 않아 사료 해변에 도착할 수 있다. 사료를 바라보니 문걸은 문득 고향에 가까워진 기분을 느꼈다.

그는 수행원들과 객가인이 운영하는 식당에 들어가서 볶은 쌀국수와 객가식 볶음 요리 등을 주문했다. 이곳 생번은 평지 사람의 지역에 들어갈 때 보통 평지 사람의 차림을 하여 시선을 끌지 않는다. 하지만 가끔은 입던 차림새 그대로 다니기도 한다. 식당에서 막 자리를 잡고 앉았는데 옆자리에서 젊은 사람 하나와 나이 든 사람 하나가 큰 소리로 이야기하는 내용이 들렸다.

젊은이가 물었다.

"듣자니 최근 청나라 관부에서 시성에 출병하려고 한다는데 정말입니까?"

나이 든 사람이 탁자를 치면서 꾸짖는 투로 말했다.

"이게 다 생번이 함부로 사람을 죽여서 화를 불러온 것이야. 지금 청나라 관부의 병사들이 구자록을 치려고 준비하는 중이라는군. 생번이 죄를 지었으면 응당 처벌을 받아야 하지만 우리 보력의 무고한 사람들까지 연루될까 걱정이네. 벼슬아치와 병사들은 시중드는 게 쉽지 않아."

문걸이 깜짝 놀라서 그쪽으로 고개를 돌리고는 물었다.

"청나라 군대가 구자록을 치려고 한다고요? 그런 소리는 언제 들었어요?"

젊은이가 대답했다.

"맞아요. 어제 시성과 보력에 대만부에서 발표한 고시문이 나붙었다오. 중추절이 지나면 병사 8,500명을 시성 이남의 촌락에 주둔시켜 생번에 쳐들어갈 것이니 모든 낭교 백성은 군대에 협조하라고 호소하는 내용이었어요."

"8,500명?"

문걸이 너무 놀라 그 말을 밖으로 내뱉었다.

나이 든 사람이 고개를 까딱거리면서 말했다.

"고시문에 적힌 내용 중 아직도 기억나는 몇 마디는 이걸세. '구자록의 생번은 흉악하고 잔인하며 양인을 살해하였으므로 법이 용서할 수 없다. 험준한 지형에 의지하여 제멋대로 행동하는 이들을 대대적으로 토벌하지 않으면 흉악한 자들이 계속 날뛸 것이다.' 과연 훌륭한 글이야!"

그는 마지막에서 득의양양하게 웃었다.

"보력의 삼산국왕묘(三山國王廟)나 시성의 복안묘(福安廟) 입구에 가면 전문이 붙어 있을 것이오."

"중추절이 지나서라고 하셨지요?"

문걸이 재차 확인했다.

"그래요. 보아 하니 젊은 분들이 고산 부락과는 깊은 인연이 있나 본데 어서 그들의 두목에게 알려주시오. 오늘이 8월 13일이니 모레가 중추절이오. 사흘에서 닷새만 더 지나면 관군이 들이닥칠 수도 있소. 그들이 구자룩만 치지는 않을 것 같으니 각 부락에서는 서둘러 응전을 준비해야 할 거요!"

나이 든 남자의 말에는 남의 불행을 고소해하는 듯한 말투가 묻어 있었다.

문걸과 수행원들은 서로 눈빛을 주고받았고, 남자에게 고맙다고 말한 후 밖으로 나왔다. 문걸이 수행원들에게 말했다.

"형제님들도 들었을 거요. 이번에는 양인이 아니라 대만부의 관군이오. 대만부의 관군은 우리를 도적으로 간주하고 중추절이 지나면 대거 공격에 나설 것이라고 하오. 형제님들은 당장 최대한 빨리 돌아가서 총두목님께 보고하고 서둘러 응전을 준비하라고 전하시오. 또 나는 혼자 사료로 갔다가 내일 아침 통령포에 들러 부모님께 제사를 올린 후 저로속으로 돌아가겠다고 전하시오!"

그러나 한 사람은 한사코 문걸을 수행해야 한다고 고집해서 문걸은 그들의 뜻을 따르기로 했다. 남은 한 사람은 저로속에 보고하기 위해 길을 떠났다.

41장

　문걸은 걸음을 재촉하여 사료에 도착했다. 사료는 예상외로 조용했다. 문걸과 생번 수행원을 본 사료 사람들의 반응은 제각각이었다. 놀라는 사람이 있는가 하면 보고도 못 본 체하는 사람도 있었다. 또 어떤 사람은 비웃는 표정으로 바라보기도 했다. 하지만 면자는 문걸을 무척 반갑게 맞아주었다. 기쁘게도 접매가 타구에서 돌아와 있었다.

　수행원은 문걸이 가족과 만나는 모습을 보고 나서야 구산 자락의 숲에서 기다리겠다고 했다. 문걸도 어쩔 수 없이 그의 말을 따랐다. 음력 13일인데도 이미 보름달이었다. 문걸의 계획을 들은 접매도 하루 앞당겨 통령포에 가서 부모님께 제사를 올리는 데 동의했다. 이날 밤 문걸과 접매, 면자는 밤새 이야기를 나눴다. 무슨 영문인지 송자의 모습은 보이지 않았다. 문걸은 근심이 가득하여 접매에게 타구에서 어떻게 지내는지 묻지도 않고, 곧바로 면자에게 대만부 대군의

413

남하에 대한 의견을 물었다. 면자는 사실 별로 생각한 게 없다면서 청나라 군대가 남하해도 복로와 객가 사람들이 집중되어 있는 시성과 보력에만 소란이 일어날 뿐 사료는 멀리 떨어진 곳이라 상관없다고 여겼다.

"우리 사료는 청나라의 관할 구역에 들어가지 않아. 청나라는 복로와 객가만 관할하지. 우린 토생자고."

이것이 면자의 첫 반응이었다.

"게다가 사료는 생번 지역과도 멀리 떨어져 있어서 청나라 군대가 이쪽까지 올 일이 없지. 군대가 해상으로 가지 않는다고도 하니 더욱 다행이지."

면자는 빈랑을 씹으면서 느긋한 말투로 대답했다. 자신과는 아무 상관없는 일이라는 태도였다.

"꼭 그렇지만도 않아요. 시성은 인구가 많아야 2,000~3,000명이고, 보력은 많아야 1,000명입니다. 정말 8,500여 명의 병사가 온다면 그들이 먹고 마시는 것과 군마, 군수품을 시성과 보력에서 어떻게 다 댈 수 있겠어요? 청나라 병사들이 사료에 식량이나 물건들을 내놓으라고 하면 안 주고 배길 수 있어요? 어쩌면…… 이후 사료는 매년 청나라 관청에 세금을 내야 할 수도 있어요."

문걸이 말을 이어갔다.

"청나라가 만약 사료에 관아문(官衙門)을 세우고 관리를 파견하면 이곳 수령인 형님의 지위도 위협받을 수 있어요. 사람들이 관리의 말만 듣고 형님의 말은 무시할 테니까요."

면자는 정신이 번쩍 드는지 기대어 있던 몸을 곧추세워 앉았다.

접매가 옆에서 끼어들었다.

"제가 타구와 대만부에서 보니까 지방의 하급 관리들이 더 세도를 부리더라고요."

문걸이 접매에게 물었다.

"누나는 타구에서 음력 8월 11일에 배를 타고 온 거지? 그때 길에서 청나라 군대를 봤겠네? 남하하는 병력이 얼마나 됐어?"

"나는 전혀 못 봤어. 기후는 무척 조용하던걸. 나도 맨슨 선생님이 대만부에서 군대를 출병하여 남하했다고 말하는 걸 들었을 뿐이야. 이영례 영사가 대만부에 왔다는 말은 못 들었어. 맨슨 선생님은 피커링이 양력 8월 초에 붉은 머리 여자의 유품을 찾으러 온 영국인과 함께 낭교에 갔다는 말만 하시더라고."

면자가 말했다.

"그건 나도 들었어. 그 영국인 이름이 제임스 혼[3]이라고 하던데, 그 양인들이 8월 중순에 방료에서 배를 타고 이곳에 왔다가 대수방 쪽으로 갔어. 이후의 일은 나도 자세히는 몰라."

"그 양인들이 용란과 대수방 일대에서 붉은 머리 여자의 유해와

3 　제임스 혼(James Horn)은 위탁을 받고 헌트 부인의 유해와 유품을 찾으러 온 영국 인이다. 그는 대만에 남아 갈마란 두목의 딸과 결혼하였으며, 독일 상인 밀리스 (James Milisdch)와 합작하여 대남오(大南澳)에서 개간 및 벌목에 종사하며 차를 재 배할 계획도 세웠다. 하지만 개간 규모가 지나치게 커서 갈마란의 통판 정승희(丁 承禧)의 개입을 불러왔다. 1870년 가을, 대남오의 개간 지역은 청나라 조정에 의 해 폐지되고 혼과 동료 30여 명은 배를 타고 소오(蘇澳)로 향하던 중 풍랑을 만났 다. 혼과 많은 동료가 사망하고, 살아남은 사람 몇 명은 표류하다가 저로속까지 갔고 피커링에 의해 구출되었다. 10~20년 후 어떤 사람이 대남오에서 금발의 여 자 원주민을 봤다고 하는데 아마도 혼의 후손으로 짐작된다.

유품을 찾았다고 하더라고요."

문걸의 말에 면자가 놀라서 물었다.

"정말 찾았다고?"

문걸은 접매가 이양례 영사를 들먹이는 것을 듣고 지난번 접매와 송자가 그의 배를 얻어타고 사료에 왔던 일을 떠올렸다.

"이번에 이양례 영사도 청나라 군대와 함께 온대?"

접매는 모른다며 고개를 가로저었다.

"틀림없이 같이 올 거야. 이양례 영사가 압력을 넣지 않았다면 청나라 관부가 굳이 군대를 대거 출동시켜서 생번과 힘들게 싸울 필요가 없잖아?"

문걸이 이렇게 말해놓고는 생각에 잠겼다. 한참 후에 고개를 든 그가 정색하며 말했다.

"누나, 내가 정식으로 부탁 하나만 할게."

"말해 봐."

"나는 전쟁을 원치 않아. 어머니의 부락 사람들과 면자 형님, 낭교의 사람들 그리고 새로 이주해 온 객가인들이나 오래전부터 거주한 복로인들 모두 잃을 게 많아. 그러니까 우린 최선을 다해서 이 전쟁을 막아야 해."

문걸의 말에 접매는 구자록 해변에서 겪었던 무서운 일이 생각나서 고개를 끄덕이며 동조했다. 그러면서도 의문이 일었다.

"하지만 우리에게 그런 능력이 어디 있다고?"

"이것도 인연인지 모르겠어. 결정권을 쥔 사람이 한쪽은 나의 양부고, 다른 한쪽은 누나가 아는 이양례 영사고……."

접매가 대답하려는데 면자가 손을 휘저으며 그녀의 입을 막았다.

"일단 문걸이의 말을 다 들어보자."

문걸은 접매를 바라보며 느리게 말했다.

"나는 돌아가서 양부에게 먼저 공격하지 말라고 말씀드릴 거야. 누나는 이양례 영사를 찾아가서 절대 전쟁은 안 되며, 최소한 먼저 공격만은 말라고 설득해줘. 양부와 이영사 영사 쌍방이 선제공격을 하지 않는다고 동의하면 전쟁은 일어나지 않을 거야."

면자가 천천히 고개를 끄덕이는 모습이 문걸의 생각에 동조하는 듯했다.

접매는 손을 저으며 말했다.

"그건 다른 거야. 총두목과 너는 부자지간이고 너를 신뢰하시니까 충분히 설득할 수 있어. 그런데 나와 이양례 영사의 사이는 그렇지 않아. 우연히 몇 번 만난 게 다야. 그분 앞에서는 고개도 제대로 못 드는 내가 어떻게 설득할 수 있겠어?"

면자가 끼어들었다.

"접매가 이양례 영사와 그저 아는 사이라고 말했지만 내가 보기엔 그분이 너한테 호감이 있는 것 같았어. 지난번 사료에서 남갑으로 갈 때도 너에게 통역을 부탁했잖아. 그리고 특별히 하루 더 머무르기도 했지. 문걸의 말대로 일단 시도라도 해 봐. 해 보지도 않고 불가능하다고 하지 말고."

"하지만 나는 그 사람한테 말을 거는 것도 싫어요. 그래서 줄곧 피해 다녔는걸요."

문걸이 설득에 나섰다.

"누나! 모든 낭교 사람들을 위해서, 사가라족 사람들의 무사함을 위해서 최선을 다해줘."

접매가 한참 입을 다물고 있다가 억지로 고개를 끄덕였다.

"그러면 내가 사료에 조금 더 머무르다가 이양례 영사가 오면 그때 면자 오라버니와 가서 만나볼게."

면자도 즉시 찬성했다.

"그건 문제없어."

문걸은 크게 기뻐했지만 접매는 쓸쓸하게 웃었다.

면자가 입을 열었다.

"내일 날이 밝는 대로 나와 송자, 너희 남매가 통령포에 다녀오자. 나도 임 형님께 제사를 올려야지. 그러고 나서 문걸은 동행과 함께 저로속으로 돌아가고 나랑 접매, 송자는 사료로 돌아오는 거야. 접매는 여기서 며칠 더 지내면서 이양례 영사가 오면 같이 가서 만나자."

"그러고 보니 송자 형님이 안 보이네요?"

문걸의 말에 접매는 무표정했고 면자는 한숨을 쉬며 대답했다.

"젊어서 아직 철이 없어."

문걸은 이상하다고 생각하면서도 더는 묻지 않았다. 지난번 사료에 왔을 때는 면자가 자신과 거리를 둔다는 느낌을 받았다. 그런데 이번에는 스스럼없이 대해줘서 기분이 좋았다. 면자의 태도가 바뀐 것은 그에게 고무적으로 다가왔다.

문걸은 민족 집단 사이의 갈등을 해결할 수 없다고는 생각하지 않았다. 그 자신이 혼혈이고, 혼혈 자손은 집단의식이 아무래도 희박하다. 낭교 지역의 모든 민족 집단은 통혼으로 왕래가 많고 사이좋게 지내는데 이는 상당히 좋은 현상이라고 생각했다. 그는 면자를 바라보았다. 면자의 가족은 평포 마가도족과 복로인의 피가 섞인 토생자이며, 당산에서 온 객가인 문걸 아버지를 받아주었고, 생번의 피가 섞인 자신과 접매를 친가족처럼 대해준다. 이는 결코 쉽지 않은 일이다.

그는 항상 면자에게 고마움을 느낀다. 앞으로는 통령포, 사료와 저로속을 모두 고향으로 여기며 살아갈 것이다. 이 세 지역 사람들의 행복과 평안을 위해 노력할 것을 다짐했다. 세 지역의 언어인 객가어, 복로어, 사가라어도 모두 그의 언어이며 그의 자손의 언어가 될 것이다. 장차 그는 자손들에게 세 가지 언어를 모두 익히라고 이를 것이다.[4] 낭교 전체가 모두 그들의 자손에게는 원래의 고향이 될 것이고, 하나의 촌락이나 하나의 족사(族社)만 고집하지 않을 것이다. 시대가 변해도 그들은 조상의 가르침을 따를 것이다.

---

4   훗날 문걸의 후손들은 복로어를 객가어보다 더 유창하게 구사했다. 사가라어와 마가도어는 이미 실전(失傳)되었다.

42장

    문걸이 떠나고 이틀이 지났다. 사료항에 크기가 꽤 큰 화물선이 들어왔다. 대만부의 안평항에서 많은 화물을 싣고 온 배다. 선장은 도중에 방료에서 휴식할 때 근처에서 관군들을 보았다고 했다. 동원된 것으로 보이는 백성들을 지휘하여 산에 길을 내느라 분주했단다. 선장은 작업 속도가 무척 빨라서 이레에서 열흘이면 방료에서 시성까지 가는 길을 다 뚫을 것 같다고 했다.

    송자는 이 소식을 즉시 면자와 접매에게 알렸다.

    접매가 송자에게 물었다.

    "선장이 방료에서 양인들은 못 봤대요?"

    그 말은 못 들었다는 송자의 대답에 접매가 또 물었다.

    "이양례 영사가 방료에 있다면 최소한 닷새는 머물 거라는 이야기네요?"

    면자가 웃으면서 말했다.

"그러니까 배를 타고 당장 방료에 가서 이양례 영사를 만나보자는 거야?"

접매가 애원하는 눈길로 면자를 바라보며 말했다.

"그래요. 저 배가 돌아갈 때 빌려 타면 내일 아침에 출발해서 오후에는 방료에 닿을 수 있을 거예요. 이양례 영사를 만날 수 있을지 모르지만 부탁해 봐야지요."

면자가 말했다.

"이 배는 크기가 큰데다가 선원까지 사서 방료를 왕복하려면 최소 이틀은 걸리겠네. 그러려면 큰돈이 들겠구나."

면자는 여기까지 말하더니 웃음을 지었다.

"그렇지만 사안이 워낙 중대하지. 이 돈을 써서 전쟁의 불씨를 막을 수 있다면 아깝지 않아."

접매는 감격하여 고맙다는 말 대신 몸을 깊이 숙여 절을 했다. 이렇게 해서 접매와 면자, 송자 세 사람에 수행원 둘까지 더하여 5명이 텅 빈 배에 올라 방료로 향했다.

송자는 따라나서기는 했으나 접매와는 거의 말을 섞지 않았다. 1개월 전 그는 홀로 사료에 돌아왔고, 푹 쉬면서 몸을 회복했다. 하지만 접매와의 사이는 예전처럼 되돌아갈 수 없을 것 같다. 새끼손가락이 하나 없어진 것은 생활에 큰 지장이 없었다. 게다가 맨슨 선생이 치료해주어서 남에게 알리기 민망한 병도 거의 치유되었다. 하지만 송자는 전에 비해 말수가 줄었으며 사람을 대하거나 일을 처리하는 면에서도 침착해지고 성숙해졌다. 자세한 내막을 모르니 그런 송자의 모습에 면자의 마음은 그저 흐뭇했다.

방료의 거리에는 목재상점이 즐비했다. 그곳에서 알아보니 청나라 군대의 총수는 보안궁(保安宮)에 묵고 있으며, 양인 몇 명이 가마를 타고 거리에 나타난 것을 본 사람도 있었다. 목재상점의 주인 말에 따르면 그중 한 양인은 한쪽 눈을 가리고 있었다고 한다. 인상착의로 보아 이양례가 틀림없다. 세 사람이 크게 기뻐하자 목재상점 주인은 양인들이 어디에 거주하는지 모른다고 덧붙였다. 이곳에 나타났다는 것만으로도 기쁜 세 사람은 고맙다고 몇 번을 인사했다.

면자가 이제는 기다리는 일만 남았다고 말했다. 이양례와 청나라 장령은 반드시 자주 만날 것이므로 보안궁 앞을 지키고 있기만 하면 된다.

✦━━◆━━✦

이양례는 총병 유명등의 행영(行營, 출정시의 임시 병영―옮긴이)이 있는 방료의 큰 사당에 찾아왔다. 가마꾼이 멈추자 이양례가 가마에서 내렸다. 그가 사당 안으로 발을 들여놓는 순간 갑자기 낭랑한 목소리가 들려왔다.

"이양례 영사님. Sir, please……."

호위병이 호통을 치며 접근을 막았다. 이양례는 여자가 영어로 자신을 부르는 것을 듣고 의아하게 생각했다. 그래서 고개를 돌려 보니 뜻밖에도 접매와 면자, 송자가 그곳에 있었다. 놀라면서도 반가운 마음에 손짓으로 가까이 오라고 했다. 접매는 그 자리에 여전히 서 있고, 면자와 송자는 무릎을 꿇고 머리를 조아렸다. 이양례가 기겁하며 그들을 만류했다.

"괜찮으니 어서 일어나시오."

그리고는 접매에게 말했다.

"접매 씨, 오랜만이군요. 이게 어찌된 일인가요?"

접매가 영어로 말했다.

"Sir, please stop the war. No war, please(영사님, 전쟁을 멈춰주세요. 전쟁은 안 됩니다. 제발 부탁드립니다)."

이양례가 말했다.

"걱정할 필요 없습니다. 사료에는 아무 일도 일어나지 않을 테니까요."

이때 병사들이 사당 입구에서 뛰어와 그들을 막았다. 접매가 황급히 말했다.

"영사님, 전쟁은 안 됩니다!"

이양례는 잠시 어리둥절하다가 영어로 말했다.

"총병이 회의를 위해 기다리니 가봐야 합니다. 여러분이 여기 계속 있는 것도 그러니 이렇게 합시다. 일단 집에 돌아가세요. 내가 시성에 가면 다시 찾아오세요. 그때 잘 이야기해 봅시다."

그는 말을 마치고 곧바로 사당 안으로 들어갔고, 버나드가 남아서 그의 말을 통역해줬다.

접매 일행은 실망이 극에 달했다. 그렇게 시간과 돈을 들여 마침내 이양례를 만나나 싶었는데 몇 마디 해 보지도 못하고, 자세한 설명을 하지도 못했다. 하지만 돌이켜 생각해 보면 대군은 행장을 준비하는 데만 여러 날이 걸리고, 그 먼길을 마다 않고 이곳까지 왔으니 활은 이미 활시위에 걸려 있는 상황이다. 세 사람은 자신들이 몇 마디 한다고 해서 군대를 되돌릴 가능성은 없다는 것도 안다. 하지만 이곳까지 와놓고 제대로 의사 표시도 못하고 돌아가는 게 너무나 아쉬웠다. 다행히 이양례가 시성에서 만나자고 약속했다. 어쨌든 대군이 낭교까지 밀어닥치는 사태는 피할 수 없는 듯하다. 게다가 불과 며칠 남지도 않았다.

셋은 시무룩한 얼굴로 배에 올라 사료로 향했다.

43장

    이양례는 예상치도 못했는데 방료에서 접매를 만났을 뿐 아니라 생번어와 복로어에 능통한 피커링까지 만났다. 피커링은 때마침 낭교에서 오는 길이었다.

    피커링이 바로 용란 두목이 말한 로버호 선장 부인의 잘린 머리통과 유품을 사들인 양인 중 한 사람이었다. 다른 한 사람은 위탁을 받고 일부러 외국에서 포르모사로 와서 헌트 부인의 유해와 유품을 찾아다니던 제임스 혼이다.

    피커링과 혼은 양력 8월 3일 타구를 출발하여 사료에 들렀다가 다시 남쪽으로 향하여 이주민들이 살고 있는 최남단 대수방에 도착했다. 그리고는 용란까지 깊이 들어가 거의 1개월간 찾아다녔다. 결국 하늘도 무심치 않았는지 그들은 마침내 선장 부인의 유해와 유품을 찾아냈으며, 이것이 인연이 되어 저로속까지 들어가 좀처럼 정체를 드러내지 않던 총두목 탁기독을 만날 뻔했다.

피커링은 이양례에게 그들이 낭교 18부락 연맹의 총두목인 탁기독이 있는 저로속까지 진입한 과정을 의기양양하게 늘어놓았다. 그들이 대수방에 있을 때 최근에 선박 조난 사고가 또 발생했음을 알게 되었다. 조난당한 외국 선원들이 저로속에 갇혀 있으며, 그중 한 사람은 대수방까지 달아났다는 말을 들었다. 피커링과 혼은 노력 끝에 마침내 다리를 다친 채 대수방으로 도망 온 파사도(巴士島) 사람을 만날 수 있었다.

파사도는 포르모사 남단과 루손섬 사이 해협에 위치한 작은 섬이다. 파사도 사람은 스페인어를 사용해 피커링과 혼에게 그간의 사정을 말해주었다.

"우리 9명은 카누를 타다가 바람에 밀려 포르모사 동부 연안까지 오게 되었어요. 그곳 생번이 우리를 발견하고는 총을 쏘는 겁니다. 그 생번이 모란이라고 불리며, 거칠고 흉포하기로 유명하다는 건 나중에 알았지요. 우리는 남쪽을 향해 죽어라 노를 저었어요. 카누는 마침내 생번의 사정거리를 벗어났습니다. 다들 놀란 가슴을 부여잡고 큰 하구에 상륙했습니다. 강의 양쪽 기슭에 큰 열매가 달린 나무들이 많이 있었어요. 열매를 따서 고픈 배를 채우다가 벙어리 노인을 만났어요. 노인은 좋은 분이어서 우리를 집에 데려가 음식을 주었어요. 그런데 얼마 후 문밖에서 사람들 소리가 나는 겁니다. 알고 보니 부락 남자들이 외부인이 있다는 말을 듣고는 칼과 몽둥이를 들고 우리를 죽이러 온 거였어요. 뜻밖에도 연약하고 몸집도 왜소한 그 노인이 긴 나무막대를 들고 문을 막으면서 부락 사람들을 노려보았어요. 그들은 노인을 존경하는 것 같았어요. 칼과 몽둥이를 내려놓고 노인에게 꾸벅 절을 하고는 돌아가더군요. 이 노인은 그곳의 귀족 같았어요. 오후가 되자 부락의 두목이 밖에서 돌아와서 그 이야기를 들었나 봐요. 두목은 노인에게 부락 사람들이 외부인을 죽이지 않도록 막아줘서 감사하다고 했어요. 그러더니 부락 사람들과 회의를 열어서 결론을 내렸어요. 첫째, 해난 사고를 당해 부락에 떠내려온 외부인을 죽여서는 안 된다. 죽이면 지난번처럼 양인 군함의 보복을 받을 것이다. 둘째, 이들이 밖에서 함부로 돌아다니게 해서는 안 된다. 부락 사람들이 해칠지도 모르고, 외부인이 죽거나 다칠 수 있기 때문이다. 그러면 그들을 구하러 온 양인 군함과 병사들이 또 보복할 것이다. 따라서 이들을 반드시 구금하되 좋은 대우를 해주고 음식을 제공해야 한다. 셋째, 그들을 찾으러 온 사람이 있으면 반드시 돈을 받고 신병을 인도한다.”

그가 말을 이었다.

“노인도 그 결정을 받아들였어요. 마치 회의의 의결 사항처럼 모두 복종해야 했어요. 그래서 우리는 노인의 집에서 나와 진흙을 이겨 벽을 쌓은 집으로 옮겼어요. 그곳에서 묶여 있지는 않았지만 집 밖에 나가는 건 금지되었어요. 하루는 제가 다른 친구와 집 밖에 잠깐 나갔는데 친구는 즉시 살해되고 머리까지 잘렸어요. 저는 너무 놀라서 목숨을 걸고 뛰었어요. 산골짜기로 굴러떨어지면서 요행히 탈출에 성공했습니다. 하지만 그러느라 다리를 심하게 다쳤어요. 다행히 이렇게 마음씨 좋은 용란 부락 사람들을 만났고, 이분들이 저를 대수방에 데려다줬어요.”

피커링과 혼은 파사도 사람들을 구출하기로 했다. 하지만 선장 부인의 유해와 유품을 타구로 보내는 일이 먼저다. 두 사람은 따로 움직이기로 했다. 혼이 대수방에 남아 탈출한 파사도 사람과 함께 있고, 피커링은 선장 부인의 유해와 유품을 들고 시성으로 돌아왔다. 시성 사람들은 선장 부인의 유해를 보고는 분향을 하며 참배를 올렸다. 하지만 유해를 집 안에 가지고 들어가는 것은 허용하지 않았다.

피커링은 그들의 말에 따라 집 밖 공터에 유해를 묻었다가 밤이 되자 몰래 파내어 집 안으로 가지고 들어왔다. 며칠 후 피커링은 시성에서 배를 타고 타구로 가서 선장 부인의 유해와 유품을 영국 영사관에 인계했다. 그러고는 그길로 대수방으로 달려와 다시 혼과 만났다. 그들은 용란 사람의 안내를 받아 저로속에 갇혀 있는 파사도 사람들을 구출할 생각이었다. 두 사람은 성의를 보이기 위해 대수방으로 도망친 사람도 데리고 가서 그 사람 몫의 보상금도 얹어서 몸값을 계산해주기로 했다. 파사도 사람들이 구금되었던 장소에 도착했을 때 피커링은 뜻밖에도 그곳이 탁기독이 이끄는 저로속인 것을 깨달았다.

피커링과 혼은 저로속에 도착했지만 부락 안으로 들어가는 것은 허락되지 않았으며, 탁기독도 만날 수 없었다. 사람들은 탁기독이 지금 출타 중이어서 다른 사람이 총두목을 대행하고 있다고 전했다. 전하는 말에 따르면 탁기독은 7명의 파사도 사람들을 보살피기 위해 많은 인력과 식량을 썼으며, 따라서 그들을 데려가는 비용으로 은원

〔銀元〕 200원을 내라고 했다.

피커링은 총두목이 돌아오기를 기다리는 동안 한 생번 부인을 찾았다. 듣자니 총두목의 가족이라고 했다. 피커링은 그녀에게 200원을 들려 보내서 총두목을 설득하도록 했으며, 만약 일이 성사되면 그녀에게 은원 2원을 수고비로 주겠다고 했다.

부인은 돌아와서 피커링에게 말했다. 그녀는 그 파사도 사람들과 부락으로 돌아온 총두목도 만났다고 했다. 총두목이 원래는 200원이면 사람들을 놓아준다고 말했는데, 갑자기 객가인이 와서 사정이 달라졌다고 한다. 객가인은 총두목에게 자신이 다리를 놓아 몸값으로 은원 400원을 받아주겠다는 제안을 했단다. 이 객가인은 자신이 중간에서 돈을 더 붙여서 받아낼 수 있다고 큰소리쳤다. 그는 양인들이 그 정도 돈은 충분히 치를 수 있다고 했다. 객가인은 어제, 즉 음력 8월 13일에 보력에서 공고문을 봤는데 대만부의 군대가 미국의 높은 관리와 함께 생번을 토벌하러 온다는 소식도 들려주었다. 부인은 총두목이 객가인의 말을 듣고 무척 화를 냈으며, 500원을 내지 않으면 파사도 사람들을 죽여서 미국과 청나라 군대가 자기 영역에서 초래할 피해에 대한 보복으로 삼겠다고 했다는 것이다. 총두목이 양인은 괘씸한데다 멍청하기까지 해서 청나라 군대를 끌어들였으며, 이는 문제 해결에 도움이 되지 않고 일을 더 복잡하게 만들 뿐이라고 했단다.

총두목이 청나라 군대가 곧 쳐들어온다는 소식에 격노하여, 그 분노가 파사도 사람들에게 향하게 된 것이다. 원래 총두목은 그들이 부락 내에서 자유롭게 활동하는 것을 허용했었다. 하지만 지금은 더욱 엄격히 통제하는 중이란다. 낮에는 노예처럼 일을 시키고 밤에는 비좁은 초가집에 가둬놓은 채 음식의 양도 줄였으며 핑계를 대서 구타하는 일도 늘었다.

피커링은 어쩔 수 없이 500원을 내주고 흥정을 마쳤다.

이튿날인 양력 9월 11일, 생번 부인이 500원을 가져가고 7명의 파사도 사람들이 돌아왔다. 부인의 말에 따르면 객가인들이 청나라 군대의 남하 소식을 듣고 이 기회를 틈타 총두목에게 대량의 총기와 탄약을 구입해서 전쟁에 대비하라고 종용하고 있단다. 그들은 총두목에게 모래주머니를 쌓아 방어진을 치는 방법도 가르쳐주었으며, 고산 지대와 통하는 좁고 험한 곳에 모래주머니를 쌓아 방어진을 구축할 수 있게 했다. 또 총두목에게 거대한 박달나무나 다른 큰 나무의 나뭇등걸을 베어다가 구멍을 뚫고 쇠줄로 칭칭 감아 모래주머니로 만든 방어진의 강도를 높이는 방법도 가르쳐주었다. 객가인들은 총두목에게 몇 정의 권총까지 줬는데, 필시 양인들이 언젠가 해난 사고를 당했을 때 주워 온 물건일 거라고 했다.

생번 부인은 객가인들이 무척 교활하다고 말했다. 그들은 평지에 가서 시성의 복로인들에게 정보를 팔고 돈을 요구하거나 양인과 생번 양쪽을 오가면서 돈벌이를 할 거라고 했다.

피커링과 혼은 파사도 사람들을 데리고 저로속을 떠나 시성으로 왔다. 생각보다 높은 몸값을 치르느라 두 사람은 이미 돈을 다 써버렸다. 다행히 그들은 시성에서 청나라 군대와 미국의 고위 장군이 방료에 와 있다는 소식을 들었다. 아마 이양례가 왔으리라고 짐작했다. 그래서 배를 타고 시성을 떠나 방료에 온 것이다. 이때가 9월 20일(음력 8월 23일)이다. 과연 이양례는 방료의 청나라 군대 영내에 있었다. 양쪽은 모두 이곳에서 만나게 되자 무척 기뻐했다.

이양례는 파사도 사람들을 데리고 유명등 총병을 찾아왔다. 총병은 몸값으로 치른 돈을 피커링에게 돌려주기로 약속했으며, 파사도 사람들을 타구로 데려가서 고향으로 돌려보내겠다고 했다.

총병은 대만부에 있을 때부터 피커링을 알았다. 그는 피커링을 보자 의아해했지만 이내 피커링이 시성에서 왔다는 말을 듣고는 놀라움과 반가움이 교차한 얼굴이었다. 총병은 피커링에게 낭교 백성들의 반응이 어떻냐고 질문했다.

피커링은 낭교의 인심이 흉흉하다고 전했다. 백성들은 군대가 오면 생번을 토벌하기도 전에 민간이 먼저 그 피해를 받게 생겼다며 불안하고 두려워한다. 피커링은 그들의 관점을 그대로 전했다.

관군이 대수방에서 생번을 공격하면 승부를 떠나 필연적으로 사상자가 발생하고 큰 비용이 드는데 그럴 필요가 있겠는가! 어차피 길은 이미 개통되었으니 사람을 시성으로 보내 많은 보상금을 걸면 필시 그 돈을 보고 누군가 모험을 하여 생번을 피살할 것이다. 생번 24명의 머리를 베는 건 어려운 일이 아니다. 그 후 관군이 그 머리를 복주로 보내고, 순무 대인에게 임무를 완수했으며 생번이 굴복했다고 보고하면 그만이다. 그러면 총병은 개선하여 돌아갈 수 있을 뿐 아니라 주머니도 두둑이 챙길 수 있다. 대만부는 이번 토벌을 위해 배정한 군비 대부분을 국고에 돌려주고도 큰돈을 챙길 수 있고, 많은 관리와 병사가 모두 포상을 받을 것이다.

피커링의 말이 끝나자 총병은 논할 가치도 없다는 표정으로 그런 의견은 대만부에서 누군가 이미 제기한 것이라고 말했다. 총병은 피커링에게 대답했다. 첫째, 그는 반드시 남정을 할 것이며 이는 상부의 명령이다. 그는 속전속결로 진행할 결심이다. 둘째, 그의 군대는 기강이 엄정하니 절대 민간에게 피해를 주지 않을 것이다.

총병은 타당하고 신랄하게 말했다.

"내일 아침 본관은 공고문을 붙여 순무 대인의 명령에 절대복종하여 끝까지 생번을 정벌할 것임을 천명할 겁니다. 이 계획을 방해하는 자는 관, 군, 민을 가리지 않고 엄격히 징계할 것입니다. 양민은 관군이 와도 불안해할 필요가 없습니다. 본관은 결코 백성들에게 피해가 가지 않게 할 것이고 장작 한 개비, 목재 하나도 반드시 공금으로 구매할 것입니다. 생번이 항복을 원한다면 나도 그들에게 기회를 주고, 그쪽에서 제시하는 조건이 이양례 영사를 만족시킬 수 있는지 들어보겠소."

그는 큰 목소리로 말했다.

"피커링 선생, 번거롭겠지만 한 번 더 낭교에 다녀오셔야겠습니다. 백성들에게 관군이 곧 당도할 것이며 지지하는 자에게는 후한 상을 내리고, 따르지 않는 자는 목을 벨 것이라고 전해주십시오!"

44장

    동치(同治) 6년 8월 25일, 즉 서기 1867년 9월 22일 대청제국 대만 진의 총병 유명등이 병사 900여 명을 이끌고 방료를 떠나 시성으로 출발했다.

    청나라 군대가 건륭 53년, 서기 1788년 이후 처음으로 낭교에 나타났다.

    말에 올라탄 유명등은 지난 이레 동안 뚫은 길을 지나며 만족한 얼굴로 주위를 둘러보았다.

    79년 전인 건륭 53년 2월, 이 길 위를 달린 사람은 흠차대신(欽差大臣) 가영공(嘉永公) 복강안이었다. 복강안은 건륭제로부터 어찌나 총애를 받았는지 민간에는 그가 건륭제의 사생아라는 소문이 돌 정도였다. 그는 당시 병사를 이끌고 시성으로 달려와서 장대전의 잔당을 일거에 섬멸함으로써 임상문 사건 평정에 완벽한 종지부를 찍었다. 이에 10대 무공(武功)의 한 사람에 들었다.

총병은 자신의 상상에 도취되었다. 지금은 비록 총병에 불과하고 인솔하는 병사도 900여 명에 불과하지만 명을 받들고 관문 밖에서 백성들을 괴롭히는 생번을 토벌한다면 과거 한무제(漢武帝)의 명을 받고 만리장성에서 흉노를 토벌한 위청(衛靑), 곽거병(霍去病)과 자신이 다를 것이 없다고 생각했다. 일단 성공하면 돌에 글자를 새겨서 공을 기록하여 세상에 이름을 떨칠 수 있을 것이다.

군대가 출발한 지 반나절이 지나고, 한 생번 두목이 무릎을 꿇고 대열을 맞았다. 술과 쌀, 닭, 돼지를 바치며 황제의 군대의 노고에 감사드린다고 밝혔다. 총병은 의기양양하여 자신과 나란히 걷고 있는 이번(理番) 동지(同知) 왕문계(王文棨)[5]에게 말했다. "우리 조정은 도광 연간 이후 외부인이 침입하면 군대가 출동하여 토벌했으나 아직까지 제왕의 군대가 경계 밖까지 정벌하여 용맹을 떨친 적은 없었소. 오늘 우리 두 사람이 이곳에서 쾌거를 거두면 우리 조정에 위풍을 더하는 셈입니다!"

시성에 도착하면 현지의 벼슬아치와 향용(鄕勇, 향토 방위를 위한 청

---

5 산동(山東) 사람으로 동치 2년(1863년)에 진사가 되었다. 동치 3년(1864년)에 대만에서 가의와 장화의 지현을 역임했다. 대조춘(戴潮春) 사건을 평정하는 공을 세워 동치 5년(1866년)에 대만부의 해방(海防) 겸 남로의 이번 동지로 부임했다. 동치 7년(1868년), 가의의 지현으로 복귀했다. 동치 9년(1870년)에 갈마란의 통판으로 부임하여 적폐를 없애는 데 힘쓰고 많은 반란 사건을 평정하였다. 사임 후 이곳 백성들은 그를 기념하기 위해 위패를 세워 문창사(文昌祠)에 모셨다. 광서(光緖) 원년(1875), 대만에 대북부(台北府)를 추가로 설치하였는데, 왕문계가 초대 대북지부(台北知府)로 임명되었다. 황제의 유지가 하달되었으나 부임지로 가는 도중 병으로 사망해서 실제로는 부임하지 않았기 때문에 역사책에는 기재되지 않았다. 왕문계는 대만에서 12년간 지냈으며 대만 전체에 발자취를 남기며 많은 공헌을 했다.

. 나라 때의 의용병)들의 협조와 안내로 산을 넘고 고개를 넘어 생번을 크게 무찌를 것이다.

　대오의 중앙에서 가마를 타고 가는 이양례도 우쭐하는 기색을 내비쳤다. 그의 노력으로 청나라 군대가 마침내 출병하였으며 곧 구자록 토벌을 앞두고 있기 때문이다.

⟶⟵

　그러나 큰 돌덩어리가 이양례의 마음속을 짓누르고 있었다.

　그제 저녁, 피커링이 은밀히 찾아왔다. 낭교의 최근 상황을 가장 먼저 입수한 포르모사통 피커링은 스스로 최고의 조력자를 자처했다. 그런데 뜻밖에도 그가 2시간이나 들여 이양례에게 이번 남쪽 정벌을 단념하라고 설득한 것이다.

　피커링은 유명등 부대의 인마와 무장 상황을 살펴보니 이 부대는 탁기독의 상대가 될 수 없음을 직감했다고 말했다. 그는 더욱 직설적으로 말을 이었다. 자신이 벨을 따라 출정해 본 경험으로 보건대, 이양례가 청나라 군대를 따라 출정하는 것이 안전해 보이지 않는다는 것이다. 혼이 대수방에 남아 있을 때 그가 현지 생번에게 각 부락의 인구와 용사의 수를 알아봤다고 한다. 어림해 보니 낭교 18부락 연맹의 용사는 최소 1,200명이 넘는다. 피커링과 혼이 수집한 정보에 따르면 18개 부락은 이미 단결을 선언하고 총두목의 지휘하에 적극적으로 전쟁에 대비하는 중이다. 현재 1,200명의 용사에게 화승총뿐아니라 신식 활강총까지 지급했다고 한다.

벨의 출정에 따라갔을 때와 이번 저로속에 갔을 때 피커링은 생번이 산속을 마치 평지 다니듯 뛰어다니는 모습을 목격했다. 그는 이토록 날쌔고 용맹한 전사를 본 적이 없었다. 그들은 키는 작지만 체격이 건장하고 힘이 세며 빠르고 민첩하다. 행동은 마치 도깨비처럼 종잡을 수 없다. 피커링은 탁기독의 용사들을 네팔의 구르카족(Gurkha) 군인에 비유했다. 그는 벨의 원정군 181명이 아무런 성과 없이 돌아온 게 전혀 놀라운 일이 아니라고 말했다.

그는 심지어 벨의 원정군 중 사망자가 1명만 발생한 것은 생번이 경고만 하고 봐줬기 때문이며, 그렇지 않았다면 사상자가 그 정도에 그치지 않았을 것이라고 덧붙였다. 피커링은 당시 사망한 맥켄지 소령의 바로 옆에 앉아 있었다. 생번이 정말 작정하고 손을 썼으면 사상자는 훨씬 많았을 게 분명하다. 그는 비록 요행히 살아남았지만 지금도 그 순간만 생각하면 두근거림이 가라앉지 않았다.

피커링은 이번에 저로속에 가서 마음 깊이 느낀 게 있다. 포르모사 생번은 결코 이유 없이 사람을 죽이지 않으며 '남이 침범하지 않으면 나도 해치지 않는다.'라는 주의다. 그들이 로버호 선원들을 실수로 죽였기 때문에 스스로 떳떳하지 않은 행동이라고 인정했으며 그렇기에 미국 병사들에게 나름대로 사정을 봐준 것이다. 생번은 원래 화인을 극도로 증오한다. 게다가 평지 사람들에게는 잘못한 게 없는데 청나라가 군대를 출동시켰다며, 모든 생번 부락들이 분노하며 그동안 쌓이고 쌓인 울분을 한꺼번에 쏟아냈다.

피커링은 여기까지 말하고는 이양례에게 바짝 다가가 낮은 소리로 말했다.

"총병이 이번에 인솔하는 인마의 규모가 어느 정도입니까?"

이양례는 어리둥절했다.

"1,000명 정도입니다. 대만부를 출발할 때 800~900명이라고 했고, 비두에 도착해서 100~200명이 더 합류했어요. 비두의 군대는 복장이나 병기가 대만부 군대에 훨씬 못 미쳐요. 아마도 비전투 업무 위주의 인원인 것 같습니다."

피커링이 야릇한 웃음을 지었다.

"관부에서 낭교에 보낸 통지문에 인마 규모를 얼마라고 쓴지 아세요? 자그마치 8,500명입니다!"

이양례는 깜짝 놀라서 물었다.

"잘못 본 것 아닙니까?"

피커링이 말했다.

"허위 보고든 고의로 부리는 허장성세든, 청나라 관부는 늘 이런 식입니다. 낭교에 도착해서 아무리 의용군을 모집해도 1,500명을 넘을 수는 없습니다."

피커링은 계속 고개를 가로저으며 말을 덧붙였다.

"청나라의 병사 1,500명이 탁기독의 신출귀몰한 용사 1,200여 명과 맞닥뜨린다면 이는 지형도 생소한 상황에서 범의 아가리로 들어가는 셈입니다."

피커링은 이어서 설명했다. 이곳에서 시성까지 가려면 모란을 지나게 된다. 모란은 이미 탁기독과 결맹했을 가능성이 크다. 구산의 산길에서 모란의 용사들이 도처에 잠복해 있다가 기습할 것이다. 그러면 시성까지 가기도 전에 습격으로 궤멸할 수 있다.

마지막으로 피커링은 이양례에게 총병과 이곳에 며칠 더 머물 것을 간청했다. 그 틈에 자신이 타구에 가서 캐럴을 방료로 데려오겠다는 것이다. 그는 이양례가 출병을 철회하기만 하면 총병도 할 만큼 했기 때문에 기꺼이 병력을 돌릴 것이라고 말했다.

　　이양례는 피커링의 출정 반대가 뜻밖이었다. 쉬지 않고 떠들던 피커링이 마침내 말을 마치자 이양례는 의아하다는 듯 그를 바라보았다. 천하에 무서운 것이 없는 듯 사방을 돌아다니는 피커링이 출정을 취소하라고 권유한다. 그리고 이렇게 말하는 피커링의 언사에는 포르모사 생번에 대한 높은 평가가 담겨 있다.

　　이양례는 피커링에게 말했다.

　　"선생의 호의에 감사드립니다. 하지만 나는 이미 결정했으며 대군도 이미 출동했습니다. 공연히 시간을 낭비하면서 캐럴을 만나러 타구에 가실 필요는 없습니다. 나는 원정을 계속하고 싶습니다."

　　이양례의 말투는 확고했다.

　　"나는 천신만고 끝에 여기까지 왔으니 원정을 실현해야 합니다. 대청제국에 출병을 주장할 때 모든 사람이 내게 반대했습니다."

　　이양례가 아랫입술을 깨물고는 가리지 않은 오른쪽 눈을 번뜩이며 피커링을 쏘아보았다.

　　"처음 반대한 쪽은 대만부의 관리들이었습니다. 원정에는 많은 돈이 들어가는데다 반드시 이긴다는 보장도 없으니까요. 두 번째로 반대한 사람은 북경에 있는 나의 상사였습니다. 출정 이야기를 꺼낼 때마다 그들은 나를 전쟁을 좋아하는 미치광이로 취급했습니다. 그다음은 태평양함대 사령관 벨이 방해했습니다. 이상하게도 그는 출정을 옳다고 생각하면서도 정작 자신의 출정을 내게 알리지 않았습니다. 그 후 내가 포르모사에 오려고 할 때 그의 함대가 홍콩에 정박하고 있었는데도 공적인 보호를 제공하지 않았습니다. 그때 복건 총독이 지원자호라는 배를 빌려주기로 했는데, 타구 해관 세무사의 방해로 무산될 뻔했어요. 배가 타구 이남의 파도가 사나운 해안까지 가면 파손될 거라는 이유를 대더군요. 그래서 선장이 안평까지만 가서 배를 정박하고는 남갑까지 가자는 내 명령을 듣지 않았어요. 결국 총병의 군대와 낭교로 가야 한다는 결론이 나왔지요. 이렇게 중요한 때에 이제 와서 뒷걸음을 친다면 나는 웃음거리로 전락할 것입니다."

이양례의 표정은 결연했다.

"나를 반대했던 모든 이에게 내 생각이 옳다는 것을 증명해 보일 겁니다."

이양례가 갑자기 의기양양하게 말했다.

"나는 카이사르의 명언을 실현할 겁니다."

그러더니 갑자기 라틴어를 읊었다.

"Veni, Vidi, Vici!"(I came, I saw, I conquered! 왔노라, 보았노라, 이겼노라!)[6]

"게다가 우리도 충분한 준비를 했답니다. 가령 선생이 걱정하는 모란의 습격 말입니다."

이양례의 얼굴은 자신감으로 충만했고 눈은 점점 커졌다.

---

6   출처: 카이사르의 《갈리아 전기》.

"모란은 방료, 자동각, 시성의 평지 사람들을 상대로 장사해서 많은 이익을 얻습니다. 그래서 우리는 모란 부락에 만약 그들이 감히 청나라 군대에 총을 쏜다면 평지 사람들로부터 구매하던 탄약과 무기, 소금 등의 공급을 당장 끊겠다고 말해두었습니다. 그래도 방해하면 우리 대군이 그들의 터전을 쑥밭으로 만들고 총탄으로 몸을 뚫어버릴 거라고 했지요. 방해하지 않으면 우리가 가는 해안에 주둔할 때마다 현지의 부락에 후한 보상을 하겠다고 했어요. 내가 알기로는 모란은 이미 우리의 제안을 받아들였어요.[7] 그러고 보면 낭교 18부락 결맹이란 것도 그렇게 긴밀하진 않은가 봅니다."

이양례가 득의에 차서 웃더니 말을 이었다.

"청나라 군대와 생번이 결전을 벌일 경우, 어느 편이 승리할까에 대해서는 이렇게 말해야겠군요. 내가 관찰한 바로는 총병은 숱한 전투 경험이 있는 데다 임기응변에 뛰어나고 지휘 능력도 출중한 장군입니다. 나는 그를 무척 높게 평가합니다. 총병이 인솔하는 군대의 인원이 적을지 모르지요. 하지만 그는 대만진 총병이고, 대만부의 6만 병마가 모두 그의 통솔 아래에 있습니다. 이번에 출전한 병사 1,000명은 그저 선봉 부대입니다."

이양례가 엄숙하게 말했다.

"양군이 전투를 벌이면 생번은 지형의 우위를 이용해 첫 번째 전투에서는 이길 테지만 그 후에는 다를 거라고 예측합니다. 첫째, 생

---

7 이 일대의 생번은 대구문에 속하며, 모란이 아니다. 이양례와 유명등이 잘못 알고 있었을 공산이 크다.

번은 탄약을 보급하기 힘들 테니 화력이 오래 지속될 수 없습니다. 둘째, 나는 총병을 믿습니다. 1개월만 더 지나면 생번은 붕괴하여 투항할 것입니다. 이것이 나의 생각입니다. 부대 작전은 유격대의 작전과는 다르니까요. 나는 남북전쟁에 참전했으므로 그 오묘함을 잘 알고 있어요. 방금 총병이 그러는데 길을 이미 뚫었고 정리만 남았다고 합니다. 선생에게 부탁하고 싶은 일은 시성으로 가서 그곳 사람들에게 관군이 곧 당도할 것이며, 절대 민간에 해를 끼치지 않겠다고 말해주는 것뿐입니다. 내가 낭교에 도착하면 그 큰 사당에서 만납시다. 또 한 가지 부탁드릴 게 있습니다. 선생은 저로속과도 교류가 있다고 들었어요. 이번에 그들이 파사도 사람들을 죽이지 않은 것으로 보아 이제 그들도 우리를 어느 정도 이해하기 시작했다고 믿어요. 항해 안전에 관한 우리의 요구를 그들이 받아들였으면 합니다. 탁기독과 대화하고 싶어요. 나는 청나라 군대가 이길 거라고 말했지만 피커링 선생 말도 맞아요. 반드시 이긴다는 보장은 없어요. 만약 청나라 군대가 패한다면 장차 생번은 우리를 더욱 적대시할 겁니다. 따라서 우리는 두 번째 방안을 준비해야 합니다."

이양례의 결심은 확고했지만 포르모사 사정에 밝은 피커링의 생각을 전면적으로 부인하지는 않았다. 이양례는 외교관의 절충과 융통성을 발휘한 것이다.

피커링이 껄껄 웃으며 말했다.

"각하, 영명하십니다."

그리하여 피커링은 대군보다 하루 앞서서 낭교로 갔다.

8 부

괴
뢰
산

傀 儡 山

45장

　시성 전체가 들썩였다.

　대만부에서 도착한 관부의 문서에 따르면 중추절이 지나면 대군이 이쪽으로 와서 생번에 대한 정벌을 실시할 것이라고 한다. 이때부터 벼슬아치들은 자주 집회를 열었다. 집회 장소는 현지에서 가장 큰 사당인 복안궁이었다. 복안궁은 낭교 복로인들의 신앙 중심지로, 정면이 시성 읍내를 바라보고 뒤에는 대만 해협이 있으며 왼쪽은 이룡산(鯉龍山), 오른쪽은 구산에 기대어 있었다.

　복안궁 뒤편 해안에 위치한 항구는 옛날엔 철정항(鐵錠港)이라고 불렸다. 옹정제와 건륭제 시기에 민남에서 건너온 복로 이주민들은 안평에 와서 대만부에는 개간할 땅이 없다는 것을 깨달았다. 이에 따라 남부로 이주하여 개간할 평원을 찾았다. 낭교로 가려면 대부분 철정항을 통해 상륙해야 한다. 당시 큰 범선은 당산에서 화물을 싣고 안평항에 당도한 다음 다시 소형 화물선에 물건을 나눠 싣고 철정항에 가서 짐을 풀고, 다시 남부 각지로 운행했다. 따라서 시성은 대만 남부 발전사상 가장 최초의 집산지이자 낭교 복로인들의 가장 큰 도시가 되었다.

복로들인이 처음 왔을 때 이곳에는 평포 마가도족이 흩어져 거주하고 있었는데 그 수가 많지 않았다. 복로인들은 낯선 기후와 풍토에 적응하지 못했고, 안전을 위해 나무로 울타리를 세워 외부인의 침입에 대비했다. 시성(柴城. 성처럼 말뚝을 둘러서 설치한 목책)이라는 이름도 여기에서 유래했다. 복로인들은 토지공의 사당을 이곳에 세웠다.

건륭 53년 장주 사람 임상문이 청나라에 반기를 들고 일어났다. 봉산 출신의 장대전이 이에 호응했지만 결국 버티지 못하고 시성으로 도주했다. 같은 복로인인 시성의 백성들은 전부터 청나라 관부를 아랑곳하지 않았으므로 장대전은 시성에서 한숨 돌릴 수 있었다. 건륭제는 아끼는 신하인 복강안에게 1만여 인마를 이끌고 시성에 주둔케 했다. 장대전의 진용에는 장주 이주민들의 후예 외에도 평포의 마가도족 사람들이 섞여 있었다. 장대전은 관군과 1개월 넘게 싸웠다. 하지만 청나라 군대는 무기와 인마의 규모에서 월등했으므로 장대전과 그 도당들은 마침내 죽음을 맞았다. 복강안은 신령이 지켜준 덕분에 승리했다며 건륭제에게 포상을 올렸고, 돌에 그 공을 기록했다. 복강안과 관련이 있다고 해서 사람들은 이곳의 토지공 사당을 복안궁 또는 복안묘라고 부르게 되었다.

옹정, 건륭 연간부터 동치 연간에 이르기까지 시성의 인구는 4,000~5,000명으로 늘어났다. 비록 일부 토생자들이 섞여 있었지만 시성은 줄곧 낭교의 가장 전형적인 복로의 특색을 갖춘 최대 도시다.

시성은 관문 밖에 있으므로 평소에는 청나라 관부의 관할을 받지 않았는데 이제 와서 갑자기 청나라 관부의 문서를 받으니 80년 전 장대전 때의 불미스러운 전적을 떠올린 사람들은 전전긍긍했다. 그래서 시성의 벼슬아치들이 복안궁에 모여 대책을 의논하게 된 것이다.

복안궁 동쪽 곁채에는 20여 명의 벼슬아치들이 무거운 표정으로 둘러앉아 있었다. 시성의 장장[庄長, 촌장(村長)에 해당되는 관직-옮긴이]은 백발이 성성한 노인이었다. 그가 먼저 말했다.

"중추절 전에 받은 대만부의 공문에는 관군이 8월 16일에 남하한다고 했습니다. 오늘이 8월 25일인데 관군의 동정을 확실히 아는 사람이 없소?"

그중 한 사람이 대답했다.

"장장님께 보고드립니다. 얼마 전 대만부에서 내려온 전초 부대가 시성 교외에 주둔하면서 많은 돈을 주고 인부를 모집하여 북면(北面)에서 풍항까지 이어지는 산길을 넓혔다고 합니다. 남쪽과 북쪽을 잇는 길만 뚫리면 관군이 밀려올 것 같습니다. 빠르면 하루나 이틀, 늦어도 사흘이나 나흘 후에는 올 것으로 보입니다. 또 사료의 수령 면자가 사흘 전 방료에 갔는데 그곳에서 관군을 보았다고 합니다. 해상에서도 관군이 길을 뚫는 모습을 볼 수 있었다고 하니 길이 거의 개통되었을 것으로 보입니다."

"관군의 병력은 어느 정도입니까?"

누군가 묻자 곧바로 대답이 돌아왔다.

"그 공문에는 관군의 숫자가 8,500명 이상이라고 쓰여 있습니다. 위풍당당한 대만진의 총병이 남정을 오는데 어찌 적은 병력으로 오

447

겠습니까! 80년 전 복강안이 올 때도 병사가 1만을 넘었습니다. 이번에 오는 군대는 상군의 정예 부대라고 들었습니다. 게다가 총병은 일전에 태평천국의 난을 평정하여 큰 공을 세운 장수이니 병력도 당연히 최고겠지요. 대포까지 준비했을 수 있고요. 결국 생번을 철저히 짓밟아버릴 겁니다."

옆에 있던 사람이 맞장구를 쳤다.

"우리는 생번에게 오랫동안 괴롭힘을 당했습니다. 이번에 관군이 오면 생번을 단단히 혼내줘야 합니다!"

그러나 그의 말에 호응하는 사람은 많지 않았다. 오히려 의문을 제기하는 사람이 있었다.

"관군이 운반해 온 대포가 괴뢰산까지 올라갈 수 있소?"

잠시 정적이 흐른 후 누군가 입을 열었다.

"쌍방의 승패 기회는 반반이라고 봅니다. 생번도 결코 약하지 않아요. 듣자니 이미 많은 총과 탄약을 준비했다고 하더이다."

장장이 물었다.

"여러분, 이 전쟁이 얼마나 오랫동안 계속될 거라고 봅니까?"

한 중년 문사(文士)가 대답했다.

"휴우! 관군이 단번에 승리를 거두고 생번이 즉시 투항한다면 그것도 괜찮은 일입니다. 그런데 관군이 패하면 관부는 체면을 지키기 위해 계속 증원하면서 이길 때까지 버틸지도 모릅니다. 전쟁이 오래 갈수록 우리 시성 사람들의 피해만 커집니다."

사람들이 고개를 끄덕였고, 장장도 동의했다.

"일리 있는 소리군요. 계속 말해 보시오."

문사는 아예 일어서더니 사람들에게 읍을 했다.

"장장님 그리고 여러 어르신, 이 후배가 처음부터 분석해 보겠습니다. 첫째, 전쟁의 승패 결과와 무관하게 대만부의 군대가 왔을 때 가장 먼저 할 일은 충성을 맹세하는 것입니다. 일단 청나라의 입장에서 시성은 80년 전 장대전을 비호하고 은닉해준 불량한 기록이 있는 곳입니다. 게다가 명목상으로는 청나라의 관할 지역이지만 번계에 위치하여 청나라 관부에 세금을 낸 적이 없고 오히려 생번에 세금을 내는 경우가 많았습니다. 게다가 생번의 무기와 총탄은 따지고 보면 우리 평지 사람들이 공급하는 것이라서 관군이 생번을 치러 와서 우리에게도 적의를 가질지도 모릅니다. 따라서 우리는 반드시 관부에 충성을 맹세하고 관군의 생번 토벌을 전적으로 지지한다는 의사를 표명해야 합니다. 둘째, 관군이 오면 첫 번째 전투의 승패와 관계없이 하나의 결론을 피할 수 없을 것으로 보입니다. 관군이 생번을 정복하지는 못한다는 점입니다. 왜냐하면 생번은 반드시 깊은 산중으로 숨을 것이고, 관군은 산속까지 들어가서 생번을 모조리 죽일 수 없으니까요. 관군이 오면 마땅히 그들의 생번 타도에 협조해야 합니다. 하지만 그러려면 어쩔 수 없이 관군에 식량과 돈을 바쳐야겠지요. 관군은 정벌에 필요한 군수품을 요구할 것이고, 우리는 고분고분 복종할 수밖에 없습니다. 문제는 관군이 물러가면 생번이 하산해서 보복할 거라는 겁니다. 그래서 남아 있는 우리 재산까지 전부 빼앗아 가겠지요. 만약 관군이 전승을 거두고 낭교에 계속 남아 있게 되면 이후에는 각종 세금과 조공이 우리를 기다리고 있을 것입니다."

문사는 한숨을 쉬었다.

"요컨대 일단 전쟁이 나면 장점보다는 단점이 많다는 겁니다."

그는 갑자기 목을 가다듬고 큰 소리로 말했다.

"여러분, 벼슬이 무서운 것이 아니고 권력이 무섭다는 말이 있습니다. 그동안 우리는 황실과 먼 이곳에서 자유롭게 지냈습니다. 생번에게 작은 혜택만 베풀면 환심을 살 수 있었고요. 생번은 거칠기는 하지만 쉽게 만족하기 때문에 상대하기도 쉽습니다. 하지만 관군이 오면 출정이든 관할이든 상관없이 우리는 관부와 생번의 사이에 끼어서 양쪽을 다 상대해야 합니다. 그건 결코 좋은 일이 아닙니다."

잠시 뜸을 들이던 그가 허탈하게 말했다.

"옛말에 가혹한 정치가 호랑이보다 무섭다고 하지 않습니까?"

장장이 물었다.

"그러면 우리가 어떻게 대처해야 한단 말인가?"

문사가 말했다.

"관군이 머무는 시간은 짧을수록 좋습니다. 무력 시위로 생번을 겁주는 것으로 끝내고 상부에 보고하면 더할 나위 없겠지요."

문사는 자리에 앉으려다가 한 마디를 보충했다.

"가장 겁나는 것은 그들이 오는 건 쉽지만 보내는 것이 어렵다는 겁니다."

사람들이 여기까지 이야기하고 있을 때 사당 집사로부터 통보가 왔다. 복로어에 능통한 양인 피커링이 총병 유명등이 발표한 공문을 가지고 왔다는 소식이었다.

장장은 건네받은 문서를 사람들에게 읽어주었다. 내용은 다음과 같다.

1. 관군의 선두 부대 1,000명이 8월 25일에 출발하여 풍항에서 하루 묵고 8월 26일 낭교에 진입한다.

2. 관군은 장작 한 개비, 목재 하나도 민간에서 취하지 않고 공금으로 구매할 것이다.

3. 복종하는 자에게는 상을 내리고 위반하는 자는 참수한다.

사람들은 관군의 규모가 8,500명이 아니고 1,000명이라는 말에 일단 마음을 놓았다. 하지만 장장은 1,000명은 선두 부대이고 이후 얼마나 많은 대군이 올지는 모른다고 했다. 문사가 말했다.

"일단 총병과 1,000명의 군대를 어떻게 응대할지부터 의논합시다. 총병도 경솔한 무장은 아닌 것 같으니 우리도 봐가면서 대처하면 될 겁니다. 장장님께서는 우리를 인솔해 내일 아침 복덕정신(福德正神)께 복을 기원하시지요. 함께 토지공에게 시성을 지켜 달라고 기도를 드립시다!"

46장

이양례는 1867년 9월 23일 오전 청나라 관병과 시성에 진입하던 광경이 그의 일생에서 가장 화려한 장관이었다고 생각한다. 그는 일기에 이렇게 묘사했다.

"부대가 시성에서 1.25마일 떨어진 곳에 이르자 시성 시내가 어렴풋이 시야에 들어왔다. 우리는 낭교 입구의 산골짜기 고지대에 서서 도시를 내려다보았다. 선봉 부대와 유 총병, 나, 부하들, 시위들은 걸음을 멈추고 대열을 재정비했다. 앞 열의 50~100명은 깃발을 든 군사들이다. 그 뒤에는 군대가 2열 종대로 전진했다. 중간에는 8명씩 드는 가마 여러 대가 있고 유 총병, 나, 중요한 부하들, 시위들을 태우고 간다. 시성에 가까이 갔을 때 군기가 바람에 펄럭이고 부대는 하늘을 향해 총을 쏘았다.

시성에서 0.25마일 떨어진 곳까지 당도하자 시성의 우두머리가 황급히 나와서 가마 옆에 꿇어앉아 용서를 빌었으며 손으로 쓴 항복서를 바쳤다. 나는 그에게 일어나라고 손짓했고 시위가 그를 총병에게 데려갔다. 총병만이 군사 행동과 명령을 내릴 수 있는 책임자이기 때문이다.

총병이 그 사람과 어떤 이야기를 나눴는지는 모르겠다. 하지만 대오는 멈추지 않았고 우리는 계속 시성을 향해 서서히 전진했다. 시성은 곧게 뻗은 대로를 지나 몇 개의 좁은 도로로 연결되는 곳이었다. 대오는 자연스럽게 주요 입구를 통해 진입했다. 입구에서 몇 야드 떨어진 곳부터 탁자가 늘어서 있고 나무 팻말을 세워 사람의 이름이 써놓았다. 짐작으로는 대청제국 황제의 제호(帝號) 아니면 총병의 관직 성명인 것 같다. 내 이름일 수도 있다. 나는 그것까지는 깊게 파헤칠 생각이 없다. 그 위에 쓴 이름이 무엇이든 그들이 완전히 귀순했다는 의사를 표명한 것은 분명한 사실이기 때문이다.

탁자 앞에는 단향을 피운 향로가 놓여 있었고, 양측으로 불 켜진 초가 여러 개 놓여 있었다. 입구에 진입한 후 이런 탁자는 점점 많아지고 크기도 커졌다. 성 내에 들어와서 보니 집집마다 문 앞에 탁자를 늘어놓았으며 백성들은 그 옆에 무릎을 꿇고 머리를 조아렸다."[1]

---

1 출처: 《남대만답사수기》(전위출판사, 2012년 11월), Charles W. Le Gendre 저, 황이 역, 천추쿤 교수 감수.

시성의 장장은 총병과 이양례를 복안궁으로 안내했다. 이 사당은 시성의 상징이며 가장 성대하고 화려한 건축물이기도 하다. 피커링도 이곳에서 기다리고 있었다. 이양례와 총병이 피커링을 보고 매우 반가워했다. 총병은 시성 백성들의 성대한 환대에 만족했는지 "수고하셨습니다!"라고 말하며 피커링의 어깨를 토닥였다.

장장은 총병의 군영 겸 지휘소로 사용할 수 있도록 사당의 서쪽 곁채를 비워놓았으며, 동쪽 곁채는 이양례의 숙소로 쓸 수 있게 해놓았다고 말했다.

이양례는 고개를 끄덕였다. 5개월 전인 4월 23일에 시성에 왔다 간 이후 이번이 두 번째 방문이다. 피커링에게는 이미 익숙한 곳일 터다. 이양례는 지난번에 자신을 안내하여 시성과 사료를 구경시켜준 접매와 면자를 떠올렸고, 며칠 전 방료에서 그들과 시성에서 보자고 했던 약속을 떠올렸다.

그는 피커링과 사당 밖으로 나갔다. 두 사람은 사당 문 앞에서 동양식 건축 공법을 감상했다. 용을 투각으로 새긴 기둥, 돌이나 나무로 새긴 장식, 날 듯이 솟은 처마 등 어느 하나 걸작 아닌 것이 없었다. 처음 보는 것도 아닌데 찬사가 저절로 나왔다. 하지만 벽화는 서양의 것에 훨씬 못 미친다고 느꼈다. 청나라 병사가 총을 들고 옆을 지키고 있었다. 시성의 백성들은 호기심이 일면서도 겁이 나서 멀찌감치 모여서 이곳을 바라보았다. 일부는 그를 알아보고 지난번 사료에 왔던 그 애꾸눈 양인이라고 수군거리기도 했다.

이양례의 눈길이 사람들 사이를 훑었으나 접매 일행은 보이지 않았다. 얼마 지나지 않아 청나라 군대 한 소대가 접매와 면자를 이양례에게 데려왔다. 알고 보니 접매는 호위군에게 직접 다가가 이양례와 만나기로 약속되어 있다고 말했다고 한다. 접매 일행은 이양례를 보자 매우 반가워했다. 뜻밖에도 이양례가 먼저 입을 열었는데 첫 마디가 이것이었다.

"면자 씨, 사료에 내가 지낼 곳을 마련해줄 수 있겠소? 나머지는 사료에 가서 이야기합시다!"

면자는 어리둥절하여 대답했다.

"집 하나를 비우면 됩니다. 크기는 충분하지만 조금 누추합니다."

호위병은 놀라서 이양례를 바라보았다. 그가 사당으로 들어간 지 오래되지 않아 짐을 챙겨 수행원과 그곳을 떠났으며 호위병의 경호를 거절했다. 총병은 사당 입구까지 배웅하면서 억지로 미소를 보였다. 양인 무리는 몇 명의 토생자의 안내를 받으며 우마차를 타고 사료를 향해 출발했다.

47장

양력 9월 12일, 이날은 민간에서 가장 중요시하는 명절인 중추절이다. 문걸은 하루 전에 통령포에 가서 성묘를 미리 마치고 서둘러 돌아갔다. 길을 재촉한 끝에 해가 서산으로 넘어가기 전에 저로속에 도착했다.

총두목 탁기독은 문걸이 사람을 보내 청나라 군대의 남하 소식을 가장 먼저 전해주었다며 고마움을 표했다. 탁기독은 최근 파사도 사람들을 구출한 일을 우쭐해하며 이야기했다. 객가인의 도움으로 양인에게 높은 가격을 불렀고, 덕분에 부락은 은원 수백 원을 더 챙길 수 있었다. 그는 이미 객가인들에게 활강총 이백 정과 많은 탄약을 주문해놓았다. 목표는 최전선을 지키는 용사들에게 좋은 총을 한 정씩 나눠주는 것이다. 다행히 객가인들이 9월 17일 이전에 물건을 구해주겠다고 했다.

객가인들은 설령 청나라 군대가 정말 중추절을 지나 곧바로 시성에 온다고 해도 즉시 공격하는 것은 불가능하다고 분석했다. 먼길을 오느라 지쳤을 테니 사흘에서 닷새는 휴식을 취할 것이라고 보았다. 게다가 청나라 장군도 지형을 익힌 후에 비로소 작전 계획을 정할 수 있을 것이다. 객가인들은 10월 전에는 청나라 군대가 공격하지 않을 것이라고 단정적으로 말했다.

소규모 부대로 척후를 보내는 것은 어쩔 수 없겠지만 그건 단지 지형과 지세를 익히기 위한 행동일 뿐이다. 객가인들은 공연히 몸이 근질근질하여 척후병을 죽여서는 안 되며, 이는 총병의 분노를 자극할 뿐이라고 말했다. 그렇게 되면 체면 때문에라도 개전을 앞당길 것이다. 따라서 9월 17일까지 물건을 넘겨주면 탁기독이 충분한 시간을 갖고 무기를 배치할 수 있으리라고 했다.

파사도 사람들의 조난 사건은 문걸이 낭교 남쪽에 있을 때 발생했다. 문걸은 탁기독의 설명을 듣고 그제야 자초지종을 알 수 있었다. 문걸은 사람을 죽이지만 않으면 아무 일이 없을 것이며 이로 인해 두둑한 보상까지 받으니 더 좋은 일이라고 말했다. 탁기독이 문걸에게 피커링이라는 사람을 아느냐고 묻자 문걸은 접매에게 이야기만 들었고 만나본 적은 없다고 대답했다.

"그 사람은 믿을 만할까?"

"잘 모르겠습니다. 하지만 그 사람과 이양례의 사이는 좋은 것 같습니다."

탁기독이 고개를 끄덕였다. 문걸이 잠시 침묵하다가 물었다.

"정말 싸움이 일어난다면 우리 쪽의 승산은 어떻습니까?"

탁기독이 미소를 지었다.

"지난번에 상륙한 양인들을 어떻게 퇴치했는지 기억나느냐? 우린 그들과 숨바꼭질 놀이를 했지. 싸움에 불리하면 일단 힘을 아끼고 숨어 있으면서 정면충돌을 피하고, 조상의 영령께 우리를 지켜 달라고 하면 된다. 시간도 우리의 편이다. 그리고 가끔 산을 내려가 평지 사람들의 촌락을 급습하는 거지. 시성과 보력에 한 번씩만 다녀가도 백랑과 니니는 청나라 군대에게 추가 공격을 하지 말라고 요구할 거야. 저들이 어쩔 수 없이 철수하면 우린 전과 다름없는 생활을 할 수 있다."

문걸은 탁기독이 그를 위해 준비한 양고기를 씹으면서 말했다.

"이번에 청나라 군대가 대포를 가져왔는데 위력이 대단하다고 들었어요. 만약 우리 부락이 피습을 받으면 분명히 초토화될 것입니다."

탁기독은 무척 낙관적으로 보였다.

"너는 평지에 오래 살아서 잘 모르겠구나. 우리 부족은 한곳에 있지 않고 늘 옮기며 산단다. 이곳에서 더 살 수 없으면 다른 곳으로 이주하면 그만이다."

양인 군함이 이곳에 왔을 때 지극히 신중한 태도로 임했던 양부가 청나라 군대에 대해서는 이토록 낙관적이고 심지어 가볍기까지 한 것이 의아했다. 그래서 망설임 끝에 궁금함을 털어놓았다.

"허허."

탁기독은 건성으로 웃으며 밤하늘을 바라보았다.

"나는 청나라 사람들을 좋아하지 않지만 그렇다고 얕보지도 않는다. 평지 사람들은 대부분 약속을 잘 안 지키고 신용이 없으며 간사한 꾀를 많이 부리지."

그는 고개를 돌려 문걸을 힐끗 쳐다본 후 말을 이었다.

"양인들의 경우엔 말이다. 약속한 것을 지킨다고 들었다. 게다가 그들의 총과 화력은 청나라 군대보다 훨씬 강력하다. 청나라 군대는 사람 수가 많은 것으로 밀어붙이는 것뿐이지. 허허."

탁기독이 벌떡 일어나서 말을 이었다.

"청나라 관부의 문서에 따르면 구자록을 토벌하러 왔다고 하더구나. 청나라는 양인의 압박에 못 이겨 출병한 것에 불과해."

"그럴 겁니다."

문걸이 동조하자 탁기독이 말을 이었다.

"그렇다면 함께 오는 양인 군대는 규모가 어느 정도냐? 군함이 온다고 하더냐?"

"저도 잘 모릅니다. 관부 문서에서도 그에 대해서는 언급하지 않았어요."

문걸의 대답에 탁기독은 잠자코 있었다. 그는 양인의 군대에 더 신경 쓰고 있는 게 틀림없다.

"각 부락에 다녀오신 일은 어떻게 되었는지요?"

탁기독이 고개를 가로저었다.

"이번에는 주뢰를 보냈다. 그 아이가 내 자리를 이어받을 테니 이번 기회에 훈련도 시킬 겸 보냈지. 네가 이곳에 오고 나서 주뢰도 분발하는 태도를 보이니 좋은 일이다."

탁기독은 이렇게 말하면서 자신의 의자를 가리켰다.

문걸이 고개를 끄덕였다. 자신이 저로속에 온 이후 총두목이 후계자로 형님의 아들 대신 양자를 지목했다는 소문이 돌기 시작했다. 주뢰와 그의 주변 사람들은 문걸에게 점점 적의를 드러냈다. 탁기독은 내부 균열을 원치 않았기 때문에 최근에는 주뢰의 위상을 최대한 돋보이게 하는 데 신경 쓰고 있었다.

"너도 알다시피, 나는 낭교 18부락의 동맹에 최선을 다할 뿐이다. 시성 사람들이 우리 용사들의 규모를 1,200명이라고 하는 건 약간 부풀려진 면이 있지. 내가 실제로 동원할 수 있는 병력은 우리 사가라 4사와 구자록을 합쳐서 대략 400명 정도다. 모란에서 100명을 지원하기로 했고 사림격과 고사불, 문솔, 팔요, 죽사(竹社)에서 각각 50~80명 정도씩 지원해주기로 했다. 아미족의 노불 부락은 이사의 명으로 60명 정도를 지원하기로 했고. 따라서 우리가 동원할 수 있는 병력은 800~900명 정도다."

문걸이 말했다.

"공고에 따르면 청나라 군대는 8,000~9,000명이 온다고 하던데요."

탁기독이 아랑곳하지 않다는 듯 콧방귀를 뀌었다.

"그건 청나라 사람들이 허풍 떠는 소리란다. 낭교는 크지 않은 곳인데 8,000~9,000명이 먹고 잘 곳이 어디 있느냐? 설령 시성이라 할지라도 복로인이 5,000명이고, 보력에는 객가인이 3,000명인데 어떻게 9,000명이나 되는 병사들을 먹이고 재울 수 있겠느냐? 그들이 말한 숫자의 절반도 안 될 것이라고 예상한다. 많아야 6,000명이고, 어쩌면 3,000명에도 못 미칠 수 있지."

이어서 엄숙한 표정으로 말했다.

"하지만 네 말이 옳다. 사람 수로 따지자면 우리는 한참 못 미친다. 그래서 물샐틈없이 진을 치고 적에 대비하는 것이다. 나는 결코 적을 가볍게 보지 않는다.”

“제가 건의 하나 해도 되겠습니까?”

“말해 보거라.”

“청나라 군대가 3,000명이든 6,000명이든, 아니면 9,000명이든 우리는 최소한 먼저 공격하지 않아야 합니다.”

“그거야 당연하지. 너도 내 원칙을 알 것이다. 나는 먼저 건드리지 않으면 공격하지 않는다.”

총두목이 일어서며 말을 이었다.

“그러나 그들이 정말 쳐들어오면 나도 사정을 봐주지 않을 것이다. 조상의 땅을 지키는 것은 태어날 때부터 짊어진 책임이다. 요 몇 년 사이 백랑과 니니에게 능욕을 당하고 땅을 잠식당한 것으로 충분해. 그들이 우리 땅에서 평화롭게 공존한다면 우리도 받아들일 수 있다. 하지만 기어이 우리를 다 죽이려 든다면…….”

탁기독의 말투에 힘이 잔뜩 실렸다.

“어쩔 수 없이 그들을 끝까지 죽여 없앨 것이다. 죽더라도 그들과 함께 죽을 것이다.”

문걸이 양부를 바라보면서 말했다.

“저는 그렇게 비관적이라고 생각하지 않아요. 양인들이 이번에 청나라 조정을 압박하여 이곳에 온 것은 조난당한 배의 선원들이 피살된 일 때문입니다. 그 일만 해결되면 군이 전쟁을 벌이려고 하지는 않을 겁니다.”

문걸이 천천히 말을 이었다.

“이 일을 해결하려면 협상을 통해 양인들의 요구를 들어줘야 합니다. 접매 누나와 면자 형님은 미국의 이양례 영사와 안면이 있습니다. 누나는 그의 배를 함께 타기도 했는걸요. 이번에 그가 청나라 군대와 함께 남하했는데 기회를 봐서 그 사람과 이야기를 나누기로 했습니다. 그가 만족하면 공격을 하지 않을 겁니다."

"그것참 잘됐구나. 하지만 싸우고 말고를 청나라 군대의 두목이 결정하느냐, 그 양인 두목이 결정하느냐?"

탁기독이 반문하자 문걸이 대답했다.

"저도 모르겠습니다. 저들이 시성에 오면 그때 알아볼게요. 이양례 영사가 왔는지도 아직 확실치 않으니까요."

"알았다. 우리 쪽에서 선제공격은 않겠다고 약속하마. 하지만 전쟁 대비는 결코 게을리할 수 없다."

48장

　지난번 이양례를 만났을 때 접매는 특별한 이유 없이 그를 피했다. 악의가 있어서가 아니라 함께 있으면 어딘지 모르게 어색해서였다. 하지만 방료에서 이양례를 만난 후부터는 이유 없이 그에게 다가가고 싶다.

　이양례라는 양인이 불가사의할 정도로 중요한 인물임을 접매는 깨닫는 중이다. 자신이 보았던 것과 걸었던 땅, 사료에서 시성, 통령포, 심지어 문걸이 있는 산속의 부락에 이르기까지 그는 마치 이 큰 땅과 접매 주변 사람들의 운명을 혼자서 결정할 수 있는 듯하다.

　시성에서 사료로 오는 우마차에서 이양례는 접매와 면자에게 재차 약속했다. 전쟁이 나도 사료의 안전은 보호해주겠다고 말이다. 그는 자신이 면자가 제공한 숙소로 옮기는 것이 곧 사료를 가장 안전하게 보호하는 일이라고 말했다.

　"언제 공격할 건가요? 반드시 공격해야 하나요?"

접매의 떠보는 질문에 이양례가 웃으며 대답했다.

"이번 행동은 내가 청나라에 요구한 것이오. 공격하지 않으면 생번이 어떻게 항복하겠습니까? 언제 공격할지, 어떻게 할지는 총병이 정하겠지요."

사료에 도착한 이후 면자는 집 안의 짐을 치웠다. 하지만 이양례는 집 앞 공터에 큰 막사를 치고 홀로 그 안에서 일하거나 생각했다. 그러다 지치면 면자의 집으로 들어가서 사람들과 지냈다. 때로는 부근에 있는 사료계 옆길에서 천천히 산책을 하거나 구산 산기슭까지 걸어가 바다를 내려다보며 생각에 잠기기도 했다.

접매는 막사를 드나들며 이양례에게 차를 따르거나 음식을 가져다주었다. 송자는 수령인 면자의 부탁으로 고향을 위해 일한다는 생각과 함께, 한편으로는 접매와 다시 가까워질 기회를 잡기 위해 바쁘게 오가며 도왔다. 피커링과 버나드 등을 포함한 다른 양인들도 덕분에 혜택을 받았다.

양인들이 보기에 사료의 집은 누추하고 불편한 점도 많았지만 탐험에 이력이 난 사람들이라 이 정도는 아무것도 아니었다. 불편한 것은 참을 수 있는데 음식이 걱정이었다. 입에 맞고 안 맞는 것은 둘째로 치더라도 무엇보다 안전이 중요했다. 이양례가 지원자호에 타면서 절인 음식을 많이 준비했으나 지원자호가 타구에 정박하느라 따라오지 않았기 때문에 절인 음식을 이미 거의 다 소비한 후였다.

게다가 피커링까지 있으니 식량 조달이 더 급한 문제였다. 그들은 눈에 보이는 신선한 육류, 채소, 달걀을 거의 다 사들였다. 면자가 촌민들에게 매일 수산물을 낚아오게 하여 반찬으로 제공했지만 양인들은 가시가 달린 작은 물고기는 그다지 좋아하지 않았다. 면자는 가끔 자신이 기르던 양과 돼지, 닭을 잡아서 내주었으나 기르는 가축으로는 한계가 있어서 다른 곳에서 사 오기도 했다. 이양례는 그때마다 두둑한 값을 쳐주었다.

숙식이 안정되자 이양례는 전략을 세우기 시작했다. 이양례는 총병에게 시성의 사당에 머무르지 않는 이유로 위생을 내세웠다. 그는 시성이 작은 지역이고 인구가 많아 전염병이 발생할 우려가 있으니 사람이 적은 사료에 있겠다고 했다. 한여름이 막 지나고 우기와 태풍의 계절을 맞았기 때문에 시성에 적지 않은 전염병 환자들이 발생한 것은 사실이었다. 따라서 이양례의 핑계에는 근거가 있었다.

그러나 이양례에게는 다른 이유가 있었다. 사당은 넓었으나 천주교도인 그에게 그곳의 신상과 어둠침침한 분위기가 몹시 불편하게 느껴졌다. 또 총병과 같은 지붕 아래에서 지내면 자유로운 공간이 부족하여 정신적으로 압박이 크다는 이유도 있었다.

이밖에 접매와 면자는 모르는, 이양례가 총병과 함께 지내기를 꺼리는 이유는 또 있었다. 시성으로 오는 도중 굳건했던 마음에 의문이 싹트기 시작한 것이다. 생번을 정벌하는 게 자신에게 정말 유리한지에 대한 근본적인 의문이 들었다. 이런 변화가 생긴 계기를 말하자면 무척 미묘하다. 그런 상황에서 피커링의 경험과 생각이 이양례에게 더욱 영향을 미쳤다.

이양례는 양인 버나드를 통역원으로 데려왔으나 그는 북경 표준어가 능숙하지 않았다. 총병은 복로어를 못하고 호남성 서부의 방언과 북경 표준어만 했다. 이에 복건 순무가 복로인 한 사람을 이양례의 통역원으로 배정해주었는데, 이양례는 그가 자신을 감시하기 위해 파견되었다고 여겼다. 피커링을 만난 후 그는 마침내 복로 통역원을 따돌릴 이유를 찾을 수 있었다. 피커링은 복로어와 북경 표준어에 능통할 뿐 아니라 생번어도 어느 정도 구사했다.

방료에서 뜻하지 않게 피커링을 만난 이양례는 반가워서 어쩔 줄 몰랐다. 그는 이 만남이 하나님이 자신에게 준 최고의 선물이라고까지 생각했다. 자신이 지난번 낭교에 가서 현장 조사를 한 것과 피커링이 최근 1~2개월 동안 낭교를 방문한 경험을 통해 이양례는 자신이 청나라의 총수인 총병보다 낭교의 복로인, 객가인, 생번의 사고방식과 동향을 더 많이 파악했다고 믿었다. 따라서 총병에 좌우되지 않은 채 현황을 파악하고 싶었다.

그는 총병과 헤어져서 지휘부를 따로 세우고자 했다. 이번 남정은 총병에게 유리한 결말로 끝나서는 안 되고, 반드시 자신에게 유리해야 한다. 그는 자신과 총병의 이해관계가 가깝기는 하지만 완전히 일치하지는 않는다는 결론을 내렸다.

총병은 시성에 와서 낭교의 유지들로부터 정보를 얻긴 했지만 낭교에 대한 전반적인 이해는 자신이 훨씬 깊다. 가령 현지의 지형을 모르면 전쟁에 불리하다. 그는 남만을 가보았고 남부 포르모사의 해안 전부를 답사했고, 구비산 기슭의 해변에도 가보았으며, 동해안까지 섭렵했다. 이에 비하면 총병은 아는 것이 거의 없으며 다른 청나라 장령들도 모르기는 마찬가지였다.

피커링으로 말할 것 같으면 시성과 사료, 대수방에서 용란에 이르는 육로를 이미 몇 번이나 오갔다. 무엇보다 피커링은 구자록의 상륙

작전에까지 참여했고, 저로속에 가서 탁기독을 만나지는 못했지만 그곳의 총두목 대행과 교류도 가졌다.

그런데 청나라의 도대와 총병을 비롯한 관리들은 자신이 관할하는 지역의 토지와 백성들에 대해 아는 것이 전혀 없다. 오히려 외국인들이 더 자세하게 알고 있다. 이는 국제적인 웃음거리다. 이양례는 울 수도 웃을 수도 없는 심정이었다. 이런 국가, 이런 관리들이 어디에 있단 말인가! 이양례는 총병이 직무에 최선을 다하고 무슨 일에든 용감하게 임하는 훌륭한 관리라고 생각했다. 그런데 이번 일을 통해 그에게 심각한 결함이 있다는 점을 발견한 것이다.

이양례는 문제의 요점에 대해 생각해 보았다. 총병은 이 땅이 자신의 관할이고 책임이 있는 지역이라고 인지하고 있을까? 청나라 황제와 조정은 이 땅과 백성이 대청제국에 속하는지 진지하게 고려해 본 적이 있을까? 청나라 관리들의 언사와 행동을 돌아보면 답을 내기가 무척 모호했다. 그런 것 같기도, 아닌 것 같기도 하다.

갈피를 잡을 수 없었다. 하지만 그는 모호함이 어찌 보면 잘된 일이라고 여겼다. 모호한 상황 덕분에 자신과 미국의 이익에 부합한 계획을 세울 수 있기 때문이다. 총병에게 더는 제약을 받지 않아도 된다. 새로운 생각과 계획이 마음속에서 서서히 굳어졌다. 이양례는 막사 안에서 꼬박 하루를 사색했다. 피커링을 포함한 주변 사람에게 자신을 방해하지 말라고 당부해놓았다. 어쩌다 접매를 불러 음식과 물을 달라고 하는 게 전부였다. 그의 마음에 떠오르는 새로운 계획이 곧 그 모습을 드러낼 것이다. 그는 이런 구상을 구체화하고 문자화하였으며, 심지어 단계별로 나누었다.

49장

　이에 앞서 방료에서 시성으로 오는 도중 가마에 앉아 있던 이양례의 마음은 갈등으로 가득했다. 청나라 군대의 남하는 그의 압박 때문에 어렵게 이뤄진 일이다. 이치를 따지자면 기뻐해야 마땅하지만 뜻밖에도 실망감에 사로잡혔다. 피커링이 남하를 만류하고, 접매가 방료에 달려와 전쟁을 막아 달라고 애원했다. 그들의 말에 이양례는 생번을 타도하겠다던 자신의 구상에 맹점이 있음을 발견했다. 그는 피커링에게 '왔노라, 보았노라, 이겼노라!'를 실현하겠다고 큰소리를 쳤지만 사실상 전쟁을 하는 당사자는 청나라 병사이고 유명등이다. 따라서 외부에서 보면 '유 총병이 왔노라, 유 총병이 싸웠노라, 유 총병이 이겼노라'가 되어버렸다.

　총병의 힘을 빌려 생번의 잘린 머리 몇 개를 얻은들 어디에 쓸 것인가? 그것이 이양례가 진정 원하는 것인가? 아니면 미국이 원하는 것인가? 서방 각국이 원하는 것인가?

그와 서방 국가가 원하는 것은 포르모사 주변 해역을 항해하는 선박과 선원의 안전이다. 청나라 군대가 승리하면 총병이 수십 명, 수백 명에 달하는 생번의 머리를 잘라 복건 순무에게 바치고 이양례 자신은 국무원에 서한을 보내 전쟁 성과를 보고할 것이다. 이렇게 해서 포르모사의 생번과 모든 백성이 앞으로 조난 선박의 선원을 맞닥뜨렸을 때 순순히 총질을 하지 않고, 죽이지 않는단 말인가? 이다음에 조난당한 선원은 안전을 우려하지 않아도 된다는 말인가? 이에 대한 긍정적인 답을 내리기란 불가능하다.

그렇다면 이 전쟁의 의의가 무엇인가? 비록 그가 전쟁을 도발했지만 더 길고 심도 있게 고려해야 한다는 생각이 들기 시작했다.

＊ ＊ ＊

그리하여 어느 날 이양례는 막사 안에 들어앉아 깊은 생각에 잠겼다. 꼬박 하루를 고심한 끝에 마침내 생각을 정리했다. 위로는 청나라 관리부터 아래로는 생번을 포함한 백성에 이르기까지 청나라에게 더 많은 보장을 받아내야 한다. 이에 따라 새로운 구상이 발표되었다. 그는 종이에 목표를 써 내려갔다.

1. 생번의 보장: 낭교 18부락은 사과하고 재발 방지를 보장한다.
2. 주민의 보증: 낭교 18부락뿐 아니라 시성부터 대수방까지의 평지 이주민과 산지 생번을 포함한 모든 사람이 상술한 보장에 대해 배서(背書)하여 보증한다.

3. 청나라 정부의 약속과 부가적 조치: 청나라 정부에는 형식적인 구두 약속이 아닌, 구체적인 행동과 보장을 요구한다. 오랫동안 고심한 끝에 방어용 구축물을 갖춘 감시 초소 또는 포대 구축을 요구하고, 군대를 장기간 주둔시켜서 생번이 멋대로 행동하지 않도록 구체적으로 규범화할 것을 요구한다.

내용을 써 내려간 이양례는 이 3대 보장 전략에 크게 만족했다. 하지만 다음 순간 어떻게 해야 이 세 가지 요구 사항을 구체적으로 얻어낼 수 있을지 고민에 빠졌다.

총병이 출병하여 생번을 물리친다면 청나라는 자신들이 많은 물적·인적 자원을 들여 마침내 흉악한 생번을 징계했으니 최선을 다했다고 여길 테다. 이런 상황에서 청나라에 포대를 건설하고 군대를 주둔시키며 더 많은 보증을 요구하기에는 어려움이 예상된다.

이양례는 일이 이상하게 돌아간다고 느꼈다. 장기판으로 비유한다면 대적하는 상대는 '미국의 이양례 대 낭교 18부락의 탁기독'이어야 한다. 하지만 대만부를 떠난 이후 군대의 인솔과 정책을 결정하는 건 총병이었으며, 자신은 종군 고문에 불과한 처지였다. 다시 말하면 장기를 두는 당사자가 '총병 대 탁기독'으로 바뀐 것이다. 총병이 '수(帥)'이고 이양례 자신은 '사(仕)'로 변해버렸다.

이래서는 안 된다! 이양례는 반드시 주도권을 빼앗아야 한다고 생각했다. 청나라 군대는 자신이 장기판에서 마음대로 부리는 말이 되어야 하며, 자신은 결코 종군 고문으로 남을 수 없다. 이양례는 국면을 다시 분석했다. 6개월 동안 국면은 그 방향이 조금 어긋나 있었다. 그가 처음에 대만부의 청나라 관리들을 만난 이유는 그들에게 관할 지역에 대한 관리를 소홀히 한 책임을 인정하라는 뜻이었으며, 최종 목표는 항해 안전 보장이었다. 그런데 지금 와서 보니 총병이 상부로부터 받은 명령은 생번 토벌이었다. 따라서 총병의 이번 군사 행동은 그 목적이 생번 토벌에 있으며, 지역의 안전 보장이라는 이양례의 목표와는 거리가 멀다. 그가 가려던 방향과 미묘하게 다를 뿐 아니라 오히려 반대로 가고 있다.

이양례는 원래의 계획을 바꾸기로 했다. 우선 총병을 견제하여 군사 행동을 즉시 전개하는 일을 막아야 했다. 군사 행동을 일단 전개하면 주도권은 총병이 갖게 된다. 하지만 여전히 총병과 그의 군대가 필요하다. 이양례는 낭교 18부락 연맹에게 압박감을 느끼도록 만들고, 그 압박이 총병의 군대에서 비롯되도록 만들어야 한다. 그래야 탁기독이 압박에 못 이겨 이양례의 조건을 수락함으로써 남만 지역의 항해 안전 보장 협의를 달성할 수 있다.

이번에는 새로운 걱정이 생겼다. 총병의 부대가 탁기독의 반감을 살까 봐 우려되었다. 만약 생번이 선제공격을 하여 산에서 내려와 기습한다면 모든 일이 실패로 끝난다. 그는 생번이 평지 사람을 극도로 증오한다는 이야기를 들었다. 만일 탁기독이 먼저 평지 사람을 공격한다면 사건은 평지 사람과 생번 사이의 결전으로 변해버린다. 그렇게 되면 이양례가 손써볼 여지도 없이 모든 계획이 허사로 돌아갈 것이다.

이양례가 우려하는 점이 또 있다. 시성을 대본영으로 하는 복로와 보력을 대본영으로 하는 객가는 다 같은 이주민이지만 줄곧 적대적이었다. 주일귀, 임상문 사건 때 복로와 객가의 입장은 완전히 대립했다. 현재 시성의 복로인들은 청나라 군대의 명에 따르기로 했다는데 보력의 객가인들은 어떤 입장일까? 만일 객가인들이 생번과 손을 잡기로 한다면? 생번이 준비한 총포는 대부분 객가인들이 제공했다고 들었다. 그렇다면 객가의 입장은 분명해진다. 게다가 객가와 생번 간의 통혼 사례는 복로와 생번 간의 통혼보다 훨씬 많다.

일단 생번과 객가의 결맹을 막아야 한다는 생각이 들었다.

이때 접매의 목소리가 밖에서 들렸다. 파파야를 가져온 접매는 온 김에 그가 남긴 저녁상을 정리했다. 멍하니 바라보자 접매는 그 눈길이 어색한 듯 몸을 돌려서 나가려고 했다. 갑자기 어떤 생각이 떠오른 이양례가 벌떡 일어나 말을 꺼냈다.

"접매 씨, 한 가지 부탁을 해도 되겠소?"

접매는 중추절에 문걸의 부탁을 듣고는 청나라 군대의 선제공격을 막아 달라고 이양례에게 부탁했다. 그렇게만 된다면 고산 지대의 어머니 부족은 물론 낭교의 모든 복로, 객가, 평포 토생자에게도 도움이 되는 일이다. 하지만 이양례 일행이 사료에 도착한 이후 매일 어떻게 말을 꺼내야 할지 몰랐다. 면자는 이양례에게 친동생 문걸이 탁기독의 양자라는 사실을 발설하지 않는 것이 좋겠다고 했다. 자칫하면 그녀가 청나라 군대에 인질로 잡힐 수 있기 때문이다.

그녀의 생각은 조금 달랐다. 이양례에게 솔직히 말하지 않으면 그가 과연 자신을 믿어줄까 걱정이었다. 만일 이양례가 다른 사람에게서 이런 사실을 듣는다면 그녀는 첩자로 오해받을 것이다. 그렇게 되면 사료계 물속에 뛰어들어도 오해를 씻을 수 없을 뿐 아니라 면자 일가까지 연루되어 곤욕을 치를 수 있다.

이양례는 막사 안에서 물이나 음식을 찾느라 그녀를 부를 때가 많았다. 들어갈 때마다 이양례는 대부분 집중하며 뭔가를 하고 있다. 때로는 하던 것을 멈추고 웃을 듯 말 듯한 표정으로 그녀를 바라본다. 당황한 그녀가 몸을 돌려 밖으로 나오면 이양례도 그녀의 뒷모습을 바라보고 있는 걸 의식할 수 있었다.

이양례가 갑자기 부탁하는 말투로 그녀를 부르자 깜짝 놀랐다. 이양례는 손짓으로 앉으라고 권했다.

"접매 씨."

이양례가 그녀의 이름을 또 불렀다.

"부탁할 일이 있어요."

접매는 앉아서 정리하던 그릇과 접시를 탁자 위에 놓았다. 접매가 손을 아직 거둬들이지 않았는데 이양례가 갑자기 접매의 왼손을 움켜쥐었다. 놀란 그녀가 반사적으로 손을 뺐다. 접매는 얼굴이 빨개져서 그를 정면으로 쳐다보지 못했다.

"우선 몇 가지 물어볼 게 있어요."

이양례의 말투와 얼굴은 상당히 정중했다.

"접매 씨가 절반은 객가인이라고 알고 있는데 맞나요?"

"네, 아버지가 객가 사람이에요."

"그래서 객가어는 잘하겠군요?"

"물론이지요."

접매가 고개를 들었다. 처음의 불안했던 마음이 편안해졌다.

"청나라 군대의 남하에 관해 보력에 있는 객가인들의 입장은 어떤지 알아요?"

"저는 몰라요……."

접매가 고개를 가로저은 후 말을 이었다.

"하지만 보력의 수령 임아구(林阿九)는 알아요. 면자 오라버니와 아는 사이라고 하더군요."

이양례는 크게 기뻐했다. 마음속의 계획이 하나씩 형태를 갖춰 가고 있었다.

이양례는 피커링을 대신 보력에 보내 임아구를 만나게 한 다음 군사 행동에 관한 입장을 들어볼 생각이었다. 청나라 군대와 협력할까, 생번과 손을 잡을까? 아니면 중립을 고수할까? 객가인들은 청나라 군대가 군사 행동을 취하기를 원할까, 반대할까? 피커링은 객가어에 능통하지 않아 통역으로 접매를 데려가기로 했다. 총병에게 알려지는 것을 원치 않았기 때문에 외부 인사의 개입을 배제한 것이다.

이튿날인 9월 24일, 피커링 일행이 보력에 가서 임아구를 방문했다. 임아구는 무척 친절했다. 그는 접매가 임산산의 딸이라는 사실을 알고 있었으며, 과거에 임산산과 알고 지냈다는 이야기도 꺼냈다. 피커링이 준비한 질문을 하자 임아구는 껄껄 웃었다. 그는 비록 객가인들이 생번에게 무기를 팔기는 하지만 어디까지나 장사를 위한 것이며, 돈을 벌면 그만이라는 것이다. 객가인들은 시성의 복로인들을 좋아하지는 않지만 생번과 연합하여 관군과 싸울 가능성은 없다고 했다. 그는 이런 말을 덧붙였다.

"예로부터 객가인들은 모두 청나라 정부와 한편이었습니다."

피커링은 크게 안심했다.

임아구는 객가인들도 평화를 사랑하며 전쟁을 원치 않는다고 말했다. 생번에 대한 그의 이해에 따르면 탁기독은 선제공격을 하지 않을 것이라고 한다. 생번은 상대가 먼저 건드리지 않으면 공격하지 않는 습성이 있다. 하지만 일단 공격을 받으면 탁기독은 반드시 마지막 한 사람의 용사, 마지막 한 뼘의 땅, 마지막 부락 하나가 남을 때까지 끝까지 싸울 것이다. 조상의 땅을 지키기 위해서 절대 투항하지 않을 것이다. 임아구는 생번에게 '투항'이라는 개념 자체가 있는지도 모르겠다고 했다.

"군대가 발포하는 순간 전쟁은 끝나지 않을 겁니다. 관군은 결코 생번을 정복할 수 없고, 생번도 관군을 이길 수는 없으니까요."

임아구는 근심이 가득한 얼굴로 말했다.

"우리 객가는 생번과 연합하지 않을 겁니다. 하지만 공공연히 관군과 협력하여 생번을 치게 하지도 않습니다. 일단 군대가 물러가면 생번이 반드시 찾아와 복수할 걸 알기 때문입니다. 그렇게 되면 내 목도 보전할 수 없을 테니까요."

임아구는 손을 목에 대며 베는 시늉을 했다.

"그래서 우리는 양측이 싸우지 말고 지금의 상태를 유지하기를 바랍니다."

임아구의 말에 피커링이 일부러 떠보는 말을 했다.

"헌데 이양례 영사와 유명등 총병은 전투를 벌일 거라고 합니다.

특히 총병이 받은 지령은 생번을 엄중히 토벌하고 실질적인 전과(戰果)를 상부에 보고하라는 겁니다. 그렇지 않으면 명령 위반 혐의로 징계를 받습니다."

피커링의 말이 이어졌다.

"만약 시성의 복로, 보력의 객가, 사료의 토생자, 대수방 등지의 백성들이 다 같이 평화를 원한다는 공감대를 형성한다면 내가 여러분을 대신하여 이양례 영사에게 부탁해 보겠습니다."

그는 잠시 멈춘 다음 임아구를 바라보면서 말을 이었다.

"여러분도 반드시 탁기독을 설득하여 먼저 공격하지 않도록 해야 하며, 구자록 두목을 이끌고 정식으로 사과를 표명해야 합니다. 미국 영사 쪽에서 존중받았다고 느끼면 총병에게 출병을 보류하라고 권유하고, 이어서 양쪽이 천천히 이야기를 나누면 됩니다."

이양례가 파견한 특사가 자신과 협상하는 상황에 어깨가 으쓱해진 임아구는 적극적인 협력 의사를 표했다. 피커링의 말을 듣고 난 임아구는 자신이 탁기독에게 어느 정도 영향력이 있으니 그를 찾아가 선제공격을 지양하도록 설득하겠다고 말했다. 하지만 자신이 사과를 요구하기는 어렵다고 했다. 그는 쓴웃음을 지으며, 그 정도로 자신의 담력이 크지 않다고 했다. 만에 하나 총두목과 생번이 이런 요구를 모욕으로 여기면 크게 분노할 것이고, 그러면 일을 망칠 뿐이며 이후 탁기독이 그와의 왕래도 거부할 수 있다는 것이다.

"그렇다면 탁기독을 만나 영사님과 이야기할 의향이 있는지만 알아봐주십시오. 선생이 말할 필요 없이 이양례 영사가 만난 자리에서 총두목에게 사과를 요구하면 됩니다."

임아구는 기뻐하며 그 정도는 해줄 수 있다고 했다. 그리하여 쌍방은 양인 두목과 생번 총두목의 회담을 추진하기로 하고, 사흘 후인 9월 27일에 다시 만나 일차적 성과를 교환하기로 했다.

접매도 무척 기뻤다. 복로인과 객가인 모두 전쟁을 원치 않는다는 사실을 마침내 확인할 수 있었기 때문이다. 그녀는 문걸도 싸움을 원치 않는다는 것을 알고 있었다. 임아구가 밖에서 막고 문걸이 내부에서 막는 한 총두목이 먼저 공격하는 일은 없을 것이다. 다만 피커링은 이양례가 몇 가지 부가적인 조건을 요구한다고 언급했다. 그 조건이라는 것이 총두목의 사과를 요구하는 것 말고 무엇일까? 너무 가혹한 조건을 내걸면 총두목의 반감을 사서 파국으로 치달을 수도 있다. 그녀는 이 점이 우려되었다.

접매는 고민에 빠졌다. 이토록 복잡한 문제와 중대한 책임을 감당하기에는 자신이 아직 어리다는 생각이 든다. 돌아가면 최대한 빨리 이양례에게 자신과 저로속의 미묘한 관계를 털어놓고 문걸의 존재를 알리기로 결심했다. 그녀의 마음에는 이토록 많은 비밀을 숨길 자리가 없다. 그녀는 줄곧 남에게 숨기는 것이 없이 살아왔다. 털어놓고 나면 마음의 부담이 조금은 줄어들 것이고, 희망에 불과하지만 장차 이양례가 문걸을 친구로 받아들일 수도 있다.

50장

    청나라 군대가 도착했다. 탁기독은 청나라 군대의 일거수일투족을 주시했다.

    상대는 산길을 뚫고 강을 건너왔다. 비록 1,000명에 불과하지만 낭교 18부락 연맹 전체가 벌써부터 술렁거렸다. 게다가 청나라 군대가 시성에서 지방 의용군을 적극적으로 모집하고 있으며 대만부에서 지원군이 더 올 것이라는 소식도 들렸다.

    청나라 군대의 날카로운 검은 이미 뽑혔다. 비록 탁기독은 문걸의 의견을 받아들여서 가능하면 전쟁을 피하려고 하지만 연맹 내에서는 한바탕 전쟁을 피할 수 없다는 생각이 대부분이다. 따라서 탁기독은 적극적으로 전쟁에 대비하는 중이다. 객가인들에게 사들인 총은 이미 각 부락의 용사들에게 나눠주었다.

    낭교 18부락 연맹을 결성할 때 탁기독은 각 부락의 두목들과 계획을 세워놓았다. 그는 사가라 4사를 제외한 모든 부락에 동원 개시 명령을 내렸다. 하지만 다른 부락의 용사들이 모두 탁기독의 영역에 집중된다면 먹을 것을 대는 일도 문제고, 지휘와 협조가 쉽지 않을 것이다. 따라서 모든 부락이 준비를 갖추되, 일단 전쟁이 발생하면 언제라도 출동할 수 있도록 대기하는 계획으로 변경했다.

다만 18부락의 단결을 외부에 과시하기 위해서 각 부락에서 상징적으로 약간의 인마를 저로속과 구자록에 파견하도록 했다. 큰 부락은 30~40명, 작은 부락은 10~20명으로 하여 총 400명으로 연합군을 결성한 것이다.

탁기독은 두목들을 소집하여 의논했다. 그의 분석은 이러했다. 청나라 군대가 시성에 있으니 공격을 한다면 일단 시성에서 남쪽으로 이동하여 후동으로 갈 것이다. 이 길은 아무런 장애물이 없는 평탄한 길이다. 후동에서부터는 두 갈래의 진군 노선이 있는데, 그중 하나는 대수방으로 남하한 후 구비산의 남측을 따라 구자록을 공격하는 길이다. 하지만 이 길은 험하여 군대가 다니기가 어렵고, 부락 용사들이 높은 곳에서 내려다보며 기습할 수 있는 조건을 갖췄다. 청나라 군대가 올려다보면서 공격하기란 쉽지 않고, 대포를 쏴도 효과가 없을 것이다. 두 번째는 후동에서 구비산 북쪽 기슭의 산길을 걸어 출화까지 간 다음 대포의 사정거리까지 진군하는 길이다. 이러면 청나라 군대는 사가라의 내부까지 파죽지세로 쳐들어오고 심지어 저로속까지 곧장 쳐들어올 수 있다. 이후 구자록을 섬멸하기는 손바닥 뒤집듯이 쉬울 것이고, 모든 사가라 지역은 산산조각이 날 것이다.

탁기독은 청나라 군대가 두 번째 방안을 택할 것이라고 추측했다. 이에 따라 주요 병력을 구비산 북측에 배치하고 이사에게 묘자와 사마리의 용사 약 150명을 인솔하여 최전선을 구축케 했다. 용란의 용사 약 100명은 해변을 거점으로 수비하며 호응한다. 탁기독은 연합군 400명을 이끌고 저로속과 구자록을 지키며, 나머지 부락의 용사들은 지원 병력으로 대기하다가 요청 시 즉시 지원한다.

청나라 군대는 9월 16일 방료에서 길을 내기 시작했고, 탁기독은 9월 20일 각 부락의 두목들을 저로속에 소집하여 무기 분배를 마쳤다. 청나라 군대가 시성에 도착한 날 낭교 18부락 연합군은 이미 진지를 확고히 구축한 채 적을 기다리고 있었다.

문걸은 겉보기에는 태평한 것 같으나 실제로는 면밀한 계획을 세워 조금도 흐트러짐 없이 지휘하는 탁기독을 보면서 탄복했다. 그를 더 기쁘게 하는 일은 또 있었다. 그날 밤 총두목은 대첨산에 올라 조상의 영령께 기도하고 난 다음 두목들에게 거듭 당부했다.

"적이 총을 쏘지 않으면 우리는 절대 먼저 총을 쏘지 않습니다!"

그는 당부를 이어갔다.

"설령 적이 한 발을 먼저 쏜다고 해도 총기를 손질하다가 오발한 것일 수 있으니 일단 기다리시오. 하지만 총성이 열 발 이상 울리면 이는 틀림없는 공격이니 더는 봐주지 않고 전력을 다해 반격해야 합니다. 조상의 땅을 지키는 우리에게 정당한 명분이 있습니다. 조상의 영령이 우리를 지켜주실 것입니다."

51장

9월 25일 아침, 피커링은 눈을 뜨자마자 이양례에게 다음 날 임아구와 만나기로 했다고 전했다. 이어서 대수방 쪽에 가서 살펴보기로 마음먹었다. 얼마 전 그는 그곳에서 헌트 부인의 유해와 유품을 찾았다. 그는 대수방의 객가, 토생자, 생번과 두루 인맥을 구축했다. 또한 청나라 군대가 출병하면 대수방은 반드시 거쳐야 할 전략 요충지다. 피커링은 만약 개전을 한다면 대수방이 첫 번째 전장이 될 것이라고 생각했다. 그래서 먼저 현장을 살펴보고, 간 김에 생번의 정보도 알아보겠다는 말을 남겼다.

피커링은 항상 혼자 다니는 습관이 있어서 수행원 몇 명만 대동하고 문을 나섰다. 뜻밖에도 사료 밖에 청나라 군대의 군영 몇 개가 세워져 있었고 장수의 깃발까지 꽂혀 있었다. 분명히 어젯밤까지만 해도 없었다. 피커링이 어리둥절해하는 동안 한 무리의 청나라 병사들이 젊은 장수 한 사람을 빼곡히 둘러싼 채 다가왔다. 자세히 보니 그

481

장수는 대만부의 해방 겸 남로 이번 동지인 왕문계였다. 그는 유명등 총병의 이번 출병에서 가장 중요한 부수(副手)였다.

왕문계는 만면에 미소를 띠며 피커링에게 길게 읍을 했다.

"총병께서 사료에 계시는 이양례 영사님의 안전을 걱정하십니다. 그래서 특별히 저에게 병사 200명을 이끌고 사료에서 이양례 영사님을 보호하면서 영사님의 수족도 되어드리라고 하셔서 어젯밤부터 이곳에 주둔하고 있었지요. 피커링 선생은 이렇게 일찍부터 어디를 가십니까?"

피커링은 탄식했다. 이양례는 총병에게서 벗어나고자 했는데, 총병 쪽에서도 암암리에 힘겨루기를 하며 사람을 보내 군영을 설치한 것이다. 명목상으로는 '양인 나리를 보호하는 것'이지만 실제 목적은 이양례를 감시하는 데 있다.

피커링은 하는 수 없이 왕문계의 물음에 사실대로 대답했다.

"대수방 일대를 돌아보고 정세를 살피러 가는 길입니다."

왕문계가 말했다.

"피커링 선생은 정말 고명하십니다. 대수방은 군사 방어의 요충지며, 옛날에는 생번의 지역이었지요. 이번에 도대 대인께서 저를 남로 이번 동지에 임명하셨습니다. 그쪽에 가서 순시하는 것은 저의 직무이기도 합니다. 피커링 선생이 괜찮으면 함께 가십시다. 호위병들이 동행하니 안전할 겁니다."

피커링은 왕문계의 뛰어난 말솜씨와 임기응변에 감탄했다. 대만부에 있을 때 그에 대해 들은 적이 있다. 왕문계는 문인이지만 지략이 뛰어나서 대조춘의 난을 평정하는 데 큰 공을 세웠고, 그 공으로 가의의 지현이 되었다가 대만부 부윤의 부수에 해당되는 대만부 동지로 파격적인 승진을 했다고 한다. 오늘 상대해 보니 과연 명불허전이다. 하지만 청나라 관리와 동행하면 가마꾼이 드는 가마를 타고 위세를 떨칠 수 있으니 그것도 괜찮을 듯하다. 왕문계는 100명의 수행원을 대동한 다음 남은 인원은 사료에 있으라고 했다.

일행은 위풍당당하게 대오를 지어 길을 나섰다. 그런데 30분쯤 지났을까, 왕문계가 갑자기 말을 꺼냈다.

"잠깐만! 조금 전 이양례 영사님께 인사드리러 가는 길이었는데 깜박했네요. 영사님께 문안부터 드리고 대수방으로 갑시다. 그냥 가면 영사님께 실례를 범하게 되니까요."

피커링은 어쩔 수 없이 사료로 돌아와 이양례를 만난 다음 다시 길을 나섰다.

도중에 피커링은 왕문계에게 총병이 대략 언제쯤 출병할지 물었다. 왕문계는 미소를 지었다.

"저의 직책은 이번 동지입니다. 이번의 '이(理)'는 보호하고 관리한다는 의미가 있지요. 저는 생번을 관리하고 보호하러 온 것입니다. 생번이 난을 일으키지 않으면 관군도 출병하지 않고 죽이지도 않을 겁니다."

피커링이 껄껄 웃었다.

"총병은 생번을 토벌하러 온 것 아니었습니까?"

왕문계가 웃으며 대답했다.

"싸우지 않고 상대를 굴복시키는 병법이야말로 진정한 상책입니다. 생번이 투항한다면 작전을 펼칠 필요가 있습니까?"

피커링은 그만 입을 다물었다.

일행은 대수방에 당도했다. 대수방의 복로 수령과 객가 수령이 나와 공손히 그들을 맞았다. 왕문계가 방문 이유를 말하고, 부근의 생번 두목과 만나 대화를 나눠보고 싶다고 했다. 복로 수령 집안과 생번은 왕래가 없었으므로, 객가 수령이 나섰다.

객가 수령은 즉시 수하를 보냈다. 얼마 지나지 않아 수하가 용란 두목의 친척이라는 부두목과 연락이 닿았다고 보고했다. 생번 부두목은 다음 날 아침 평포 토생자 수령의 집에서 그들과 만나겠다고 이야기했다고 한다.

이튿날인 9월 20일, 양측이 만났다. 생번 부두목은 작지만 건장한 체구에 피부는 가무잡잡했다. 그는 집 밖의 빈랑나무에 기대서 빈랑을 씹고 있었다. 왕문계를 보자 '퉤!' 소리를 내며 붉은 빈랑즙을 바닥에 뱉었다. 검게 변한 이를 드러내며 아랑곳하지 않는 태도였다. 왕문계의 얼굴에 불쾌한 빛이 드러났고, 피커링은 그 모습을 보고 속으로 웃었다.

왕문계 옆에 있던 수하가 먼저 입을 열었다.

"동지 대인과 양인 대인께 예를 올리지 못할까!"

생번의 부두목은 코웃음을 치며 그를 쏘아보았다.

수하가 손짓을 하자 수십 명의 병사가 철그럭 소리를 내며 일제히 총을 겨눴다. 그 절도 있는 움직임에 피커링까지 감탄할 정도였다. 하지만 생번 부두목은 짐짓 못 본 체하며 무표정한 눈으로 하늘을 바라보았다.

성격이 무던한 왕문계도 화가 치밀어 올랐다.

"너희는 정말 회개할 줄 모르는구나. 양인 영사께서 빨리 전투를 개시하여 징벌하라고 한 것도 무리가 아니지."

피커링이 그의 말을 이었다.

"그쪽에서 좋은 의도로 선장 부인의 유해와 유품을 돌려주었으니 어리석고 고지식한 것만은 아니잖소. 돌아가서 전하시오. 영사님이 탁기독 총두목을 만나서 이야기를 들어보기를 원하고 있소. 우리는 이미 영사님께 공격을 며칠 늦춰 달라고 요청했는데 그동안 당신들에게 생각할 시간을 주기 위한 것이오."

생번 부두목이 비로소 입을 열었다.

"공격하든지 말든지 마음대로 하시오. 총두목의 지령은 분명하오. 우리는 당신들에게 잘못한 게 없는데 무엇 때문에 평화를 구걸한단 말이오? 공격하고 싶다면 우리 쪽에서도 얼마든지 상대해주겠소."

피커링이 그 안에 담긴 저의를 읽어냈다.

"우리가 공격하려는 게 아니라 그쪽에서 여러 차례 무고한 선원들을 살해했고, 영사님은 선의의 대답을 듣지 못하였기 때문에 어쩔 수 없이 출병하기로 결정한 것이라오. 영사님은 지금 화를 꾹 참은 채 당신들의 총두목을 만나 선의의 답을 듣고자 하오. 그 답변에 영사님이 만족한다면 공격하지 않을 거요."

왕문계도 목소리를 높였다.

"만약 총두목이 만남을 끝까지 거부한다면 영사님도 선택의 여지가 없고, 총병도 마찬가지요. 전쟁이 일단 시작되면 끝내기는 쉽지 않소. 총병께서 받은 명령은 당신들을 섬멸하라는 것이오. 오늘은 소규모의 호위병만 데리고 왔지만 우리 대군은 수천 명에 달하고 대포도 있으니 그대들의 부락과 집을 모두 폭파해버릴 것이오."

피커링도 위협적으로 말했다.

"영사님을 화나게 하면 그분이 미국에 있는 함대를 불러올 것이오. 양인 함대의 위력은 지난번에 목격했으리라 믿소. 이번에 다시 온다면 지난번처럼 절대 봐주지 않고 완전히 섬멸할 때까지 공격을 퍼부을 것이오."

부두목은 두 사람의 맞장구에 표정을 어느 정도 누그러뜨렸다.

"좋소. 방금 들은 말을 우리 용란 부락 두목에게 전해서 총두목께 전달되도록 하겠소."

피커링이 말했다.

"어제 보력의 객가 수령 임아구를 만나서 중간에서 다리를 놓아 달라고 부탁했소. 총두목이 임아구를 신뢰한다면 협상 장소를 보력으로 정하는 것이 어떤지도 알아보시오."

부두목은 그 말도 전하겠다고 하면서 사흘의 시간을 달라고 했다.

마침내 탁기독과 첫 번째 접촉을 앞두었다. 이는 실질적인 진전인 셈이다.

왕문계와 피커링은 모두 흡족해하며 각각 유명등과 이양례에게 보고했다.

❦ ❦

이양례는 마침내 주도권을 쥐게 되었다며 무척 기뻐했다. 총병은 이양례가 탁기독과의 만남을 시도한다는 이야기를 듣고 상당히 의

아했다. 이양례는 그동안 강경하게 출병을 주장했고, 총병 자신도 출병을 원했다. 이양례는 무장이고, 무장은 반드시 전쟁터에서 공을 세워야 한다. 무기 수준이 낙후된 생번을 상대하는 작전은 당연히 태평천국의 난을 평정하는 일보다 수월하다고 생각했다.

이에 총병은 이튿날 이양례에게 왕문계를 보냈다. 왕문계는 완곡한 표현으로 말을 전했다. 비록 복주의 상부는 구자록을 멸절하라는 지령을 내렸지만 만약 이양례가 총병에게 공격 중지를 정식으로 요구한다면 협조할 의향이 있다고 말이다. 사실 총병이 받은 명령 중에는 이양례의 의사에 최대한 순응하라는 조항도 있었다.

총병이 만약 공격 명령을 하달하면 그것은 완전히 상부의 지시대로 이양례를 도와 생번을 토벌하는 게 될 것이다. 왕문계는 그동안 강경하게 공격을 주장하던 이양례가 이미 생각을 바꾼 것인지 물었다.

이양례는 현재 보복은 무익하다고 생각하며, 이는 생번에 훗날 복수할 빌미를 줄 것이라고 대답했다. 보복보다는 영구적 평화를 추구하기로 결정했다고 말이다. 만약 생번이 재발 방지를 보장한다면 그것이야말로 서방 국가들의 이익에 부합되면서 관대함을 추구하는 미국의 정책에도 부합된다고 말했다.

또한 만약 탁기독이 화의(和議)를 거부하면 그때는 출병해도 되며, 생번이 화의를 원할 경우 생번과 청나라는 모두 자신이 제시한 조건을 받아들여야 한다고 주장했다. 이어서 이양례는 화의 조건을 공식 문서로 작성하여 왕문계를 통해 총병에게 전했다.

첫째, 나는 탁기독과 18부락 연맹의 다른 두목들을 만날 것이다. 그들은 그 자리에서 반드시 사과하고 재발 방지를 보장해야 한다.

둘째, 청나라 당국은 낭교에서 대수방에 이르는 모든 평지 백성의 상술한 보장에 대한 서약서를 우리 측에 제공해야 한다.

셋째, 청나라는 헌트 부인의 유해와 유품을 수습하기 위해 생번에게 지급한 비용을 피커링에게 돌려줘야 하며, 생번 수중에 있는 모든 선원의 유해와 유품을 받아내야 한다.

넷째, 청나라는 남만에 방어용 구축물을 갖춘 감시 초소와 포대를 구축하고, 이후 군대를 주둔시켜 보호해야 한다.

52장

접매는 피커링이 아침 일찍 수행원과 나가는 모습을 봤다. 집에는 이양례와 버나드만 남아 있었고, 그녀는 지금이 사실을 고백할 좋은 기회라고 여겼다.

어제 보력에서 피커링과 임아구 사이에서 통역을 했기 때문에 이양례가 출병을 서두르지 않고 탁기독과 협상을 원한다는 것을 알고 있었다. 가슴을 짓누르던 큰 덩어리가 내려간 기분이었다.

오늘 이양례는 기분이 괜찮아 보인다. 아침 식사를 마친 후에도 막사 안으로 들어가지 않고 집 안에서 버나드와 이야기를 나누고 있었다. 그는 접매에게도 와서 앉으라고 손짓했다. 송자가 자연스럽게 다가가자 이양례는 그에게도 앉으라고 권했다. 다 같이 하문에서 가져온 서양식 과자와 시성에서 산 복로식 떡과 과자를 먹었고, 접매는 함께 마실 차를 우렸다.

"접매 씨, 수고가 많네요. 알다시피 너무 바빠서 고맙다는 인사도 제대로 못했습니다. 우리를 위해 수고해줘서 정말 고맙습니다."

이양례의 인사에 말없이 웃던 접매가 갑자기 벌떡 일어나 그에게 허리를 깊이 숙여 절을 했다.

"왜 이러세요? 무슨 일이라도 있습니까?"

의아하게 생각한 이양례의 물음에도 접매는 입을 다물고 얼굴을 빨갛게 물들였다.

이양례는 접매의 불그스레한 볼이 너무나 사랑스럽게 보였다. 하지만 정작 접매는 정색을 하고 있어서 애써 감정을 누르고 물었다.

"접매 씨, 할 말이라도 있나요?"

접매가 마침내 용기를 내서 입을 열었다.

"영사님에게만 긴히 드릴 말씀이 있어요."

이양례가 부드러운 표정으로 버나드에게 잠시 나가 있으라고 말했다.

송자도 자리를 뜨려고 하는데 접매가 "송자 오라버니는 여기 있어요." 하며 붙잡았다. 사료로 돌아온 이후 접매가 처음으로 친밀감을 표시하자 송자는 속으로 흐뭇했다.

이양례가 접매의 어깨를 가볍게 두드렸다.

"자, 이제 천천히 말해 봐요."

접매는 고개를 떨군 채 입을 열었다.

"지금부터 드리는 말씀은 저의 신분에 관한 이야기입니다. 영사님께는 숨기고 싶지 않지만 다른 사람에게 발설하지 않겠다고 약속해 주세요. 피커링 씨에게도요."

접매가 잠시 멈췄다가 용기를 냈다. 다급하면서도 목소리는 또렷

했다.

"돌아가신 제 어머니는 탁기독 총두목의 동생입니다. 저는 이 사실을 얼마 전에야 알았어요. 제 동생은 지금 탁기독의 양자가 되었는데, 전부 영사님이 사료에 오시기 얼마 전에 있던 일입니다."

접매는 단숨에 말을 마치고 고개를 더 깊이 숙였다.

이양례는 순간 자신의 귀를 의심하며 어디서부터 어떻게 물어야 할지 알 수 없었다. 송자가 접매 대신 말을 더했다.

"영사님, 일이 어떻게 된 건지 복잡해서 한마디로 설명하기는 어렵지만 모두 사실입니다."

송자가 접매를 바라보자 접매가 고개를 끄덕였다. 이에 송자는 이양례에게 자초지종을 간단하게 설명해주었다.

마침내 복잡한 내막을 알게 된 이양례는 미소를 띤 채 부드러운 눈빛과 말투로 말했다.

"말해줘서 고마워요. 지나간 일은 굳이 해명하지 않아도 됩니다."

접매는 최근에 동생 문걸을 만났다는 이야기도 덧붙였다. 남매는 전쟁이 일어나는 것을 원치 않기에 서로 약속을 했다. 문걸은 탁기독에게 먼저 총을 쏘지 말 것을 이야기하고, 접매는 이양례에게 출병을 막아 달라고 설득하기로 했다는 이야기를 털어놓았다. 그래서 접매가 방료까지 이양례 영사를 찾아간 것이라고 말했다.

접매는 말을 하면서 몸을 살짝 떨었다. 이마에 땀이 배어 나왔다. 이양례는 접매가 방료에 있는 자신을 찾아온 것이 저로속을 위해서였으며, 사료를 위해서가 아니었음을 이제야 알았다. 접매의 고백은 목숨의 위험을 무릅쓴 것이라는 점도 잘 안다. 이 사실이 알려지면 청나라 군대에 인질로 잡혀갈 것이 분명하고 고문과 협박으로 자백을 강요받을 수도 있다.

그는 접매가 가냘픈 몸으로 어머니 부족의 죽음을 막아야 한다는 큰 책임을 지고 있다는 생각에 감동이 밀려왔다. 그는 접매를 안심시켰다. 성모 마리아님께 맹세하건대 절대 비밀을 발설하지 않을 것이며, 피커링에게도 말하지 않겠다. 총병이 경솔하게 출병하지 않도록 최선을 다할 것이다. 그리고 자신도 탁기독이 하루빨리 만나는 것에 동의해주기를 바란다고 말했다. 접매는 이양례의 말에 안도의 숨을 내쉬었다. 눈가에 눈물이 핑 돌아서 재빨리 고개를 돌렸다.

이양례는 잠시 생각하더니 접매와 송자에게 양측이 조속히 만나 협상할 수 있도록 직접 저로속에 다녀올 수 있겠느냐고 물었다. 접매가 어떻게 대답할지 몰라 망설이는데 때마침 문을 두드리는 소리가 들렸다. 이양례와 접매는 흠칫 놀랐다. 밖에서 들려오는 목소리는 뜻밖에도 버나드였다. 그는 일부러 큰 소리로 말했다.

"피커링, 왜 이렇게 일찍 돌아왔소? 게다가 청나라 관리까지 모시고 왔네요?"

방문자는 왕문계였다. 그는 총병의 명을 받들어 이양례 영사를 보호하러 왔다고 말했다. 두 사람은 서로 의례적인 인사말을 주고받았다. 왕문계는 남로 이번 동지의 자격으로 피커링과 함께 대수방에 가서 돌아보겠다고 했다.

이양례는 웃으며 문을 닫고는 접매에게 말했다.

"저로속에 가는 일은 보류해야 할 것 같소. 청나라 관원이 우리를 감시하러 왔으니까요."

그는 잠시 생각하더니 말을 이었다.

"피커링과 임아구가 모레까지 답을 주고받기로 했어요. 탁기독이 만남에 동의하면 더할 나위 없지만 혹시 부정적이라면 그때 가서 접매 씨에게 다시 부탁할게요."

접매가 고개를 끄덕이자 이양례가 말했다.

"피곤할 텐데 돌아가서 쉬도록 해요."

접매는 방에 돌아온 이후 힘이 완전히 빠져나간 기분이었다. 침대에 눕자마자 온몸이 나른해졌다.

'문걸아, 나는 최선을 다했으니 나머진 너만 믿겠다. 총두목이 네 말대로 따라줬으면 좋으련만!'

아직 오전이었지만 그녀는 깊은 잠에 빠져들었다.

53장

문걸도 무거운 짐을 내려놓은 기분이었다.

어제 보력의 수령 임아구가 저로속에 찾아와 이양례 영사가 총두목 탁기독과 만나기를 원한다고 전했다. 오늘은 용란 두목도 같은 소식을 전해왔다. 게다가 청나라 관리도 현장에 있었다고 한다. 더 중요한 것은 만날 장소를 보력으로 정했다는 구체적인 내용이었다. 이는 곧 만나기만 하면 쌍방이 수용할 수 있는 결론을 도출할 수 있으며, 정말 전쟁을 피할 수 있다는 의미이기도 하다.

문걸은 사방을 둘러보았다. 비록 이곳에 온 지 겨우 6개월밖에 안 되었지만 이 땅에 대한 애정은 사료나 통령포에 뒤지지 않는다. 문걸은 산 위에 올라서 통령포와 사료 쪽을 바라보고는 했다. 저로속의 산에서는 삼면에서 모두 바다를 볼 수 있으며, 산과 바다를 가리지 않는 아름다운 경치는 언제나 찬사를 자아낸다. 이 아름답고 친숙한 산림이 불타 없어진다면, 사료와 통령포, 저로속에 있는 사랑하는 가족과 친구들이 살육당한다면 하는 상상은 너무 끔찍하다.

그는 때때로 악몽을 꾸다가 잠을 깨기도 했다. 이 낭교에는 다양한 인종이 모여 있으며, 서로 싸우고 갈등을 겪으면서 살아왔다. 그런데 이번에는 복로, 객가, 토생자, 생번이 모두 같은 기대를 품고 있다. 한뜻으로 전쟁에 반대한다. 청나라 군대는 전쟁의 위협을 몰고 왔고, 사람들은 이 군대가 하루속히 이 땅을 떠나기만을 기대한다. 지난날 이 땅에서 사람들은 여러 민족으로 분리되었다. 복로, 객가, 생번, 토생자, 저로속, 아미, 구자록, 모란, 문솔 등……. 그는 사람들이 그저 스스로를 '낭교 사람'이라고 생각할 수는 없는지 의문이다. 청나라 군대가 물러간 다음 모두가 이런 공감대를 형성하리라는 기대도 품어본다.

그는 양부를 바라보았다. 양부는 눈을 감고 있지만 몸은 똑바로 세우고 있다. 보력의 수령 임아구와 용란 부락의 두목은 이양례가 어떤 조건을 제시했는지 언급하지 않았다. 문걸은 탁기독이 만남을 거절하지는 않을 거라고 생각했다. 이양례가 사료에 있다고 들었다. 그렇다면 접매가 틀림없이 그와 만났을 것이다. 청나라 군대가 공격을 개시하기 전에 이양례가 탁기독부터 만나려는 것이 접매의 노력 덕분인 것 같다. 문걸은 접매에게 고마웠다. 면자와 송자도 중간에서 엄청난 노력을 했을 테다. 그들의 노력으로 서슬이 시퍼래서 생번에 복수할 일념에 불타던 이양례의 태도가 누그러진 것이다.

"문걸아."

탁기독이 언제부터인지 옆에 서 있었다. 문걸은 깜짝 놀랐다. 탁기독은 단호한 말투로 이야기했다.

"임아구에게 전해라. 우리는 10월 4일 저녁, 보력에 도착하여 이튿날 오전에 이양례 영사와 만날 것이다."

이번에는 주뢰를 불렀다.

"이사에게 통보하거라. 우리 18부락 연합군 400명은 10월 4일 아침에 출발하여 정오에 사마리에서 점심을 먹는다. 그곳에서 사마리의 용사 200명과 합류하여 저녁에는 보력에 당도할 것이다. 건량을 준비해라. 임아구의 촌락에서 단 한 입의 식량, 단 한 모금의 물도 축내지 않는다. 나는 니니에게 조금도 신세 지지 않을 것이다."

문걸은 너무나 기뻐서 산에 올라 소리라도 지르고 싶었다.

❦

이양례와 피커링, 접매를 비롯한 사람들이 극도의 흥분에 휩싸였다. 탁기독이 10월 5일 보력에서 만나자는 전갈을 임아구를 통해 보냈기 때문이다. 하지만 이양례는 한 가지 준비 작업이 아직 끝나지 않았다고 말했다. 그는 화의를 달성하기 위해 네 가지 조건을 내걸었는데 그중 둘은 생번에 요구하는 것이고, 나머지 둘은 청나라 정부에 요구하는 것이다. 탁기독이 만나자고 한 이상 생번에 요구하는 두 가지 조건인 공식적인 사과와 재발 방지는 수락될 것이라고 판단했다. 하지만 청나라 정부에 요구하는 두 가지 조건인 모든 낭교 사람의 보증 서약, 남만에 포대 건설 및 정식 군대 주둔에 대해 유 총병은 아직까지 답을 하지 않았다.

이양례가 알기로 생번은 단순하고 청나라는 공연한 의심이 많다.

그래서 양쪽의 그런 면을 이용한 것이다. 총병의 군사력으로 탁기독이 협상에 나서도록 압박했으며, 탁기독과의 회동을 내세워 총병이 두 가지 조건을 수락하도록 압박하는 수단으로 사용했다.

이양례는 총병에게 10월 5일 보력에서 탁기독과 회견한다는 소식을 알렸다. 자신은 총병을 존중하므로 청나라가 두 가지 조건에 정식으로 답변을 주기 전에는 생번과 만나지 않겠다고 강조했다. 한편으로는 총병에게 압력을 행사하여 두 가지 조건에 조속히 동의하는 것이 가장 이상적이며, 결정을 지체하다가 만일 탁기독이 딴마음이라도 먹으면 그 결과를 청나라 측이 책임져야 한다는 의도를 전한 것이다.

❦

총병도 영리한 사람이다. 그는 이양례가 제시한 조건을 보자마자 욕부터 뱉었다.

"이 여우 같은 양인!"

그는 물론 이양례의 의도와 수법을 파악하고 있었다. 탁기독에게 서약하도록 요구하는 목적을 말이다. 이양례의 조건을 복주 순무에게 제출하여 답변을 받는 데까지 사흘은 당연히 모자란 시간이다. 대만부까지 왕복하는 데만 해도 사흘이 넘는다. 이 책임은 분명 자신이 떠맡아야 한다.

둘 중 앞의 조항은 광범위한 책임 담보에 관한 것이라 얼마든지 수락할 수 있다. 그런데 남만에 포대를 건설하는 일이 문제다. 남만은 험지이며 구자록과 가깝고, 복로나 객가의 본거지와는 거리가 있다. 만일 일이 터진다면 시성에서 병력을 동원하여 지원하기에도 몹시 불편하다. 또한 강희제의 유지에 따라 방료를 최남단 관문으로 정했으니 병사의 주둔도 방료까지만 가능하다. 장차 구자록에서 변고를 일으키면 포대는 순식간에 생번의 손에 들어가고 만다.

그렇게 되면 포대는 생번을 겨냥하는 것이 아니라 청나라 군대를 향하게 된다. 천혜의 험지에 포대까지 갖춘다면 호랑이에게 날개를 달아준 격이니 대만부는 속수무책으로 당할 것이다. 게다가 그 포대는 청나라의 선박이나 양인의 포선에게 향하는 총부리로도 이용될 수 있다.

총병은 계속 망설였다. 그는 이 조항은 반드시 절충해야 한다는 결론을 내렸다. 하지만 이양례는 그에게 시간을 주지 않았다. 고민 끝에 총병은 원칙상으로는 동의하되 여지를 남기기로 했다. 그리하여 포대 건설에는 동의하지만 위치를 남만으로 할 것인지에 대해서는 추후에 협의하자고 답했다.

⸻ ❖ ⸻

10월 5일, 회담 시간은 가까워지는데 총병에게서는 아직 답변이 오지 않았다. 이양례는 피커링을 보력에서 기다리는 탁기독에게 보내서 청나라의 답변을 받아야 만날 수 있다는 의사를 전하고 빠르면 하루, 늦으면 이틀이 걸리니 기다려 달라고 했다. 탁기독은 이양례가 오지 않자 자신도 보좌관을 보내 피커링을 만나게 했다. 피커링은 마침내 총두목의 강한 권위를 경험하게 되었다. 그는 호위병이 늘어선 긴 길을 지난 후 비로소 탁기독의 보좌관을 만날 수 있었다.

피커링은 돌아와서 탁기독에 대해 찬사를 늘어놓았다.

"탁기독의 실력을 낮잡아 봐서는 안 됩니다. 보력에 데려온 병력만 해도 600명이고, 하나같이 용맹스럽고 강해 보였습니다. 또한 등급과 예의를 철저히 따지더군요. 이렇게 들고나는 것에 잘 대응하는 사람은 틀림없이 원칙과 신의를 지키는 사람입니다."

저녁 무렵이 되자 총병의 회신이 마침내 도착했다. 이튿날인 6일 아침, 이양례는 피커링과 버나드를 대동하고 임아구가 마련한 회담 장소로 갔다. 임아구가 들려준 소식은 실망스러웠다. 총두목 탁기독은 어제 황혼 무렵, 그러니까 피커링이 그곳을 다녀온 지 얼마 되지 않아 600명의 용사를 이끌고 돌아갔다고 한다.

"총두목은 당신네 양인들이 약속을 지키지 않았으니, 자신의 잘못이 아니라고 말했습니다."

임아구는 이렇게 전하면서 찬탄하는 말투로 말을 이었다.

"총두목은 600명을 데리고 이곳에 왔는데 우리 것은 물 한 모금도 마시지 않았으며, 식량 한 톨도 입에 대지 않았습니다."

임아구는 경외심이 가득 담긴 눈빛으로 엄지손가락을 높이 치켜들었다.

이양례는 실망을 감추지 못하고 사방을 두리번거렸다.

"그 600명은 어젯밤 어디에서 잤소?"

"탁기독은 넓은 풀밭을 찾아냈고, 600명의 건장한 사나이들이 그곳에서 잤습니다."

"어젯밤에 비가 꽤 많이 내리지 않았습니까?"

피커링이 의아해하자 임아구는 경탄하는 표정으로 말했다.

"생번은 전혀 개의치 않더군요. 비를 가리기 위해 뭘 덮거나 바닥에 까는 것도 없이 그냥 웃옷을 벗고는 그대로 누워서 잤습니다. 아침에 일어나서는 젖은 옷을 몸에 그대로 걸치고 얼굴 한 번을 안 찡그리더라니까요."

이양례는 한동안 입을 다물고 잠자코 있었다.

피커링이 입을 열었다.

"탁기독은 우리가 만남을 미끼로 삼아 한밤중에 청나라 군대가 기습할 기회를 줬다고 생각한 것 같아요. 그는 우리를 완전히 믿지는 않아요. 진퇴가 확실할 뿐 아니라 반응도 신속한 모습이 대단합니다."

이양례가 고개를 끄덕이더니 임아구에게 물었다.

"총두목이 떠나기 전 또 무슨 말을 했습니까?"

임아구가 뒷머리를 툭 치면서 말했다.

"맞다! 깜박하고 말씀드리지 않았네요. 탁기독이 떠나면서 대인에게 이렇게 전해 달라고 했어요. '나는 줄곧 양인은 청나라 사람보다 신용을 지키는 줄 알았는데 지금 보니 그렇지도 않습니다.'"

이양례가 큰 소리로 웃었다.

"알았소. 탁기독은 정말 고수요. 임 수령께서 수고스럽지만 한 번만 더 애써주시오. 이번엔 틀림없이 시간을 지키겠다고 전해주시오."

54장

사흘 후인 10월 9일 오후, 황혼이 가까워진 시간에 임아구는 이양례를 만나러 사료에 갔다.

"탁기독이 내일 정오에 출화에서 만나자고 했습니다."

"그렇게나 촉박하게 말입니까? 출화는 더 먼 곳 아닌가요?"

이양례가 놀라는 반응을 보이자 피커링이 옆에서 크게 웃었다.

"제 말이 맞았어요. 탁기독이 촉박하게 시간을 정하고 장소도 보력이 아니라 출화로 정했네요. 그곳은 사가라족의 지역입니다. 보력은 안전하다는 느낌이 부족했거든요. 탁기독은 싸움을 원치 않는 것 같군요. 장군, 축하합니다. 내일 화의가 성공할 것 같습니다."

피커링의 목소리는 우렁차서 밖에 있는 접매와 면자에게도 들렸고, 그들은 흡족해졌다.

사실 피커링과 이양례의 짐작이 다 맞은 건 아니었다. 탁기독은 확실히 신중했다. 그는 함정에 빠질 위험을 사전에 방지하고자 했다. 보력은 평지여서 청나라 군대의 대포를 손쉽게 운반해올 수 있다. 두 번째 회담은 사실상 탁기독의 원래 의사가 아니라 문걸이 적극적으로 추진한 것이다.

　생번은 신용을 무척이나 중시한다. 그들은 문자가 없기에 청나라 사람이나 양인처럼 문자로 약속하지 않는다. 그들이 입으로 말하면 그것이 곧 약속이다. 따라서 10월 5일 이양례가 약속한 시간에 나타나지 않자 탁기독은 크게 실망하였으며, 여러 두목들은 화를 냈다.

　그들의 관점에서 볼 때 이양례가 약속을 어긴 것은 모욕이나 다름없었다. 설사 그 책임을 총병에게 떠넘겼더라도 말이다. 600명이나 되는 사람들이 헛걸음을 하자, 그날 사마리로 돌아와 휴식을 취하면서 분개했고, 심지어 평지의 촌락을 먼저 공격하여 신용을 어긴 행동에 대한 징계로 삼자는 의견도 나왔다. 이런 건의에 탁기독은 격노하여 말했다.

　"잘못은 영사와 총병이 했는데 왜 평지에 사는 무고한 사람들이 공격을 받아야 합니까?"

　그는 직접 시성에 쳐들어가면 청나라 군대 1,000명을 다 물리칠 수 있겠느냐고 되물었다.

　문걸이 말했다.

　"여러분이 미국 영사 때문에 화가 났지만 그건 오해입니다. 총병은 원래 명을 받고 우리를 공격하러 왔어요. 그가 지금까지 공격하지 않고 있는 것은 영사가 먼저 우리와 화의 협상을 하겠다고 고집했기 때문입니다. 영사는 성의를 다한 겁니다."

그는 사람들에게 물었다.

"미국 영사와 청나라 총병 중에서 누구의 말을 더 신뢰합니까? 우리에게 더 우호적인 사람이 누구입니까?"

사람들은 저마다 한마디씩 했다. 다행히 이양례에 대한 적개심은 많이 수그러진 듯했다.

임아구가 이튿날 찾아와 보력에서 다시 만나 협상을 재개하자는 미국 영사의 말을 전달하자 두목들이 반대했다. 후계자 신분인 주뢰마저도 반대하는 입장에 섰다. 탁기독도 처음에는 머뭇거렸다. 그는 마음속으로 화의 협상에 동의했지만 매복의 함정에 빠지게 될까 두려웠다. 보력은 객가의 지역이고, 시성의 청나라 군대 대본영과 너무 가까우며, 평지라서 대포를 운반하는 데 아무런 장애가 없다. 탁기독은 임아구와 객가인들이 사가라족을 배신할 것이라고 의심하지는 않는다. 하지만 청나라 총병이 임아구를 안중에 두겠는가?

문걸은 양부가 무엇을 걱정하는지 알고 있었다. 그래서 출화에서 만나자는 이야기를 꺼낸 것이다. 출화와 가까운 곳에 위치한 사마리의 두목 이사는 그렇게 하면 자기 체면이 선다고 생각하여 그 자리에서 찬성하며 힘을 보탰다. 이렇게 해서 탁기독도 자연스럽게 그 제안을 수락했다.

주뢰는 총두목이 자신의 말은 듣지 않고 문걸의 의견을 수용하는 모습을 보고 문걸을 무섭게 노려보았다.

55장

출화에서 만나자는 소식을 임아구가 가져왔을 때 왕문계도 병사들을 데리고 사료에 왔다. 이양례는 왕문계를 바라보면서 어쩔 도리가 없다는 듯 웃음을 띠었다. 그는 그림자처럼 따라붙는 왕문계를 혐오했다. 무슨 일을 하든 이 청나라 관리의 눈을 피할 수가 없다. 하지만 한편으로는 왕문계의 기민함과 자기 일에 책임으로 임하는 태도에는 은근히 감탄했다. 왕문계가 허리를 깊게 굽혀서 절을 하자 이양례도 절을 하여 예를 차렸다.

왕문계도 탁기독이 내일 정오 출화에서 이양례를 기다린다는 소식을 알게 되었다.

"내일 정오라고요?"

왕문계가 끼어들었다.

"이건 그야말로 기습이네요! 벌써 해 질 녘입니다. 영사 대인이 미처 손을 쓸 새가 없게 만드는 것 아닙니까?"

이양례가 임아구에게 물었다.

"사료에서 출화까지 가려면 얼마나 걸립니까?"

"빠른 걸음으로 4시간이면 도착할 수 있습니다."

"그렇다면 우리는 늦어도 아침 7시에는 나서야겠군요. 하지만 비라도 내리면 걱정입니다."

"생번은 날씨를 예측하는 재주가 있어서 이렇게 약정한 겁니다. 내일은 비가 내릴 확률이 거의 없답니다."

임아구가 말했다.

왕문계는 보력에서 만나면 청나라 군대가 호위할 수 있는데 출화는 생번의 지역이라 곤란하고, 호위를 하지 않으면 그의 직무를 다하지 않은 것이 된다며 걱정했다. 그는 사료에 있는 병사 200명을 내일 전원 출동시켜 출화까지 이양례를 호위할 것이라고 했다. 또 총병에게 신속히 보고하여 시성에서 정예 병사 400명을 보충한 다음 내일 아침 6시까지 사료에 집합시키겠다고 했다. 지난번 탁기독이 600명을 데리고 보력에 왔으니, 청나라 군대도 최소한 같은 인원을 맞춰야 한다는 것이 그의 지론이었다.

그런데 뜻밖에도 이양례는 왕문계의 제안을 조금도 망설이지 않고 즉각 거절했다. 출화는 생번의 지역이고, 600명의 청나라 대군이 출동하면 출화까지 깊이 들어가지 않더라도 기세를 드높이면서 번의 경계에 접근한다면 탁기독의 신경을 건드릴 것이다. 그렇지 않아도 생번의 마음속에는 평지 사람들에 대한 불신이 오랫동안 자리하고 있다. 그런 상황에서 조금의 기미만 보여도 화의를 위한 협상이 자칫하면 군사력이 충돌하는 전쟁으로 비화될 것이다. 이양례는 이런 사태를 우려했다.

왕문계는 한발 물러나서 사료에 있는 200명만 동원하여 수행하겠다고 나섰다. 이양례는 그 숫자도 너무 많다고 했다. 의견을 절충한 끝에 결국 이양례를 수행하는 피커링과 버나드 두 사람 외에 왕문계도 이양례를 수행하기로 결정을 내렸다. 왕문계는 무장한 병사 50명을 이끌고 출화까지 수행하고, 나머지 150명은 후동에서 대기하기로 했다.

이밖에 이양례는 왕문계에게 3명의 평포 안내원 겸 통역원을 지원받았다. 면자도 따라가고 싶어 몸이 근질거렸다. 그는 자신의 생번어 실력이 괜찮다고 여겼다. 하지만 왕문계가 있으니 이양례가 자신을 추천하지 않는 이상 나서면 곤란할 것 같아서 잠자코 있었다. 통역원으로 따라가고 싶기는 접매도 마찬가지였다. 그녀는 왕문계가 있음에도 단도직입적으로 자신이 생번어, 객가어, 복로어에 모두 능통하며 영어도 조금 할 줄 안다고 말했다. 그녀는 또 생번은 남존여비 사상이 없어서 여자도 가업을 이어갈 수 있고, 그러므로 여자도 당연히 통역원이 될 수 있다고 덧붙였다.

왕문계는 당차게 말하는 접매의 모습을 호기심 어린 눈으로 바라보았다. 아름다운 용모에 피부도 뽀얗고 객가의 머리 모양을 하고, 생번이 어깨에 두르는 옷과 구슬 목걸이를 걸치고 있었다. 여러 가지 말을 할 줄 알고 이양례와도 무척 가까운 사이 같다. 그는 속으로 그녀의 출신을 추측해 보았다.

이양례가 갑자기 말했다.

"접매 씨, 날씨가 무척 덥군요. 주방에 가서 애옥(愛玉, 대만에서 나는 열대 과일을 젤리나 푸딩 형태로 만들어 더위를 식힐 때 먹는 음식-옮긴이)을 가져와서 왕 대인께 대접해드리세요."

왕문계가 웃으며 말을 받았다.

"애옥이 있다니 참 반갑네요. 대만부 특유의 훌륭한 청량음료 아닙니까!"

접매가 주방에 들어간 지 얼마 안 되어 이양례가 따라 들어왔다. 그는 접매에게 가까이 다가가 귀에 대고 낮게 속삭였다.

"접매 씨, 왕문계의 의심을 살 말은 하지 않는 게 좋아요. 저자는 눈치가 빨라서 접매 씨와 문걸, 탁기독의 관계를 알면 위험합니다. 출화엔 갈 필요 없어요. 나를 믿어요."

말을 마친 그가 갑자기 접매를 살포시 끌어안고는 귀 뒤에 재빨리 입맞춤을 하더니 그길로 나가버렸다.

이양례가 그런 행동을 하리라고 예상하지 못했던 접매는 깜짝 놀랐다. 볼이 순식간에 새빨갛게 물들었다. 서둘러 애옥을 준비하고 수박도 꺼내서 잘랐다.

왕문계의 목소리가 귓전에 들려왔다.

"그러면 그렇게 결정하겠습니다. 영사 각하, 내일 아침 6시에 병사 50명을 데리고 이곳에서 대인을 기다리겠습니다. 나머지 150명은 후동에서 대기시키겠습니다. 안심하십시오. 저희도 자제하겠습니다. 생번이 먼저 일을 일으키지 않으면 공격하지 않겠다고 약속드립니다. 하지만 영사님의 안전은 조금도 소홀히 할 수 없습니다."

56장

이날 저녁, 이양례는 몸을 뒤척이며 잠을 이루지 못했다.

결전을 앞두고 잠을 이루지 못하는 습관은 남북전쟁 때부터 생긴 것이다. 비록 내일은 전쟁을 벌이지 않지만 그는 마음을 바짝 졸이고 있었다. 남북전쟁 당시로 돌아간 것 같은 느낌이다. 전쟁터에서 서로 싸우고 죽이던 장면이 떠올랐다. 그런 장면이 내일은 출현하지 않기를 희망했다.

싸움할 때 그는 언제나 전장의 맨 앞줄에 섰다. 내일도 맨 앞줄에 설 것이며, 이는 그의 일관된 원칙이었다. 맨 앞줄은 항상 위험하다. 운이 좋아서 몇 번이나 죽을 고비를 넘기고 살아났다. 결전을 앞둔 밤은 신경이 팽팽하게 곤두선다. 내일이 지나면 살아 있을지 죽어 있을지도 확실하지 않다. 이런 인생의 무상함이 무척이나 두려웠다. 두려움은 전쟁에 임하는 병사라면 누구나 겪는 것일 테다. 그래서 엄한 군령을 위반하면서까지 일부 병사들은 몰래 숨겨온 술로 두려움을

508

달래기도 했다. 이양례는 전쟁터에서는 술을 마시지 않았다. 버지니아 초원에서 밤마다 그는 클라라를 안고 입맞춤하는 모습을 상상하며 두려움을 달랬다.

그러나 클라라는 그가 가장 위험한 순간에 그를 배신했다. 그 일만 생각하면 가슴이 도려내지는 것처럼 아프다. 포르모사의 짠 냄새를 담은 바닷바람이 불어와 피부에 달라붙고, 마음도 끈적거렸다. 그는 누가 자신의 피부를 쓰다듬어주기를 갈망했다. 날씨가 무척 더워서 그의 마음도 덥다. 청나라 군대의 호위를 받으니 생명에 위협을 받을 우려는 없지만 전장 특유의 종말적 분위기가 다시 엄습해왔다. 심장과 몸이 꿈틀거리기 시작했다. 강렬한 욕망이 끓어올랐다. 여자의 몸을 꼭 끌어안고 싶다. 여자의 부드러운 몸을 안고 싶다.

클라라는 그의 마음에서 이미 죽었다. 지금 그의 머릿속에는 온통 접매의 그림자뿐이다. 접매의 머리카락과 피부의 향내를 맡고 있는 듯한 착각을 느꼈다. 오늘 해 질 무렵에 그녀의 귀에 바짝 대고 속삭일 때 맡은 향내다. 젊은 여자에게서 나는 싱그러운 향이다.

지난 6년 동안 여자의 냄새를 맡지 못했다. 참전한 이후 몇 년 동안의 생활은 전투 아니면 부상을 치료하는 날의 연속이었다. 군에서 제대한 다음 동방에 온 후로는 스스로 유배하는 기분으로 제2의 인생을 찾기로 했다. 하지만 일에 둘러싸인 나날이었다. 그는 원래부터 일벌레였다. 하문의 영사관에는 남자들뿐이었고, 발을 칭칭 동여맨 전족 때문에 걸음걸이가 부자연스러운 민남 여자들은 눈에 들어오지 않았다. 그래서 포르모사에 와서 접매를 처음 봤을 때 지혜가 담긴 큰 눈, 소녀의 어여쁜 자태와 야성미가 느껴지는 활발함이 신선하게 다가왔다. 그때부터 그는 호감을 느꼈다.

　사료에 오기 전까지만 해도 접매에게 호감을 가졌을 뿐 그녀와 어찌 해 보겠다는 생각은 없었다. 접매도 그를 피하고 있었다. 그러다가 이번에 사료에 와서는 분위기가 갑자기 바뀌었다. 접매는 이제 더는 피하지 않았으며, 따스하게 대해주었다. 그도 접매의 부드럽고 아름다운 몸짓과 찬란한 미소를 좋아했다. 서양 여자를 기준으로 두고 본다면 그녀는 작고 아담하며, 몸매가 좋은 것도 아니다. 하지만 피부가 뽀얗고 섬세하여 주근깨도 거의 없었다. 무엇보다 특유의 사랑스러운 표정과 여운이 남는 작은 동작이 그를 빠져들게 했다.

　이틀 전, 접매는 출신과 관련된 비밀을 털어놓았다. 두 사람이 같은 비밀을 공유하면서 그는 어느새 마음의 거리가 많이 좁혀진 것처럼 느꼈다. 몇 시간 전에는 그녀의 귀에 입맞춤까지 했다. 수줍어하며 피하는 표정이 너무나 사랑스러웠다. 그런 접매의 표정은 함수초(含羞草, 미모사)를 연상시켰다. 포르모사의 함수초는 작고 섬세하게 생겼다. 반면 유럽이나 미국의 함수초는 크기가 포르모사 함수초의 몇 배나 되고 가시도 커서 찔리면 무척 아프다. 오죽하면 'Touch-me-not(나를 만지지 마세요)'이라는 이름을 갖게 되었을까! 포르모사의 함수초도 가시가 있으나 아주 가늘어서 닿아도 아프지 않다. 그래서 함수초라고 부른다. 아름다운 이름이 마치 수줍어하는 포르모사의 여인 같다.

　접매의 아름다움은 서양 여자에게는 찾아볼 수 없는 것이다. 이날 밤 그의 머릿속에는 온통 접매의 수줍은 미소로 가득했다. 그녀는 얌전하기만 한 청나라 여자들과도 다르다. 청춘의 활기로 가득 찬 접매의 모습은 그의 마음 깊숙한 곳에 오랫동안 가라앉아 있던 욕망을 다시 일깨웠다. 이 순간 그는 종말적 감정에 휩싸여 그녀를 안고 싶다는 갈망을 느낀다.

◈━━◈

접매도 심사가 복잡하고 오만 가지 생각이 뒤섞여 잠을 이루지 못하고 있다. 오늘 오후에 너무나 많은 일이 발생했다. 내일은 이양례 영사와 총두목이 만나는 중요한 날이다. 화의가 목전에 와 있다는 의미이므로 그녀도 당연히 기쁘다. 하지만 이양례의 갑작스러운 입맞춤으로 마음이 혼란스러웠다. 남녀 간의 입맞춤은 그녀에게 완전히 낯설다. 송자가 그녀를 좋아하지만 그런 행동을 한 적은 없었다. 맨슨과 맥스웰의 약혼녀가 만날 때 뺨을 서로 맞대며 인사하는 모습을 본 적이 있지만 맨슨은 그녀에게는 한 번도 그런 행동을 하지 않았다. 마음이 어수선하여 갈피를 잡지 못하고 있다. 하지만 그녀의 마음속에는 더욱 중요한 일이 가득했다.

그녀는 왕문계가 떠나기 전에 한 말을 똑똑히 들었다. 내일 아침 일찍 왕문계는 병사 50명을 이끌고 와서 이양례 일행을 출화까지 호위한다고 했다. 이양례가 600명이 너무 많다며 거절한 것에 그녀는 무척이나 감격했다. 하지만 이것만으로는 부족하다. 그녀는 생번을 잘 알고 있다. 청나라 군대가 현장에 있는 한 분위기는 얼어붙을 것이다. 600명이든 200명이든, 아니 50명이어도 마찬가지다.

게다가 왕문계는 복로인은 아니지만 복로어를 꽤 잘하고 외모도 복로인처럼 생겼다. 생번은 복로를 백랑, 즉 악인이라는 명칭으로 부를 만큼 복로인을 싫어한다. 왕문계가 복로인은 아니지만 악인으로 비쳐질 수 있다. 탁기독이 왕문계를 본다면 경계심부터 발동할 것이다. 그렇게 되면 허심탄회하게 이야기할 수 없고, 화의도 물건너갈 수 있다. 만약 화의가 실패로 끝난다면 총병에게는 전쟁을 개시할 충분한 명분이 생기는 셈이며, 그때는 생번을 말살하려 들 것이다. 그러면 모든 노력이 물거품으로 돌아간다.

그녀는 이양례에게 이 말을 꼭 해야 한다고 생각했다. 하지만 왕문계가 떠난 후 이양례는 이런저런 일로 바쁘다가 일찍부터 잠자리에 들었다. 접매는 잠자리에서 뒤척이며 점점 조급해졌다. 그동안 엄청난 노력을 기울여 거의 다 된 일을 왕문계와 청나라 군대의 출현으로 그르친다면 너무 안타까울 것이다.

앞뜰에 있는 이양례의 막사를 바라보았다. 이양례가 방료에 있을 때도 그녀는 사료에서 배를 빌려 타고 갔다. 지금은 이양례가 지척에 있는데 무엇을 망설이는가? 그녀는 위축된 스스로에게 화가 났다. 자리를 박차고 일어나 밖으로 나갔다. 서늘한 바람이 불어왔다. 가을답지 않은 남국의 밤이지만 그녀는 한바탕 몸서리를 쳤다. 고개를 들어 밤하늘을 수놓은 별들을 바라보며 속으로 '관세음보살님, 저를 도와주세요!'를 외쳤다.

막사에 다가간 그녀는 그 앞에서 다시 망설였다. 어딘지 모르게 이건 아니라는 생각이 들었기 때문이다. 한참 서 있다가 마침내 용기를 내어 막사 문을 흔들며 "영사님!" 하고 두 번 불렀다.

이양례는 때마침 잠을 청하는 중이었다. 그는 믿어지지 않았다.

머릿속이 온통 접매의 생각으로 가득 차 있는데 그녀의 목소리가 들려온 것이다. 혹시 환청을 들은 건 아닌지 의심했다.

접매가 세 번째로 자신을 부르는 소리를 듣고 나서야 이양례는 환청이 아님을 확신했다. 그가 문을 열자 접매가 보였다. '자비로운 성모마리아님, 제가 무슨 착한 일을 했습니까?'라고 생각했다.

접매는 이양례를 보자마자 다급하게 말했다.

"영사님! 제발 부탁드립니다. 내일 청나라 장군과 함께 가지 마세요. 그 사람을 데려가면 일을 망칠 겁니다."

이양례는 마음속의 정념을 누르고 접매를 멍하니 바라보았다. 그녀가 무슨 말을 하는지는 전혀 신경 쓰이지 않았다. 그러다가 설핏 정신이 든 그가 비로소 말했다.

"접매 씨, 무슨 일인지 들어와서 천천히 이야기해요."

접매가 막사로 들어오고 이양례는 자리에 앉았다. 접매는 그의 앞에 서서 다급히 말하느라 숨이 찰 지경이었다.

"영사님, 내일 청나라 장군과 병사를 데려가지 마세요. 총두목은 절대 무력을 쓰지 않을 거라는 걸 제가 보증합니다. 제 동생 문걸이 총두목도 평화를 원한다고 했어요. 총두목은 양인을 믿고 평지 사람은 믿지 않는다고요. 평지 사람이 있으면 일이 잘못될 겁니다. 영사님, 청나라 장군이 수행하게 두어서는 절대 안 됩니다."

이양례는 몽롱한 표정으로 접매를 바라보며 잠에서 덜 깬 듯 고개를 두어 번 끄덕였다. 접매는 그게 알았다는 소리인지 알 수 없어서 마음이 더 급해졌다.

"영사님, 총두목을 믿으세요. 내일 영사님과 양인들만 참석해주세요. 간곡하게 부탁드립니다."

그녀는 무릎을 꿇고 앉았다. 이양례가 마침내 입을 열었다.

"알았어요."

그는 손을 뻗어 접매를 일으키려다가 갑자기 끌어당겨 품에 힘껏 안았다. 너무 세게 안는 바람에 접매는 숨이 막힐 지경인데 다음 순간 이양례는 그녀의 입술에 입을 맞췄다.

접매는 머리가 지끈거리는 느낌이었다. 그녀는 당황하여 어쩔 줄 몰랐다. 혼란스러운 와중에도 앞가슴의 옷섶이 벗겨지는 것을 느꼈다. 이양례의 손이 거침없이 속옷 안으로 들어와 몸을 쓰다듬었다. 그녀는 눈을 감았다. 눈물이 주르륵 흘러내렸다. 그녀의 두 손이 무력하게 저항을 해 보다가 곧 힘없이 포기했다.

자신이 야수에게 붙잡힌 작은 동물이 된 듯했다. 이양례가 그녀의 은밀한 곳을 이로 잘근 깨물었다. 그의 낮은 신음 소리는 마치 멧돼지가 사냥한 짐승을 베어 먹을 때 내는 소리처럼 들렸다. 이양례의 뜨거운 체온을 느끼고는 온몸에 닭살이 돋았다. 한바탕 추운 느낌이 스치며 발가벗겨졌음을 깨달았다. 이어서 몸이 찢기는 고통을 느꼈다. 마침내 참았던 울음이 터져 나왔다.

모든 것이 갑자기 끝났다. 사방은 다시 평온하고 어두운 세계로 돌아갔다. 이양례는 그녀의 몸 위에 엎드려 있고, 코 고는 소리만 들렸다. 그녀는 필사적으로 몸을 빼냈다. 이양례는 옆으로 나뒹구는가 싶더니 여전히 깊은 잠에 빠져 있었다.

그녀는 조용히 몸을 일으켜 옷을 입었다. 부서질 듯한 아픔을 참고 막사 밖으로 나왔다. 대지에 여명 직전의 칠흑 같은 어둠이 깔려 있었다. 접매는 집을 바라보기만 할 뿐 들어갈 용기를 내지 못하고 눈물을 흘렸다. 힘없이 몸을 돌려 비틀거리며 산길을 걸었다. 그리고 산기슭의 풀밭에 몸을 누였다.

아침 햇살이 비출 때가 되어서야 그녀는 집으로 돌아왔다. 송자가 문 앞에 나와 있다가 깜짝 놀라며 묻는다.

"어디 갔다 왔어?"

그녀는 고개만 저을 뿐 아무 말도 하지 않고 주방으로 들어갔다.

날이 완전히 밝았다. 왕문계가 50명의 병사를 이끌고 도착했는데 이양례는 아직도 잠에서 깨어나지 않았다. 손님을 두고 늦잠을 자는 것은 큰 실례다. 평소 일찍 일어나는 이양례였기에 버나드도 이상하게 생각했다. 그래서 막사에 들어가 그를 깨웠다. 이양례는 눈을 크게 뜨고 버나드를 바라보더니 화들짝 놀라 일어났다. 접매가 옆에 없는 것을 보고 실망하면서도 다행이라는 생각이 들었다. 그는 옷을 입고 밖으로 나가 왕문계에게 기다리게 해서 미안하다고 말했다.

주방에서는 접매가 아무 일 없다는 듯 아침 식사를 준비하고 있었다. 이양례가 집으로 들어오는 모습을 보고는 황급히 고개를 숙이고 안으로 들어가버렸다. 이양례는 왕문계에게 식사를 함께하자고 권했고, 왕문계는 완곡하게 거절했다. 이양례는 잠시 머뭇거리다 손을 뻗어 왕문계의 어깨를 토닥였다. 예상치 못한 친밀한 동작에 왕문계도 깜짝 놀랐다. 이양례가 입을 열었다.

"동지 대인, 어젯밤 생각을 해 보았습니다. 만약 탁기독이 나쁜 마음을 품었다면 병사 200명으로도 상대하기 어렵습니다. 하지만 탁기독이 정말 화의를 하러 나왔다면 병사 50명만 데려가도 우리 쪽의 저의를 의심하여 파국으로 치달을 수 있습니다."

"그래서……."

이양례가 자리에 앉더니 호기롭게 말했다.

"나는 모험을 하기로 했습니다. 탁기독이 화해할 의사가 확실하다고 장담합니다. 낭교 18부락 연맹 총두목의 신뢰를 얻기 위해서 나는 호위병을 대동하지 않고 총도 휴대하지 않은 채 단독으로 회담에 임할 것입니다. 동지 대인과 병사 200명은 모두 후동에서 나를 기다려 주십시오. 해가 지기 전까지 후동으로 가겠습니다."

왕문계는 귀를 의심하며 반박하려고 했다. 하지만 이양례는 손짓으로 그를 제지했다.

"이미 결심했으니 더 말씀하지 마십시오."

그러더니 방으로 들어가버렸다. 왕문계는 멍하니 서 있다가 한참 후에야 겨우 내뱉었다.

"영사 각하, 부디 조심하십시오!"

57장

　18부락 연맹의 두목들이 사마리에 거의 다 도착했다. 사림격의 두목은 나이가 많아서 먼길을 떠나기 힘들다며 오지 않았고, 가지래의 두목은 병이 나서 아들을 대신 보냈다.

　두목들이 처음으로 사마리에서 거행하는 집회였다. 사마리는 지세가 비교적 평탄하고 후동에서도 멀지 않아서 객가인들이 꽤 이주해 왔으며, 드물지만 복로인들도 살고 있었다. 이사의 집은 상당히 화려했다. 복로식 탁자와 의자, 침대를 놓고 수묵화도 걸어놓았다.

　그러나 두목들은 평지의 문물에는 별 관심이 없다. 그들이 가장 부러워하는 것은 따로 있었는데, 사마리 사람들이 하인을 고용한다는 사실이었다. 수십 년 전 동해안 종곡(縱谷, 산맥의 방향과 같은 쪽으로 나 있는 골짜기-옮긴이)에 거주하던 아미족이 비남족의 공격을 받아 사마리 지역 근처로 이주했는데 아미족은 사가라족에게 대적할 힘이 없어서 결국 굴복하고 사마리와 저로속의 하인이 되었다.

아미족은 사가라족과는 다른 외모를 지녔다. 낭교의 생번은 가무 잡잡하고 키가 작은 반면, 아미족은 피부가 희고 몸이 호리호리하며 붉은색 옷을 즐겨 입는다. 사가라족과 아미족 모두 눈이 크지만 아미족은 눈빛이 맑고 코가 오똑하며 얼굴 윤곽도 비교적 부드러운 편이다. 모란과 고사불, 사립격 등 북쪽에 위치한 부락의 두목들은 사가라족이 온순한 하인을 부리는 것을 무척 부러워했다.

오늘 탁기독은 무척 엄숙한 얼굴을 하고 있다. 그는 이사에게 두목들을 대접하라는 말을 남기고 자신은 주뢰와 문걸을 데리고 즐겨 찾는 폭포가 있는 못가로 갔다. 그곳에서 두 눈을 감고 마치 좌선하는 자세로 앉아 생각에 잠겼다.

내일 이양례가 어떤 조건을 내세울까? 구자록이 사죄의 의미로 부락 사람들의 머리를 내놓아야 하는 것은 아닐까? 구자록에서 양인 13명을 죽였으니 양인도 같은 수의 머리를 내놓으라고 하는 건 아닐까? 만약 이런 요구를 한다면 어떻게 대응해야 할까? 어쩌면 물질적인 보상을 요구할지도 모른다. 구름 반점이 있는 표범? 검은색 긴꼬리꿩? 그는 양인들이 진귀한 새와 특이한 짐승을 좋아한다는 것을 알고 있다. 한편 다른 부락이 부러워하는 아미족 하인들을 떠올렸다. 붉은 머리 일당이 남쪽에서 흑인들을 잡아다 노예로 삼았다는 이야기도 생각났다.

혹시 이양례가 우리 부족 사람들을 데려다가 노예로 부리려는 것은 아닐까? 그는 양인이 제시할 가능성이 있는 조건들과 자신들이 받아들일 수 있는 한계를 추측해 보았다. 양인을 정말 신뢰할 수 있을까? 문걸이 접매의 말을 인용하여 양인이 객가 니니보다 낫고 복로

백랑보다 신용을 잘 지킨다고 말했지만 정말일까?

탁기독은 아름다운 경치를 바라보았다. 내일 미국 영사를 어떻게 상대해야 할까? 만약 협상이 파국으로 끝난다면 이 아름다운 땅이 살육의 전쟁터로 변하겠지? 미국 영사를 어떻게 상대해야 하나?

지난번 보력에 갈 때 그는 600명을 데리고 갔다. 그곳은 평지 사람들의 구역이기 때문이다. 이번에는 사가라족의 구역에서 만나는데 두려워할 게 뭐 있겠는가? 18명의 두목이 최대한 참가하여 18개 낭교 부락의 단결된 모습을 과시하는 것이 중요하다. 상대측에서 몇 명이나 참가할지 알 수 없었다. 하지만 임아구에게 단단히 일러두었다. 그의 협상 대상은 양인이지 대만부에서 온 청나라 장수가 아니라고 말이다. 문걸은 양인이 신뢰할 수 있다고 거듭 강조했다. 그렇다면 이번엔 양인을 믿어보기로 마음먹었다.

— § —

10월 10일, 아침 햇빛이 대지를 따사롭게 비추는 좋은 날씨였다. 사마리의 하늘을 가득 덮을 정도로 많은 새떼[2]가 소란스러운 소리를 내며 날아갔다. 매년 이맘때면 큰 새들이 날아온다. 사마리에서 새떼가 나는 모습은 저로속에서 보는 것만큼 장관은 아니었지만 다른 부락에서 온 두목들에게는 신선한 광경이어서 모두 환성을 질렀다. 사

---

2 이 큰 새들은 대부분 왕새매(Grey-Faced Buzzard Eagle)이며, 그 수가 10만 마리에 달한다.

가라족은 이 새를 길조로 여겨서 무척 좋아한다. 최근 이주해 온 니니들이 그물을 설치하여 새를 잡곤 했는데, 사가라족은 화가 나서 그물을 보기만 하면 찢어버리는 바람에 충돌을 빚기도 했다.

탁기독이 새떼가 지나가는 날을 회담 날로 정한 것은 18개 부락의 사람들이 모두 그 새를 길조로 생각하기 때문이다. 다들 고개를 들고 하늘에 가득 메운 새떼를 바라보니, 조상의 영령이 그들과 함께하며 응원해주는 느낌이 들면서 환호성이 저절로 터져 나왔다.

광장에는 각 부락에서 온 두목들과 용사들, 사마리의 남녀가 모여들었다. 무당은 춤을 추면서 조상들의 보살핌을 기도하는 노래를 불렀고 사람들은 입을 모아 노래를 따라 불렀다. 하늘 가득 비상하는 새들의 울음소리가 마치 음악처럼 들렸다. 사가라족은 새소리를 듣고 길흉을 판단하곤 한다. 무당이 청아한 목소리로 금년 산골짜기를 뒤덮은 새들의 울음소리는 무척 유쾌하며, 이는 조상들이 오늘의 화의에 찬성한다는 뜻을 나타내므로 큰 길조라고 선포했다.

노랫소리와 새소리가 섞인 가운데 탁기독은 여러 부락에서 온 용사 100명을 이끌고 출발했다. 100여 명의 남녀가 그 뒤를 따랐고, 탁기독도 이에 동의했다. 탁기독은 4명의 용사가 메는 가마에 탔다. 사가라족 용사들이 앞에서 길을 안내하고 각 부락의 두목들이 뒤를 따랐다. 일행은 위풍당당하게 출발했다.

사마리에서 출화까지는 용사의 걸음으로 2시간이면 닿는 거리다. 하지만 오늘은 사람이 많은데다 부녀자들도 따라오기 때문에 더 지체될 것을 예상했다. 일행은 큰 소리로 노래를 부르며 하늘의 새떼를 감상하기도 했다. 태양이 대지를 두루 비추고 하늘 가득 새들이 날아다녔다. 특히 올해는 새들이 더 많이 날아와서 가히 장관이었다. 출발을 앞두고 긴장했던 사람들은 무당이 길조라고 선포하자 기분이 풀어졌다. 새떼를 감상하면서 새소리에도 귀를 기울이며 유쾌하게 길을 걸었다. 그러다 보니 어느새 출화에 도착했다.

출화는 특이한 곳이다. 낮은 산으로 둘러싸인 초원 가운데에 동그란 모래땅이 커다랗게 형성되어 있다. 풀 한 포기 나지 않는 그 땅에서 여러 개의 불꽃이 활활 타오르며, 때로는 아이들의 키 높이까지 올라온다. 그 옆에 흐르는 작은 시냇물에서는 갑자기 불길이 솟았다가 순식간에 사라지거나 냇물 바닥 쪽으로 들어가는 일도 있다. 밤에 보면 화염이 마치 춤을 추는 것 같고 귀신 같기도 하며 무척 괴이하다. 사가라족은 이 땅을 경외심으로 대하고 있다.

화염이 올라오는 곳에서 멀지 않은 장소에 넓적한 석대(石台)가 있다. 비록 약간 경사가 나 있지만 정갈하다. 탁기독은 석대의 중앙에 앉았다. 그와 두목들이 먼저 반원형을 이루며 앉고, 총을 든 100명의 용사들이 그들을 둘러싸고 둥글게 원을 그리며 앉았다. 100여 명의 남녀가 바깥에 원을 그리며 섰다.

잠시 후 척후를 보던 용사로부터 이양례가 거의 다 왔다는 소식이 들어왔다. 상대는 겨우 8명이고 청나라의 병사는 보이지 않으며 양인과 통역원으로 보이는 몇 명이 전부라고 했다.

탁기독의 마음이 놓였다. 문걸과 접매의 말처럼 이 미국 영사는 신용을 잘 지킨다는 생각이 들었다. 하지만 긴장을 풀어서는 안 된다. 그는 자신을 둘러싼 사람들에게 8명이 들어올 수 있도록 길을 터놓으라고 지시했다.

양인 영사가 다가오자 탁기독의 눈짓에 둘러앉아 있던 용사들이 일제히 일어섰다. 이양례 일행이 가운데로 들어오자 총을 든 용사들이 거의 동시에 자리에 앉더니 이어서 총을 무릎 사이에 놓았다.

이양례 일행은 사람으로 둘러싸인 울타리의 가운데로 들어와 탁기독과 마주하고 앉았다. 이양례가 먼저 총두목에게 고개를 끄덕이며 손바닥을 펼치고 옷섶을 들썩이고는 다시 웃었다. 무기를 가져오지 않았다는 것을 알린 것이다. 피커링은 생번어로 탁기독과 인사를 나눴다. 이양례는 앉아서 사방을 둘러본 다음 탁기독에게 눈길을 돌렸다. 마침내 그를 만났다. 이양례는 전설 속의 인물 탁기독을 바라보았다. 탁기독은 50세가량 되어 보이고 키는 크지 않으나 다부진 체격에 어깨가 넓었다. 흰머리가 희끗희끗한 머리카락이었다. 청나라 사람들처럼 이마 쪽의 머리카락을 깎고, 나머지 머리카락을 땋아서 등 뒤로 늘어뜨렸다.

옷은 전통 생번의 차림에 흑백이 교차하는 외투를 걸치고 있었으나 두목들이 쓰기 마련인 모자를 쓰지 않았다. 강인한 윤곽의 얼굴에 생기가 넘치며 빛나는 눈빛을 하고 있었으며, 이는 검게 변색되었다. 커다란 귀고리를 달았는데 이양례가 살펴보니 거의 모든 사람이 큰 귀고리를 달고 있었다.

이양례는 탁기독이 입을 열기를 기다렸다. 하지만 상대는 입술을 굳게 다문 채 이쪽을 주시하고 있었다. 웃음기나 친근함이 없는 무표정한 얼굴이었다. 틀에 박힌 인사치레를 하고 싶지 않다는 의사를 파악하고 이양례는 바로 본론으로 들어갔다.

"우리는 구자록과 원한이 없는데 왜 선원들을 살해했습니까?"

탁기독이 기다렸다는 듯이 대답했다.

"아주 오래전 붉은 머리 일당이 이곳에 와서 사람들을 마구 죽였소. 구자록 사람들은 거의 다 죽고 겨우 셋만 숨어 있다가 구사일생으로 목숨을 건졌소. 100년도 더 지난 지금에야 겨우 원래의 모습을 회복할 수 있었소."

그는 정중하고 엄숙한 표정으로 의연하게 말했다.

"구자록 사람들은 거의 멸족될 뻔했던 한을 기억하고 있으며, 그 후손들은 마땅히 보복해야 했소."

탁기독은 여기까지 말하고 잠시 멈추더니 상대방의 얼굴을 찬찬히 훑어보았다. 그리고 통역원이 통역을 마치기를 기다렸다가 말을 이어갔다.

"붉은 머리 일당이 해상에 출현해도 구자록 사람들은 배가 없어서 추격할 수 없기에 힘이 닿는 만큼만 복수하여 붉은 머리 일당에게 살육당한 조상의 영혼을 위로했던 겁니다."

탁기독이 말을 마치자 주위를 둘러싼 사람들 사이에서 크게 외치는 소리가 났다. 지지 의사를 표하는 것으로 보였다.

이양례는 탁기독의 마지막 말까지 듣고 갑자기 마음이 약해졌으나 여전히 소리 높여 말했다.

"비록 그렇더라도 이번 피해자들은 무고하게 살해되었소. 아무 죄도 없는 사람을 죽이고도 미안함을 느끼지 않는단 말입니까?"

통역이 말을 끝내자 탁기독이 대답하기도 전에 사람들은 웅성대며 항의했다. 탁기독이 손짓을 하자 장내는 순식간에 조용해졌다. 그는 자세를 바꾸지 않고 평온한 표정을 유지한 채 천천히 말했다.

"알고 있소. 나도 그런 행동에 반대했기 때문에 보력에 가서 선생을 만나 유감을 표하려고 했던 거요."

이양례의 얼굴이 갑자기 엄숙해지며 물었다.

"그렇다면 앞으로는 어떻게 할 생각입니까?"

탁기독이 앉은 자세를 똑바로 하며 낭랑한 목소리로 한 마디 한 마디 또박또박 말했다.

"만일 그쪽에서 전쟁을 할 생각이면 우리는 마땅히 응전하겠소. 결과가 어떻게 될지는 나도 모르겠습니다. 하지만 그쪽에서 화의를 원한다면 우리도 영구적인 평화를 원합니다."

사람들은 다시 함성을 지르며 탁기독의 말에 동조했다.

이양례는 피커링과 접매가 언급했던 상대가 먼저 건드리지 않으면 공격하지 않는다는 생번의 원칙을 떠올렸다. 그는 탁기독이 평화를 약속한다면 틀림없이 믿을 수 있겠다는 생각이 들었다. 이에 도박을 하는 심정으로 또렷하게 답변했다.

"각하가 평화를 보장해주기만 하면 나도 당연히 기쁘게 유혈 사태를 피할 것입니다."

통역원이 이 말을 전하자 탁기독은 즉시 고개를 끄덕였다. 그들을 둘러싼 용사들은 이번에는 아무 소리를 내지 않았다. 그들은 무릎에 놓아둔 총을 일제히 바닥에 내려놓았다. 무기를 내려놓고 화해한다는 뜻이 분명하다. 총이 돌바닥에 닿으면서 청량한 소리를 냈다. 이양례는 그 소리에 놀라면서도 속으로 쾌재를 불렀다. 탁기독은 과연 듣던 대로 화통한 사람이라고 생각했다. 그리고 함께 온 용사들은 생번이라서 야만적일 것 같다는 선입견이 무색하게 일사불란하고 세

런되게 행동했다.

쌍방이 모두 선의를 표출했으니 긴장된 분위기는 순식간에 풀어졌다. 웃음소리를 내는 사람도 있었다.

이양례가 말했다.

"우리의 관심사는 항해하는 사람들의 안전입니다. 장차 불행하게 해난 사고를 당한 사람들을 살해하지 않는다는 것을 보장하고 그들에게 먹을 것을 주고 보살펴서 낭교로 보내주기만 하면 됩니다. 그 후에는 이쪽에서 대만부나 타구를 통해 그들을 고향으로 보내줄 겁니다. 그렇게만 된다면 우리는 과거의 원한을 잊을 수 있습니다."

탁기독이 간결하게 대답했다.

"그렇게 하겠다고 약속합니다."

다시 한번 그를 지지하는 함성이 울렸다.

이양례가 말했다.

"이제 실질적인 세부 사항과 절차를 논의합시다. 항해하는 선원들은 항상 보급을 받아야 합니다. 선원들이 물을 길어오거나 다른 물건을 구하기 위해 상륙할 때 그들을 해치지 말고 도와줘야 합니다."

탁기독이 그러겠다고 말했다. 하지만 곧 몇 마디 보충했다.

"상륙하는 사람들이 해치러 올까 봐 우리도 두렵습니다. 그러니 서로 주고받을 신호가 있어야겠습니다. 가령 선박에서 선원들이 평화롭게 상륙하기를 원하면 반드시 붉은 깃발을 보여야 합니다. 붉은 깃발을 보면 적이 아니고 친구라는 것을 알 수 있습니다. 붉은 깃발이 없으면 우리가 공격을 해도 탓하지 말아야 합니다."

이양례가 생각해 보니 일리가 있는 말이다. 그래서 화의 약정에

이 조항을 추가했다. 이양례가 구상한 화의 조건이 성립하려면 청나라 조정까지 포함한 삼자 간 협정이 필요하다. 그래서 총병에게 제안했으나 아직 확답을 주지 않고 있다. 그는 운에 맡겨보기로 했다. 탁기독이 동의하면 총병도 더는 미룰 핑계가 없을 것이고, 탁기독이 반대하면 자신이 양보할 수밖에 없다.

그리하여 그는 목청을 가다듬고 큰 소리로 말했다.

"나는 남만의 중앙, 그러니까 맥켄지 소령이 불행하게도 희생되었던 장소에 포대를 설치할 것을 제안합니다."

탁기독은 무슨 말인지 제대로 이해하지 못했는지 "우리 부족은 포대가 필요 없습니다. 조작할 줄도 모르는걸요."라고 대꾸했다.

이양례는 하는 수 없이 분명하게 이야기했다.

"우리는 대만부에 병사 100명을 파견해 달라고 요청할 겁니다."

사람들이 갑자기 소란스럽게 떠들기 시작했고, 일부는 손을 들어서 휘두르기도 했다. 이양례는 분위기가 심상치 않다고 생각했다. 과연 탁기독은 거절했는데 그의 말투에는 분노가 서려 있었다.

"우리에게는 우리의 땅이 있고, 평지 사람에게는 평지 사람의 땅이 있습니다. 우리는 당신네 양인을 존중합니다. 왜냐하면 당신들은 우리처럼 신용을 지키기 때문입니다. 청나라 병사들을 우리 땅에 주둔시킨다면 그들은 교활한 짓을 하여 우리를 격노하게 만들 겁니다."

탁기독이 잠시 멈췄다가 말을 이었다.

"포대는 토생자의 땅에 설치하십시오. 그들은 백랑, 니니와의 관계가 좋으니 반대하지 않을 것이고 그렇게 한다면 우리도 만족할 것입니다."

이양례는 탁기독의 명쾌한 해답에 탄복했다. 그래서 고개를 끄덕이며 수락한다는 의사를 표했다.

이때 탁기독이 갑자기 벌떡 일어났고, 이어서 그의 부족 사람들도 전부 자리에서 일어났다.

"이야기가 끝났으니 이제 가보겠습니다. 오늘의 우호적인 회담을 계기로 다시는 우리를 적으로 모는 언동이 발생하지 않으리라 믿습니다."

이 말을 끝으로 탁기독은 자리를 떴다. 이양례가 조금 더 있으라고 붙잡았으나 소용이 없었다.

탁기독과 그의 일행이 떠나는 뒷모습을 바라보면서 가슴이 먹먹했다. 이들은 정말 간결하고 이성적인 사람들이다. 외부 사람들은 이들에 대해 아는 것이 없다는 생각이 들었다.

시계를 꺼내서 보니 회담에 걸린 시간은 겨우 45분에 불과했다. 짧은 시간에 그토록 많은 말과 구체적인 사항까지 이야기를 끝낸 것이다. 장황한 서론도, 의례적인 인사말도 없었으며 겉치레뿐인 호의도 표현하지 않았다. 그저 명쾌한 'Yes or No'만 있었을 뿐이다. 'No'라고 말할 때조차 직접적이며, 상대방이 수용할 수 있는 합리적인 대처 방안까지 그 자리에서 제시했다. 그가 보아온 통상적인 조약 체결 현장과는 너무나 대조적이다. 일반적으로 회담에 임하는 당사자들은 빙빙 돌려서 말하는 경향이 있고, 상대방의 저의를 파악하기 위해 암투를 벌인다. 자잘한 일까지 시시콜콜하게 따지느라 많은 시간을 허비하고 나서야 가까스로 조약이 체결된다.

이양례는 조금 전의 회담을 계속 곱씹어보았다. 탁기독은 다부진 체격이지만 키는 크지 않다. 강직한 표정은 그를 더욱 인상 깊게 만들었다. 탁기독을 둘러싼 사람들은 제각기 특색 있는 복장을 한 것으로 보아 여러 부락에서 온 사람들 같다. 생번의 민족 집단도 상당히 복잡한 구성을 보였다. 예를 들어, 오늘 회의 참석자 중 어떤 여자는 키가 크고 호리호리하며 흰 피부를 가졌다. 얼굴 윤곽이 무척 아름다웠다. 크고 둥근 눈은 탁기독이 데려온 부족과는 다른 외모였다. 심지어 그가 보아온 여타 동남아 여자들과도 큰 차이가 있었다. 이 여자들[3]의 복장은 화려하지는 않으나 고상하고 세련되었다.

이양례는 그들이 정말 특이한 민족 집단이라고 느꼈다. 세상 사람들은 그들에 대해 아는 것이 너무 없고 오해하는 면이 많다. 포르모사 생번이 사람 머리를 베는 악습은 유명하다. 하지만 그가 만나본 생번은 이성적이고 온화해서 자신의 선입관과 큰 괴리가 있었다. 이양례는 탁기독과 청나라 관리들이 대조적이라는 느낌이 강하게 들었다. 탁기독이 간결하고 신용을 지키며 질박하고 이성적이라면, 청나라 관리들은 장황하고 말을 빙빙 돌리며 체면을 중시하고 일을 질질 끄는 경향이 있다. 이 두 집단이 화합하지 못하는 것도 무리가 아니다. 탁기독과 회담을 마쳤으니 이제 요점을 빼고 말을 돌리며 질질 끄는 데 이력이 난 청나라 관리들과 대면할 차례. 그래도 총병은 결단력과 추진력이 있는 관리라서 다행이라는 생각이 든다.

탁기독은 토생자의 땅에 포대를 세우는 것은 괜찮으나 그들의 영

---

3   아미족 노예를 가리킨다.

역인 사가라족의 땅에 짓는 것을 반대했다. 이양례는 대수방을 떠올렸다. 원래의 의도대로 되지는 않았지만 대수방도 괜찮을 것 같다. 그리하여 대수방에 가서 현지 조사를 하기로 했다.

대수방으로 가는 길은 피커링이 잘 알고 있다. 그래서 이양례 일행은 일단 후동까지 간 다음 북쪽의 사료로 돌아가지 않고 남쪽으로 방향을 틀어 대수방으로 향하기로 했다. 후동에서 그들은 왕문계와 만났다. 왕문계는 화의가 성립되어 전쟁을 피하게 되었다는 말을 듣고, 자신이 이번 동지로서 공을 기록하게 되었다고 자처하며 몹시 기뻐했다. 이양례는 포대를 세울 장소를 맥켄지가 전사한 구비산 남측에서 대수방으로 옮기기로 했으며, 지금 현장에 가서 실측 조사를 벌이겠다고 했다. 왕문계도 합류하여 대수방으로 향했다.

⬦

이양례는 대수방 해변에 튀어나온 바위 곳에 서 있다. 이곳에서는 남만 전체가 내려다 보인다. 왼쪽으로 눈을 돌리니 멀리 떨어진 해변에 있는 커다란 돌이 뚜렷이 들어온다. 그곳은 바로 헌트 부인과 12명의 선원, 맥켄지 소령이 죽음을 맞이한 곳이다. 석양이 대지를 비추고 저멀리 대첨산이 웅장하게 우뚝 서 있다. 파도가 해변의 괴석에 규칙적으로 부딪쳤다.

한 무리의 들소가 뒤쪽 초원에서 풀을 뜯고, 뛰어다니는 녀석도 있다. 해풍이 불어와 서 있기 힘들 정도였다. 풍경은 이토록 아름답고 햇빛은 이토록 찬란한데, 이 아름다운 해변에서 피비린내로 얼룩진 사건이 벌어졌다는 생각에 만감이 교차했다.

그는 멀리 성모 마리아가 있는 쪽을 바라보며 속으로 기도를 올렸다. 이 밝게 빛나는 땅에 유사한 비극이 다시는 일어나지 않게 해 달라고 말이다.

58장

저로속으로 돌아온 이후 탁기독은 각 부락의 두목들에게 일일이 감사의 인사를 했다. 이틀에서 사흘이 지나자 손님들도 모두 돌아가고 비로소 쉴 수 있는 시간이 났다.

문걸은 탁기독이 낭교 18부락 연맹의 총두목이라는 위치에서 여러 부족을 이끌 수 있는 유일한 인물이라고 생각했다. 그는 10월 10일 탁기독이 사람들을 이끌고 출화에서 이양례와 만났던 날을 떠올리며 양부의 세심하면서도 빈틈없는 능력에 감탄했다.

회담이 있던 날 동이 완전히 트기도 전에 탁기독은 아침 식사를 함께 하자며 문걸을 불렀다. 탁기독의 방에 들어가니 주뢰도 와 있다. 탁기독은 두 사람을 나란히 앉히고 총두목인 자신은 건너편에 앉았다. 그는 두 사람에게 절인 돼지고기를 한 점씩 집어 밥그릇 위에 올려주었다.

탁기독은 이번 회담은 예측할 수 없다면서 만일 평지 사람들의 군대까지 동원되면 한바탕 대전쟁이 발생할 수도 있다고 했다. 저로속의 두목이자 사가라족의 후계자를 잃으면 안 되니 주뢰에게는 사마리에 남아 이곳을 지키라고 명했다. 만약 출화 쪽에서 안 좋은 소식이 들려오면 즉시 자신의 뒤를 이어 낭교 18부락 연맹을 이끌 것을 지시했다. 그는 정색한 채 주뢰에게 말했다.

"너의 책임이 중하다는 것을 기억해라."

이어서 문걸에게 말했다.

"문걸, 너도 이곳에 남아라. 너는 숙련된 용사가 아니라 뛰어난 책사다. 그러니 주뢰를 보좌하여 책사의 임무를 다하기 바란다. 주뢰를 보좌할 때도 나를 대할 때와 똑같이 해야 한다."

문걸인 한쪽 무릎을 꿇고 대답했다.

"반드시 그렇게 하겠습니다."

탁기독이 이번에는 주뢰에게 당부했다.

"주뢰야, 다시 한번 강조하지만 너는 장차 저로속의 두목이며 사가라의 총두목이 될 사람이다."

이렇게 말하면서 그는 총두목의 상징인 동도(銅刀)를 꺼내 바닥을 몇 번 두드렸다.

"명심해라! 이 동도도 장차 네가 이어받을 것이다. 앞으로 너의 책임이 무겁다. 문걸은 비록 나이가 어리나 견식이 넓고 니니와 백랑의 언어와 풍습에도 밝으니 너를 도울 수 있을 것이다."

탁기독이 잠시 말을 멈추었다가 경탄조로 말했다.

"시국이 이미 변했다. 지금은 시작에 불과하며 앞으로는 더욱 달라질 테다. 너는 외부로부터의 도전을 숱하게 겪게 될 것이다. 그 상대가 평지 사람일 수도 있고 양인일 수도 있으며, 당장 예측할 수 없는 적수도 있을 것이다. 그런 순간 문걸이 너에게 큰 도움이 되어줄 테니 모든 일을 문걸과 의논하도록 해라. 문걸아, 지금부터 너는 주뢰의 옆을 지키면서 주뢰가 언제라도 너를 찾을 수 있도록 준비하고 있어야 한다."

주뢰와 문걸은 고개를 끄덕이며 대답했다.

문걸이 이제 와서 생각해 보니 양부는 이 말을 할 때 마치 유언을 남기는 듯한 표정이었다.

회상을 마친 문걸은 양부의 깊이 잠든 모습을 바라보며 중얼거렸다.

"천지신명께 감사드립니다. 양부께서 무사히 돌아오셨고 전쟁도 피할 수 있게 되었습니다."

그의 마음속에서 양부는 신이었다. 반나절만에 전쟁의 위협을 해소했을 뿐 아니라 저로속과 구자록에도 인명이나 재산의 손실이 없었다. 문걸은 사료에 있는 접매를 떠올렸다. 누나가 최선을 다해 이양례를 설득했을 것이다. 그렇기에 이양례가 총두목을 압박하지 않았고, 화의에도 성공한 것이다.

접매가 이를 위해 얼마나 큰 대가를 치렀는지는 문걸은 꿈에도 알 수 없었다.

59장

접매는 주방에서 바쁘게 일하는 시늉을 하며 밖을 내다보지도 않았다. 그러면서도 주방 문을 활짝 열어서 이양례와 왕문계의 대화 대용을 한마디도 빠짐없이 들을 수 있었다. 이양례는 정말 청나라 호위병을 대동하지 않기로 결정했다. 심지어 왕문계가 병사 50명으로 호위하겠다는 제안도 거절했다.

그녀는 도저히 믿기 어려웠다. 어젯밤의 일을 생각하면 기쁘면서도 비통하여 눈물이 주르륵 흘러내렸다. 옆에 있던 송자는 접매가 너무 기뻐서 운다고 생각했다. 그는 접매가 이양례와 탁기독의 협상에서 청나라 병사들이 배제되기를 얼마나 원했는지 알고 있었다. 그래서 자신도 기쁨에 겨워 접매에게 잘됐다고 말했다.

이양례와 버나드, 피커링 등은 왕문계가 마련해준 가마에 타고 수행원 2명, 왕문계가 제공한 평포 통역원 3명과 함께 가기로 했다. 일행은 보력의 객가인 수령 임아구가 데려온 안내원을 따라 남쪽으로 떠났다. 그 모습을 바라보면서 접매는 만감이 교차했다. 그녀는 문걸에게, 어머니의 부족에게 최선을 다했다고 떳떳하게 말할 수 있다. 하지만 한편으로 그녀의 인생은 한 번도 상상하지 못했던 큰 변화를 맞게 되었다.

오늘 여명을 앞두고 그녀는 구산 자락의 풀밭에 누워 하늘을 올려다보면서 앞으로 어떻게 할지 가르쳐 달라고 기도했다. 그녀는 평소에도 이양례의 눈빛에서 호감을 읽었다. 하지만 때로 그의 눈빛은 너무 경박해 보였고, 이는 송자가 자신을 대하는 순수한 관심이나 보살핌과는 확연히 다른 종류였다. 그런 생각이 드는 순간 그녀는 당장 사료를 떠나 기후의 의관에 가려고 했다. 그곳에서 충실한 삶과 안전한 생활을 할 수 있다고 여겼다. 그렇지만 현실적인 문제를 고려하여 다시 집으로 돌아와 아침 식사를 준비하기로 했다.

어느새 정오가 넘었다. 이양례는 틀림없이 총두목을 만났을 것이다. 그녀는 쌍방이 만난 후 부디 충돌하지 않고 화의가 성공하게 해달라고 빌었다. 그러다가도 그녀의 생각은 어느새 자신의 기막힌 처지로 돌아와 있었다.

어젯밤은 잊으려야 잊을 수 없는 악몽이었다. 이양례가 육체적 욕망만으로 그런 건 아닐지 모른다. 하지만 과연 어제의 행동이 사랑에서 비롯되었다고 말할 수 있을까? 그녀는 더 생각하기가 두려워졌다. 이양례가 갑자기 입맞춤했을 때 놀라기는 했지만 조금은 달콤함도 느꼈다. 그래놓고는 한밤중에 야수처럼 돌변했다. 달콤한 사랑의 속삭임도 없었으며, 위로나 핑계를 대지도 않았다. 이런 생각을 하니 마음은 바닥까지 가라앉았다.

그러나 달리 생각해 보면 오늘 아침 이양례의 결정과 몸짓들로 미루어 볼 때 자신에게 조금은 마음을 쓰고 있다는 것을 알 수 있었다.

'그가 내게 완전히 정이 없는 것은 아닐 거야.'

이렇게 생각하다가도 다음 순간 혼자 사랑에 빠진 듯한 자신의 모습에 화가 났다. 이양례는 아침에 일어나 그녀를 찾지 않았으며, 위로의 말도 건네지 않았다. 그녀가 아침 식사를 들고 갔을 때 이양례가 왕문계와 이야기하다 말고 몇 번 눈빛을 보내기는 했다. 하지만 그게 무슨 특별한 의미가 있을까? 물론 아침 내내 주방에 숨어 있던 사람은 자신이다. 이양례를 대신해 펑계를 찾아주려는 스스로가 밉고, 생각할수록 갈피를 잡을 수가 없다.

이번에는 송자를 떠올렸다. 타구에서 지내던 마지막 몇 달간 그녀는 송자에게 크게 실망했고, 그래서 그를 사료로 쫓아버렸다. 이번에 중추절을 맞아 사료로 돌아왔을 때는 고향에 오는 심정이 아니었으며 당연히 송자를 보러오는 것도 아니었다. 그저 부모님의 성묘를 위해 왔다. 그런데 청나라 군대의 남하라는 현실에 묶여 송자와 긴 시간을 보내게 된 것이다.

그동안 송자는 변해 있었다. 열심히 글공부를 하고 전보다 침착해졌다. 접매의 마음도 조금 누그러졌고, 그에게 말도 걸고 웃는 얼굴도 보여주었다. 하지만 원래의 친밀했던 관계로는 돌아갈 수는 없었다. 유곽에 드나들다가 남에게 말하기 민망한 병까지 옮아온 송자를 용서할 수 없었으며, 그 생각만 하면 불쾌해서 견딜 수 없었다.

그러나 지금은 자신이 정조를 빼앗긴 몸이 되었다! 마음이 찢어질 듯 아팠다. 송자가 자신을 좋아한다는 것을 안다. 그는 표현에 서투르고 이제는 그럴 엄두도 못 내고 있다. 면자는 자신과 문걸에게 잘해주지만 그건 아버지와의 옛정에서 비롯된 것이다. 더 직설적으로 말하면 주인이 옛 하인의 자녀에게 베푸는 인자한 관심 정도일 테다. 혼담이 나와도 면자의 집안은 따지는 게 많을 것이다. 면자와 송자는 복로인을 자처하는 토생자고 그녀는 객가와 생번 사이에서 태어났다. 이 낭교에서 복로와 객가의 관계는 적대적이며, 게다가 복로인들은 생번을 멸시한다. 하물며 자신은 이제 정조를 잃은 몸이니…… 이제 모든 것을 잊고 송자의 곁을 떠나야 한다고 생각했다.

문득 송자를 여전히 마음에 두고 있다는 생각에 흠칫했다. 말도 안 되는 생각을 하는 스스로가 한심했다. 송자와는 운명적으로 맺어질 수 없는 사이다. 그의 집안에서 그동안 자신에게 혼담을 넣지 않는 걸 보면 복로와 객가의 관계 때문일지도 모른다.

그렇다면 이양례는 어떤가? 그는 접매를 진정으로 사랑하지 않으며, 그 사람과는 미래를 생각할 수도 없다. 무엇보다 지금은 전쟁이 일어나느냐 아니냐를 판가름하는 중요한 시기다. 이양례와 탁기독의 회담이 시작은 좋아 보이지만 결과가 가장 중요하다. 총병이 고산지대의 생번을 상대로 전쟁을 명하지는 않을까? 어머니의 부족과 문걸의 생명은 일단 개전하면 큰 위험에 직면한다. 이런 현실이 더 중요하다. 그녀가 이양례의 막사에 들어가기 전에 이런 생각을 했기 때문에 위험을 무릅쓰고 자신을 내던졌던 게 아닌가!

그리하여 그녀는 다시 집으로 돌아와 소식을 기다렸다. 이날 밤 이양례 일행은 돌아오지 않았다. 황혼 무렵이 되자 면자는 왕문계도 돌아오지 않았음을 알았다. 사료에 주둔한 청나라 군영에서는 병사들이 행장을 꾸리고 철수할 준비를 하고 있었다.

면자도 더는 기다릴 수 없어서 송자와 함께 보력에 가서 어찌 된 일인지 알아보았다. 이양례 일행의 행적이 분명치 않았으나 청나라 군대에게서 이상한 징후는 보이지 않았다. 보력에 있는 사람들이 최소한 나쁜 소식은 없다고 말해주었다.

면자와 송자는 시성으로 달려가서 사정을 살폈다. 시성은 아무 일도 없다는 듯 무척 평온했다. 그들은 돌아와서 접매에게 말했다.

"무소식이 희소식이라고 생각하자."

이튿날 아침 일찍 접매는 마침내 희소식을 들었다. 시성 사람들이 신이 나서는 앞다퉈 소식을 알려준 것이다. 이제 전쟁은 일어나지 않게 되었다. 미국 영사와 생번 총두목이 화의를 체결했으며, 총병도 이를 인정했다. 화의의 상세한 내용은 알 수 없고 알고 싶지도 않지만 사람들은 전쟁이 일어나지 않는다는 소식에 환호했다.

정오가 되자 이양례의 수행원들이 돌아와서 그의 짐을 챙겨 갔다. 그들은 이양례와 피커링, 버나드 등이 모두 대수방에 갔으며, 사료에는 당분간 돌아오지 않을 것이라고 했다. 하지만 대수방에 간 이유에 대해서는 그들도 알 수 없다고 말했다.

접매는 무척이나 기분이 좋았다. 화해의 소식에 몸과 마음의 아픔을 잊을 수 있었다. 드디어 타구로 돌아갈 때가 된 것이다. 그녀는 면자에게 타구로 가는 배편을 부탁했다. 그런데 전쟁을 대비하여 군대에서 선박을 모두 징발했고, 그나마 남아 있는 배들도 시성에 가기를 꺼려서 사흘에서 닷새는 지나야 배편이 회복된다고 했다. 그러므로 기다리는 수밖에 없었다. 하지만 며칠이 지나도 배가 다닌다는 소식은 없었다. 접매는 하루가 1년처럼 길게 느껴졌다. 하루라도 빨리 타구로 돌아가 이양례를 잊고 싶었다.

시성으로부터는 계속 소식들이 날아왔다.

소식에 따르면, 총병은 10월 11일에 대수방에 갔으며 대수방에 새로운 포대가 건설될 예정이라고 한다.

소식에 따르면, 총병은 10월 16일에 이미 시성으로 돌아왔으나 미국 영사는 함께 돌아오지 않았다고 한다.

소식에 따르면, 대만부에서 온 병사들이 10월 18일부터 시성을 떠나기 시작했다고 한다.

소식에 따르면, 시성의 의용군들은 해산 통보를 받았다고 한다.

소식에 따르면, 시성 사람들은 총병을 찬양한다고 한다. 사람들은 생번이 그의 기세에 두려워서 벌벌 떨었고 그래서 화의 회담에 응한 것으로 알고 있다. 군대에서 전해지는 소식에 의하면 탁기독 총두목이 청나라 군대의 위엄에 겁을 먹어서 싸워보기도 전에 항복했다고 한다. 하지만 대부분의 낭교 사람들은 생번이 투항했다는 말을 전혀 믿지 않았다.

소식에 따르면, 시성 사람들은 미국 영사와 생번 총두목을 향해 칭찬을 그치지 않는다고 한다. 사람들은 복로, 객가, 토생자를 통틀어 모든 낭교 사람이 생번 두목을 좋게 말한 것은 이번이 유사 이래 최초일 것이라고 농담 삼아 말했다.

접매는 동쪽의 괴뢰산을 바라보았다. 구름층이 깊은 산에는 동생이 살고 있고, 어머니의 부족이 살고 있다. 그녀는 어머니가 물려준 구슬 목걸이를 만지작거리면서 마음속으로 말했다. '어머니. 문걸아. 나는 최선을 다했어요.'

⟜⟜ ⟝⟝

19일 정오, 면자가 시성에 다녀와서 말했다.

"접매야, 오늘 오전에 배가 들어왔는데 내일 아침에는 타구로 돌아갈 예정이라는구나."

그래서 접매는 짐을 꾸려 이튿날 아침 일찍 시성의 복안궁에 다녀온 후 배를 타기로 했다.

이날 저녁 면자가 웃는 듯 마는 듯한 표정으로 말했다.

"접매야, 네게 긴히 할 이야기가 있단다."

"면자 오라버니, 갑자기 왜 예의를 차리세요? 무슨 일인데요?"

면자가 자리에 앉아 차 한잔을 건넸다.

"접매야, 네가 우리 집에 온 지도 1년이 넘었고, 온 가족이 모두 너를 좋아한단다. 송자가 한때 너를 실망시킨 적도 있지만 요즘은 너도 보다시피 무척 노력하고 있어. 너는 송자를 어떻게 생각하니? 정식으로 진지하게 결혼을 고려해 볼 수 있겠니?"

면자의 말은 접매의 아픈 곳을 건드렸다. 뭐라고 대답할지 몰라 당황하다가 눈가가 촉촉해졌다. 그녀는 고개를 푹 숙인 채 아무 말도 하지 않았다.

면자는 원래 접매가 허락하면 내일 타구로 갈 필요 없이 이곳에 남으라고 할 생각이었다. 앞으로 가족이 될 사람이니 결혼식을 준비하면서 즐겁게 보내면 된다고 생각했다. 하지만 접매가 고개를 푹 숙이고 좋아하는 기색을 보이지 않자 그는 마음을 달리 먹었다.

"급하게 결정하지 않아도 되니 타구에 갔다가 돌아오면 그때 이야기하자!"

그른 말을 잠시 멈췄다가 다시 말했다.

"그렇지만 타구에 송자를 딸려 보내는 건 괜찮겠지? 너 혼자 타구에 보내면 송자는 물론이고 나도 마음이 놓이지 않을 것 같구나."

접매가 고개를 끄덕이며 고맙다고 대답했다.

이날 밤, 접매의 마음은 온통 서글픔으로 가득하여 밤새 베개를 눈물로 적셨다.

60장

유 총병에게 1867년 10월 20일은 운수가 사나운 날이었다. 그의 불운은 이양례에게 불똥이 튀었고, 두 사람이 지난 1개월 동안 이어 온 우호적인 관계가 산산조각 났다.

총병은 대만부에 와 있는 청나라의 문무 관리 중 이양례와 가장 호흡이 잘 맞는 사람이라고 할 수 있다. 9월 초 대만부에서 총병은 다수의 반대를 무릅쓰고 혼자 이양례의 요구에 동조하여 군대를 이끌고 낭교까지 남하했다. 처음에는 양인 앞에서 체면을 잃지 않으려는 마음이었다. 4~5년 전 태평천국의 난을 평정할 때 그는 영국인들과 손잡고 일을 도모하다가 쓴맛을 본 적이 있다. 다행히 마지막에 큰 공을 세워 영국인들이 그를 다시 보게 만들긴 했다.

그런데 대만부에 오자마자 또 양인과 맞닥뜨린 것이다. 이번에는 노련한 영국이 아니라 역사가 100년에 불과한 신생 국가인 미국이 었다. 그는 미국에까지 무시당할 수는 없다고 생각했다. 그가 알기로는 양인들은 실력주의자여서 상대의 실력이 출중하면 공경하지만 실력이 형편없으면 업신여기는 건 물론이고 상대를 삼키려고 한다.

이런 이유로 총병은 출병했다. 그의 부대원 500명은 동치 3년에 태평천국의 중심지인 금릉(金陵)에서 전투를 치른 경험이 있다. 그는 자신의 부대에 자부심이 있었기에 생번을 섬멸하여 권위를 세우려고 했다. 그는 무장이므로 전쟁을 해야 공을 세울 수 있다. 또한 그는 이양례에게 대청제국의 전투 능력을 보여줌으로써 유럽의 전통 강국인 영국이나 프랑스, 나아가 모든 서방 국가의 코를 납작하게 해주고 싶었다. 하지만 결과적으로 신생 국가인 미국에게까지 무시를 당하게 생겼으니 화가 치밀어 견딜 수 없었다.

시성에 온 후 그는 시성, 아니 낭교 백성들이 자신과 군대에 매우 공손한 태도로 대하는 모습을 보았다. 그래서 낭교에서 위세를 떨치리라 굳게 믿었다. 그가 이레 만에 방료에서 시성까지 가는 길을 뚫어서 앞으로는 대만부에서 시성까지 막힘없이 다닐 수 있게 되었다. 이런 성과에 더욱 도취되어 총병은 자신이 이미 공을 세웠다고 득의양양했다. 새로 뚫은 길을 지나면서 그는 왼쪽의 닿을 듯이 높은 산을 올려다보고, 오른쪽의 깎아지른 듯한 낭떠러지와 바다를 내려다보았다. 이런 공을 세운 사람은 청나라의 장수 중 스스로가 유일하다고 생각했다. 산길이 너무 좁지만 않으면 말에서 내려 큰 돌에 기념으로 몇 자 적고 싶다는 충동을 느꼈다.

깎아지른 듯한 낭떠러지가 있는 좁은 길을 지나 마침내 평탄한 큰 길이 나타나자 잉어가 용문을 뛰어넘은 듯한[이어약용문(鯉魚躍龍門), 잉어가 황하강 중류의 급류인 용문을 오르면 용이 된다는 전설에서 유래한 말-

옮긴이] 기분을 느꼈다. 그래서 옆으로 가로누운 큰 산을 이룡산[4]으로 명명했다. 붓을 휘둘러 시를 쓰고 돌에 글자를 새기려고 할 때였다. 그런데 하필이면 이양례가 상의할 게 있다고 찾아오는 바람에 흥취가 반감되었고, 좋은 기회를 놓쳐버렸다.

그는 오로지 생번을 소탕하겠다는 생각만 했다. 원래 이는 이양례가 그토록 강조하던 것이다. 뜻밖에도 이양례는 시성에 도착한 이후 갑자기 마음이 변해서 생번 총두목과 화의 회담을 하기로 결정했다. 대규모 병력을 이끌고 토벌에 나섰는데 공을 세울 수 없게 되었으니 총병의 실망은 여간 큰 것이 아니었다. 하지만 이양례를 존중하는 마음에서 애써 아쉬움을 누르고 최대한 협조했다.

문인이 아니고 순수한 한족도 아닌 그가 증국번과 좌종당의 눈에 들어 중용된 데는 그럴 만한 이유가 있다. 그는 무장이면서 문무를 겸비하여 서예로 이름을 떨쳤으며 문장도 훌륭하여 선비의 풍모도 짙게 풍겼다. 이런 점이 증국번과 좌종당의 마음에 든 것이다. 그는 또한 지과위무(止戈為武, 전쟁을 그치게 할 수 있는 것이 참된 무예다), 병자불상지기(兵者不祥之器, 무기는 상서롭지 못한 도구다)와 같은 이치를 훤히 꿰뚫고 있었다.

전쟁을 피할 수만 있으면 그것이 당연히 가장 상책이다. 따라서 이양례가 생번 총두목과 화의를 추진할 때 그도 일이 성사되기를 바랐다. 화의가 성공하자 자신도 상당히 흐뭇하게 생각했다. 곧이어 이

---

4   오늘날의 리룽산(里龍山).

양례가 남만에 포대를 건설하라는 어려운 요구를 제시했을 때도 적절히 대처했다고 자부했다. 이번에는 이양례에 대해서나 조정에 대해서나 떳떳하게 말할 수 있는 성과를 냈다.

대수방에 포대를 세우는 것은 그에게는 희비가 엇갈리는 일이다. 처음 이양례가 생번과 화의를 앞두고 내세운 조건은 로버호 사건이 일어난 지점인 구자록 해변에 포대를 건설하는 것이었고, 이는 그야말로 어려운 임무를 억지로 강요하는 일이었다. 따라서 이양례가 생번과 회담한 이후 포대의 위치를 대수방으로 변경하자 안도의 숨을 내쉬었다. 비록 대수방도 강희제가 정한 한번분치 정책의 통치 범주를 넘는 곳으로, 상부에서 동의할지는 미지수였지만 최소한 이곳은 구자록의 생번 경계 안에 깊이 들어가지는 않기 때문이다.

포대 설치는 이양례가 낭교에 온 다음에 제시한 요구였다. 이양례는 구자록의 생번 지역에 포대를 설치하면 청나라에게 이로울 것이라고 계속 설득했다. 대내적으로는 청나라의 통치 역량을 확대하고, 대외적으로는 청나라 정부의 책임 있는 태도를 보여주어 국제 사회로부터 호평을 받을 수 있다는 이유를 내세웠다.

총병은 포대를 설치해줄 수는 있으나 구자록 해변은 생번의 지역이므로 피해야 한다고 주장했다. 생번이 변고를 일으키는 날에는 포대가 그들의 손에 들어가기 쉽기 때문이다. 그렇게 되면 호랑이에게 날개를 달아준 격이고, 포대를 수비하는 병사들은 사지로 떨어질 것이다. 하지만 이양례는 자신의 입장을 견지했다.

다행히 탁기독도 생번의 지역에 포대를 설치하는 것을 거부했다고 하여 그는 기뻤다. 생번의 관점으로 봐도 그 장소는 화근을 일으키는 곳이다. 자신에게는 그토록 강경했던 이양례가 1시간도 안 되는 짧은 시간에 탁기독에게 양보했다는 점이 못내 씁쓸하기는 했다. 이양례가 새롭게 제시한 대수방은 자신도 충분히 수락할 수 있는 장소였다. 그곳은 이주민과 평포 토생자가 공유하는 지역이기 때문이다. 그는 이양례에게 자신의 능력을 보여줌으로써 대청제국과 자신의 체면을 되찾아야 한다고 생각했다.

⤜⤚⤛⤝

이양례는 자신의 눈을 믿을 수 없었다. 불과 40시간 전에 포대를 세울 장소[5]를 지정했는데 벌써 포대의 외벽이 우뚝 서 있는 것이다. 겨우 아침 7시고 풀밭의 이슬도 채 마르지 않았는데, 30~40명의 병사가 작업을 하는 중이다. 이른 아침이라 햇빛이 강하지 않은데도 얼굴에 땀이 비 오듯 쏟아지는 것으로 보아 작업을 시작한 지 꽤 시간이 흐른 모양이다. 이때 총병이 외벽 안쪽에서 걸어 나오며 웃는 얼굴로 손을 흔들었다. 총병과 그의 수하들은 대수방의 오래된 사찰인 관림사(觀林寺)[6]에 묵고 있다. 관림사에서 이곳의 곳까지 걸어오려면 15분은 걸린다. 병사들이 여명이 시작될 때부터 작업하고 있었으며,

---

5 포대의 위치는 제3원전 배수구 근처로 추측되며, 오늘날의 인구이비(隱龜鼻) 구릉을 등지고 있다.

6 오늘날의 평둥현 다광관린스(大光觀林寺). 제3원전 배수구에서 멀지 않은 곳에 위치한 사찰이다. 청나라 건륭 연간에 축조된 것으로 전해진다.

작업 효율이 매우 높다는 점을 알 수 있었다.

"이양례 영사님, 우리는 현지에서 재료를 구했습니다. 종려나무 줄기로 포대의 외벽을 두른 다음 모래주머니로 그 틈을 메우는 방식을 채택했습니다."

총병이 손으로 울타리를 몇 번 두들겼다.

"어떻게 생각하십니까? 이 정도면 꽤 견고하지 않습니까!"

총병의 말투는 득의만만했다.

종려나무 줄기는 높고 곧게 뻗어 있었다. 이양례는 총병의 기지와 효율성에 감탄했다.

"사실 복건에 계신 민절 총독의 승인을 아직 받지 못했습니다. 하지만 영사 각하께 우리의 신용을 증명하기 위해 일단 작업부터 하고 나중에 승인을 요청할 생각입니다."

총병의 말에는 감성에 호소하는 투가 다분했다.

이양례가 재빨리 그에게 고맙다고 인사했다. 총병이 자신과 '총력전'을 벌이며 허세를 부린다는 것을 간파한 것이다. 총병은 손가락 5개를 활짝 펴며 말했다.

"앞으로 닷새만 더 있으면 포대 축조는 끝나리라 믿습니다. 게다가 대포도 이미 운반해 오는 중입니다."

이양례는 엄지손가락을 들며 그를 추켜세웠다.

"총병 대인, 정말 대단하십니다. 포대가 완성되면 군사 100명을 주둔시켜 수비할 것을 건의합니다. 저도 매년 한 번은 점검하러 오겠습니다."

총병은 대답을 하지 않고 수하에게 몇 마디 당부를 건넸다. 얼마 후 수하가 나무상자를 가져왔다. 총병이 말했다.

"우리가 이것을 찾아냈으니 각하께서 감정을 해주십시오."

이양례가 상자를 열어 보니 항해용 기자재들과 망원경이었다. 로버호에서 내려보낸 작은 삼판선에 있던 물건으로 보였다. 구겨진 사진도 한 장 나왔는데, 사진의 주인공은 뜻밖에도 헌트 부인이었다. 이양례는 크게 기뻐하며 총병에게 거듭 인사했다.

❦

이튿날 오후, 이양례가 포대 기지를 다시 찾았더니 공사가 크게 진전되었을 뿐 아니라 대포까지 운반되어 있었다. 이양례는 대포 두 대에 주둔할 군사 100명을 요구했다. 그런데 총병은 대포를 더 설치하고, 대신 주둔할 병력은 줄이고 싶다고 했다. 그래서 대포 세 대를 운반해 온 것이다. 두 사람은 대포를 어느 방향으로 설치할지를 두고 논의했다.

이때 피커링이 동쪽으로 난 작은 길에서 걸어왔다. 그는 이양례와 총병에게 인사를 건넸다. 사실 피커링은 10월 10일 이양례와 탁기독의 화의가 끝난 이후 대수방으로 오는 길에 어떤 곳에도 포대를 세워서는 안 된다고 이양례를 설득하던 중이었다.

이런 면에 있어 피커링은 이양례와 정반대로 생각했다. 이 영국인의 생각은 시종일관 같았다. 그는 청나라 정부의 지배 범위가 낭교의 생번 지역까지 연장되는 것을 반대했다. 그는 낭교가 현재 상태를 유지하는 게 이곳의 이주민이나 평포 토생자에게도 좋으며, 고산 지대의 생번에게도 좋다고 여겼다. 포대를 건설하여 생번을 견제하는 건 쓸데없는 일이며, 탁기독 총두목이 화의를 수락했다면 반드시 그 약속을 지킬 것이라고 말했다.

이양례는 총두목이 세상을 떠난 후에는 어떻게 할 것인지 반문했다. 피커링은 생번을 믿으며 그들은 신용을 지키는 사람들이라고 대답했다. 오히려 복로, 객가를 포함하여 청나라 관리들을 믿지 못한다면서 말이다. 천리양행의 부도 사건도 복로인이 안팎에서 사리사욕을 챙겼기 때문이고 이런 사례는 셀 수 없이 많다고 했다.

피커링은 복로인과 객가인은 모두 교활하여 믿을 수 없다고 했다. 그들은 생번에게 욕심을 부리고 속이는 일을 능사로 여긴다. 생번의 땅은 그동안 야금야금 먹혀서 지금의 상태에 이르렀고 이제 그들은 더 밀려날 곳도 없게 되었다. 이양례의 행보는 청나라와 이주민들의 활동 범위를 낭교까지 뻗치게 도와주는 일이며, 청나라 관리와 군대가 정식으로 대수방에 장기간 주둔하는 구도를 만들어주는 구실이라면서 이는 그야말로 악인을 도와 나쁜 일을 벌이는 행동이라고 지적했다. 장차 생번은 더 많은 능욕을 당할 것이며, 생번은 그렇게 된 책임을 양인 탓으로 돌릴 것이라고 말이다.

이양례는 포대 설치가 완전히 무력으로 생번을 제압하는 목적만 있는 것이 아니고, 해변의 등대처럼 지나가는 선박들이 식별할 수 있는 표지를 제공하는 것이라면서 이 구역의 항해 안전을 보장하는 것이 그가 포르모사에 올 때 처음부터 가진 목표라고 강조했다.

피커링은 단념하지 않고 계속 논쟁을 이어갔다. 그렇다면 한 걸음 양보해서 청나라 관부의 세력이 시성과 보력까지만 미칠 수 있도록 해야 한다고 주장했다. 그곳은 이미 복로와 객가 이주민들이 많이 들어와 살고 있으니, 이곳 남만은 평포 토생자와 고산 지대 생번의 땅으로 남겨두어야 한다는 것이다.

이양례는 짜증이 났다. 말로는 피커링을 이길 수 없었다. 귀찮은 존재를 안 보는 것이 상책이라는 생각에 그는 피커링을 떼어놓아서 잔소리를 피할 방법을 궁리했다. 일단 피커링을 사흘 동안 대수방에 묵게 하고, 자신은 붉은 깃발 세 장을 제작하고 주머니를 털어 서양 물품을 구했다. 그러고는 피커링에게 저로속에 찾아가서 탁기독에게 전해 달라고 부탁했다. 붉은 깃발은 화의 당시에 탁기독이 언급한 것으로, 선박과 신호를 주고받는 용도로 사용할 예정이다.

그래서 피커링이 저로속에 갔다가 돌아왔는데 때마침 총병이 그 자리에 있었다. 피커링은 이양례에게 득의양양하게 결과를 보고했다. 비록 탁기독을 직접 만나지 못했으나 사가라족 사람들이 자신을 뜨겁게 환영해줬으며, 융숭한 대접을 받고 오는 길이라고 말이다.

피커링의 말에 과장이 섞여 있어서 총병은 못마땅했다. 그는 대만부에 있을 때부터 피커링을 알았는데, 이 자는 청나라 관원을 존중하지 않고 오만한 기세로 남들을 깔봤다. 그랬던 피커링이 이번에는 탁기독을 존경하는 말투로 이야기하는 것이 아닌가!

총병은 이양례와 탁기독에게 경쟁심이 발동했다. 그는 생번과 탁기독을 안중에도 두지 않았다. 그런데 이양례와 피커링은 탁기독을 까마득히 높은 존재로 대하는 반면 위풍당당한 대청제국의 총병인 자신을 같잖게 보는 것 같다. 생각할수록 화가 치밀었다.

결국 총병은 그들을 골탕 먹일 생각을 해냈다. 화의가 성립되었고 청나라 대군이 생번을 공격하지 않고 봐주는 상황이다. 그렇다면 생번의 총두목 탁기독이 시성에 찾아와 자신에게 감사를 표해야 마땅하다. 자신은 대청제국의 조정을 대표하는 관리가 아닌가! 그는 이양례와 탁기독 두 사람에게 권위를 과시해야겠다고 마음먹었다.

그리하여 총병은 일단 이 영국인을 끌어들이기로 했다. 그는 피커링에게 큰 공을 세 가지나 세웠다며 추켜세웠다. 로버호 사건과 관련하여 헌트 부인의 유해와 유품을 돌려받았고, 회담을 위해 총병 대신 시성까지 갔으며, 회담 과정에서는 화의를 이끌어내기 위해 도운 공이 크다고 했다.

이어서 총병은 피커링에게 필기린(必麒麟)이라는 멋진 이름을 지어주었다. 기린(麒麟)은 한족 사이에서는 상서로운 전설 속 동물로 통한다. 서예로 유명한 총병이 전서(篆書)로 직접 '必麒麟' 석 자를 쓴 다음 장인에게 옥에 도장으로 새기게 하여 선물로 주었다. 과연 피커링, 아니 필기린은 기뻐서 어쩔 줄 몰랐다.[7]

이튿날 총병은 몇 명의 수하를 데려오더니, 피커링에게 총병이 준비한 선물을 들고 저로속에 가서 탁기독을 만나 건네주고, 그를 시성에 초청해 달라고 했다. 총병은 자신이 대청제국을 대표하여 시성에

---

[7] 피커링은 《Pioneering in Formosa》에 다음과 같이 적었다. "청나라의 대장군은 대단히 기뻐하며 고맙다고 말했으며, 한자 이름을 지어 도장까지 새겨주었다. 그때까지는 나는 영어 이름 발음을 본떠서 대충 지은 한자 이름(畢客淋)을 썼는데 특별한 의미는 없었다. 그런데 이 위대한 장군이 '필기린(必麒麟)'이라는 이름을 지어주었다. 그리고 신성하며 신령한 짐승인 기린은 위대한 성현이 태어날 때만 나타나 모든 이의 추앙을 받는다고 설명했다. '우리에게 크나큰 행운을 가져다주었으니 당신은 틀림없이 진정한 기린'이라고 덧붙였다."

서 낭교 18부락 연맹의 총두목을 접견하고 화의 달성을 축하하고 싶다고 했다. 피커링도 흔쾌히 부탁을 들어주었다.

피커링이 청나라 관리들과 길을 나설 무렵 총병은 이양례에 작별을 고하고 자신은 시성으로 돌아가 탁기독을 접견하겠다고 했다. 그 말에는 이양례와 총두목은 서로 동등한 자격으로 만나지만 자신은 가만히 앉아 있어도 생번 총두목이 찾아와 접견하는 인물이라는 의미가 담겨 있었다.

⟢ ⟤

총병은 대수방을 떠나 시성으로 돌아갔다. 그는 자신의 행차를 성대하게 구상했다. 낭교 18부락 연맹의 총두목인 탁기독이 수하를 이끌고 산에서 나는 진기한 선물을 가지고 대청제국의 총병인 자신을 접견하러 오는 장면을 떠올렸다. 마치 변방의 작은 제후국 군주가 조정에 와서 황제를 알현하는 장면처럼 말이다. 이 기회에 자신의 이름을 역사에 길이 남기겠다고 다짐했다.

피커링은 과연 생번 대표를 데리고 총병을 만나러 왔다. 하지만 탁기독 본인이 아니고 그의 두 딸이었다.

평지 사람들의 전통으로는 복로든 객가든 남존여비 사상이 기본적으로 깔려 있으며, 딸에게는 가문을 계승할 권리가 없다. 하지만 생번은 다르다. 총병은 생번이 딸과 아들을 평등하게 대하며 성별에 상관없이 가문의 승계권을 주는 것을 알고 있다. 게다가 총두목에게는 아들이 없다. 그는 이 두 딸이 생번 총두목 탁기독의 후계자라고 생각했기에 개의치 않았다. 그는 저로속의 상황을 잘 모르기 때문에 탁기독이 조카 주뢰를 후계자로 정했다는 사실을 모르고 있었다.

총병은 탁기독의 두 딸을 반갑게 맞이했다. 그런데 젊은 생번 여자들은 그를 보고 무릎을 꿇거나 예를 행하지 않았으며 오히려 퉁명스럽게 말했다.

"총두목을 대신하여 말을 전하러 왔소. 아버지는 양인 병사들이 총탄을 두려워하지 않고 더운 날씨에도 산에서 돌격하는 모습을 직접 목격했소. 아버지가 미국 영사와 화의를 한 것은 그가 용사이며 대장부라서 존경하기 때문이오. 그리고 미국 영사도 호위병을 데려오거나 무기를 휴대하지 않고 출화에 와서 협상에 임했소. 아버지는 그 모습에 탄복했다고 하셨소. 헌데 시성과 보력에서는 아버지가 당신을 두려워하여 싸워보지도 않고 항복했다는 유언비어가 떠돈다고 들었소. 그래서 당신에게 분명히 알리라고 하셨소. 청나라 관원들은 존경할 작자들이 아니고 청나라에 투항할 일은 없다고 말이오. 평지 사람들은 신용을 지키지 않고 자화자찬만 하며, 자신들이 우리보다 똑똑한 줄 알고 있소. 아버지는 평지 사람들과 왕래할 생각이 없으며 청나라 관원의 초대에 응할 일은 더더욱 없다고 전하라 하셨소. 아버지의 말씀을 전했으니 그만 가보겠소!"

탁기독의 딸들은 바람처럼 도도한 태도로 왔다가 거드름을 피우며 가버렸다.

총병은 얼굴이 시뻘개져서 아무 말도 하지 못했다. 너무 화가 나서 손까지 떨렸다. 그는 진심으로 칼을 휘두를까 생각했다. 하지만 두 사람이 떠난 이후 손님을 대접하려고 내놓은 애꿎은 찻잔을 던져

산산조각 냈고, 수하를 시켜 손도 대지 않은 떡과 과자를 돼지에게 먹이게 했으며, 그들이 앉았던 나무 의자를 불에 태워버리는 것으로 분풀이를 대신했다. 그는 두 사람이 무례하다며 욕설을 퍼부었다. 그렇지만 쫓아갈 수도, 싸울 수도 없었으며 그들을 죽일 수도 없었다. 화의를 깨뜨렸다는 죄명을 뒤집어쓸 수는 없었기 때문이다.

더 기막힌 것은 상대가 여자들이라는 사실이다. 그것도 대청제국 사회에서는 지위가 낮은 젊은 여자들이었다. 위풍당당한 대청제국의 총병이 젊은 생번 여자들에게 삿대질과 모욕을 당하고도 전혀 반격하지 못한 일을 사람들이 알면 큰 웃음거리가 될 것이다. 도저히 참을 수 없는 일이다. 총병은 분을 삭일 수 없었다.

'생번이 감히 경거망동을 하는구나! 칼을 사용할 수 없으니 붓으로라도 너희가 다시는 활개치지 못하고 영원히 산속의 망나니로 살아가도록 해주마!'

그는 붓과 먹, 벼루를 준비시킨 후 분노를 담아 글을 써 내려갔다.

"군주의 명을 받들어 횡포한 무리를 토벌하고자 용맹한 부대를 이끌고 대수방에 주둔했네.

길을 뚫고 활과 화살을 마련하여 미천한 무리를 굴복시켜 위풍당당한 기세를 떨쳤네.

병사를 증강하고 신당(汛塘, 청나라에서 대만 지방을 통치하던 가장 말단의 기구-옮긴이)을 설치하고, 경계를 엄하게 하여 백성과 장사꾼을 지켰네.

멀리 외국에서 온 이방인들을 관대하게 대우하고 제항(梯航, 산에

오르는 사닥다리와 바다를 건너는 배 따위를 통틀어 이르는 말-옮긴이)
을 편리하게 하였으니, 그 공이 어디에 있는가! 오로지 황제의 덕
임을 칭송하노라.

동치 연간 정묘년 가을 제독군문대팽수륙괘인총진(提督軍門臺澎
水陸掛印總鎭) 배릉아파도노(裴淩阿巴圖魯, 용맹한 용사를 의미함-
옮긴이), 유명등 통사(統師)가 이 글을 씀.

奉君命 討強梁 統貔貅 駐繡房
道塗闢 弓矢張 小醜服 威武揚
增弁兵 設汛塘 嚴斥堠 衛民商
柔遠國 便梯航 功何有 頌維皇
同治丁卯秋 提督軍門臺澎水陸掛印總鎭裴淩阿巴圖魯劉明燈統師
過此題"

　글을 쓴 후에는 즉각 장인에게 그 내용을 돌에 새기라고 명했으
며, 복안궁에 비를 세워서 후대 사람들이 대대손손 볼 수 있게 했다.[8]
　그래도 화가 누그러지지 않았다. 탁기독의 딸들이 시성에 왔다가
돌아갈 때 피커링이 동행한 사실을 알고는 묵혀 두었던 분노까지 한
꺼번에 몰려왔다. 대만부에 있을 때부터 피커링에 대한 인상은 좋지
않았다. 그에게 이름을 지어주고 도장까지 새겨서 선물한 건 그를 통

8　이 비는 지금도 처청 푸안궁(福安宮)에 현존한다.

해 탁기독과 좋은 관계를 맺어보려는 시도에서였다. 그런데 피커링이 생번의 편에 선 것이다. 두 여자의 불손한 말투도 혹시 피커링이 종용한 건지 누가 아는가!

이양례에게도 분노가 일었다.

'대청제국은 당신을 위해 출병했고, 나는 당신을 위해 목숨을 걸었으며, 내 의견을 굽혀서라도 일을 성사시키려고 노력했다. 그런데 생번이 당신들을 존경한다고 말하고, 이 청나라 대장은 우습게 본다니 어찌 이런 일이 있단 말인가!'

결국 쌓이고 쌓인 원한이 일시에 폭발한 총병은 이양례에게 본때를 보여주기로 하고 이를 즉각 행동에 옮겼다.

61장

 부락에 한바탕 풍문이 그치지 않았다. 사건 전체를 돌아볼 때 문걸은 대처를 잘했는데 주뢰는 아무것도 한 것이 없으며, 그래서 탁기독이 후계자로 주뢰가 아닌 문걸을 낙점했다는 소문이 돌았다.

 탁기독이 두 딸을 시성에 보낸 건 주뢰를 신뢰하지 않는다는 또 하나의 확실한 증거라고도 했다. 사람들은 지난날을 되짚어보았다. 탁기독은 원래 저로속의 두목이 아니었고, 두목은 그의 형이자 주뢰의 아버지인 박가류앙이었다. 탁기독이 두목이 된 것도 문걸의 어머니인 마주가가 사랑의 도피를 하여 니니에게 시집간 일로 풍파가 일어났기 때문이다. 당시 두목이었던 박가류앙은 낙심하여 자리를 동생에게 물려주었다. 탁기독은 자리를 물려받을 때 장차 그 자리를 형님의 아들인 주뢰에게 돌려주기로 약속했다.

 풍문에 의하면 주뢰는 날마다 술에 취해 있는 반면 문걸은 박학다식하기 때문에 탁기독이 평지에서 온 양아들에게 그 자리를 물려주려고 한다는 것이다. 이런 풍문을 두고 일부 사람들은 비록 맹세를 어기는 일이고 도리상으로도 맞지 않지만 주뢰는 확실히 두목의 재목이 아니라고 주장했다. 하물며 장차 주뢰는 저로속만 이끄는 것으로 끝나지 않고 사가라족 전체를 이끌어야 한다. 바깥세상이 변했는데 주뢰가 과연 대처할 능력이 있을까? 사가라족의 미래를 위해서라면 문걸이 총두목 자리를 계승하는 것이 사적인 약속보다 공적인 이익을 중시하는 지혜로운 선택이다.

그러나 일각에서는 주뢰의 편을 들었다. 그들은 한 번 약속했으면 반드시 지켜야 하며, 그렇지 않으면 조상의 영령이 노하여 어떤 벌을 내릴지 모른다고 했다. 게다가 비록 정신은 온전치 않지만 박가류앙이 여전히 건재하다. 무엇보다 문걸은 부친이 니니이므로 순수한 사가라족 혈통도 아니다. 대다수 사가라족 장로들은 이런 의견이었다.

주뢰도 날이 갈수록 문걸을 적대시했다. 그는 부족이 위기에 직면했을 때 한동안 노력하고 강하게 대처했다. 하지만 보름도 지나지 않아 옛날 버릇이 다시 나와서 매일 취하도록 술을 마셨다. 그 모습에 일부 장로들은 실망하여 문걸을 지지하는 쪽으로 돌아섰다.

출화에서 미국 영사와 회담을 하기 전에는 부족 사람들도 위기감에 사로잡혀 단결해야 했으므로 공개석인 서론을 꺼렸다. 그러다 화의가 체결된 이후 공개적으로 담론하기 시작했으며, 심지어 이를 둘러싸고 편을 나눠 싸우는 일도 있었다. 평온하던 저로속은 갑자기 술렁거렸고 사마리족 모두 의견이 분분했다.

문걸도 무척 불안해져서 두문불출했고, 답답함을 달래기 위해 술을 입에 대기 시작했다.

62장

대수방의 고즈넉한 밤, 이양례는 접매가 그리웠다.

낮에도 그는 자신의 마음을 온통 흔들어놓은 포르모사의 여인을 떠올리곤 했다. 특히 지금은 화의도 체결되었고 포대도 모습을 갖춰가는 중이라 달리 집중할 일도 없다.

대수방의 석양은 아름답기 그지없지만[9] 이양례는 이를 감상할 심정이 아니다. 그의 마음은 며칠 전 이곳에 처음 왔을 때와 판이하다. 당장 접매를 만나서 마음속의 이야기를 해주고 싶다. 밤은 길어졌는데 이양례는 뒤척이며 잠을 이루지 못하고, 머릿속은 온통 접매의 모습으로 가득했다. 그녀의 피부와 접촉했을 때의 두근거리던 순간이 그립다.

---

9 대만에서 가장 아름다운 관산낙일(關山落日), 즉 산에서 바라보는 석양이다.

그는 접매의 기분은 아랑곳하지 않고 멋대로 껴안고 입맞춤을 했다. 지금 와서 생각하니 당시의 자신이 너무 거칠고 난폭했다. 그녀를 너무 좋아해서 권위를 이용해 손에 넣었던 행동에 양심의 가책을 느꼈다.

그날 밤을 회상하니 그녀를 가진 후에는 깊은 잠에 빠져버렸다. 이튿날 아침에 일어나서 보니 접매는 사라지고 없었다. 왕문계의 방문에 허겁지겁 응대하고 탁기독과의 회담을 준비하느라 접매를 찾아 위로하고 다정한 말 한마디도 못 건넸다. 다행히 전날 밤 그녀가 부탁한 말이 생각나 무장을 해제하고 협상에 나서기로 했다.

그렇게 해서 마침내 화의에 성공했고, 그의 마음에는 고마움과 죄책감이 동시에 일었다. 그는 그녀가 그리웠다. 대수방에 온 이후로 며칠 동안이나 낮에는 포대에 관한 일을 생각하고 밤에는 접매를 그리워했다. 접매의 향긋한 머리카락, 하얗고 뽀얀 목덜미, 부드럽고 따뜻한 피부…… 그는 진정한 사랑을 느꼈다.

다친 눈에서 또 통증이 느껴졌다. 총병과 피커링이 떠난 다음부터 대수방에는 요 며칠 강력한 낙산풍이 몰아쳤다. 강한 바람에 먼지가 일자 눈이 빨갛게 부어오르고 극심한 통증이 가시지 않았다.

사료에 있을 때가 떠올랐다. 어느 날 눈의 통증이 시작되자 접매가 따뜻하고 부드러운 손으로 이마를 짚어주고 다른 손으로는 깨끗하고 차가운 물에 적신 거즈로 속눈썹과 눈가를 부드럽게 닦아주었다. 살면서 온화한 보살핌을 받아본 적은 이번이 처음이었다. 그 순간부터 접매에게 마음이 끌리기 시작했을 수도, 아니면 전부터 있던 마음이 조금 더 분명해진 걸 수도 있다. 그날부터 접매의 꾸밈없는 아름다움과 사랑스러운 자태가 자꾸만 눈에 들어왔다. 물론 그녀의 지혜와 용기는 전부터 마음에 들었지만 말이다.

다시 그날 밤을 회상하며, 그녀에게 너무 무례했고 함부로 대했음을 인정했다. 반항은 하지 않았지만 첩매의 볼에 흐르는 눈물을 보았다. 긴장하여 몸에 경련이 일고 떨리는 것도 느낄 수 있었다. 그는 사랑을 표현하는 말이나 달콤한 말을 해주지 않았던 것을 후회했다. 이전에는 그녀를 좋아하는 마음과 욕망뿐이었지만 그녀에 대한 욕망이 진정한 사랑으로 바뀌었음을 깊이 깨달았다.

첩매를 향한 사랑과 그리움은 대수방의 뜨거운 낮과 긴 밤을 지내며 빠르게 커졌다. 업무상 실적을 올리겠다는 목표는 이미 달성했으니, 이제 그의 삶에는 사랑이 필요하다. 그는 첩매의 심정과 느낌에 관심을 갖기 시작했다. 그녀가 자신의 곁에서 함께 지내주기를 희망했다. 그는 온화하고 지혜로운 포르모사의 여인 첩매가 그리웠다. 포르모사의 여인을 사랑하게 된 것이 뜻밖이지만 엄연한 사실이고, 부인할 수 없는 감정이다. 대수방에 있는 동안 그리움이 갈수록 깊어져서 처음에는 밤에만 생각했는데, 지금은 낮에도 계속 첩매가 생각났다. 그리하여 그녀와 함께 하문으로 돌아가 제2의 인생을 펼쳐야겠다는 결심을 했다.

그렇다! 제2의 인생이다. 미국에서의 인생은 클라라의 배신으로 끝났다. 그가 아들 윌리엄과 먼 이국땅 하문까지 온 것은 바로 무의식중에 클라라와 완전히 결별하기를 기대했기 때문이다. 그는 미국에서 12년이나 청춘을 보냈다. 클라라를 위해 미국으로 갔고 그녀를 위해 미국의 전쟁터에서 적진에 뛰어들었다. 그녀의 배신으로 12년이라는 피땀과 노력, 전쟁터에서의 용기와 희생이 의미를 잃었다.

그래도 미국은 그를 저버리지 않고 제2의 인생을 시작할 기회를 주었다. 업무상으로 그는 이미 훌륭한 기반을 쌓았으며, 특히 포르모사에서 과거의 이상과 포부를 회복했다. 이제는 안락한 가정이라는 행복을 되찾고 싶다. 프랑스에서 미국으로 이주하면서 그는 자신의 적응력이 좋다고 생각했다. 미국에서 하문으로 왔을 때는 별로 즐거움을 느끼지 못했다. 다행히 포르모사에 와서 인종과 언어, 생활 방식은 낯설지만 목표를 찾았고 만족감을 느꼈다.

접매라는 여인이 그의 정념과 생명력을 깨워주었으며, 가정에 대한 갈망도 일깨워주었다. 클라라는 이혼을 원치 않으며 그 역시 천주교도라서 이혼을 할 수 없다. 하지만 클라라의 곁으로 돌아가고 싶지도 않다. 접매와 하문에서 가정을 이루고 클라라와 멀리 떨어져 지내는 것이 어쩌면 괜찮은 타협일지도 모른다. 게다가 접매에게는 온순함과 근면성, 소박함이 있다. 그녀는 클라라처럼 교만하고 사치스럽지도 않다.

6개월 전 이양례는 포르모사에 왔을 때 젊고 활발하며, 예상을 깨고 간단히나마 영어를 구사하던 접매를 보면서 신기하다고만 생각했다. 하문에서는 청나라의 섥은 여사들을 만날 기회도 없었을뿐더러 설사 있다고 해도 수줍어하고 행동이 부자연스러운 전족을 한 여자들뿐이었다. 접매처럼 활력 넘치고 전족을 하지 않은 여자는 볼 수 없었다. 그런데 접매는 언제나 얼굴에 미소를 띠고 있어서 보는 사람을 편안하게 해준다. 이는 클라라의 냉랭한 표정과는 대조적이다.

비록 처음에는 접매가 피하는 듯했으나 그래도 볼 때마다 유쾌하고 시원시원한 태도로 자신을 대했다. 낭교에 와서는 피하는 듯한 태도마저 사라졌다. 보름 동안 접매가 차와 식사를 가져다주며 곁에 머무는 시간이 많아지면서 그녀를 주의 깊게 살펴볼 수 있었다. 훗날 자신도 모르게 입맞춤을 한 것은 반은 장난이었다. 사료를 떠나기 하루 전 갑자기 그녀를 안고 싶고, 갖고 싶다는 갈망이 생길 줄은 스스로도 예상하지 못했다. 어쩌면 하늘의 뜻이었는지도 모른다. 그녀가 예상을 깨고 어머니의 부족을 위해 한밤중에 찾아온 것 말이다. 모든 일이 그토록 자연스러웠으며 그토록 신기하게 이뤄졌다.

그녀는 그의 은인이자 사랑하는 사람이다. 하지만 고맙다는 말과 사랑한다는 말을 전할 기회가 없었고, 오히려 난폭하게 그녀를 다치게 만들었다. 얼마나 용서받지 못할 행동이란 말인가! 그는 스스로를 책망했다. 내일 날이 밝으면 당장 사료에 가서 그녀에게 고마움과 사랑을 표현해야겠다. 인생의 여정에서 가까스로 만난 소중한 사랑을 반드시 붙잡아야 한다고 생각했다.

❦

날이 어슴푸레 밝아올 무렵, 이양례는 수하에게 행장을 꾸리라고 지시했다. 그의 수하는 갑자기 일정을 변경하는 일에 이미 익숙했다. 그리하여 시성에서 총병이 탁기독의 딸들을 만나던 시간과 거의 같은 때에 일행은 대수방을 떠났다. 이양례는 황혼 전에 사료에 도착하여 접매에게 사랑을 고백하고 싶었다.

이양례 일행은 더 일찍 떠날 수 있었다. 하지만 10월 20일은 이양례에게 가장 운이 안 좋은 날이었다. 행장을 다 꾸리고 포대에 가서 마지막으로 순시를 하는데 때마침 영국의 포함 밴터러호(The Banterer)가 그곳을 지나는 중이었다. 이 배는 지난달 저로속에 구금되어 있던 파사도 사람들을 고향으로 데려다주고 하문으로 돌아가는 길이었다. 선장은 해상에서 곧 완공을 앞둔 포대를 보고 놀라며 신기해했다. 또한 이양례를 보고는 배를 가까이 댄 채 반갑게 손을 흔들었다.

이양례는 어쩔 수 없이 급한 마음을 누르고 배가 해안에 정박할 때까지 기다렸다. 선장은 이양례가 짐을 꾸리고 출발하려는 모습을 보고서 호의를 베풀어 하문까지 태워주겠다고 했다.

이양례의 수행원들은 밴터러호의 제안에 기쁨을 감추지 못했다. 포르모사에 온 지 1개월이 넘은 터였고, 낯선 땅 낭교의 황량한 야외에서 지낸 그들은 집으로 돌아가고 싶었다. 최소한 사람들이 많은 곳으로라도 가고 싶었다. 그런데 기대를 깨고 이양례는 제의를 단칼에 거절했다.

수하들은 이양례의 결정에 반감을 느꼈다. 왜 굳이 사료에 가서 일개 토생자 수령과 작별 인사를 하려는지 도무지 이해할 수 없었다. 시성의 유 총병이나 대만부의 오 도대와 작별 인사를 한다고 했으면 그나마 의의 있는 일이라고 이해할 수 있다.

그러나 이양례와 수하들은 더 끔찍한 일이 기다리고 있을지 꿈에도 생각하지 못했다. 그들은 정말 운이 나빴다. 금년 들어 가장 극심한 낙산풍을 만난 것이다. 순간 풍속이 태풍에 버금가는 낙산풍에 제대로 서 있기도 힘들었고, 바람에 모래가 날려와 눈에 들어오는 것은 더 고역이었다. 일행의 행진 속도는 점점 느려졌으며 이양례의 온전한 눈도 통증이 심해 견디기 힘들었다. 이양례는 가마에 앉아 있는데도 가마가 바람에 이리저리 흔들리니 몹시 불편했다. 결국 걸어가기로 했다. 하지만 광풍이 미친 듯이 휘몰아쳐서 도저히 눈을 뜰 수 없었다. 곁에 접매가 있었더라면 하는 마음이 더욱 커졌다.

⬦————⬦

해가 지기 전에 사료에 도착할 계획이었으나 낙산풍 때문에 거의 한밤중이 되어서야 도착했다. 이양례는 한시도 지체할 수 없어 면자의 침실로 쳐들어갔다.

한참 잠에 빠져 있던 면자는 이양례가 침상에서 자신을 부르자 깜짝 놀라 눈을 떴다. 눈앞에 있는 것은 이양례의 허둥대는 얼굴이었다. 한쪽 눈에는 안대를 하고, 나머지 눈은 새빨갛게 부어서 끔찍한 몰골이었다.

"접매는? 접매 어디 있소?"

이양례의 목소리는 잠겨 있으면서도 급박했다.

잠이 확 달아났다. 이양례가 접매에게 화난 일이 있다고 여긴 면자는 안절부절못했다.

"접매는 오늘 낮에 배를 타고 타구로 돌아갔습니다. 그 아이가 대인에게 무슨 언짢은 짓이라도 했는지요?"

면자의 어리둥절한 표정과 대답에 이양례는 자신이 예의 없이 굴었다는 것을 깨달았다. 잠시 앉아서 숨을 깊이 들이마시자 목소리가 평정을 되찾았다.

"눈이 너무 아파서 접매더러 눈을 닦아 달라고 할 참이었소."

면자는 그제야 마음을 놓았다.

이양례는 면자에게 자신과 일행을 위해 물과 음식, 과일을 달라고 요청하고 한편으로는 마음을 애써 가라앉혔다. 그는 아침 일찍 사료로 출발하지 않은 것을 후회했고, 평소와 다른 자신의 행동을 후회했다. 이제 다음 행보를 정해야 한다. 서둘러 타구에 가면 지원자호가 하문으로 출발하기 전에 접매를 따로 만날 기회가 있을까? 하문으로 돌아가기 전에 반드시 그녀를 만나 다정하게 안아줄 것이다. 그리고 함께 하문으로 가자고 설득할 것이다. 이제 다시는 그녀가 자신의 곁을 떠나게 두지 않을 것이라고 다짐했다.

그들은 사료에서 하룻밤을 묵었다. 이튿날 이양례는 일찍 일어났다. 오늘은 시성에 가서 총병을 만나 작별을 고하고, 타구로 신속히 갈 수 있도록 가마를 내어 달라고 할 것이다. 그런데 면자의 집을 나설 때 갑자기 불안함이 엄습했다. 일단 하문에 도착하면 포르모사와는 상당히 거리가 있다. 포르모사는 오고 싶다고 마음대로 올 수 있는 곳이 아니다. 상부의 승인이 떨어져야 하며, 청나라 조정도 허락해야 한다. 다시 와서 접매를 만나려면 몇 달이 걸릴지 기약할 수 없다. 그는 과거에 멀리 떨어져 있어서 클라라를 잃었던 경험을 떠올렸다. 이번에도 먼 거리라는 제약 때문에 접매를 잃을 수 없다고 생각했다.

면자의 집을 나선 일행이 길을 꽤 걸어왔을 때 이양례는 충동적으로 행렬을 멈췄다. 그리고 면자의 집으로 홀로 뛰어가서는 숨을 헉헉대며 말했다.

"잘 들으시오. 접매는 내 여자요. 곧 다시 와서 접매를 하문으로 데려갈 것이오. 그러니 잘 보살펴주시오. 사례는 섭섭지 않게 하겠소."

이렇게 말하면서 돈이 든 주머니를 면자의 손에 건네고는 길을 되돌아갔다. 면자는 무슨 일인지 믿을 수 없어서 멍하니 서 있었다. 주머니는 묵직했다. 열어볼 필요도 없이 큰돈임을 알 수 있었다. 그는 마침내 한마디를 내뱉었다.

"영사 대인!"

그러나 이양례는 이미 빠른 걸음으로 문을 나가 그의 일행에게 뛰어가고 있었다.

63장

    이양례의 불운은 아직 끝나지 않았다.

    며칠 전 대수방에서 웃는 낯으로 말을 주고받고 심지어 아첨까지 하던 총병이 갑자기 냉랭해진 것이다. 이양례는 까닭을 알 수 없어서 피커링을 찾아갔다. 그제야 어제 총병이 탁기독의 딸들에게 수모를 당하여 지금까지 화가 풀리지 않았다는 사실을 알았다.

    "탁기독 총두목은 정말 통쾌한 사람입니다."

    피커링은 총병이 수모를 당한 일을 두고 고소하게 생각한다는 태도였다. 이양례로서는 놀라운 일도 아니다. 항상 포르모사 생번의 편에 서서 청나라 인사들을 혐오해온 피커링이기 때문이다.

    이양례는 총병이 이번 일로만 화를 내는 게 아니라, 그동안 쌓인 울분을 분풀이하고 있다는 것을 알지 못했다. 이어서 그날 오후에 이양례를 더욱 기함하게 만든 소식이 통역원을 통해 전달되었다.

    청나라에서 빌려준 지원자호는 타구에 정박한 채 그를 기다리는 중이었다. 그런데 이양례 일행이 낭교에서 너무 오래 머무르는 바람에 처음 정한 임대 기간이 만료되었고, 상부에서 다른 임무를 부여했기 때문에 더는 기다려줄 수 없다면서 10월 25일 오전 7시에 복주로 출발할 것이라고 했다. 이양례가 그때까지 돌아올 수 없으면 하문에 돌아갈 다른 방법을 찾아보라는 전갈이었다.

엎친 데 덮친 격이었다. 이양례는 화가 나서 욕을 퍼부었다. 하지만 무슨 소용이 있겠는가? 이곳에서는 자신이 신세를 지는 형편이니 고개를 숙이고 들어갈 수밖에 없다. 그리하여 이양례는 수하에게 명하여 일단 배를 채우고 길을 재촉했다. 시간은 이미 21일 황혼 무렵이었고, 수하들은 상당히 지쳐 있었다. 낭교에서 타구까지 걸어가려면 최소한 이틀 반나절은 걸린다. 이렇게 가면 그가 접매와 단둘이 있게 되더라도 이야기를 나눌 시간이 무척 촉박할 것이다.

더 고약한 일이 벌어졌다. 총병이 그를 골탕 먹이기 시작한 것이다. 총병은 그들에게 가마를 두 대만 배정해주었다. 하나는 이양례에게, 다른 하나는 버나드에게 주는 가마였다. 피커링과 다른 수행원들은 타구까지 걸어가라는 의도인 것이다.

결국 이양례는 계획을 바꿔서 해상으로 가기로 했다. 그러면 지칠 대로 지친 수행원들도 쉴 수 있을 것이다. 가마를 총병에게 돌려주고 작은 범선을 타고 밤새 가기로 했다. 하지만 불운은 내내 그를 따라다녔다. 이번에는 풍향이 맞지 않았다. 그는 출항을 요구했고, 선원들도 무리해서 그 말을 따랐으나 하늘은 그를 도와주지 않았다. 배는 바다에서 계속 같은 자리를 맴돌기만 했다. 타구에 당도하는 것은 고사하고 자칫 남쪽으로 표류할 위험이 있었다. 그래서 날이 밝을 무렵이 되자 하는 수 없이 다시 시성에 상륙하여 육로로 가기로 했다.

그런데 총병이 가마와 가마꾼을 내주지 않았고, 호위병도 붙여주지 않았다. 이양례는 총병과의 우정이 탁기독의 일로 완전히 깨졌음을 깨달았다.

호위병이 수행해주지 않으면 육로로 가는 길이 너무 위험하다. 그나마 총병이 여지를 남겼다. 부대를 이끌고 대만부로 돌아갈 계획인데 이양례 일행과 함께 가줄 수 있다고 말했다. 게다가 가마 한 대를 내어주겠다고 인심까지 썼다. 그리하여 이양례는 어쩔 수 없이 총병의 부대에 합류했다. 시성을 떠나 느린 속도로 풍항에 도착하여 그곳에서 밤을 지냈다. 이때가 10월 22일이었다.

23일 오후 3시, 일행은 자동각에 도착했다. 이양례는 부대가 저녁에는 방료에 당도할 것이라고 예상했다. 그곳에서부터는 안전을 걱정하지 않아도 되니 총병 부대의 호위 없이 따로 갈 수 있다. 그러면 24일 날이 어둡기 전에는 타구에 도착하여 접매를 만날 시간이 생긴다. 배를 타기 전 몇 시간 정도는 접매와 이야기를 나눌 수 있을 것이다. 그는 기적처럼 그녀를 설득하여 하문에 함께 갈 수 있기를 기대했다. 맨슨이 은근히 걸리기는 하지만 그가 자신의 길을 막지 않았으면 좋겠다고 생각했다. 접매가 바로 결정을 내리지 못할 경우에는 자신이 먼저 하문에 가서 그곳 의관에 접매의 일자리를 마련해놓고 타구에 돌아와 접매를 데려가는 방법도 있다.

이런 생각에 빠져 있을 때 가마가 갑자기 멈추더니 대로의 중앙에서 꼼짝도 하지 않았다. 가마꾼들이 잠시 손을 놓고 쉬나보다 생각했는데 가마는 가을의 뜨거운 햇살을 받으며 거의 30분이나 꼼짝하지 않았고, 가마꾼들도 나타나지 않았다.

한참만에 나타난 총병 수하의 참장이 오늘은 이곳에서 묵을 예정이라고 통보했다. 이양례가 버나드를 보내 연유를 알아보니 가마꾼들이 너무 지쳐서 계속 가라고 강요할 수 없다는 대답이 돌아왔다.

분통이 터졌다. 총병이 언제부터 가마꾼들을 걱정해줬나 싶어 욕이 터져 나왔다. 그는 가마에서 내려 길가 산비탈 가까이에 있는 뽕나무 아래로 다가갔다. 붉은 석양이 바다에 걸려서 무척 아름다운 경치를 자아냈지만 이양례의 심정은 말이 아니었다. 피커링과 수행원들은 총병이 고의로 골탕을 먹이고 있다는 결론을 내렸다. 일부러 일정을 늦춰서 지원자호를 놓치게 만들고, 하는 수 없이 자신에게 고개를 숙이며 숙식과 배편을 부탁하도록 만들 심산이라는 것이다.

생번이 왜 그토록 청나라 사람들을 싫어하는지 이제야 알 것 같았다. 그는 경험을 통해 피커링과 같은 결론을 내렸다. 생번의 본질은 성실함과 신뢰고, 청나라 사람들의 본질은 음험함과 속임수다!

잠시 후 피커링이 희소식을 가져왔다. 작은 범선이 지금 멀지 않은 항구에서 짐을 내리고 있다는 것이다. 이양례는 거금을 내서라도 그 배를 빌리기로 마음먹었다. 스스로 살길을 찾기로 하고 수하를 보냈다. 선장과 흥정한 끝에 배에서 목재를 내리면 즉시 출발하기로 이야기를 마쳤다.

선장은 협조적이었고 이양례의 수하들도 목재를 운반하는 일을 도왔다. 마침내 배에 오른 이양례는 안도의 숨을 내쉬었다.

그런데 배가 막 뜨려고 할 때 복로 서생 차림의 중년 남자가 소년 둘과 나타났다. 그는 이양례가 낸 돈의 2배를 제시하며 배를 빌리겠다고 했다. 선장이 주저하자 이양례는 생각할 시간을 주지 않기 위해 칼을 뽑아서 갑판에 매단 밧줄을 단칼에 베었다. 매어 놓은 배가 부두에서 멀어지려고 하자 놀란 선장이 배로 뛰어올랐다. 피커링은 선장에게 고맙다고 인사하며 뱃삯을 처음보다 후하게 쳐주었다.

마침내 배가 출발했고 이양례는 오랜만에 잠에 빠져들 수 있었다. 이튿날 해 질 무렵까지는 타구에 도착할 것을 희망하면서.

그러나 악운이 여전히 그의 곁을 맴돌았다. 다음 날 정오에 배가 동항까지 왔을 때 풍향이 갑자기 바뀌었고, 작은 배는 원래 가려던 북쪽으로 더는 갈 수 없었다. 일행은 하는 수 없이 동항에서 하선하여 급히 행군을 시작해 타구까지 걸어갔다.

새벽 3시쯤 일행은 지치고 배고픈 상태로 타구에 도착해서 초선두에 정박 중인 지원자호를 찾아냈다. 아직 주위가 깜깜하지만 이양례는 초선두 해안에 서서 건너편에 있는 기후 쪽을 바라보았다.

기후항의 불빛이 어렴풋이 보였으나 의관이 있는 위치까지는 보이지 않았다. 이양례는 가슴이 답답했다. 3박 4일이나 달려왔는데 총병이 방해하고 하늘까지 도와주지 않아 그렇게도 그리워한 접매를 아직 만나지 못했다. 배 타는 것을 포기해야 하나 머뭇거렸다. 하지만 수하들에게는 뭐라고 설명할 것인가? 그들은 마침내 도착했다고 기뻐서 날뛰는 중이다. 몇십 걸음만 더 가면 지원자호의 갑판에 오를 수 있다. 발이 천근이나 된 듯이 걸음이 무거웠다.

지난 며칠간 그토록 고생하고도 접매와 재회하고, 고백할 기회를 놓쳤다. 지금 이 순간, 접매가 어떻게 생각할지 걱정이 되었다. 지원자호에 올라타면 다시는 접매를 만나지 못할까 두려웠다. 새벽하늘이 밝아올 무렵이 되자 찜찜한 마음을 안고 배에 올랐다.

지원자호에는 청나라에 고용된 양인 선원들이 꽤 있었으며 대부분 영국인이었다. 그들은 이양례가 큰 공을 세웠다며 고마워했고, 이후 포르모사 해역을 항해할 때 전전긍긍할 필요가 없게 되었다며 기뻐했다.

이양례는 꿈에서 막 깨어난 듯 순식간에 웃음 띤 얼굴로 사람들과 인사를 나누고 마치 개선하고 돌아온 영웅처럼 축하를 받았다. 하지만 아침해가 떠오르기 시작하고 기후가 눈에 들어오자 얼굴에서 웃음기가 싹 사라졌다. 다리는 여전히 쑤시고 아파서 질질 끌며 뱃전에 나왔다. 기후의관의 모습이 뚜렷하게 보였다.

지원자호는 살랍삼두산(薩拉森頭山, Saracen's Head)과 후산 사이의 좁은 수로를 천천히 지났다.

이양례는 갑자기 기분이 고무되었다.

"접매, 조금만 기다려줘요. 빠른 시일 내에 당신을 반드시 찾으러 올 거요!"

태양이 떠오르자 대지는 순식간에 밝아졌다. 이양례의 기분도 밝아졌으며, 지난날의 패기도 다시 살아났다.

그는 자신의 상사에게 편지를 쓰면서 이번 포르모사행의 빛나는 성과를 자랑하기 시작했다.

64장

    출병한 지 2개월하고도 보름이 지난 음력 11월 1일, 유명등은 대만부로 돌아왔다. 그는 '대만 생번을 어루만져 평정한 일에 관한 보고서'라는 제목으로 조정에 제출할 상주문을 정성스럽게 작성하여 생번 토벌 작전의 과정을 자세히 적었다.[10]

    신(臣)은 음력 8월 13일에 군(郡)에서 출발하여 18일에 방료에 당도하여 현황을 조사했습니다. 이 지역은 생번의 지역에 속하고 복건성과 광동성 출신 사람들이 흩어져 살고 있으며, 생번이 살육을 저질러 늘 경계해야 합니다. 또한 밀림이 우거지고 길이 구불구불하며 괴석이 우뚝 솟아 있어서 발을 들여놓기가 어려워 예로부터

---

10   출처:《동치조주판이무시말(同治朝籌辦夷務始末)》권 54.

인적이 닿지 않은 지역입니다. 즉시 관리를 파견해 민간의 일꾼을 감독하며 방료 이남 산길의 나무를 베고 길을 평평하게 만들었으며, 현지에서 의용병을 추가로 모집하고 깃발을 나눠주고 각 촌락에 주둔하여 순찰과 방어를 하고 안내를 겸하도록 했습니다.

25일, 방료에서 수륙 용사를 통솔하여 나란히 전진하였으나 도중에 길이 험하고 좁아서 매일 몸소 병사들의 앞에 서서 20~30리를 보행하였습니다. 가는 도중에 촌락 및 부근의 생번 부락을 지나칠 때마다 모두 나와서 영접하였으며 닭과 돼지, 술, 쌀 등을 바쳤습니다. 전부 거절하고 황제의 성은을 선포하며 번은과 은패(銀牌), 새의 깃털, 붉은 천, 요주(料珠) 등의 물건을 상으로 나눠주었습니다. 각 부락의 생번은 모두 감격하고 기뻐하며 돌아갔습니다.

낭교에 당도한 후에는 시성에 주둔하였습니다. 전서진신(前署鎭臣) 증원복(曾元福)과 이번 동지 왕문계, 미국 영사 이양례 등이 잇달아 도착했습니다. 구자록은 낭교에서 40여 리나 떨어져 있고 지세가 험준한 곳입니다. 이에 각 촌락의 수령들을 소집하여 상세히 알아보았습니다. 이들의 말로는 고산 지대에는 총 18개의 부락이 있는데 그들이 험준한 지형에 의지하여 저항하며, 그중 구자록이 가장 강하다고 합니다. 그들은 흉악하고 잔인하며 특히 구자록이 평소 패권을 장악한 자로 행세하면서 건방을 떨고 술에 취해 걸핏하면 무력을 행사하는데, 부자와 형제 사이에서도 개의치 않는 풍습이 있다고 합니다. 생번은 양인들을 해친 후 법이 용서하지 않는다는 것을 알고 일찌감치 방어를 강화하였으며, 토생자와도 교역이나 왕래를 하지 않고 18개의 부락이 모여 술을 마시고 동맹을 맺어 저항한다고 들었습니다.

다른 부락들은 구자록의 위력에 굴복하여 마지못해 동맹을 수락했다고 합니다. 하지만 생번 총두목 탁기독은 우리가 선유(宣諭, 황제의 가르침을 널리 공포함-옮긴이)하여 그 무리를 해산시키고 토벌하기에 어렵지 않을 것 같았습니다. 저는 명을 받고 궁리한 끝에 마침내 흉악한 생번 몇을 붙잡아 법으로 처벌함으로써 양인들에게 감사의 인사를 받았습니다. 현재 생번은 험준한 지형에 의지하여 모습을 감췄는데 그곳과 통하는 길이 없으니, 감히 다시 결맹을 꾀하는 등의 분수를 모르고 무모한 짓을 하려고 합니다. 만약 대대적으로 토벌하지 않으면 그들의 악행을 훈계하기에 부족할 겁니다.

도대 오대정 등과 서신을 주고받으며 의논한 바 의견이 일치했습니다. 이에 전서진신 증원복과 회동하여 독무신(督撫臣)에게 아뢰고, 먼저 이번 동지 왕문계, 수영위원후보(隨營委員候補) 종9품 왕무공(王懋功), 유민절보용부장(留閩浙補用副將) 장봉춘(張逢春), 진선보용유격본임두육문도사(儘先補用游擊本任斗六門都司) 임진고(林振皐) 등을 각 부락에 보내 적절히 사정을 살펴 어루만지도록 했습니다.

신은 9월 15일에 군영을 옮겨 생번의 근거지와 멀지 않은 구비산에 주둔했습니다. 그리고 증원복과 기일을 정해 길을 나눠 동시에 공격하기로 했습니다. 16일에 알아본 바에 따르면 이양례 영사가 13일(화의가 있던 양력 10월 10일)에 통역관 오세충(吳世忠), 민월 수령과 함께 친히 화산(火山) 지방으로 가서 생번의 총두목 탁기독을 만나 조약을 맺었다고 합니다. 이후 배에 붉은 깃발을 달아서 신호 삼기로 했으며 청나라 선박과 외국 상선을 막론하고 태풍을 만나 조난당할 경우에는 생번이 적절히 구호 활동을 하고, 민월 수령이 해당 인원을 지방 관리에게 인도하면 선박을 마련하여 구내로 이송하기로 한 내용이었습니다. 만약 생번에게 또 살해당하는 일이 생기면 민월 수령은 흉악한 생번을 도왔다는 죄명으로 관직에서 물러나 엄중히 추궁당할 것입니다.

이번에 돌려받은 양인 여자의 수급과 망원경은 해당 영사가 직접 대금을 치르고 받은 것이며, 비용으로 지급한 은원은 해당 수량만큼 돌려주었습니다. 나머지 시신은 생번이 바다에 던져버렸고, 그 외에는 양인을 해치거나 약탈하지 않아 혐의가 없습니다. 영사는 원한을 이미 풀었기에 쌍방의 화해를 바라며 또한 생번 측에 지난 일을 추궁하지 않고 철수하기를 간절히 청했습니다.

신이 로버호 선원들의 피살 사건을 조사한 결과, 50년 전[11] 구자록의 생번이 산에 오른 양인들에 의해 잔혹하게 살해되어 자손 대대로 원한을 품고 복수를 다짐하게 된 일이 원인이었습니다. 이는 생번 총두목 탁기독이 영사를 만나서 한 말이니 신뢰할 수 있습니다. 신이 이 지역의 바닷길을 살펴보니 암초가 즐비하고 칼날처럼 날카로우며 중간중간 모래톱까지 있는 험한 지역이어서 탐사를 진행하는 데 어려움을 겪었습니다.

---

11 50년 전이 아니다. 구자록 사람들의 기억에 착오가 있는 것으로 보이며, 200년 이상이 정확하다.

만약 돛에 역풍을 맞으면 배는 이곳에서 여지없이 부서지고 맙니다. 게다가 생번은 양인들에게 원한이 깊었던지라 그 기회를 타서 요격하여 보복한 것입니다. 오늘에 와서 그들을 토벌하여 벌을 준다면 생번과 양인의 원한이 더욱 깊어져서 서로 원수를 갚는 싸움이 끝없이 이어질 겁니다. 이제 영사와 생번이 화해를 원하고 지난 원한을 다 풀었으니 빠져나갈 길을 주고 황제 폐하의 관대한 은혜를 베푸는 것이 좋다고 판단하였습니다.

즉시 밀서를 보내 도부(道府)와 논의했습니다. 17일에는 이양례 영사가 친히 군영을 방문하여 신에게 화의를 간청했는데 언사가 갈수록 정중하고 간절하여 어쩔 수 없이 융통성을 발휘하여 그의 청을 들어주었으며, 민월 수령에게 명하여 보증서를 작성해 규약을 지키기로 합의하였습니다. 또한 측량 기계와 망원경을 되찾아 주었으며 영사가 배상금으로 지급한 번은 100원은 신이 먼저 돌려주었습니다. 이에 영사는 무척 감격하였습니다.

현재 남은 병력만 영사의 청으로 계속 주둔하기로 했으며, 성(省)에 돌아가는 대로 독무신께 포대의 개설 여부에 대해 말씀드리고 별도로 주청하여 처리하기로 했습니다. 현재 파견된 병력과 현지의 장정이 대수방을 지키고 있으며, 포대를 설치하여 위엄을 과시하였습니다. 신은 19일에 낭교의 고산 지대로 돌아가 왕문계 등을 통해 각 부락의 생번을 타이르고 성군의 은혜와 위엄을 우러러보게 하니, 모두 잇달아 찾아와서 접견하였습니다. 신이 도리를 천명하고 덕으로 감화하며 위로하여 표창하니, 하나같이 감격하여 손을 이마에 갖다 대고 조아리며 기뻐했습니다. 신은 낭교에 당도

한 즉시 의용군을 해산시켰습니다. 문무 관리와 의용군, 정규 병사의 임금, 식량, 일꾼들의 임금, 뱃삯, 상호(賞號, 개개인에게 상으로 주는 물건이나 돈) 등 미납 항목은 대만부가 변은 1만 3천 4백 원을 내놓아 증원복과 왕문계 두 사람이 각자에게 지급했으며, 그렇게 하고도 부족한 부분은 신이 일단 가까운 곳에서 빌려서 처리하고 추후 청구하기로 하였으며, 한 푼도 감히 남용하지 않았습니다. 상세한 상황을 처리하여 독무신께 보고하여 심사 후 주청할 것입니다. 이양례 영사는 하문으로 돌아가고 신도 출발하여 11월 초하루에는 군(郡)으로 돌아왔습니다.

상주문에서 이양례와 관련된 부분은 이렇게 썼다.

"……이양례 영사가 친히 군영을 방문하여 신에게 화의를 간청했는데 언사가 갈수록 정중하고 간절하여 어쩔 수 없이 융통성을 발휘하여 그의 청을 들어주게 되었으며……."

낭교 18부락 연맹에 대해서는 이렇게 썼다.

"……각 부락의 생번을 타이르고 성군의 은혜와 위엄을 우러러보게 하니, 모두 잇달아 찾아와서 접견하였습니다. 신이 도리를 천명하고 덕으로 감화하며 위로하여 표창하니, 하나같이 감격하여 손을 이마에 갖다 대고 조아리며 기뻐했습니다."

이 상주문은 능력이 출중한 무장 유명등의 훌륭한 글솜씨와 함께 공로를 과장하여 치장하기 좋아하는 청나라 관리 사회의 풍조를 드러낸다.

9부

관음정

観 音 亭

65장

이양례가 타구를 떠나기 닷새 전, 접매도 뱃전에 앉아 복잡한 심정으로 시성에서 타구로 돌아왔다.

접매는 뱃전에 기대앉아 점점 멀어지는 구산과 사료의 촌락을 바라보았다. 자신을 감격스럽게도 하고 마음의 상처도 준 이양례를 생각하니 너무나 혼란스러웠다. 그날 밤부터 계산하면 사료에서 꼬박 열흘이 흘렀다. 그동안 접매는 면자와 송자를 볼 때마다 당황해서 어쩔 줄 몰랐다. 그녀는 이양례와 있었던 일을 당연히 입 밖에 낼 수 없었다. 그래서 그날의 새벽처럼 혼자 구산 기슭으로 달려갔고, 때로는 산을 절반이나 걸어 바다를 바라보고 면자 집의 지붕을 바라보기도 하면서 멍하니 있었다.

그녀의 마음은 몹시 모순된 감정으로 가득했다. 이양례가 원망스러우면서도 가슴 한편에서는 이양례가 자신을 찾기를 바랐다. 이양례의 마음 한구석에 자신이 자리하고 있기를 희망했다. 하지만 열흘이 넘도록 이양례는 모습을 보이지 않았고, 그의 수하들은 진작 짐을 꾸려서 떠났다. 수하들의 말에 따르면 이양례는 대수방에서 포대를 짓고 있으며, 포대가 다 지어지면 총병과 대만부로 가거나 하문으로 돌아갈 것이라고 한다. 사료에 다시 올 이유가 없는 것이다.

그녀는 단념하기로 했다. 너무 많은 생각을 하는 스스로를 욕했다. 이양례 영사는 회담이 있던 날 접매의 말대로 대만부 관병을 데려가지 않았고, 탁기독 총두목과 신속히 화의를 체결했다. 어머니의 부족을 죽이지 않았고 부락에 크나큰 관용을 베풀었으니 접매에게도 할 도리를 다한 셈이다. 낭교의 사람들은 모두 기뻐하였고, 그녀는 아무런 여한이 남지 않아야 정상이다. 대체 무엇을 더 바랄 수 있겠는가!

그 사람을 잊자고, 이양례를 잊어버리자고 다짐했다. 접매는 몸을 옆으로 돌려 뱃전에서 뒤로 밀려나는 바닷물을 바라보며 속으로 기도를 올렸다.

'관세음보살님, 준제보살님! 저를 지켜주세요. 이양례를 잊게 도와주세요. 이렇게 뒤로 밀려나는 물결처럼 그가 다시는 저의 일생에 나타나지 않도록 해주세요!'

언제부터인지 송자가 곁에 있었다. 그는 아무 말도 하지 않고 조용히 앉아서 이따금 접매를 한 번씩 훔쳐볼 뿐이었다. 지난번 접매는 송자에게 화가 나서 중원절이 지나고는 그를 홀로 사료로 돌려보냈다. 접매가 사료로 돌아왔을 때 그도 접매를 피하면서 감히 그녀의 앞에 나타날 수 없었다. 중추절을 하루 앞둔 날, 통령포로 성묘를 떠날 때 비로소야 그녀를 만났다. 접매는 원래 중추절이 지나면 타구로 돌아갈 계획이었지만 낭교의 정세가 급박하게 돌아가는 바람에 어쩔 수 없이 그곳에 남았다. 그 이후 접매는 송자에게 말도 걸고 웃기도 했지만 송자를 받아들일 마음은 없었다. 도박하는 버릇은 고칠 수 있고, 새끼손가락을 잃었어도 일은 할 수 있다. 하지만 송자가 유곽을 출입하고 병까지 얻은 일이 접매의 마음에 지워지지 않는 낙인으로 남아버렸다.

누가 알았으랴! 사건이 마무리될 무렵 갑자기 이양례와 그 일이 발생한 것이다. 그날 밤부터 접매는 입장이 바뀌어 스스로를 부끄러워하는 처지가 되었다. 그런데 뜻밖에 면자가 송자와의 결혼 이야기를 정식으로 꺼냈다. 그녀는 우물쭈물하며 그 순간을 모면하는 수밖에 없었다. 면자는 송자를 위해 돈까지 준비하여 도박 빚을 갚으라고 했으며 문제를 일으켰던 초선두를 떠나 기후에서 일거리를 찾아 재출발하라고 했다. 기후에는 접매가 일하는 의관도 있으니 비교적 적응하기도 편리할 것이다.

접매는 송자가 기후에 온다고 할 때 마음 한구석이 켕기면서도 한편으로는 거절하고 싶지 않았다. 송자가 곁에 있어 준다면 감정을 추스르기 한결 수월할 것이다. 송자는 접매가 청혼에 정식으로 승낙은 하지 않았지만 그렇다고 거부도 하지 않았고 함께 오는 것을 허락했으므로 희망의 불씨를 다시 지폈다.

날이 밝자마자 그녀는 송자와 배에 올랐다. 어제 면자가 꺼낸 혼담에 대답할 말을 찾지 못했고 배에 타서도 분위기가 어색하여 선실 밖으로 나왔는데, 송자가 어느새 옆에 와 있는 것이다.

송자가 오른손으로 접매의 무릎을 살짝 건드렸다. 접매가 가만히 있자 용기를 내서 이번에는 접매가 무릎에 올려놓은 왼손 위에 자기 손을 올려놓았다. 접매는 움찔하면서도 손을 거둬들이지 않았고, 송자는 접매의 손을 꼭 잡았다. 땀이 살짝 밴 송자의 뜨거운 손바닥이 손등에 전해지며, 마음에도 깊게 전해졌다. 이토록 안전하고 따뜻한 기분을 실로 오랜만에 느껴보았다. 바닷바람이 불어오자 접매는 눈을 감고 가볍게 탄성을 지르며 다시 찾은 행복을 만끽했다.

두 사람은 이렇게 손을 잡은 채 아무 말도 하지 않고 목적지까지 왔다. 이날은 풍랑이 심하지 않아서 해 질 무렵에 무사히 기후에 닿았다. 배에서 내리고 나서 송자가 접매를 의관에 데려다주겠다고 했지만 접매는 완곡하게 거절했다.

"나는 충분히 의관에 혼자 갈 수 있으니 오라버니는 해가 넘어가기 전에 상점이나 배에서 일거리를 찾아요."

접매의 말에 송자가 대답했다.

"사료에 있을 때 바닷가에서 고기를 잡곤 했어. 초선두에는 상선이 많아서 짐 나르는 일뿐인데 기후에는 어선이 많으니 일거리도 많을 거야. 운에 맡겨야지."

접매가 생긋 웃었다.

"그러네요. 2개월만 더 있으면 동지고, 그때는 가물치 철이네요. 여기는 어선이 사료보다 훨씬 커서 짐 싣는 곳도 충분하니 큰 바다에 가서 고기를 잡겠네요."

그러더니 갑자기 근심하는 얼굴로 말을 이었다.

"하지만 큰 바다에 나가면 풍랑의 위험도 더 클 테고 한 번 출항하면 며칠씩 있다 오겠네요. 그러니 몸조심하세요."

송자가 가슴을 두드리며 자신감 넘치는 모습을 보였다. 접매는 손을 흔들며 의관으로 향했다. 접매가 다시 관심을 드러내니 송자는 기쁨을 주체할 수 없었다.

⟻⟝

이날 접매는 평상시와 다름없이 일하고 있었다. 그녀는 의관에서 항상 열심히 일했다. 환자들의 분비물을 더럽다고 피하지 않고 친절하게 음식을 먹여주고 몸을 닦아주는 등 정성껏 보살폈다. 자신이 맡은 일을 마치면 다른 동료를 도와주었다. 동료들은 그녀를 칭찬하고, 환자들도 그녀를 좋아했다. 맨슨은 그녀가 자리를 비운 동안 많은 환자들이 그녀가 오지 않을까 봐 걱정했다고 전해주었다. 접매는 의관의 일이 주는 안정감을 사랑했다. 하지만 보름 전 그 밤, 이양례의 막사에서 겪은 일은 어떻게 해도 잊히지 않았고 생각날 때마다 가슴이 칼로 베인 듯 아팠다.

이날 오후, 무심코 밖을 내다보니 건너편 초선두에 정박되어 있던 미국의 성조기가 걸린 지원자호가 보이지 않았다. 이는 이양례가 타구를 떠났음을 의미한다. 순간 무거운 짐을 내려놓은 듯 마음이 가벼워졌다. 사료에서의 그날 밤은 마음에 돌이킬 수 없는 어두운 그림자로 남았지만 이양례가 다시 오지 않기를 바랐다. 다시는 그를 보고 싶지 않다.

기후로 돌아온 이후 두 번째 맞는 일요일, 접매는 송자와 봉산구 성에 갔다. 이번에 낭교가 전쟁을 피함으로써 어머니의 부족과 시성 의 복로인, 보력의 객가인, 사료에서 대수방에 이르는 지역의 토생자 까지 모든 민족 집단이 무사한 것은 준제보살의 보살핌 덕분이라고 여겼다. 송자가 기후에 와서 일이 잘 풀린 것도 보살님 덕분이니 감 사를 드려야 한다고 생각했다. 그는 어선에 고용되었다. 동지에 맞이 하는 가물치잡이를 앞두고 이곳의 어부들은 어선을 수리하고 사람 을 고용하는 등 단단히 벼르고 있다.

접매는 송자와 배를 타고 만단항까지 간 다음 홍륭리와 봉산구성 에 갔다가 구산 자락에 닿았다. 먼저 산 정상에 올라 마조에게 참배 했다. 송자와 면자의 집은 여전히 매년 음력 1월 15일 저녁에 사료의 구산 자락에서 도희 의식을 하면서 노조를 섬겼다. 촌락의 일부 토생 자들은 노조 외에 각종 외래 신들도 배척하지 않는다. 그들은 복로를 받아들임과 동시에 복로의 신도 수용하는 것이다.

따라서 사료에 마조나 관우를 모시는 작은 사당들도 생겨났다. 송 자는 사당을 보면 그냥 지나치지 않으며 남의 집에서 모시는 이부천 세(李府千歲)에게도 향을 높이 들고 참배할 정도였다. 시성에 온 이후 에는 복안궁의 토지공도 잊지 않고 찾았다. 그들은 모든 신불이 사람 들을 보살핀다고 믿었으며, 신불에 참배하면 좋은 일이 생긴다고 믿 었다. 이런 면에서 그들은 신앙이나 교리 자체를 따지지 않았다.

관음정에 내려와서 접매는 준제보살 앞에 오랫동안 꿇어앉았다.

준제보살을 바라보면서 낭교에 전쟁이 일어나지 않은 것에 감사를 올리고, 그녀의 고민거리인 이양례도 언급했다. 그녀는 자신에게 지혜와 용기를 주어서 마음속에 도사린 이양례의 그림자를 지우게 해 달라고 기도했다. 송자와 다시 가까워진 이후 그녀에게 이양례는 감히 건드릴 수 없는 상처가 되었다. 몇 번이나 송자에게 사실대로 고백할까 고민했다. 그날의 일은 자신의 잘못이 아니며, 송자도 자신을 용서해주리라고 믿었기 때문이다. 하지만 막상 이야기를 꺼내려다가도 목구멍까지 올라온 말을 삼켰다. 게다가 그날 아침 구산 자락에서 집으로 돌아왔을 때 문 앞에서 송자를 마주치기까지 했다. 그녀는 송자가 의심하면 어쩌나 걱정했으나 다행히 송자의 태도는 전과 다름없었다.

자신이 이양례에게 몸을 망쳤다는 사실을 송자가 알면 그것을 받아들일지 감히 생각하기도 겁이 났다. 송자가 유곽에 간 일을 문제삼을 수도 없게 되었다. 송자는 최소한 먼저 그녀에게 고백했으나 그녀는 송자에게 솔직히 말하지 못하겠다. 만약 이런 상태로 송자에게 시집간다면 그를 기만하는 짓이 아니겠는가!

그녀는 준제보살이 들고 있는 용기를 상징하는 검과 지혜를 상징하는 구슬을 바라보았다. 준제보살의 첫 번째 손은 용기를 상징하는 검을 높이 들고 있었는데 이는 인생에서 가장 중요한 용기로, 나쁜 인연을 베어버리는 것을 의미한다. 그렇다. 그녀와 이양례는 정말 악연이다. 그녀는 갑자기 마음이 맑아졌음을 느꼈다. 악연이고 이미 지난 일이라면 잊어야 한다. 어차피 끊어버린 인연이라면 존재하지도 않아야 하며 송자에게 말을 꺼낼 필요도 없다. 말해 봐야 자신의 번뇌를 송자에게 전가하는 데 불과하다. 그녀는 준제보살에게 하루빨리 자신과 이양례와의 연결이 끊어지게 해 달라고 묵묵히 기도했다.

답답했던 가슴이 시원하게 뚫리는 것을 느꼈다. 그녀는 자리에서 일어났다. 송자는 진작부터 뒤에 서서 기다리고 있었다. 그녀가 송자를 바라보고 웃으며 말했다.

"그거 알아요? 저는 여기에 올 때마다 마음이 편안해져요. 준제보살님 덕분에 머릿속이 맑아지고 마음이 확 트이는 느낌이 너무 좋아요. 매월 초하루와 보름날에 오기는 힘들겠지만 격주 일요일마다 이곳에 오면 어때요?"

송자도 이곳이 좋았는지 흐뭇하게 말했다.

"그러자고. 접매가 좋다면 나도 좋아."

접매도 기분이 좋았다. 그녀는 이것이 바로 행복이라고 생각했다.

66장

면자가 갑자기 기후의관에 찾아왔다.

접매와 송자가 기후에 온 이후로 네 번째 맞는 일요일이었다. 접매는 일이 주는 만족감에 빠져 있었다. 맥스웰은 홍콩으로 갔고, 맨슨이 그의 일까지 대신하느라 업무가 갑자기 많아졌다. 그는 접매의 기술이 꽤 숙련되었다고 여겨서 일부 업무는 그녀에게 독자적으로 맡겼다. 접매는 걱정과 기쁨이 섞인 심정이었다. 인정받는다는 것은 기쁘지만 책임도 무거웠기 때문이다.

지금은 맥스웰 대신 리치에 목사가 예배와 기도를 주관하고 있다. 리치에 목사가 처음 왔을 때는 기후와 비두 양쪽을 오가느라 맨슨의 도움이 필요했다. 맨슨은 접매에게 일요일에 예배를 거행하는 동안 의관의 일을 대신 봐주고, 될 수 있는 한 외출을 삼가라고 했다.

일요일 아침 일찍 손님이 왔다는 통보를 받고 송자가 찾아온 줄 알았다가 뜻밖에도 면자라는 것을 알고 무척 놀랐다. 면자의 표정에는 웃음기가 없어서 갑작스러운 방문으로 놀라게 해주려는 의도가 아님을 알 수 있었다. 그는 담담한 말투로 송자를 보러왔으나 사는 곳을 몰라 접매에게 물어보러 왔다고 했다. 당연히 송자가 걱정되어서 찾아왔다고 생각한 접매는 하던 일을 서둘러 정리하고 의관을 나섰다. 송자의 거처로 가는 길에 접매는 송자가 괜찮은 일과 거처를 구했다고 신이 나서 이야기했다. 하지만 면자는 건성으로 대꾸하며 시큰둥한 모습이었다.

고기잡이 일은 쉬는 날이 일정치 않다. 지난 일요일에는 송자가 찾아오지 않아서 접매는 바다에 나갔나 보다 했다. 이날은 다행히 송자가 새벽에 돌아와 밀린 잠을 자는 중이었다.

그는 면자를 보더니 벌떡 일어나며 반가워했다.

"형님, 모처럼 오셨으니 타구 구경이나 함께 합시다."

그의 말에 면자는 배편이 일정치 않아 어제 타구에 도착했는데 접매가 오늘 쉬는 날이라 방해하지 않으려고 천후궁 일대를 구경하고 밥을 사 먹고 길거리 곡예도 보면서 시간을 보냈다고 말했다. 특히 떠돌이 곡예단의 공연이 볼만했단다. 송자는 흥룽장(興隆莊)이나 봉산구성도 좋다면서 접매와 봉산구성에 갔는데 성 안에 산[1]이 있고 성 밖에는 못[2]이 있어서 경치가 장관이라고 했다.

면자는 구경에는 흥미가 별로 없는 듯했으나 그래도 억지로 기운을 내서 두 사람과 배를 타고 만단항까지 왔다. 면자는 어젯밤 객잔

---

1   구산.
2   연지담.

에 벌레가 많고 잠자리도 불편해서 잠을 제대로 못 잤다며 기운이 없는 이유를 설명했다.

접매와 송자는 보는 것마다 열심히 설명해주었다. 봉산구성에 당도하자 면자도 그 웅장한 장관에 찬사를 쏟아냈다. 하지만 관음정에는 그다지 흥미가 없는 듯 접매와 송자가 참배하는 동안 지루한 표정을 지었다. 그는 도중에 무언가 할 말이 있는 듯했으나 입을 열지 않았다. 송자는 접매가 이곳을 좋아해서 따라온 적이 있다고 재차 강조했다. 그리고 준제보살의 여러 손에 든 물건의 의미에 대해 접매로부터 들은 말 그대로 설명해주었다. 면자는 불상에 그토록 열중하는 송자가 조금 낯설었는데 이 또한 접매의 영향이라는 것을 알아차렸다. 그와 송자는 사료에서 노조를 가장 중요하게 섬겼으며, 평지 사람들의 불상은 덜 중요한 존재였기 때문이다.

접매는 면자가 정신을 딴 데 팔고 있다는 것을 눈치챘다. 평소보다 과묵한 얼굴은 놀러 온 사람의 들뜬 표정이 아니었다. 사료를 떠나기 전날 밤에 면자가 정식으로 혼담을 꺼냈으나 그녀가 답하지 않았던 일이 떠올랐다. 당시 면자는 접매에게 생각해 보라고 했으나 언제까지 대답해 달라는 말은 하지 않았다. 혹시 이번에 그 대답을 듣겠다고 온 것인가? 어쩌면 송자가 타구의 생활에 적응하지 못하고 지난번처럼 나쁜 습관을 들일까 봐 서둘러 두 사람을 결혼시켜 사료에 데려갈 작정인지도 모른다.

접매는 송자와의 결혼을 마음속으로 이미 받아들인 상태다. 하지만 한편으로는 머릿속의 어두운 그림자를 아직 완전히 지우지 못했다. 게다가 결혼 후에는 사료에 돌아가 물고기를 잡고 돼지를 키우면서 살아야 하는 생활도 망설이게 만들었다. 그녀는 의관의 일을 놓치기 싫었다. 의료라는 업은 혼자 할 수 있는 일이 아니다. 사료라는 작은 촌락으로 돌아가면 그녀가 할 수 있는 일은 제한적일 것이다.

이런 생각을 하니 불안해지기 시작했다. 면자가 물으면 어떻게 대답해야 할까? 시간이 늦었으니 면자는 접매를 의관에 데려다주겠다고 했다. 먼길을 와서 정말 송자의 얼굴을 보고 타구를 구경하는 것으로 끝난단 말인가? 접매는 어리둥절했다. 면자는 몇 번이나 무슨 말을 꺼내려고 하다가 말았는데 그가 하려던 말은 무엇일까?

세 사람은 기후에 돌아와 의관 앞까지 걸어왔다. 접매가 작별 인사를 하려고 할 때 면자가 갑자기 걸음을 멈추더니 송자 쪽을 먼저 본 다음 접매를 바라보았다. 그는 무척 이상한 표정을 지으며 마침내 말을 꺼냈다.

"접매야, 축하해! 이양례 영사가 다 말했단다. 우리한테도 진작 두 사람 사이를 귀띔해줬으면 좋았잖아. 며칠 후 송자를 사료에 데려가려고 한다."

접매는 벼락이라도 맞은 듯 얼굴색이 변했다. 면자를 멍하니 쳐다보면서 한마디도 할 수 없었다. 송자는 놀라서 고함을 쳤다.

"형님, 그게 무슨 말입니까?"

면자는 되려 자신이 큰일을 저지른 아이처럼 미안한 얼굴로 송자를 바라보았다.

"너희가 사료를 떠난 다음 날, 이양례 영사가 우리 집에 접매를 만나러 왔었다. 가기 전에 특별히 부탁하고 갔어. 접매는 자기 여자고, 곧 돌아와서 하문으로 데려갈 거라더라."

분위기가 삽시간에 얼어붙었다. 접매는 마치 바닥에 박힌 듯 뻣뻣해졌다. 얼굴은 창백해지고 두 눈은 넋이 나간 듯 초점을 잃고 입술은 굳게 닫혔다.

송자가 면자를 노려보며 "말도 안 되는 소리! 나는 안 믿어요!"라고 외친 다음 접매에게 애걸하는 목소리로 말했다.

"면자 형님의 말이 사실 아니지?"

접매는 이제야 정신이 돌아온 듯 처연하게 웃었다. 그리고 원망과 슬픔이 가득한 눈으로 면자를 바라보며 고개를 가볍게 끄덕였다. 그렇다는 것인지 아닌지 알 수 없는 끄덕임이었다. 그러고는 천천히 몸을 돌려 의관 계단을 힘겹게 올라갔다.

"접매! 접매!"

송자가 부르는 소리가 안 들린다는 듯 그녀는 의관으로 들어가버렸다. 송자는 안절부절못하고 그녀를 따라 들어가려 했지만 그의 말소리를 듣고 나온 수위에게 제지당했다.

접매가 되돌아 나오더니 계단 끝에 서서 조용히 말했다.

"송자 오라버니, 미안해요. 사료로 돌아가세요."

이번에는 면자를 돌아보며 거의 들리지 않을 정도로 목소리를 낮춰 말했다.

"면자 오라버니, 1년 동안 보살펴주셔서 고맙습니다. 문결을 대신해서도 감사드려요."

그녀는 안으로 들어갔고 마침내 시야에서 사라졌다. 송자는 자리에 주저앉아 큰 소리로 통곡했다. 면자가 어깨를 토닥였다.

"송자야, 일어나. 형이랑 사료로 돌아가자꾸나."

접매는 방으로 들어와 그제야 울음을 터뜨렸다.

너무 많은 일이 한꺼번에 일어나 감당할 수 없었고 머릿속이 정리되지 않았다.

이양례가 하문으로 돌아가기 전에 사료에 들렀다는 사실을 몰랐으며 면자에게 무슨 말을 했는지 알 수 없었다. 이제는 알아봤자 소용도 없다. 면자는 이미 결정을 내렸다. 그동안 송자에게 고백을 할까 말까, 어떻게 말해야 할까 고민했던 것도 쓸모없는 일이 되었다. 어차피 면자는 그녀와 양씨 집안 사이에 명확하게 선을 그었다.

자리에 눕자 만감이 교차했다. 마음이 무겁기도, 공허하기도 하면서 무거운 짐을 내려놓은 듯 가벼운 느낌마저 들었다. 자신을 괴롭히던 고민들이 갑자기 사라져서 이제는 마음에 걸리는 것이 없어졌다. 면자는 그녀가 사료에 있는 동안 송자를 속이고 이양례와 애정 행각을 했다고 여겨서 단호하게 송자를 데려가기로 한 것이다.

한편으로는 억울한 생각마저 들었다. 송자를 향한 자신의 감정은 진심이었기 때문이다. 그런데 이제는 모든 것이 허사가 되어버렸다. 면자는 이양례가 그녀를 하문으로 데려갈 것이라고 했다. 그렇다면 이양례가 자신에게 정이 있다는 의미인가? 자신을 이용해 욕정을 풀었을 뿐이라고 생각한 것과는 달리 말이다. 아니면 그날 밤에 대한 보상과 위로인가? 그녀는 갈피를 잡을 수 없었고 갈등에 빠졌다. 과연 이양례가 다시 찾아올까? 그를 따라 하문으로 갈 것인가?

'말도 안 돼!'

그녀는 스스로를 비웃었다. 하문에 가서 뭘 어찌한단 말인가? 그곳이 멀고 낯선 땅인 것은 둘째로 치더라도 말이다. 이양례가 하문에서 아들과 함께 살고 있다는 말을 듣고 부인과는 떨어져 지낸다고 짐작한 적은 있었다. 하지만 정말 그를 따라 하문에 간다면 사료 사람들이 그녀를 얼마나 비웃을까? 조롱하는 그들의 마음 한구석에는 어느 정도 질투하는 심정도 있을 것이다. 그녀는 또 자신을 책망했다. 질투할 게 뭐가 있단 말인가! 양인을 따라가서 살면 무슨 즐거움이 있으며 무슨 자랑거리란 말인가!

　다시 송자를 떠올렸다. 송자는 어떻게 하나? 그는 사료 사람들 앞에서 고개도 들지 못할 것이다. 그 생각을 하자 가슴이 찔린 듯 아파서 눈물이 주르륵 흘러내렸다. 자신에게 그토록 잘해준 송자에게 정말 미안하다. 조금 전 모든 것이 돌이킬 수 없게 되었다는 사실을 깨달았기에 다시 밖으로 나가 그에게 돌아가라고 말하고, 면자에게도 고마웠다고 인사했다. 이제는 자신의 잔인하고 무정한 태도가 후회되면서 자책감에 사로잡혔다. 면자가 단호하게 돌아가자고 했어도 자신이 굳이 돌아가라고 말할 필요까지는 없었다. 면자가 돌아가자고 한 것과 자신이 직접 송자에게 사료로 돌아가라고 한 것은 의미가 천지 차이로 크다.

　그녀는 후회했다. 송자는 그녀가 자기를 버리고 이양례를 선택했다고 오해할 것이다. 공허하기 그지없는 기분이 들었다. 송자가 떠나면서 그녀의 생명력까지 가져가버렸다. 생명이 마치 순식간에 빠져나간 듯했다. 평생 송자를 다시 만나지 못할 것만 같다. 이양례는 또 어디에 있는가? 그녀는 이양례와 잘 살 수 있을까? 사료에서처럼 그의 시종으로 살 것인가? 아니, 그의 노예 겸 첩으로 살아갈까?

그런 생각을 하니 비참하고 슬펐다. 그녀는 완전히 고립무원의 의지할 데 없는 신세가 되었다. 부모님은 안 계시고 문걸은 먼 곳에 있다. 기후로 돌아온 다음에는 송자와 평생을 같이할 것이라 인정하고 사료의 양씨 집안을 자신의 집으로 여기고 살았다. 하지만 모든 것이 이제는 불가능한 꿈이 되어버렸다.

그녀는 문걸이 그리워졌다. 문걸을 보러 저로속에 가고 싶었다. 시성에서 배를 타면 사료에 들르지 않고 곧장 보력으로 갈 수 있을 것이다. 하지만 용기가 나지 않는다. 그녀는 이제 낭교의 땅을 다시 밟는 것이 두려웠다. 그렇다면 사방으로 떠돌아다니는 신세로 살아가야 한다. 심지어 의관에서 살 수 없을지도 모른다. 이양례가 자신을 찾지 않게 해야 한다.

의관과 이곳에서의 일을 생각하니 극도로 심란해졌다. 내일 일이나 할 수 있을까? 지금 같아서는 맨슨의 얼굴을 보기도 두렵다. 맨슨에게는 사료에 돌아갈 수 없게 된 사실을 어떻게 말해야 할까? 맨슨뿐 아니라 모든 사람의 얼굴을 보기가 수치스럽다. 그녀는 세상 사람들에게 버려지는 것이 두렵고, 아는 사람을 다시는 만나지 않는 곳으로 숨어들고 싶었다.

그녀는 이양례를 따라 하문에 가고 싶지 않다. 이양례는 그녀의 기분은 아랑곳하지 않고 그녀를 범했으며, 동의를 얻거나 의견을 묻지도 않고 면자에게 하문으로 데려가겠다는 말을 해버렸다. 그녀의 의견이나 사정 따위는 안중에도 없는 행동이다. 무엇보다 그녀의 마음에는 여전히 송자가 있다. 지금 송자는 무슨 생각을 하고 있을까?

틀림없이 그녀가 자신을 속였다고 생각할 것이다.

사실 지난 1개월 동안 그녀는 송자에게 진심으로 대했다. 그녀는 마음속으로 송자를 불렀다. 그날 밤 이양례가 그녀의 육체를 범했을 때 정조를 잃었다. 그런데 이번에는 송자까지 잃게 만들었다. 이양례가 죽도록 원망스럽다.

문득 그녀는 관음정과 을진법사를 떠올렸다. 갑자기 어둠 속에서 한 줄기 빛을 찾은 것 같았다.

이튿날, 날이 밝기도 전에 접매는 맨슨의 진료용 책상에 편지를 남겼다. 짐을 들고 나와 수위에게 잘 있으라며 손짓을 했다. 수위가 놀라는 표정으로 바라보았다.

그녀는 입술을 깨물면서 의관을 나왔다.

고개를 들어 하늘을 올려다보았다. 아직 동이 트지 않은 하늘에는 희미한 달이 걸려 있었다. 바다 쪽에서 바람이 불어와 한기가 느껴지면서 마음까지 움츠러들었다. 두 줄기의 눈물이 뺨 위로 끊임없이 흘러내렸다.

이 넓은 세상에 관음정만이 그녀가 의지할 수 있는 유일한 곳이었다. 그녀는 문득 어머니를 떠올렸다. 20년 전 깊은 밤중에 부락을 떠날 때 어머니도 같은 심정이었을까? 그녀는 쓸쓸하게 웃었다. 아마 어머니의 상황은 자신보다 나았을 것이다. 어머니에게는 아버지가 있었다. 하지만 자신은 어떤가? 이양례에게 과연 기댈 수 있을까? 이런 생각을 하니 쓸쓸한 웃음만 나왔다. 그리고 그 순간 이양례는 자신의 마음속에서 이미 죽은 사람이라는 사실을 깨달았다.

67장

접매는 관음정의 주지인 을진법사의 방에 앉아 있다. 몇 시진 전에 그녀는 이곳에 도착해서 을진법사를 보자마자 머리를 깎고 출가하고 싶다고 말했다. 그런데 을진법사는 정색을 하며 거절했다. 다만 그녀를 이곳에서 지내게 해주겠다고 했다. 을진법사는 접매에게 점심을 먹인 다음 자신의 방으로 데려갔다.

방은 몹시 남루하여 침대만 달랑 있을 뿐 탁자와 의자도 보이지 않았다. 벽의 선반 위에 준제관음상이 놓여 있을 뿐 아무런 장식이 없었다. 을진법사는 접매에게 침대에 앉으라고 눈짓했다. 접매의 고백을 듣고 나서는 출가 후에는 어떻게 할 거냐고 물었다.

"부처님을 모시고 경을 읽고 밭을 갈고 이곳의 일도 도우면서 지내고 싶어요."

접매의 대답에 을진법사가 고개를 가로저으며 부드럽게 말했다.

"머리를 깎는 일은 마음을 가다듬고 천성을 함양하기 위함이지 세상에서 도피하는 수단이 되어서는 안 됩니다."

접매가 왈칵 눈물을 쏟았다.

"세상이 저를 품어주지 않네요. 이젠 돌아갈 집도 없답니다."

을진법사는 여전히 엷은 미소를 띤 채 말했다.

"어딘들 집이 아닌 곳이 있습니까? 타향도 고향입니다. 부친께서
도 그렇게 살지 않으셨습니까?"

멍하니 듣고 있던 접매는 뭔가 깨달은 듯했다.

"접매 씨는 지금 업장을 지고 있네요. 부처의 자비로 업장을 소멸
할 수 있습니다. 옆에서 제가 도와드릴게요."

을진법사가 이렇게 말하고는 접매의 어깨를 토닥여주었다.

"쉬면서 천천히 생각하세요. 아침 일찍 오느라 고생했고, 잠도 못
잔 것 같으니 졸리면 여기에 누워서 자요. 저는 오후 염불을 마치고
올게요."

접매는 정말 피곤했는지 깊이 잠들었다. 눈을 떠보니 어느새 날이
어두워졌다. 경을 읽는 소리가 불당에서 들려오는 것으로 보아 벌써
저녁 염불 시간인 듯했다. 접매는 곁채에서 나가 본당으로 들어갔다.
불빛이 희미한 본당에는 을진법사가 단정히 앉아 목어(木魚)를 치고
있었고, 다른 승려들은 불경을 염송하고 있었다. 접매는 그들 뒤에
앉아 준제관음상을 바라보며 공손히 예를 올렸다. 한 승려가 경서를
건네주었다. 절반 정도만 알아볼 수 있었지만 접매도 그들을 따라 염
송하기 시작했다. 불경 읽기가 끝나자 접매는 을진법사에게 예를 올
리며 말했다.

"사부님, 저는 어찌할 바를 모르겠습니다."

"일단 우리 절에서 사흘간 지내보고, 그 이후에 어떻게 할지 말해주세요. 그래도 결심이 확고하다면 기꺼이 받아주겠습니다. 하지만 충동적으로 내린 결정이라면 이 사부도 받아주지 않겠습니다."

을진법사가 말했다.

◈━━━━◈

을진법사의 말이 맞았다. 접매의 생각은 여전히 송자에 머물러 있어서 그에 대한 그리움을 떨치기 어려웠다. 송자가 자신을 찾아오기를 얼마나 바라는지 모른다. 송자와 함께라면 세상 끝이라도 따라갈 수 있을 것 같다. 젊은 시절의 어머니가 아버지를 따라나섰던 것처럼 말이다. 하지만 사료에 가서 송자를 만날 용기는 없다. 면자의 말을 들은 송자가 자신을 받아줄지도 모르는 일이다.

송자가 그래도 찾아오지는 않을까? 면자를 떠나 독립할 용기가 있을까? 송자가 그녀를 보러 의관에 가면 그녀가 관음정에 와 있다는 것쯤은 알지 않을까? 만약 송자가 돌아온다면 그와 함께 홍룽리나 봉산구성으로 가서 살 방도를 찾아볼 수 있을 것이다. 그녀는 송자의 노력과 자신의 지혜만 있다면 생활은 가능하리라 믿는다. 을진법사가 제대로 보았다. 그녀는 아직도 속세에 미련이 남아 있다.

최소한 지난 6개월간 의관에서 배운 지식을 활용할 수 있을 것이다. 타구 이남에서 서양식 의료 기술을 배운 여자는 극소수다. 그녀는 송자와의 생활을 상상했다. 그가 배를 타고 일해서 돈을 모으면 외지에서 물건을 사들여서 되파는 상점을 열 수 있으며, 이와 겸해서 작은 의관도 열 수 있을 것이다. 만약 송자가 돌아오지 않으면 그녀 혼자서라도 의관을 열 수 있다.

갑자기 가슴이 저렸다. 송자는 돌아오지 않을 것이다. 면자의 곁을 떠나오게 할 수는 있어도 자신을 다시 좋아할 수 없으리라. 송자는 그녀가 이미 이양례의 여자라는 사실을 알았을 것이다. 이렇게 생각하는 동안 얼굴이 온통 눈물에 젖었다.

온통 꼬여버린 생각과 곤혹스러움 속에서 그녀는 한 가지 기억을 떠올렸다. 사료에 있을 때 이양례에게 관음정을 언급한 적이 있었다. 어느 일요일에 천주교 신자인 이양례가 예배를 마친 후 접매가 그에게 질문을 했다. 그가 믿는 천주교와 맥스웰이나 맨슨이 믿는 기독교는 모두 십자가가 있지만 다른 점이 많은 것 같다고 말했다. 이양례는 접매의 총명함과 관찰력을 칭찬하고는 그녀에게 기후교회의 예배에 가본 적이 있냐고 물었다.

그때 접매는 신이 나서 관음정과 자제궁 이야기를 했다. 자주 관음정에 가서 기도하는데 이는 양인들이 예배하는 것과 같은 의식이라고 했다.

"게다가 우리는 직접 신명들과 대화도 할 수 있고 질문할 수도 있답니다. 신명께서는 답을 가르쳐주시지요."

그녀는 자랑스럽게 말했다. 이양례는 타구 부근에 봉산구성이 있으며, 200년의 역사를 가진 고찰이 있다는 소리에 놀라움을 금치 못했다. 캐럴과 맨슨도 그런 이야기는 한 적이 없다고 했다. 그는 짐 속에서 고서적을 꺼냈다. 그것은 대만부 관리가 청나라 황제에게 바친 책의 복제본이었다. 과연 그 책에서 타구의 구산과 관음정을 찾아냈다. 이양례는 몹시 흥분하며 관음정이 과연 타구의 가장 오래된 고찰이라고 탄복했다. 접매도 놀라면서 관음정의 명칭이 고서적에 나올 줄은 몰랐다며 신기해했다. 이양례는 다음에 자기도 데리고 가 달라고 말했다.

그녀는 다시 시름에 잠겼다. 만약 이양례가 정말 자기를 찾을 생각이라면 이곳을 떠올릴 수도 있겠다는 생각이 들었다. 그러다가도 쓸데없는 생각을 하는 스스로를 질책했다. 어차피 출가하기로 마음먹은 사람이 이양례가 찾아오든 말든 무슨 상관이란 말인가!

저녁 염불 시간이 끝난 이후 접매는 을진법사에게 출가할 결심이 확고하다고 이야기했다. 그리고 머리를 깎고 염불을 외우는 것 외에 감당할 수 없을 정도의 일을 달라고 했다. 무슨 일이라도 개의치 않겠다고 강조했다. 을진법사는 특유의 마음을 꿰뚫어 보는 듯한 미소를 지었다.

"그거야 어렵지 않아요. 불법을 깨닫고 수양하여 자신을 확립하는 것이 가장 중요하니까요."

을진법사는 이튿날 사시(巳時, 오전 10시)에 체도(剃度) 의식을 거행하겠다고 말했다.

다음 날 접매는 일찍 일어나 목욕재계를 마친 다음 곁채에서 좌선을 한 채 염주를 들고 부처님의 명호(名號)를 외웠다. 체도 의식을 거행할 시간은 점점 다가왔고, 접매는 겉으로는 평온하게 염불하고 있었지만 마음속에서 소용돌이가 몰아치는 것은 어쩌지 못했다. 그녀는 송자에게 운을 내려주어 사료에 돌아가 좋은 여자를 만나게 해 달라고 부처님께 기도했다. 그리고 낭교에 다시는 전쟁이 없게 하여 문걸과 저로속이 평안하기를 빌었다. 그녀는 세상이 온갖 고초로 가득 차 있으며, 아무런 근심 없는 인생을 바라는 것이 헛된 망상임을 이제야 알았다. 생을 마칠 때까지 이곳 관음정에 있을 것이다. 법당의 불문 안에는 가장 고요하고 단순한 세계가 있다. 그녀는 홀로 방에 앉아 속세와의 이별을 준비했다.

그런데 밖이 갑자기 소란스러워지면서 누군가 부르는 소리가 사찰 입구에서 들려왔다.

"접매! 접매!"

단번에 알아들을 수 있는 친숙한 송자의 목소리였다. 송자가 의관 입구에서 그녀를 처음 봤을 때 부르던 것과 같은 격정 어린 소리였다.

"접매! 접매!"

이어서 다급한 발소리와 함께 송자가 뛰어 들어왔다. 접매는 자신의 귀를 믿을 수 없었으나 그의 모습을 보는 순간 기쁨의 눈물을 흘렸다.

68장

10월 21일 아침, 면자의 집을 떠나 길을 가던 이양례가 일부러 되돌아와 접매를 잘 보살펴 달라고 당부하며 접매를 하문으로 데려갈 거라는 말도 덧붙였다.

면자는 놀랍고 당황하여 어리둥절했다. 그는 곧 이양례와 접매가 이미 그렇고 그런 관계였다고 눈치챘다. 며칠 전 밤에 혼담을 꺼냈을 때 접매가 전혀 기쁜 기색을 보이지 않고 대답 없이 고개를 숙인 채 방으로 들어간 것도 그 때문이었다. 이어지는 감정은 분노였다. 그런 줄도 모르고 바보처럼 혼담을 꺼내고, 송자를 기후에 보냈으며, 공연히 돈까지 들려 보내서 두 사람의 결혼을 기대한 것이다.

자신과 송자를 속인 접매가 괘씸했다. 그날 이양례가 말을 마치고 곧바로 떠나는 바람에 면자가 충격에서 벗어났을 때는 자세한 상황을 물어볼 틈이 없었다. 이양례가 주고 간 자루를 열어본 그는 더욱 놀랐다. 새로 집을 짓고도 남을 어마어마한 액수였다.

사실 이양례에게 물어볼 처지도 아니긴 하다. 그래서 면자는 화를 접매에게 돌리고는 그녀의 혈통을 트집 잡기 시작했다.

"객가 출신은 역시 안 된다니까……."

그는 혼잣말로 중얼거렸다.

"반은 생번의 피가 섞였으니 더 고마운 걸 모르고……."

그러나 지금 접매에게 사로잡힌 사람은 양인이다. 그것도 낭교 사람 모두가 감사하며, 총병 대인까지도 그의 앞에서는 쩔쩔매는 이양례가 아닌가! 그렇게 생각하니 화가 누그러졌다.

이번에는 문걸을 떠올렸다. 남매 중 한 사람은 양인 관리의 눈에 들었고, 한 사람은 생번 총두목의 총애를 받으니 전생에 얼마나 덕을 쌓았길래 팔자가 이다지도 좋단 말인가! 그의 분노는 어느새 질투로 바뀌었다.

그는 탄식을 뱉었다.

"송자를 하루라도 빨리 사료로 데려오는 게 가장 현실적인 해결책이다."

아마 이양례도 송자가 접매를 좋아한다는 사실을 눈치챘을 것이다. 그래서 가다 말고 되돌아와서 일부러 당부했을 테다. 아니, 실은 경고로 봐야 할 것 같다. 그는 갑자기 경각심이 일었다. 이 보잘것없는 양씨 집안에서 이양례의 비위를 건드리면 큰일이라는 생각이 들었다. 무엇보다 그에게는 돈줄이 되어주는 사람인데 말이다.

그러나 이미 11월이었다. 최근 북서풍과 낙산풍이 번갈아 불어서 당장 길을 떠나기가 쉽지 않았다. 사찰의 제사가 많아서 바빴고, 배편을 구하기가 힘들어서 미루다 보니 1개월이나 지나버렸다. 겨우 작은 배에 몸을 싣고 동항에 도착했다가 그곳에서 배를 갈아타고 기후로 향했다. 기후에 도착했을 때는 금요일 저녁이었고, 홀로 시간을 보내다가 일요일에야 접매와 송자를 만날 수 있었다.

막상 접매를 만나서는 할 말을 꺼내지도 못했다. 그녀를 책망하긴 커녕 경외심까지 들었다. 이양례가 특별히 당부까지 하고 곧 하문에 데려간다고 했던 터라 경솔하게 말을 꺼낼 수 없었다. 접매에게 잘못 보이면 이양례의 노여움을 살 것이다. 다만 송자가 상처를 받지 않으면 좋겠다. 그래서 송자를 보호하면서 이양례가 자기 여자를 송자가 따라다닌다고 오해하지 않도록 일을 처리해야 한다.

원래는 송자에게 먼저 이야기하려고 했으나 그가 계속 접매의 옆에 붙어 있는데다 유난히 신이 난 모습이어서 이야기를 미뤘다. 그런데 접매를 의관에 데려다주고는 두서없이 말을 꺼내버렸으니 송자의 충격이 어땠을지는 미루어 짐작할 수 없다. 접매의 반응은 의외였다. 그녀는 이양례와 어떤 묵계가 있는지 인정하지 않는 눈치다. 하지만 의관에 들어갔다가 다시 나와서 직접 송자에게 사료로 돌아가라고 한 건 무슨 의미일까? 갈피를 잡을 수 없었다. 송자는 처음엔 받아들이지 못했으나 결국 현실을 인정하는 듯 아무 말도 하지 않았다.

일이 이렇게 되었으니 양씨 집안과 임씨 집안의 인연도 끝난 것이다. 운명이 그렇다면 받아들이는 수밖에 없다.

그는 일단 송자를 숙소에 데리고 가서 짐을 꾸렸다. 이튿날 두 사람은 선주에게 일을 그만두겠다고 이야기하고는 그동안 일한 삯을 받았다. 송자는 반쯤 넋이 나간 모습으로 가만히 있었다. 면자가 알아보니 저녁 무렵에 상선 한 척이 화물을 풀어놓고 동항으로 출발할 예정인데 이틀날 아침이면 동항에 닿는다고 했다. 두 사람은 그 배를 타기로 하고 길을 나섰다. 배에 오른 송자는 홀로 선미에 몸을 웅크린 채 사람들을 등지고 앉았다. 면자가 옆에 앉았으나 표정을 볼 수 없었다. 송자는 얼굴을 무릎에 묻고 이따금 어깨를 들먹이며 훌쩍였지만 다른 사람들에게 들리지 않도록 조심하는 모습이었다.

이날은 바람이 잔잔하고 달이 둥글게 차오른 밤이었다. 그래서 선장은 과감히 밤 항해를 택했다. 한밤중이 되자 면자는 졸음이 몰려오고, 춥고 배도 고파서 더는 견딜 수 없었다. 그래서 선실에 들어가 잠을 청하기로 하고 송자의 어깨를 두드리며 "들어가서 자자."라고 말했다. 송자는 대답하지 않고 자기를 내버려두라는 식으로 손만 내저었다. 면자는 혼자 선실로 들어갔다.

면자가 잠든 이후 시간이 얼마나 지났을까? 누군가 흔들기에 눈을 떠보니 송자였다. 정신이 몽롱한 가운데 목소리가 들렸다.

"형님, 저는 사료에 가지 않고 그냥 타구로 돌아갈래요. 선장이 그러는데 오늘 동항에서 짐을 내려놓고 다른 짐을 싣고는 밤에 되돌아갈 거래요. 내일 아침이면 타구에 닿는다고 하네요."

잠이 확 달아나서 면자는 벌떡 일어났다.

"타구에 돌아가서 접매에게 가려고 그러느냐?"

송자가 꿋꿋하게 고개를 끄덕였다.

"저는 결정했어요."

날이 희미하게 밝아 오고 있었고, 송자는 어젯밤의 풀죽은 모습이 전혀 아니었다. 앳된 모습이 채 가시지 않은 그의 얼굴에 전에는 볼 수 없던 결연한 표정이 보였다.

두 사람은 선실을 나왔다. 면자의 마음은 복잡했다.

"너 정말 확실히 결심한 거냐?"

"형님이 이해해주세요. 그리고 이번에는 돈 안 주셔도 돼요."

"돈은 문제가 아니다. 하지만 접매는……."

송자가 면자의 말을 막았다.

"형님, 제게 생각이 있어요."

송자의 입가에 뜻밖에 엷은 미소가 떠올랐다.

"접매는 이양례를 따라가지 않을 겁니다. 갈 사람이라면 어제 같은 표정을 지을 리가 없어요. 게다가……."

입술을 깨문 송자의 눈가가 빨개졌다.

"접매에 대한 제 마음은 변함없어요. 지난 1개월 동안 만나면서 더욱 확신이 들었어요. 접매의 마음에 제 자리가 그자만 못하다고 생각하지 않아요."

송자의 얼굴에 순간 고통스러운 표정이 스쳤다.

"두 사람 사이에 어떤 일이 있었는지는 모르겠어요. 하지만 접매를 믿어요. 게다가 저도 잘못한 적이 있잖아요."

면자는 이양례가 주고 간 돈을 떠올리며 우물쭈물 말을 꺼냈다.

"하지만 만약 이양례 영사가……."

어떻게 말을 이을지 스스로도 알 수 없었다. 송자가 재빨리 말을 받았다.

"형님, 이번에 타구로 가면 한동안 사료에 가지 않을 거예요."

말을 마친 송자가 입술을 깨물며 면자에게 꾸벅 절을 했다.

두 사람이 이야기를 나누는 동안 날은 완전히 밝았고 배도 서서히 항구에 가까이 다가갔다. 송자의 확고한 결심을 느끼고서 면자는 그의 어깨를 토닥이며 말했다.

"그래, 형은 너를 믿는다. 타구로 돌아가렴. 하지만 조건이 있다. 내년 1월 15일에는 도희가 있으니 반드시 사료에 와야 한다. 이게 내 유일한 조건이다."

송자는 일전에 면자가 자신에게 준 돈을 돌려주었고, 면자는 필요한 일이 생길 테니 넣어두라면서 받지 않았다.

"형님, 고맙습니다."

송자가 면자에게 예를 갖춰 절을 했다. 그는 고개를 들어 찬란하게 빛나는 푸른 하늘을 바라보았다.

'저와 접매의 미래가 이 아침해처럼, 이 푸른 하늘처럼 될 수 있기를 빕니다.'

◈━━◈

송자의 갑작스러운 출현에 접매는 놀라움과 기쁨이 교차하면서 한편으로는 민망하기도 했다. 을진법사와 다른 승려들은 하나같이 기뻐했고 큰 소리로 웃는 사람도 있었다. 둘은 손을 맞잡고 서로를 바라보며 웃었다. 두 사람 사이에 더는 말이 필요 없었다. 과거의 일은 들출 필요가 없다는 것을 두 사람은 잘 안다. 그럴 생각도 없다.

접매가 을진법사 앞에 꿇어앉아 무슨 말을 해야 할지 몰라 그저 "사부님!"만 불러댔다.

을진법사가 호탕하게 웃으며 말했다.

"자, 일어나서 보살님께 인사드리고 가세요."

접매가 일어나려고 하는데 이번에는 송자가 무릎을 꿇었다.

"사부님, 우리 두 사람의 결혼 중매인이 되어주십시오."

접매가 부끄러워서 고개를 깊이 숙였다. 을진법사는 더욱 기쁘다는 듯 웃었다.

"그렇게 하지요. 이번 생에 중매인이 된다니 이 또한 기쁜 일이군요. 오늘 우리 절의 모든 스님이 중매인이 되어주고 준제보살과 마조할머니가 증인이 되어주니 두 사람에게 이보다 큰 축복은 없겠지요."

이에 두 사람은 준제보살에게 참배한 다음 산에 올라 마조에게도 참배했다. 접매는 준제관음상 앞에 꿇어앉아서 지난 며칠간을 떠올렸다. 너무나 고통스러운 시간에서 이렇게 행복에 넘치는 순간이 오기까지를 빠르게 회상하며 깊은 깨달음을 얻었다. 그녀는 고개를 들어 기쁨에 넘치는 눈물을 머금고 준제보살을 바라보았다.

준제보살의 엄숙한 모습이 전에 없는 따뜻함으로 다가왔다. 보살이 시시각각 옆에서 자신을 보살펴주는 것을 느낀다. 이양례가 자신에게 한 일마저 송자와의 결합을 위한 시련이 아니었을까 생각했다. 지금 이 순간 그녀는 이양례를 용서하기로 했다. 그래서 자신도 모르게 말이 튀어나왔다.

"준제보살님의 가호에 깊이 감사드립니다. 이 제자 접매는 평생 감사하며 살겠습니다."

송자와 접매는 그 자리에 꿇어앉은 채 시간이 한참 지난 후에서야 비로소 몸을 일으켰다.

69장

밝은 달빛 아래 노조의 왼손이 접매의 머리카락을 부드럽게 어루만지다가 이어서 배도 가볍게 만졌다. 오른손으로 커다란 나무 순가락을 들고 좁쌀주를 떠서 접매의 입에 넣어주고 축복의 주문을 외웠다. 접매는 신명의 축복을 받는 느낌에 감격의 눈물을 흘렸다.

경쾌한 노랫소리 속에서 노조는 유쾌한 동작으로 춤을 추며 사람들에게 다가갔고, 송자는 요즘 울보가 되었다며 접매를 놀렸다. 접매가 애교스럽게 송자의 가슴을 살짝 꼬집자 송자는 껄껄 웃었다. 주변에 있던 사료의 젊은 남녀들도 접매에게 부러운 눈길을 보냈다. 지난 백 일 동안 송자와 접매는 행복에 젖어 있었다.

⸺⸺⸺

두 사람은 관음정에서 결혼식을 올린 후 을진법사를 비롯한 승려들과 작별했다. 이제는 어디로 갈지 정해야 했다. 접매는 기후의관으로는 가지 않기로 마음먹었다. 아쉽기는 하지만 두 사람은 의관을 떠날 수밖에 없다는 것을 잘 알고 있었다.

작별 인사는 해야 했으므로 둘은 의관을 찾아 맨슨에게 인사했다. 맨슨은 접매가 말도 없이 떠나자 화가 나 있었는데 다시 나타나 사과하자 노기가 절반은 누그러졌다. 이내 곧바로 떠나야 한다는 말에 상당히 아쉬워했다. 그는 송자도 함께 온 것을 보고 물었다.

"두 사람은 이제 사료로 돌아갈 겁니까?"

접매가 대답하지 못하고 머뭇거리는데 송자가 고개를 끄덕였다. 접매도 더는 할 말을 찾지 못했다. 그녀가 대답을 망설이는 까닭은 이양례가 맨슨을 통해 그녀가 간 곳을 알아낼까 두려웠기 때문이다. 다시는 이양례와 얽히고 싶지 않았다.

의관을 나서고 접매가 정말 사료로 갈 거냐고 물었다. 이번에는 송자가 머뭇거리며 대답을 못하자 접매가 확고한 태도로 말했다.

"나는 큰 도시에 가서 원하는 일을 하며 살고 싶어요."

송자는 면자에게 한동안 사료로 돌아가지 않겠다고 말했던 기억이 떠올랐다. 접매도 자신도 봉산구성을 좋아하고, 근처에는 만단항도 있어서 고기잡이 일이 많을 것이다. 접매에게 봉산구성에서 작은 의관을 차리면 어떻겠냐고 물었다.

"조금 전 맨슨 선생님한테는 사료로 간다고 말했어요. 그런데 이곳 홍룡리 일대에서 나 같은 여자가 의관을 열면 그 소식이 맨슨 선생님의 귀에 금방 들어갈 텐데 뭐라고 말해야 해요? 그래서 타구나 홍룡리에는 남기 싫어요."

접매는 단호했다.

송자가 주저하며 말했다.

"기후도 안 되고 초선두도 안 되고 봉산구성이나 만단항에도 살 수 없고, 사료에도 가지 않으면 우린 어디로 가야 해?"

타구에서 생활하면서 송자도 조금씩 세상을 보는 눈이 트였다. 형님 면자는 고향에서 수령의 자리에 있지만 첩의 자식인 자신은 무시당하고 살았으니 이제는 바깥세상에서 뜻을 마음껏 펼쳐야겠다고 생각했다. 그러려면 도시로 나가야 하는데 글공부를 많이 하지 않은데다 장사에는 도무지 취미가 없었다.

접매가 턱을 괴고 생각하는 사이에 송자가 말했다.

"내 걱정은 하지 말아. 접매가 가고 싶은 곳에 나도 따라갈 테니 천천히 살 방도를 생각해 보자."

접매가 고개를 들고 말했다.

"나는 부성에 가고 싶어요. 그곳의 수선궁 부근이 좋을 것 같아요. 일단 사람이 많고 저번에 맨슨 선생님이랑 갔을 때 보니까 양의사의 의술을 찾는 사람들도 많더라고요."

이에 두 사람은 대만부의 오조항에 있는 수선궁으로 갔다. 접매는 지난번에 만난 적이 있는 사당 앞의 아주머니를 찾아가서 작은 방을 빌렸다. 송자는 시장과 항구 주변에서 할 만한 일을 찾았다. 접매는 의관을 여는 게 쉽지 않다는 걸 알았다. 때마침 부근의 중의원에서 조수를 찾는다고 해서 찾아갔다.

젊은 중의사는 접매가 양의사에게 의술을 배웠다는 말을 듣고 배척하기보다는 신기해했다.

"운기를 조절하는 데는 우리 중의학이 양의학보다 앞서고, 넘어지거나 부딪쳐서 다친 상처를 치료하는 데도 지지 않아요. 하지만 솔직히 말해 상처가 곪거나 복통과 고열이 있을 때는 고약으로 치료하면 안 좋아지는 경우가 많아요. 그런데 양의학은 이런 분야를 치료하는 데에 강합니다."

이렇게 해서 송자와 접매는 대만부의 수선궁 부근에 자리를 잡았다. 이 일대는 번화하고 생활이 편리해서 둘은 그곳에서 만족하며 지냈다.

두 사람이 대만부에 왔을 때는 음력 10월 말이었다. 시간은 빠르게 흘러 어느새 음력설이 되었다. 그래서 휴가를 내고 사료로 돌아갔다. 송자는 음력 1월 15일 대보름에는 사료에 가기로 했다. 둘은 음력 정월 초닷새 장날에 안평에서 배를 탔다. 초이레가 되자 사료에 도착했다. 사료 사람들은 송자와 접매가 부성에 산다는 것을 듣고 크게 술렁였다. 면자는 두 사람이 결혼했을 뿐 아니라 하는 일도 잘 풀린다는 상황에 무척이나 기뻐했다. 송자는 지난날의 어리숙함을 완전히 벗고, 예의 바르고 세상 물정에도 밝은 어엿한 가장의 모습이었다. 면자는 기뻐서 입이 다물어지지 않을 정도였다.

무엇보다 기쁜 것은 접매의 임신 소식이었다. 외관상으로는 아직 드러나지 않으나 입덧 증상을 보이고 있었다. 송자의 기쁨은 이루 말할 수 없었다. 면자는 두 사람이 온 김에 결혼식을 올리자고 했다. 하지만 음력설부터 정월 대보름까지는 결혼식을 올리지 않는 풍습이 있고, 정월 대보름이 지나면 두 사람은 서둘러 부성으로 돌아가야 한다. 그들은 면자에게 사장이 특별히 길게 휴가를 준 것이라서 더 지체

616

되면 곤란하다고 했다. 어쨌든 이미 결혼을 했고 아기도 가졌으니 손님들을 초대하여 잔치를 베푸는 일만 염두에 두면 된다.

⬥──────⬥

오늘은 도희 의식이 거행되는 날이다. 도희는 사료의 조상들로부터 전해 내려오는 가장 중요한 제사로, 면자의 집 근처에 있는 토생자 황씨 집안의 노조 사당에서 거행된다.

날이 아직 어두워지기 전에 사람들은 바쁘게 움직였다.

작년에는 접매와 문걸이 이 집에 신세를 지고 있었다. 도희는 평포 토생자의 전통이었기에 남매는 외부인의 자격으로 의식을 구경했다. 하지만 올해는 다르다. 접매는 이제 사료의 수령인 양씨 집안의 며느리가 되었다. 그녀는 이제 토생자의 집단에 녹아들 때라고 생각했다. 특히 작년부터 낭교 18부락 연맹의 총두목과 이양례가 화의를 맺고 전쟁의 위험이 없어진 이후 낭교에서는 토생자, 생번, 복로인, 객가인을 막론하고 서로를 향한 적의가 이미 많이 사라졌다.

이제 접매는 스스로 사료 사람이 되었다고 여긴다. 송자는 앞으로 태어날 자녀는 토생자의 피와 복로인의 피, 객가인의 피, 생번의 피가 골고루 흐를 테니 모든 사람이 친척이라고 말하고 다녔다. 그는 껄껄 소리를 내어 웃으며 득의만만한 심정을 드러내곤 했다.

남부의 낭교 토생자와 북부의 대만부 숙번은 모두 안자조(矸仔祖)를 섬기는 모계 사회에 속한다. 다만 안자조를 대만부에서는 아립조(阿立祖)라고 부르고, 낭교에서는 노조라고 부르는 식으로 명칭이 달

617

랐다. 제사 날짜도 달라서 대만부 주변의 숙번은 대부분 음력 9월 9일에 제사를 지냈다. 이는 복로인들이 중시하는 삼태자(三太子)가 태어난 날이고 중양절(重陽節)이기도 하다. 방료 이남의 토생자는 대부분 음력 1월 15일, 즉 복로인의 원소절(元宵節, 정월 대보름)이자 새해맞이 마지막 날에 제사를 지냈다.

석양이 지고 달이 떠오를 때 사람들은 노조에게 바칠 공물을 광장 중앙의 바닥에 늘어놓는다. 갖가지 색의 꽃과 빈랑 외에도 큰 대접에 담긴 좁쌀주도 있다. 공물의 옆에 통나무로 짠 탁자를 놓고 조상들이 와서 드실 수 있도록 열두 벌의 그릇과 수저를 가지런히 놓는다.

사료의 모든 사람이 남녀노소 할 것 없이 노조의 제단이 놓인 광장을 둘러싸고 큰 원을 그리며 노래를 부른다. 즐거운 노랫소리를 배경으로 노조의 화신을 의미하는 왕이(尪姨)가 춤을 추면서 나타난다. 노조는 머리에 화관을 쓰고 자상한 미소를 띠면서 발뒤꿈치를 살짝 들고, 사뿐사뿐 반은 춤을 추고 반은 걷는 자세로 공물이 놓인 탁자에 다가온다. 노조는 공물을 한 가지씩 들어서 머리 위에 높이 들고 사방을 돌아보면서 자손들이 바친 공물을 기쁘게 받는 모습을 표현한다. 그리고 두 손을 움직이며 춤을 추면서 수안조(水矸祖)의 제단을 바라보고 앞으로 나아갔다가 뒤로 가기를 여러 번 반복한다. 공물을 모두 거둔 후 노조는 왼손에 좁쌀주가 가득 든 호리병을, 오른손에 커다란 나무 숟가락을 들고 사람들 앞으로 뛰어와 좁쌀주를 한 모금씩 입에 넣어주며 축복의 말을 한다.

아이들을 보면 머리카락을 쓰다듬어준다. 노조의 축복을 받은 사람은 행복하고 만족스러운 표정으로 예를 올리고 감사의 말을 읊조린다. 이때 몇몇 대담한 사람들은 마음속의 고민을 이야기하는데 노조가 자상하게 대답해주기도 한다. 사람들은 모두 미소를 띠면서 대단히 만족한 표정을 보여준다.

접매는 송자 옆에 서서 노조의 경쾌한 발동작과 몸놀림을 주시했다. 접매는 객가 출신 아버지를 따라 관세음보살을 모시고 생번 출신 어머니가 신봉하던 조상의 영령도 경건히 모셨다. 타구에서는 처음으로 맨슨과 맥스웰의 기독교를 접했고, 그들의 생활 태도와 종교적 열정에는 깊은 인상을 받았지만 예배 의식에는 별다른 느낌을 받지 못했다. 그녀의 마음을 움직이는 것은 역시 관음정의 준제보살이었다. 비록 다른 형상으로 출현했지만 말이다. 그런데 이번에 두 번째로 접하는 노조는 전과 다른 심경으로 바라봐서인지 큰 감동으로 다가왔다.

노조는 자손들과 가장 친근한 신명이다. 신명과 조상 그리고 영령이 합쳐져 있기 때문이다. 신명의 장엄함에 조상의 자상함이 접목되어 있으며, 1년에 한 차례 모든 후손 앞에 현신하는 존재다. 접매는 민족마다 각자의 혈통을 상징하는 신명이 있고, 다양한 제사 의식과 섬기는 방식이 있음을 깨달았다. 그녀는 여러 민족의 융합을 보여주는 산 증인으로 각각의 민족, 종교, 문화를 증명하고 있으며 여기에는 우월함과 열등함, 높고 낮은 구분이 없다. 접매는 이 모든 것을 함께 수용해야 한다. 그녀의 피와 그녀 자식의 피에는 각 민족의 기억과 신앙이 동시에 흐르기 때문이다. 자신이 앞으로 준제보살을 신봉하면서 동시에 노조도 신봉하리라는 것을 잘 안다.

노조가 마침내 접매의 앞까지 왔다. 그리고 미소를 지으며 바라볼 때 접매는 봄바람 속에 앉아 있는 기분이었다. 자신도 모르게 눈을 감고 고개를 숙였다. 노조는 땀이 밴 따뜻한 손바닥으로 그녀의 머리카락을 가볍게 쓰다듬더니 턱을 가볍게 당겼다. 접매는 눈을 뜨고 노조가 건네준 좁쌀주 한 모금을 마셨다. 좁쌀주는 어머니가 생전에 가장 좋아하시던 거라 어느새 어머니 생각이 났다. 신기하게도 이때 노조가 오른손을 뻗어 그녀의 아랫배를 쓰다듬었고, 이어서 그윽한 미소를 보냈다. 노조도 그녀가 임신한 것을 알아차리고 특별히 뱃속의 작은 생명을 축복해주는가 싶어서 가슴이 뭉클했다. 이때 노조가 고개를 모로 꼬며 그녀의 귀에 바짝 다가와서는 "4월 초에는 사료에 돌아와 손님을 초대하거라." 하고 말했다. 이어서 그녀와 얼굴을 마주보면서 "음력 4월 초하루."라고 되풀이했다. 이번에는 송자의 앞에 오더니 다시 고개를 모로 꼬면서 접매를 향해 신비로운 미소를 보냈다. 마치 꼭 기억하라고 말하는 듯했다.

　도희 의식이 전부 끝나고 접매와 송자는 서둘러 면자에게 노조가 음력 4월 초에 다시 사료로 오라고 했다는 말을 전했다. 면자가 놀라며 말했다.

　"노조가 너를 정말 아끼셔서 특별히 알려주셨나 보다."

　계산해 보니 금년 음력 4월 초하루는 양력 4월 23일이었다. 노조가 정해준 잔칫날이니 두 사람은 날짜에 맞춰서 고향을 찾기로 했다.

70장

이양례는 숨을 깊이 들이쉬면서 마침내 포르모사의 땅을 다시 밟았다. 이번에 포르모사를 찾은 것은 청나라와 영국 간에 벌어진 장뇌 분쟁을 처리하기 위해서다.

로버호 사건 이후 그의 명성은 높아졌다. 국제적으로 청나라 조정과 생번, 미국 간 소통과 중재 능력을 인정받았다. 사람들은 그가 극동의 사무 협력에 있어 최고의 인재라고 입을 모아 인정했다.

그런데 이번에 벌어진 장뇌 분쟁을 로버호 사건을 처리할 당시 이양례의 가장 유력한 조력자였던 피커링이 일으켰다는 게 큰 아이러니가 아닐 수 없다. 피커링은 납갑지맹이 체결될 무렵에 뛰어난 활약을 하여 유명등 총병이 그에게 아름다운 한자 이름을 지어주고 직접 쓴 전서 도장을 새겨주기도 했다.

얼마 지나지 않아 탁기독의 딸들이 총병을 모욕한 사건이 발생했고, 총병은 태도가 돌변하여 피커링을 뼈에 사무치게 미워하게 되었다. 그런 속도 모르고 피커링은 권세를 믿고, 거만하고 제멋대로 행동했으며 청나라 조정의 법령을 무시하기 일쑤였다. 1868년 2월에 피커링은 천리양행을 대표하여 사록(沙轆)[3], 아조무(阿罩霧)[4]에 가서 장뇌를 수매했다. 위법 행위였지만 그는 오히려 백성들이 무장하도록 부추겨서 청나라 관병과 대항하게 했다. 일촉즉발의 상황이었다. 청나라와 영국의 관계도 경색되었다. 그래서 하문에 있던 이영례에게 중재 요청이 들어온 것이다.

최근 클라라는 용서를 바라는 편지를 보내왔다. 그녀는 정신이 산란하다는 이유로 요양원에서 장기 요양 중이었다.

작년 포르모사에서 그는 큰 공을 세웠을 뿐 아니라 가정생활의 고민에서도 벗어났다. 더 중요한 것은 접매가 이제 37세인 그의 정념을 다시 일깨웠다는 것이다. 그는 금년 2월에 아들을 미국으로 돌려보냈다. 접매를 하문으로 데려오려고 실행한 준비와 무관하지 않다.

그의 고민은 접매와 어떻게 연락할지 모르겠다는 점이었다. 기후 의관으로 편지를 쓸까도 생각해 봤다. 하지만 접매의 영어 실력은 편지를 해독할 정도는 아니다. 게다가 맨슨을 비롯한 주변 사람들은 그가 접매에게 편지를 쓰면 이상하게 생각할 것이다. 그 사람들은 클라라와의 일을 모두 알고 있다. 그는 사람들의 입에 이러쿵저러쿵 오르내리기를 원치 않았다.

설사 그가 접매를 하문으로 데려가더라도 공개적인 곳에 함께 모

---

3   오늘날의 사루(沙鹿).
4   오늘날의 우펑(霧峰).

습을 보이는 건 불가능하고, 그와 동등한 자격이 되기는 더욱 어려울 테다. 그에게 접매는 밤에 아무도 없을 때 꺼내서 감상하는 소장품 같은 존재에 지나지 않는다. 그는 따뜻하고 뽀얗고 부드러운 접매를 품었던 사료의 그날이 다시 찾아오기를 갈망했다. 더 정확히 말하자면 그에게 남성적 기백을 되찾아준 기분을 다시 느끼고 싶었다.

이런 생각을 하다 보니 접매에게 부끄럽고 미안했다. 하지만 그녀가 필요했고 반드시 그녀를 갖고 싶었다. 마음을 놓을 수 없는 일이 또 하나 있었다. 보름 전, 이양례는 맨슨이 보낸 편지를 통해 접매가 작년 말에 기후의관을 떠났다는 사실을 알게 되었다. 상당히 놀랐지만 맨슨에게 접매의 행방에 대해 더 캐묻기 껄끄러웠다.

그는 1월 초에 맨슨에게 편지를 썼다. 평범하기 그지없는 연말연시의 안부를 가장한 그 편지에서 무심한 듯 접매의 근황을 물었다. 편지는 음력설의 긴 휴가로 인해 한참 후에야 맨슨의 손에 들어갔다. 그리고 맥스웰이 결혼식을 올리러 홍콩으로 가서 혼자 두 사람 몫의 일을 해내느라 맨슨은 눈코 뜰 새 없이 바빴기 때문에 2월 말이 되어서야 겨우 짬을 내서 이양례에게 답장을 한 것이다. 답장을 받은 때는 이미 3월 초였다. 때마침 며칠 후 신임 포르모사 주재 영국 영사 제이미슨[5]의 초청 편지를 받았다. 포르모사에 와서 영국과 청나라 사이에 벌어진 장뇌 분쟁 해결을 도와 달라는 내용이었다.

맨슨의 편지를 받고 접매의 일로 고민 중이던 이양례에게 제이미

5　G. Jamieson(1843~1920)은 1868년 초에 포르모사 주재 영국 영사로 부임했다. 임기가 극히 짧아서 같은 해 6월에 깁슨(Gibson)이 후임으로 왔다.

슨의 초청은 정말 반가운 소식이었다. 접매의 행적에 관해서는 사료 말고 또 어디로 갔을까 싶었다. 영리하고 발랄한 접매의 행동은 쉽게 예상하기 어려웠다.

영국과 청나라의 관계는 최근 들어 몹시 삐걱거렸다. 장뇌 분쟁으로 피커링과 그의 천리양행 직원들은 라이플총과 신식 대포로 무장하고 관군과 대치하였으며, 청나라 병사 몇 명을 쏴 죽이기까지 했다. 설상가상 3월에 덕기양행(德記洋行)의 영국인 대표의 보좌관이 타구에서 부성으로 가는 도중, 대만부 아문의 병사에게 구타를 당해서 다치는 일이 발생했다. 그 후 봉산의 구자건(溝仔墘)교회가 사람들의 방화로 불에 탔다. 이어서 맥스웰의 조수이자 복로인 선교사 고장도 비두에서 사람들에게 맞아서 다쳤으며, 이웃 부인에게 독약을 먹였다는 혐의로 기소되기까지 했다.

관가와 민간이 모두 다사다난한 시기인데 하필이면 이때 양측의 포르모사 최고 관리들이 모두 새로운 사람으로 교체되었다. 영국 측은 포르모사 영사를 캐럴에서 제이미슨으로 교체했고, 대만부의 도대 오대정이 병을 칭하여 휴양차 복건으로 돌아갔다. 신임 도대는 양원계(梁元桂)[6]였는데, 광동 출신으로 양인과 접촉한 경험이 전무한 인물이다. 거만하고 고집스러운 양원계는 제이미슨의 지위를 인정해주지 않았고, 이에 화가 난 제이미슨은 문무 두 방면에서 압력을 행사했다. 하문에 요청하여 포르모사에 포함을 추가로 배치하였으

---

6   동치 7년(1868년)부터 8년까지 오대정의 뒤를 이어 대만 병비도를 대행했다.

며, 한편으로는 이양례에게 편지를 써서 양원계와 만나 중재를 해 달라고 청한 것이다.

이번에도 이양례는 자신의 일관된 일 처리 방식인 신속함을 발휘했다.

4월 22일, 대만부에 도착한 이양례는 즉시 일을 서둘렀다. 당일 아침에 제이미슨과 함께 양원계를 만나러 갔다. 회담 결과 쌍방은 각자 한 걸음씩 양보하기로 하였고, 충돌의 도화선이 된 장뇌 분쟁도 일차적 합의에 도달했다. 청나라는 천리양행에 장뇌를 돌려주고, 영국 측은 북경 총리아문과 영국 공사가 최종 합의에 도달할 때까지 해당 양행에게 장뇌 매매 중지를 명하기로 했다.

불과 하루 만에 목적을 달성하자 이양례는 한숨 돌릴 수 있었다. 이제는 개인사를 처리할 차례다. 이튿날인 4월 23일, 이양례는 새벽 5시에 아루스투크호[7]를 타고 안평항을 떠났다. 배는 빠르게 물살을 헤치며 항해했다. 그는 일찍부터 이번 노정을 계획하고 있었다. 대외적으로 내세운 명목은 총두목 탁기독과 만나서 우호를 다지는 것이다. 접매가 사료에 있을 거라고 짐작한 그는 일몰 전 사료에 도착할 수 있도록 계획을 세웠다. 오늘은 반드시 접매를 만나야 한다. 지난번처럼 아쉽게 길이 어긋나는 일은 없어야 한다. 하지만 빈틈없이 일을 해결하기 위해 일단 타구에 들러서 맨슨에게 접매의 근황을 알아보기로 했다.

---

7   The Aroostook.

배는 8시 20분에 벌써 타구에 도착했다. 기후 쪽에는 큰 배를 댈수 없어서 아루스투크호는 초선두에 정박해두었다. 그는 빠른 걸음으로 기후의관에 도착하여 맨슨에게 접매가 떠난 날의 자세한 정황을 물었다. 이양례는 접매가 총총히 떠났으며 지난 5개월 동안 한 번도 모습을 보이지 않았다는 사실을 알게 되었다. 평소의 접매답지 않은 행보에 그는 어찌할 바를 몰랐다.

맨슨이 놀라서 이양례를 바라보았다. 이양례가 기후에 나타나 온통 접매에 관한 질문만 하는 것이 의외였다. 하지만 이양례의 표정이 너무 진지하여 농담할 생각을 하지 못했다. 이양례는 근심했다. 맨슨과는 건성으로 몇 마디 더 나누고 나왔다. 배로 돌아온 그는 선장 비어즐[8]에게 즉시 배를 출발하라고 했다. 선장과 병사들은 모두 깜짝 놀랐다. 조금 전에 부두에 내려 산책을 시작한 병사들도 다시 호출되었다. 이때가 오전 10시 30분, 아루스투크호는 낭교로 떠났다. 이양례는 출항을 명한 후 입을 꾹 다물었고 사람들은 그 이유를 물을 엄두를 내지 못했다. 배는 전속력으로 달려서 오후 2시에는 벌써 소류구도(小琉球島, Lambay Island)를 지나갔다.

그와 동행한 전임 복주 미국 영사 토마스 던[9]이 소류구도에 네덜란드인들이 17세기에 남겨두고 간 검은 귀신 동굴이 있다는 말을 들었다면서 꼭 한번 가보고 싶다고 했다. 이양례는 단칼에 거절했다. 사실 이양례의 직위는 던보다 높지 않다. 기껏해야 같은 등급의 상대

---

8   Lester A. Beardsle.

9   Thomas Dunn.

가 무례하게 대하자 던은 무척 불쾌했다. 이양례도 소류구도에 가본 적이 없었지만 길을 서둘러야 했다. 오늘 해지기 전까지는 사료에 도착해야 한다는 마음뿐이었다. 내일은 저로속에 들러 과거의 적이자 이제는 친구가 된 총두목을 만나봐야 한다.

지난 2월에 영국 선박이 포르모사 남단을 지나던 중 고장이 났고, 물과 식량이 부족한 적이 있었다. 선장은 남갑지맹 결의에 따라 붉은 깃발을 흔들며 낭교의 생번에게 도움을 청했고, 다행히 도움을 받을 수 있었다. 남갑지맹의 효과가 발휘된 것이다. 따라서 이번 출장길에 이양례는 마땅히 총두목에게 감사의 인사를 할 필요가 있었다. 그리고 가능하다면 대수방에도 들러서 청나라가 포대를 어떻게 운영하고 있는지 살펴볼 작정이었다.

오후 4시쯤 배는 시성에 접근했다. 사료의 전경도 보였다. 멀리 구산이 모습을 드러내자 이양례의 가슴이 두근두근 뛰기 시작했다.

접매가 자신을 보면 어떤 반응을 보일까?(왜 이제서야 왔냐고 하지 않을까?)

접매가 자신을 마중하러 바닷가까지 올까?(무척 기대된다.)

접매가 함께 하문에 가려고 할까?(꼭 이번에 따라가지 않아도 된다.)

면자는 접매에게 내 말을 전해주었을까?(지난번 면자에게 특별히 당부해두었다.)

접매가 따라가지 않겠다고 하면 어떻게 할까?(며칠 머무르면서 설득해야겠다. 하지만 던 선장이 더 있으려고 할지 모르겠다.)

이양례는 마음속으로 수많은 가정을 세우고 자문자답했다.

구산의 전경이 점점 뚜렷하게 시야에 들어왔다. 면자의 집은 사료항 옆의 구산 자락에 있다. 배는 사료를 향해 똑바로 나아갔다. 아루스투크호는 큰 배여서 사료 사람들은 멀리서부터 배를 볼 수 있으므로 누군가 틀림없이 면자와 접매에게 통보해줄 것이다. 최소한 면자는 줄곧 고분고분했으니까 나와서 자신을 맞아줄 테다.

낭교만에 들어선 후 풍랑은 조금 거세졌으나 배는 여전히 쾌속으로 질주했다. 오후 5시도 안 되어서 배는 이미 사료에 접근했다. 이상하게도 촌락에 사람이 거의 보이지 않는다. 작년에 처음으로 낭교만에 왔을 적에는 배가 입항할 때 한 무리의 사료 사람들이 항구에 나와 호기심 어린 눈으로 바라보고 있었다. 그런데 오늘은 아이들 몇 명이 해변에서 놀고 있다가 배를 보고는 촌락으로 뛰어갔다. 아마도 어른들에게 알리러 간 모양이다. 어른들은 다 어디로 간 것일까?

배를 대고 난 후에야 면자가 나타났다. 그는 부축을 받으며 비틀비틀 걸어왔다. 온몸에서 술 냄새를 풍기는 면자는 고개를 이리저리 흔들며 말도 제대로 못했다.

"이양례 영사님…… 영사님이…… 오실 줄은 정말 몰랐습니다. 오늘 정오에 송자와 접매가 결혼식을 올렸답니다…… 모두…… 모두 술에 취해서…… 영사님도 오셔서 몇 잔 드시겠습니까?"

청천벽력 같은 소식에 이양례는 귀를 의심했다.

"방금 접매의 결혼식이라고 했소?"

그의 말에 면자는 이제야 술이 깨는 듯 바닥에 꿇어앉아 고개를 땅에 대고 조아렸다.

"이양례 영사님께 보고드립니다. 그, 그게…… 접매와…… 송자가 결혼했습니다. 죄송합니다. 영사님이 주신 돈을 돌려드리겠습니다."

이양례의 한쪽 눈에서 마치 불꽃이 이는 듯했다.

"당신…… 당신…… 도대체 무슨 헛소리를 하는 거요! 어서 그 입 다물어요!"

이양례는 먼길을 마다않고 달려왔는데 자신을 기다리는 뜻밖의 상황이 믿어지지 않았다. 그의 표정은 형편없이 일그러졌다. 그나마 통역원을 배에 남겨두고 온 게 다행이었다. 던은 이양례가 무슨 일로 큰 충격을 받았는지 몰라서 어리둥절했다.

"찰스, 괜찮아요? 무슨 일입니까?"

일은 이양례의 예상과 완전히 어긋나버렸다. 하지만 동료 앞에서 체통을 잃을 수 없다고 생각했다.

"아무 일도 아닙니다. 듣자 하니 이곳에 전염병이 돈다고 하네요. 어서 돌아갑시다. 상륙하려던 계획은 취소하겠소!"

그는 큰 소리로 외쳤다.

"배를 띄워라. 출발!"[10]

아루스투크호는 기적을 세 번 울리고, 황혼의 석양을 받으며 풍랑

---

10 이번 장은 아루스투크호 일지에 기재된 이양례(이선득)의 1868년 4월 23일과 4월 24일 여정에 근거하여 썼다. 1868년 4월 23일 오전 5시, 아루스투크호는 대만부를 떠나 타구로 향했으며, 오전 8시 20분에 타구항 외해(外海)에 도착했다. 10시 30분에 타구를 떠나 오후 2시에 소류구도를 지나쳐 5시에 낭교만에 정박했다. 1868년 4월 24일(금요일) 아침 9시 30분에 방료 외해에 도착했다. 이양례와 던 영사, 비어즐 선장은 아루스투크호에서 내려 현지인을 만났다. 11시 10분, 이양례가 모란의 두목과 함께 배로 돌아왔다. 하지만 비어즐 선장은 현장에 인질로 남았다. 11시 30분에 모란의 두목은 배에서 내려 부락으로 돌아갔다. 이후 비어즐 선장도 배로 돌아왔다. 오후 3시 45분에 아루스투크호는 타구에 정박했다[《이선득대만기행(李仙得台灣紀行)》 중역본 참조].

을 헤치고 망망한 바다로 나아갔다.

면자의 말을 듣고 이양례는 분노에 몸을 떨었지만 일단 배로 돌아
오자 언제 그랬냐는 듯 위엄을 되찾았다. 많은 병사를 태우고 위풍당
당하게 사료에 왔으나 상륙도 하지 않고 돌아가게 생겼으니 윗선에
뭐라고 보고할지 난감했다. 어제 던이 소류구도를 보고 싶다고 했으
나 이는 관광에 지나지 않으므로 떳떳하게 보고할 만한 일정이 필요
했다.

그래서 그는 총병 유명등이 대군을 방료에 주둔시키고 길을 넓힐
때 했던 말이 떠올랐다. 멀지 않은 산에 모란 부락이 있으며, 그곳이
제대로 흉악한 생번의 지역이라고 했다. 하지만 총병은 그 모란의 생
번을 이미 자기편으로 만들었으며 쌍방이 좋은 관계를 유지한다고
했다. 또 청나라 대군이 길을 넓혀서 걱정 없이 시성까지 행군할 수
있었다고 한 말도 기억났다.

이양례는 가장 흉악하고 사납다는 모란을 찾아가 관계를 돈독히
한다면 실적을 올릴 수 있으리라 여겼다. 이튿날 오전 9시 30분, 그는
아루스투크호에 명하여 방료 외해에 정박했다.

그는 영사 던, 함장 비어즐과 함께 상륙했다. 몇 명의 해군병이 총
을 들고 호위했다. 이양례는 6개월 전 이곳에서 알게 된 복로 수령을
찾아가 길안내를 부탁했고, 복로 수령은 생번 부락의 두목과는 교분
이 두터운 사이라며 흔쾌히 수락했다. 그의 말에 따르면 지금 농사를
짓는 땅도 생번에게 빌렸고, 정기적으로 소작료를 지급할 뿐 아니라
복로의 생활용품으로 생번과 산지에서 나는 임산물, 목재 등과 교환
한다고 했다. 신용만 지키면 생번과 지내기 어렵지 않다는 말도 덧붙

였다.

"하지만 생번은 외부인이 그들의 땅에 들어오는 것을 좋아하지 않고 부락에 들어오는 것은 더욱 꺼립니다. 그래서 물건 매매나 소작료 지급 등은 모두 토우구(土牛溝) 경계에서 진행된답니다."

이양례가 말했다.

"부락 진입을 허용하지 않는다면 그들을 배로 부르겠소."

비어즐이 큰 소리로 웃었다.

"우리 군함에 초대되는 첫 번째 포르모사 원주민이 되겠군요."

수령이 이양례 일행을 안내하여 토우구 경계로 갔다. 과연 생번 초병이 나와서 복로 수령과 이야기를 나눴다. 잠시 후 초병은 어디론가 가더니 6~7명을 데리고 왔다. 그중에는 화려한 차림을 한 사람이 있었는데 두목으로 짐작되었다. 이양례는 그들을 바닷가에 정박한 배로 초청하여 구경시켜주겠다고 했다. 두목은 무척 흥미롭다는 듯했지만 잠시 주저하는 기색을 내비쳤다. 이양례는 비어즐을 인질로 그곳에 남겨두겠다고 했고, 생번 두목이 군함을 참관할 때 두세 사람을 더 데려와도 좋다고 했다.

생번은 몹시 흥분하여 자기들끼리 재잘거렸다. 비어즐을 인질로 남겨 놓을 생각은 아무도 하지 못했기 때문이다. 생번이 이양례를 따라 작은 배를 타고 아루스투크호에 승선했다. 그들은 사방을 둘러보며 찬탄하며 까르르 웃었다. 이양례는 선원들을 시켜 공포탄 한 발을 쏘게 했다. 귀가 찢어질 듯한 발사음과 먼거리까지 발사되는 포탄을 보고 하나같이 입이 딱 벌어졌다.

그들이 떠나려고 할 때 이양례가 "잠시만요." 하더니 선실로 들어갔다. 잠시 후 그는 나무로 만든 정교한 상자를 들고나왔다. 생번은 "와!" 함성을 질렀다. 그 안에는 생소한 물건들이 가득 들어 있었다. 목걸이, 팔찌, 거울, 실과 바늘, 분첩, 눈썹연필, 립스틱, 연지, 향수 등을 비롯해 음악이 흘러나오는 보석함도 있었다.

생번 두목은 물건들을 계속 만지작거리며 부러워하는 표정을 역력히 드러냈다. 이때 이양례가 말했다.

"이 물건들은 모두 여러분께 드리는 겁니다. 앞으로 우리 선원들에게 더 우호적으로 대해 달라는 의미로 준비한 선물입니다."

두목은 믿을 수가 없다는 듯 "MasaLu."[11]라는 말을 되풀이했다.

던은 의아해하며 물었다.

"찰스, 이 물건들은 모두 귀부인이나 아가씨가 사용하는 물건이 아닙니까?"

이양례는 우물쭈물하며 대답하지 못했다. 마음이 너무나도 쓰라렸다. 말은 하지 않았지만 이 물건들은 모두 하문에서 일부러 구입한 것이다. 접매를 만나면 그녀에게 가장 마음에 드는 것을 고르게 하여 애정의 증표로 주고, 남은 물건은 탁기독과 사가라족에게 선물로 가져가 이번에 영국 선박을 도와준 답례로 줄 예정이었다. 접매가 다른 남자와 결혼했다는 말에 저로속에도 가지 않기로 해서 아예 모란 생번에게 모조리 줘버린 것이다. 이번에 우호를 맺어서 장차 더욱 유용한 관계가 될 수 있을 거라는 계산도 작용했다.

---

11 '고맙습니다'를 의미함.

생번은 뛸 듯이 기뻐하며 하선한 다음 연신 고맙다며 인사를 하며 돌아갔다. 3시 30분쯤 비어즐이 배로 돌아오더니 이양례에게 엄지손가락을 척 들어 올렸다. 장신구 한 상자로 몇 년의 평화와 항로의 안전을 확보한 이양례야말로 과연 일류 외교가라는 의미였다.

아루스투크호는 서서히 출발했다. 이양례는 점점 멀어져 희미하게 보이는 해안선과 산들을 바라보았다. 그동안 계속 자신의 것이라고 여기던 접매는 외모도 변변치 않고 똑똑하지도 않은 송자를 선택했다. 반년 동안 간직해 온 사랑이 일순간 분노로 바뀌었다.

이렇게 참담한 기분을 느낀 적이 없었다. 클라라는 그를 잠시 배신했지만 접매는 자신에게 인정사정 봐주지 않고 치욕을 안겼다. 도저히 참을 수 없었다. 포르모사에 대한 호감은 이제 폭발하는 분노로 바뀌어 자꾸만 솟구치고 있었다.

이양례는 주머니에서 작은 함을 꺼냈다. 안에는 접매의 손에 끼워 줄 반지가 들어 있었다. 그것을 잠시 노려보던 그는 함을 힘껏 바다로 던졌고, 파도는 반지를 순식간에 삼켜버렸다.

10부

대단원

大團圓

71장

대청제국 대만부의 해방 겸 남로 이번 동지 왕문계는 의기소침하여 가마에 올랐다. 그는 안평을 떠나 부성으로 돌아가는 길이었다. 하루 전, 신임 도대 양원계와 대만진 총병 유명등이 그를 불렀다. 둘은 그를 엄하게 꾸짖으며 해방 동지로서 안평의 패배에 책임을 지라고 다그쳤다.

보름 전 영국 해군 중위이자 버스타드호(The Bustard)의 선장 거돈이 23명의 병사를 이끌고 안평에 상륙하여 야간 기습 작전을 감행했고, 안평의 수사협대(水師協台)가 함락되었다.[1] 협대에서 지위가 가장 높은 부장 강국진(江國珍)은 달아났다가 날이 밝자 민가에서 자살했다. 그야말로 큰 치욕이었다.

---

1   출처:《해양대만: 역사상 동·양과의 접촉(海洋台灣: 歷史上與東, 西洋的交接)》[연경출판사, 2011년 1월], 차이스산 저, 황중셴 역.

일은 그것으로 끝나지 않았다. 이틀 전 황혼 무렵의 안평 해변, 17세기에 네덜란드인들이 지은 열란차성이 거돈의 해상 포격으로 무너져버린 것이다. 이 성곽은 1624년에 세워져서 그때부터 해변에 우뚝 선 채 웅장한 장관을 연출했다. 비록 네덜란드인들은 30년 후에 대만을 떠났고 안평항도 점차 침적되며 쇠락하는 상황이지만 열란차성은 대만부를 상징하며 웅장하고 장엄한 자태로 대양의 파도를 마주하고 있었다. 그가 하문에서 대만 해협을 건너 안평에 올 때도 멀리서부터 이 성을 볼 수 있었다. 해변에 더 가까이 오니 거대한 성채가 눈앞에서 그를 맞아주었다. 비록 낡았으나 눈앞에서 보면 전율이 나올 정도로 웅장했다. 이 성은 240여 년간 대만부와 역사를 함께하며, 이 섬의 역사를 지켜보았다. 그런데 보름 전인 11월 25일, 야만적인 거돈의 포격으로 무너져버린 것이다.

이틀 전, 조약이 마침내 체결되었다. 청나라 조정은 강요에 못 이겨 장뇌의 채집권과 매판권을 양인에게 개방했다. 그 대가로 청나라는 영국에 보름간 점령되었던 안평을 수복할 수 있었다. 왕문계는 안평을 되돌려받기 위해 파견되었다. 오늘 오전 그는 산산조각으로 부서진 성벽을 뒤로하고 성 안으로 들어갔다. 그까짓 장뇌 몇 그루 때문에 이 웅장한 성을 무너뜨렸다고 생각하니 마음이 아프고 분노가 솟구쳤다. 그의 마음속에는 대만부가 곧 몰락할 거라는 불길한 느낌이 들었다.

가마가 어느새 부성에서 가장 번화한 오조항 거리에 멈췄다. 수선궁 옆의 길을 지나갈 때 왕문계의 눈이 중의원에 닿았다. 어린아이를 안고 앉은 여자가 그의 눈길을 끌었다. 소매통이 좁고, 붉은색과 흰색이 섞인 상의에 남색 긴 치마를 입고 있었다. 무채색 위주의 복로 여자들 차림새에 비해 유난히 시선을 끌었다. 작년 낭교의 어디쯤에서 이런 차림새를 본 적이 있는데 정확히 어디였는지는 기억나지 않았다.

왕문계는 기억해내기를 단념하고 일에 정신을 집중했다.

영국인과 안평에서 인수인계를 마친 다음 며칠 더 있으면 그는 대만부 가의라는 곳의 현령으로 전근을 간다. 도대 양원계는 '이번 겸 남로 해방 동지'인 그의 직책상 장뇌 분쟁의 책임을 져야 한다고 말했다. 작년에 낭교에서 발생한 로버호 사건 때 이번으로서 세운 공이 크다며 유명등이 나서서 왕문계를 적극적으로 변호했다. 하지만 양원계는 그 일은 이미 사임한 도대 오대정 때의 일이니 자신과는 관계가 없다고 잡아떼고는 왕문계가 해방 동지로서 실책하여 안평이 함락당하고 협대 부장이 자살하는 사태를 초래했다며 책임을 물었다.

이번이라는 직책과 낭교에까지 생각이 미치자 왕문계는 문득 조금 전 여자의 옷차림을 사료에 있을 때 이양례의 막사에서 본 것을 기억해냈다. 이양례와 탁기독이 회담을 갖기 전 그는 이양례의 막사에 한두 차례 들어간 적이 있었다. 그곳의 여자가 그런 차림새를 하고 있었는데, 사료에 있는 토생자들에게서도 거의 볼 수 없는 옷이었다. 게다가 이양례는 그 여자와 스스럼없는 사이인 듯 두 사람은 격식을 차리지 않았다. 처음에는 그 여자가 시종이라고 생각했지만 이양례의 태도를 보니 그렇지도 않은 것 같았다. 한때 호기심이 있었기 때문에 기억에 깊이 박혀 있었던 것이다. 당시 이양례의 옆에 있던 피커링이 바로 이번 장뇌 분쟁을 일으킨 원흉이다. 그와 유명등은 피커링을 증오했다.

　사료의 이양례 막사에 있던 그 여자와 방금 부성의 수선궁 옆 중의원 입구에서 어린아이를 안고 있던 여자는 당연히 동일 인물이 아닐 것이다. 게다가 내일은 가의로 가야 하니 그는 더 알아볼 시간도 없다. 일개 여인의 행적을 알아보자고 체통을 잃을 수는 없는 일이라며 그는 남몰래 실소했다.

　왕문계는 다시 깊은 생각에 빠졌다. 가의 현령은 숙달된 일이니 훨씬 수월할 것이다. 그래서 이번에는 가의에서 어떤 공을 세워서 이름을 떨치고 패배를 설욕할 것인지 고심했다. 그러느라 가마꾼들의 대화에는 귀를 기울이지 않았다.

　"자네 중의원 입구에 특이한 옷차림으로 아이를 안고 있는 여자 봤나? 내가 지난번에 실수로 손등을 데었는데 용하다는 중의사들도 못 고친 걸 저 여자가 치료해줘서 씻은 듯이 나았다네. 정말 세심하고 기술이 좋더군."

　"그래? 뜻밖이군. 여자가 그렇게 상처 치료를 잘하니 말일세."

　"그렇다니까. 일대에서는 상당히 유명하다네. 내 친척 하나가 이 부근에 사는데, 이곳에 사는 환자들은 약을 발라서 치료해야 하는 상처를 입으면 모두 저 여자를 찾아간다더군. 중의원 조수에 지나지 않지만 저 여자를 찾는 환자가 의사를 찾는 사람보다 훨씬 많다는 거야. 뭐 중의원도 덕분에 장사가 잘된다고 하네. 허허!"

　가마꾼은 계속 그녀를 칭찬했다.

　"의술이 뛰어나고 얼굴도 예쁜데다가 친절하기까지 해서 모든 사람이 좋아한다네. 상처만 보는 게 아니라 다른 치료도 잘해서, 조수의 약방문이 중의사보다 더 정확하다고 해. 어디서 배워 온 건지 모르겠어. 게다가 자네도 봤듯이 복장이 특이하지. 아주 멋진 목걸이도 하고 있는데 틀림없이 생번의 옷차림일 걸세. 어머니가 낭교 괴뢰번이었다고 말하면서 무척 자랑스러워한다는군."

그가 마지막으로 덧붙였다.

"본인은 사람들이 의사라고 부르는 걸 좋아한대. 하지만 환자들은 저 여자가 괴뢰번 출신이라서 괴뢰화(傀儡花)나 괴뢰화 의사라고 부른다더군."

72장

 의자에 털썩 주저앉은 반문걸의 두 눈에서 눈물이 하염없이 흘러내렸다.

 그는 지난 30년 동안 먼 곳에서 찾아온 권력자들을 맞이하고 뜻을 굽히면서까지 기분을 맞춰주었다. 그런데 자기편이라고 여겼던 일본인들이 단지 공문 한 장으로 낭교에서 사가라족 총두목으로 수십 년간 위세를 떨친 자신의 실권을 빼앗아버린 것이다. 대놓고 무시한 것은 아니지만 결과적으로는 사가라족 전체를 조롱하는 행동이다. 일본인들은 이 조치를 두고 '이 지역 사람들이 개화되어 더는 과거의 번(蕃)이 아니다.'라고 미화하여 말했다.

 이제 저로속은 존재하지 않으며 사마리와 묘자, 구자록, 사가라도 없어진다. 당연히 총두목이라는 호칭도 없어질 것이다. 그가 자랑스러워했던 낭교라는 명칭도 사라져버렸다. 이 지역의 명칭은 이제 봉산청항춘지청(鳳山廳恆春支廳)으로 변했다. 문솔도 이제는 없어지고 일본식 명칭인 만주로 바꿔 부르게 되었다. 유일하게 남은 것은 용란호(龍鸞湖)이며, 거기에서 익숙한 용란 두 글자만 간신히 흔적으로 남았을 뿐이다.

반면 30여 년 전 일본과 싸울 때 자신이 나서서 중재자 역할을 해주었던 모란은 여전히 존재한다. 류큐인들을 죽여서 일본의 침략 전쟁을 초래했던 고사불도 여전히 남아 있으며, 거만하고 거친 부족으로 유명한 사림격도 건재하다.

이 얼마나 황당한 풍자란 말인가!

그는 집 안에 잔뜩 쌓인 작호(爵號)와 하사품, 정문(旌文, 공을 기리거나 사기를 진작하기 위해 글을 써서 표창하는 것-옮긴이)들을 떠올렸다. 저로속과 사가라족이 없어지는 마당에 과거의 영예를 나타내는 물건들은 지극히 풍자적이다. 더 신랄한 풍자는 그가 이런 물건들을 본 적도, 이런 상황을 볼 수도 없다는 것이다. 왜냐하면 그는 10년 전부터 눈이 거의 안 보이게 되었기 때문이다.

양부 탁기독을 생각하면 가슴이 찢어질 듯 아프다. 자신을 믿고 중책을 맡긴 양부의 기대를 저버렸다. 그러면서도 꽤 오랫동안 스스로 잘하고 있다고 믿었다. 그가 총두목 탁기독의 양자가 된 해, 양부의 기지와 결단력으로 사가라족은 전쟁의 위험에서 벗어났다. 하지만 문걸은 이것이 구두 약속에 지나지 않는다며 부족 사람들의 경각심을 일깨웠다.

평지 사람들의 속임수를 겪은 적이 있는 그는 평지 사람이나 양인 사회에서는 반드시 서면으로 써두어야 증거가 될 수 있다는 사실을 알았다. 그래서 2년 후 이양례가 다시 방문했을 때 탁기독에게 한문으로 이양례와 협의서를 작성하라고 권했고, 양측이 협의서를 교환하여 공식 문서로 삼았다.[2] 이 일로 양부는 문걸을 더욱 극찬했고, 주뢰의 신뢰도 두터워졌다.

4년 후 양부가 세상을 떠났다. 주뢰가 자리를 물려받은 지 1년도 채

---

2 기록에 따르면 이양례(이선득)는 아래에 열거한 몇 차례의 대만행에서 탁기독을 만났다.
   - 1차 회동: 1867년 10월 10일. 이양례는 1867년 9월 10일부터 10월 30일까지 대만에 머무르며 남갑지맹을 체결했으며, 이는 본서에도 이미 언급한 바 있다.
   - 2차 회동(성사되지 않음): 1868년 4월 23일, 본서의 70장에 서술되어 있다. 이상하게도 그는 배를 타고 서둘러 사료에 왔으면서도 상륙하지 않고 곧장 배를 돌려 모란으로 갔다. 《이선득대만기행》에는 '날씨가 안 좋아서'라는 이유를 댔으나 당시 그가 승선한 아루스투크호 일지에는 날씨에 관한 언급이 없었다. 따라서 필자가 본서 70장의 내용을 소설로 구성했다.
   - 진정한 2차 회동: 1869년 2월 28일. 이양례는 1869년 2월 21일 타구에 갔고 그곳에서 피커링, 해관 관리 알렉스 J. 맨(Alex J. Man)과 함께 저로속을 방문했다. 그는 탁기독에게 비누와 진주, 붉은 옷감, 작은 거울, 보석함, 철제 공구, 무기 등을 선물했다. 이양례는 "탁기독 총두목의 동생은 복로어와 객가어가 유창하고……." 라고 표현한 사람을 만났으며, 영어와 한자로 작성한 협의서를 2부 작성했다. 탁기독이 1부(애석하게도 현재 탁기독에게 전했다는 협의서 1부는 찾을 수 없다)를 보관하기로 하고, 나머지 1부는 이양례가 가져와 국무원에 발송했으며, 현재 미국 국회도서관에 소장되어 있다.
   - 3차 회동: 1872년 3월 4일. 1867년에 이양례와 탁기독이 남갑지맹을 체결한 후 3~4년 동안 대만 남부에서 조난으로 표류하다가 상륙한 외국 선원들은 원주민의 공격을 받지 않았다. 탁기독과 그 부족들은 두 차례나 조난당한 외국 선원들에게 거처와 음식을 제공했고, 그들을 타구로 데려다주기까지 했다(하지만 선원들이 감사의 뜻으로 제공한 금품은 청나라 관리들의 주머니로 들어갔다). 이번 대만행에도 이양례는 많은 선물을 가져갔으며, 총두목과 옛정을 나누었다.
   이양례는 도중에 얼마 전(1871년 12월) 50여 명의 류큐인들이 생번에게 피살되었다는 소식을 들었다. 살인 배후는 고사불과 모란이었는데, 이들은 모두 이양례가 알고 있는 낭교 18부락 연맹에 속했다. 이양례는 그제야 탁기독의 연맹이 이미 해체되었다는 사실을 알고 크게 실망했다.
   이양례는 청나라 관원과 생번 두목이 외국 선원들의 안전을 보장할 수 없다는 점을 알고 있었으며, 미국이 생번 구역을 점령할 가능성을 은밀히 생각하고 있었다. 또 바로 이런 이유로 이번 대만행에 다른 때와는 달리 선원, 의사, 측량원, 통역원, 사진사 등 38명을 데리고 갔다.

안 되어 일본인들이 낭교를 침략했다. 일본인들은 모란과 여내(女乃),
죽사에 쳐들어왔다. 그때 문걸의 나이는 겨우 21세였다. 문걸은 일본
의 침략이 양부를 두려워하던 이양례가 개입한 대리 전쟁임을 확신
하고 있었다. 더욱 황당한 건 일본군을 안내하여 온 사람이 면자였다
는 것이다. 이 모든 일이 황당무계했다.[3]

　문걸은 사가라족을 대표하는 인물로 이사를 내세웠다. 표면적으

3　모란사 사건에서 이양례의 역할을 가리킨다. 대만에 대한 이양례의 급진 정책을
　당시의 청나라 주재 미국 공사 로코(Frederick F Loco)는 탐탁지 않게 생각했고, 이
　양례는 1872년 하반기에 본국으로 소환되었다. 이양례의 옛 상사 그랜트 장군은
　당시 대통령(임기 1869~1877년)에 취임한 상태였는데 이양례를 아르헨티나 공사
　로 추천했다.
　그러나 프랑스 출신이라는 이유로 국무원과 국회의 반대에 직면했다. 이에 이양
　례는 휴가를 내고 미국으로 돌아가 새로운 일을 시작하려고 했다. 1872년 10월,
　그는 일본에 갔다가 일본 주재 미국 공사의 소개로 외무대신 소에지마 타네오미
　(副島種臣)와 만났다. 일본이 그가 생각하는 '대만의 번(蕃) 지역은 청나라에 속하
　지 않는다.'라는 이론을 실행에 옮길 수 있으리라 생각하고 활동 무대를 옮기기로
　한다. 12월 12일, 그는 미국에 사직서를 내고 일본 정부에 들어가 일본번지사무국
　(日本蕃地事務局)의 2인자[총독은 오쿠마 시게노부(大隈重信)]로 떠올랐다. 그는 일곱 차
　례의 대만행을 통해 축적한 자료와 지도, 항구 위치, 지층 구조, 이주민 촌락과 생
　번 부락 분포도 등을 모두 제공하고 저술 활동을 통해 일본의 대만 정벌을 합리화
　했다.
　1874년 3월, 카바야마 스케노리(樺山資紀)와 미즈노 준이 이양례가 제공한 지도와
　정보를 들고 대만에 가서 조사를 진행했다. 1874년 5월, 사이고 츠구미치(西鄕從
　道)가 유코마루호(有功丸)를 타고 대만을 공격하면서 모란사 사건이 전개되었다.
　유코마루호는 사료로 가기 전 하문에 들러서 보급을 받았다.
　당시 하문에 거주하던 의사 맨슨은 이양례의 부탁으로 4월 15일에 이미 보급 물
　품을 준비해두었으며, 자신이 낭교 방언을 잘하기 때문에 통역원으로 승선하여
　따라갈 계획이었다. 그런데 영국 정부는 일본의 대만 정벌에 반대했고, 맨슨은 하
　문 주재 영국 영사로부터 일본에 대한 협력을 당장 중지하라는 경고 서한을 받는
　다. 놀란 맨슨은 4월 19일, 서둘러 대만을 떠났고 나중에는 아예 홍콩으로 이주해
　버렸다. 얼마 후 미국 정부도 일본의 대만 정벌에 반대하는 진영에 합류했다. 이
　양례의 후임이었던 하문 및 포르모사 주재 미국 영사 헨더슨(J. J. Henderson)은 8
　월 6일에 이양례의 체포령을 내렸고, 8월 18일에야 석방해주었다.

로는 이사가 총두목이었지만 실제로는 문걸이 주뢰와 이사의 참모가 되어 작전을 짰다. 평소 탁기독에게 경쟁 의식이 있던 이사는 자신을 총두목으로 추대한 문걸에게 무척 감사하며 그의 말을 무조건 따랐다. 문걸은 사가라족을 지켜야 하며 시비에 휘말려서는 안 된다고 생각했다. 훗날 일본인들은 겉으로 관대한 수법으로 각 부락의 호감까지 얻었다. 지금 생각하면 일본은 더 큰 야심을 숨기고 있었다!

긴 시간이 지났다. 문걸은 감개에 젖어 탄식했다. 지난 30년 동안 사가라의 아들딸과 땅을 지키기 위해 그는 안간힘을 썼으며 안 해 본 일이 없었다. 이제 와 회상하니 잘한 일이었나 싶기도 하다.

다사다난한 시절이었다. 일본군이 물러가나 싶으니 이번에는 청나라 군대가 왔다. 그 무렵 이사는 세상을 떠났고, 주뢰는 전대미문의 변고에 어떻게 대처해야 할지 모르고, 대처할 생각도 없이 술만 마셨다. 문걸이 사가라족과 낭교 18부락을 대표하는 인물이 되었다.

1874년 겨울, 청나라 조정의 대신이 낭교에 왔다. 그들은 사료와 저로속 사이에 있는 후동에 큰 성을 건설하기로 했다. 문걸은 부족 사람들을 동원하여 성채를 짓는 일을 돕기도 했다.[4]

---

4   1874년(동치 13년) 말, 일본과 청나라는 영국 공사 토마스 웨이드(Thomas Wade)의 중재로 평화조약을 체결했다. 12월 1일 일본군이 대만에서 철수했다.
    1874년 6월부터 청나라 조정이 심보정을 대만에 파견하고, 회군 정예 병사 6,000여 명과 광동 병사 8,000여 명을 보내 봉산에서 방료까지의 구간에 배치하고 전쟁을 대비했다. 심보정은 대만의 자원과 전략적 위치가 서방 국가들에 큰 유혹이라는 사실을 깨닫고 후산이 해상 방어에 매우 중요하다고 판단하여 개산무번을 시작했다.
    1875년 1월 심보정이 직접 낭교에 가서 순시하고, 낭교에 현(縣)을 설치한 다음 후동에 성을 짓고 포대를 세웠는데, 이 성이 오늘날의 형춘성이다.

이 성은 낭교나 후동, 사가라가 아닌 새로운 이름 항춘으로 불렸다. 문걸은 사람들을 인솔하여 항춘성 축조에 참여한 공을 인정받아 '반(潘)'이라는 성씨를 하사받았다.

웃을 수도 울 수도 없는 일이다. 그는 처음부터 한족의 성을 갖고 있지 않았던가! 그의 몸에 흐르는 피의 절반은 객가 출신 부친이 준 것이다. '임문걸'에서 그냥 '문걸'이 되었다가 이번에는 '반문걸'이 된 자신을 사가라족 사람들과 조상의 영령, 돌아가신 아버지는 어떻게 생각할까?

그는 한족의 성을 받는 데 그치지 않고 5품 관리에 봉해지기까지 했다. 1890년과 1892년에 있었던 일이다. 당시 주뢰와 그 형제들은 술에 절어서 살다가 세상을 뜨고 없었다. 낭교 18부락 중 사가라족 사람들만 청나라에 순종적이었을 뿐, 다른 부락 사람들은 불만이 많았다. 문걸은 청나라에 협조했으며 때로는 무력으로 위협하고 때로는 이익으로 회유하면서 각 부락 두목들과 소통했다.

청나라는 일본에 대처하기 위해 1874년 여름부터 섬에 회군을 파견했다. 회군은 일본 병사들과 전쟁하지 않고, 이듬해 뜬금없이 생번을 상대로 전쟁을 벌였는데 개산'무'번(開山'撫'番), 즉 산을 개간하고 생번을 '어루만진다'라는 그럴듯한 명분을 내세웠다.

회군은 일본군보다 훨씬 잔인하고 포악했다. 1875년 봄, 대구문과 사두, 죽항(竹坑), 초산(草山) 일대는 청나라 군대의 제물이 되었다. 이 싸움에서 청나라 병사들이 최소 2,000명이나 죽었다. 대만부 도대와 총병이 봉산현성에 회군소충사(淮軍昭忠祠)를 세우고 수저료(水底寮)에 백군영(白軍營)을 세워 전사자들의 넋을 위로했다. 하지만 이

647

모든 것이 생번에게 무슨 소용이 있겠는가? 어쨌든 청나라의 군대는 병사와 무기가 압도적으로 많았고, 생번 지역은 어쩔 수 없이 청나라의 관할 지역이 되었다.

그 후 생번도 평지 사람들의 관습대로 자신들의 부락을 '사(社)'로 부르기 시작했으며, 더는 부락이라는 지칭을 고집하지 않았다. 문걸은 청나라 관리처럼 관부와 관의(官儀)를 따랐다.

이제 와서 생각하면 수치스러운 일이지만 당시에는 이를 자랑거리로 삼았다. 그의 아버지는 아들이 과거 시험에 급제하여 이름을 떨치기를 원했다. 5품 벼슬을 받고 관복과 관모까지 받았으니 저승에서 아버지가 기뻐하시리라 생각한 적도 있었다. 객가와 생번의 피가 섞인 그가 위엄 넘치는 낭교의 총두목이 되었으며, 5품관의 자리에까지 오른 것이다.

당시 문걸의 눈은 낙산풍에 노출되어 시력을 잃어가는 중이었다. 그 후 9년, 일본군이 오고 청나라 관부가 물러났다. 이에 따라 광서 21년은 명치(明治, 메이지) 28년으로 바뀌었다.[5]

문걸은 그동안 일본에게 호감을 느끼고 있었다. 다 같은 침략자여도 일본인들이 청나라 사람들보다 낫다고 여겼다. 1874년에 일본군이 침략했을 때는 부락 사람을 20~30명만 죽였는데, 1875년에 청나라 군대가 사두와 죽항을 침략했을 때는 200~300명도 넘게 죽였기 때문이다.

---

5 광서 21년 또는 명치 28년은 을미년(乙未年)인 1895년이다. 1년 전 청일전쟁이라고도 부르는 갑오전쟁이 청나라의 패배로 끝난 후 대만은 일본에 복속되었다.

따라서 1895년, 즉 명치 28년에 문걸은 일본을 환영하는 입장이었다. 당시 낭교 18부락의 지도자 겸 사가라족의 총두목이었던 그는 총력을 다해 일본에 협조했다. 비남 지역의 청나라 장수 유덕표(劉德杓)가 일본에 투항하지 않고 버티자 문걸은 생번 의용군을 조직하여 일본 측에 서서 유덕표를 공격하는 일을 도왔다. 또한 저로속에 국어전습소(國語傳習所)를 세우고, 각 부락에 직접 찾아가 자제들의 입학을 권했다. 국어전습소는 대만 최초의 일본어 교육 기관이었다!

대만에 파견된 일본의 민정 총독이며, 21년 전에 만났던 미즈노 준[6]이 순시하러 왔을 때는 옛 친구를 다시 만난 기분이었다. 당시에

---

6 일본이 대만을 강점한 후 초대 대만 총독은 사츠마(薩摩) 출신의 카바야마 스케노리였으며 초대 민정 총독은 미즈노 준(1850~1900)이었다. 이 두 사람이 대만과 맺은 인연은 1874년 5월에 발생한 일본의 '대만 출병(모란사 사건)' 이전으로 거슬러 올라간다. 명치 4년(1871년) 7월, 미즈노 준은 명을 받고 청나라 조정에 유학하고 각 지역을 돌아다녔다. 그 후 소에지마 타네오미에게 청나라 조정을 시찰하라는 명을 받고 1872년 4월 말에 홍콩에서 대만으로 건너가 1개월 이상 체류했다.
1874년 3월 9일 미즈노 준은 카바야마 스케노리의 보좌관으로 낭교를 정탐하러 갔으며, 그곳에서 이양례가 소개한 면자를 만났다. 그는 서쪽 해안에서 북상하여 곧바로 담수로 갔으며, 기륭에 있을 때 마침 대만 침공을 위해 항구에 들어온 일본 군함을 만났다. 이에 카바야마 스케노리와 미즈노 준은 서둘러 사료에 가서 일본군과 합류했다. 5월 9일부터 12월 2일까지 미즈노 준은 모란사 사건의 모든 일정에 합류하여 일본군과 모란 두목 간에 진행된 수 차례의 회의에 참여했다. 그는 8월 중에 사마리의 두목 이사의 집에 간 적이 있다. 이사는 영국의 코모란트호가 구자록을 포격할 때 습득한 120근에 달하는 불발탄을 보여주었다(본서 19장과 20장 참조).
미즈노 준은 낭교 18부락의 두목 대부분을 만나보았다. 저로속 두목 주뢰와 문걸, 구자록 두목 파야림을 비롯하여 일본군에게 피살된 모란 두목 아록고의 뒤를 이은 고류(姑柳)도 만났다. 미즈노 준은 두 차례의 대만 방문 경험을《대만정번기》라는 책으로 엮었다. 1895년(메이지 28년) 5월, 일본이 대만을 점거한 후 초대 민정 총독에 취임했으며 2년 후 일본으로 돌아가 내각의 척식성(拓殖省) 관리가 되었다. 그 후 귀족원(貴族院) 의원이 되었다가 메이지 33년(1900년)에 사망했다. 미즈노 준은 일본의 대만 강점 시기에 대만에 중요한 정책을 계획한 인물이다.

는 눈이 완전히 멀었을 때였다. 그의 나이 겨우 43세였다. 29년 동안 저로속과 사가라족의 중임을 맡고, 낭교에서 활약하면서 문걸은 빠르게 노쇠했다.

문걸은 초췌한 두 손을 뻗어 미즈노 준의 손을 꼭 잡았다. 그러고는 미즈노 준을 더듬더듬 쓰다듬었다. 그의 노쇠한 얼굴에 눈물이 흘러내렸다. 양인들이 떠나고 청나라 사람들도 떠난 이곳에 21년 전의 친구가 돌아왔으니 무척이나 반가웠다. 그는 일본인을 신뢰할 수 있는 오랜 친구라고 믿었다.

그러나 일본인은 실망을 넘어 절망을 안겨주었다. 문걸은 분노하여 아들들에게 미즈노 준을 만나야겠다며 자신을 대북(台北, 오늘날의 타이베이)에 데려다 달라고 했다. 넷째 아들인 25세의 반아별(潘阿別)은 차갑게 말했다.

"미즈노 준은 벌써 일본으로 돌아갔어요. 그리고 찾아가면 무슨 소용이 있어요?"

아들의 말에 그는 불현듯 오랜 꿈에서 깨어난 것처럼 현실을 자각했다.

38년 동안 문걸은 끊임없이 몰려오는 강권 세력들을 상대하며 저자세로 응대하고 그럭저럭 양보하며 줄곧 협조해왔다. 그 덕택에 사가라족 사람들은 수십 년간 평화롭게 지낼 수 있었으며 문걸 자신도 패도와 보장(寶章), 황실의 하사품과 두둑한 선물을 챙겼다. 하지만 허울뿐인 감사 표시가 부족의 자주권을 잠식하고 자신의 통치권을 앗아갔다.

어느 날 그는 문득 이렇게 살아서는 안 되겠다는 깨달음을 얻었다. 그와 부족 사람들이 모두 배불리 먹고 편안한 나날을 보낼 수 있지만 이러다가 정체성과 영혼을 완전히 상실하고 조상이 물려준 모든 것을 잃을 것이다.

그렇게 사는 삶이 무슨 의미가 있겠는가! 그는 기백이 넘치고 총명했던 양부 탁기독을 떠올렸다. 양부도 때와 상황에 따라 협조를 택했지만 무조건적인 협조는 하지 않았다. 양부의 꼿꼿한 패기에 이양례도 그를 존경하고 두려워서 화의를 맺고 평화를 제안했던 것이다. 그리고 그런 패기를 기반으로 양부는 사가라족을 지켰으며 아울러 부족의 정체성을 보존할 수 있었다.

조상의 영령을 지키고 자아를 지키는 것이 그 무엇보다 중요하다. 만약 항춘이라는 이름을 그대로 받아들인다면 사가라는 사라지고 아무것도 남지 않게 된다. 사가라의 조상은 지본, 비남 지역에서 왔으니 사가라족 사람들은 반드시 조상의 땅으로 돌아가야 한다. 문걸은 가장 능력 있는 넷째 아들 반아별을 불러서 조속히 행동을 취하도록 했다.

2개월 후 반아별은 부족 사람 절반과 소떼를 이끌고 아버지 문걸의 축복을 뒤로한 채 길을 떠났다. 그들은 해안을 따라 북쪽으로 가서 모란만의 대초원에 당도했다. 이곳은 아랑일 해안을 사이에 두고 가지포(卡地布), 즉 조상의 땅과 마주보는 지역이다. 부족 사람들은 조상의 숨결을 느낄 수 있는 이곳에 정착하여 사가라족의 전통을 이

어가기로 했다.

　이듬해인 1905년 12월 12일, 53세의 반문걸은 만감이 교차하는
가운데 세상을 떠났다.

73장

밤인데도 대만 총독부 관저는 불빛으로 환하다. 아름다운 열대림 정원에는 화려한 기모노 차림의 시종들이 요리와 음료를 받쳐들고 잰걸음으로 분주히 오가고 있다. 각국에서 온 귀빈들이 잔을 마주치며 맛있는 음식과 술을 즐긴다. 손님들은 40년 동안 이룩한 대만의 비약적인 발전을 축하한다는 말을 전한다.

1935년 10월 10일, 대북의 일본 총독부는 '시정(始政) 40주년 기념회'를 성대하게 개최했다. 국제 박람회뿐 아니라 각종 체육 활동, 고산족 춤, 사원 퍼레이드, 연극 공연 등의 행사가 1개월 내내 계속되었다.

은은한 음악을 배경으로 총독이 미소를 지으며 단상에 올랐다.

"이번 행사를 더욱 빛내주실 특별한 귀빈을 모셨습니다. 세키야(関屋) 선생님을 박수로 맞아주십시오."

총독 나카가와 겐조(中川健藏)는 도쿄제국대학교 출신으로 도쿄부

도지사를 역임했으며, 유럽 문화에 심취한 인물이다. 출중한 배경을 가진 총독답게 이번 시정 40주년 기념 행사가 우아하고 예술적 분위기로 넘친다며 장내는 찬사로 가득했다. 성악가의 등장을 총독이 직접 소개하는 것도 이례적이다.

화려한 드레스를 차려입은 귀부인이 미소를 띠며 등장하자 사람들은 열띤 박수로 환영했다. 무대의 주인공은 작년 도쿄에서 〈여름의 광란(阿夏狂亂)〉을 공연해 일본 전역에 큰 반향을 일으키고, 국보(國寶) 호칭을 받은 서양 오페라 가수 세키야 토시코(関屋敏子)[7]였다. 장내를 뒤흔드는 박수와 함성은 총독이 등장할 때보다 컸다.

세키야 토시코는 일본 노래 〈달맞이꽃(宵待草)〉을 부르고 이어서 서양 가곡 〈여름의 마지막 장미(The Last Rose of Summer)〉를 불렀다.

"아름다운 외모에 훌륭한 노래 솜씨까지 세계적인 수준입니다."

"과연 재색을 겸비했군요!"

사람들은 입이 마를 정도로 칭찬을 했다.

야외 행사가 끝난 후 총독이 특별히 내실의 서양식 거실에서 세키야 토시코와 몇 명의 고위층 귀빈을 초대했다.

넓적한 얼굴에 귀가 큰 남성이 세키야 토시코에게 말했다.

---

7 세키야 토시코(1904~1941)는 4세 때부터 일본 전통 무용과 칠현금(七弦琴)을 배웠다. 훗날 일본 여성 오페라 가수 미우라 다마키(三浦環)에게 사사하여 서양 가극으로 이름을 떨쳤다. 1934년 세키야 토시코는 도쿄 가부키초(歌舞伎町)에서 일본식 오페라 〈여름의 광란〉을 공연하여 일본 전역에 큰 반향을 일으켜 국보로 일컬어졌다. 1941년 11월 22일, 세키야 토시코는 도쿄제국대학교에서 노래를 부르고, 그날 밤 수면제를 먹어서 스스로 목숨을 끊었다. 자살 이유는 '사람들에게 흰머리를 보이기 싫어서'라는 설이 일반적이다.

"세키야 선생님이 미우라 다마키 선생님보다 더 잘 부르시네요."

세키야 토시코가 미소를 지으며 고개를 저었다.

"아닙니다. 제 스승이신 미우라 선생님에 비하면 한참 부족합니다."

옆에 있던 총무 총독이 두 사람 사이에 끼어 누군가를 소개한다.

"이분은 대만인 중 최초로 귀족원에 들어오신 고현영(辜顯榮) 의원님입니다."

고현영이 공손하게 예를 차려 인사하자 세키야 토시코도 답례하며 화사한 미소를 지었다.

"고 의원님은 대남 출신이신가요?"

"아닙니다. 전 대북도 대남도 아닌 녹항 출신입니다."

"저는 이번에 대남에 갈 예정이에요. 그쪽에 임씨호(林氏好)[8]라는 제자가 있거든요. 아쉽게도 시간이 충분치 않네요. 일정이 되면 고웅과 낭교도 가보고 싶었거든요."

"낭교라고요?"

---

8   임씨호(린스하오, 1907~1991)는 대남 사람으로 1935년 세키야 토시코에게 사사한 대만 최초의 여성 소프라노다. 1932년부터 1937년까지 전성기를 누렸다. 〈월야수(月夜愁)〉를 최초로 불렀다. 1923년 임씨호는 노병정(盧丙丁)과 결혼했다. 노병정은 장위수(蔣渭水, 대만의 정치가, 사회 운동가−옮긴이)가 대만 민중당에 소속되어 있을 때 그의 믿음직한 조력자였다. 1932년에 장위수가 사망하자 노병정은 일본에 체포되었으며, 들리는 말에 따르면 악생요양원(樂生療養院)으로 보내졌다가 훗날 하문으로 이송되었다고 한다. 그 후로는 소식이 분명치 않다. 1944년 제2차 세계대전 말기에 임씨호는 만주국(滿洲國)으로 갔으며, 1946년 삼민주의청년단(三民主義青年團)에 들어가 동북 지역에서 대만으로 돌아오는 길에 줄곧 노래를 불렀다. 1991년에 세상을 떠났다. 그녀와 노병정 사이의 딸 임향운(林香芸, 린샹윈)은 1926년생으로 대만의 1세대 여성 무용가이며 〈유행민속무(流行民俗舞)〉의 창시자로 1990년에 민족예술신전상(民族藝術薪傳獎)을 수상했다.

고현영이 의아하다는 표정으로 말을 이었다.

"어떻게 낭교를 아세요? 30년 전에나 부르던 옛 이름인데 말입니다."

"할아버지가 일기와 책에 써 놓으셨어요. 나중에 봉산청항춘지청으로 이름이 바뀌었다고 들었지만요."

세키야의 말에 총무 총독도 놀라는 표정이었다.

"대만을 이렇게 많이 아시다니 뜻밖이군요. 항춘은 현재 고웅주(高雄州)의 항춘군(恆春郡) 차성장(車城庄)에 예속되었답니다."

세키야가 조용히 말했다.

"그 지역은 모두 할아버지가 가셨던 곳이랍니다. 할아버지는 대만과 깊은 인연이 있어서 자주 가셨고 고웅과 대남, 낭교에 머무르셨대요. 그때 대만은 청나라가 지배하던 시대여서 대남은 대만부, 고웅은 타구라는 이름으로 불렸다고 해요."

세키야 토시코는 어리둥절한 얼굴들을 보며 활짝 웃었다.

"할아버지의 존함이 이선득[9] 장군이십니다. 제 어머니가 이선득 장군의 따님이고요."

이선득이라는 이름을 듣고도 대부분 어리둥절한 가운데 총독이

---

9   이양례는 일본에 가서 이선득으로 개명했다. 대만 정벌(일본 입장에서 모란사 사건을 부르는 말)이 끝나고 이선득은 오쿠마 시게노부와 무츠 무네미츠(陸奥宗光)의 동의 하에 이케다 이토(池田絲, 막부 에치젠번(越前藩)의 번주 마츠다이라 슌가쿠(松平春嶽)와 시녀 사이에서 태어난 사생아 딸)와 결혼했다. 당시 일본인과 외국인의 결혼은 정식으로 인정되지 않았으므로 자녀들은 양자로 보내졌다. 이케다 이토가 결혼을 받아들인 조건은 이양례와 자녀 사이의 인연을 영원히 끊는 것이었다고 한다. 이양례의 장남 이치무라 우자에몬(市村羽左衛門)은 훗날 유명한 배우가 되었고, 딸 아이코(愛子)는 실업가 야유노스케(屋祐之介)와 결혼하여 세키야 토시코를 낳았다.

무릎을 치며 감탄했다.

"어쩐지 서양 가곡을 잘 부르신다 했더니 유럽계 혈통이셨군요."

이어서 옆에 있던 비서에게 일렀다.

"마침 대문호 모리 오가이(森鷗外) 선생님의 아드님이 총독부에 와 계십니다. 가서 모리 교수님을 좀 모셔 오세요."

총무 총독은 거의 감동에 북받쳐 말했다.

"이거 큰 실례를 했습니다. 우리 대일본국이 오늘날 이곳에서 대만 시정 40주년을 기념할 수 있는 것도 이선득 장군님 덕분입니다. 장군님은 61년 전 사이고 츠구미치 대장님의 대만 출병을 기획한 가장 중요한 공로자이십니다!"

총무 총독은 이선득 장군이 일본에 기여한 공로를 설명하기 시작했다.

세키야 토시코는 처량한 기분이 들었다. 일본이 대만을 식민지로 삼은 지 40년이 되었는데, 대만을 정벌할 책략을 세우고 대만을 빼앗을 수 있게 해준 할아버지의 이름마저 일본 관리 몇 명을 빼고는 기억하는 사람이 없다는 사실이 씁쓸했다. '할아버지[10]가 말년에 홀로 조선의 경성으로 가셨다가 9년 후 이국땅에서 객사한 것도 무리가 아니구나. 가련한 할아버지……' 세키야 토시코는 탄식했다.

이때 학자풍의 점잖은 중년 남자가 들어왔다. 총독이 그를 곁에 앉히고 손님들에게 소개했다.

---

10   일본은 외할아버지라고 따로 호칭하지 않고 일괄적으로 할아버지라고 부른다.

"이분은 도쿄제국대학교 의학원의 모리 오토(森於菟) 조교수[11]입니다. 내년에 대북제국대학교에서 해부학 교수로 일하게 되셔서 대만에 적응도 하실 겸 미리 오시게 했답니다."

"모리 교수님의 부친은 대문호 모리 오가이 선생님이신데, 메이지 28년에 대만을 방문해서 몇 달 동안 머물기도 하셨습니다."

모리 오토가 공손히 말했다.

"총독님은 저희 아버지를 정말 많이 알고 계시는군요. 어릴 때 할아버지께서 늘 대만의 풍습과 인정에 대해 말씀하셔서 좋은 기억으로 남아 있습니다. 또 그런 기억으로 인해 대북제국대학교로 오고 싶다는 생각을 더 하게 되기도 했고요."

총독이 웃으며 물었다.

"제 기억이 틀리지 않다면 교수님의 외조부께서 아카마츠 노리요시(赤松則良) 해군 대장이 아니신가요?"

모리 오토가 기뻐하며 "그렇습니다."라고 대답했다.

총무 총독은 흥분하여 말했다.

---

11 모리 오토(1890~1967)는 일본 문학가 모리 오가이와 첫 번째 부인 아카마츠 도시코(赤松登志子, 아카마츠 노리요시의 장녀) 사이에서 태어난 장남이다. 모리 오가이는 1895년 대만의 을미 항일 운동 때 대만에 있던 일본인 군의관 중 최고 계급의 인물이었다. 모리 오토는 1926년 도쿄제국대학교에서 의학박사 학위를 받고 조수·조교수(부교수)를 역임한 다음 1936년 대만의 대북제국대학교 의학부의 해부학 교수로 임용되었다. 1939~1941년, 1944~1945년, 의학부장을 두 차례 겸했다. 그는 대북제국대학교의 마지막 의학부장이었으며 그 후 두총명(杜聰明)에게 자리를 넘겨주었다. 1946년 일본으로 돌아간 이후 도호대학교 의학부 교수가 되었다. 현재 타이베이대학교 경복관(景福館)에 그의 주상(鑄像)이 있다. 그의 아들 모리 조지(森常治)는 《대만의 모리 오토(台灣の森於菟)》를 저술했다.

"그랬군요. 아카마츠님은 메이지 7년, 대만 출병 때의 해군 대장으로 당시 사이고 츠구미치 도독 다음가는 2인자셨거든요. 오늘 우연의 일치라고 하기엔 정말 신기하군요. 한 분은 이선득 장군님의 외손녀이시고, 또 한 분은 아카마츠 대장님의 외손자인데 두 분을 모시고 일본의 대만 정벌 역사를 돌아보고 있으니 말입니다. 메이지 7년의 대만 정벌이 없었다면 메이지 28년에 대만을 일본 영토로 합병하는 일도 없었을 것이고, 오늘의 대만 시정 40주년도 없었을 겁니다!"

모리 오토는 세키야 토시코의 내력을 듣고 몹시 놀랐다.

"과연 이선득 장군님의 후손들은 모두 다재다능하시네요. 지금 15대 가부키 배우로 명성을 떨치고 있는 이치무라 우자에몬(市村羽左衛門)의 본명이 이치무라 로쿠타로(市村錄太郞)인데, 바로 이선득 장군님의 장남입니다!"

사람들의 감탄하는 소리가 이어졌다.

⸙

손님들이 돌아간 후 총독은 세키야 토시코, 모리 오토, 총무 총독을 특별히 남게 했다. 모리 오토는 이때 감회에 젖어 세키야 토시코에게 말했다.

"어머니가 일찍 돌아가셔서 할아버지 댁에서 자랐습니다. 제가 9살인가 10살 때 할아버지께서 이선득 장군님이 조선의 경성에서 돌아가셨다는 소식을 듣고 울적해하며 계속 술을 드셨어요. 그 기억이 지금까지도 생생해요. 그때 할아버지는 이선득 장군님이 처음 일본에 오셨을 때의 이야기를 많이 해주셨어요. 장군님은 외국인이었기 때문에 대만 정벌의 기초를 닦았다는 큰 공을 세웠지만 제대로 인정받지 못했다고 해요. 할아버지는 일본이 이선득 장군님에게 미안하게 생각해야 한다고 하셨어요."

세키야 토시코가 말했다.

"5년 전 경성에 갔을 때 참배를 했어요. 그날은 눈이 많이 내렸는데 한 번도 뵌 적이 없는 할아버지의 묘 앞에 서 있으려니 어릴 때 할머니와 어머니가 해주신 말씀이 생각났어요. 할아버지는 말년을 실의에 빠져서 사셨대요. 일본의 대만 정벌을 돕기 위해 고문으로 일하셨지만 결과적으로는 고국인 미국(米國)[12]으로 가지도 못하고, 이때부터 미국에 있는 아들과 다시는 만날 수도 없으셨다고 해요. 일본 정부가 할아버지를 기용한 기간은 3년도 되지 않습니다. 정책을 제안해도 수용하지 않고 한직으로 보내버렸지요. 게다가 월급도 낮아서 재정적으로 어려움을 겪으셨어요. 그래서 미국에 있는 아들에게 보내줄 돈도 없어서 늘 죄스러워하셨지요. 실의에 차서 조선으로 가셨지만 그때 할아버지는 이미 60세의 노인이셨어요. 평생 패기만만하셨고, 국제 사무에서 중요한 역할을 맡고자 하셨으나 뜻을 펼치지 못하셨어요."

모리 오토가 말했다.

"그날 오후에 할아버지께서 길게 탄식하시며 대만 출병은 모두 이

---

12   일본에서는 미국을 미국(米國)으로 표기한다.

선득 고문님이 기획한 것이라고 말씀하시던 모습이 지금도 어렴풋이 기억납니다. 이선득 장군님을 고문이라고 부르셨어요. 그러면서 고문님은 원래 미국이 대만을 정벌하기를 원했는데 미국 정부가 응해주지 않아서 1872년 10월 미국으로 돌아가는 도중 요코하마(橫濱)에서 소에지마 타네오미 외무대신의 말을 듣고 잠시 남아서 일본을 돕기로 하셨다는데, 결과적으로는 평생을 남아 있게 되셨지요. 고문님은 줄곧 청나라가 대만을 지배하기에는 적절치 않다고 생각했고, 대만의 고산족들은 문명이 발달한 나라의 정부가 관리해야 한다고 주장하셨어요. 그분의 미국 관직 생활도 순탄치 않았다고 들었습니다. 미국 사람들은 그분을 프랑스인으로 여기고 소외시켰다지요? 그분이 일본에 온 목적은 대만의 왕이 되겠다는 것이었고, 최소한 낭교에서 왕이 되고 싶었기 때문일 겁니다. 하지만 강권인 지도자도 형세의 흐름은 돌릴 수 없었고 뜻대로 되지 않았습니다. 한 걸음 물러서서 일본인이 되고 싶었지만 일본에서도 그분을 외국인으로만 받아들였지요."

세키야 토시코가 고개를 끄덕였다.

"맞아요. 저희 할머니도 할아버지와 정식으로 결혼을 하지 않았어요. 두 분은 진실한 사랑을 했지만 당시 할머니는 손가락질을 당할까 겁이 나셨대요. 심지어 할아버지와 사이에서 낳은 아들과 딸, 그러니까 저한테는 외삼촌과 어머니시지요. 그분들은 태어난 후 다른 집에 양자로 보내졌답니다. 할아버지는 일본에서도 가정의 따뜻함을 진정으로 누리지 못하셨어요. 정말 가련한 분이에요."

모리 오토가 잠시 침묵하다가 말을 받았다.

"일본이 대만을 손에 넣은 이후 조선에 있던 이선득 고문께서 일본으로 잠깐 돌아오셨을 때 할아버지가 대만엔 언제 갈 거냐고, 대만에서도 특히 고산족을 좋아하지 않냐고 물어보셨대요. 그때 고문님의 반응이 무척 이상했대요. 잠시 멍하니 계시더니 어두운 얼굴로 갈 필요가 없다고 하셨대요. 그래서 할아버지는 고문님이 대만을 복잡한 심정으로 대하는 것 같다고 하셨어요."

세키야 토시코가 한숨을 쉬었다.

"할아버지는 조선에서도 일이 뜻대로 풀리지 않았나 봐요. 일생에서 가장 성공했을 때는 1867년부터 1875년까지 대만 사무에 종사하던 몇 년이었어요. 너무 짧았어요. 이곳저곳을 떠돌며 외국 정부를 위해 애쓰셨지만 모든 국가에서 그분을 외국인으로만 대했어요. 그게 할아버지 평생에 가장 큰 아픔이었어요."

세 사람이 침묵에 빠졌다. 어떤 말을 해야 할지 알 수 없어서 차마 입이 떨어지지 않았다.

내내 조용히 듣기만 하던 총무 총독이 침묵을 깼다.

"이선득 장군님은 낭교 18부락 연맹과 화의를 맺었는데 당시에는 정말로 큰 사건이었습니다. 하지만 현재 낭교에 부락은 존재하지 않아요. 생번 부락은 모두 항춘군 관할로 편입되었어요."

세키야 토시코는 찻잔을 들고 몇 모금 홀짝거리며 화제를 돌렸다.

"이 대만 우롱차는 정말 상등품이네요."

그들은 다시 침묵에 빠졌다.

세키야 토시코가 마침내 일어났다.

"교수님과 총독님, 이런 말을 해주셔서 고맙습니다. 최소한 대만에는 할아버지를 기억해주는 분들이 계셔서 너무나 기뻐요."

세키야 토시코는 총독부 관저 밖으로 나가 밤하늘을 바라보며 혼잣말을 했다.

"후세 사람들은 틀림없이 할아버지를 기억하실 테니 하늘에서 기뻐하셨으면 좋겠어요."

이 책을 쓰게 된 동기

《포르모사삼족기》에서 나는 세 민족 집단의 입장에서 소설이라는 형식을 빌려 역사를 해석함으로써 네덜란드 시대의 대만 역사와 정성공의 이미지를 재구축하고자 했다.

전(前) 대만 주재 이탈리아 대표 마리오 팔마(Mario Palma)가 2013년 이탈리아 국가 경축 만찬에서 갑자기 이 책을 언급했다.

"나의 친구 첸야오창 교수가 작년에 《포르모사삼족기》라는 아주 성공적인 책을 발표했습니다. 하지만 오늘의 대만은 이 책에 묘사된 포르모사와는 다릅니다. 그러니까 첸 교수는 《대만다족기(台灣多族記)》라는 제목으로 한 권을 더 써야 합니다."

'대만다족기'라, 정말 좋은 생각이다! 대만은 다민족 집단이고 다문화 사회다. 각 민족 집단이 서로 존중하고 각자 발전하면서 공존공영한다. 이에 이 책을 통해 1867년 대만에 발생했던 국제적 사건을 배경으로 다양한 민족이 융합하면서 겪는 진통을 묘사하고 싶었다.

오늘날의 대만은 1604년 진제(陳第)가 《동번기(東番記)》를 발표한 이후 400년간 다양한 곳에서 찾아온 새로운 이주민들을 수용하여 각종 민족이 융합된 커다란 용광로가 되었다. 어제의 낭교와 오늘의 헝춘은 이 섬에 사는 민족 집단의 융합 과정을 보여주는 대표적인 축소판이다. 1867년 낭교에서 발생한 사건은 국제 무대에 올랐을 뿐 아니라 대만의 역사를 변화시키고 민족 구조까지 변화시켰다.

그러나 대만 역사 교과서는 1867년을 거의 언급하지 않는다. 이 해는 전통적인 역사관으로 볼 때 그저 평탄했던 해였다. 대만 남부에서 발생한 선박 조난 사고는 전혀 언급되지도 않는다. 청나라 조정 문건에서 우리가 확인할 수 있는 것은 대만부의 지방 관리가 성의 없이 쓴 상주문 몇 편이 고작이다. 그것도 어떤 부분은 왜곡하기까지 하며, 미사여구를 쓰면서 성과를 크게 부풀리는 그 시대 관리들의 일관된 풍조가 여실히 드러난다.

대만 역사 교과서에서 한 번도 다루지 않은 1867년

그러나 대만이라는 섬 자체를 놓고 볼 때 1867년은 대만 역사상 지극히 중요한 해였다. 1683년에 강희제가 대만을 봉쇄하고 대만과 대만 사람들이 184년 동안 세계사에서 소리 없이 자취를 감춘 이후 두 번째로 국제 무대에 등장한 해이기 때문이다.

재미있는 것은 무대 위의 주인공은 당시 대만을 통치하던 대청제국의 문신이나 무장이 아니었다는 점이다. 그들은 조역에 지나지 않았으며, 주인공은 청나라 조정 내지는 그들의 관할하에 있는 백성들에게 괄시받던 생번 두목이었다. 사건이 일어난 장소도 당시 '행정 명령이 미치지 않고 교화가 미치지 않는 땅'으로, 현대의 대만 사람들에게는 잘 알려지지 않은 낭교의 괴뢰산이었다.

지금 생각해 보면 1867년 대만 남갑에서 우발적으로 발생한 미국 선박의 해난 사고와 선원들 및 선장 부인의 죽음은 대만 근대사의 전환점이라고 할 수 있다. 그야말로 '역사의 우연'과 '나비 효과'를 가장 잘 설명하는 사건이다.

대만 역사 교과서에서 다루지 않은 내용 1: 1867년, 200명에 육박하는 열강 해병대가 대만에서 군사 행동을 전개한 적이 있다. 이 국가는 뜻밖에도 근대 대만이 가장 의지하는 미국이다. 대만 해변에서 전사한 최초의 서양 병사 또는 장교도 미국인이다.

군사 행동이 일어난 장소는 현재 세계적인 휴양지로 유명한 컨딩 국가공원(墾丁國家公園)이다. 미국은 대만 원주민에게 맥없이 당하고 의기소침하여 돌아갔다. 만약 미군이 승리했다면 모란사 사건은 7년을 앞당겨 구자록 사건으로 둔갑했을지도 모르며, 대만 남부는 1867년에 미국의 식민지가 되었을지도 모른다.

대만 역사 교과서에서 다루지 않은 내용 2: 1867년, 대만이 최초로 외국과 국제 조약을 체결했으며, 대만을 대표한 사람은 괴뢰산의 생번 두목이었다. 당시 서방 열강 중 동양 사무에 밝은 사람이라면 대부분 이 사람을 알고 있었다. 서양인은 그를 '낭교 18부락 연맹 총두목'(영어로 '연방'을 뜻하는 'confederation'라는 단어를 사용했다)이라고 불렀다.

서양인들에게 전설적 인물로 통하던 그는 영어 이름 'Tou-ke-tok'으로 불리다가 나중에 가서야 '탁기독(卓杞篤)'이라는 한자 이름이 생겼다. 1850년부터 1870년까지 대만 남부를 찾은 서양인들의 기록에는 어김없이 그 이름이 언급된다. 그는 19세기 국제 사회에서 가장 유명한 '포르모사 사람'이었다. 그와 이양례가 1869년 2월 28일 확인한 조약의 협의서는 지금도 미국 국회도서관에 소장되어 있다.

그러나 현대의 사람들은 이런 역사를 거의 모른다. 이는 역대 통치자들의 대만에 대한 억압과 경시 그리고 역대 대만 역사 교과서의 편파적이고 불균형한 면을 여실히 드러내며, 역사 계승에 대한 대만 사람들의 기억상실증을 초래했다.

대만 역사 교과서에도 이양례라는 인물은 전혀 언급되지 않는다. 이양례는 19세기 대만을 가장 깊게 이해하고 대만 운명에 가장 오랫동안 영향을 끼친 서양인이다. 그는 1867년에 처음 대만에 온 이후 5년 동안 여덟 차례나 대만을 방문하고 전역을 돌아다니며 지도까지 제작했다. 훗날 그는 일본으로 건너갔는데 그 결정은 대만을 일본에 점령당하는 운명으로 몰아넣었다. 이 일로 그는 일터가 있던 미국이나 출생지였던 프랑스로 돌아갈 수 없는 신세가 되었다.

1867년 대만 원주민과 서양인의 만남

돌이켜보면 1867년 대만에 있던 서양인들은 훗날 모두 역사적 · 세계적 인물이 되었다. 맨슨을 포함하여 맥스웰, 피커링, 스윈호 등이며 그런 이유로 이 책에도 이들이 등장한다. 1865년 대만에 온 맥스웰은 기독교 장로교회를 전파했을 뿐 아니라 종교와 의료 분야의 충돌을 몰고 왔다. 그가 조수로 초빙하여 대만에 온 의사 맨슨은 한자로 만파덕(萬巴德, 민남어 발음에 기반하여 지은 이름)이라는 이름을 지었다. 그는 훗날 기생충학의 아버지로 불리며 세계 의학사상 혁혁한 명성을 떨쳤다. 의학도라면 누구나 아는 만손주혈흡충증(Schistosomia-sis Mansoni)은 바로 맨슨이 대만에서 발견한 것이다. 그는 말라리아를 일으키는 원충의 숙주가 모기라는 가설을 제시하기도 했다. 맨슨과 협력하여 연구를 진행한 로널드 로스(Ronald Ross)는 훗날 맨슨의 가설을 증명했으며, 그 공로로 노벨의학상을 수상했다.

맨슨은 훗날 홍콩 최초의 의학원을 창설한 인물이 된다. 중화민국을 수립한 쑨원(孫文)이 바로 이 의학원의 졸업생이다. 런던에서 망명 중이던 쑨원이 스파이에게 붙잡혀 청나라로 이송될 뻔할 때 그를 구출해준 제임스 캔틀린(James Cantline)도 맨슨의 제자다.

실제로 맨슨은 1867년 영국의 남만 지역 원주민에 대한 군사 행동에 참여했다. 그는 1871년 하문으로 옮겨갔다. 이양례와의 관계 때문에 그는 하마터면 1874년 모란사 사건 때 일본 군대에도 참여할 뻔했다. 동생 데이비드 맨슨(David Manson)도 의사였는데 데이비드는 맨슨이 타구를 떠나 하문으로 간 이후 타구의 의료 직무를 인계받았다. 데이비드는 훗날 불행히도 복주에서 사고로 사망했다. 그의 친구가 공헌을 기리기 위해 타구의 기후에 서덕의원(瑞德醫院)을 설립하였는데 이는 대만 최초의 의학 교육 기관으로 유명하다.

동일한 시기, 영국의 탐험가 피커링(William Alexander Pickering)도 대만에 있었다. 1868년 영국군이 안평에 포격을 가한 사건은 그가 일으켰다고 할 수 있다. 이 사건이 없었으면 열란차성은 파괴되지 않았을 것이며, 그랬다면 오늘날 말레이시아의 말라카(Malacca)에 있는 네덜란드 옛성을 훨씬 능가하는 자태로 우뚝 서 있을 테다.

피커링의 한자 이름 필기린(必麒麟)은 음역자가 아니라 1867년에 대만진의 총병 유명등이 직접 뜻을 담아 지어준 이름이다. 현재 싱가포르에는 피커링 거리가 있다. 하지만 피커링이 말년에 그리워한 곳은 싱가포르가 아닌 대만이었다.

당시 대만을 통치하던 청나라 관리들은 대만에 대한 이해가 부족했으며, 그들이 남긴 대만 답사 사료들이 서양인의 것에 훨씬 못 미친다는 점은 아이러니다.

유명등은 그래도 예외다. 그는 대만에 제자(題字, 비석이나 책머리에 새긴 글자) 유적을 가장 많이 남긴 총병으로, 이 책에서 소개한 낭교 복안궁의 비문 외에도 초령고도(차오링고도)에 호자비, 웅진만연비(雄鎭蠻煙碑)를 남겼으며 서방(瑞芳, 루이팡)의 삼초령고도(三貂嶺古道, 산댜오링고도)에 있는 금자비도 남겼다.

원주민의 입장에서 대만 역사의 재구축을 시도하다

대만의 두 번째 국제화는 1858년의 천진조약과 1860년의 북경조약이 계기가 되었다. 하지만 국제화는 국제적 분쟁을 몰고 오기도 한다. 분쟁의 불씨는 빠르게 점화되어 조약 이후 10년도 채 지나지 않은 1867년에 폭발하였고, 대만의 운명을 실은 열차는 돌아올 수 없는 길로 치닫게 되었다. 역사의 열차는 대만 최남단의 주민 100명도 안 되는 구자록 부락에서 출발했고, 1895년 일본의 대만 점령이라는 종점에 닿았다. 중간에 경유하는 역에는 이양례와 탁기독이 체결한 남갑지맹이 있고, 그 후에는 1871년의 류큐인의 선박 조난 사고, 1874년 모란사 사건, 1875년 심보정의 개산무번이 있다. 1894년의 갑오전쟁은 조선이 전쟁터였지만 영향을 가장 크게 받은 곳은 조선과는 멀리 떨어져 있던 대만이었다. 일본이 대동아공영권(大東亞共榮圈) 정책을 추진함에 따라 중화민국 침략과 제2차 세계대전이 뒤를 이었다.

과장을 보태지 않고 말할 수 있는 것은, 대만이 남도어족의 발원지일 뿐 아니라 1867년부터 1945년까지 동아시아 역사의 발원지이기도 하다는 사실이다.

1867년 컨딩 해변에서 발생한 사건이 대만 각 민족 집단의 운명에 깊숙이 영향을 미쳤다. 1867년의 대만은 다민족이 병립하는 사회였다. 그 후 심보정의 개산무번, 항해 금지의 완화로 객가 이주민들이 크게 증가하고 한족과 원주민의 경계가 허물어졌으며, 이에 따라 혼혈이 증가하여 평포는 빠르게 사라져갔다. 대만의 고산 지대 원주민은 천 년이 넘은 부락 자치를 더는 유지할 수 없게 되었다. 변화와 융합의 결과, 오늘날 대만계 한족 사회가 형성되었다.

이 책의 배경이 되는 낭교는 당시 대만의 다양한 민족 병립과 혼재가 가장 전형적으로 나타난 사회의 축소판이었다. 낭교는 오늘날 펑둥의 팡랴오(枋寮) 이남을 지칭하며, 대청제국의 통치 범위가 미치지 않는 길고 좁은 지역으로, 오늘날 헝춘반도보다 약간 큰 지역을 가리킨다. 1867년의 낭교에는 복로인이 집중적으로 거주하던 시성(당시에는 낭교를 주로 시성이라고 지칭했다)이 있었고, 객가인 중심의 보력이 있었으며, 마가도족(이양례가 half-blood로 쓴 것으로 보아 당시에 이미 복로인과 피가 섞였음을 알 수 있다)의 평포 촌락이 형성된 사료, 폐쇄적인 괴뢰산의 생번(오늘날의 배만족, 노개족 그리고 절반이 소멸된 사가라족)도 있었다. 이 원주민 부족들의 이름은 모두 훗날 이노 카노리(伊能嘉矩)가 대만 원주민을 연구한 다음 붙인 명칭이다.

낭교는 다시 상·하로 나뉜다. 이양례가 접촉한 집단은 하낭교 18부락(오늘날의 헝춘과 만저우향)이었다. 상낭교 18부락은 오늘날의 핑둥 스쯔향으로, 더 오래전인 네덜란드 시대에는 대구문이라고 불렀으며, 이 지역의 부락들은 1875년에 더 큰 피해를 봤다. 낭교와 대만부의 부성(구 대남시)은 청나라 때 대만 역사와 특별히 연결된 중요한 지명으로, 오늘날에는 모두 사라져서 안타까움이 크다.

이 책을 쓰는 과정에서 1867년의 대만 사회와 1895년의 대만 사회를 비교해 보니, 평포 집단이 빠르게 감소했음을 발견했다. 이는 평포가 빠른 속도로 한족화되면서 정체성을 잃었으며, 심지어 이때가 정체성을 의도적으로 은폐한 시대였음을 의미한다. 오늘날 대만에는 다른 민족과 피가 섞이지 않은 평포 사람은 무척 드물고, 평포의 모어(母語)도 이미 대부분 실전되었다. 이 책에서 마가도족에 대해 쓸 때는 마치《포르모사삼족기》의 서랍아족에 대해 쓸 때와 비슷했다. 전 대만 주재 네덜란드 대표 괴드하트(Menno Goedhart)의 노래 가사로써 평포 사람들에 대한 나의 무겁고 비통한 심정을 투영해 본다.

"다른 민족과 서로 융합하는 것이 유일한 선택이네.
소수의 목소리는 티끌 없는 피를 고집하나
문화는 찾아오는 침입자에 저항할 힘이 없고
결국 그 고유의 이름을 잃어버렸네."

평포 마가도족의 유적을 순방하다

이 책이 1867년을 주축으로 쓰였다는 점에서 위 노래의 외침은 평포 마가도족의 입장은 물론 사가라족에게도 해당된다.

최근 평포의 후손들은 조상의 유적 찾기에 열중하고 있다. 공교롭게도 1867년 이후는 사진이 등장한 시기와 맞물려 있다. 현대 사람들은 대만에서 사진을 촬영한 최초의 인물을 1871년 4월 2일, 맥스웰이 불러서 대만에 온 영국인 존 톰슨(John Thomson)이라고 알고 있다. 하지만 사실 이양례가 1869년 11~12월 대만에 왔을 때 그를 수행한 에드워드(Edwards)라는 사람이 톰슨보다 이른 시기에 사진을 촬영했다.

이양례는 1872년에 대만을 방문했을 때 사진사 이강약(李康泝)을 대동하고 1869~1872년 사이의 평포 촌락들을 사진으로 남겼다. 일부 사진의 전후를 대조해 보면 무척 흥미롭다. 면자의 집은 1867년 이양례의 묘사에 따르면 무척 누추했다. 1874년 일본군이 사료에 갔을 때 촬영한 면자의 집은 이미 벽돌과 기와를 사용한 한족의 건축 양식으로 변했으며 구조는 복로인의 주택과 거의 같았다. 1872년에 면자의 옷차림은 서양 신사와 유사하며 서양식 모자를 쓰지 않은 것만 달랐다. 평포 문화가 빠른 속도로 한족에 동화되고 경계가 모호해진 시대였다.

이양례가 사료 수령인 면자와 찍은 사진을 보면 사료의 평포 마가도족 혼혈의 복장은 여전히 평포의 특색을 띠고 있었다는 점을 알게 된다. 당시에도 사호(祀壺, 항아리에 물, 술 등을 넣어 조상에게 바치는 의식-옮긴이), 도희 등의 전통 마가도족 의식은 행해졌다. 도희는 평포

사람들의 밤축제에서 가장 중요한 제사로, 대만 남부에서는 점차 쇠
락하다가 최근 원주민에 관한 연구 열기가 뜨거워지고 평포의 정체
성을 찾자는 의식이 고개를 들면서 조금씩 회복되어 다시 열리고 있
는 추세다.

　펑둥에는 평포 마가도족의 노조와 한족의 신을 동시에 모신 사당
이 많다. 이는 펑둥 사당의 큰 특색이다. 일부 중심가의 큰 사당, 가령
린볜(林邊)의 '방색(放索)' 안란궁(安瀾宮)은 원래 마가도족의 노조를
모신 초당(草堂)이었으나 훗날 복로 이주민들이 마조를 모시면서 두
신을 함께 모시는 사당으로 바뀌었다. 현재 사당 내에는 한족의 영향
을 받은 노조상이 있어서 '적산만금장, 방색개기조(赤山萬金庄, 放索開
基祖, 평포 사람들이 만금·적산 일대에서 임변·방료를 경유하여 이주해왔으며,
만금·적산의 노조는 방색에서 기반을 다졌다는 의미-옮긴이)'라는 마가도족
사람들의 말을 뒷받침해준다.

　사료(서랴오), 후만(허우완), 출화(추훠), 구자록(컨딩)에서 심지어 사
림격의 배만족(파이완) 부락, 욱해(旭海, 위하이)의 사가라족 부락에서
도 삼청도조[三淸道祖, 도의 세 가지 모습을 나타내는 도교의 신으로 옥청(玉
淸), 상청(上淸), 태청(太淸)이 있다-옮긴이]와 노조를 동시에 모시는 작은
사당들을 많이 보았다. 이는 평포 마가도족 사람들이 당시 사방으로
유랑하며 이주했던 발자취를 증명한다.

　1867년부터 1870년까지, 이양례는 대방청(台防廳, 대만현과 봉산현
에서 방료에 이르는 지역)의 사람 18명 중 1명(6%)이 평포 혼혈이라고
추정했다. 그렇다면 낭교의 평포 혼혈 수는 자연히 더 많아진다.

　이 책에 등장하는 면자와 송자는 복로 부계와 혼혈이 오랫동안 이

어진 평포(청나라의 숙번 또는 토생자) 마가도족 모계의 후손이다. 문걸과 접매는 객가 부친과 생번 모친 사이에 태어난 후손이다. 1867년 낭교에는 이런 혼혈이 많았다. 문걸과 면자는 역사서에 기재된 실존 인물이고, 접매와 송자는 허구의 인물이다. 1860년대에 낭교는 복로, 객가, 평포, 생번 4대 민족 집단이 병립하던 지역이었으며 지금까지도 헝춘반도 주민의 혈연 관계는 매우 복잡하다.

폐번(廢藩)이 된 사가라 지역

현재 우리는 평포나 고산의 원주민에 대해 이야기하고 있는데 사가라족을 아는 사람은 극소수다. 낭교 18부락 연맹의 총두목 탁기독이 이끌었던 사가라족은 고산 지대 원주민들의 험난한 운명과 급격한 변화를 보여주는 대표적인 사례다. 사가라 4사는 1867년 이양례가 대만에 왔을 때 여전히 양인이라는 말만 들어도 사색이 되던 생번이었다. 사가라족은 훗날 문걸의 인도하에 한족 문화를 신속히 받아들였다.

일본은 사가라족을 생번에서 숙번으로 개편하여 직접 총독부 통치하로 귀속시켰다. 또한 복로어로 발음되던 문솔(蚊蟀)을 일본식 명칭의 만주(滿州)로 변경했다. 사가라 지역은 헝춘지청(恆春支廳)으로 변경되었으며, 문걸의 총고두(總股頭)라는 직함은 폐기되어 그의 권세는 지청장 사가라 나나츠나(相良長綱)에게 예속되었다. 이는 1871년 일본이 실시한 폐번치현(廢藩置縣, 번을 폐지하고 현을 설치하는 정책)과 닮아 있다.

수십 년간 청나라와 일본의 권력 통치자들에게 협조한 문걸은 청나라 조정에게 성씨를 하사받고 관리로 봉해졌으며, 일본인들에게는 휘장과 보검을 하사받았으나 결국 자기 부족에 대한 관할권을 완전히 빼앗겼고, 부족 문화의 붕괴에 직면했다. 그는 넷째 아들 반아별에게 일부 부족민을 이끌고 북쪽으로 이주하여 지금의 무단향(牡丹鄉) 쉬하이(旭海)에 정착하여 부족 문화를 보존케 했다. 하지만 이때부터 사가라족이 있었다는 사실을 아는 대만 사람은 극소수뿐이다. 저로속은 리더(里德)로, 저로속계는 강커우시(港口溪)로, 사마리는 융징(永靖)으로, 구자록은 컨딩(墾丁) 및 셔딩자연공원(社頂自然公園)으로 바뀌었다. 사가라의 옛 명칭이 남은 곳은 용란담(龍鑾潭, 룽롼탄)이 유일하다.

배만족을 보며 대만을 생각하다

대만의 고산 지대 원주민들은 1867년에 미국의 벨(H. H. Bell)과 이양례, 청나라 조정의 유명등의 공격을 막아냈다. 하지만 7년 후 일본 사이고 츠구미치(막후에서 조종한 사람은 이선득이라고 이름을 바꾼 이양례였다)의 공격은 막아내지 못했다. 그 후 1년이 더 흘러서 심보정이 생번을 향해 전개한 개산무번은 더욱 막지 못했다.

1894년 청일전쟁(갑오전쟁)에서 패배한 이후 대청제국은 '새가 울지 않고 꽃은 향기롭지 않고, 남자는 정이 없고 여자는 의롭지 못한, 교화가 부족한 세계'로 인식한 대만을 일본에게 할양했다. 대만계 한족과 원주민은 운명 공동체가 되었다. 하지만 일제 강점기에서 벗어난 뒤 1945년부터 1949년까지 국민당 정부가 식민 통치와 같은 형식으로 집권했다. 1949년 이후 계엄이 해제되자 비로소 '대만 본토 의식'이 일어났다. 2000년 이후에서야 '원주민 의식'이 발흥했다.

대만은 1885년에는 프랑스를 막았지만 1895년에는 일본을 막지 못했다. 1867년에서 1874년, 1894년, 다시 1945년부터 1949년, 또 국민당과 함께 대만으로 온 200만여 명의 대륙 사람까지 합쳐서 큰 운명 공동체를 형성했다. 이로써 다양한 문화의 꽃이 피고 열매를 맺었으며, 다른 한편으로는 오늘날 대만의 복잡하게 얽히고 정리가 안 되어 어지러운 양안관계 및 일본에 대한 콤플렉스를 형성했다. 최근까지도 대만계 한족의 본토 역사관이 당당하게 드러나지 않았으니 원주민의 역사관은 논할 필요도 없다.

대만삼부곡(台灣三部曲)의 완성을 희망한다

사실상 1867년부터 1895년까지 100여 년 동안 대만의 운명을 견인한 주체는 원주민이다.

나는 대만 원주민을 주인공으로 한 대만삼부곡을 구상했다. 제1부인 이 책을 통해 원주민과 양인이 접촉하는 경과를 묘사했다. 제2부에서는 원주민과 일본인이 접촉하는 경과를 묘사할 것이다. 제3부에서는 원주민과 한족의 애증이 얽힌 관계에 대해 쓸 것이다. 이 세 권의 역사 소설이 1865년부터 1895년까지 30년에 걸친 '대만다족기'를 반영할 수 있기를 희망한다.

이 책을 통해 독자들이 1867년을 돌아보기를 기대한다. 분립된 각 민족 집단, 청나라 관부, 각국에서 온 서양인이 당시나 지금이나 대만의 변방으로 여겨지는 낭교에서 어떻게 행동했으며, 그 결과가 대만의 운명에 어떤 영향을 가져왔는지 살펴보자.

소설 · 역사적 사실과 고증

　나는 '접매'라는 허구의 인물을 설정했다. 이야기 전체를 관통하면서 내가 표현하려는 중심 사상을 대표하는 인물이다. 접매를 통해 나는 1867년부터 1868년까지의 대만부-타구-낭교를 연결했으며, 이로써 당시 대만의 각 민족 집단(생번, 평포, 객가, 복로, 양인)과 청나라 관부를 연결할 수 있었다.

　이 책에서 내가 묘사한 인물의 시간, 공간에 관한 묘사는 가령 이양례, 피커링, 탁기독 등의 행보는 몇 월 며칠 어떤 지역(사료, 시성, 대수방)에 간 것과 심지어 몇 시에 배가 출발했으며, 전쟁의 경과가 어떻게 되고 화의가 어떤 식으로 진행되었는지에 이르기까지 모두 정사의 사료에 입각하여 쓴 것이다.

　그러나 정사의 사료가 완전히 갖춰지지 않은 부분도 있었다. 특히 원주민은 문자로 기록된 역사가 거의 없이 구전으로만 이야기가 전해지기 때문에 정확한 사실 확인이 어려운 경우가 많았다(가령 탁기독

이후 그를 계승한 사가라족 총두목은 몇 명이고 이름은 무엇인지 확인이 어렵다). 사당을 중심으로 한 한족 이주민의 역사도 기억의 왜곡이 꽤 있었다. 나는 이런 부분이야말로 소설의 기법을 발휘할 수 있는 부분이라고 여긴다. 예를 들어 이 책에서 반문걸이 탁기독의 양자로 입적되는 과정, 남갑지맹에서 접매의 역할 등이 대표적이다. 모두 소설의 가독성을 높여주기 위한 장치지만 그렇다고 해서 이 책의 역사적 사실이라는 주요 골자를 크게 해치지는 않는다.

반문걸은 대만 근대사에 기록된 원주민으로, 청나라 관부와 상호 교류를 진행한 대표적 인물이며 그의 후손들이 핑둥현에 살고 있다. 하지만 반문걸의 출신은 사료와 서적에서 묘사가 각각 다르다. 예를 들어, 다음과 같은 묘사가 서로 상충한다.

1. 반문걸의 부친이 오늘날의 퉁푸(統埔) 객가인이라는 데는 이견이 없다. 하지만 그의 성이 '임(任)'인지 '임[林, 반(潘)씨 가족은 '林'이라고 주장]'인지 확실치 않다. 이 책에는 후손들의 주장을 존중하여 썼다.

2. 반문걸의 모친이 저로속의 공주라는 설은 양난쥔(楊南郡) 선생이 반씨 가족을 인터뷰했을 때 나온 것이다[《사가라유사(斯卡羅遺事)》 참조]. 현재 이에 대한 공감대가 형성되어 있으며 이 책에서도 이를 따랐다.

3. 반문걸이 탁기독의 양자로 들어간 시기는 언제일까? 그의 후손들은 아주 어릴 때라고만 알고 있으며, 이 점에 대해서는 조금 더 구체적인 고증이 필요하다.

반문걸은 실제로 사료에서 생활한 적이 있다고 한다(나는 이 이야기를 그의 후손에게서 들었다). 나는 반씨 집안의 신주패(神主牌)를 본 적이 있는데, 양난쥔의《대만원주민족계통 소속의 연구(台灣原住民族系統所屬之研究)》에 기재된 반문걸의 행적과 반씨 가족의 인터뷰 내용에는 차이가 있다. 하물며 그의 유년 시절에 대해서는 더욱 고증할 방법이 없다.

이 책에서 반문걸이 양자로 간 시기를 10대 초반으로 설정한 것은 다음과 같은 이유 때문이다. 여러 인터뷰를 통해 반문걸이 복로어와 객가어에 모두 능통했다고 들었다. 따라서 그가 한족의 언어를 먼저 익힌 다음 비로소 생번 총두목의 양자로 갔다고 봐야 한다(당시에는 생번 부락과 한족 사회는 서로 분리되어 있었으므로 지금처럼 가깝지 않았다).

4. 1869년 2월 28일, 이양례가 탁기독을 다시 방문했을 때 무척 중요하고 흥미로운 역사적 자료를 남겼다.[13]

> ……총두목의 동생은 복로어와 객가어가 매우 유창했다. 그는 우리가 문자를 이용한 서면 표현에 능하다면서 방금 협의한 내용을 문자로 써줄 수 있는지 물었다. 그렇게 해두면 만일 생번 부락과 조난 사고 피해자 사이에 오해가 생겼을 때 도움이 될 수 있을 것이라고 했다. 상당히 의아했지만 요구대로 따랐다. 정식 문서의 기준으로 볼 때 그것은 가치가 없는 비공식 문서였지만 그래도 포

---

13   출처:《이선득대만기행》 중문 번역본. 더글러스 픽스(Douglas L. Fix)·존 슈펠트 (John Shufelt) 편집, 샬롯 로(Charlotte Lo)·더글러스 픽스 역, 국립 대만역사박물관 출판.

르모사 남부 항해 선박의 안전을 확보하는 방법이 이토록 쉽다면 응해야 한다고 생각했다. 이에 따라 모든 국가의 선박은 각자의 정부 당국을 통해 이 해안을 통과할 때 어떻게 할지 알아야 할 것이다. 이 문건의 내용[14]은 다음과 같다.

이 문서는 탁기독에게 1부 주고 1부는 내가 보관한 후…….

그러나 일반적인 사료를 볼 때 나는 탁기독이 한문에 정통하여 읽고 쓰기에 능통한 형제를 두었을 가능성이 없다고 생각한다. 만약 있었다면 반문걸이 유일하다. 이 또한 반문걸이 사가라족의 총두목의 양자로 기용될 수 있었던 이유라고 생각한다.

---

14 1869년 2월 28일, 장소는 사마리 부락이며 탁기독의 관할하에 있는 지역이다. 낭교 18부락 연맹 총두목 탁기독의 요구에 따라 (낭교) 동쪽에 있는 산과 동부 해역 사이, 즉 로버호 선원들이 구자록 원주민들에게 살해된 곳에서 나 이양례, 하문 및 포르모사 주재 미국 영사는 탁기독과 1867년 협정 비망록을 체결하였으며, 미국 정부의 승인을 받고 북경 주재 외국 공사들도 찬성할 것으로 믿는다. 내용은 다음과 같다.

선박 사고를 당한 자는 탁기독이 이끄는 낭교 18부락 연맹의 우호적인 대우를 받을 것이며, 가능하다면 접안하기 전에 붉은 깃발을 펼쳐야 한다. 선박이 보급받기 위해 선원을 상륙시킬 경우, 반드시 붉은 깃발을 펼쳐야 하며 해안에 접근할 때까지 이 깃발을 계속 보여줘야 한다. 이를 어기면 상륙할 수 없다. 상륙은 지정된 장소에만 국한된다. 산에 오르거나 원주민의 부락을 방문해서는 안 되며 상륙이 가능한 범위는 저로속항(남만의 동남곶 이북, 이곳은 동해안의 첫 번째 강이다)과 대판날계(大板埒溪, 로버호 선원들이 피살된 곳의 암초 서쪽 방향)로 제한한다. 후자는 북동 계절풍이 불 때 물을 구하기 좋은 곳이다. 이 조건들을 위반하고 상륙하는 사람은 피해를 당해도 그 정부에 보호를 청할 수 없으며 안전을 보장할 수 없다는 것에 동의한다.

이양례
증인: 포르모사 남부 해관 세무사 알렉스 J. 맨(Alex J. Man)
증인 겸 통역원: 필기린(피커링)

그가 읽고 쓰기에 능하고 문서화의 중요성을 알고 있기에 일본과 서둘러 협력하여 대만 최초의 일본어학교를 세웠다는 추측이 든다. 같은 이치로, 그가 청나라와 협력할 수 있었던 것도 청나라 관리들과 긴밀한 소통이 가능했기 때문이라고 생각한다.

반문걸이 총두목 탁기독의 양자로 들어가는 과정은 소설의 관점에서 극적 요소를 동원할 필요가 있었다. 따라서 그 안에 담긴 팩트 여부와 그 과정에 등장하는 인물(사리영과 랍랍강)들에 대해서는 너무 진지하게 접근하지 않기로 했다.

접매는 객가 아버지와 생번 어머니 사이에서 태어났다. 대만에는 '당산공, 대만마(唐山公, 台灣嬤)'라는 말이 있는데, '당산 출신 아버지, 대만 출신 어머니'를 뜻한다. 이때 대만 출신 어머니는 대체로 평포 숙번의 혈통을 지닌 어머니를 가리킨다. 남부에서 넓은 의미의 낭교인 핑둥 네이푸(內埔), 처청에서 헝춘까지 중앙산맥과 비교적 가까운 곳의 주민 구성은 현재까지도 상당히 특이하다. 이 일대 주민 중에는 생번 출신 어머니를 둔 사람이 많은데 평강 출신의 총통 차이잉원(蔡英文)이 이에 속한다. 객가 혈통이 있는가 하면 생번의 피가 4분의 1인 혈통도 있다.

나는 접매와 이양례의 관계에 대해 썼는데, 이는 당연히 허구다. 하지만 이양례가 대만에 있는 동안 어떤 일이 벌어졌는지 그의 후손들도 다 알 수 없으며 사실을 확인할 방법도 없다. 이 책에서 이양례와 클라라의 결혼 생활을 둘러싼 상처는 실제 사실에 근거한 이야기며, 그가 훗날 일본인과 결혼하여 자녀를 낳은 것도, 일본을 떠나 조선의 경성에 가서 죽은 것도 사실이다.

대만에서 이양례의 행적에 관해서는 자신이 저술한《이선득대만기행》에서 밝힌 것 외에 본인조차도 숨기는 것이 많다. 자료에 따르면 이양례는 1870년 11월 중순부터 1871년 2월 18일까지의 약 3개월간에 대만에 체류했다. 하지만 그 행적은 구체적으로 알려지지 않아서[15] 미스터리로 남아 있다.

흥미로운 점은 그가 3개월이 넘는 기간의 행적을 숨겼어야 하는 이유다. 합리적인 추측은 그가 청나라 조정에서 출입을 금하는 지역을 탐사하러 갔을 거라는 것이며, 그가 제작한 몇 장의 대만 지도가 바로 이때 만들어졌을 가능성이 크다. 소인배의 마음으로 추측하건

---

15 《이선득대만기행》 p.441에는 1869년 말, '1870년 초 하문에서 포르모사로 가는 증기선, 기함 등 설비'라는 구절이 있는데 이양례가 1869년 말에서 1870년 초에 미국 증기선이나 해군 기함을 타고 대만에 갔다는 언급은 그가 쓴 보고서, 서신, 기타 저서 중 어디에도 나오지 않는다. '미국 해군 부장이 각 함대 지휘관에게 보내는 서한'(미국 국립기록보관소 소장)에 따르면 1869년 10월부터 1870년 2월까지 이양례가 포르모사에 있던 기간에 대만이나 하문에 간 미국 해군 기함이나 포정(炮艇)은 없다.
1869년 11월 1일, 미국 해군 태평양함대가 보유한 여덟 척의 선박 중 하문 해역에 접근한 배는 이로쿼이호(The Iroquois), 모미호(The Maumee), 우나딜라호(The Unadilla)뿐이다. 하지만 10월 말, 11월 초에는 이 세 척의 배가 모두 홍콩을 출발하여 하문으로 향했으며, 대만에 들른 선박은 없다. 이밖에 우나딜라호는 11월 9일 홍콩에서 이미 다른 사람에게 매각되었으며, 같은 달 15일 모미호도 해군에 의해 매각되었다(아루스투크호는 그보다 이른 8월 중에 매각되었다).
이로쿼이호의 경우, 태풍을 만나 심하게 파손된 후 홍콩을 출발해 미국으로 향했으며 11월 4일에는 이미 미국에 도착했다. 오나이더호(The Oneida)는 1870년 1월 24일 일본 외해에서 다른 선박과 충돌하여 침몰했다. 이양례가 1870년 2월에 하문으로 돌아갔을 때 미국 태평양함대의 세력은 여러 가지 일을 겪은 후 심각하게 약화된 상태였다. 델라웨어호(The Delaware)는 1월 중순에 홍콩에서 마닐라를 왕복한 적이 있지만 이 배 선장의 편지에는 포르모사에 정박했다는 언급이 없다. 이를 종합해 볼 때 우리는 이 시기에 이양례가 대만을 방문할 때 미국 해군의 기함을 타지 않고 민간의 배를 타고 갔다고 판단할 수밖에 없다.

대, 남에게 알리기 꺼리는 일도 있었을 법하다고 생각한다. 당시 한창 나이였던(36~41세) 이양례가 대만에 몇 달 동안 있으면서 아무런 스캔들이 없었을까?

이양례와 접매의 이야기를 설정한 것은 인간의 본성에 근거한 작법이며, 포르모사 여자와 서양 남자가 만났을 때 발생할 수 있을 법한 설렘과 애수, 호기심과 갈등을 어느 정도 투영한 것이다. 따라서 사가라족과 반씨의 후손들이 너무 진지하게 생각하지 않기를 바란다. 이 정도는 탁기독이 체결한 남갑지맹의 위대함과 시대의 요구에 부응했던 반문걸의 탁월함과 영명함을 훼손하지 않는다고 판단했다. 이밖에 반문걸의 출신에 관해 반씨 가문의 후손들이 알고 있는 내용과 다른 점이 있다면 양해해주기 바란다. 이것은 어디까지나 소설이다.

이 책을 다 쓰고 나서 대만 관점에서 쓴 역사 자료가 너무 적다는 점을 통감했다. 역사 소설을 쓴다는 것은 결국 '인물'이나 '사건'를 묘사하는 작업이다.

내가 로버호 사건에 대해 쓰면서 역사 자료에만 의존했다면 그저 이양례의 《이선득대만기행》을 중심으로 쓸 수밖에 없고 원주민의 관점은 아무래도 부족했을 것이다. 원주민의 관점을 대표하는 탁기독이나 반문걸의 자료는 극히 적다. 일부 남아 있는 한문 사료들은 대부분 관부의 관점에서 쓴 것인데 한족의 관점마저도 제대로 반영되지 않았다. 나는 로버호 사건을 묘사하는 것에 그치지 않고 독자들에게 그 시대의 대만을 소개하고 싶은 욕심이 있었다.

가상의 인물이면서도 유명한 집안 출신(반문걸의 누나)으로 설정한 접매는 이렇게 해서 창조된 것이다. 물론 이 책을 '역사를 배경으로 한 소설'로 정의할 수도 있다. 하지만 사실상 나의 소설은 역사적 사실을 중심으로 쓴 것이다. 글이란 역사를 담아야 한다는 관점으로 볼 때 예술성이 떨어지고 줄거리 발전의 유창성을 방해할 수도 있으므로, 이는 단점이다. 하지만 장점도 있는데 아무도 역사적 사실을 왜곡했다고 하지는 않는다. 이 책도 같은 효과를 내기를 희망한다.

나의 역사 소설이 사실을 반영할 뿐 아니라 시대를 반영할 수 있기를 희망한다. 심지어 민족 집단의 운명과 성격까지 반영하기를 원한다. 이 책에 이런 주제를 담을 수 있었던 것은 대만 역사에 예로부터 민족 집단 분립이라는 갈등이 존재해왔기 때문이다. 역사 소설을 쓴다는 것은 자신의 역사관과 정체성을 소개하는 것이다. 예를 들어, 접매가 이양례에게 정조를 빼앗기는 내용을 표현할지 상당히 고민했다. 눈썰미가 있는 독자라면 접매가 대만 또는 대만 사람의 운명을 은유하는 인물이며, 내가 줄곧 강조해온 대만 주체성과 원주민에 대한 공감을 반영한 인물이라는 점을 눈치챘을 것이다.

접매와 이양례의 '특수한 관계'에 대해 나는 오랫동안 망설였다. 우선 이양례가 역사 속 인물이므로 내가 이렇게 쓰는 것이 과연 그에게 공정한 처사인가 하는 문제가 있었고, 이렇게 쓰면 원주민들의 분노를 사지는 않을까 우려되었다. '괴뢰'라는 용어를 사용한 것은 당시 이 용어를 사용했다는 문자 기록에 충실한 것이다. 하지만 접매가 정조를 잃은 것으로 묘사하는 것이 올바른 집필 태도인가를 놓고 비난을 면하지 못할 수 있다. 지면의 한계로 이양례가 여섯 차례나 대만을 더 방문하여 전역을 둘러보고 대만을 침략할 생각을 했으며,

'낭교 총독'이 될 야심을 키우는 과정을 다루지 못했다. 심지어 훗날 일본으로 돌아가 일본의 대만 침략을 기획한 참모가 된 것도 다루지 못했다. 청일전쟁 후 청나라가 일본에게 대만을 할양한 것도 이양례가 일본을 위해 기획한 전략의 일환이라는 점에 역사학자들은 대체로 동의한다. 따라서 나는 접매가 이양례에게 정조를 빼앗기지만 그후 송자와 결합하여 다시 일어서는 내용으로 설정했다. 나는 이것이 근대 대만사의 변천을 은유한 것이라고 여긴다.

소설가가 역사가와 차이는 소설가란 역사를 소개하고 인물과 시대를 소개하는 것과 동시에 독자들에게 감동을 안겨야 한다는 사명을 부여받았다는 데 있다. 따라서 나는 소설 속 인물을 정이 있고, 사랑이 있고, 분노가 있는 인물로 설정했다.

그 시대를 충분히 반영하기 위해 여러 집단의 사람(대만의 각 민족 집단), 지역(낭교, 타구, 대만부), 사건(1867년 로버호 사건, 1868년 장뇌 분쟁)을 하나로 녹여서 넣었다. 나의 봉산 출신의 어머니를 기리기 위해 비두의 봉산신성(鳳山新城)과 구산의 관음정[현재 줘잉 싱룽스(興隆寺)의 전신]을 특별히 상세하게 서술했다.

또 요형이 대만에 아들을 남긴 내용도 묘사했다. 이는 물론 사실이 아니며 황당한 면이 있으므로, 요형의 후손들께서는 양해해주기 바란다. 이런 설정을 빌려 청나라 관리들이 대만에 부임할 때 가족을 데리고 오는 것을 금지한 게 불합리한 조치임을 지적하고 이로 인한 후유증을 꼬집고 싶었다.

내가 역사 소설을 쓰게 된 동기는 좋은 이야기, 좋은 극본을 쓰고 싶었기 때문이다. 대만 선조들의 노력과 분투의 역사, 무력감과 무지, 대만 선조들과 당시 국제 사회의 상호 작용을 묘사하고 조상의 피눈물과 사적을 기록함으로써 다음 세대가 대만을 더 잘 이해하고 조상을 이해하고, 공감하고 단결하며, 나아가 하늘이 대만을 지켜주기를 희망한다.

포르모사 1867

1판 1쇄 인쇄 2023년 7월 17일
1판 1쇄 발행 2023년 7월 26일

지은이 첸야오창
옮긴이 차혜정

발행인 양원석 **편집장** 정효진 **책임편집** 김희현
디자인 김유진, 김미선 **영업마케팅** 양정길, 윤송, 김지현, 정다은, 백승원

펴낸 곳 ㈜알에이치코리아
주소 서울시 금천구 가산디지털2로 53, 20층 (가산동, 한라시그마밸리)
편집문의 02-6443-8846   **도서문의** 02-6443-8800
홈페이지 http://rhk.co.kr
등록 2004년 1월 15일 제2-3726호

ISBN 978-89-255-7624-4 (03820)